Unicorn

独角兽书系

绅士盗贼

Gentleman Bastard: The Lies of Locke Lamora

卷一 绅士盗贼拉莫瑞

[美]斯科特·林奇 著
马骁 译

重庆出版集团 重庆出版社

Gentleman Bastard: The Lies of Locke Lamora

First Published by Gollancz ,an imprint of the Orion Publishing Group,London
Publishing by arrangement with Orion Publishing Group
Via The Grayhawk Agency

版贸核渝字（2014）第209号

图书在版编目(CIP)数据
绅士盗贼拉莫瑞 / (美) 林奇著；马骁译.
—重庆：重庆出版社，2015.8
（绅士盗贼；1）
ISBN 978-7-229-09951-0
Ⅰ. ①绅… Ⅱ. ①林… ②马… Ⅲ. ①长篇小说－美国－现代 Ⅳ. ①I712.45
中国版本图书馆CIP数据核字(2015)第113193号

绅士盗贼（卷一）：绅士盗贼拉莫瑞

SHENSHI DAOZEI(JUAN YI):SHENSHI DAOZEI LAMORUI

[美]斯科特·林奇 著　马骁 译
出版策划：重庆天健卡通动画文化有限责任公司
出版人：罗小卫
责任编辑：邹禾　肖飒　方媛
装帧设计：谢颖设计工作室
封面绘画：镭
责任校对：郑小石

重庆出版集团
重庆出版社　出版

重庆市南岸区南滨路162号1幢　邮政编码：400061　http://www.cqph.com
重庆出版集团艺术设计有限公司 制版
重庆市国丰印务有限责任公司 印刷
重庆出版集团图书发行有限责任公司 发行
E-mail:fxchu@cqph.com　邮购电话：023-61520646
重庆出版社天猫旗舰店
cqcbs.tmall.com
全国新华书店经销

开本：890mm×1230mm　1/32　印张：18　字数：480千
2015年8月第1版　2015年8月第1次印刷
ISBN 978-7-229-09951-0
定价：54.80元

如有印装问题，请向本集团图书发行有限公司调换：023-61520678

献给珍妮

当你越过我的肩头看着这个故事渐渐成形，

这是个多么美妙的小世界啊

——让爱长存——

目　录

序章
手不老实的男孩

1

第七十七森多瓦尼年的夏季潮热悠长，时值酷暑，卡莫尔城的盗贼导师突然不请自来，拜访了佩里兰多神庙的盲眼祭司，急着要把一个叫拉莫瑞的男孩卖给他。

“我给你带了桩生意来！”盗贼导师开门见山的态度，让人多少有些忐忑不安。

“像卡罗和盖多这样的生意?”盲眼祭司说，“我现在还忙着训练这两个成天傻笑的小笨蛋，帮他们戒除在你那儿染到的所有坏毛病，换上我需要的东西。”

“哦，锁链，”盗贼导师耸耸肩，“咱们谈生意的时候，我就跟你说了他们还是尿坑糊泥的小猴子，你当时可没觉得有什么问……”

“抑或像萨贝莎那样的生意?”祭司用深沉浑厚的语气，逼得盗贼导师把反诘直接咽回肚里，“我敢说你肯定记得，为了买她我被刮得一干二净，只剩下过世老母亲的那对膝盖骨了。我真该用铜板付账，然后看着你把它们拖走。钱袋上准会裂出个大口子。”

“哎呀呀，但她可不一般。而这个男孩，也很不一般，”盗贼导师说，“他有你买下卡罗和盖多后，要我帮你寻觅的一切优点；还有萨贝莎身上你所钟爱的所有长处！他是卡莫尔人，不过，是个杂种，是瑟林和韦德兰的混血儿。充盈在他心中的盗窃欲，就像大海里的鱼尿一样多。另外，我甚至可以给你……给你打个折。”

盲眼祭司良久无语，陷入沉思。“还请原谅，”他最终说道，“但经验告诉我，面对你突如其来的慷慨厚意，我应该立刻抽出武器，把背靠在墙上，以免被人偷袭。”

盗贼导师试图挤出一脸似有还无的真诚，但这表情却很别扭地僵在脸上。他特别夸张地耸了耸肩，装出满不在乎的样子。“这孩子，嗯，有点麻烦。不过这些麻烦只有在我这儿才会出现。如果到你手上，我相信它们会，呃，消失得无影无踪。”

“哦。哦。你有个**神奇小子**。怎么不早说?”盲眼祭司挠了挠盖在白色丝质蒙眼布下的额头。“**妙极了**。我会把他种进该死的大地，等他长出一条通向云端仙境的葡萄藤。”

“哈！哦哦哦，我早就尝过你这条毒舌的独特风味，锁链，”盗贼导师假模假式地鞠了一躬，“让你承认对他产生了兴趣，就这么难吗?”

盲眼祭司啐了口唾沫。“就当卡罗、盖多和萨贝莎可能需要个新玩伴，或者至少要个新沙袋吧。就当我愿意花三个铜板外加一碗骚尿，换你这不可思议的神秘小子吧。这孩子到底有什么麻烦?”

“麻烦在于，”盗贼导师说，“如果不能把这孩子卖给你，我就必须在他脖子上开个口，扔进卡莫尔港。而且今晚就要动手。”

2

拉莫瑞来到盗贼导师小王国的那天夜里，阴影山老坟场挤满了孤儿。他们静静站在坟地里，等待新来的兄弟姐妹被领进大陵墓。

盗贼导师的孩儿们全都拿着蜡烛，清冷的蓝色火光刺透河雾银色的帘幕，如同街灯透过沾染烟灰的窗口放射出的光芒。一条幽魅的光链蜿蜒崎岖直通山顶，经过座座墓碑和葬仪小径，穿越煤烟运河上宽阔的玻璃桥梁，在仲夏夜卡莫尔城弥漫出的温热雾气中若隐若现。

“快走，我的宝贝，我的珠玉，我的新宠，快跟上。”盗贼导师一边柔声细语地说着，一边轻轻推动走在最后的孩子，催促大约三十名引火区孤儿走过煤烟桥。“这些光芒只是你们的新朋友，特来指引上山的道路。快走，我的珍宝。夜幕不等人，咱们还有很多话要谈。”

盗贼导师偶尔会冒出些虚荣念头，把自己视作艺术家。准确地说，是雕塑家。这些孤儿就是他的黏土，阴影山老坟场则是他的工坊。

卡莫尔城八万八千条灵魂会不断产生出大量废物，其中就包括相当一批流离失所、毫无用处的弃儿。当然，奴隶贩子会带走一些，强行拖去塔尔维拉或是杰里姆群岛。严格来讲，奴隶贸易在卡莫尔城是非法行为，但如果根本没人能为受害者申冤，那这种行为也就被默许了。

所以奴隶贩子捉走了一些，单纯的愚蠢又取走部分性命。饥饿和随之而来的疾病也是常见结局，那些缺乏勇气或是技巧，无法在周遭市井中混出一片天地的孩子多半会走上这两条路。当然，有勇气但没技巧的孩子通常会被吊在耐心宫前的黑桥上。公爵的治安官们会用对付成年人的绳套料理这些蟊贼，把小家伙们抛下桥时，还会特意在脚踝上绑点重物，帮助他们体面地挂在那里。

经过这番多姿多彩的自然选择后，剩下的孤儿都被盗贼导师的手下包了圆。他们或是孤身一人，或是三五成群，被带到盗贼导师面前，倾听他宽慰的话语，吃上一顿热饭。这些孩子很快就会适应老坟场下等待他们的生活。这里是盗贼导师所辖地盘的核心，一百四十多名弃儿都要向这位弯腰驼背的老人屈膝。

“快点走，我的宝贝们，我新来的儿女们，跟着这道光亮，走到山顶去。我们就快到家，就该开饭，就要远离浓雾苦雨和这臭烘烘的暑热了。”

瘟疫对盗贼导师来说是莫大的机遇，而这些引火区孤儿所经历的，正是他最钟爱的那款疫病——“黑私语”。它突然降临在引火区，来源无从追索。检疫隔离制及时建立起来（任何试图乘小船穿越运河或是逃跑的人，都会在长箭下安息），除了不安感和妄想症以外，其他城区的市民们没有受到任何侵扰。“黑私语”对任何十一或十二岁以上（这是医生们所能作出的最准确的估计，因为瘟疫并不想遵守任何过于严格的规定）的人来说，意味着痛苦的死亡。但更小的孩子们只需要忍受几天肿眼泡和红脸蛋，并没有旁的害处。

检疫隔离制施行到第五天时，引火区已经没有凄惨的叫声，也无人试图穿越运河，所以它并未像以往瘟疫之年那样，遭遇和区名相同的命运。到了第十一天，隔离解除，公爵的拾尸鬼们开始清查现场。过去生活在引火区的四百名儿童中，撑过这些天的大概只有八分之一。他们已经为了自身安全结成团伙，也在没有大人的情况下，学会了残酷的人生法则。

盗贼导师等待着，等到他们被人从寂静不祥的老城区领出来。

他花了不少银币，买下最好的三十名孩童；又花了更多的银币买到拾尸鬼和警官们的沉默。随后他把这些头晕眼花、两腮深陷、臭气熏天的孩子带入卡莫尔城水汽蒸腾的薄雾浓夜之中，走向阴影山老坟场。

拉莫瑞的个头和年纪，在这群孩子里是最小的；他也就五六岁，脏兮兮的皮肤下包着一把骨头，还有瘦巴巴的关节。盗贼导师根本就没选他。拉莫瑞只是跟上其他人的队伍，仿佛本就属于他们。盗贼导师不是没有察觉，但对他来说，一个免费的孤儿也是笔不容小觑的横财。

这是机遇之父、钱币与商业之主甘朵罗第七十七年的夏季。盗贼导师引导着孩子们凌乱的队列，走过浓稠夜色。

不出两年，他就要恳求盲眼祭司锁链神父把拉莫瑞从自己手中带走；同时还得磨快匕首，以防祭司拒绝。

3

盲眼祭司挠了挠长满灰色胡楂的下巴。“不是鬼扯?”

“对天发誓。”盗贼导师把手伸进破得不能再破的上衣前襟，掏出个系着上好皮绳的小袋，袋子上染着干涸血迹般的红锈颜色。“我已经见过大老板，得到了这份许可。我会给他上节牙齿课——脖子上开个口，扔进海里喂鱼。”

“诸神啊。真是个悲惨的故事。”作为一名盲眼祭司，他戳向盗贼导师胸口的手指未免太快也太准确，“所以你就想找个笨瓜，把自己的良心枷锁甩给他。”

“让良心滚一边吃屎去吧，锁链。我谈的是利益，你的还有我的。我不能留下这孩子，所以你得到了一个千载难逢的机会，绝对物美价廉的打折货。”

“如果这崽子如此不服管教，你干吗不给他捶打点记性进去，等长到适合出售的年纪再说?”

“这不行，锁链。没有选择的余地。我不能抽他一顿了事，因为我不能让那些小杂种们知道他的，呃，所作所为。如果有人稍微动点心思，想试试他耍过的把戏……诸神啊！我就再也没法管束他们。我只能马上杀了他，或者赶紧卖掉他。镚子儿没有和一笔小钱，你觉得我会选哪个?”

“这孩子干的事，你都不能在其他人面前提起?”锁链揉着蒙眼布上方的额头，叹了口气，“该死。这种故事我似乎还真有兴趣听听看。”

4

卡莫尔城有句古谚：人类灵魂中唯一的常态就是无常。万事万物都有时过境迁的一天，就连塞满尸体的小山这么实用的东西也不例外。

阴影山是卡莫尔历史上第一处贵族墓园，它绝佳的地理位置，保证了那些曾经脑满肠肥的尸骨不受铁海咸水的侵蚀。但光阴荏苒，在墓穴雕刻匠、殡葬业者和职业抬棺人的家族间，势力平衡也在悄然变化。埋葬在阴影山的贵族越来越少：因为附近的私语山提供了更大的空间和更华丽的碑石，价钱虽高，但还算合理。几十年来的战争、瘟疫和宫廷阴谋，导致上阴影山凭吊先人的贵族家系日渐衰微。最终，只有在学徒期间要睡在坟墓中的艾赞·基拉教会祭司们，还会定期造访此地。除此以外，就是些无家可归的孤儿，整夜蹲在残破墓坑的黑暗和尘灰中。

盗贼导师（显然当时他还没有得到这个称号）在人生的低潮期，也曾居住在这样一个墓坑。当年他不过是个可怜的怪人，只剩九根断指的小贼。

起初，他跟阴影山孤儿们的关系半是欺凌半是乞怜。出于潜意识里对领袖人物的需求，孩子们没有让他死在睡梦中。另一方面，他也开始不情不愿地把自己的手艺传授给众人。

他等手指慢慢长好后（只能算勉强长好，因为大部分手指永远变得好像连折两次的断枝），逐渐把自己狡诈的智慧，传授给和他一起躲避苦雨和警卫的脏孩子们。他们的人数与日俱增，收入也水涨船高，便开始在老坟场潮湿的石室中为自己开掘更大的空间。

就这样，脆骨头的小贼成了盗贼导师；阴影山成了他的王国。

二十年后，拉莫瑞跟引火区孤儿们一起走进这个王国。这天晚上，他们眼前的墓地只剩下堆在老坟上面的一层泥土。主要的墓穴之间已经挖出庞大的通道网络，夯实的墙壁上嵌有条条承重柱，好似早已死去的木龙的肋骨。当年的“住客”们已经被悄悄掘出，扔进海港。阴影山如今是一座小贼们的蚁穴。

引火区孤儿走进山顶陵墓黑暗的入口，途经木架支撑的通道。道路两旁的炼金灯球闪烁着银色冷光，雾气黏稠的触手追逐着他们的脚踝。阴影山孤儿们从四下的暗室小窝里窥视着他们，目光冷漠，但充满好奇。通道中浓稠的空气充满屎尿臭味——引火区孤儿很快就要在这方面作出自己的贡献。

“进去！进去！”盗贼导师摩挲着双手，大声说道，“我的家，你们的家，欢迎回家！我们都有一个共同点——无父无母。唉，真是可怜。但现在你们有数不清的兄弟姐妹，还有头顶干爽的泥土！一个地方……一个家庭。”

阴影山孤儿排着队跟在盗贼导师身后走进通道，吹灭了手里诡异的蓝色烛火，只剩下墙灯的银色光芒。

盗贼导师小小地盘的中心，是一处温暖巨大的厅堂。大概有两人多高，三十码宽，三十码长，地面泥土坚实。一把磨光上油的黑色女巫木高背椅，就靠在大厅远端的墙壁上。盗贼导师坐了上去，舒舒服服地叹了口气。

数十张难看的毯子铺在地上，盖住了泥土。一碗碗柴鸡肉浸在杏仁酒中；柔嫩的长尾鲨鱼尾裹在咸肉里，泡在醋中；棕面包用腊肠油调味。还有很多咸豆子和小扁豆，外加熟烂的西红柿和梨。食物简单平凡，但数量和种类如此之多，引火区孤儿们可是前所未见。他们立刻乱糟糟地扑了上去。盗贼导师露出宽容放任的微笑。

“我还没蠢到妄图挡在你们和一顿美餐之间，亲爱的孩子们。尽情吃吧，玩命吃吧。把失去的时间弥补回来。咱们稍后再谈。”

引火区孤儿们大吃大喝的同时，阴影山原住民都聚在周围观察着他们，一句话也不说。很快大厅中就挤满了人，空气更加凝重。宴席进行下去，最终所有食物都被席卷一空。黑私语的幸存者们嘬干净手指上最后的醋汁和油脂，警惕地观察着盗贼导师和他的臣民。盗贼导师像是接到了开场的信号，竖起三根弯曲的手指。

“正经事，”他高声说，“三件正经事。”

“第一，”他说，“你们来在这里，是因为我花了钱。我花了不少钱，赶在所有人之前找到你们。我可以保证，你们剩下的小伙伴肯定全都落在了奴隶贩子手里。孤儿没有别的出路。没地方收留你们，也没人照顾你们。卫兵会拿你们换酒钱，亲爱的孩子；警官不会在报告中提到你们；而卫队校官更是懒得操心。”

“而且，”他继续说，“现在引火区的隔离已经解除，卡莫尔城里每个奴隶贩子和想要成为奴隶贩子的人都会变得特别躁动，特别警醒。你们要是想走，随时可以离开这里。但我百分之百保证你们很快就会变成娈童雏妓，或是和船桨拴在一起，就这样度过余生。”

“这就引出了我要说的第二点。你们周围所有这些小伙伴，”他比了比靠在四壁上的阴影山孤儿。“随时都可以离开这个墓穴，而且几乎想去哪儿都行，因为他们在我的保护之下。我知道，”他换上严肃的表情，“就我个人而言，看起来不是特别唬人；别误会我的意思。我有些位高权重的朋友，亲爱的孩子们。我的话是由这些朋友担保。只要有任何人，比如说一个奴隶贩子，胆敢碰阴影山孩子们一指头，哦，那报应会来得很快，而且会令人满意得，嗯，残酷无情。”

新来的孩子们没有一个人表现出恰如其分的兴奋与激动，盗贼导师只好清了清嗓子。“我会把这个该死的可怜虫干掉。明白吗？”

他们明白了。

“这就直接跳到了我所关心的第三件事，也就是你们所有人。这个小家庭总需要新来的兄弟姐妹，你们可以认为自己收到邀请，至少是受到鼓励……哦，屈尊俯就地把温情暖意和永恒的友谊赐予我们。把这座山看作你们的家，把我看作你们的师长，把这些优秀的孩子看作你们值得信赖的兄弟姐妹。你们会得到食物、住所和保护。当然也可以现在离开，变成杰里姆某座妓院里的鲜果。有人要走吗?”

新来的孩子都没有说话。

“我就知道可以信任你们，亲爱的引火区珍宝。”盗贼导师张开双臂微笑起来，露出一口黑如沼泽臭水的烂牙。“但是，当然了，也有些责任必须说清。咱们这儿一直是有借有还，有付有偿。食物不是从我屁眼里冒出来的。尿壶也不会自己倒空。明白我的意思吗?”

半数引火区孤儿迟疑地点了点头。

“规矩只有几条！你们很快就能全都学会。此时此刻，你们只要记住这一点就行了：干活的，有饭吃；吃饭的，要干活。这就说到了工作问题，我的第四个——哦，天哪。孩子们，孩子们。帮这个迷迷糊糊的老家伙一个忙，想象他举起了四根手指。这就是我要说的第四点。

“哦，咱们这座山上有不少杂务要做，别的地方也有很多小事儿需要处理。其他工作……精巧的工作，不寻常的工作，好玩又有趣的工作。工作场地遍布全城每个角落，有些是日班，有些是夜班。它们需要勇气、技巧和，哦，判断力。我们很希望你们能为这些……特殊任务提供帮助。”

他指了指白捡来的男孩。这个小尾巴正阴着脸目不转睛地注视着他，嘴巴上还糊着番茄酱。

“你，编外男孩，三十人里的第三十一个。你怎么说?你会帮助我们吗?你愿意协助这些兄弟姐妹，完成有趣的工作吗?”

男孩默默想了一会儿。

“你是说，”他用尖细的嗓音说道，“要我们去偷东西。”

老人低头看着小男孩，良久无语。一些阴影山孤儿们捂着嘴咯咯笑出声来。

“对。”盗贼导师缓缓颔首，最终说道，“我也许就是这个意思。对于这项我们更习惯用隐语暗指的磨炼进取心的活动，你似乎有着特别，嗯，僵化刻板的看法。当然，我倒不觉得你会在乎这些。你叫什么，孩子?”

“拉莫瑞。”

“你父母肯定都是吝啬鬼，居然只给你一个姓氏。他们还管你叫什么？”

男孩似乎在冥思苦想。

“我叫洛克，”他最终说道，“随我父亲。”

“很不错。朗朗上口啊，真的。好吧，洛克随你父亲·拉莫瑞，你过来跟我单独聊聊。其他人可以解散了，这些兄弟姐妹会告诉你们今晚在哪儿睡觉。他们还会告诉你们，该到什么地方清空这个、安置那个之类的……琐事，希望你们明白我的意思。先把这个大厅清理干净吧，日后你们会有更多的工作。我发誓只要假以时日你们就会发现，小山外的世界送给我盗贼导师这个名号，是很有道理的。”

洛克走到坐在高背椅宝座上的盗贼导师身旁。新来的孩子们站起身，没头苍蝇似的瞎晃，直到阴影山大孩子揪住他们的衣领，给出简单的指示。没过多久，洛克和阴影山的主人就如愿以偿地独自留在大厅中。

“我的孩子，”盗贼导师说，“通常新儿女们刚来阴影山时，我都要训练他们打消抵触情绪。你知道什么是抵触情绪吗？”

拉莫瑞摇摇头。他的小圆脸上头留着又脏又油的褐色刘海，番茄污渍黏在嘴巴四周，正变得越来越干，越来越不体面。盗贼导师用自己蓝色破外套的袖口把这些污渍擦去，男孩没有躲闪。

“也就是说，别人早就告诉过他们，偷东西是坏事。而我需要让他们克服这个想法，明白吗？好吧，你似乎不需要这些训练，看来咱俩会处得不错。以前偷过东西，是吗？”

男孩点点头。

“甚至在瘟疫爆发之前？”

又是一点头。

“我想也是。我最亲爱的孩子……你不是在这场瘟疫中，嗯，失去父母的，对吗？”

男孩盯着自己的脚丫，几乎难以察觉地摇了摇头。

“看来你自己照顾自己已经有段时间了。这没什么不好意思的，可能还会为你在山里赢得几分尊重。只要我能找些法子，考验考验你……”

似乎是为了回应这句话，拉莫瑞把手伸进自己破破烂烂的衣服，掏出点东西来，交给盗贼导师。两个小皮袋落入老人摊开的掌心。廉价货色，已经褪了色，皮质僵硬，袋口上捆着有些磨损的细绳。

“你是从哪儿搞来的？”

“卫兵，”洛克低声说，“几个卫兵找到我们，把我们带出了引火区。”

盗贼导师猛地仰起头来，好像有条蝰蛇把毒牙扎进了他的脊梁。老人难以置信地盯着两个钱袋。“你从他妈的卫兵身上摸来的？从那些黄号衣身上？”

洛克用力点点头。“他们的兵找到我们，把我们带出了引火区。”

“诸神啊，”盗贼导师轻声说道，“哦，诸神啊。你可能刚给咱们捅了个大娄子，洛克随你父亲·拉莫瑞。天大的娄子。”

5

“他到阴影山来的头一天晚上，就破坏了秘密和约，真是个不知天高地厚的小杂种。”盗贼导师此刻正舒舒服服地坐在盲眼祭司那座神庙的屋顶花园中，手里捧着盛在油皮杯里的红酒。这是那种最酸的劣酒，味道几乎像醋，但它标志着诚心实意的谈判可能就要开始。“真是空前绝后了。”

“有人教会了他掏包的本事，却没告诉他黄号衣是绝对的禁区。”锁链神父抿着嘴，“这很奇怪。实在很奇怪。咱们敬爱的巴萨维大佬肯定很想见见这个人。”

“我一直没搞清到底是谁。这孩子说他是自己摸索出来的，但纯属扯淡。锁链，你也知道，五岁的小崽子玩的是死鱼和马粪。他们不会脑筋一转，就发明出妙手空空和割包开锁的绝技。”

“你是怎么处理那两个钱袋的?”

“我飞奔回引火区哨卡，亲他们的屁股和靴子，直到嘴唇发黑。我跟当值的卫队校官解释说，有个新入伙的小菜鸟还不懂卡莫尔城的规矩；随后连本带利把他们的钱袋还了回去，求他们宽宏雅量、高抬贵手、大人不记小人过等等等等。”

“他们同意了?”

“金钱会让人心情愉快，锁链。我往那些钱袋里填满了银币，几乎都快撑破了。然后我又给那个小队的每个人塞了五六天的酒钱。我们说好了要为巴萨维大佬的健康喝上几杯，而且全都认为他绝对不需要被，呃，某些芝麻蒜皮的烂事打扰。比方说他忠诚的盗贼导师闯了祸，让个五岁大的小崽子破坏了见鬼的和约。”

“哦，”盲眼祭司说，“这还只是我那折价男孩，跟你相处的头一个晚上。”

“你终于开始对这个小坏种产生了占有欲，锁链，这真让我高兴，因为接下来的故事会更加精彩。我真不知道该如何形容。有很多孩子曾在我手下效命，有的喜欢偷窃，有的认为偷窃跟其他营生没什么不同，也有些只能硬着头皮去偷，因为他们知道自己只有这一种活法。但从没有人，我是说从没有人，像这孩子一样渴望偷窃。如果他喉咙上有道该死的刀口，一位医生正准备把它缝上，那么拉莫瑞会偷走针线，笑着咽气。他……手太不老实。”

“手太不老实，”盲眼祭司思忖道，“手太不老实。我从没想到，会从一个靠训练小贼谋生的人嘴里听到这种怨言。”

“想笑就笑吧，”盗贼导师说，“关键就在这儿。”

6

几个月过去了。帕西斯月换成了菲斯托月，又换成奥瑞姆月。夏季的和风细雨让位给冬季的凄风苦雨。城邦之父、套索与泥刀之君莫甘蒂第七十七年取代了甘朵罗第七十七年。

三十一名引火区孤儿中，有八人在盗贼导师那些精巧又有趣的任务中略逊一筹，被吊在耐心宫前的黑桥上。现实就是如此；而幸存者们全都忙于分派给自己的精巧又有趣的任务，根本无暇他顾。

洛克很快就发现，阴影山小社会被严格划分为两个群落：走街和扒窗。后者人数较少，相对独立，干的全是日落后的营生。他们爬过屋顶，溜下烟囱，捅开锁头，钻进窗洞。所偷之物从钱币珠宝到无人看管的厨房中的猪油块一应俱全。

另一方面，走街的孩子们会在白天群体行动，出没于卡莫尔的大街小巷、河道桥梁。年纪较大、经验丰富的孩子（扒手）冲衣兜、钱袋和货摊下手，而岁数较小、技术不佳的孩子（托儿）则负责转移人们的注意力——哭闹着要找虚构的妈妈，或是突然装病，或者同时朝几个方向疯跑猛钻，嘴里叫嚷着“别跑！小偷!”，好让扒手们带着战利品顺利脱身。

每个孤儿从城中回到墓地时，都会被一名更大更壮的孩子搜身。所有偷来捡来的东西都经由小霸王们的阶级次序层层上交，最终落到盗贼导师手中。他会根据每天的进项，在心中那份异常准确的清单中勾掉一个个名字。挣到钱的有饭吃，没挣到的当天夜里就要加倍努力练习。

盗贼导师每天晚上都会在阴影山坑道迷宫中游逛，身上装满钱袋、丝绸手帕、项链、金属扣和其他十几种值得偷的零碎。孩子们会从隐蔽处出击，或者制造意外事件伺机下手；让他发现或者逮到的人要当场接受处罚。对于这些训练游戏中的失败者，盗贼导师并不会施以拳脚，而是强迫他们喝下一瓶没兑水的生姜油。其他孩子们则围在四周，呼喊叫嚣，嘲弄不休。卡莫尔城的生姜油性子很烈（在盗贼导师看来），痛苦程度不逊于吞下灼热的毒葛灰。

那些不肯张嘴的人，会被大孩子们大头朝下拎起来，直接把生姜油灌进鼻孔。这种事任何人都不会尝试两次。

久而久之，就连那些舌头灼伤咽喉红肿的孩子，也学会了掏兜割包和从粗心大意的商贩货摊上“借东西”的入门技巧。盗贼导师不遗余力地把紧身上衣、马甲、礼服大衣和各种腰包的构造教给他们，同时还会紧跟风尚，任何刚出码头的新式衣物都逃不过他的法眼。孩子们就这样学会了什么东西可以割走，什么可以扯下，什么只能靠灵巧的手指逗弄出来。

“诀窍在于，我亲爱的孩子们，别像野狗一样蹭对方的腿脚，也别像迷路的小孩那样抓他们的手。跟肥羊之间半秒钟的实际接触已然太久，绝对太久。”盗贼导师假装有条套索勒住自己的脖子，还把舌头吐了出来。“对你们来说，有三条神圣法则可谓生死攸关。第一，永远要保证肥羊的注意力已经被托儿或是某些完全无关的鸟事儿引开，比方说一场斗殴或是房子失火。火灾对咱们的工作来说是莫大的福音，一定要珍惜。第二，即便肥羊已经分心，也要保证最小程度，我他妈说的是最小程度的接触。”他把自己从不存在的绳套中放开，露出一脸坏笑，“最后，一旦得手就马上离开，哪怕你的肥羊蠢得好似一堆石头。我是怎么教你们的？”

“扒一次，就跑，”他的学生们异口同声地说，“扒两次，上吊！”

不时会有一两个新的孤儿来到坟场；每隔几星期山里都会举行小庆典，然后有些年长的孩子就会离去。洛克推断这足以证明某种远甚于生姜油的纪律戒条的存在，但他从没问过。因为他在山里的强弱次序中排位太低，不能冒这个险，也没法相信得到的答案。

说到他自己的训练，洛克到阴影山来的第二天就开始走街，而且马上被分进托儿们的行列（他估计这有些惩戒的意味）。第二个月结束时，洛克的技巧已经确保自己可以晋升到扒手阶层。这被视作组织地位的提升，但洛克在有权离开托儿队伍后，似乎仍然喜欢和他们一起工作。此等怪事整个阴影山也就他一个。

洛克性格孤僻，在山上没有朋友，但在托儿方面却是天生的艺术家，这种把戏会让他焕发生机。洛克熟练运用嚼过的橘子果肉冒充呕吐物：其他托儿只会简简单单地捂着肚子哀号，而他却能把一嘴橙白相间的温热浆汁喷在选定的肥羊脚上，以此增加表演效果（要是赶上他心情不好的时候，对方的裙边或裤腿也难以幸免）。

深受洛克喜爱的另一件道具，是绑在脚踝上藏进裤管的干树枝。只要他迅速弯曲膝盖，就能折断这根枯枝，发出啪的一声。这动静搭配上刺耳的哀号，可以迅速引来路人的注意和同情，如果洛克的腿紧挨着一个货车轮子，那效果简直完美。等人们的注意力被他吸引了足够长的时间后，另外几个托儿就会赶来把洛克抬走，以免招致不必要的麻烦。他们会大声宣布要把洛克抬回家找妈妈，好让他看医生。但只要洛克被抬过街头拐角，他的行走能力就会奇迹般地恢复。

实际上，洛克频繁上演这些精彩的托儿节目，以至于盗贼导师又找他进行了一次私人谈话（这是在洛克用一柄小刀三两下割开某位年轻女士的裙子和胸衣之后）。

“听着，洛克随你爸·拉莫瑞，”盗贼导师说，“你大可放心，这次没有生姜油。但如果你能让自己的表演迅速从娱乐作用回归到实际效果上来，我将不胜感激。”

洛克只是盯着他，脚底下蹭来蹭去。

“那我就直说吧。其他托儿整天跑去看你表演，而不是完成他们该死的任务。我可不想养活一个私人巡回剧团。让我的孩子们别再玩这些快活的小把戏，回去干自己的活儿；你也少给我出风头。”

从那以后，一切归于平静。

接着，在进入阴影山的六个月后，洛克凑巧烧毁了祖灵玻璃藤酒馆，还促成了一场几乎把窄巷区从卡莫尔城地图上完全抹去的瘟疫骚乱。

窄巷区位于城中贫民窟的最北端，是个由窝棚陋室组成的谷地。形状类似肾脏，又像是个巨大的圆形剧场，中央地段比外缘矮了四十多尺。这个沸腾的大碗中冒出数不清的廉价房舍和没有窗户的商铺，一排排屋子逐渐向内倾斜。残破的墙壁挤着墙壁，雾气弥漫的巷道叠着巷道，整个窄巷区就没有一片平地可供两个人并肩而行。

一条碎石路向西延伸，通过一座石桥，穿越窄巷区进入绿意盈盈的玛拉·卡莫尔拉赞区，祖灵玻璃藤酒馆就趴在这条街上。这是一栋三层木质建筑，久经风吹雨蚀，早已破败不堪。里里外外那些歪歪扭扭的楼梯至少每周摔坏一个酒客（实际上，还有个很火的赌盘压的就是下一位摔破脑袋的熟客是谁）。出入此地的尽是烟鬼和“凝视癖”——这帮瘾君子会当众把他们宝贵的药液滴进眼球，哆哆嗦嗦地躺在那里观赏幻象，任由陌生人顺走自己的财物，或者把他们当桌子使。

第七十七莫甘蒂年刚开了个头儿，洛克·拉莫瑞就抽着鼻涕，抹着眼泪，突然闯进了祖灵玻璃藤的大厅。他面颊发红，嘴唇流血，眼泡肿大，俨然一副黑私语症状。

“帮帮我，先生。”他低声哀求着一名吓傻了的保镖。与此同时，赌客、酒保、妓女和窃贼们全都放下手里的活计，向这边望了过来。“帮帮我。爸爸妈妈都生病了。我不知道他们是怎么回事。家里只有我还能动……您得，”他吸了下鼻涕，“帮帮我！求您了，先生……”

至少这是洛克想让人们听到的台词。只可惜那没心没肺的保镖铆足力气尖叫了一声：“私语！黑私语！”祖灵玻璃藤内势不可挡的大奔逃由此爆发。像洛克这种体型的孩子绝不可能在随之而来的恐慌和推搡狂潮中幸存，但他脸上的病容却比任何盾牌都管用。骰子噼噼啪啪落在桌面，纸牌如落叶飘零；马口铁酒杯和盛啤酒的油皮杯掉在地板上，泼洒出廉价酒水；桌子翻倒在地，凝视佬们被肆意踩踏，匕首和棍棒也被掏了出来，以便催促前面的人赶紧往外跑。混乱的人潮从所有出口向外奔涌，只有洛克占据的那道门无人问津。他还站在门洞里，徒劳无功地哀求着（或者说表面上哀求着）尖叫逃跑的人群。

等酒馆里只剩下几个呻吟哀号，甚或一动不动的凝视佬后，洛克的伙伴们偷偷溜了进来。这十几个走街组最机灵的托儿和扒手，是洛克为此次冒险行动特别邀请来的。他们迅速散开，在翻倒的桌椅和破烂的吧台间玩命挑拣着任何有价值的东西：一把丢弃的钱币，一柄不错的匕首，一副鲸鱼骨骰子外加石榴石小筹码。他们也没放过餐柜中一篮篮粗硬难咽但尚可食用的面包，裹在油纸里的咸黄油，还有那十几瓶红酒。洛克只给了他们三十秒时间，他擦去脸上的伪装，同时在心中默数。数完三十后，他示意伙伴们迅速潜回夜色之中。

骚乱警鼓已然敲响，召集警卫们前来。而隐约的笛声又在鼓点间响起，这令人毛骨悚然的声音召唤着公爵的拾尸鬼——隔离卫队。

困惑恐慌的窄巷区居民在街上越聚越多，洛克的小分队穿过推推搡搡的人群，绕道玛拉·卡莫尔拉赞区和煤烟区迅速返回山中。

在阴影山孤儿们的记忆中，他们带回来的货品和食物是有史以来数量最多的一次。另外还有一大堆洛克始料未及的散碎铜子儿（他不知道耍骰子和玩纸牌的赌客们会把钱放在明面上，因为在阴影山，这是那些年龄最大，或是最受宠幸的孤儿们的特权，而他同这两拨人根本不挨边）。

之后的几个小时中，盗贼导师只是在发呆。

当天夜里，惊恐的酒鬼们一把火烧了祖灵玻璃藤。城市卫队找不到一开始引发恐慌的男孩，数以百计的平民试图逃离窄巷区。骚乱警鼓一直响到黎明，所有桥梁都被封锁，尼克凡提公爵的弓箭手们乘着平底船把守窄巷区周围的河道，随身携带的箭支足够坚持一夜有余。

第二天早晨，盗贼导师找来了年纪最小的引火区孤儿，再次进行单独谈话。

“洛克，他妈的，拉莫瑞，你的问题，在于行事不够审慎。你知道审慎是什么意思吗？”

洛克摇摇头。

“我这么说吧。那家酒馆有个老板。这个老板为巴萨维大佬工作，就跟我一样。这个酒馆老板向大佬缴钱，以避免发生‘意外’，就跟我一样。他一直都在付钱，按说不该遇到任何意外；但因为你的把戏，他撞见了个天大的意外。那么，如果你听懂了我的话，就应该明白。这么说吧，用假瘟疫煽动一帮醉醺醺的狗东西把那地方烧成灰，可以说与审慎截然相反。现在你能试着猜测一下这个词是什么意思吗？”

听到这番话后，洛克知道此刻正该拼命点头。

“跟上次你差点让我提前迈进坟墓时不同，这桩事我没法出钱摆平。不过感谢诸神，我也用不着这么做，因为这场乱子实在太大。黄号衣们昨晚打懵了两百多人，这才搞清根本没人染病。公爵出动了该死的正规军，差点用火油给窄巷区来了个大清洗。如今你脸上没挂着惊异的表情漂在鲨鱼肚子里，只是因为一个缘由，我是说只因为一个缘由：那就是祖灵玻璃藤只剩一堆灰烬。谁也不知道在它变成一堆灰烬前，少了什么东西。除了咱们以外，谁也不知道。

“所以，咱们要达成共识：在这座山里没人知道出了什么事。而你要好好温习一下你刚来时我说过的抵触情绪。你还记得什么叫抵触情绪，对吗？”

洛克点点头。

“我只想要你干点小事儿，拉莫瑞。我只要干净利索的小活儿。我要你这儿偷一个钱包，那儿摸半根香肠。我要你把野心吞下肚，像一顿难吃的晚饭那样拉出去，在接下来的一百万年中老老实实做个审慎的小托儿。

你能帮我这个忙吗？别再扒黄号衣，别再烧酒馆，别再惹起他妈的骚乱。假装跟你的兄弟姐妹们一样，只是个没头脑的小贼。明白吗？”

洛克又点了点头，拼命挤出悔恨的表情。

“很好。那么现在，”盗贼导师说着拿出一瓶几乎全满的生姜油，“我得帮你，呃，加强一点印象，好好记住我这番警告。”

在那以后的一段时间中（在洛克恢复了语言能力，也能正常呼吸之后），一切归于平静。

但第七十七森多瓦尼年取代了第七十七莫甘蒂年，尽管洛克成功隐瞒了自己的行动，没让盗贼导师发现。但在一次特殊情况下，他还是华丽地破坏了审慎戒条。

盗贼导师发现洛克的所作所为后，立刻晋见卡莫尔城的大佬，得到处决的许可。他只是事后灵机一动，才又跑来见盲眼祭司，并非出于慈悲，而是为了争取最后那点蝇头小利。

7

天空充满渐渐晦暗的红色，白日光辉只剩下西方地平线上缓缓落下的一缕金色。洛克·拉莫瑞跟在盗贼导师身后，行走在自己被拉长的阴影中。老人正带着他前往佩里兰多神庙，准备待价而沽。洛克终于明白了那些消失的大孩子们到底去了哪里。

一座巨大的玻璃拱桥连接着阴影山的西北角和又长又宽阔的神庙区的东端。在大桥顶端，盗贼导师驻足北眺，望过恬静区那些灰暗的房舍，望过涌入安杰文河迷雾缭绕的水流，一直看向阿瑟葛兰提群岛上华美阴凉的座座宅邸和树木掩映下的白石大道，高入云霄的五塔就矗立其间。

祖灵玻璃在卡莫尔城到处可见，而五塔正是由这种神秘物质建成的最宏伟的建筑。最小最朴素的迎晨塔也有八十尺宽四百尺高。这些光滑塔身的本色已经与西沉的日落红光融在一起，塔顶间如蛛网般错杂交织的缆索和货篮，在深红色的天空下依稀可辨。

“咱们在这儿等一会儿，孩子。”盗贼导师的语气中沾染了几分异样的感伤，“就在我的桥上。很少有人走这条路上阴影山，它可以说就是我的。”

日间从铁海吹拂而来的公爵风已然转向；和往常一样，闷热的刽子手风统治夜空，夹带着浓郁的农田气息和腐败的沼泽臭味，从陆地吹向海洋。

“你知道，我要把你送走了。”过了一会儿，盗贼导师说道：“不开玩笑。永别了。我很遗憾，你大概是缺少某种……常识。”

洛克一言不发，始终注视着那几座宏大的玻璃高塔。塔群后的天空逐渐褪色，蓝白色的星辰缓缓放亮，落日最后的余晖消失在西方，宛若一只巨眼最终阖上。

在深邃的黑暗仿佛就要笼罩城市的那一瞬间，一种新的光芒渐渐升起，将夜幕推了回去。这光亮出自五塔的祖灵玻璃内部，也出自两人所在的半透明玻璃桥梁之中。光亮每时每刻都在加剧增强，最终让卡莫尔城沐浴在类似阴天一般的魔幻柔光中。

伪光时分就此降临。

从五塔的顶峰到防波堤巨大光滑的黑色表面，再到石板色水波下的人造暗礁，卡莫尔城中每片祖灵玻璃的每个表面都放射着伪光。很久以前建设这座城邦的神秘生灵们遗留下了这些奇异物质。每天晚上，当西方地平线最终吞噬太阳之后，众多玻璃桥梁就会变成萤火的丝线，无论是玻璃塔、玻璃大道，还是奇妙的玻璃雕像花园，都会闪烁出绛紫、碧蓝、橙黄和珠白的微光，星月也为之褪成暗淡的灰色。

伪光时分被视作卡莫尔城的黄昏，最后一批日间劳动者的工作由此结束，守夜卫队开始巡逻，朝向内陆的诸多城门也就此关闭。只要再过一个小时，这幽魅的光芒就会迅速让位给纯粹的黑夜。

“咱们去办正事吧。”盗贼导师说。两人沐浴在奇异的柔光之中，朝神庙区走去。

8

依据传统，伪光时分是卡莫尔城诸神庙敞开大门的最后一个小时。对于摆放在衰败的佩里兰多神庙门阶上的铜钱罐来说，这也是敛财的最后时机，盲眼神父可半点不想浪费。

“孤儿！”他用更适合出现在战场上的音量咆哮道，“我们迟早不都是孤儿？可怜可怜那些被迫离开母亲怀抱的孩子吧，可怜可怜那些刚出襁褓的孩子！”

两个身材瘦削的男孩就坐在钱罐两侧，他们穿着带兜帽的白色长袍，很可能也是孤儿。两人用呆滞的目光注视着匆忙行走在众神广场和大路间的男男女女，伪光那怪诞的色彩似乎在他们空洞的眼眸中燃烧。

“啊，”神父继续说道，“可怜可怜那些被残酷的命运放逐到这个邪恶世界中的孩子吧，这世界没有他们的容身之所，也没有他们的用武之地。奴隶是他们的宿命！有些甚至更糟，不幸沦为玩物，被邪恶不洁的欲念玷污，陷入粗鄙下作、难以启齿的生活。与此相比，成为奴隶都是一种幸福！”

洛克感到大为惊诧，因为他从没看过舞台表演，也没听过经验丰富的雄辩家演说。这段叱责足以煮沸石头上的积水；这番抗辩足以引发难以平复的羞耻感，令他心跳加速——尽管他自己就是个孤儿。洛克真想听这个大嗓门的男人冲自己多喊两句。

盲眼祭司锁链神父在卡莫尔城可谓家喻户晓，就连洛克·拉莫瑞也听说过他的名号。这个中年男子胸膛如公证人的桌案般宽阔，粗犷的面容上挂着一把胡须，像是张毛绒垫。厚实的白色蒙眼布盖住了他的额头和双眼，白色棉布法袍垂到赤裸的脚踝，一副黑铁镣铐锁在手腕上。镣铐上连着沉重的铁链，经过寺庙门阶，穿过敞开的大门，一直延伸到室内。锁链神父冲听众们挥舞双手时，洛克可以看到这条铁链几乎完全绷紧。盲眼祭司已经处于自由活动空间的极限。

坊间相传，锁链神父已经有十三年没有踏足于神庙门阶之外。作为对慈悲之父、贱民之主佩里兰多虔诚敬奉的标志，他用既没有锁头也没有钥匙的铁镣把自己锁在内殿墙壁上，又请来一名医师当众剜去了自己的双眼。

“贱民之主守望着死者们的所有儿女，这一点我可以向你们保证！那些不受血缘羁绊所束缚、肯向无父无母的孤儿们伸出援手的人，必会蒙他青眼，得他祝福。”

虽然明明知道神父双目尽失，又裹着蒙眼布，但洛克可以肯定，当他和盗贼导师经过广场走向神庙时，锁链神父的脑袋朝这边转了过来。

“他的祝福会赐给那些出于心中虔诚善意，保护和养育卡莫尔孤儿的人们；他们的善举不是出于冷血的贪婪，而是无私的好意！真正的祝福，”他用嘶哑的声音热情洋溢地说，“将赐给卡莫尔城这些柔弱可怜的孤儿们的保护者！”

盗贼导师走到神庙门前，拾阶而上。他特意在石板上敲了敲脚后跟，向对方示意。

“有人过来了，”锁链神父说，“两个人，我的耳朵是这么说的！”

“我带来了咱们谈过的那个男孩，神父，”盗贼导师故意提高音量，如若过路的几个行人有心聆听，就都能听见，“我已尽量让他为，呃，侍僧的入会试炼做好准备。”

神父跌跌撞撞走过门阶，来到洛克面前，两条锁链拖在身后发出叮叮当当的声响。那两个守在钱罐旁边头戴兜帽的男孩瞥了他一眼，但什么话也没说。

“真的吗?”锁链神父的双手以令人惊异的准头儿探了过来，长满老茧的手指摩挲着洛克的额头、面颊、鼻子和下巴。“看来是个小男孩，一个很小的男孩。但通过这张哀伤的孤儿面容，通过他营养不良的轮廓，容我斗胆说一句，可以看出独特的个性。”

“他的名字，”盗贼导师说，“叫洛克·拉莫瑞，我打赌佩里兰多教会将发现他，呃，不同寻常的热情可以派上很多用场。”

“如果他能拥有，”神父沉声说道，“真诚、悔悟、正直和受戒的品行，就再好不过了。但毫无疑问，在你无微不至地照料他时，肯定以身作则地将这些高贵品德注入了他的心田。”神父击掌三次，“孩子们，咱们今天的工作结束了。把卡莫尔城好心人们的奉献收拾起来，将咱们期待已久的侍僧带进神庙吧。”

盗贼导师轻轻捏了一下洛克的肩头，然后主动将他推向石阶上的盲眼祭司。那两个白袍男孩抬着叮当作响的钱罐从盗贼导师身边经过时，他把一个小皮袋扔了进去，随后摊开双臂，以戏剧化的夸张动作鞠躬行礼。洛克最后看到他时，盗贼导师正甩开扭曲的双臂和枯瘦的肩头，迈着欢快的步伐走过神庙区，显出一副卸下包袱，昂首阔步的气派。

9

佩里兰多神庙的内殿是一间石质小室，地上积着几洼脏水，墙上虫蛀鼠咬的挂毯几乎快散成一缕缕丝线。室内照明全凭伪光柔和的辉芒，再加上一盏结霜的白色炼金灯球有气无力的挣扎。灯球歪歪斜斜地摆在一个灯架上，显得很不牢靠。其下便是将盲眼祭司锁在内殿墙壁上的钢盘。洛克看到后墙上有个门洞，上面挂着帘布，除此以外再无其他陈设。

“卡罗、盖多，”锁链神父说，“做个好孩子，去把门关上，好吗?”

两个白袍少年把钱罐放在地上，跑到一幅挂毯前。他们齐心合力把毯子掀到旁边，拉动了一个隐蔽的装置。内殿墙壁中某些巨大的机械装置发出吱吱嘎嘎的响动，通向神殿门阶的两扇大门缓缓向内合拢。它们最终滑到一起，发出石块相互摩擦的刮蹭声，炼金灯球突然变亮，绽放出夺目光彩。

“好了。”盲眼祭司跪在地上，让一大堆松松垮垮的锁链落在周围，堆成一座小山，“到这儿来，洛克·拉莫瑞。让我看看你是否拥有成为这所神庙侍僧的必要天赋。”

锁链神父跪下后，差不多跟洛克一样高。神父向他张开双手，洛克走近两步，静静等待。神父皱了皱鼻子。

“看来盗贼导师对手下誓卒们的清洁问题还是不大注意。没关系，这问题很容易纠正。现在只要把你的手给我就好了，像这样。”锁链用柔和而坚定的动作牵起洛克的一双小手，让他的掌心盖在蒙眼布上。“好了……闭上眼睛，集中精神……集中精神。让你心中所有高贵思绪浮出表面——让你丰沛的精神热流通过清白纯洁的双手……啊，没错，就像这样……”

洛克既觉得害怕，又感到好玩。锁链神父沧桑面容上的条条皱纹逐渐松弛，嘴巴也很快张大，似乎找到了什么满意的答案。

“哦哦哦，”神父轻声呢喃，语气中充满热情，“是的，是的，你的确有些天赋……有些力量……我能感觉到……它几乎像是……一个奇迹！”

说完这话，锁链猛地把头一仰，洛克不由自主地向后跳开。神父的铁链叮当作响，他举起戴铐的双手，捏住蒙眼布，兴奋地把它扯掉。洛克倒退一步，暗自猜测没有眼珠的眼窝该是个什么样子。但神父的双眼完全正常。锁链只是在炼金灯球的强光照射下眯起眼睛，揉了几下。

“啊哈哈哈！”他最终朝洛克伸出双手，大声叫道，“我痊愈了！我痊愈了！我又能看见了！！！”

洛克瞪着他，在同一天晚上第二次像傻瓜似的瞠目结舌，不知道该说什么好。站在他身后的两个白袍少年咯咯笑了起来，洛克不敢置信地皱起眉头。

“你其实没……瞎。”他说。

“而你显然还不傻！”锁链高喊一声，兴高采烈地跳了起来，以至于膝盖发出几声闷响。他像只准备起飞的小鸟那样挥舞着戴铐的双手。“卡罗！盖多！把这操蛋玩意从我腕子上拿掉，咱们好数数今天的供品！”

两个白袍少年快步走到他身边，在镣铐上动了些手脚。洛克还没看清是怎么回事，它们就已然松脱，噼噼啪啪落在地板上。锁链神父小心翼翼地揉搓起镣铐下的手腕，那块皮肤白得如死鱼肉一般。

老人不住按摩小臂，好让它们恢复血色。洛克终于开口说：“你不是……真的祭司！”

“哦，这你可说错了，”锁链说，“我是祭司。只不过并非，哦，佩里兰多的祭司。我的侍僧们不是佩里兰多的侍僧。你也不会成为佩里兰多的侍僧。洛克·拉莫瑞，来跟卡罗·桑赞和盖多·桑赞打声招呼。”

两位白袍少年掀起兜帽，洛克发现他们是双胞胎，可能比自己大上一两岁，身子骨却比他结实很多。他们有着卡莫尔人的橄榄色皮肤和满头黑发，但那一模一样的大鹰钩鼻实在有些扎眼。他们露出微笑，手拉手冲他深鞠一躬。

“呃，嗨，”洛克说，“你们谁……是谁？”

“今天我是盖多。”洛克左手边的那人说道。

“明天，也许我是盖多。”另一个人说。

“也可能我们都想当卡罗。”首先发言的那人紧接着说。

“过段时间，”锁链神父插话进来，“你就能通过我在他们屁股上踢出来的凹痕数量分辨这两个人了。其中有个小子总能设法抢占先机，多挨几脚。”他站在洛克身后，将宽大厚重的双手放在他的肩头。“呆子们，这是洛克·拉莫瑞。你们都看到了，我刚从你们过去的恩主——阴影山的主人那里，把他买了下来。”

“我们记得你。”大概是盖多的那个人说。

“引火区的孤儿。”大概是卡罗的人说。

“你刚到没多久，锁链神父就买下了我们。”他们齐声笑道。

“少来这套鬼把戏。”锁链神父的话语中透出几分尊贵威仪，“你们两个刚刚主动请缨去做晚餐了。梨子加油浸香肠，给咱们的小兄弟准备双份，听见了吗，洛克和我会处理钱罐。”

双胞胎嘴里讥笑两句，又冲他们比了个粗鲁的手势，随即钻过门帘，消失不见。洛克可以听到他们的脚步声沿着某种楼梯向下移动，锁链神父示意让他坐到铜钱罐旁边。

“坐吧，孩子。我先跟你念叨念叨此处的情况。”锁链舒舒服服地坐在潮湿地板上，双腿一盘，若有所思地盯着洛克，“你的前任主人说，你可以做简单加法。是真的吗？”

“是的，主人。”

“别叫我主人。害得我牙齿打颤，蛋蛋都要缩起来了。叫我锁链神父就行。你坐在这儿，把钱罐翻过来，数数里面有多少铜板吧。”

洛克铆足了力气，试图把钱罐扳倒，他这才明白为何卡罗和盖多要两个人一起抬它。锁链在钱罐底部推了一把，里面的东西终于撒在洛克身边的地板上。“弄成这么沉，才不容易被人抢走。”锁链说。

“你怎么能……你怎么能冒充祭司？”洛克说着将完好的铜板摞在一起，又将散碎的铜角子拢成小堆，“你不怕诸神降罪吗？不怕佩里兰多的怒火吗？”

“当然怕，”锁链用手捋着杂乱浓密的胡须，“我怕他们怕得要死。但我刚才说过了，我是祭司，只不过并非佩里兰多的祭司。我身为谦卑的仆人，侍奉的是无名第十三神，盗贼庇佑者、诡诈看护人、全能的恩主、必要托辞之父。”

“但……世上只有十二诸神。”

“在这个问题上，很多人都可悲地被误导了，我亲爱的孩子，这可真是有趣。如果愿意的话，你不妨这样想，十二神碰巧有个叛逆的小弟弟，他独有的领域碰巧是你我这样的盗贼。尽管十二诸神不许世人吐露或是听闻他的名号，但他们对他那股特立独行的坏劲儿还有些若即若离的感情。因此，像我这种鬼祟的老骗子，才能大言不惭地坐在更受世人尊敬的佩里兰多神庙门口，不用担心会被天打雷劈或是鸦群啄碎。”

“你是……第十三神的祭司？”

“没错。盗贼中的祭司，祭司中的盗贼。卡罗和盖多迟早会走上我的道路。假如你配得上我花的那几个铜板，那么总有一天也会成为十三神的祭司。”

“但……”洛克伸手从铜板堆中拿过盗贼导师扔下的小包（一个红锈色的皮袋），递给锁链，“如果是你花钱把我买了下来，为何我过去的主人还会留下一份供奉？”

“啊。放心吧，我的确买下了你，而且价钱很便宜。至于这个，可并非什么供奉。”锁链解开袋口，把里面的东西倒进手心里。那是颗白色鲨齿，跟洛克的拇指一般长。锁链拿着它冲男孩晃了晃：“你以前见过这种东西吗？”

“没有……这是什么？”

“是个死亡标志，狼鲨的牙齿——巴萨维大佬的私人印记。他是你前任主人的老板。当然了，也是你我的老板。这东西意味着你是个顽固不化冥顽不灵的小瘪三，以至于盗贼导师必须面见大佬，买下杀掉你的许可。”

锁链说着露齿一笑，就好像刚才说的只是个荤笑话。洛克不禁打了个哆嗦。

“这是否让你有了片刻迟疑，我的孩子？很好。仔细看看这东西，洛克。好好看，使劲看。它意味着你的生杀大权已被买下。我花了个打折价，从盗贼导师那里得到你，同时也买下了这东西。它意味着即便尼克凡提公爵明天把你收为养子，宣布由你作他的继承人，我仍然有权敲开你的脑壳，把你钉在木桩上，所有卡莫尔人连屁都不会放一个。”

锁链敏捷地把长牙塞回红皮袋，用纤细棉绳把它系在洛克脖子上。“你要戴着它，”老人说，“直到我认为你表现良好，可以把它取下；或是我决定运用它赋予我的权力……就这样！”神父伸出两根手指，在洛克喉咙前虚划一下。“把它藏在你的衣服下面，每时每刻紧贴皮肤，好提醒自己今天晚上差点，差一丁点，就被割开了喉咙。如果盗贼导师的复仇心比贪欲略多一分，你现在肯定已经漂在海湾中了。”

“我干什么了?”

锁链目光一凛，让男孩觉得刚才试图狡辩实在很不明智。洛克局促不安地拨弄着装有死亡标记的皮袋。

“行了，孩子。咱们就别再侮辱对方的智力了。人这一辈子有三个对象永远无法愚弄——典当商、妓女和你妈妈。既然你妈妈已经死了，我就要取代她的位置，所以少跟我胡扯。”锁链的语气变得严肃起来，“你很清楚自己到底干了什么，让盗贼导师如此不满。”

“他说我不够……审慎。”

“审慎，”锁链重复道，“这是个好词儿。的确没错，你不审慎。他把一切都告诉我了。”

洛克把脑袋从一堆堆铜板前抬了起来，他瞪大眼睛，几乎流出眼泪。“一切?”

“没错。一切。”锁链低头看着男孩，良久无语，最终叹了口气，“今天卡莫尔城的好市民们向佩里兰多敬献了多少?”

“二十七铜爵币，我想是。”

“嗯嗯。也就四银梭伦多一点。今天收成不佳，但也比我见到过的其他任何种类的偷窃强多了。”

“你还从佩里兰多手里偷钱?”

“当然了，孩子。我说过我是个贼，对吧? 不是你过去常见的那种贼。档次更高。整个卡莫尔城到处都是胡跑乱撞，最后让人吊死的傻瓜蛋。这是因为他们以为偷窃是用手干的活儿。”锁链神父说着啐了口唾沫。

“呃……你用什么偷，锁链神父?”

大胡子神父用两根手指敲了敲太阳穴，接着咧开大嘴，又敲了敲自己的牙齿。“脑袋和大嘴巴，我的孩子。脑袋和大嘴巴。十三年前，我把自己的屁股种在这里，从那以后卡莫尔城这些虔诚的笨伯一直出钱喂养着我，而且从安伯兰到塔尔维拉都知道我的大名。当然，我这么做，主要还是为了这些冷冰冰的钱币。”

“会不会很难受?”洛克环顾四周，看了看神庙狭小肮脏的内殿，“住在这儿，永远不能出去?”

“这破破烂烂的小后台根本不是真正的神庙，就像你的老家也不是真正的坟墓。”锁链笑了两声，“咱们是另一种贼，拉莫瑞。欺骗和误导是咱们的工具。咱们可不相信什么苦干实干，凭借一张假面和几句漂亮的谎言，效果要好得多。”

“也就是说……你就像……托儿。”

“差不多吧，但这就像是说一桶火油跟一撮红胡椒粉类似。尽管诸神塞进你脑袋里的常识，还不如他们给一根萝卜的多，但我花钱把你买了下来，正是因为咱们这个特殊的行当，我的孩子。你说起谎来天花乱坠。你比杂耍艺人的脊梁骨还不老实。只要我认为你值得信赖，就肯定能让你有所作为。”

神父探询的目光再次落在洛克身上，男孩猜测自己应该说点什么。

“这我喜欢，”他轻声说，“我该怎么做?”

“你可以从讲故事开始。我想听听你在阴影山干了什么。你到底搅出什么狗屎事儿，惹恼了盗贼导师。”

“但……你说你什么都知道了。”

“没错。但我想听你说，老老实实清清楚楚地说。我要你第一次就说明白，别往回找补，也不要遗漏任何东西。如果你试图掩盖任何我认为你应该说起的细节，那我就别无选择，只能把你当成完全不值得信赖的可怜虫。而我的答复已经挂在你脖子上了。”

“我该，”洛克说起这话，只有些许迟疑，“从哪儿开始？”

“咱们可以从你最近这次罪过开始。有一条律法是阴影山的兄弟姐妹们永远不能违背的，但盗贼导师对我说，你坏了两次规矩，还以为自己脑子够灵，可以逃脱处罚。”

洛克脸涨得通红，他低下头盯着自己的手指。

“告诉我，洛克。盗贼导师说你设计了一个小把戏，导致两名阴影山孤儿被杀。直到第二个孩子死掉之后，他才发现你在其中所做的手脚。”锁链十指相对搭在面前，平静地注视着颈上挂着死亡标志的男孩，“我想知道你为什么要杀他们，还想知道你是怎么杀的。我想听你自己说。就现在。”

第一部　野心

我有本领装出笑容，一面笑着，一面动手杀人；

我对着使我痛心的事情，口里却连说“满意，满意”；

我能用虚伪的眼泪沾濡我的面颊，

我在任何场合都能扮出一副虚假的嘴脸。

——莎士比亚，《亨利六世》，第三幕

第一章
堂·萨尔瓦拉骗局

1

洛克·拉莫瑞的经验之谈如下：一场优秀的骗局需要三个月筹划，三星期演练，三秒钟决定是否能够赢得肥羊的信赖。这一次，他计划把三秒钟花在被人勒死上。

洛克跪在地上，卡罗站在他身后，手里攥着根麻绳，在他脖子上缠了三圈。这玩意看上去相当骇人，还会在洛克脖子上留下一道颇为可观的红印。当然，洛克心里清楚，卡莫尔城货真价实的刺客们，只要年岁大到开始蹒跚学步，就不会将丝绳或金属线以外的东西用于绞杀（只有细丝才能更好地勒住受害人的气管）。但如果堂·洛伦佐·萨尔瓦拉能在眨眼之间，从三十步外分辨绞杀的真假，那他们对计划中的肥羊就存在严重判断失误，整个骗局注定要泡汤。

“你还没看见他吗？也没听到小虫儿的信号？”洛克尽量压低声音问了一句，随后又发出一阵可信的咕咕窒息声。

“没有信号。没有堂·萨尔瓦拉。你还能喘气吗？”

“还行，没问题，”洛克轻声说，“你得再摇晃我几下，使劲摇晃。这是最有说服力的部分。”

他们身处老旧的福水神庙旁边的一条死巷，神庙中的祈祷瀑在高墙之后传出潺潺水声。洛克再次抓住围在脖子上的无害粗绳，瞥了一眼站在几步外注视自己的那匹驮马。马背上放着几个货包，看上去价值不菲。这匹可怜的畜生已然经过“柔化”，那双眨都不眨的乳白色眼瞳中完全没有好奇或是恐惧的影踪。就算这场谋杀是真的，它也不会在乎。

宝贵的时间一秒一秒过去。碧空之中艳阳高照，万里无云，巷道的尘灰像湿水泥一样黏在洛克的裤腿上。金·坦纳就躺在不远处的烂泥中，盖多（基本是在）假装踢着他的肋骨。他已经兴致勃勃地踢了至少一分钟，就跟卡罗绞杀洛克的时间一样长。

堂·萨尔瓦拉随时可能从巷道口经过，并且——按理说应该——冲进来把洛克和金从“匪徒们”手中解救出来。但按照这个速度来看，萨尔瓦拉估计只能把他们从无聊中解救出来了。

“诸神啊，”卡罗把嘴凑到洛克耳边，仿佛是在提什么要求，“那该死的萨尔瓦拉到底在他妈哪儿？还有小虫儿呢？咱们不能把这蠢样保持一整天，其他人也会从这见鬼的巷道口经过！”

“继续勒我，”洛克细声细气地说，“你就想想那两万克朗，继续勒我。如果有必要的话，我一天不喘气都成。”

2

今天上午，就在这场骗局的预热阶段，一切都是那么称心如意。就连一名年轻小贼因为首次参加大买卖而产生的躁动感，也无法破坏这份美好感觉。

“我当然知道行动开始时，我他妈应该干什么。”小虫儿发着牢骚，“这几天我趴在那神庙屋顶上的时间，比当年在我妈该死的肚子里待的时间都长。”

金·坦纳探出右手，抚过运河中温暖的水流，同时咬了一口左手拿着的湿地酸苹果。在淡红色的晨光中，平底驳船的船头是个放松身心的好地方。虽说金·坦纳的啤酒肚再加上粗壮圆胖的四肢足有两百多斤，但也能舒舒服服地躺在这里。船上的另一个人——也是担负所有工作的人——正是小虫儿。这名一头乱发、身材清瘦的十二岁少年站在船尾，怀里抱着撑竿。

“你妈妈急着把你弄出来，这可以理解，小虫儿。”金的语气温柔平缓，和言辞极不相称，他说起话来就像个音乐教师或者卷宗抄写员。“我们则不然。所以您还是行行好，把您对咱们这场游戏的透彻理解，再跟我说上一遍吧。”

“见鬼。”小虫儿赌咒一声，又在朝入海口奔去的柔和水流中撑了一竿，“你、洛克、卡罗和盖多在纳拉神庙花园和福水神庙间的小巷里等着，对吧？我藏在街对面那座神庙的屋顶上。”

“接着说，”金含着一嘴的湿地苹果，嘟嘟囔囔地说，“堂·萨尔瓦拉在哪儿?”

在这条灰白色的水道上，很多驳船从他们身边缓缓驶过，船上满载着各式货物，从啤酒桶到哞叫的牛只不一而足。小虫儿撑着船竿，沿卡莫尔城商贸主河道维阿·卡莫尔拉赞河一路向北，前往“流动集市”。整座城市正在他们身边徐徐醒转。

岸边那些歪歪扭扭的灰色石质房屋，久经水波打磨光滑如镜。它们纷纷将住客吐到阳光之下，置于渐渐升温的暑热之中。本月是帕西斯月，这意味着夜晚凝结的水珠已经蒸腾成浓稠雾气，等到炽热无云的午后时分就会消失得无影无踪。

“按照堂·萨尔瓦拉多年来的习惯，他会在每个悔罪日的正午前后离开福水神庙。他有两匹马和一名随员，如果咱们走运的话。”

“这真是奇怪的习惯，”金说，“他干吗要这样做?”

“这是他在母亲临终前发下的誓言，”小虫儿把撑竿插入河道，努力与水流角力，随即又将船往前推了一下，“她在嫁给老堂·萨尔瓦拉后，仍旧信奉韦德兰宗教。所以洛伦佐每周都要到韦德兰神庙敬奉一次，然后尽快赶回家中，以免引来不必要的注意。见鬼，金，这些破玩意我早就记住了。如果你不信任我，那我干吗还要到这儿来？而且怎么变成我一个人，把这艘傻船一路撑到集市上去了？”

“哦，只要你能在五局三胜的单挑中打败我，就可以随时扔掉撑竿。”金咧嘴一笑，露出两排歪歪扭扭的牙。他这张脸就像是曾被人放到铁砧上，试图打造出更体面的形状。“更何况，如今你是一项高贵行业的学徒，正在道上水平最高、要求最严的师匠们手下修习。揽下所有脏活儿，对你的道德教育大有裨益。”

“你们根本没对我进行过什么该死的道德教育。”

“没错。哦，这可能是因为很多年来，洛克和我一直在逃避自己的道德教育。至于咱们为何要再次复习行动计划，请允许我提醒你，只要出个小小的纰漏，那么与等待咱们的命运相比，这些可怜虫简直就像是在天国了。”

金·坦纳指了指停在河边大道上的一辆粪车，正有一道黑色浊流从酒馆二楼窗户中倾倒下来。这些赶车的人都是犯了点小事儿的犯人，罪行太轻不值得长期关押在耐心宫中。他们每天早上都会被放出来享受阳光，当然是被锁在马车上，蜷缩在不牢靠的长雨衣中，不时还要为卡莫尔城数千居民倾倒夜壶时的糟糕准头儿咒骂两声。

“我不会搞砸的，金。”小虫搜肠刮肚绞尽脑汁，就像在翻弄一个空空如也的钱袋，试图挤出两句像样的说辞，让自己显得镇静自若信心十足。在他的眼中，金和另外几位年长的绅士盗贼永远都是这副样子。但跟大多数十二岁的孩子一样，他的嘴巴总比脑袋跑得快。“我就是不会。我他妈不会，我发誓！”

“好孩子，”金说，“很高兴听你这么说。但我只想知道，你不会搞砸的事儿是什么呢？”

小虫儿长叹一声。“等萨尔瓦拉从福水神庙走出来，我就发出信号。我同时还要留意有没有人想从巷道口经过，特别是城市卫队。如果有人这样做，我就拿着长剑从屋顶上跳下来，把他们该死的脑袋砍掉。”

“你就干什么？”

“我说我会尽可能把他们引走。你耳朵聋了，金？”

一排高大的银行从他们左手边掠过，每一栋都有漆面木雕、丝质遮阳篷、大理石立面，以及各种华美装饰。财富和权力的根脉深深扎在这些三四层的建筑中。吻金路，整个大陆上最古老最富庶的金融区。此地的影响力，就如五塔一样直入重霄。

而说起五塔，这五座祖灵玻璃筑成的巨峰，超脱于尼克凡提公爵辖下的卡莫尔城之上，正是他和五大家族的幽居之所。

“把船靠到桥下的岸边去，小虫儿，”金·坦纳手里拿着苹果，大概比画了一下，“有位先生将会在那里等待登船。”

两座祖灵玻璃拱桥坐落在吻金路中央，横跨维阿·卡莫尔拉赞河。上面那座较为狭窄，可供行人通行；下面那座比较宽阔，专为车辆行驶。这些晶莹无缝的奇异玻璃如钻石般清澈透亮，看上去似乎是由巨手轻轻弯曲，然后架在河道两岸。吻金路对面是福利亚区，这座人口稠密的小岛上到处都是多层公寓和屋顶花园。水车木轮搅起白色水花洒在石岸上，将河水浇进水槽。这些高架水道网络纵横交错，凌驾于福利亚街道上空。

小虫儿将驳船撑到步行桥下方破败的码头旁。有个人从拱桥淡薄纤细的影子中跳上码头，接着又满不在乎地轻轻一跃，跳进驳船，小舟随之微微一晃。此人跟金和小虫儿一样，身穿油迹斑斑的皮裤和一件粗棉衬衣。

“向您致意，尊敬的金·坦纳先生。您偶发雅兴，适时惠临此间，令我无胜感激！”来人言道。

“您能纡尊降贵踏足此等粗鄙舟船，实乃我辈殊荣，拉莫瑞先生。”金说完这话便把剩下的苹果连核带肉扔进嘴里，发出一阵闷湿的咀嚼声。

“恶心死了，伙计，”洛克·拉莫瑞说着吐了吐舌头，“你非得这么干吗？你知道黑炼金师们就是从这鬼东西的籽儿里提炼鱼毒的吗？”

“那就算我走运，”金咽下最后一口嚼烂的果肉，“不是条鱼。”

从任何角度来看，洛克都是个普通人——高度普通，身材普通，普普通通的黑色短发长在既不英俊也没特点的脸上。他有一张典型的瑟林人脸庞，但不如金和小虫儿那么红润；换作在光线不太明亮的场合，说他是晒得很黑的韦德兰人也勉强过关。至于那双浅灰色的眼眸，更不会给别人留下什么印象。总而言之，诸神大概是特意为他塑造出了一副注定要被忽视的外表。洛克靠着左舷船首坐了下来，随即跷起二郎腿。

“也向你问好，小虫儿！我就知道能指望你可怜可怜这帮老人家，让他们躺在太阳下休息，把撑船的活儿自己揽下。”

“这全因为金是个懒惰的老混球，”小虫儿说，“而且如果我不撑船，他就会把我这一口牙从脑袋后面敲出来。”

“整个卡莫尔城，就数金·坦纳的灵魂最为温柔，你这番毁谤深深伤害了他，”洛克说，“他今天肯定要哭上整整一夜了。”

“反正我无法入眠，”金·坦纳接口道，“总会被风湿病痛折磨得痛哭流涕，还得点燃蜡烛驱散邪恶瘴气。”

“这可不是说我们这把老骨头到了白天就不会吱嘎作响，我狠心的学徒，”洛克揉着自己的膝盖说，“我们的年岁至少是你的两倍，对咱们这行当来说已经太老了。”

“这个礼拜艾赞·基拉的女儿们已经六次试图为我祈祷冥福。”金说，“算你运气，我和洛克还能勉强走动，才好带你一起玩这场游戏。”

如果从远处观瞧，洛克、金和小虫儿很可能会被看作出租驳船上的三名船工，正懒洋洋地驶向维阿·卡莫拉赞河与安杰文河交汇处载货。小虫儿撑着船，逐渐靠近流动集市。像他们这样的驳船、舟身细瘦的黑色划艇，以及各式各样的破烂舟船逐渐挤满河面。但并不是所有船都稳稳当当地浮在水面上，也并非每条都在船夫的掌控之中。

“说到这场游戏，”洛克说，“咱们急不可耐的学徒，可曾记牢了他所负责的任务?”

“我已经给金背了一上午了。”小虫儿说。

“那么……结论是?”

“我全都记熟了!”小虫儿使出吃奶的力气一推撑竿，让小船钻入两艘船舷高大的浮动花园之间，两侧都只留下几寸空隙。茉莉和甜橙的香气从上方飘落，小舟从一座花园上探出的枝条下方驶过。一位警惕的仆人从大船上望着他们，手里拿着木杆，随时准备把他们推远。这些大驳船可能是要把准备移植的草木运送到某些贵族设在上游的果园去。

“记熟了。我不会搞砸！我发誓！我知道自己的任务，我知道信号是什么，我不会搞砸!”

3

卡罗使劲摇晃着洛克，而洛克对受害人这个角色的演绎可以说登峰造极。但时间仍旧一分一秒地流逝。他们全都陷在这场哑剧中，就像瑟林神学中极富创意的地狱场景：两个强盗注定要永生永世困在一条巷道中，威逼永不昏厥，也不肯放弃财物的商旅。

“你跟我一样心慌吗?”卡罗低声说。

“别忘了你的角色，”洛克嘶声说道，“你可以一边祈祷，一边勒我。”

一声尖叫突然从他们右方传来，在神庙区的圆石地面和墙壁间回荡。紧接着是一阵吵嚷，外加散乱的脚步声和护甲碰撞声。但这些声音正逐渐远离巷道口，而非接近。

“听起来像是小虫儿。”洛克说。

“我希望他只是在把卫队引走。”卡罗说。他握绳子的双手突然松了一下。与此同时一道黑影从巷道高墙间的空中跃过，扑扇的影子从他们头顶飞掠而去。

“这又是见的哪门子鬼？”卡罗问道。

在他们右侧，又有人尖叫起来。

4

小虫儿撑着载有洛克、金和自己的驳船，准时从维阿·卡莫尔拉赞河进入流动集市。正赶上西卫塔巨大的祖灵玻璃风铃迎上从海面吹来的微风，鸣响了上午十一点的铃声。

流动集市是卡莫尔城正中央一片相对平静的湖面，周长大约半英里。一连串石质防波堤抵御着安杰文河及周遭运河中的湍急水流。集市中唯一的潮流是汹涌人潮，成百上千的商贩驾着他们的小舟排成了行，小心翼翼慢慢悠悠地沿逆时针方向转动，争抢平顶防波堤旁的有利位置。众多买家和观光客们就云集在此。

穿着深黄色号衣的城市卫兵们指挥着船身修长的黑色武装快艇，每条快艇上都锁着十二名从耐心宫拉来的罪犯作为划桨手。卫兵们用长竿和喝骂在混乱的流动集市中维持出几条大致的通道。贵族们的游船、满载货物的驳船，还有像三位绅士盗贼所乘的空船，就在通道中穿行。小舟滑过这片希望和贪欲的海洋，绅士盗贼们浏览着周遭的货品。

小虫儿几竿下去，驳船便驶过了众多铺面。一家子五金杂货商划着艘破败的棕色轻便船；一个香料商站在被称作沃多拉的笨拙圆形木筏上，正中央的三脚架上摆着许多坛坛罐罐；一棵“运河树”在水面上漂荡摇晃，皮质囊泡浮筏支撑着它的根系，条条根须垂进水中，吸吮着这座繁忙城市的尿液和臭气。扑簌的翠绿树叶织成天篷，投下数以千计的细碎阴影，落在从下方经过的绅士盗贼们身上。柑橙的香气沁人心脾。这棵树是通过炼金术培育出的杂交品种，能够同时长出酸橙和柠檬。一位中年妇女和三个小孩照管着果树，孩子们在枝条间攀爬奔走，将果实扔给过往船只上的买主。

在流动集市的各色船只上空，翻腾着长旗、角旗和丝质旗幡的波浪。它们竞相展示出绚烂的色彩和夺目的招牌，试图将信息传达给观望的买家。有些旗帜上绣着简陋的鱼形、鸟形，抑或二者兼而有之；有些旗帜上绣着麦酒杯、红酒瓶和面包棍，还有靴子、裤子和穿了线的缝衣针，抑或水果、厨具、木匠工具，以及其他上百种琳琅满目的货物和服务项目。不时可以看到几艘挂了小鸡旗或是鞋子旗的舟筏聚成小团，船主们大声吆喝着各自货品的过人之处，抑或高声推断某人家的崽子肯定是个杂种。每到这时，警卫艇就会在不远处停下，以防有人不慎落水，或是有人试图冲上对方的船只。

“有时候假装穷人可真痛苦。”洛克出神地环顾四周，小虫儿如果不是在聚精会神地操船避免碰撞，肯定也会像他这样。一艘船从他们的尾迹划过，船上的木条笼里关着几十只嗷嗷乱叫的家猫。空中飘扬的蓝色三角旗画着一只经过艺术加工的死老鼠，血红色的丝线从它喉咙上的大洞垂了下来。“都是因为这个地方，我几乎可以让自己相信，现在迫切需要一磅鲜鱼，几根弓弦，几双旧鞋和一把新铁锹。”

“幸好咱们鸿运当头，”金·坦纳说，“在通向堂·萨尔瓦拉那傲人财富的金光大道上又前进了一步，马上就要到达下一个重要地标。”他抬手指过市场东北方的防波堤，那里有一排生意兴隆的临河旅店和酒馆，就横在市场和神庙区之间。

“说的没错，金。正是超乎想象的贪婪，让咱们不断前进。”洛克兴奋地抬起手来，指向金已经在指的方向，“小虫儿！把船划到那条河去，然后右转。双胞胎中应该有个人在舷斜旅店等着咱们，就是南岸第三家。”

小虫儿撑船向北驶去，每一竿都要竭尽全力才能探到流动市场的湖底，此处最浅的地方也比周围河道深一半。小船躲避着卖柚子、腊肠卷或是荧光棒的热情商贩；洛克和金玩起了他们最喜欢的一个游戏，试图在防波堤上拥挤的人群中找出小贼。老态龙钟的盗贼导师仍旧躲在阴影山潮湿拥挤的巢穴中，等待着卡莫尔城疏忽大意的繁忙民众们来喂养。从洛克和金最后一次踏足墓穴算起，已经过去了几乎二十年。

他们离开集市进入河道后，小虫儿和金默契地交换了位置。显然金的肌肉更适合安杰文河的湍急水流，而且小虫儿也需要歇歇胳膊，好在接下来的游戏中完成自己的任务。小虫儿往金刚才所躺的地方一倒，洛克仿佛凭空变出一颗肉桂柠檬，抛给男孩。小虫儿只用了六口，就连油皮带果核全塞进嘴里，用那两排虽然白净却歪歪扭扭的牙齿，以可笑的姿态大嚼略微发红的黄色果肉。最终他咧嘴笑了笑。

“他们不用这东西做鱼毒吧?”

“不用，”洛克说，“他们只从金吃的那玩意里提炼鱼毒。”

大块头不屑地哼了一声：“吃点鱼毒可以让你的胸脯上多长点毛。除非你是条鱼。”

金几乎把船靠在了安杰文河南岸，远离船竿探不到底的深水。一座祖灵玻璃桥从已然升起的艳阳和驳船之间划过，在他们身上投下几缕珍珠白色的炽热光芒。这条河足有两百码宽，闷湿水气夹杂着鱼腥和泥沙的味道，蒸腾进卡莫尔城空中。

隔着泛起涟漪的热浪，可以看到北方阿瑟葛兰提群岛整洁的坡道，那里是城中小贵族们的居所。高墙环绕的花园、精工细作的水雕塑和白石别墅随处可见，像洛克、金和小虫儿这种衣衫破落的平民绝对禁止入内。太阳已然接近天顶，五塔巨大的阴影也缩回了上城区，只剩下一片淡淡的玫瑰红色玻璃光晕，铺洒在阿瑟葛兰提群岛北沿。

“十二诸神，我爱死这地方了。”洛克一边说，一边用手指敲打着大腿，“我有时候觉得，这座城市之所以存在，只是因为十二诸神肯定对罪恶青眼有加。扒手抢平民，商人抢任何可以愚弄的人，巴萨维大佬抢强盗和平民，小贵族几乎抢所有人，而尼克凡提公爵时不时兴兵远征，把塔尔维拉和杰里姆人抢得屎尿横流，更不用说他对自己的贵族和平民们也上下其手。”

“所以咱们就成了强盗中的强盗，”小虫儿说，“还是假装为一个抢强盗的强盗工作的强盗。”

“没错，咱们的确把这幅美丽画卷搅和得更乱了，不是吗?”洛克咋着舌头沉思片刻，“就把咱们的工作视作，哦，向钱多到不知道怎么花的贵族们征收的一项秘密赋税吧。嗨！咱们到了。”

舷斜旅店下方有一处宽敞洁净的码头，六根泊桩此刻全都空着。光滑的灰色河堤高约十尺，宽阔的石阶直通路面，还有一条圆石斜坡供货车和马匹通行。卡罗·桑赞正在码头前等待他们，他的衣着比同伴们略好半筹。一匹柔化驮马安静地站在旁边。

洛克挥了挥手。“情况如何?”他喊道。金撑船的动作熟练优雅，码头越来越近。二十码，十码，一阵轻柔的挂蹭声响过，小船最终靠岸停好。

卡罗伏下身捡起驳船的缆索，同时轻声说道：“盖多把所有东西都打包放在屋里了。一层的船首桅套房。”

卡罗肤色黝黑，头发如一抹夜色。一双黑眼睛周围皮肤光滑，只有几条细密笑纹——不过认识桑赞家双胞胎的人，倾向于将其称作捣蛋纹。突兀的大鹰钩鼻从英俊的面庞探出，犹如一柄蓄势待发的匕首。

卡罗把驳船牢牢系在泊桩上，随即拿出一柄沉甸甸的铁钥匙扔给洛克，钥匙上还连着长长一条由红黑丝线编成的流苏。像舷斜这种上档次的旅店，每个私人套间的房门都配有一副暗含机扣的保险锁，它安在门上的龛位中，可以随时通过某些巧妙的方法予以替换——当然这些方法只有店主才知道。每个出租房间都会得到随机提供的新锁匣，和与其配套的钥匙。数百个外观相同的锁匣就储存在接待大厅的磨光柜台后面。旅店可以百分之百保证，如果某个盗贼想要复制钥匙用于日后行窃，那完全是在浪费时间。

这项措施同样可以为洛克和金·坦纳提供安全可靠的私密空间，让他们进行乔装改扮。

“好极了！”洛克跳上码头，动作轻盈敏捷，就跟上船时一样。金把舵杆交给小虫儿，也跳了上去，驳船随之一颤。“咱们赶快进去把从安伯兰来的客人们接出来吧。”

洛克和金拾阶而上，走向舷斜旅店。卡罗示意让小虫儿帮忙牵一下马。这匹白眼畜生完全不知道什么是恐惧，也不存在什么主观能动性。自卫本能的缺失让它很容易对驳船造成损害。经过几分钟的推拉牵拽，他们终于把马弄到小舟中央。它安安静静地站在那里，好似一尊碰巧会喘气的雕塑。

“可爱的牲口，”卡罗说，“我给他起了个名字叫障碍物。你可以把他当桌子使。作扶壁也成。”

“柔化动物总让我觉得发毛。”

“我也这么想，”卡罗说，“但新手和面瓜们更喜欢柔化驮马。一言以蔽之，咱们的安伯兰商人老爷就是这号人。”

几分钟时间就这样过去，卡罗和小虫儿悠闲安静地站在灼热阳光下，看上去就像两个不起眼的驳船水手，正在等待一名重要乘客离开舷斜旅店的怀抱。没过多久，这位客人就走下楼梯，随即轻咳两声引来众人的目光。

他当然就是洛克，不过样貌已是迥然不同。他的头发向后梳去，抹了玫瑰油显得光可鉴人；颧骨在脸颊上投下的阴影似乎更加明显；一副黑珍珠框眼镜架在鼻子上，在太阳底下闪着银光。

他身穿安伯兰式样的黑大衣，用一排纽扣系得严严实实，从肩到腹的部分几乎是紧贴在身上，自腰部往下却突然胀大变宽。两条配有磨光银扣的黑皮带系在肚子上。三层褶饰黑色丝颈巾从衣领处倾斜而下，在暖风中摇动飘摆。镶边灰裤管套在厚跟鲨鱼皮鞋子上。黑缎带鞋舌翻卷而出，像温室花朵低垂的卷叶耷拉在脚上，看起来多少有些滑稽。小钻石般的汗珠挂在他的额头上。对于北方气候区服饰风格的肆意入侵，卡莫尔城的夏天可不算友善。

“敝人名唤，”洛克·拉莫瑞说，“卢卡斯·费尔怀特。”洛克的声音清晰准确，再也听不出原先的口音。他像酒吧侍者调制饮品一样，在稍显晦涩的卡莫尔本地方言之上加了一点刺耳的韦德兰腔。“我穿了一身没几分钟就会浸透汗水的华服。而且我蠢到不带任何武器，就敢在卡莫尔城里溜达。”他又用略显沉痛的口气，懊悔地说：“可惜我从头到脚都是虚构出来的。”

“我对此深表遗憾，费尔怀特老爷，”卡罗说，“但至少我们已经为您盛大的游览活动准备好了驳船和马匹。”

洛克小心翼翼地走向船舷，上身摇摇晃晃就像个刚刚离开海船的人，还不适应脚下不会倾斜的地面。他腰杆挺得笔直，举手投足间透着拘谨柔和的感觉。洛克把卢卡斯·费尔怀特的派头穿在身上，就像一套看不见的服装。

“我的随从马上就会过来，”洛克/费尔怀特踏上驳船，开口说道，“他名叫格劳曼。跟我一样，他也承受着身为虚构人物的痛苦。”

“诸神慈悲，”卡罗说，“这玩意肯定传染。”

话音未落，金就迈着沉重的步伐，从圆石坡道上走了下来。他身上背着嘎吱作响的马具，镶边皮囊塞得满满当当，又用带子紧紧扎牢。这些东西总共能有一百二十多磅。白色丝质衬衫紧绷在金·坦纳圆滚滚的肚子上，有些部位已被汗水浸成半透明状；衬衫外套了一件敞怀黑马甲，还戴着条白领巾。他的头发从正中分开，用浓稠的黑油固定，看起来像是两片羊毛垫扣在脑门上，形如廉价公寓的屋顶。

“咱们已经迟了，格劳曼。”洛克背着手说，“快加把劲，让这匹可怜的马驹开工吧。”

金把那堆东西放到柔化驮马背上，这头牲畜没有做出任何反应。他又弯下腰，把马肚带牢牢系好。小虫儿将舵杆交给卡罗，从泊桩上解下缆绳。小船再度出发了。

“要是堂·萨尔瓦拉单选今天抛弃他那小小的仪式，”卡罗说，“那可就好玩死了。”

“别担心，”也许是因为卢卡斯·费尔怀特的作派，也许只是为了不引人注意，洛克略微压低声音说，“他非常重视对母亲的追思。涉及遵守约定的问题，人类的良心有时就像维拉水钟那样好用。”

“出你的嘴，入诸神的耳。”卡罗轻快地撑着船说，“就算你说错了，也不会伤到我的蛋蛋。反正在帕西斯月中旬，穿着十磅重毛皮黑大衣的人是你。”

小船与右侧的神庙区西沿平行，沿安杰文河逆流而上，很快从一座宽阔的玻璃拱桥下方通过。在距离水面大约五十尺的拱桥中央站着一个人，身形精瘦黑发如墨，样貌长相跟卡罗一般无二，尤其是那个大鼻子。

卡罗将船撑到桥梁下方时，盖多·桑赞满不在乎地把一颗吃剩一半的红苹果扔进河里。水果砸到水面上，就在卡罗身后一两码处激起小小水花。

“萨尔瓦拉在神庙里！”小虫儿说。

“令人敬佩，”洛克摊开双手，露齿一笑，“我不早说过了吗，他在对母亲的承诺问题上，绝对不容有失。”

“我很高兴你只选择道德水平最高的肥羊，”卡罗说，“错误的人选会给小虫儿树立一个坏榜样。”

一处公用码头从神庙区西北岸探出，就在新建的艾奥诺（风暴之父，肆虐波涛之主）神庙宏伟高大的建筑下方。金以最快速度把船拴好，将“障碍物”牵上岸。这匹柔化牲畜怎么看都像某位富有商人的驮马。

洛克把费尔怀特局促紧张的高贵气质做到十足，幽默戏谑的态度就像炉灶下的煤球一样荡然无存。小虫儿冲进熙熙攘攘的人群，急于占领位于巷道交叉处的瞭望哨，堂·萨尔瓦拉的古道热肠很快就要在那个岔路口被吊得老高。卡罗看到盖多正从玻璃桥上往下走，便溜溜达达向他靠近。这对双胞胎都下意识地拨弄着藏在宽松衬衣下的武器。

桑赞兄弟会合后，开始向福水神庙的集合点移动。此时，洛克和金·坦纳已经跑到一个街区之外，从对面朝相同地点靠近。

演出开始了。

这是绅士盗贼们有生以来第四次将肥羊定在卡莫尔城中最富权势的贵族之中。他们设计好了一次巧遇，最终可能会让堂·洛伦佐·萨尔瓦拉跟他的半数家产分道扬镳。现在就看这位贵族能否按时赴约了。

5

按照原定计划，小虫儿藏在一处位置绝佳的地方，可以在其他人之前发现卫兵巡逻队。从某种角度来说，巡逻队也是计划的一部分。它的出现意味着计划泡汤了。

“你是这场游戏中的天眼，小虫儿。”洛克已经把这个任务解释了好几遍，金又用没完没了的问题加以巩固。“我们要在神庙区最僻静的小巷中跟萨尔瓦拉进行首次接触。在附近望风的人很容易被发现，但躲在两层楼高的神庙屋顶上的男孩就是另一回事了。”

“我要望什么风?”

“任何冒头的东西。尼克凡提公爵和他的夜琉璃部队。七髓王国的君主。赶粪车的小老太婆。只要是有可能干扰计划的人出现，你就发出信号。也许你可以把平民引走。但如果是卫队，哦，那咱们可以装清白或是玩命跑。”

此刻有六个人正从南面大步走来，距离福水神庙也就几十步远，行进路线正好经过那至关重要的巷道口。他们身穿深黄号衣和上了油的皮甲，警棍和刀剑挂在双层腰带上，发出晦气的磕碰声。就算小虫儿及时警告其他人藏起卡罗的绳子，洛克和金也无法掩饰身上的泥巴，双胞胎的装束更是（刻意地）神似舞台剧里的强盗，面孔还完全遮在围巾下面。不可能装清白了。如果小虫儿发出信号，接下来就是玩命跑时间。

有生以来，小虫儿的脑子还从没转过这么快；心脏更是加速跳动，感觉就像有人正在翻动一本书，用书页扑打着他的胸膛。男孩必须强迫自己保持冷静，仔细观察，寻找可乘之机。分类！他需要给眼下的选项分分类。

他的选项烂透了。十二岁的孩子，蹲在一座废弃神庙的房顶上，距离地面二十尺高，隐身在荒草丛生的屋顶花园边缘，手里没有远程武器，也没有任何能够引开巡逻队的东西。堂·萨尔瓦拉还在福水神庙中，敬奉母亲信仰的神祇；放眼望去附近只有四位绅士盗贼，外加六个汗津津的卫兵，马上就要撞破他们设的局。

等等。

在向下二十尺，往右六尺的地方有个垃圾堆，就靠在小虫儿脚下这座破败神庙的墙根里。看上去像是几片虫吃鼠咬的粗麻袋，外加一堆乌七八糟的棕色垃圾。

此刻审慎的选择是向其他人发出信号，让他们撒腿快跑。卡罗和盖多跟黄号衣们玩过多年“别想抓我”的游戏，正是此中高手。他们可以下周再来，重新设局。但也许！也许今天的失败会惊动某些人，在此后几周增派巡逻队。也许会有流言说神庙区不像往常那么宁静。也许麻烦不断的巴萨维大佬会对这未经授权的骚动产生兴趣，进而开始清剿。到那时堂·萨尔瓦拉最好能把钱放在该死的月亮上，如此一来绅士盗贼们还有下手的机会。

不，审慎出局了。小虫儿必须赢。这个垃圾堆的存在，让一项惊天地泣鬼神的愚行变得极为可能。

还没等第二个念头钻进脑海，小虫儿已经飞在半空。他张开手臂，注视着几近正午的炎热天空，仰面朝天往下摔去。在过去十二年中，死亡和伤痛只曾发生在别人身上——此刻小虫儿心中充满这种不可动摇的信念。他在下落的同时乱喊乱叫，只求能引来巡逻队难以撼动的注意力。

在落地前那半秒钟里，小虫儿感到地面巨大的阴影在身下迅速逼近。与此同时，他突然看到一道黑影从福水神庙上空划过。一道光亮美丽的黑影，个头不小。一只鸟？某种海鸥？除此以外，卡莫尔城里可没有这么大的鸟，更不会像弩箭似的移动，而且……

垃圾堆较为柔软的表面撞了上来，把空气从小虫儿肺中挤出，爆出噗的一声，同时让他的脑袋往前一磕。尖下巴撞上了单薄的胸脯，牙齿在舌头上戳出几个血洞，略带咸味的温热液体充溢在嘴里。小虫儿又条件反射地尖叫一声，把血水吐了出来。天空的景象先是向左一摇，进而向右一摆，仿佛整个世界试图摆出几个怪异的新角度，等待他的认可。

穿皮靴的双脚在圆石路上奔跑；武器撞在盔甲上嘎吱乱响。一张中等年纪的红脸膛挤进小虫儿和天空之间，两缕汗透的胡须从这张脸上垂了下来。

"佩里兰多的蛋蛋，孩子！"卫兵看起来既困惑又担心，"见鬼了，你到底在干吗，跑到那上面瞎鼓捣？掉在这地方算你运气。"

黄号衣们挤在为首的卫兵身后，热切的附和声在人群中响起。小虫儿可以闻到他们的汗味和护甲油味，当然也少不了接住他的那堆垃圾的臭气。哦，如果你随便跳进一堆卡莫尔城里的棕色物体中，当然很清楚它闻起来肯定不像玫瑰香水。小虫儿晃晃脑袋，甩脱在眼睛后面跳动的白点，随即弯了弯腿，确保它们还能管用。感谢诸神，似乎没有断的地方。等这事儿结束之后，他会重新评估自己到底是否永生不朽。

"警官，"小虫儿含混不清地说着，又有不少血水从他嘴里流了出来

（见鬼，他的舌头疼得火烧火燎），“警官……”

“嗯?”那人瞪大了眼睛，“你的四肢还能活动吗，孩子? 你感觉怎么样?”

小虫儿很自然地伸出双手，抓住警官的防具，似乎是想支撑身体。那微微颤抖的动作并不完全是装出来的。

“警官。”过了几秒，小虫儿接着说：“你的钱袋怎么这么轻。昨儿晚上风流快活去了，对吗?”

他举起皮质钱袋，在警官的黑胡须下晃了晃。看到那人眼中极度困惑的目光，小虫儿灵魂中热衷偷窃的部分（咱们实话实说，也就是绝大部分），闪烁着喜悦的光芒。在这一刻，垃圾堆着陆失误引发的伤痛，全都被抛诸脑后。他又抬起另一只手，就像变戏法似的，将他的孤儿卷拍在警官双目之间。

孤儿卷又名小红包，是一种形如微缩短棒的麻袋卷。通常藏在衣服里，但又绝不贴身。里面一般塞满用卡莫尔城常见的红辣椒碾成的粉末，以及从某些黑炼金士店铺里搞来的恶心的下脚料。它没法对抗真正的威胁，更适合用于街头顽童间的打闹，或是某些毛手毛脚的大人。

以及一张没有防备的脸，距离之近就算啐口唾沫都能喷到。

红色尘雾从孤儿卷中爆出，小虫儿就势向左一滚，辣椒粉落在了距离他几寸之遥的地方。那名警官就没这么幸运了，麻包打了个正着，那些辣如地狱烈火的玩意钻进他的鼻孔，落入他的嘴巴，也直接洒在他双目上。那人哽咽地挤出一连串闷湿嘶吼，显然吃惊非小。他的双手抓在脸上，整个人向后倒去。小虫儿站起身扭头就跑，将孩子们那令人眼花缭乱的柔韧性发挥到了极致。在对“玩命跑”的强烈欲求中，就连舌头上惊人的痛感也被暂时忘却。

现在他绝对吸引住了巡逻队的注意，他们叫喊着追了上来。小虫儿撒开脚丫在圆石路上狂奔，大口大口地呼吸着蜇人的湿热空气。他已经完成了自己的任务，让游戏得以继续。在他带领公爵卫队进行午后锻炼的同时，这场戏仍然可以演下去。

一个脑筋转得特别快的卫兵摸出警哨，塞进嘴里，一边跑一边使劲吹。三次短促的哨声，等待片刻，再来三声。“卫兵倒下”。哦，妈的。这会引来半座城的卫兵，掏出武器穷追猛打，还会引来弩弓。奔跑速度突然变得生死攸关，小虫儿必须在其他警队把瞭望哨派上屋顶之前，甩脱这队人马。预料之中的快乐追逐游戏泡汤了，他可能还有一分半的时间，必须在此之前找个惯常藏身的舒适小洞，赶紧消失。

顷刻间，小虫儿觉得舌头疼得要命。

6

堂·洛伦佐·萨尔瓦拉离开神庙门廊，走到卡莫尔城正午时分炎热发亮的潮气之中，心不在焉地推想着一个刚刚跑过广场的小贼，在“卖弄小聪明”这个概念上所受的教育。尖利的警哨声在对面响起。萨尔瓦拉眯起眼睛，略带好奇地看着远处一个孤零零的城市卫兵。那人磕磕绊绊地跑过圆石小路，还不时撞在墙上；双手紧抓着脑袋，似乎担心它会飘离脖子，升上天空。

“您能相信吗，先生?”孔戴从神庙不显眼的小马厩洞中牵过马来，“醉得好像泡在酒桶里的娃娃，现在才正午刚过一点。这些新来的黄杆子，就是群尿尿歪歪的软蛋。”孔戴是个饱经风霜的中年男子，有着职业舞蹈家的腰身和职业划桨手的臂膀。且不说挂在十字皮带上的那对及膝短剑，单从他服侍年轻贵族时的举止作派，你就能看出孔戴是个什么人。

“完全赶不上你们过去的标准，嗯?”另一方面，堂·萨尔瓦拉则是个英俊帅气的年轻人，有着典型的卡莫尔血统。头发黝黑，肤色如阴影下的蜂蜜。脸型较宽，曲线柔和，但身材精瘦。那副时髦的无边镜片后面，是一双急于寻找目标的弓箭手的眼睛。也只有通过那双眼睛，你才能发现他可不是在化装舞会上扮成贵族的年轻学生。孔戴不屑地哼了一声。

“想当年，我们至少知道喝得烂醉如泥是室内娱乐项目。”孔戴说着把缰绳递给萨尔瓦拉。这匹体态优美的灰母马只比小马驹大一点，显然受过良好训练，但绝对未经柔化。正好适合在这个行舟比骑马方便的城市中（或者如堂娜·萨尔瓦拉常抱怨的那样，哪怕是走钢丝也都更容易），进行短途小跑。跌跌撞撞的卫兵消失在远处一个拐角后面，大致上正是警哨声传来的方向。既然骚乱没有向这边接近，萨尔瓦拉心里便松了口气，把马牵到街上。

今天的第二件奇遇，就这样分量十足地展现在他们面前。堂和孔戴往右一转，把福水神庙旁高墙夹出的小巷尽收眼底，当然也包括一对亡命徒正要将两名衣着考究的商人置于死地的场景。

萨尔瓦拉愣了一下，惊奇地盯着他们。神庙区的蒙面强盗？蒙面强盗试图勒死一个商人？身穿厚重到不合时宜的韦德兰黑色紧身服饰的商人？十二神慈悲。一匹柔化驮马站在一旁，没有任何反应。

几秒钟的震惊过后，萨尔瓦拉放开马缰，冲向巷道口。他不需要回头，就知道孔戴定然拔刀出鞘，紧跟在自己身后。

“你们！”堂的声音充满自信，只是因为心情激动而略显高亢，“放开他们，站到一边去！”

离他最近的那名路匪猛一转头，看到堂和孔戴步步进逼，简易面罩上的黑眼睛睁得溜圆。这名暴徒把面红耳赤的商人揪到前面，让他的身体挡在自己和闯入者之间。

“这点小事儿用不着您插手，我的先生。”路匪说道，“只是些小小争执罢了，纯属私事。”

“也许你们应该在不这么公开的地方处理此事。”

路匪换出一脸暴怒的表情：“什么，公爵大人把这条街送给你了？再多走一步，我就勒断这可怜虫的脖子。”

“随你的便。”堂·萨尔瓦拉故意把手放在蓝柄刺剑的圆头上，“我和我的保镖控制了这条小巷唯一的出口。我敢说等三尺钢刃插进你的喉咙时，你应该还会为杀掉那个人感到欣慰吧?”

那韦德兰商人几乎已经不省人事。为首的路匪没有放松勒在商人脖子上的绳套，但他开始警惕地朝死巷中后退，把黑衣男子笨拙地拖在身前。另一名强盗也不再踢打趴在地上的那人，谨慎地退开几步。两个蒙面强盗交换了一个意味深长的眼神。

“我的朋友们，别干傻事。”萨尔瓦拉把刺剑从鞘中抽出一半，太阳在最精良的卡莫尔钢上映出白光。孔戴站稳脚跟，上身略微前倾，进入战斗状态。他显然是位天赋过人，又经过良好训练的刀客。

为首的路匪二话不说，直接把手里的商人扔向孔戴和堂。可怜的黑衣人惊叫一声，紧紧抓住两位救星。两名蒙面歹徒冲向巷道后墙。孔戴错身避过瑟瑟发抖气喘吁吁的韦德兰人，紧跟着追了过去。但对方既敏捷又狡猾。有根绳子挂在墙上，按一定间隔就打了些结；绳子很细，远处极难看清。两名匪徒爬了上去，迅速翻过高墙。孔戴和他的双刃慢了两秒。绳子上系着重物的另外一头从墙后飞了过来，落在他脚边，溅起一片淤泥。

“操他妈的窝囊废狗杂种。”孔戴把双刀熟练地插回腰带，弯下腰查看那名身材圆胖的男子。他躺在泥泞的巷道中，一动也不动。孔戴把手指搭在胖男人脖子上寻找脉搏，感觉那匹柔化驮马似乎在用诡异的白眼珠注视自己。“卫兵在光天化日之下醉得走不稳路。看看他们满世界胡闹时，在这该死的神庙区出了什么乱子……”

“哦，感谢七髓圣河。”黑衣人哽咽地说了一句。他解开套在脖子上的粗绳，扔到地上。尽管商人的衣服上沾满了泥污，而且厚得简直不可理喻，但堂·萨尔瓦拉可以看出这身服装质地精良，剪裁贴身考究，饰物昂贵精妙，又不浮华招摇。“感谢咸水，感谢甜水。感谢波涛之下的手，这些无赖居然在圣地旁袭击我们，而水流又将救星送来。”

他的瑟林语说得清晰准确，只是口音很重，而且声音干涩嘶哑——这倒是在意料之中。商人揉着擦伤的脖子，眨了眨眼睛，用另一只手在周围拍拍打打，似乎在找什么东西。

“我想我可以再帮您一个忙。”堂·萨尔瓦拉用尽可能标准的韦德兰语说道。他这番话跟对方的瑟林语同样清晰准确，也同样口音很重。萨尔瓦拉从泥巴里捡起一副珍珠框眼镜（随即发现它分量很轻，但又坚固结实——显然质地上乘、价格不菲），用自己宽松红大衣的袖口擦拭干净，这才递给那人。

“您会说韦德兰语！”陌生人说起了自己的母语。在萨尔瓦拉听来，似乎是非常地道。黑衣人把眼镜重新戴好，冲自己的救星眨了眨眼。“这真是个奇迹，比我敢于期冀的还多。哦！格劳曼！”

黑衣韦德兰人晃晃悠悠地爬起身，跌跌撞撞地跑向同伴。孔戴已经把趴在黏土中的胖大男人翻了个身，他此时正躺在地上，沾满泥巴的胸膛有规律地起起伏伏。

“他显然还活着。”孔戴探手摸了摸这可怜人的肋骨和肚子，“我想没有任何骨折或是骨裂的地方，但此后几周时间里，身上多半会布满瘀伤，青如池水，黑若深夜。要不然我就是个分不清狗屎和奶油冻馅饼的蠢货。”

衣着华贵身材瘦弱的韦德兰人长叹一声，明显松了口气。“奶油冻馅饼，没错。七髓河如此慷慨。格劳曼是我的随从，我的秘书，我勤奋的左右手。唉，但他对于格斗一窍不通。当然我在这方面更是汗颜。”陌生人又说起了瑟林语，他扭头看向堂·萨尔瓦拉，不觉睁大了眼睛。“就像我为自己的莽撞无礼感到汗颜一样。您肯定是一位卡莫尔城的贵族。”他深鞠一躬，比外国豪绅向同样尊荣的卡莫尔贵族行礼时应有的礼数还深，看起来几乎有向前栽倒的危险。

“我叫卢卡斯·费尔怀特，为贝尔·奥斯特家族服务，来自七髓帝国安伯兰行省。阁下的大恩大德没齿难忘，今后愿效犬马之劳。”

“我是堂·洛伦佐·萨尔瓦拉，这是我的保镖孔戴。愿效犬马之劳的，应该是我们才对，而且绝对心甘情愿。”堂以精确的角度鞠了一躬，同时探出右手想与对方一握，“从某种意义上说，我有义务向您展示卡莫尔城的盛情好客，方才发生的那一幕可算不上好客。能帮您这个小忙，是我的荣幸。”

费尔怀特接过堂伸来的右手，握在腕子上面一点，轻轻一摇；而堂也握住对方小臂的相同位置。如果说费尔怀特的手劲有些虚弱，堂也会将之归结于几乎被扼死的遭遇。费尔怀特又低下头，用前额轻触堂的手背；肢体礼节就算到此为止了。“但我仍难以赞同您的说法。您有个保镖，看起来强悍干练。您可以派他来帮我们，决不会有损于名誉，但您还是亲自上阵，准备战斗。从我所在的位置看去，似乎他还是追在您的身后。我向您保证，我刚才的姿势虽说很不舒服，但视野绝对清晰。”

堂轻轻挥手，似乎这样便可以把话语从空气中扇开。“我很抱歉让他们跑了，费尔怀特先生。看来我是没法为您主持公道了。卡莫尔城应为此向您致歉。”

费尔怀特跪在格劳曼身边，把胖男人汗津津的黑发从额头上梳向后面。“公道？我还活着，已是天大的幸事。我受诸神庇佑，安全抵达此地；而在您的帮助下，我得以苟全性命，继续完成自己的任务。这就够公道的了。”瘦小的韦德兰人又抬头看向萨尔瓦拉：“您不就是纳库扎葡萄园的堂·萨尔瓦拉吗？您的妻子不就是著名的植物学炼金师堂娜·索菲娅吗？”

“我确有这份荣誉，也确有这份荣幸，”堂说，“您是为‘那个’贝尔·奥斯特家族工作吗？您的生意不就是，嗯……”

“是的，哦，是的。我的确为那个贝尔·奥斯特家族服务。我的工作就是贩卖和运输您所想到的那种物品。这真神奇，简直太神奇了。圣髓河肯定是在戏耍我，水波下的手肯定是希望我惊讶得当场倒毙。您救了我的命，您会说韦德兰语，而且我们居然从事着同一个行业……这真是匪夷所思。”

“我也觉得不可思议，但却一点也不介意。”堂·萨尔瓦拉若有所思地打量着这条小巷，“我母亲是韦德兰人，所以我很喜欢说这种语言，虽说实在不怎么地道。您是被跟踪了吗？墙上的那条绳子说明此事早有准备，而且神庙区……哦，通常跟公爵的书房一样安全。”

“我们今天上午刚到。”费尔怀特说，“我们订好房间后——就在舷斜旅店，我想您肯定听说过——就直接到这儿来了。想赶快把供奉沉下，感谢诸神保佑我们从安伯兰平平安安地到达卡莫尔城。我没看清那些人是从哪儿冒出来的。”费尔怀特沉思片刻，“但我相信他们把格劳曼打倒后，其中有个人将那条绳子从墙头甩了过去。他们很谨慎，但应该不是等在这里伏击我们。”

萨尔瓦拉咕哝一声，扭头看了看那匹目光呆滞的柔化马。“奇怪。您到神庙进行供奉时，总是带着马匹和货物吗？如果这些包裹真像看上去那么充实，那我倒可以理解为何会引来这些无赖。”

“通常这些东西会锁在我们旅店的房间中。”费尔怀特友善地拍了拍格劳曼的肩膀，随即站起身。“但对这批货物和这个任务来说，恐怕我必须随时把它们带在身边。而且我也知道，这样做不啻于让我们变成一块香甜的饵料。的确是左右为难。”费尔怀特慢慢挠了挠下巴，“我已经欠了您的情，堂·洛伦佐先生，很难开口求您再伸援手。但这关系到我此次来卡莫尔城所担负的使命。既然您是贵族，那么是否认识一位堂·雅各布？”

堂·萨尔瓦拉紧盯着费尔怀特，一侧嘴角不易察觉地往下一撇。“是的。”他说完这话再未多言，尴尬的沉默在小巷中萦绕片刻。

“这位堂·雅各布……据说他是个富有的人。即便对贵族来说，也非常富有。”

“这话……没错。”

“据说他极具冒险精神。甚至有些胆大妄为。据说他……您们是怎么说的来着，有发现特殊机遇的眼光，还有承担风险的韧性。”

“这是对他个性的一种描述，大概没错吧。”

费尔怀特舔舔嘴唇。“堂·洛伦佐……这很重要……如果这些话是真的，那您能否……可否通过您作为卡莫尔贵族的地位，帮我安排一次与堂·雅各布面谈的机会？这话我羞于启齿，但如果我放弃贝尔·奥斯特家族交代的任务，就更要无地自容了。”

堂·萨尔瓦拉微微一笑，但毫无欢悦之意。他把头转开几秒，似乎是在观瞧静静躺在泥地里的格劳曼。孔戴站起来，直勾勾地注视着自己的主人，眼睛睁得老大。

“费尔怀特先生，”堂最终说道，“您不知道那个帕列瑞·雅各布也许是我此生最大的仇敌吗？我们曾刀剑相向，两次。每次都要尼克凡提公爵亲自下令，我们才能暂罢干戈。这些您都不知道吗？”

“啊！”费尔怀特的表情语气，就像是刚将火把扔在一大桶灯油里，“真是太唐突了。我怎么会这么蠢。我曾在卡莫尔城跑过几趟生意，但真不知道……请恕我冒昧。我这人真是口不择言。”

“没有的事。”萨尔瓦拉的语调又变得和缓起来。他开始用右手手指敲打起刺剑圆柄。“您到卡莫尔来，是为了处理一件贝尔·奥斯特家族的差事。您带了一件不容有失的货物，所以必须随身携带。您显然是计划要与堂·雅各布合作，但是……您需要和他进行一次正式会谈。那么不用多说，他肯定还不知道您在此地，也不知道您选中了他，不是吗？”

“我……这次的生意……我恐怕不能多说……”

“但您要做的生意很容易推断，”堂·萨尔瓦拉此时显得特别兴奋，“而且您不是反复说明欠我的情吗，费尔怀特先生？尽管我声明情况正好相反，您不是还拒绝承认我的声明吗？难道说您现在要撤回这份承诺？”

“我……这我当然义不容辞，但是，尊敬的大人……该死。”费尔怀特摇了摇头，“我实在无地自容，堂·洛伦佐。我现在不是背弃欠救命恩人的情分，就是背弃向贝尔·奥斯特家族许下的誓言，我必须将这件事尽量保密。”

“这两样您都用不着背弃，”堂说，“也许我可以帮您完成贝尔·奥斯特家族想办的差事。您还不明白吗？如果堂·雅各布根本不知道您在此地，您对他又有何义务可言呢？显然，您到这儿来是为了生意上的事。一项计划，一个方案，某种提议。您到这儿来，是为了启动某个项目，不然肯定会有现成的关系渠道。别生自己的气，这都是简单的逻辑。我说得对吗？”

费尔怀特垂下眼帘，为难地点了点头。

“这就对了！尽管我不像堂·雅各布那样富可敌国，但也略有几分薄产。而且我们本就是同道中人，不是吗？明天来找我，上我的游船，去参加流动狂欢节。把您的计划跟我说说，咱们仔细讨论一下。”堂·萨尔瓦拉眼中闪过一丝阴狠的光芒，尽管艳阳当空，也清晰可见。“您自称欠我的情，那就把此次造访作为答谢。撇清这份人情债后，咱们可以从共同利益出发，好好讨论一下这桩生意。您看不出我极有兴趣把您提供给雅各布的任何机会抢过来吗，哪怕他根本不知情？如果他根本不知情那更好，这样他永远也不可能归罪于您。我对您来说不够大胆吗？我敢说您的脸变长了，就像被施了魔法。有什么问题吗？”

“不是您的错，堂·洛伦佐。只是水波下的手又让我大喜过望。我们韦德兰人有句俗谚，横财在前，陷阱在后。”

“别担心，费尔怀特先生。如果您想谈的真是生意上的事，那无疑会有很多艰苦工作和恼人的麻烦在路上等待。那咱们就说定了？明天上午您能来跟我共进早餐吗？咱们可以去参加流动狂欢节，顺便讨论一下您的提议。”

费尔怀特咽了口唾沫，看着堂·萨尔瓦拉的双眼，坚定地点了点头。

“您的建议合情合理。也许对我们双方都是莫大的机遇。我接受您的好意，会把一切据实相告。就按您所说，明天。我简直等不及了。”

“能与您相识，是我的荣幸，费尔怀特先生。”堂・萨尔瓦拉向费尔怀特略一颔首。“可以允许我们帮这位朋友站起来，再把您送回旅店，以保证您不再遇到任何麻烦吗?”

“有您作伴，敝人求之不得。只是请您稍等片刻，照顾一下可怜的格劳曼和我们的货物，让我到神庙去完成奉献。”洛克从马背上乱七八糟的货品容器中掏出一个小皮袋，“这次的供奉要比我原先的计划丰厚许多。但我的主人们肯定会理解，用于祈祷的酬仪在我们的生意中是不可避免的开销。”

7

返回舷斜旅店的路程走得很慢，金・坦纳把痛苦困惑和头晕眼花表现得淋漓尽致。一位贵族护送着两名满身泥污、衣着臃肿的外国佬，还有三匹马随行，即便有人觉得这一幕不同寻常，他们也都把闲话吞进肚子，将好奇的目光留给了堂・萨尔瓦拉的后背。他们行到半途时，只见打扮成普通劳工的卡罗溜溜达达迎面走来，很快与一行人擦肩而过。他迅速打出几个难以察觉的手势——没有小虫儿的影踪，他这就去一个预先安排好的集合地点等消息。他会为小虫儿祈祷。

“卢卡斯！这怎么可能！我是说，卢卡斯・费尔怀特!”

卡罗消失在人群中后，盖多突然凭空出现。他身穿鲜艳的丝绵外衣，活脱脱是个富有的卡莫尔城商人。光是那件剪裁妥帖的褶饰外套，可能就跟绅士盗贼们今天上午所乘的那艘驳船价值相当。他从头到脚再没有半点破绽，绝不会让堂和孔戴联想起陌巷中的凶徒。遮脸布早被摘掉，头发往后梳得一丝不苟，再加上那顶小圆帽，盖多从头到脚都是上流人物的代名词。他拄着那根小漆杖，三两步走到堂·洛伦佐的怪异小团体面前，脸上露出灿烂的笑容。

“哦！艾文蒂！”扮作费尔怀特的洛克停下脚步，直勾勾地盯着对方，装出一脸诧异，随即伸出右手与来人热情相握。“这真是……这真是意外之喜！”

“当然，卢卡斯，当然……但你这是怎么了？还有你，格劳曼？看起来就像打了败仗！”

“啊，的确如此。”洛克低下头，揉了揉眼睛，“艾文蒂，今天上午可真不同寻常。要不是这位非凡的向导，格劳曼和我可能活不到现在。”洛克把盖多拉到身边，向堂把手一伸。“萨尔瓦拉先生，请允许我为您介绍艾文蒂·埃克加瑞，拉松纳区的法律顾问。艾文蒂，这是纳库扎葡萄园的堂·洛伦佐·萨尔瓦拉阁下。如果你还在关注这个行业，就一定认识。”

“十二诸神！”盖多摘下帽子，深深鞠了一躬，“一位贵族。我本该一眼就认出您来，我的大人。一千份的抱歉。艾文蒂·埃克加瑞愿为您效犬马之劳。”

“荣幸之至，埃克加瑞先生。”堂·萨尔瓦拉以正式但又随便的姿态鞠了一躬，接着趋前一步，跟来人握了握手。这个信号标志着繁文缛节可以就此省略了。“您，呃，这么说您认识费尔怀特先生？”

“卢卡斯和我是老相识了，先生。”他始终面对着堂·萨尔瓦拉，同时小题大做地掸去洛克黑大衣肩头上一点干透的泥土。“我主要替梅拉乔银行工作，为我们在北方的朋友们处理客户和许可文件。卢卡斯是贝尔·奥斯特家族最闪亮的明星。”

“算不上。”洛克轻咳两声，腼腆地笑了笑，“艾文蒂帮我们处理了贵公国那些有趣的法律和规章，又把它们变成朴实易懂的瑟林语。在前几次冒险中，他可是我的大救星。我似乎有种特殊的天赋，擅长在卡莫尔城遭遇陷阱；当然还有另一种天赋，就是能找到好心人帮我脱困。”

“很少有客户会用如此慷慨的言辞评价我的工作。但这泥巴是怎么回事，还有这伤痕？你提到了打架什么的？”

“对。您这城市有些，呃，胆识过人的盗贼。堂·萨尔瓦拉和他的保镖刚赶走了其中两个。不然格劳曼和我就在劫难逃了。”

盖多走到金·坦纳身边，友善地拍拍他的后背。金很戏剧化地咧了咧嘴。“十二诸神！请允许我赞美您，萨尔瓦拉先生。尽管卢卡斯死也不肯脱掉这些愚蠢的冬装，但他绝对是个少见的好人。为您所做的一切，我欠您一个天大的人情，我愿……”

“没有的事，先生，没有的事。”堂·萨尔瓦拉抬起一只手，掌心向外，另一只手则插在剑带上，“我只是尽到了应尽的义务，仅此而已。而且今天下午他们已经甩给我太多人情债了。”

堂·萨尔瓦拉和“埃克加瑞”又你来我往地客套了几句，盖多最终拿出客气版的“多谢，但滚蛋吧”，与众人告辞。

“哦，”他最后说，“这真是喜从天降，但恐怕有位委托人还在等我。而且很显然，我的萨尔瓦拉先生，您和卢卡斯也有我不该打扰的事情要做。请您允许……”

“当然，当然。能认识您是我的荣幸，埃克加瑞先生。”

“是我的才对，我敢保证，先生。卢卡斯，如果你有片刻余暇，应该知道到哪儿找我。如果我卑微的能力对你的生意还有些许帮助，我肯定会跑来……”

“当然，艾文蒂。”洛克伸出双手抓住盖多的右手，用力摇了摇，“估计我们很快就要请你帮忙。”他用一根手指摸了摸鼻子，盖多点点头，接着又是一系列的鞠躬握手和其他道别的礼节。盖多快步离去时，假装整理着帽子，在身后打了几个手势。

我没有小虫儿的消息。这就去四处看看。

堂·萨尔瓦拉看着他的背影，若有所思地愣了片刻，这个小队伍随后继续向舷斜旅店前进。他们不时闲聊几句。费尔怀特很自然地流露出见到“埃克加瑞”的欣喜之情，但很快又换上一副怅然若失的表情，他自称是因为差点窒息而引发的头疼。堂·萨尔瓦拉和孔戴在舷斜旅店的临街柑橘园门口与绅士盗贼们告别，劝告他们今晚要好好休息，有什么事都等明天再说。

洛克和金·坦纳一回到自己的套房（装满“贵重”货物的马具就扛在金的肩头），就除去脏兮兮的华服，换上新的伪装，连忙赶去集结点等待小虫儿的消息，希望能等到只言片语。

与此同时，那道迅捷如电的黑影紧跟在两人身后，悄无声息地在屋顶间飞掠，他们谁都没有察觉。

8

伪光慢慢褪去。刽子手风和湿地水汽将衣物贴在行人身上，也把卡罗和盖多吐出的烟气拢在周围，聚成一片灰色瀑布将他们遮掩起来。这对双胞胎戴着兜帽，出着黏汗，坐在老城堡区北端一家很像样的当铺门洞里。这家店入夜后关窗闭户，门板也上了锁，店主一家显然正在三楼喝着些很带劲的东西。

“这是不错的初次接触。”卡罗说。

“当然，不是吗?”

“有史以来最棒的。咱俩如此英俊，搞那些伪装可真不容易。”

“我得承认，没想到你跟我一样对此颇有微辞。”

“哦，哦，别对自己太过苛刻。从体貌上说，你跟我旗鼓相当，缺少的只是我那种与生俱来的学者风度，无所畏惧的气质，以及在女性方面的天赋。”

“如果你是指完事儿后掏钱的那份天赋，那我甘拜下风。对卡莫尔城的妓女们来说，你就是个会走路的慈善团，真的。”

“这话，”卡罗说，“可有点伤人了。”

“你说得对。”双胞胎抽着烟沉默片刻，“我很抱歉。今天晚上的玩笑话都少了些滋味。那个小混球害我肚子都快抽筋了。你知道……”

“不知从哪儿冒出来的巡逻队。没错。鸡飞狗跳的。还有那些哨声。我真想知道他干了什么，为什么要这么干。”

“他肯定有自己的理由。如果说这是绝妙的初次接触，那也要归功于他。我希望他能完好无损地回来，好让咱们把他揍出屎来。”

一条条游荡的身影在昏黑雾气中快步走过。老城堡岛少有祖灵玻璃建筑，所以大部分渐衰的光线只是从远处投射过来。一阵马蹄敲打圆石路面的声音在南面响起，变得越来越近。

此时此刻，洛克肯定正潜伏在耐心宫附近，观察来来往往的巡逻队走过黑桥，确保他们没有押着让他觉得眼熟的小罪犯，或是眼熟的尸首。金·坦纳会赶往另一个集结点，焦躁地来回踱步，把指节捏得嘎巴响。小虫儿决不可能直接返回佩里兰多神庙，也不会靠近舷斜旅店。年长的绅士盗贼们今晚将在卡莫尔城的湿气中默默守候。

木轮咔嗒作响，一匹烦躁的牲畜发出嘶鸣。马拉货车的噪音在距离桑赞兄弟二十尺外的地方戛然而止，消隐在雾气中。“爱文丹多？”有人用响亮但又迟疑的声音喊出这个名字。卡罗和盖多同时跳了起来。爱文丹多是他们为特殊情况设计的秘密身份暗号。

“这边！”卡罗喊了一声，随手把细烟卷扔在地上，甚至忘记踩灭。一个男人从雾气中走出，他光头蓄须，有着工匠粗壮的臂膀和小康人士浑圆的身段。

“我不太清楚这是怎么回事，”那人说，“但，嗯，如果你们谁是爱文丹多的话，有人跟我说把这木桶送到这个，嗯，门洞，就可以得到十梭伦。”他跷起大拇哥，顺着肩头指了指马车。

“木桶。是的。”盖多摸出一个钱袋，心脏怦怦直跳。“呃，这个木桶里装的什么？”

“不是酒，”来人说道，“也不是一个很懂礼貌的小伙子。但他答应的是十枚银币。”

“当然。”盖多迅速数出十梭伦，把这些闪亮的银币拍进男人张开的手掌中。“十枚为这木桶。另外一枚是为了忘掉这一切，嗯？”

“真见鬼，我的记性肯定是有问题，我居然不记得你干吗付钱给我。”

“好样的。”盖多把钱袋塞回夜行斗篷，跑去帮助卡罗。后者已经爬上货车，正站在一个中等尺寸的木桶旁边。通常塞在桶顶上的软木塞不见了，只留下一个黑洞洞的小孔。卡罗用力拍了三下桶壁，桶里响起三记微弱的敲击声。桑赞双胞胎微微一笑，将桶从车上搬了下来，跟赶车人道别。那人爬上大车，吹着口哨，很快消失在夜色中。在他口袋里叮当作响的钱币，至少是空桶价值的二十倍。

“好吧。”两人把桶滚回刚才那个门洞，卡罗说：“这桶酒还不够年头，而且性子太烈，还不值得倒进酒杯。”

“在地窖里多放个五六十年？”

“我认为咱们应该把它倒在河里。”

“真的？”盖多在桶壁上敲着手指，“河犯了什么错，要受这种折磨？”

桶里传来一阵闷响，隐约听来像是某种抗议。卡罗和盖多一同俯下身，靠近出气孔。

“好了，小虫儿。”卡罗说，“我相信你有个完美的理由，可以解释自己为何在桶里，以及我们为何要在这儿替你担心得都快吐了。”

“是个绝妙的理由，真的。”小虫儿的声音有些嘶哑，还微微泛着回声，“你们会喜欢的。但是，呃，先告诉我游戏进行得如何。”

“那真是妙极了。”盖多说。

“往多了说，三个星期，这位堂就会把他妻子的最后一套丝绒内衣也抵给咱们。”卡罗接口道。

男孩长吁一声，显然松了口气。“太棒了。那么，呃，事情是这样的，有一帮黄号衣直冲你们而去，我让他们滚蛋的方式相当激烈。然后我跑去老城堡区，找我认识的这个桶匠。他同上游的某些酒厂有生意往来，所以有一堆桶就放在院子里。嗯，我算是有点不请自入吧，直接跳进了一个桶里，跟他说如果能让我待在里面，等到伪光过后把我送到这儿来，就有八梭伦的进项。”

“八梭伦?”卡罗挠挠下巴，“那个不要脸的杂种说要十枚，结果得到了十一枚。”

“哦，嗯，没关系。”小虫儿咳嗽两声，“我在那个桶厂里待得很无聊，就顺了他的钱包。大概有值两梭伦的铜子儿。所以咱们算赚回来点。”

“你在一个桶里躺了半天，我的确深表同情。”盖多说，“但这事儿干得蠢到家了。”

“哦，得了吧!”小虫儿似乎相当不爽，“他以为我始终在桶里，怎么会怀疑我？你们刚给了他一大笔钱，他怎么会怀疑你们？天衣无缝！洛克肯定喜欢这手儿。”

“小虫儿，”卡罗说，“洛克是我们的兄弟，我们对他的爱无远弗届。但瑟林语中最危险的一句话就是‘洛克肯定喜欢这手儿’。”

“只有‘洛克教给我一个新把戏’堪可匹敌。”盖多接口道。

“在洛克·拉莫瑞的游戏中，只有一人能够脱身……”

“……那就是洛克……”

“……因为我们认为诸神为他准备了一个相当壮观的结局，涉及到刀子、烙铁……”

“……和五万名欢呼喝彩的观刑者。”

双胞胎同时清了清嗓子。

“好吧，”小虫儿最终说道，“我已经干了，我没被捉住。咱们现在可以回家了吗?"

"回家,"卡罗思忖道,"当然。洛克和金要是知道你还活着,肯定会像老祖母一样趴在你身上大哭一场。咱们可不能让他们久等。"

"不用出来。你的腿可能都抽筋了。"盖多说。

"没错!"小虫儿尖声叫道,"但你们俩真不用把我一路抬回去……"

"你这辈子还没说过更正确的话呢,小虫儿!"盖多站到木桶一边,冲卡罗点点头。这对兄弟吹起口哨,把桶滚到圆石路上,向神庙区前进。选择的路径既不是最短的,也不算最平坦。

插曲
洛克的解释

“那是意外，”洛克最终说，“都是意外。”

“抱歉？我肯定是没听清楚。”洛克手里拿着一盏陶瓷小油灯，在那暗淡红光中，锁链神父眯起了眼睛，“把我顺着胸墙扔下去。我是个没用的小坏种，现在就打算去死。你是这么说的吗？”

锁链已经把谈话场所转移到神庙屋顶，他们舒舒服服地坐在本该种满观赏植物的胸墙下。在盲眼祭司的自我牺牲戏码中，佩里兰多神庙早已消失的空中花园，是微不足道但又十分重要的组成部分。这点舞台布景能吸引到更多同情心——当然是以金钱来衡量。

浓云在他们头顶翻卷，隐约反射着卡莫尔城五光十色的夜晚灯火，遮蔽了星月之光。刽子手风像一双潮湿的大手，轻轻推动锁链和洛克周遭滞涩的空气。男孩竭力想要替自己辩解清楚。

“不！不，我的确想要害他们。但没别的。只是害他们一下。我不知道……我不知道会变成这样。”

“哦……我几乎可以相信你。”锁链用右手食指轻敲左掌，这是卡莫尔城的市场暗语，意思是继续说。“从头讲起吧。对你来说，这个‘几乎’是关键问题。给我好好讲讲，从头一个孩子开始。”

“维斯林，”洛克轻声说，“还有葛雷格，但先是维斯林。”

“维斯林，”锁链重复道，“的确是维斯林。可怜的家伙，被你的前任主人在脖子上开了道多余的口子。盗贼导师不得不从大佬手里买了颗可爱的鲨鱼牙，而且这一颗被用掉了。那么……为什么？”

“在山里，有些大孩子不用出去干活。”洛克把十指紧紧扭在一起，低头盯着它们，仿佛那里会长出答案来，“他们只是在我们每天回去的时候把东西拿走，搜我们的身，替我们向主人汇报，有时还会扣下一些东西。”

锁链点点头。“年龄、体型和溜须拍马得来的特权。如果你能活过这次谈话，就会发现在大多数帮派中都有相同的情况。大多数帮派。”

“其中有个男孩，叫维斯林。他更过分。他踢我们，打我们，抢我们的衣服。让我们干活。有好多次，他甚至欺骗主人，瞒下我们偷来的东西。他们把一些我们的东西，交给走窗的大女孩们。我们所有行街的人都会被克扣食物，特别是托儿。”洛克分开两只小手，说话间慢慢攥成拳头，“我们曾把这些告诉主人，他就哈哈大笑，只是哈哈大笑，就好像他全知道，而且觉得挺好玩！每次我们告状之后，维斯林就……维斯林就下手更狠！”

锁链点点头，又用食指拍了拍手掌。

“我就想该怎么办。我想了好久。我们谁也打不过他，他个头太大。我们在山里也没有大朋友。而且如果我们一块对付维斯林，他的大朋友们就会把我们碾碎。”

“维斯林每天都和几个哥们出去，我们干活时见过他们。他们不会给我们捣乱，但会监视我们，你明白吗？然后维斯林会说些怪话。”假如换成没这么脏，没这么瘦，眼窝陷得没这么厉害的孩子，那这副小嘴小脸上的怒容就会显得相当滑稽。但洛克这副样子就像一尊瘦弱的石像鬼，正在慢慢积聚力量，准备猛然突袭。“等我们回去，就说些怪话。说我们又笨又懒，而且偷得太少。他会推我们，打我们，骗我们，甚至更过分。我想着该怎么办，想啊想啊想啊。”

“那个点子，”锁链说，“致命的点子。是你自己想出来的？”

“对。”男孩使劲点点头，“是我自己。我想出这个点子时，就是一个人。我看到几个黄号衣在巡逻，就想……就想……想到他们的棍子，还有剑。我想能不能让他们揍维斯林一顿，能不能让他们为了什么事儿讨厌他？”

洛克停下来喘了口气。“我又想了很多，但我搞不定。我不知道该怎么办。所以我接着想，如果他们不讨厌维斯林呢？如果我用他们作借口，让主人讨厌维斯林呢?”

锁链心领神会地点点头：“你是从哪儿搞到那枚白铁币的?”

洛克叹了口气。“街上。所有不喜欢维斯林的人都更卖力了。我们观察，我们下手，我们玩命干活。这需要好几周，简直没个头儿！我要白铁币。我最终从一个胖男人身上摸到一枚，他穿了一身黑，黑毛料。怪异的大衣和系带。”

“韦德兰人，”锁链似乎在发呆，“可能是来做生意的商人。过于骄傲，刚来时不肯根据天气增减衣物；也可能太穷，请不起城里的裁缝。总之，你得到了一枚白铁币。一克朗。”

“所有人都想看看它。所有人都想摸摸它。我让他们摸了，然后就要他们把紧口风。我要他们发誓不说这件事。我告诉他们想整治维斯林就靠它了。”

“你用这钱干了什么?”

“放进一个钱袋，一个小皮袋。我们经常能摸到的那种。然后把它藏在城里，这样就不会被大孩子们抢走。那是个只有我们知道的地方，大孩子都进不去。有一天我确定维斯林和他的朋友们不在山里，就拿出白铁币，提早回去。我把铜板和面包交给门口的大女孩们，但把白铁币藏在鞋里。”洛克顿了顿，摆弄着手里的小油灯，红色光芒在他脸上晃来晃去。

“我把它放进维斯林的房间。那是他和葛雷格睡觉的地方，一个干燥的好墓穴。在山中央。我找到一块松动的石头，把钱袋藏在底下。我确定没被人发现后，就要求见主人。我说我们几个人看见维斯林去了窄巷区一个黄号衣的地方。兵站，哨卡。你明白。我还说他从黄号衣手里拿了钱。他给我们看过，还说如果我们告密，就会把我们卖给黄号衣。”

“真是神奇，”锁链挠了挠胡须，“你在解释自己如何陷害别人时，就没那么笨嘴拙舌结结巴巴的了，你知道吗？”

洛克眨眨眼，仰起头，盯着锁链。长者大笑起来。“这不是批评，孩子。我可没想打断你。继续讲故事吧。你怎么知道盗贼导师会为这事儿发火？那些黄号衣给过你和你的朋友们钱吗？”

“没有，”洛克说，“没有，但我知道主人给他们钱。换方便，换消息。我们有时见他把钱放进那些袋子。所以我觉得，也许可以把这事儿反过来。”

“啊。”锁链把手伸进长袍，取出一个扁扁的皮夹。在洛克手里那盏油灯的光亮下，这东西显出烤砖的颜色。锁链从夹子里拿出一片纸，又从皮夹另一角倒出一种黑色粉末。他很快把纸紧紧卷成圆柱，然后以庄重优雅的手法，借着油灯的火苗，点燃了一端。没过多久，盲眼祭司就把形如鬼魅的灰色烟圈，送进同样形如鬼魅的云雾之中。这东西闻起来像是燃烧的松焦油。

“请原谅。”锁链说着往右挪了挪，好让自己呼出的烟气从男孩身边几尺外的地方飘过。“每天晚上两支烟，是我对自己唯一的放纵了。晚饭前一支烈的，晚饭后一支柔的。让所有东西滋味更妙。”

“这么说我要留下吃晚饭了？”

“啊哈。你这个厚颜无耻的小机会主义者。我只能说局势还没敲定呢。你继续讲自己的故事吧。你向盗贼导师告密说，维斯林作为一名辅警，替闻名遐迩的卡莫尔城卫队工作。他肯定急眼了吧。”

“他说如果我撒谎，就把我宰了。”洛克也往右挪了挪，进一步躲开烟气，“但我说他把钱藏在自己的房间里。他和葛雷格的房间。所以……主人将它翻了个底朝天。我把那白铁币藏得很好，但他还是找到了。这也是应该的。”

“嗯。你觉得接下来会出什么事？”

“我不知道他们会被杀！”锁链在这柔弱激昂的声音中，找不出什么难过的感觉，但的确显得很迷惑，很恼怒。“我想让他揍维斯林一顿。我想也许他会在所有人面前揍他。大多数夜晚，我们都一起吃饭。山里所有人。捅娄子的必须任人耍，或是服侍别人和清理卫生，或是被按在地上挨鞭子。喝生姜油。我以为他会受这种罚。也许全尝个遍。”

“哦。”锁链把目光从洛克身上转开，长长吸了一口烟，仿佛烟草可以让人心智通明。他最终开始呼气，喷出一股股青烟，形成许多摇摇晃晃的月牙。它们飘过几尺后，便消失在薄雾中。锁链清了清嗓子，把头转向男孩。“哦，你已经很清楚这些善意的价值，对吗？鞭刑。端盘送水打扫卫生。哈，可怜的维斯林倒是被服侍，被清理了。你的前主子是怎么做的？”

“他离开了几小时，回来后就默默等待。在维斯林的房间。等维斯林和葛雷格那天晚上回来，身边围了些更大的孩子，所以他们根本跑不掉。然后……主子就杀了他们。两个。割断维斯林的喉咙，然后……有些人说，他看着葛雷格，什么话都不说。过了一会儿，他就……”洛克用两个手指做了锁链刚才对他做过的戳刺动作，“他把葛雷格也做了。”

“他当然会这么做！可怜的葛雷格。葛雷格·法奥斯，对吗？跟你不一样，他算是走运的孤儿，年岁大到还记得自己姓什么。你的前主子当然会把他也做了。他和维斯林是最好的朋友，对吧？穿一条裤子的交情。他肯定知道维斯林在石头下面藏了一笔横财，这是最基本的推理。”锁链叹了口气，揉揉眼睛，“最基本的。那么，你现在讲完了自己的故事，想不想听我指出你到底露了什么马脚？为什么把一切都搞砸了？想不想让我告诉你，为什么帮你顺那枚白铁币的行街小伙伴们，大部分在天亮前就会变成死鬼？”

第二章
利齿秀上的第二次接触

1

闲人日，上午十一点，流动狂欢节上。太阳又像火焰中的钻石那般放射出灼人光芒，在空荡荡的蓝天中烧出一道弧线，热量倾泻下来，隔着衣物都能感到。洛克站在堂·萨尔瓦拉那艘豪华游船的丝质遮阳篷下，依旧保持着卢卡斯·费尔怀特的服饰和举止，目光扫过狂欢节上越聚越多的人群。

在他左侧的平底船上有个绳舞者剧团。四名舞者保持十五尺间隔的菱形站位。大段大段鲜艳丝绳在舞者间舒展，环绕在他们的双臂、胸膛和颈项周围，似乎每名舞者都同时操纵着四五根细线。这些线在他们之间交织出不断变化的翻绳造型，大网中又有精巧绳结构成各种小物件：剑、刀、大衣、靴子、玻璃小雕像和熠熠生辉的小摆设。舞者们旋转双臂，扭动臀部，控制这些造型朝不同方向缓慢移动，时而又以不可思议的流畅动作抖脱绳结，制造新的图案。

但舞绳剧团也算不了什么。因为在这条繁华的河道中，此等奇观异景俯拾皆是，堂和堂娜·萨尔瓦拉的游船也不遑多让。虽然有很多贵族通过水路在自己的园林和府邸间运送树木花卉，但这艘游船的主人又向前迈进一步，开了卡莫尔城的先河。萨尔瓦拉家的游船就像个永远漂在水上的微缩园林。它大约五十步长二十步宽，矩形双层木壳中填满泥土，栽种着十几棵橡树和橄榄树。这些树木的枝干全如夜色黝黑，扑簌叶帘呈现出超乎自然的美感：绿如翡翠，亮若漆器。显然是植物学炼金术的精妙杰作。

宽大旋梯绕着几株树木交织而上，片片繁茂叶影点缀其间。堂·萨尔瓦拉的丝顶瞭望厢就坐落在楼梯尽头，安安稳稳地置身于枝干间，为他们提供了不受阻碍的前方视野。在这艘美轮美奂的浮动森林两侧，各有二十名雇佣桨手。他们所在的舷外支架平衡着过于沉重的中部船体，以防它向两侧翻倒。

瞭望厢中足可以容纳二十人。但今天上午这里只有洛克、金·坦纳、萨尔瓦拉夫妇，以及站在酒台前时刻保持警惕的孔戴。这酒台精美别致，要说是药剂师的试验台也不足为奇。洛克转回头继续观赏绳舞者的表演，忽然觉得自己跟他们颇有些共通之处。今天上午，稍有不慎就会搞砸一出棘手的公开演出的人，可不光是这些舞者。

“费尔怀特先生，您的衣服!”堂娜·索菲娅·萨尔瓦拉跟他一起站在瞭望厢的前护栏旁，双手与洛克相距不过几寸之遥，“如果是在你们安伯兰的冬季，您穿成这样当然再好不过，但干吗要在我们这儿的夏天遭这份罪呢？您会出一身汗，红得像朵玫瑰！您就不能脱掉一些吗?”

“我……尊贵的夫人，我向您保证，我觉得……相当舒适。”十三诸神，她绝对是在跟洛克调情。通过堂·洛伦佐脸上隐约闪现的那一丝微笑，洛克明白这是萨尔瓦拉夫妇早就计划好的。一点点亲密的女性关怀，好让这位腼腆的商人心慌意乱。早有安排，常见手段。可以说是游戏前的游戏。“我发现这些衣物在您……这极为有趣的天气中为我……带来的所有不适只会……只会鞭策我。集中精神。让我保持警醒，您明白。成为更好的，嗯，生意人。”

金·坦纳站在他们身后几步远的地方，强忍着没有出声。把金发女郎扔给洛克·拉莫瑞，无异于将莴苣扔给鲨鱼。堂娜·索菲娅的确是一等一的金发女郎，少见的瑟林美女，肌肤如燃烧的琥珀，发色若杏仁黄油，一双深目炯炯有神。一席深橙色夏季裙服，外加只露出边缘的奶白衬裙，把她的曼妙曲线巧妙地勾勒出来。哦，遇上城中对女性品味最为独特的盗贼，算是萨尔瓦拉夫妇的运气。金·坦纳可以帮洛克一个忙，把欣赏堂娜的义务大包大揽下来，反正今天需要扮演的角色（以及“伤势”）让他几乎无事可做。

“亲爱的，咱们这位费尔怀特是用特别坚韧的材料制成。”堂·洛伦佐懒洋洋地靠在前围栏的另一个角落。他身穿宽松白丝衣，外加与妻子裙服搭配的橙色汗衫；白色颈巾时髦地松松系好，汗衫也只系了最下面的扣子。“昨天他把这辈子的揍都挨了，今天他穿了五人份的衣服，还敢挑战太阳的淫威。我必须说，卢卡斯，把您从雅各布手中抢过来，真是越来越令我欣慰。”

洛克略一欠身，向微笑的堂露出腼腆欣然的笑容。

“至少喝点什么吧，费尔怀特先生。”堂娜·索菲娅轻轻握了下洛克的手，足以让他感觉到任何手部美容都无法掩饰的老茧和化学灼痕。如此说来，她是个真正的植物学炼金师，她不仅设计了这艘船的主体，更亲自监制施工。这种令人敬畏的才能，更暗示出她是个精明的女人。在这两位之中，洛伦佐显然较为冲动；但只要他还有脑子，就会在接受卢卡斯·费尔怀特的任何提议之前，考虑妻子的意见。因此洛克以腼腆的笑容和扭捏的轻咳作为回应，好让堂娜以为自己就快把这位安伯兰商人握在手心里了。

“一杯酒真是再好不过。”他说，“但是，啊，恐怕我会做出什么不得体的举动，仁慈的堂娜·索菲娅。我在您这城市中做过不少生意，深知酒要怎么喝，尤其是在谈生意的时候。”

“早晨用来出汗，晚上用来后悔。”堂·萨尔瓦拉说着离开扶栏，冲仆人打了个手势：“孔戴，我相信费尔怀特先生刚要了杯不次于生姜烧的饮品。”

孔戴熟练地调配酒品，首先取来一个细长的水晶酒杯，倒进两指深的卡莫尔生姜油，颜色就像烧焦的肉桂。接着他又加入相当分量的奶白色香梨白兰地，然后是一种被称作艾珍托的半透明烈酒，这其实是和小萝卜一起入味的烹饪酒。这杯鸡尾酒混好后，孔戴用一条湿毛巾将左手裹住，伸向酒台旁一具加盖的焖烧炉。他取出一根尖端橙红发热的细长金属条，插进鸡尾酒中。嗞嗞声立即响起，一小股辛辣蒸汽也随之出现。金属条冷却后，孔戴迅速准确地搅动三次，随即把酒杯放在一个小银盘中呈给洛克。

这些年来，洛克已经多次品尝过这种饮品，但当生姜烧的冰炎袭上双唇时（用蜇人的热度描画出每条细缝，用凛冽的疼痛勾勒出牙齿和齿龈间的所有罅隙，这才向舌头和喉咙发动攻势），他永远无法完全遏制阴影山的回忆，无法忘记盗贼导师的警告，无法忘记那液态火焰似乎顺着鼻腔蔓延，一直烧到双目后方的感觉——让人只想把眼球抠出来。洛克在抿第一口酒时把不适感表现得淋漓尽致，这比假装对堂娜动心要容易得多。

“无与伦比。”他咳嗽起来，随即猛地拉了几下黑色颈巾，把它扯松了一点点。萨尔瓦拉夫妇同时露出得意的笑容，显得魅力十足。“这再次提醒了我，为何能把那么多淡酒卖给卡莫尔人。”

2

每月一次，流动集市会关张停业。每隔三个闲人日，所有商贩都会离开比邻安杰文河的大圆湖，在附近运河中漂流或是下锚。与此同时，城里一半的老百姓都会跑来欣赏流动狂欢节。

卡莫尔城从来没有宏伟的石质或是祖灵玻璃大剧场，反倒形成了一个古怪传统，要在每次狂欢节上把观众席重建一新。巨大的多层观礼游船被拉到这里，牢牢固定在流动集市周围的石头防波堤旁，看起来就像是从大竞技场中心切下来的一片浮动座席。每艘游船都是由相互竞争的贵族家系或商贸联合会操控，甲板水手穿着独特的制服。他们为了招揽人群，竞争得颇为激烈，某些常客为各自钟爱的游船所引发的争执也屡见不鲜。

等这些游船安排妥当，就会形成一个差不多环绕半边浮动市场的大圆弧。其中又会留出一条开阔水道，供船只进出中心区平缓的水面。周遭剩下的区域是留给贵族游船的位置。每次狂欢节都会有上百艘游船出现，而在每年的主要节日中，数目还要再多一半。今天就是如此。距离仲夏节和换季日已经没有几周了。

尽管各种娱乐演出还未开始，但流动狂欢节本身已算得上是奇观异景。无论富人与穷人，不管乘舟或步行，熙熙攘攘的人流全在争夺着有利位置。这场传统竞赛由于全无规则，深受人们的喜爱。黄号衣们通常会倾巢而出，但他们主要是为了阻止争执和斗殴进一步升级，而非控制整体的骚动。狂欢节是一次全城大放纵，公爵也乐于从宝库中拨出钱款来主持这种喧闹混乱的公共服务项目——因为一次优秀的狂欢节可以拔出社会动荡的毒牙，以免它有时间长疮化脓。

他们透过泛起涟漪的热浪，注视着充斥在平民船只中的数以千计的卡莫尔人。尽管上有丝篷遮顶，但时近正午的高温还是无从规避，而生姜烧更为他们火上浇油。孔戴替两位主人准备了完全相同的酒水（也许生姜油的成分略少一分），依照这种筵席上的卡莫尔礼仪，应该由“格劳曼”为他们端盘上酒。洛克的杯子已经空了一半，生姜烧就像个不断扩张的火球，温暖着他的肠胃，又像段鲜活的记忆刺激着他的喉咙。

“说到生意，”洛克最终说，“您们对格劳①和我……实在太仁慈了。我曾答应过，为了报答这份仁慈，要把此次到卡莫尔城来办理的差事据实相告。所以如果两位愿意的话，咱们就开始谈吧。”

萨尔瓦拉的雇佣桨手们已经把船划进流动狂欢节现场，逐渐接近数十艘造型较为传统的游船。有些船上云集着数十名乃至数百名宾客。

“我敢说，您这辈子从没遇到过如此迫不及待的听众，费尔怀特先生。”堂的目光中闪烁着充满贪念的好奇，“您请说吧。”

---

① 格劳曼的昵称。

“七髓王国即将分崩离析，”洛克叹道，“这不是秘密。”

堂和堂娜不置可否地抿了口酒，什么也没说。

“安伯兰邦素来置身于主要利害冲突之外。但冯·安伯兰伯爵和黑桌会都在，呃，朝相反的方向努力，试图为它带来实际损害。”

“黑桌会？”堂问。

“抱歉。”洛克抿了一小口酒水，让新生的烈焰流入舌底，“黑桌会是我们对安伯兰最富权势的大商人委员会的称呼。我在贝尔·奥斯特家的主人们就位列其中。除了军事和税务以外，安伯兰邦的所有事务都由他们管理。他们已然厌倦了伯爵，厌倦了其余六邦的贸易行会，也厌倦了种种限制。安伯兰通过投机活动和商贸途径聚敛起大笔财富。黑桌会将旧行会们看作坠在脖子上的枷锁。”

“有趣，”堂娜说，“您说的是‘他们’，而非‘我们’。这个细节很重要吗？”

“从某种角度来说，是的。”洛克稍稍抿了口酒，第二次做出紧张的假相，“贝尔·奥斯特家族认为行会存在的确弊大于利。数百年前的贸易经验，不该永远刻在行会法令中。但我们并不完全赞成。”他又咂了口酒，挠了挠后脑勺，“嗯，应该罢黜冯·安伯兰伯爵。他即将带领大部分军队离开邦国，向帕雷和萨默内的兄弟们炫耀安伯兰的旗帜。”

“圣十二神啊！”堂·萨尔瓦拉摇了摇头，似乎想把刚刚听到的话甩出去，“他们不是认真的吧。安伯兰……比卡莫尔还小！两面临海，根本无法防守。”

“总之准备工作已经在进行。与财富榜上位居次席的七髓邦国相比，安伯兰的银行和商馆年贸易额是它的四倍。黑桌会被这种情势蒙住了眼睛。金钱当然应被视作潜在的权势，但黑桌会错把金钱本身等价于直接力量。”他故意一口灌下残酒，“再过两个月，无论如何内战都会爆发。后果不堪设想。斯特拉达和德沃瑞姆，拉祖尔和史崔格……都在打磨匕首，整备人马。而正如我们刚才所说，安伯兰的商人们准备等伯爵离开后，就逮捕剩下的大小贵族，还要夺取海军控制权，征募‘自由民’军队，雇请佣兵。总而言之，他们试图从七髓王国脱离出来。这是不可避免的。”

“而这一情势，具体来说，跟您到卡莫尔来有什么关系呢?”堂娜紧握着高酒杯，关节都已发白。她完全明白费尔怀特这番话的重要性。一场数百年来未曾有过的大战，一次涉及到可能出现的金融浩劫的内战。

“在我的主人——贝尔·奥斯特家族看来，货舱里的老鼠不可能夺下即将搁浅的海船舵柄。但同样是这些老鼠，要想弃船还是很容易的。”

3

在流动狂欢节的湖面中央，有很多高大铁笼沉入水下。有些是为了支撑木板，供表演者、牺牲品、角斗士和服务员们站立；还有些特别牢固的笼子里囚禁着几条黑影，它们在半透明的灰色水面下来回游弋，散发出不祥的气息。众多平底船以稳定的速度在四周环绕，展示着绳舞者、抛刀人、杂耍艺人、变戏法的、大力士和其他精彩节目。揽客的人一个个手拿黄铜长喇叭，激动的吆喝声在水面上回荡。

每次狂欢节上，首先登场的节目都是悔罪角斗。耐心宫中的轻犯们，可以志愿参加这些实力悬殊的打斗，以换取减刑或是略微改善下生活条件。此刻，一名身形高大肌肉发达的“惩戒之手”——来自公爵私人卫队的战士——正展开凌厉攻势。他身穿黑皮甲，配以光可鉴人的钢制胸铠，钢盔顶上装饰着一条巨型飞鱼刚被砍下的鱼翅，鳞片和鳍刺熠熠生辉。战士在烈日下前冲后撤，用铁头杖好整以暇地进行攻击。

“惩戒之手”站在一块面积很小，但稳如磐石的平台上。一系列圆形木板环绕在他周围，被一臂远的水面阻隔。这些歪歪扭扭晃晃悠悠的平台上，站着二十几名瘦弱肮脏的囚犯，每人手持一根小木棒。一次集体冲锋也许就能打垮那位身着铠甲的行刑者，但这些人似乎缺乏协作的勇气。他们只会单枪匹马或是结成小集团，向“惩戒之手”慢慢逼近，随后便一个个被劈头盖脸的棒击打落水中。几艘小船在周围巡游，将失去知觉的犯人打捞出来，以防他们就此葬身水底。公爵以慈悲为怀，不允许悔罪角斗出现有意致死的结果。

“嗯。”洛克举起空酒杯亮了一下，孔戴迅速将杯子取走，动作迅疾优雅，犹如剑客令对手缴械的杀招。堂的男仆走向酒台时，洛克清了清嗓子。“先不要倒上那杯酒，孔戴。太客气了，太客气了。但如果您二位允许，尊敬的先生和夫人，我准备献上两件礼物。一件用来表达我们的好意。另一件嘛……哦，诸位会看到的。格劳曼？”

洛克打了个响指，金点点头。这位壮汉走到酒台旁的一张木桌旁，拿起两个沉重的皮囊。皮包边角都由铁片加固，盖子上缝着小铁锁。金·坦纳把它们放在地上，好让萨尔瓦拉夫妇看清，随即退到一旁。洛克拿出一枚用象牙雕刻而成的精致钥匙，打开了皮囊。他从头一个包裹里取出一具木桶，大约一尺高，半尺宽，颜色苍白，散发着清香。洛克将桶举到堂·萨尔瓦拉面前，让他检验。桶壁上有个简单的黑色商标，上面写道：

奥斯特沙陵　陈酿白兰地　502

堂·洛伦佐倒吸一口冷气，鼻翼似乎都略微有些张大，但洛克还是保持着卢卡斯·费尔怀特礼貌客套的态度。“十二诸神，一桶502年。卢卡斯，如果我此前曾责备你不该把货物随时带在身，那么请接受我最诚挚的道……”

“哦，没必要，没必要。”洛克抬起一只手，模仿着堂把话语从空中驱散的动作，“为了您的英勇义举，堂·萨尔瓦拉，也为了您今天早上的盛情款待，美丽的堂娜，请收下这件不起眼的礼物，用来装饰您们的酒窖。”

“不起眼!”堂拿过酒桶，抱在怀里，仿佛抱着个刚出生五分钟的婴儿，“我……我有一桶506年，两桶504年。我不知道卡莫尔城中还有谁拥有502年，也许除了公爵以外。”

“哦，”洛克说，“自从市面上传言说这是种极佳的混合酒，我的主人们就特地保留了几桶。我们用它们来……打破重要生意中的厚实坚冰。”实际上，这桶酒代表着一笔将近八百克朗的投资，和一趟前往艾什米尔的海上旅程。洛克和金费尽周折，才在一场出千的牌局中，从一个行为古怪的小贵族手里把它赢了过来。多数开支其实都花在躲避或是收买老人此后派来追讨这笔财产的刺客们身上。502年陈酿已经变得太过珍贵，很少有人真去喝。

“多么慷慨的表示，费尔怀特先生!”堂娜·索菲娅伸手抚过丈夫的臂弯，露出充满占有欲的笑容，“洛伦佐，亲爱的，你应该试着多解救些安伯兰来的陌生人。他们太迷人了!”

洛克轻咳一声，蹭了两下脚底。“啊，没有的事。尊贵的夫人。那么，堂·萨尔瓦拉……”

“请叫我洛伦佐。”

“啊，堂·洛伦佐，我接下来要向您展示的东西，跟我到卡莫尔来的原因有直接关系。”他从第二副皮囊中取出一个形状差不多的酒桶，但这桶上只标记了一个环绕着葡萄藤圈的花写体A字。

“这，”洛克说，“是从去年蒸馏酒中取出的样品。559年。”

堂·萨尔瓦拉失手掉落了502年的酒桶。

堂娜以不逊于少女的敏捷，探出右脚在半空中勾住酒桶，让它随着噗的一声轻响落在甲板上，避免了粉身碎骨的命运。但她到底还是失去平衡，没能拿住手中的生姜烧。酒杯从船侧落下，很快消失在二十尺深的河水中。萨尔瓦拉夫妇彼此搀扶，帮助对方稳住身形，堂捡起他的502年，双手还在颤抖。

“卢卡斯，”他说，“你……你肯定是在开玩笑。”

4

洛克发现，在观赏“神圣裁决”时吃午饭并非易事。十几个犯人就这样在水中被一条杰里什恶魔鱼撕成了碎片。但他认定安伯兰商人费尔怀特，在他那无数次的虚构航程中肯定见过更为可怕的场面，所以洛克把自己的真实感觉从脸上抹去。

正午早已过去，悔罪角斗结束了，狂欢节主办者们换上了神圣裁决的戏码。这是种较为文雅的说法。水中都是谋杀犯、强奸犯、奴隶、纵火犯之类的人物，因此被挑选出来进行精彩刺激的公开处决，好为参加狂欢节的民众提供娱乐。严格来说，他们是有武器的，而且假如能设法杀掉他们所面对的野兽——无论到底是什么东西——就能争取到从轻发落的机会。但那些野兽通常都是如此凶猛，他们的武器又是如此可笑，所以通常来说，这些人只有死路一条。

恶魔鱼的触须有十二尺长，跟带有灰黑色条纹的波浪形身体长度相当。它被关在一处由铁笼和平台围成的六十尺圆场中，跟它作伴的还有十几个男人。他们挥舞着双臂，拼命踩水，发出阵阵哀号。大多数人早就把那玩具似的小匕首扔到水里。紧张的卫兵们手持弩弓和长矛，在平台上巡逻，如果有犯人试图爬出来，就会被推回水中。那条恶魔鱼不时在混浊的血水中翻个身，洛克便会瞥见一颗没有眼睑的黑眸子，大小跟他手里端着的汤碗差相仿佛。

“再来点，费尔怀特先生？”孔戴走到他身边，双手捧着一个盛有凉汤的银碗，深红色的番茄汤用胡椒和洋葱调味，上面漂着铁海对虾洁白的嫩肉。堂和堂娜·萨尔瓦拉的幽默感实在非比寻常。

“不，孔戴，多谢了，但我暂时不需要什么了。”洛克把汤碗放到开封的559年酒桶（其实是用一瓶价值五十克朗的550年打底，混以大量金·坦纳所能找到的最烈的朗姆酒）旁边，从自己的高脚窄口杯中抿了一点琥珀色酒水。即便混以垃圾烈酒，这赝品仍是人间美味。萨尔瓦拉夫妇坐在洛克对面那张上了油的银木小餐桌旁，格劳曼殷勤周到地站在他们身后。堂娜·索菲娅下意识地把玩着那些凝胶状橙片，它们被切得薄如纸张，精心摆成螺纹形状，组成了一朵可以食用的郁金香。堂·洛伦佐低头注视着手中的白兰地高脚杯，双目依旧瞪得老大。

“这简直近乎……亵渎！”尽管发此高论，洛伦佐还是喝了一大口，满意之情溢于言表。在他身后较远的地方，某种大概是尸块的物体飞上天空，旋即落回河面，溅起大片水花。人群中响起雷鸣般的喝彩声。

奥斯特沙陵白兰地有一个尽人皆知的特点，就是在蒸馏和混成后至少要窖藏七年，外人决不可能染指年份低于此数的酒品。贝尔·奥斯特家族的代理商们，甚至不允许提及还未上市的酒。这些陈酒房的位置严格保密，有传闻说必要时他们甚至会雇请杀手来保证这一点。洛克随随便便拿出一桶559年时，洛伦佐已经被惊得目瞪口呆；当洛克同样随意地打开封口，建议大家用它来佐餐时，堂几乎要昏厥过去。

“是啊，”洛克轻笑两声，“白兰地是我们贝尔·奥斯特族的宗教信仰。我们在它周围走路时，都要小心翼翼。”他收起笑容，伸出食指在喉咙上划了一下。“有史以来可能只有咱们曾用未陈酿过的样品配午餐浓汤。我想您会喜欢它的。”

“当然！”堂转了转杯中的液体，全神贯注地盯着它，似乎已经被这焦糖色的半透明物质所催眠，“而且我好奇得要死，很想知道您袖子里藏的到底是什么计划，卢卡斯。”

“好吧。”洛克戏剧化地转了转自己的酒杯，“过去两百五十年间，安伯兰曾遭遇三次入侵。咱们实话实说：七髓王国的权力更迭通常都离不开军队和鲜血，之后才是祝福和盛宴。如果伯爵们起了纷争，奥斯特沙陵山脉就会变成安伯兰唯一的内陆屏障，也是最激烈的战场。战斗将无可避免地毁掉山脉东坡。那里正是贝尔·奥斯特葡萄园的所在地。这次也不例外。黑桌会把这灾祸引到我们身上！数以千计的士兵马匹会从那里通过，将葡萄园踏平，将沿途所见洗劫一空。现在我们有了火油，情况可能更糟。我们的葡萄园也许在半年后只剩一片灰烬。”

“如果你们真想……弃船，是不可能把葡萄园全部打包带走的。”堂·洛伦佐说。

“没错。”洛克叹道，“在一定程度上，是奥斯特沙陵的土壤成就了奥斯特沙陵白兰地。如果我们失去那些葡萄园，情况就会跟以前一样——种植和蒸馏的流程都会被迫中断。十年，二十年，甚至三十年。或者更久。而且情况还在恶化。我们的形势很糟。如果七髓王国爆发内战，伯爵不可能放弃安伯兰的港口和收入。他和他的同盟者会以最快速度发起猛攻。他们很可能把黑桌会放上铡刀，扣押他们的货物和产业，没收他们的资金。贝尔·奥斯特家族难逃此劫。

“与此同时，黑桌会也在紧锣密鼓地秘密行动。格劳和我是五天前出发的，我们得知再过十二小时港口就要被封锁。所有挂安伯兰旗帜的船只都不允许离港；它们会被引入船坞，妥善监管，进行‘修理’或‘隔离检疫’。仍旧忠于伯爵的贵族们现在恐怕已被软禁，他们的卫队也会被缴械。我们存在安伯兰各家借贷行中的资金，会被暂时冻结。所有黑桌会的商人家族都同意彼此施行这一举措，以此表达‘善意’。这让任何家族都无法带上金币和货物弃船逃跑。此时此刻，格劳和我是通过多年间在梅拉乔银行建立的信用，借贷款项进行活动的。我的家族……哦，我们只是不习惯把资金存在安伯兰以外。顶多是这儿一点，那儿一点，以备不时之需。”

洛克聚精会神地盯着萨尔瓦拉夫妇，观察他们的反应。他已尽力获取最新最准确的安伯兰动向，绅士盗贼们也花费了几周时间对堂·萨尔瓦拉进行监视和准备，但堂可能握有他们并未发现的情报来源。有关黑桌会和内战即将爆发的消息，是合理而准确的预测；有关突然封港和软禁贵族的部分，则纯属信口雌黄。根据洛克的估计，安伯兰真正的乱子至少要再过几个月才会开始。如果堂对此有所耳闻，那么不出两秒钟，孔戴就可能操起匕首试图把他钉在桌上。如果事情发展到这一步，金·坦纳便会抽出藏在汗衫背部的那对短斧，丝质遮阳篷下的所有人都会感到非常非常不适。被戳破的骗局向来不堪入目。

但萨尔瓦拉夫妇什么都没说。他们只是盯着洛克，那眼神很明显是请他继续说下去。洛克心里有了底，便继续说："这一局势是无法容忍的。我们既不想因为自己根本就不支持的理由变成人质，也不想在伯爵无可避免地返回安伯兰时，变成他复仇的对象。我们倾向于……某种冒险的选择。这一选择需要借助于一名卡莫尔贵族的实质帮助，也就是您，堂·萨尔瓦拉——如果您有办法做到的话。"

堂和妻子始终在桌下把手紧紧握在一起。此刻他冲洛克激动地挥了挥手。

"我们愿意放弃自己的资金，毫无保留。通过这一姿态，我们将争取到更多的时间。而且我们很有信心，填补这个资金漏洞只是时间和精力的问题。我们甚至可以放弃，"洛克咬了咬牙，"我们的葡萄园。我们会亲手把它们付之一炬，不会给任何人留下一星半点。毕竟，是我们通过炼金术手段，亲手提高了土壤的质量。自然的土壤只是基础。而这些增效秘方仅保存在我们的种植大师心中。"

"奥斯特沙陵加工法。"索菲娅倒吸一口冷气，暴露了她愈加高涨的情绪。

"当然，您听说过。哦，无论在任何时期，我们都只有三位种植大师。而加工法复杂到足以对付土壤检测，即便是拥有您这等天赋的植物学家也无从辨别，尊贵的夫人。我们的炼金师所采用的大部分化合物都是惰性物质，而且只是为了混淆视听。事实就是如此。

“我们不能放弃的东西，是按批封入桶中、正在进行陈酿的窖藏，也就是最近六年的蒸馏产品，以及某些极其珍贵的佳酿和特殊实验品。我们以三十二加仑的酒桶盛放奥斯特沙陵白兰地。目前仓库中存放着将近六千桶这样的酒水。我们必须把它们运出安伯兰，而且必须在接下来的几周内完成这个任务，抢在黑桌会执行更严厉的监控措施之前，也要抢在伯爵开始围攻自己的邦国之前。但现在我们的船只都处于监管状态，所有资金也不能动用。”

“您想……您想把所有这些酒都运出安伯兰？全部？”堂咽了口唾沫。

“越多越好。”洛克说。

“那您需要我们帮什么忙呢？”堂娜·索菲娅有些坐立不安。

“挂安伯兰旗帜的船只已经无法离港，如果它们希望再次脱身的话，也就不能入港。但一支挂卡莫尔旗帜的小舰队，船员都是卡莫尔人，由一位卡莫尔贵族出资……”洛克将酒杯放下，双手往面前一摊。

“您希望我们提供……一支海运舰队？”

“两三艘您们的大型帆船就可以。我们要考虑的是上千吨货物，酒桶再加上白兰地。船员人数降到最低，就算一艘船五六十人。我们可以在码头亲自挑选人手，再找几名清醒冷静、值得信赖的船长。向北航行六到七天，再加上募集船员和准备船只的时间，我猜用不了一周。您说呢?”

“一周……是的，但……您要求由我来支付全部费用?”

“以此换取最为丰厚的回报，我可以向您保证。”

“假如一切进展顺利，是的，咱们很快就会谈到回报的问题。但先大致算一下加法，两艘大型帆船，优秀的船长，非常可靠的船员……”

“再加上，”洛克说，“为北上航程准备的填满船舱的货物。廉价谷物、干奶酪、低档新鲜水果。没什么特别的。但安伯兰很快就要遭到围困。黑桌会绝对乐于买下一批额外补给品。安伯兰的处境太过微妙，必然要尊重卡莫尔城的中立地位。我的主人们就指望靠这一点确保船只进出了。但额外保险措施也没害处。”

“是的，”堂·洛伦佐咬着下唇说，“两艘大型帆船、水手、高阶船员、廉价货物。一小队佣兵，每条船十到十二人。每年这时候都会有些游手好闲的家伙。我希望在每条船上安排一些死忠的武装人员，以防止……问题复杂化。”

洛克点点头。

“我们究竟该如何……把这些货物从诸位的陈酿房取出，运到码头上来？”

“只需略施小计，”洛克说，“我们有几个酿酒厂和仓库是为淡啤酒准备的，算是一些调配师的业余爱好。我们的啤酒也装在桶中，而且这些仓库的地址人尽皆知。当格劳和我驶向南方时，我的主人们已经在慢慢地、小心翼翼地将装有奥斯特沙陵白兰地的酒桶运到啤酒仓库，重新打上标签。我们在此地进行准备工作期间，他们会继续这样做，直到我们的船只出现在安伯兰的港口为止。”

“所以说，你们用不着偷偷摸摸地把白兰地装船。”堂娜·索菲娅一拍双手，兴奋地说，“因为所有人都知道，你们是在光明正大地装啤酒！”

“一点没错，尊敬的夫人。就算是大量出口淡啤酒，也不会像转移一批未陈酿的白兰地那么令人起疑。这次行动要伪装成一次商业投机。我们会是头一艘规避安伯兰海禁的船只，我们会带去一批补给物资，帮他们度过围城，也为自己带来一笔可观的收益。然后，等到把所有白兰地装上船，我们就扬帆出海，带上六七十名贝尔·奥斯特家族成员和雇员，好在卡莫尔城组建新的贸易核心。之后就算被人发现，也无关痛痒了。”

“所有这些行动都要在短期内施行。”堂·洛伦佐陷入了沉思，“一万五千克朗，我估计。也许两万。”

“我同意，先生。再额外算上大约五千，用来上下打点和其他安排。”洛克耸耸肩，“不管用不用仓库掉包计，等我们到了安伯兰，必须先让一些人把头扭开，才好实施我们的计划。”

“也就是说，两万五千克朗。该死。”洛伦佐一口灌下杯中所剩的白兰地，把杯子搁到一边，双手交叠放在桌上，“你是要我拿出一半以上的财产。我欣赏您，卢卡斯，但现在是该谈谈这项提议的另一方面了。”

“当然。”卢卡斯顿了顿，又向堂敬上一轮伪造的“未陈酿”白兰地。堂本想拒绝，但味蕾压倒了正确的判断力，他还是把杯子举了过来。堂娜·索菲娅也是如此，金连忙走过去将她的杯子交给洛克。当他服侍萨尔瓦拉夫妇时，洛克往自己的高脚杯里也倒了不少酒。“首先，您二位必须明白有些东西贝尔·奥斯特家族是不会提供的。

“您永远也得不到奥斯特沙陵加工法。它仍旧要通过口传心授，严格限制在家族内部。我们不会向您提供任何产业，无论是作为附带条款或是报酬；我们在逃离安伯兰时，就必须放弃他们。在未来某个时候重新夺回葡萄园，是我们自己的问题。

“如果在您这方面，有任何觊觎奥斯特沙陵加工法的企图，或是收买贝尔·奥斯特家族成员，都会被视作彻底违约。”洛克抿了口白兰地，“我不知道贝尔·奥斯特会采取什么样的惩罚性措施，来表达家族的不满。但它绝对会被完全表达清楚。我接到了指示，这个问题要彻底说明。”

“您做到了，”堂娜·索菲娅抬起一只手，搭在丈夫的左肩上，“但这些限制还算不上出价。”

“请原谅，高贵的堂娜·索菲娅，我居然要向您说这种话。但您必须理解——这是贝尔·奥斯特家族有史以来筹划过的最重要的计划。我们这家商业联合会的未来，就握在格劳和我这双脆弱敏感的手中。此时此刻，我并不是作为卢卡斯·费尔怀特与您谈判。我就是贝尔·奥斯特家族。您必须明白有些东西是不会放上台面的，哪怕是最隐讳的暗示也不要提。”

萨尔瓦拉夫妇点了点头，与洛伦佐相比，索菲娅的动作稍显迟缓。

“好了，考虑到眼下的局面。战火就要烧到安伯兰。我们的葡萄园和我们的产业实际上已经丢了。如我所说，没了那些葡萄园，就无法酿造奥斯特沙陵白兰地。只有圣髓河知道这个局面要延续多长时间。十年？一代人？就算我们夺回葡萄园，土壤也需要很长时间来恢复。这种事向来如此，自古以来已经发生过三次。在接下来的许多许多年中，市面上仅存的奥斯特沙陵，都将来自这六千桶白兰地。我们将从安伯兰把它们转移出来，就像夜幕下的盗贼，数量自然是越多越好。请想象一下需求，以及价格的增长。”

堂心中默算，但嘴唇也在下意识地翕动。堂娜·索菲娅目视远方，眉毛拧在了一起。奥斯特沙陵白兰地是档次最高，需求最大的酒水，就连塔尔维拉那拥有上百个品种的炼金术葡萄酒，也不像它这般昂贵。一瓶年份最短的半加仑装奥斯特沙陵零售价也要三十克朗，随着年份的增长，价格上浮得非常厉害。如果发生一次突如其来的商品短缺，且只有限量供应，再加上未来若干年中都不再有奥斯特沙陵葡萄生长……

“见他娘的鬼！”当利润总额消失在脑海中的地平线上时，孔戴完全无法控制自己的言行，“请原谅，堂娜·索菲娅。”

“你的确应该道歉。”堂娜以完全不似淑女的动作，一口喝干高脚杯中的白兰地，“你的计算结果还差得远了，它至少值得三倍的‘见他娘的鬼’。”

“贝尔·奥斯特家族，”洛克继续说，“希望以卡莫尔为基地，与您建立合作关系，在我们的……间歇期中储藏和销售奥斯特沙陵。如果您能在这一危机时刻，协助我们将这批酒从安伯兰运输到此地，那么作为回报，无论您运来多少货物，我们都准备以其销售额的百分之五十作为报酬。您在头一年中就可以获得初始投资十倍以上的收益。再过五年，或十年时间……”

“是的，”堂·洛伦佐摆弄着自己的镜片，“但是，卢卡斯，请您原谅。您坐在这里谈论着家族可能面临毁灭，不得不转移到五百里外的南方城市，但不知为何，您却并没显得……特别失落。”

洛克祭出了一个倍显亲切的坏笑。这个动作，他已经在镜子前练习了好几周。“当我的主人们察觉到当前局势的严峻后，有些人曾建议说我们应该在几年前就制造一次人为的白兰地短缺。事实上，我们认定贝尔·奥斯特家族可以将这次痛苦的挫折转换成辉煌的回归。这六千桶白兰地，在若干年中以稀缺价格出售……我们返回安伯兰时拥有的财富，足以弥补所抛却的一切资产。至于您家的情况……”

“我们所谈的并非数十万克朗，”堂娜·索菲娅回过神来说，“我们谈的是数百万。即便是两家平分。”

“很可能，”洛克说，“而且只要我们能够成功返回安伯兰，恢复奥斯特沙陵葡萄园的生长，那么我的主人们还准备提供另一项报偿。我们将向您的家族提供一笔固定股份，范围涉及贝尔·奥斯特家族此后的所有商贸收益。当然，不可能接近多数股权，但也相当可观。百分之十到十五。您将成为第一位，我们希望也是最后一位得到这种红利的外姓人。”

众人沉默片刻。“这是……非常诱人的提议。”堂·萨尔瓦拉最终说道，“想想看，这等好运几乎平白无故落在雅各布头上。诸神啊，卢卡斯，如果咱们再遇到那两个盗贼，我一定要感谢他们介绍你我相识。”

“哦，”洛克笑了两声，“在我来说，过去的事就让它过去好了。但格劳曼也许有不同的看法。而且尽管我感觉咱们很快就能握手言欢，但还有很多问题需要处理：整备船只，北上安伯兰，夺取咱们的战利品。现今的局势就像一根受损的货绳，就快散成一条线了。”他举起高脚杯向萨尔瓦拉夫妇致意，“早晚会断。”

在窗外的湖水中，恶魔鱼已经大获全胜，卫兵们用浸毒的弩箭作为它这次公共服务的报答，又用钩竿和锁链把鱼尸从流动狂欢节的中央湖水中拖走。这些用于角斗的生物一旦完成了自己的使命，是不会再关回笼子的。怪兽鲜红的血水和此前那些牺牲者的血混在一起，慢慢凝成一大片黑色乌云。就连这一点也是为接下来的压轴大戏特意准备的。

5

舒舒服服待在内陆瑟林学院的学者们，会告诉你铁海狼鲨是一种美丽迷人的动物：它们的肌肉比例比任何公牛都高，粗糙的表皮上生有鲜艳条纹，从古铜的绿到暴雨云的黑应有尽有。但所有在卡莫尔城码头和近海工作的人，都会告诉你狼鲨是凶残的大杂种，而且喜欢跳！

这些狼鲨被小心装笼，禁食数日，又被血腥味刺激得几近疯狂。它们正是流动狂欢节传统的压轴大戏。其他城邦也有角斗士比赛，也有人兽相搏的表演，但你只有在卡莫尔城，才能看到手持特殊装备的利鲨角斗士与一条鲜活乱蹦的鲨鱼作战。而且在卡莫尔城，传统规定只有女性才能成为利鲨角斗士。

这就是利齿秀。

6

洛克说不清这四个女子算不算漂亮，但她们的确惹人注目。她们全是皮肤黝黑的卡莫尔人，像农场女孩一样肌肉发达，远远看去都能感到逼人的气势。她们身上几乎不着片缕，只有黑色紧身棉内衣围在胸部，外加摔跤手的缠腰布和薄皮手套。女子们的黑发用传统的红色大手帕绑在脑后，穿过用黄铜和白银打造的发箍，在阳光下反射出一连串白色光芒。这些发箍的作用备受争议，有些人说它们会干扰鲨鱼可怜的视力，但也有很多人说这些闪光有助于猛兽更好地识别猎物。

每个利鲨角斗士都随身携带两件武器，一手拿着短矛，另一只手则握有特制利斧；斧柄处有一圈护手盘，方便使用者抓牢；前面是双头的，一侧是司空见惯的弯刃，另一侧则是长而结实的鹤嘴锄。技术精湛的斗士通常会试着先把狼鲨的鱼鳍和尾巴砍掉，最后再将其结果；少数顶尖高手可以只用斧头的尖刺应战。要知道，狼鲨的皮可足以跟树皮媲美。

洛克看着这些令人生畏的女子，和往常一样，心中充满感伤和钦佩之情。在他眼中，利鲨角斗士既勇敢又疯狂。

“我认识最左边的那个人，她叫茜茜里·德·里库拉。”在超过一小时的激烈协商后，他们暂时缓了口气。堂·洛伦佐指着那些女子替卢卡斯·费尔怀特介绍：“她还不错。旁边是阿加妮斯，她带着短矛，但从来不用。另外两个，哦，她们肯定是新来的。至少在狂欢节上还是生面孔。”

“真是不走运，”堂娜说，“贝兰吉亚斯姐妹今天没有登场，费尔怀特先生。她们是最棒的。”

“甚至可以说前无古人，”堂·萨尔瓦拉眯起眼睛，遮去水面反射来的部分光线，试图估量鲨鱼的大小，铁笼中的黑影依稀可见，“更后无来者。但她们过去几个月都没在狂欢节上出场。”

洛克点点头，咬着一侧腮帮子，忍住没说话。作为洛克·拉莫瑞，绅士盗贼帮的帮主，受人尊重的盗贼，他跟贝兰吉亚斯姐妹可是老相识，也很清楚过去几个月来她们身在何方。

且说那水面上，第一名角斗士已经就位。利鲨角斗士要在一系列小平台上战斗，每一块平台都是两尺见方，高出水面半尺，安放在一处方形栅格中，间隔四五尺，给狼鲨留出了足够的游动空间。女角斗士们必须在平台间来回跳跃，向鲨鱼发起快节奏的攻击，同时还要躲避它们的跳跃。如果不慎滑入水中，通常意味着比赛就此结束。

在那排鲨鱼笼（由滑轮控制开启，锁链连接在远离鲨鱼活动范围的一艘小船上）后方，有一艘小船，由得到丰厚报酬的志愿桨手操控，船上载着三名见证人。按照习俗，每场利齿秀都要有他们在场。第一名，是身着海绿色银边长袍的艾奥诺祭司。在他身边是一名头戴银面具的黑袍女祭司，她侍奉的是永寂女士、死亡女神艾赞·基拉。最后是一位医师，洛克总觉得医师的到场，是一种极度乐观主义的表现。

“卡莫尔！”那被称作茜茜里·德·里库拉的年轻女子把两件武器举过头顶。人群中交头接耳的嗡嗡声迅速平息，只剩下水波拍打船只和防波堤的响动。一万五千多名观众同时屏住呼吸。“我将这死亡献给我们的领主和恩主尼克凡提公爵！”这是利鲨角斗士的传统颂辞，并未特指的“死亡”可以指代战斗中的任何一方。

嘹亮的号声和人群中爆发出的掌声响过后，笼圈外侧的船夫放出了今天下午的第一条鲨鱼。这条十尺长的狼鲨早被血腥味激疯，它如离弦之箭蹿出牢笼，开始在平台周围环游，不祥的灰色背鳍划开水面，留下一道翻滚的尾流。茜茜里单脚站在平台上，弯下腰用另一只脚的脚踝拍打水面，同时高声咒骂。鲨鱼上钩了，没过几秒钟它就游到平台之间，壮硕的身躯像个长尖牙的钟摆似的来回甩动。

“这条不喜欢浪费时间！”堂·萨尔瓦拉十根手指都搅在了一起，“我打赌它会早早跃起。”

话音未落，鲨鱼已然蹿出水面，扑向蹲在平台上的斗士，随身带起一片银光闪闪的水花。这条狼鲨跳得不高，茜茜里跃向右侧平台，躲过了这次攻击。她在半空中反手掷出短矛，矛柄陷进鲨鱼体侧，晃了两下，那一团饥饿的流线型肌肉随即便落回水中。人们的反应有好有坏。这个动作展现出了无与伦比的敏捷，但力道小得可怜。茜茜里的对手只会更加愤怒，她的短矛算是浪费了。

“哦，准头真差，”堂娜咋着舌说，“这女孩需要学会耐心。咱们看看她的新朋友能不能给她这个机会吧。”

狼鲨在泛着粉红色泡沫的湖水中来回巡游，划开水面，溅起水花，追逐茜茜里投下的影子，寻找第二次机会。角斗士在平台间灵活跳跃，斧头倒转过来，让尖刺朝前。

“费尔怀特先生。”堂·洛伦佐摘下眼镜，拿在手中把玩，但目光没有从战斗中移开——很显然，举目远眺时他用不着这东西。“我可以接受您的条件，但也请您体谅一二，我一开始要冒很大风险，特别是考虑到这笔投资在我可以调动的总资产中所占的比例。因此，我要求将咱们在奥斯特沙陵生意中的收益分成调整为五五和四五，我占大头。”

洛克假装深思。与此同时茜茜里挥舞双臂，在平台间跳跃奔逃。那饥渴的灰色背鳍劈开水面，紧跟在她脚边。“我有权代表我的主人们做出这种让步。但相对的……我要将您的家族在日后奥斯特沙陵葡萄园中的股权份额调整到百分之五。”

“成交!”堂·洛伦佐微笑着说，“我会出资准备两艘大帆船，雇请水手和高级船员，准备必要的贿赂和安排，购买一批随咱们北上的货物。我会监督一艘帆船，您来管理另一艘。我会亲自挑选一些佣兵，安插到两艘船上作进一步的保障。孔戴将与您同行，格劳曼可以留在我身边。任何超出两万五千卡莫尔克朗预算的开销，都要由我自行判断。”

鲨鱼再次跃出水面，但又没得逞。茜茜里在平台上表演了短时间的单臂倒立，另一只手还挥舞着利斧。鲨鱼在水中冷酷地转了个身，准备再次进攻，观众群中欢声雷动。

“同意，”洛克说，“我们要签署两份完全相同的合约，一人保留一份。额外一份瑟林语合约，将交给双方认可的中立律师保管，如果我们在取货途中任何一方……发生意外，那这份合约将由他在一个月内开启并检查。额外签署一份韦德兰语合约，交于一名我认识的代理人保管，并最终呈送给我的主人。我要求担保文书今晚就送到舷斜旅馆，外加一张五千克朗的本票，好让我明天从梅拉乔银行提款，并立即开始工作。”

“这就是全部要求了吗?”

“就这些。”洛克说。

堂沉默了几秒钟。“见鬼去吧。我同意。咱们就握握手，一起来冒这个险吧。”

在水面上，狼鲨从茜茜里所在的平台右侧逐渐接近，身躯起伏波动，但速度过缓不可能跃出水面。角斗士稳住身形，举起利斧，准备抓住机会发动攻击。茜茜里移动重心，正用尖刺往下扎去时，狼鲨突然在水面下猛一屈体，将身子弯成凹字形，然后直接向下游去。这个动作使它的尾巴甩出水面，正好打在利鲨角斗士的膝盖下方。茜茜里·德·里库拉尖叫一声，震惊的成分多于痛苦，随后便倒栽进水中。

一秒钟后角斗便结束了。狼鲨冲上来就是一口，多半是咬掉了她的一两条腿。女人和鲨鱼在水中翻滚几次——洛克瞥见女人疯狂挣扎的身形，但转眼间就被鲨鱼粗糙的深色皮肤所取代。白色，灰色，白色，灰色。顷刻间，粉色泡沫再度变作暗红，两个争斗的身影沉入平台下方。一半观众高声喝彩，其余的人低下头保持着礼貌的沉默，但这种态度顶多延续到下一位年轻女子走进红色的平台水圈。

“诸神啊！”堂娜·索菲娅盯着水面上逐渐蔓延的血迹，剩下的三名角斗士低着头站在一旁，两位祭司正在进行某种联合祈福仪式。“难以置信！这么快就被干掉了，就这么个简单的把戏。哦，我父亲过去常说，狂欢节上的一次误判，相当于平时的十次。”

洛克冲堂娜深施一礼，牵起她的手吻了一下。“我想他说的一点没错，堂娜·索菲娅。一点没错。”

他露出亲切的微笑，又冲她鞠了一躬，随即转身去和堂握手。

插曲
洛克留下吃晚饭

1

“什么?”洛克几乎跳了起来，“你在说些什么?”

“我的孩子，”锁链说，“我这时而聪慧过人，时而愚蠢透顶的小男孩，你的世界实在太过狭小。你很清楚该如何骗倒别人，但也仅限于此，仅限于这些直接后果。除非你学会事先考虑好一件事的连锁反应，否则早晚要让自己和周围所有人吃不了兜着走。年纪小这个问题，你无能改变，但现在你应该别再犯傻了。所以仔细听好。”

“你的头一个失误是——从卫队手里拿钱不是挨揍的罪过，而是挨宰的罪。你听明白了吗?在卡莫尔城，只有卫队拿咱们的钱，永远不会反过来。这是板上钉钉的律条，而且绝无例外，不管你是哪种贼，也不管你到底想干什么。只有死。这是割喉咙、喂鲨鱼、送去见诸神的罪过，明白吗?”

洛克点点头。

“所以当你陷害维斯林时，就真把他给害了。而你还用一枚白铁币加重了这个失误。你知道一克朗值多少钱吗，具体数目?”

“很多。”

“哈。‘很多’可不是‘具体数目’。你不会说瑟林语，还是你的确不知道?”

“我想我的确不知道。”

“嗯，如果不出意外，没有人刮过这该死的东西，那么一小片闪亮的白铁值四十银梭伦。你明白吗？两百四十铜子儿。你的眼睛瞪大了。这说明你能想象这是多大一笔钱，说明你懂？”

“是的。哇哦。”

“是的，哇哦。让我打个比方。一名黄号衣，我们无私无畏无限忠诚的城市卫兵，每日辛苦执勤，那么两个月大概能拿这么多。而对平民来说，卫兵拿的薪俸不少，但他们也绝他妈的拿不到白铁币。”

“哦。”

“所以维斯林不只拿了钱，他还拿了太多钱。一克朗！莫甘蒂在哭泣。你可以用少得多的价钱，买到一条人命，也包括你这条。”

“呃……你花了多少钱买我的……”洛克轻轻拍了拍挂在胸口，藏在衬衣下的死亡印记。

“我不想伤害你高涨的自尊心，但我还是不敢说那两个铜子儿花得值不值。”看到男孩的表情，锁链爆出一阵响亮的大笑，但他的声音很快又严肃起来。“接着猜吧，孩子。但问题就是这样。根本不用那么多钱，你就能找到任何一个狠辣好手去处理棘手的任务。这钱够你办五六件大买卖的，如果你知道我在说什么。所以，当你把一枚白铁币塞进维斯林窝里……”

“这笔钱太多，不可能是任何……简单的任务？”

“一点没错。多得要命，不会是为了买情报或是让他跑跑腿。只要是脑筋正常的人，都不会把白铁币交给一个见鬼的阴影山小流氓。除非……这个小流氓拿钱是为了干某些大事。比方说，杀死你以前的主子，或是供出阴影山的所有人和所有底细。因此，如果说可怜的盗贼导师因为发现维斯林被收买而黯然神伤，那么你可以想象他看到居然有那么多钱时，心里是个什么滋味。”

洛克使劲点点头。

“嗯，好了。两个失误。你的第三个失误涉及到葛雷格。在你的计划中，葛雷格也要挨那难看的棍子抽吗？”

“我不喜欢他，但是没这打算。我只想害维斯林。也许我想让葛雷格也尝点苦头，但肯定没有维斯林那么多。”

“就是这样。你有个目标，你有个把戏来达到这个目标，但你没能控制局势。你给维斯林设的套越张越大，结果葛雷格·法奥斯也陷进去挨了刀。”

“我就是这么说的，不是吗？我已经承认了！”

“现在生气了？哦，是的，你应该生气……气自己搞砸了。气自己不像自己想象的那么聪明。气诸神给很多人安了个跟你洛克·拉莫瑞一样精明的脑袋瓜。真气人，不是吗？”

洛克猛吐口气，把手里的油灯吹灭，使劲往前一抡，甩到那条小细胳膊所能达到的最高位置，从墙垛上扔了出去。灯盏掉落在地的撞击声，很快就被卡莫尔城繁华夜色中的喧嚣所掩盖。男孩充满敌意地抱着胳膊。

“哦，摆脱了那盏灯的威胁，感觉的确挺不错的，我的孩子。”锁链抽了最后一口烟，然后把那不断变短的烟卷按在屋顶石砖上蹭了蹭，“这是给公爵发的信号吗？计划暗杀我们？”

洛克一言不发，噘着下唇，牙关紧咬。*闹脾气，小孩子与生俱来的肢体语言*。锁链哼了一声。

“我相信你所说的一切，洛克。因为在把你从盗贼导师手中买下之前，我曾跟他谈了很久。我说过，他把一切都告诉我了。当然也包括这最后的也是最大的失误。正是这个失误向他泄了底，导致你被送到这儿来。你能猜出是什么问题吗？”

洛克摇摇头。

“不能还是不想？”

“我真不知道，”洛克低下头，“我还没……仔细想过。”

“你给其他行街的孩子看过那枚白铁币，对吗？你让他们帮你寻找。

你告诉了那几个人要用它做什么。你命令他们什么都别说……但你用什么方法，呃，来贯彻这个命令？”

洛克瞪大了眼睛。他又噘起嘴来，但别扭的表情消失了。“他们……他们也恨维斯林。他们想看他倒霉。”

“当然。这也许可以维持一天。但是然后呢？在维斯林死后，在葛雷格死后，在你的主子有机会冷静下来，反思这个情势之后。如果他开始询问有关某个拉莫瑞小孩的问题呢？如果他找来几个你在行街组的小伙伴，特别友善地问他们洛克·拉莫瑞最近有没有什么……不同寻常的举动呢？哪怕对洛克来说，也算是不同寻常的举动？”

“哦，”孩子小脸一皱，“哦。”

“哦哈哈！”锁链伸手拍了拍男孩的肩膀，“启示！当它降临时，感觉就像一块砖头砸在脑门上，不是吗？”

“大概是吧。”

“那么，”锁链说，“现在你知道哪里出了错。那座小山里有多少男孩和女孩，洛克？一百？一百二十？更多？你觉得要是他们反抗起来，你的盗贼导师能控制住几个？一两个，没问题。但要是四个？八个？所有人？”

“我们，啊……我猜我们从没……这么想过。”

“因为他统治那座墓地靠的不是逻辑，孩子，他靠的是恐惧。对他的恐惧，让那些大孩子们老老实实。对他们的恐惧，让你这种小崽子老老实实。任何损及这种恐惧的行为，对他的地位都是个威胁。然后洛克·拉莫瑞登场了，手里挥舞着傻瓜旗，以为自己比世上所有人都聪明得多！”

“我真……我没……以为自己比世上所有人都聪明。”

“三分钟前你还在这么想。听着。我是个帮主。这意味着我领导一个帮派，尽管只是个很小的帮派。你过去的主子也是帮主，阴影山的帮主。如果你敢拿一名领袖的权威开玩笑，那么结果就是刀子。如果传出风声，说你把盗贼导师耍得团团转，说你把他牵得到处跑，就像用链子牵着一只小猫咪，那你觉得他还能控制阴影山多久？如果是这样，他就再也无法真正控制住那些孤儿。他们会不断施压，直到最终用鲜血解决问题。”

“所以他才会把我除掉？但那些行街的孩子呢？那些帮我陷害维斯林的人呢？”

“问得好。答案很简单。你过去的主子从街上找来孤儿，然后留个几年。通常他会在他们长到十二三岁时脱手。他教他们基本技能：如何偷窃，如何说黑话，如何跟‘正派人’打交道，如何融入一个帮派，如何躲避绞索。等到脱手时，他会把他们卖给更大的帮派，真正的帮派。你明白吗？他接受订单。也许灰脸帮需要个走窗的姑娘。也许武库男孩帮想找个狠辣的小打手。这对那些帮派来说很有好处。可以给他们提供合适的新血，还不用耽误他们的时间。”

“这我知道。这就是……他把我卖给你的原因。”

“对。因为你很特别。虽说到目前为止，你选择目标的眼光差得要命，但你的确具备有用的能力。可你那些行街的小伙伴呢？他们有你这样的天赋吗？他们只是普普通通的掏包贼，简简单单的托儿。他们还没成熟。谁都不会为他们出半个铜子儿，除非是奴隶商人。但你的主子还剩下那么一小片发霉长毛的良心，就算是面对卡莫尔城里所有的金币，他也不会把任何一个孤儿卖给人贩子。”

“那么……就像你刚才说的，他只能……对所有知道那枚白铁币的人做些什么。所有能……想通这件事，或是走漏风声的孩子。而我是他能够卖掉的唯一一个人。”

“对。至于其他人，哦……”锁链耸耸肩，“倒也不会有什么痛苦。再过两三周，没人会记得他们的名字。你清楚山里的情况。”

“我把他们害死了。”

“对。”锁链的声音依旧严肃，“你把他们害死了。就和你想陷害维斯林一样肯定。你害死了葛雷格，还捎带了四五个小伙伴。”

“操。”

“你现在明白真正的后果是什么了吗？知道为何要小心行动，仔细思考，控制局势了吗？知道为什么需要静下心来，等待时间赐予你常识，好跟你捣蛋的天赋相匹配吗？我们会有很多年时间在一起工作，洛克。有很多年可以让你和我另外那几个小恶魔一起悄悄练习。所以必须有条规矩，如果你想留下，那么别耍把戏，别耍骗局，别耍诡计，这些都不许，除非是我告诉你要在何时何地耍。像你这样的人反抗世界时，世界也会反抗你。其他人就有可能遭殃。我说明白了吗？”

洛克点点头。

“好了。”锁链挺直肩膀，左右转了转脑袋，体内传出一阵噼里啪啦的脆响，“啊，你知道什么叫死亡献祭吗？”

“不知道。”

“这是咱们为无名神所做的礼敬。不光是咱们这些侍奉十三神的祭司，而是所有骗子——所有卡莫尔城的正派人，要为彼此所尽的义务。如果咱们失去了某个至亲好友，那么就要找来某些宝贵的东西，然后把它扔掉。真的扔掉，你明白吗？扔进海里，扔进火堆，诸如此类。咱们这么做是为了保佑朋友们在此后的路途中一帆风顺。还能听懂吗？”

“是的，但我过去的主子……”

“哦，他也这样做了，相信我。他是个守财奴，而且总是私下进行这个仪式，但他的确为自己失去的每个孤儿献祭。我估摸着他也不会告诉你们这些事。但有个问题，死亡献祭中有一条规则必须遵守。祭品不能是自愿献出的东西，你明白吗？不能是你已然拥有的东西。你必须到街上从别人手里偷来，特别是要未经他们的应允或是他们的，呃，默许。听懂了吗？必须是货真价实偷来的。”

“哦，明白。”

锁链神父捏了捏指关节。“你要为每个被你害死的孩子奉上一份死亡献祭。一份给维斯林，一份给葛雷格。每个行街的小朋友也都有一份。我相信过不了一两天，我就会知道准确数字。”

“但我……他们不是……”

“他们当然是你的朋友，洛克。他们是你最好的朋友。因为他们教会了你一个道理：如果你杀死一个人，就要承担后果。在决斗中杀人，为了自卫或是复仇杀人是一回事；只是因为自己不小心就把别人害死，这完全是另一回事。这些性命会笼罩在你头顶，直到你的忧虑让佩里兰多的圣人们哭泣。你的死亡献祭是每人一千克朗。全部都要通过你的双手，老老实实偷回来。”

“但我……什么？一千克朗？每人？一千？”

“等你献出最后一个铜板，才能将脖子上的死亡印记除去。一分一秒都不能提前。”

“这不可能！这要花……永生永世！”

“这要花很多年。但在我的神庙中，咱们是盗贼，不是杀人犯。而你跟我一起生活的代价是，必须对死者表示尊重。那些孩子是你的牺牲品，洛克。牢牢记住这件事，仔细想想。这是你在诸神面前欠下的债。你必须用鲜血起誓遵守约定，然后才能留下。那么你愿意这样做吗？”

洛克似乎考虑了几秒钟。接着他晃了晃脑袋，仿佛在摒除杂念，最终点了点头。

“那就伸出你的左手。”

洛克照办了。锁链从长袍中抽出一柄黑钢细刃短剑，在自己的左掌上划了一道。随后牢牢握住洛克摊开的左手，在男孩的拇指和食指间划开一条并不太深，但仍感刺痛的口子。他们紧紧把手握住，直到手掌上沾满两人的鲜血。

“从现在起，你就是一名绅士盗贼了，和我们一样。我是你的帮主，你是我的誓卒，我的小战士。你是否会以鲜血起誓，按我刚才所说的去做？你是否会为那些被你错杀的人献祭，抚慰他们的灵魂？”

“我会的。”洛克说。

“很好。也就是说，你可以留下吃晚饭了。咱们离开这屋顶，下楼去吧。”

2

经过内殿后方的帘门，是一条肮脏的走廊，直通几间同样肮脏的小屋。放眼望去，尽是一片阴湿、霉斑和贫穷景象。几间屋子里放着睡垫，油纸灯透射出暗淡光芒，颜色好像廉价啤酒。卷轴和大部头书籍散落在垫子上，墙钩上挂着清洁程度很成问题的长袍。

“这种扯淡伪装是必要的。”锁链领着洛克走进离门最近的小屋，来回比画了两下，似乎是在展示一座宫殿。“有时候，我们要在一名导师或是佩里兰多教会的游方祭司面前，扮演主人的角色。必须让他们看到理应看到的东西。”

一进门就是锁链的睡榻（因为洛克发现连在外间墙上的锁链，显然无法延伸到后面另外几间卧室），它安设在一块实心大石上，差不多算是个从墙上探出的坚固搁架。锁链把手伸到发馊的毯子下面，转动了某些东西，一阵噼里啪啦的金属撞击声传了出来。他把自己的床铺一掀，就好像那是个棺材盖。洛克发现这些毯子盖在一片木板上，而这木板又以铰链同石块连接。一道令人心动的金色光芒从石龛中透射出来，随之而来的还有上等卡莫尔菜肴的香气。洛克过去只从阿瑟葛兰提区刮来的微风和某些酒馆旅店飘出的炊烟中闻到过这种香气。

“下去吧！”锁链又打了个手势，洛克顺着石龛边缘往下张望。这是个方形通道，只比锁链的肩膀略宽几分，一具结实的木梯向下延伸二十多尺，最终落在一片磨光木地板上。“别磨蹭，往下爬！”

洛克遵从了这个指令。梯子的横档宽大粗糙，间隔很窄，他没费什么力气就爬了下去。走下梯子后，他发现自己置身于一条高大走廊，如果说它是公爵凌鸦塔的一部分也不足为奇。地板是货真价实的抛光板材，又长又直的金褐色木板在他脚下发出悦耳的吱嘎声。拱顶和墙壁上覆盖着厚厚一层乳黄色玻璃，淡淡柔光倾泻而出，仿佛雨季的太阳躲在浓云后窥探大地。四壁全都在闪耀。这光亮无处不在，又无迹可循。伴着一连串脚步声、咕哝声和叮当声（洛克看到祭司把今天的进项装进粗麻布小袋，随身拿了下来），锁链爬下木梯，落在洛克身旁。他顺手拉动一根系在木梯上的绳子，伪装的睡榻随即落下，把暗道重新盖好。

“如何。这里是不是好多了？”

“对。”洛克抬起一只手，摸了摸墙壁毫无瑕疵的表面。这些玻璃明显比空气还凉。“这是祖灵玻璃，对吗？”

“显然不是见鬼的灰泥。”锁链催促洛克走向左侧过道，前方出现了一个拐角，“整个神庙地窖都被这种玻璃覆盖，整个封在里面。上面的庙宇其实是以它为基础修建的，大概是在几百年前。就我所知，这里严丝合缝，没有漏洞，只有一两条小地道，通向其他几个有趣的地方。它可以防洪水，就算街上的积水已经及腰深，也不会有一滴半点从下面渗进来。而且它还能把老鼠、蟑螂、蜘蛛和所有倒霉玩意挡在外面，只要咱们进进出出时留点神就没问题。”

他们还没走到拐弯处，敲打金属锅的声音和桑赞兄弟的嬉笑声就已经传了过来。他们又走了几步，来到一间陈设安适的厨房，这里有几个高大的木质橱柜，一张长木桌旁摆着几把高背椅。洛克看到椅子上的黑天鹅绒坐垫和一片片镀满金箔的树叶装饰，禁不住揉了揉眼睛。

卡罗和盖多正在一个长方形灶台旁干活，搅动着锅子，又在一块很大的白色炼金灶石上切着什么东西。洛克曾见过这种材料制成的小灶石，只要泼上水就能释放出热量，又不会冒烟。但这块灶石足有锁链神父那么沉。洛克东张西望时，卡罗（还是盖多?）把一个平底锅举在半空，另一只手拿起玻璃水罐，往咝咝作响的灶石上浇水。一大股水蒸气冒了出来，带有浓厚的菜肴甜香。洛克觉得口水从舌头下面直往上涌。

在女巫木长桌上方，一盏惹人注目的枝状灯台熠熠生辉。此后的日子里，洛克逐渐意识到这是一具浑天仪，完全由玻璃制成，并以实心黄金为轴。灯台中心，一颗炼金灯球发射出类似阳光的白铜色光芒；在它周围，是一个个同心玻璃环，标志出这个世界和所有姊妹天体的运转轨道，甚至包括它的三个月亮；灯台外缘是上百颗飘摇的星辰，仿佛融化的玻璃发生了爆炸，所有向外飞溅的液滴都突然凝固起来。光芒在灯台的每个表面上游弋、闪烁、燃烧，而且更有些与众不同的地方——似乎祖灵玻璃屋顶和墙壁都在吸吮炼金太阳球的光亮，使其膨胀，将其弱化，并重新分配在这座神奇地窖中的所有祖灵玻璃表面。

“欢迎来到咱们真正的家，咱们献给无名十三神的小庙宇。”锁链把钱袋扔到桌子底下，“咱们那些施主总是认准了一个死理，觉得虔诚应该和朴素形影不离。但在这儿，咱们要用激赏的方式，表达对世间万物的激赏之情，你明白我的意思吧。孩子们！看看是谁活着熬过了面试考验！”

“我们就没怀疑过。”其中一人说。

“哪怕一秒钟。”另一个人说。

“但现在我们可以听听故事了吗？他到底干了什么坏事儿，才会被盗贼导师踢出阴影山?”他们用几乎同步的声音提出这个问题，有点二重唱的意思。

“等你们长大点儿再说。”锁链冲洛克扬起眉毛，摇了摇头，确保男孩能够看懂他的意思，“大很多。洛克，我想你大概不知道该怎么布置餐桌吧?”

洛克摇头时，锁链已经把他领到灶台左侧的一具高橱柜前。柜子中放着好几摞白瓷碟，锁链拿起一个，让洛克看清上面的手绘纹章图案（披挂锁环护手的拳头，抓着一支箭和一根葡萄藤）和边缘明亮的金箔。

“借来的，”锁链说，“基本上也就不用还了。它本属于继承夫位的堂娜·伊莎贝拉·玛尼切兹奥，也就是咱们尼克凡提公爵的老婶婶。她死时膝下无人，也很少举办宴会，所以根本就用不着它们。你现在明白了吧？外人总把咱们的工作视作极其残忍的盗窃行为，但如果摆正心态就会发现，咱们其实是给大家行个方便。这就是无名十三神在起作用，至少我们倾向于这么看。当然如果他不是这个意思，咱们也看不出什么差别。”

锁链把盘子递给洛克（男孩极其小心地抓住瓷盘，认真观察着那道金边），又用右手爱怜地抚摸着女巫木桌面。“而这东西，本是马瑞亚斯·寇多的财产，他是塔尔维拉的豪商。他将这桌子保存在一艘三层大帆船的主舱室中。大船！八十六支桨。我跟他有点小过节，所以就把这东西取了来。还有他的椅子，他的地毯和挂毯，以及所有衣物。全都弄下了船。这是为了表达一种姿态，所以我没碰他的钱。我把所有东西都扔进铜海，只留下这张桌子。”

“还有那个，”锁链指了指挂在头顶的浑天仪灯台，“这是从艾什米尔经陆路运给老堂·雷维亚那的，由武装卫队押运。但不知怎的，在运送途中它自己变成了一箱稻草。”锁链又从橱柜里拿出三个碟子，把它们放在洛克怀里。“该死，我当初靠手艺谋生时，还真挺不赖。”

“唉呀。”洛克在高档餐具的重压下呻吟了一声。

“哦，对，”锁链指了指放在桌首的那把椅子，“在那里放一个，是我的。在我左边给你自己放一个。在我右边放两个，是卡罗和盖多的。如果你是我的仆人，那么我让你布置的就是个简餐会。你能重复一遍给我听吗？”

“简餐会。”

“对。就是上流权贵跟家眷近亲们用餐时的布置，顶多会有一两位密友在场。”锁链通过眼神和语气，暗示出这段课程应当牢记心底。接着他又开始给洛克介绍酒杯、亚麻餐巾和银餐具的繁复摆法。

“这是什么刀子?”洛克把一柄圆头黄油刀递到锁链面前，“根本就不对。你用这东西谁都杀不死。”

“哦，的确不太容易，这我可以向你保证，我的孩子。”锁链指示洛克该如何摆放黄油刀和各色小碟小碗。“但上流人士聚会用餐时，以毒药以外的任何东西干掉任何人，都是不礼貌的行为。这把刀是用来舀黄油的，而非割气管。”

“就为了吃口东西，还真费劲。”

“哦，在阴影山，你也许可以在别人屁股上吃冷熏肉和脏馅饼。你原来的主子根本就不在乎。但现在你是绅士盗贼，重点在于绅士。你要学会如何像绅士一样进餐，以及如何服侍这样进餐的人。”

“为什么?”

“因为，洛克·拉莫瑞，总有一天你要同男爵、伯爵，乃至公爵们一同进餐。你要同商人、将军、海军司令，以及各式各样的贵妇一同进餐!你这样做时……”锁链伸出两根手指，扶住男孩的下巴，让他抬起头来注视自己的双眼，“你这样做时，那些可怜的傻瓜蛋根本不会知道，跟他们同桌的其实是个盗贼。”

3

“看看，很棒不是吗?”

锁链举起空杯子，向坐在华美大桌旁的三个小学徒致意。冒着热气的黄铜碗和沉重的陶罐中，盛放着卡罗和盖多在灶台上忙碌许久的成果。洛克的椅子上多加了块坐垫，好让他的胳膊肘刚好能搁在桌面上。他盯着这些食物和器皿，眼睛瞪得溜圆。只不过半天工夫，他就脱离了过去的生活，和这些古怪又有趣的疯子们搅在一起，这突如其来的变化让洛克有些不知所措。

锁链举起一瓶被他称作炼金酒的东西，这玩意颜色较深，有些黏性，类似水银。他拔出松动的软木塞，空中立刻充满杜松子的香气，刚开瓶时，甚至一度盖过了主菜的辛香。锁链往自己的空杯子里倒了不少，在光芒照射下，酒液流动起来仿佛融化的银。神父把杯子举到眼前。

“一杯倒在空中，敬给坐在我们中间的无形无影者：恩主和庇佑者，诡诈看护人，必要托辞之父。”

“为疏于防范的财富感谢您。”桑赞兄弟齐声说道，洛克被他们庄严肃穆的语气吓了一跳。

“为值勤时打瞌睡的卫兵感谢您。”锁链说。

“为养育我们的城市和庇护我们的黑夜感谢您。”孩子们说。

“为帮我们花掉战利品的朋友们感谢您。”锁链把这半满的酒杯放到桌子中央，又拿起另一个较小的杯子，只往里面倒了一指深的融银。“一杯倒在空中，敬给一位缺席的朋友。我们祝萨贝莎一切顺利，愿她平安归来。”

“但也许咱们可以希望她回来时，少那么点疯狂。”桑赞兄弟中的一个人说。洛克为了方便，在心里给他打上了卡罗的标签。

“还有谦卑，”盖多说完这话点了点头，“谦卑就再好不过了。”

“桑赞兄弟祝萨贝莎一切顺利，”锁链举着小杯子慢慢摇晃，紧盯着双胞胎，“他们愿她平安归来。”

“没错！祝她一切顺利！”

“平安归来，那就再好不过了。”

“萨贝莎是谁?”洛克转头看向锁链，轻声问道。

“咱们这个小帮派中的鲜花，唯一的女孩，如今正在别处……接受教育。”锁链把她的杯子放到敬给恩主的那杯酒旁，将洛克的杯子拿了过来，“是我跟盗贼导师所做的另一桩特殊交易。天才，我的孩子，和你一样是个天才。惹别人生气的本领也盖世无双。”

“他说的别人是指我们。”卡罗说。

“很快也要加上你。”盖多笑道。

“闭嘴吧，小白痴们。”锁链往洛克杯中倒了一点水银酒，递到他手中，“下一轮祝酒与祈祷。敬洛克·拉莫瑞，我们的新兄弟。我的新誓卒。我们祝他一切顺利，向他表示热烈欢迎。我们要为他祈祷的是，智慧。”

锁链以优雅的动作给卡罗和盖多倒上酒，又为自己倒了几乎满满一杯。锁链和桑赞兄弟举起酒杯，洛克连忙效仿。银光在金箔下闪烁。

“欢迎加入绅士盗贼!”锁链用自己的杯子轻轻碰了碰洛克的杯子，美妙的回声在空中萦绕片刻，慢慢消失。

“你应该选择去死!”盖多说。

“他给了你去死这个选项，对吗?”卡罗说着跟自己的兄弟碰了下杯。两人又同时从桌上探过身，跟洛克碰了一下。

“尽管笑吧，孩子们。”这一系列干杯的仪式很快就告结束，锁链带头抿了口酒，“啊。记住我的话，如果这可怜的小畜生能再活一年，你们俩都会变成在他手底下跳舞的猴子。他想看猴戏的时候，就会朝你们扔香蕉。来吧，喝上一口，洛克。”

洛克举起酒杯。银色液面上倒映着一幅栩栩如生微微晃动的画面，那是他的小脸，以及周围明亮的房间。酒香蹿进他的鼻孔，宛如一缕杜松子和大茴香的薄雾。洛克把自己的小小倒影放到唇边，喝了一口。刚把酒咽下去，略显清凉的液体似乎就分成了两股，一股刺痒的暖流顺着喉咙直往下降，另一股冰冷的卷须则向上伸展，透过上颌进入鼻腔。他双目微突，使劲咳嗽几下，抬起一只手揉了揉瞬间麻木的嘴唇。

“这是镜酒，来自塔尔维拉。好东西。现在赶快吃点东西，不然它会把你的脑袋炸开。”

卡罗和盖多揭开盖在餐盘和大碗上的湿布，终于显出食物的全貌。桌上有货真价实的香肠，切成了整齐的薄片，用油炸熟，配以分成四瓣的梨子。还有剖开的红辣椒，里面塞满杏仁酥和菠菜。用细面包做成的薄饼里夹着鸡肉，以文火煎到面包像纸张一样呈半透明状。还有酒浸冷黑豆加酸辣芥末酱。桑赞兄弟忙着把各式各样的菜肴舀进洛克盘中，速度快到他的双眼都跟不上趟。

洛克拿着一柄双股银叉，和一把他此前嗤之以鼻的钝头餐刀，开始笨手笨脚地把食物往嘴里划拉。香味不经意地散发开来，感觉无与伦比。鸡肉薄饼是用生姜和干橘皮调味，豆子沙拉中的红酒酱温暖着他的舌头，芥末辛辣的气味灼烧着他的喉咙。洛克发现自己正一口口吞着酒水，来压制腹中不断升起的火焰。

他惊奇地发现，桑赞兄弟给自己上完菜后，并没有马上开始吃饭。他们坐在对面，双手相握，看着洛克。老人确信洛克已经开始用餐后，便把头转向卡罗。

“你是一名韦德兰贵族。且说你是从某个不太重要的七髓邦国来的伯爵领主。你在塔尔维拉参加一次晚宴，男女宾客数目相等，座席都安排停当。人们刚刚进入宴会厅，与你配对的贵妇同你一道走进房间，正在跟你聊天。接下来，你该怎么做?”

“在韦德兰晚宴上，我会主动为她拉开椅子。”卡罗并没有笑，“但维拉贵妇们会站在椅子旁，暗示你把它拉出。妄自揣度她们的心思是不礼貌的行为。所以我会等她示意。”

“很好。轮到你了。”锁链抬手指了指第二个男孩，同时用另一只手往自己碗里添食物，“十七乘以十九是多少?”

盖多闭上眼睛，集中精神想了几秒钟。“嗯……三百二十三。”

“正确。韦德兰海事里格跟瑟林海事里格有什么区别?”

“啊……韦德兰里格比瑟林里格长一百……五十码。”

“很好。那么，就到此为止。开始吃吧。”

桑赞兄弟立刻开始毫无教养地争夺起某些餐盘，锁链转头看着洛克，小家伙的盘子已经空了一半。“等你在这儿住上几天后，我就会根据你所学的知识提出问题。如果你想吃饭，就得好好学。”

“我要学什么？除了布置餐桌以外？”

“所有东西！”锁链似乎很替自己高兴，“所有东西，我的孩子。如何战斗，如何偷窃，如何板着脸撒谎。如何做这样的饭菜！如何伪装自己。如何像贵族那样说话，如何像祭司那样书写，如何像弱智那样畏畏缩缩。”

“卡罗已经学会这招了。”盖多说。

“啊英啊哪咔吧？”卡罗嘴里塞满了吃的，呜呜噜噜地嘟囔了一句。

“我跟你说过，咱们跟其他盗贼不同，你还记得我当时是怎么说的吗？咱们这些人是新型的盗贼，洛克。咱们是演员。是假面艺人。我坐在这儿，装作佩里兰多的祭司。很多年来，人们一直在朝我扔钱。你以为我是拿什么维持这小小仙境洞府，靠什么购买这些食物的？我五十三了，我这年岁的人没法再上房钻窗，溜门撬锁。我当瞎子得到的钱，比过去当快手聪明人多得多。如今我已经太胖太迟钝，干不了什么真正好玩的活儿了。”

锁链喝干杯中的镜酒，又满上一杯。

“但你们，你和卡罗、盖多，还有萨贝莎……你们四个拥有我所缺乏的一切优势。你们将得到完备而彻底的教育，我会把自己的想法和技巧概括提炼出来。等我完成这项工作后，你们四个会玩出的骗局……哦，与它们相比，我在这神庙中所耍的把戏，简直是平淡无奇。”

“听起来不赖。”洛克说着又咂了口酒。慈爱安详的温暖气氛笼罩在他周围，浇灭了作为阴影山孤儿第二天性的紧张和忧虑。“咱们先干什么？”

“哦，今晚，如果你没忙着把这辈子吃到的第一顿正经饭吐出来，那么卡罗和盖多会给你洗个澡。等你不再这么香气扑鼻，就可以去睡觉了。明天，我们会给你找件侍僧袍，你可以跟我们一起坐在门阶上收钱。明天晚上……”锁链抿了口酒，同时挠挠胡须，“我会带你去见大人物，巴萨维大佬。他早就等不及想见你一面了。”

第三章
虚构人物

1

在短短两天之中，第二次有蒙面遮脸的陌生人出现在意想不到的地方，同堂·洛伦佐·萨尔瓦拉不期而遇。这回，他们守在堂的书房中。

“关上门。”矮个入侵者说。他操着纯正的卡莫尔腔，声音沙哑粗粝，显然惯于发号施令。“请坐吧，先生，别费事召唤您的保镖了。您的人似乎略染小恙。”

“你们到底是什么人？”萨尔瓦拉的持剑手条件反射地往腰间一探，但此时他的腰带上没挂剑鞘。堂把身后的房门关好，但并未朝写字台靠近，也没有就座的意思。“你们是怎么进来的？”

首先发言的入侵者抬手拉下盖住口鼻的黑布。他脸庞瘦削，棱角分明，发色如墨，细细的黑胡子修剪得干净整齐，一条白色伤疤横亘在右侧颧骨上。他把手伸进剪裁妥帖的黑斗篷里，掏出个黑色皮夹，随即将皮夹一展，让堂看清里面的东西——一顶小小金冠镶嵌在设计复杂的磨砂玻璃图案上。

“诸神啊。”堂·萨尔瓦拉没再忧郁，紧张地坐进椅子里，“你们是午夜人。”

“正是如此。”那人叠起皮夹，放回斗篷。另外那个沉默的闯入者没有摘掉面巾，而是看似随意地绕到堂·洛伦佐身后几步远的地方，挡在他和房门之间。“这次不请自来，我们深表歉意。但我们到这儿来，是为了完成一件十分敏感的任务。”

“我……我是否不经意间冒犯了公爵陛下？”

“据我所知没这回事，萨尔瓦拉先生。实际上，您可以说我们到这儿来就是为了防止您犯下这等无心之失。”

“我……我，哦，好的。啊，你们刚才说把孔戴怎么着了？”

“只是给了他一点帮助睡眠的东西，仅此而已。我们知道他忠诚不贰，也知道他十分危险。我们不想造成任何……误会。”

似乎是为了强调这个声明，站在门口的午夜人上前几步，绕过堂·萨尔瓦拉，将孔戴那对战斗刀轻轻放在桌上。

“我明白了。我相信他安然无恙。”堂·萨尔瓦拉在书案台面上敲打着手指，直勾勾地盯着疤面人，“如若不然，我会极为不悦。”

“他毫发无伤，我以公爵臣属的身份向你保证。”

“我相信你的话。暂且相信。”

疤面人叹了口气，用两根戴着手套的指头揉揉眼睛。“咱们没必要一上来就搞得这么僵，先生。为我们的突然出现和莽撞的闯入方式，我向您道歉。但我相信您很快就会发现，您的福祉在我们主人眼中极为重要。我要问您一句……您在今天的狂欢节上玩得还开心吗？”

“是的。”堂·萨尔瓦拉谨慎地说，仿佛是在对律师或者法庭记录员发言，“我想这是很准确的评价。”

“好的，好的。有人与您相伴，对吗？”

“堂娜·索菲娅跟我在一起。”

“我指的是其他人。不是公爵陛下的臣民。更不是卡莫尔人。”

“啊。那位商人。名叫卢卡斯·费尔怀特的商人，从安伯兰而来。”

“从安伯兰来的。当然。”疤面人双臂抱在胸前，转头环顾堂·洛伦佐的书房，盯着一对玻璃小肖像看了几眼，那是老堂和堂娜·萨尔瓦拉的肖像，画框上还装饰着黑色天鹅绒葬仪缎带。“哦。那人跟你我一样，并非什么安伯兰商人，萨尔瓦拉先生。他是个骗子。是个伪装者。”

“我……”堂·萨尔瓦拉几乎跳了起来，但他想起站在身后那人，似乎决定还是慎重为上，“我不明白这怎么可能。他……”

“请原谅，先生。”疤面人露出微笑，这笑容虚假骇人，就像那些没孩子的男人试图安抚哭闹的婴儿时露出的古怪微笑。“但容我问您一句——您可曾听说过一个被人们称作卡莫尔荆刺的人？”

2

“我偷东西，只是因为年迈的家人需要活命钱！”

洛克·拉莫瑞高举酒杯，喊出这套说辞。在佩里兰多神庙奢华的地窖中，他和其余几位绅士盗贼正围坐在那张女巫木旧桌旁。卡罗和盖多坐在右手边，金和小虫儿坐在左手边。各色食物摆在他们面前，浑天仪灯台在上方摇晃，放射出熟悉的金光。其他人嬉笑起来。

“骗子！”他们齐声叫道。

“我偷东西，只是因为这个肮脏的世界不允许我干正行！”卡罗高叫着举起自己的酒杯。

“骗子！”

“我偷东西，只是因为必须养活我那懒惰可怜的孪生兄弟，他的好逸恶劳伤透了妈妈的心！”盖多说着用胳膊肘捅了捅卡罗。

“骗子！”

“我偷东西，”金说，“只是因为不慎交上了坏朋友！”

“骗子！”

仪式最终轮到小虫儿头上。男孩颤颤巍巍地举起杯子，高声喊道：“我偷东西只是因为这太他妈有意思了！”

“盗贼！”

随着一连串嘈杂的欢呼叫喊声，五名盗贼将杯子撞在一起。光芒在水晶中闪烁，从维拉薄荷酒的蒙蒙绿意中透射出来。四个成年人一口气喝干酒水，把杯子使劲蹾在桌面上。小虫儿已经有点对眼，酒喝得算是比较小心。

“绅士们，咱们几星期来的筹措和辛劳，终于结出了第一批果实，如今就握在我手中。”洛克举起一扎卷宗，它四边装饰着缎带花纹，还有某位卡莫尔小贵族的蓝色蜡封，“一张价值五千克朗的本票，明天就将在梅拉乔银行从堂·萨尔瓦拉的户头取出。而且我敢说，这第一分是靠咱们最年轻的成员拿下的。”

“木桶男孩！”桑赞兄弟齐声高喊。片刻之后，一小块杏仁面包卷从他们的座椅间飞了出去，正好打在小虫儿脑门上，随即掉在他的空盘子里。小虫儿把它撕成两半，依样还击，尽管他手脚不稳，但瞄得还是很准。卡罗咆哮着把面包屑从眼睛里揉出来，洛克继续讲道。

“今天下午的第二次接触易如反掌。但如果不是小虫儿昨天够机敏，咱们不可能这么快就走到这一步。那是个多么愚蠢、鲁莽、白痴、荒唐、见鬼的举动！我的敬仰之情如滔滔河水连绵不绝。”洛克说话时用酒瓶耍了个小戏法，空掉的杯子突然都满了，“敬小虫儿！卡莫尔城市卫队新一代的眼中钉！”

等这轮祝词引发的欢呼和狂饮结束后，小虫儿的后背已经让众人拍打了半天，连脑仁都快被敲出去了。洛克又拿出一个大杯子，放在餐桌中央，慢慢注满。

“再办一件事，咱们就可以开吃了。”他举起酒杯，所有人都安静下来，“一杯倒在空中，敬给一位缺席的朋友。我们十分想念老锁链，愿他的灵魂安息。愿诡诈看护人永远守护和祝福他诡诈的仆人。以咱们的标准衡量，锁链可是个虔诚苦修的好人。”

洛克将杯子轻轻放在大桌中央，用一小块黑布盖上。“他肯定特别为你骄傲，小虫儿。”

“希望如此，”男孩盯着摆在玻璃器皿和镀金陶器间的玻璃杯，“我希望能见见他。”

“你本可以成为他晚年生活的消闲，”金·坦纳吻了吻自己左手手背，只有侍奉无名十三神的人，才会用这种独特的祝福手势，“他把我们四个养育成人可受了不少罪，肯定希望能在你这儿喘口气！”

“金太善良了。我和他都是圣徒。是桑赞兄弟惹得那个可怜的老杂毛夜夜祈祷，七天里得有六天睡不了觉。”洛克把手伸向一个盖着布的餐盘，“咱们开吃吧。”

“你是说他向诸神祈祷，希望你和金快快长成我们这么英俊的男人！”盖多一探手，刁住洛克的腕子，“你是不是忘了点什么？”

“是吗？”

卡罗、盖多和金一起盯着他，算是回答了这个问题。小虫儿不知所措地打量起吊灯来。

“活见鬼。”洛克从鎏金座椅上站起身，走到一个餐柜前。他回到桌上时，手里多了个也就比小酒盅大一圈的杯子。他往杯中倒了几滴薄荷酒，并没有把它举起，而是推到桌子中央那个蒙了布的大杯旁。

“一杯倒向空中，敬给缺席的某人。我不知道此时此刻她身处何方，我只想对诸神祈祷，希望你们所有人——除了小虫儿——都噎死。万分他妈的感谢。”

“这可算不上优雅的祝福，特别是出自一位祭司之口。”卡罗吻了吻左手，朝小杯子挥去，“她早就是我们的同伴了，甚至在你之前，帮主。”

“你们知道我最想祈祷的是什么吗？”洛克把双手撑在桌边，关节很快就变得死白，“也许有一天你们能够明白，爱情不只是裤子纽扣后面的玩意。”

“一个巴掌拍不响，撕开一颗心也需要两个人。”盖多用左手轻轻盖住洛克的右手，“我们都还记得，如果不是有你鼎力相助，她是不会搞砸什么事的。”

“而且我敢说，”卡罗说，“如果你有心出去让自己好好乐一下，那我们就可以长出口气了。玩命干它一回。诸神啊，连干三次！咱们又不是没有嫖资。”

“我要让你们知道，我在这个话题上的耐心早就被磨光了……”洛克的声调逐渐变高，最终近乎喊叫。正当此时，金突然牢牢抓住他的左臂。这位壮汉的拳头轻轻松松就能捏住洛克的胳膊。

“她是我们的好朋友，洛克。过去是，现在也是。你欠她几句更加真诚的祝福。”

金·坦纳伸手拿过酒瓶，把小杯子注满。他将酒杯举向灯架，另一只手也从洛克胳膊上拿开。“一杯倒向空中，敬一位缺席的朋友。我们愿萨贝莎平安无事。至于我们自己，唯愿手足之谊长存。”

洛克瞪着他看了两眼，几秒钟的时间长得好像几分钟。终于，他长叹一声：“我很抱歉。我没想破坏这次庆功宴。那是段糟糕的祝酒辞，我……收回。我本该认真考虑一下自己的责任。”

“我也很抱歉，”盖多不好意思地笑了笑，“你心情不好，这我们可以理解。我们知道萨贝莎……萨贝莎……就是萨贝莎啊。”

“哦。我不会为找乐子的建议向你道歉。”卡罗耸耸肩，作出夸张的致歉动作，“我他妈是认真的，伙计。插好你的灯芯，放下你的船锚，去找位女士，为匕首套上刀鞘，你会感觉好一点。”

“你们难道看不出我都快喜极而泣了吗？我不需要感觉更好，你和我今晚还要干活！看在诡诈看护人的慈悲的分上，咱们能不能掐死这个话题，把它天怨人怒的尸首扔进海湾去？”

“抱歉。”几秒钟后，在金·坦纳意图明确的瞪视下，卡罗最终说道，“抱歉。听着，你知道我们没别的意思。如果我们有点过分，那真是对不住了。但她在帕雷，咱们在卡莫尔，而且很明显你……”

卡罗本来还有些话想说，但一块杏仁面包卷砸在他的鼻梁上，害他惊得浑身一颤。另一块面包打中了盖多的前额，还有一块飞到金的大腿上，只有洛克及时抬起手，把瞄准他的那块扫落在地。

“实话实说!”小虫儿摊开的双手里抓着不少面包卷，正像上了弦的弩弓一样朝他们瞄准，“要是我长大成人，也会变成这样吗？我还以为咱们是在庆祝自己比所有人更富有更聪明!”

洛克盯着男孩看了片刻，随即从金手中接过倒满酒的小杯子，嘴角忍不住露出一丝微笑。“小虫儿说得对。咱们别再扯淡，赶紧开席吧。”他抬起胳膊，把酒杯尽量举向浑天仪的光芒，“敬咱们自己，比所有人更富有更聪明!”

“比所有人更富有更聪明!”盗贼们齐声回应。

“敬缺席的朋友，是他们帮助我们走到了今天这一步。我们想念他们。”洛克将酒杯放到嘴边，略一沾唇，这才放下。

“而且我们还爱着他们。”洛克·拉莫瑞轻声说道。

3

“卡莫尔荆刺……是在宴会厅中流传的最为荒谬的谣言，只有某些容易激动的贵族没把酒水好好稀释时才会出现。”

“卡莫尔荆刺,”疤面人语气平和地说，“今天早些时候从您的游船上离开，手里还拿着一张签字本票，可以从您的账户中支取五千白铁币。”

“谁？卢卡斯·费尔怀特?”

“正是此人。”

“卢卡斯·费尔怀特是韦德兰人。我母亲就是韦德兰人，我熟知这种语言！卢卡斯从头到脚都是个老派安伯兰人，他用毛料衣物把自己裹得严严实实，随便有个女人冲他眨眨眼，他都会往后一蹦六尺远!”堂·洛伦佐激动地摘下镜片，放在写字台上，“此人每天早上都可能拿自己孩子的性命作赌注，只求以最低价买进几桶鲱鱼内脏。我跟这路人打过无数次交道。他不是卡莫尔人，更不是什么谜一般的盗贼！”

“尊贵的大人，您已二十有四，对吗？”

“眼下正是如此。这有什么关系吗？”

“自从令堂和令尊过世后——愿他们在永寂女神的国度得到安息——您肯定认识了很多商人。很多商人，而且不少是韦德兰人，对吗？”

“完全正确。”

“那么如果有个人，一个聪明绝顶的人，想让您认为他是个商人……哦，他会如何着装，如何打扮？穿成渔夫？雇佣弓箭手？”

“我不明白你在说些什么。”

“我是说，萨尔瓦拉先生，他在利用您的期望值来欺骗您。您对生意人有敏锐的洞察力，这毫无疑问。在您接手家族资产的短短几年内，已经把它翻了几番。因此，一个想用诡计让您上套的人，最明智的做法就是装扮成完美无缺的生意人。悉心满足您的所有预期，展示出您所期待和希望看到的东西。”

“在我看来，如果我接受你的论点，”堂·萨尔瓦拉缓缓说道，“那么任何事物中不言自明的固有属性，都会被当作自证其伪的论据。我说卢卡斯·费尔怀特是个安伯兰商人，因为他表现出了相应的特征；而您说这些特征正是他进行欺诈的证明。我需要些更合情合理的证据。”

“那么恕我跑个题，先生，先问您另一个问题。”疤面人把手插在斗篷的黑色皱褶中，低头盯视着年轻贵族，“如果您是个盗贼，而且狩猎范围仅限于卡莫尔公国的贵族，那么您会如何隐藏自己的行踪？”

“仅限于贵族？又是那套卡莫尔荆刺的鬼话。不可能有这种盗贼。我们早有安排……秘密和约。如果有任何人胆敢破坏和约，首先就要被其他盗贼料理掉。”

“如果咱们这位盗贼能够逃脱围捕呢？如果咱们这位盗贼能够隐藏身份，不让同行知晓呢？”

“如果，如果，如果。他们说卡莫尔荆刺专偷富豪，”堂·萨尔瓦拉抬起一只手，按在胸口上，“然后把每个铜子儿送给穷人们。但你听说过最近有人把一袋袋金币倒在引火区街道上吗？有什么烧炭工或是废物屠夫，突然穿起丝质背心和镶边长靴在城里溜达吗？得了吧。荆刺只是老百姓的酒后胡言。剑术大师，贵妇们的情人，穿墙而过的鬼魂。真荒唐。”

“您的房门都上了锁，窗户插了闩，可我们还是出现在您的书房中，先生。”

“没错。但你们都是货真价实的血肉之躯。”

“的确如此。咱们离题太远了。我们的盗贼，先生，相信您和列位贵族会帮忙隐瞒他的所作所为。咱们打个比方，如果卢卡斯·费尔怀特就是卡莫尔荆刺，您发现他从你的保险箱里卷走了一笔小钱，您会怎么做？您会通知卫队吗？会在陛下面前公开请求帮助吗？会在堂·帕列瑞·雅各布跟前提及此事吗？”

“我……我……这是个有趣的观点。我想……”

“你会让全城上下都知道您受骗上套，被人耍了吗？如果这样做，生意人们还会相信您的判断力吗？您的声誉还能完全恢复吗？”

“我料想那会是个相当……棘手的问题。”

疤面人的右手再度出现，手套已经除去，苍白的手掌在黑斗篷前尤为显眼。他伸出食指。“四年前，堂娜·罗莎莉娜·德马瑞花掉一万克朗，以此换取上游某些不存在的果园的产权。”第二根手指伸了出来，“堂和堂娜·费鲁西亚两年前花了两倍于此的数目。他们以为是在资助塔里沙玛的一次政变，希望将这座城市变为家族私产。”

“去年，”疤面人说着伸开第三个手指，“堂·贾瓦瑞兹拿出一万五千克朗，交给一位占卜师。那人声称能把老者的大儿子复活。”他最终伸开小指，冲堂·洛伦佐挥了挥张开的手掌。“如今，我们听说堂和堂娜·萨尔瓦拉卷入一桩既诱人又简单的秘密生意。告诉我，您听说过上述几位贵族遇到的麻烦吗?”

“没有。”

“堂娜·德马瑞每周都会两次造访您妻子的花园，和贵夫人一起讨论植物学炼金术。您常跟堂·贾瓦瑞兹的儿子们玩牌。但这些事还是让您吃了一惊吗?”

“是的，当然，我向你发誓!”

“这也让公爵陛下吃了一惊。我的主人花了两年时间，试图挖出能将这些罪行联系在一起的蛛丝马迹，先生。一笔数目与您家产相当的财富消失得无影无踪，而且只有靠公爵的命令才能撬开那些受害人的嘴唇。因为他们的骄傲保证了他们的沉默。”

堂·洛伦佐盯着桌面，良久无语。

“费尔怀特在舷斜旅馆有个套房。他有一位男仆，精美华服，价值上百克朗的眼镜。他拥有……贝尔·奥斯特家族独有的秘密货品。”堂·萨尔瓦拉抬头看着疤面人，就像冲苛刻的教廷导师提出了一个艰深的问题，“盗贼不可能有这些东西。”

“对于可以支配四万多克朗的人来说，精美华服难道还是问题？至于他那桶未陈酿的白兰地……您或是贝尔·奥斯特家族以外的任何人，如何知道它是什么样子？又如何知道它是什么味道？那只是简简单单的赝品。”

“他在街上被一名律师认了出来。就是那种黏在梅拉乔银行的拉松纳区法律文书。”

“当然了，因为他很早以前就开始准备卢卡斯·费尔怀特这个身份，也许甚至在他遇到堂娜·德马瑞之前。他在梅拉乔有个货真价实的户头，五年前用真金白银开的。他有身居此位的商人所应具有的一切表相，但卢卡斯·费尔怀特是个幽灵。一个谎言。一个舞台剧角色，专为特别选定的观众表演。我追踪这个人已经有很多年了。”

“索菲娅和我，都不是蠢才。我们……我们应该能看出不对劲的地方。”

“不对劲？这件事从头到脚都不对劲！我的萨尔瓦拉先生，我恳请您仔细听我说。您是个从事优良酒品生意的金融家。您为了纪念令堂，每周都要到韦德兰神庙祈祷一次。结果您刚巧碰到一位遭遇危机的韦德兰人，而且他也经营葡萄酒的买卖，这是个多么令人陶醉的巧合啊？”

“除了福水神庙以外，韦德兰人在卡莫尔城还能去哪儿祈祷呢？”

“当然，没别的地方。但请您看看这一个接一个的巧合是怎样堆积成山的吧。韦德兰葡萄酒商人，亟需救援，而且他正好准备去造访堂·雅各布？您的宿敌？所有人都知道，如果不是公爵的禁令，您会动用一切方法把他碾碎。”

“我跟他第一次相遇时，你们……在监视我们？”

“是的，非常小心。我们看到您和您的人冲进那条小巷，去解救一位您以为身陷危难的韦德兰商旅。我们……”

“‘以为’？他快被勒死了！”

“是吗？那些戴面罩的人是他的同党，先生。打斗全是设计好的。只为了把您介绍给这位虚构的商人，以及他虚构的投机生意。您所看重的一切道德品质，您所拥有的一切愿望，都被用来当作陷阱里的饵食！您对韦德兰人的同情，您的责任感，您的勇气，您对美酒的兴趣，您想压倒堂·雅各布的欲望。费尔怀特的计划必须秘密进行，这也是个巧合吗？而且它需要极短的时间和极多的要求，它甚至刚巧满足了您那些人尽皆知的野心！”

堂·萨尔瓦拉盯着书房对面的墙壁，继续用手指敲打书桌，只是节奏越来越快。“这真是当头一棒。”他最终说道，声音很低，再无半分疑虑。

“请原谅，萨尔瓦拉先生。现实总是令人遗憾。卡莫尔荆刺当然不是个十尺巨人。他当然不能穿墙而过，但他是个绝对真实的盗贼。他化名卢卡斯·费尔怀特，扮装成韦德兰人，而且已经骗走了您的五千克朗，正计划拿走剩下的两万。”

“我必须马上派人到梅拉乔去，防止他明早兑换我的本票。”堂·洛伦佐说。

“请恕我不敬，先生，你决不能这么做。我接到的指示十分明确。我们不光要抓荆刺，还要把他的党羽一网打尽。他的联系人。他的消息来源。他一整套的盗窃网络和情报系统。我们已经把他逼到明处，只要他还在做这桩生意，就逃不出我们的手心。但如果稍有风吹草动，让他发现骗局已被揭穿，那荆刺就会溜之大吉。眼下这种机会，也许再也不会出现。尼克凡提公爵陛下的态度十分明确，他要求我们揭穿并逮捕跟这些罪行有染的所有人。为了这一目的，我们以公爵的名义，请求并要求您百分之百合作。”

“那么我该怎么做?”

“您继续装作完全被费尔怀特的故事所蒙蔽。让他兑换本票。让他尝点甜头。等他回来管您要更多的钱时……”

“嗯?”

“哦，把钱给他，先生。他要什么，就给他什么。”

4

餐盘撤掉后，用温水和白沙给它们洗泡沫浴的任务落在了摇摇晃晃的小虫儿身上。金一面将瓷器和水晶餐具堆成小山，一面对他喊道：“这对你的道德教育极为有利!”洛克和卡罗来到地穴中的衣帽间，开始为堂·萨尔瓦拉骗局中的第三次，也是最关键的一次接触做准备。

佩里兰多神庙下的祖灵玻璃地窖，被分成了三个区域。一处是厨房，一处是用木搁板分出来的几间卧室，而第三处则被称作衣帽间。

一列列长衣架占据了衣帽间的四壁，数以百计的服装以地域、季节、剪裁、尺码和社会阶级分门别类放好。这里有麻布长袍，苦力的束腰外衣和屠夫染上干涸血渍的围裙。这里有冬季斗篷和夏季斗篷，有廉价织品和精美手艺，有些朴实无华，也有些则配有各色装饰，甚至包括稀有金属和孔雀翎毛。这里拥有几乎全部瑟林教派的僧袍和饰品——佩里兰多、莫甘蒂、森多瓦尼、艾奥诺，等等等等。这里有丝质外衣和藏有甲片的紧身衣，有手套、领带和颈巾，有大量手杖和拐棍，足以装备一支由蹒跚老者组成的雇佣军。

早在二十多年前，锁链就开始搜集这些东西，而他的学生们又用多年来骗取的钱财丰富了这些收藏。绅士盗贼团精心保管着它们，就连被汗水浸透、臭气熏天的夏季服装，也会被清洗干净，撒上炼金香粉，小心挂好。如果有必要的话，再把它们弄臭不过是举手之劳。

一面一人高的镜子盘踞在衣帽间中心，另一面小很多的镜子由某种滑轮系统挂在屋顶上，以便来回移动，按照需要固定在不同位置。洛克站在大镜子前，身穿黑如午夜的天鹅绒紧身上衣和长裤，一双裹腿红得就像洒在水面上的鲜血外加落日余晖，式样简单的卡莫尔领结色调几乎相同。

“这身该死的行头真的有必要吗？”卡罗的穿着基本相同，但裹腿和领结是灰色的。他把外衣袖子拉到手肘以上，用黑珍珠夹子固定好。

“这是个好主意，”洛克正了正领结说，“咱们是午夜人。咱们目中无人自以为是。哪种有自尊心的间谍，会在伸手不见五指的黑夜闯入贵族宅院时，穿成绿色、橙色，或是白色？”

“那种直接走上前去，敲响大门的就会。”

“多谢提醒，但我还是不想改变计划。堂·萨尔瓦拉今天过得忙碌充实，正需要个震慑心灵的结尾。要是穿得姹紫嫣红，那么震慑效果可不太对路。”

“哦，的确跟你想的不太一样，这没错。”

“这件紧身外衣后边难受得要死，”洛克嘟囔道，“金！金金金金金金！”

“怎么了?”过了半晌，金·坦纳泛着回音的喊声传了过来。

“真没事，我就是爱叫你的名字！到这儿来!”

片刻之后，金·坦纳溜达进衣帽间，一只手端着杯白兰地，另一只手拿着本破破烂烂的书。

“我还以为今天晚上格劳曼可以放假呢。”他说。

“他是不当班，”洛克不耐烦地指了指上衣的后背，“但我需要卡莫尔城最丑陋的女裁缝帮忙。”

“盖多正帮小虫儿洗碗。”

“去拿你的针线吧，四眼儿。”

金·坦纳眉头一皱，透过读书镜瞪了他一眼，但还是放下书和杯子，打开靠在衣帽间墙角的一个小木箱。

“你在看什么?”卡罗在领结中央添了个镶紫水晶的银质小领夹，正冲着小镜子满意地端详自己。

“《奇姆拉尔森》。”金一边说，一边将黑色丝线穿进白色骨针，动作谨慎小心，以免扎到手指。

“克里什罗曼史?”洛克对此嗤之以鼻，“多愁善感的垃圾玩意。没想到你还喜欢童话故事。”

“它们恰巧包括瑟林君主期文化生活方面的重要记录，”金说着走到洛克背后，一手拿着拆线器一手拿着缝衣针，“而且至少有三名骑士的脑袋被瓦祖巨兽连根扯掉。”

“刚好是有插图的原稿?”

“可惜不在精彩的段落。”金·坦纳拨动紧身上衣的后襟，手法精确巧妙，就跟他开锁掏兜时一个样。

“哦，别管它。我不在乎看起来什么样，反正会被斗篷挡得严严实实。咱们可以日后再做美化。”

“咱们?”金哼了一声，割开几条恰到好处的裂口，把上衣弄松了点，“多半是我。你缝衣服就像狗写诗。”

“这我供认不讳。哦，诸神啊，感觉好多了。现在就有地方藏徽章皮夹和几件小惊喜了，当然只是以防万一。”

“你会往外掏东西，而不是往里塞，真让人感觉怪怪的。”金把工具按原位放回缝补箱，顺手盖好，“以后想着多锻炼，咱们可不想让你再胖一斤。”

“哦，我主要是重在脑子上。”洛克跟卡罗一样，把上衣袖子卷好别牢。

“你有三分之一坏心肠，三分之一贪婪绝顶，八分之一空口白话，剩下的嘛，我相信肯定是脑子了。”

“嗯，既然你都来了，又对我可怜的本质进行过如此精深的研究，那干吗不把化妆盒拉出来，帮我改个妆?”

金抿了口白兰地，随即拉出一个高大破烂的木盒，盒子上装有数十个小抽屉。“咱们先处理什么，你的头发? 你是要变黑，对吧?”

“像沥青。这家伙我装个两三次应该就够了。”

金·坦纳用一块白布围在洛克肩头，盖住紧身上衣，又用个小骨扣在前面系牢。接着他打开一瓶膏药，用手指舀出一点。这种黏稠的黑色胶体有很浓的柑橘味。“嗯。看着像巧克力，闻着像橘子。我永远看不透杰赛莉娜的幽默感。”

金开始把这种物质揉进洛克发灰的金发，拉莫瑞笑了笑。“就算是黑药剂师也需要开开玩笑。记得她给咱们的那种牛肉味蒙汗香吗，用来对付堂·费鲁西亚该死的看门狗?”

“很搞笑，那东西，”卡罗正给自己的华服做着进一步的细微调整，他皱了皱眉，“流浪猫们闻见那味，从城中所有犄角旮旯跑过来，噼里啪啦地往下掉，直到那条街塞满了动物尸体。那地方的风向变来变去，咱们所有人玩命乱跑，试图不让那股烟赶上……”

“算不上咱们的辉煌时刻。”金说。他的工作差不多已经结束，那东西似乎渗进了洛克的头发，产生出很自然的卡莫尔深黑发色，只是略有点油光。但许多卡莫尔人都用油性物质来固定发型，增加香味，这个细节一点都不扎眼。

金·坦纳用围在洛克脖子上的白毛巾擦擦手，又取出一块碎布在另一罐珍珠白色的膏药中蘸了蘸。这种东西抹在他的手指上后，清除掉了染发膏的残余物质，黑色胶体仿佛直接蒸发进了稀薄的空气。金用这块布轻轻擦了擦洛克的鬓角和脖子，除去染色过程中留下的淡淡污渍和斑点。

“伤疤?”金处理完后问了一句。

“就麻烦你了。”洛克伸出小指，在右侧颧骨上划了一道，“如果可以的话，在这割一刀。”

金从化妆盒里取出一根起头有点白垩色物质的细木管，按照洛克的指示，在他脸上画了条短线。那东西嗞嗞响了一两秒钟，洛克忍不住咧咧嘴。眨眼之间，白色细线就变成了隆起的苍白假皮，跟伤疤全无二致。

正当此时，小虫儿出现在衣帽间门口，面颊比平时多了几分红润。他手里拿着一个叠好的黑皮夹，比卡莫尔城绅士日常携带的款式略大一点。“厨房打扫干净了。盖多说如果我不把这东西拿来，扔到你怀里，你就会把它忘了。”

“请别按字面意思理解这句话。”洛克朝皮夹伸出一只手。金·坦纳满意地看到染发剂已经干透，便将白布从他肩头拿掉。“打碎了这东西，我就把你装进桶一路滚到安伯兰去，而且是亲手处理。”

皮夹里的徽章是一件由黄金、水晶和磨砂玻璃制成的样式繁复的工艺品。这玩意是整场游戏中最昂贵的道具，就连那桶 502 年奥斯特沙陵白兰地也比它便宜。绅士盗贼们沿海岸向南骑行了整整四天，在塔里沙玛找人制成这枚徽章。且不论技巧如何，至少在仿制公爵秘密警察证章这件事上，很难相信卡莫尔城的赝品工匠们能够保持沉默或是耐心。

一只漂亮的蜘蛛趴在卡莫尔公国皇家纹章上。绅士盗贼们从没见过这东西，但洛克坚信小贵族中也少有人知。这可怖徽章的大致图样始终在卡莫尔“正派人”间低声流传，根据这些描述，一件仿制品按照最有可能的推测制造了出来。

“瘸子杜兰说‘蜘蛛’只是扯淡。”小虫儿说着把皮夹递了过去。这屋里三位年长的绅士盗贼听到这话，都凶巴巴地瞪着他。

“如果你把杜兰的脑子放到一小杯水中，”金说，“那看起来就像迷失在大海里的一叶孤舟。”

“午夜人是真的，小虫儿。”洛克小心翼翼地拍拍头发，发现双手没有沾到任何污迹，“如果有人发现你破坏了秘密和约，那你最好祈祷大佬赶在午夜人之前抓到你。跟掌管耐心宫的老爷相比，巴萨维有最为慈悲的灵魂。”

“我知道午夜人是真的，”小虫儿说，“我只是告诉你们，有人说蜘蛛是扯淡。”

“哦，他存在。金，帮我拿副胡子，要跟这头发搭配的。”洛克用手指摸了摸唇边光滑的皮肤，他晚餐后刚刮了胡子，“午夜人身后有个头儿。金和我这些年来一直想调查出蜘蛛到底是公爵身边的哪位近臣，但所有线索最终都落了空。”

“就连盖多和我也碰了钉子。”卡罗补充说，“所以你要明白，咱们对付的是个最精明的魔鬼。”

“但你们怎么敢肯定有这个人？”

“我这么跟你说吧，小虫儿。”洛克顿了顿，打量着金·坦纳举起来的一副假胡子。他摇摇头，金又开始在化装盒中翻找。“要是巴萨维大佬料理什么人，咱们会听到风声，对吧？咱们有眼线，这种话会传开。大佬想让人们知道他的理由，以此杀鸡儆猴，避免更多的麻烦。”

“但要是蜘蛛把手伸向什么人……”洛克略一点头，对金举起来的第二副胡子表示赞同，“如果是蜘蛛，那这个倒霉蛋就直接从世界上消失了。而且巴萨维大佬连个屁都不敢放。你明白吗？他会假装什么事儿都没发生。所以说，如果你明白巴萨维不怕公爵……实际上，是很看不起他……哦，结论就是卡莫尔城还有个人能让巴萨维尿裤子。”

“哦，你是说除了灰王？”

卡罗哼了一声。“这出灰王的乱子用不了几个月就会收场，小虫儿。单单一个疯子对付全都听命于巴萨维的三千把刀——灰王只是个会走路的死人，蜘蛛可没这么好对付。”

“也正因如此，”洛克说，“我们才能指望堂·萨尔瓦拉发现有人等候在他的书房中时，往天上一蹦六尺高。因为这些蓝血贵族面对午夜人的突然造访，不会比咱们心里更踏实。”

“我不想插嘴，”金说，“但你这次刮胡子了吗？啊。很好。”他用一根小棒把半透明浆糊抹在洛克上唇，留下一道发亮的污渍。洛克恶心地皱了皱鼻子。金用手指拨弄几下，便将假胡子放上去，按压到位。没过两秒，它就牢牢黏在了上面，跟长出来的一个样。

“这种胶水是用狼鲨内皮制成，”金·坦纳替小虫儿解说道，“上次我们用的时候，忘了加入一些可溶成分……”

“我只得匆匆忙忙地把它拔掉。”洛克说。

“如果金替他动手时洛克没惨叫出来，那才有鬼呢。”卡罗说。

“就像在一所空妓院里的桑赞兄弟！”洛克冲卡罗做了个粗俗手势，卡罗还了个冲他瞄准放箭的动作。

“伤疤、胡子、头发。全齐了吧？”金说着把最后这些伪装道具收进化装盒。

“是的，应该够了。”洛克端详了一番自己在大镜子中的倒影，当他说话时声音已然改变。略微低沉，稍显粗哑。他的语气让人感觉一本正经，乏味无聊，就像个正在申斥小贼的警官，而这种事在他的职业生涯中已经重复了上千次。“咱们出发吧，去告诉那位大人，他把自己牵扯进了某个跟盗贼有关的麻烦。”

5

“那么，”堂·洛伦佐·萨尔瓦拉说，“你想让我继续主动把本票交给对方，而这个人却被你称作卡莫尔最可怕的盗贼。”

“恕我直言，萨尔瓦拉先生，如果我们没有插手，您也会这么干的。”

洛克说话时，完全没有显出费尔怀特的口音和习惯，韦德兰商人那压抑的活力和拘谨庄重的气质再无半丝痕迹。这个新的虚构人物背后有公爵不容置疑的铁律撑腰。他是在闯入某位贵族神圣不可侵犯的私宅时，还能够而且一定会对其嘲笑揶揄的那种人。这份傲气是伪装不来的，洛克必须感受到它，从体内某个地方召唤出来，将傲慢当成惯常的旧衣服穿在身上。洛克·拉莫瑞变成了头脑中的影子，他现在是一名午夜人，公爵秘密治安队中的军官。对这个新人物而言，洛克口中的这些复杂谎言，只是简单的事实。

“咱们所谈的数目……相当于我可支配资产的一半。”

“那就把你一半的财富，交给我们的朋友费尔怀特，我的大人。用他想要的东西噎死这根荆刺。本票会把他拴住，让他在银行间来回奔波。”

“你是说，让出纳把我的真金白银扔给这个幻影。”

“是的。为了给公爵效力，仅此而已。振作起来，萨尔瓦拉先生。在您协助我们抓捕这个人的过程中，无论损失有多大，公爵也有能力予以弥补。更何况在我看来，荆刺既没有时间花掉这笔钱，也没机会把它转移太远。所以您被骗的钱财早晚会被夺回，都用不着公爵补偿。而且您必须考虑到这一情势，在狭义金融问题之外的影响。”

“你是说?”

“您帮我们将这件事导向我们乐于见到的结果，陛下当然会心存感激，”洛克说，“如果您这方面的任何消极举动，让我们的荆刺发现了逐渐收紧的罗网，那陛下定然不悦。两相比较，得失立现。”

“啊，”堂·萨尔瓦拉拿起眼镜，重新架在鼻梁上，“这一点我难以反驳。”

“我不会在公开场合跟您对话。卡莫尔城市卫队的任何成员，也不会出于任何与此相关的理由跟您接触。如果我跟您联系，那肯定是在夜里，在私下。”

“我需要通知孔戴准备些小点心，给随时可能破窗而入的先生们吗?我需要告诉堂娜·索菲娅如果有午夜人从她的衣柜钻出来，就把他们请到书房吗?”

“我向您发誓，日后再来造访绝不会如此令人心悸，我的先生。我这么做只是为了给您留下深刻印象，让您了解问题的严重性，以及我们完全有能力……绕过障碍。我向您保证，我个人绝不想再来烦扰您。对我来说，重新夺回您的财产，是多年辛勤工作的终点。”

“那堂娜·索菲娅呢?你的主人对她在这场……计中计里所扮演的角色有何指示?”

“您的妻子是位非比寻常的女性。无论如何也请您把我们的介入向她说明。告诉她卢卡斯·费尔怀特的真面目，请她为我们提供宝贵的帮助。但是，”洛克说着不怀好意地笑了笑，“必须承认，我很抱歉，只能把向她解释事件真相的任务留给您了，萨尔瓦拉先生。”

6

在卡莫尔城的内陆边界，全副武装的士兵在古老的石质城墙上来回巡逻，时刻注意着旷野中是否有盗匪或是敌军出现的迹象。而在临海防线上，瞭望塔和战船担负着相同的职责。

在阿瑟葛兰提群岛的外围哨卡中，城市卫队时刻准备保卫城中众多贵族，以防他们无意中看到卡莫尔城实实在在的臣民，或是闻到他们的气味，受其烦扰。

时近午夜，洛克和卡罗经由被称作祖灵拱的宽阔玻璃大桥，穿过安杰文河。这座刻有绚丽花纹的大桥，将阿瑟葛兰提西区和双银绿地连接起来。和阿瑟葛兰提一样，双银绿地那些郁郁葱葱的半开放式花园，也不欢迎衣着不够考究的平民逗留，这一传统经常会用上皮鞭和警棍来维持。

高大的红色玻璃圆柱投射出炼金光芒，洒向在两人坐骑膝下环绕漂荡的稀薄雾丝。桥梁中部高出水面五十尺，通常夜雾都不会超过这一高度。在闷热的刽子手风吹拂下，红色灯盏在黑铁外框中轻轻摆动，妖异的光芒笼罩着一路骑向阿瑟葛兰提群岛的两位绅士盗贼，为他们平添一道血色晕环。

“站住！报上姓名，说明来意！”

在拱桥和安杰文河北岸相交的地方，有一座低矮木屋，暗淡白光从油纸窗间透射出来。一个人影立在屋子旁边，黄号衣在桥上路灯映照下变成了橙色。发话人的言辞可以说强横大胆，但声音很嫩，而且略显迟疑。

洛克露出微笑。阿瑟葛兰提区哨卡通常有两名黄号衣，但这里的高阶警卫显然是把少经锤炼的搭档派了出来，在闷热薄雾中处理实际事务。这倒更好——洛克催马小跑到岗哨旁，从黑斗篷里掏出珍贵的徽章夹。

“我的姓名无关紧要，”洛克将皮夹翻开，让年轻的圆脸卫兵看了眼里面的徽章，“我是在替尼克凡提公爵殿下办差。”

“我……我知道了，长官。”

“我从未到这儿来过。咱们没说过话。让你的同伴也明白这一点。”

黄号衣鞠躬行礼，迅速往后退了一步，似乎生怕离得太近。洛克笑了笑，黑马黑衣黑骑手，从黑夜浓雾中隐现……要是在光天化日之下，这种把戏肯定要遭人耻笑，但夜晚总能给幻象增加分量。

如果说吻金路是卡莫尔城的财富得以运用的地方，那阿瑟葛兰提区就是它得以休憩的场所。这四座相互连接的岛屿，都呈现出梯状山坡地形，向上延伸到支撑五塔的高地底部。城中的世家和新贵们在这片由豪华府邸和私人花园组成的迷宫中，如碎布被单一般混杂起来。商人、银行家和船舶经纪人在这里安逸地俯瞰其他城区，小贵族们在这里垂涎欲滴地仰望着高塔中统治一切的五大家族。

时而有马车从这里经过，挂灯在木质黑漆车厢上飘荡，旗帜上的家徽宣告着车内乘客的身份。有些车辆由全副武装的骑马侍从拱卫，他们一个个身着斜襟上衣和闪亮胸甲，正是今年雇佣打手的流行款式。有几队鞍辔齐全的骏马上还挂着微型炼金灯，远远看去就像一串串萤火虫在雾中飞掠。

堂·萨尔瓦拉的府邸大体呈长方形，高四层，底部由立柱支撑。它已有几个世纪的历史，在岁月的重压下略显倾颓，毕竟这座宅院完全出自人类之手，比不上那些祖灵玻璃建筑。它位于阿瑟葛兰提最西端的杜罗纳岛中心地带，宅院本身就是一座孤岛，周围环绕着植物茂盛的花园，四面都是十二尺高的石墙，而且跟邻近的府邸没有公用界墙。三层那几扇紧闭的窗户中隐隐透出琥珀色光亮。

洛克和卡罗来到靠近宅院北墙的小巷，轻手轻脚地下了马。经过几个漫漫长夜的详细勘察，洛克和小虫儿早已探明翻越高墙进入萨尔瓦拉府的最佳路径。他们本就一身黑衣，又有夜色和浓雾的掩藏，所以只要跳上外墙离开巷道，就可以迅速消失得无影无踪。

卡罗将两匹马系在花园围墙旁饱经风霜的木桩上，四周正好出现片刻安宁，放眼望去人迹全无。卡罗捋了捋他那匹坐骑稀疏的鬃毛。

“亲爱的，要是我们回不来，日后想着敬我们两杯酒以示纪念。”

洛克背靠在墙根底下，十指交叉捧在身前。卡罗一脚踩住这个简易脚镫，借助自己的腿力和洛克的臂力，使劲往上一蹿。等他小心谨慎悄无声息地攀上墙头，随即双手往下一探，将洛克拽了上去。如果说洛克是瘦弱，那么桑赞兄弟就是瘦而结实。这一系列动作完成得干净利索。片刻之后，他们就落在夜幕下潮湿芬芳的花园中，一动不动地倾心聆听。

一层的房门全都用精巧的防盗机关和钢闩从里面锁好，绝不可能撬开。但屋顶……哦，那些身份还没重要到需要时刻考虑暗杀威胁的人，通常会对高墙抱有不切实际的幻想。

两名盗贼从豪宅北墙向上攀登，动作缓慢而谨慎，将手脚牢牢插进光滑温暖的墙砖缝隙。头两层又黑又静，第三层的光亮来自南侧房间。他们一路向上，最终来到屋顶矮墙下方，兴奋得心脏怦怦直跳。两人静候良久，努力捕捉着豪宅内的风吹草动，生怕有人察觉他们的行踪。

几轮月亮被薄纱般的灰云笼罩。在他们左侧，卡莫尔城如一道珠光宝气的朦胧光弧，从雾气中透出；在两人头顶，高不可测的五塔直入云霄，犹如天穹前的几道黑影。在胸墙上、窗户中闷烧的光亮，并未减弱高塔险恶的气氛，反倒令其有所加强。站在地面凝视五塔，是引发晕眩的妙药良方。

洛克头一个翻过胸墙，借着上空洒下的微光凝神观望。他把脚放在屋顶中央的白瓦步道上，站定身形。周围全是灌木、花卉、小树和藤蔓的黑影，屋顶上洋溢着植物的清香和肥料的气味。地面花园尽管也被精心照料，但毕竟还是俗物；而这里则是堂娜·索菲娅的私人植物园。

根据洛克以往的经验，大多数植物学炼金师都是诡异毒药的狂热信徒。他检查了一下兜帽和斗篷的系带，确保它们紧紧裹住了身体，拉起黑颈巾盖住口鼻。

洛克和卡罗蹑手蹑脚地走在白石小径上，穿越索菲娅的花园，就算他们披着着火的斗篷走在灯油溪流中，也不会比现在更加小心。花园中心是屋顶入口，只装有简单的弹子锁。卡罗拿着最趁手的开锁器，集中精神伏在门上听了两分钟，之后用了不到十秒就将锁打开。

第四层是堂娜·索菲娅的工作室，两名闯入者在这里更是不敢久留，生怕有什么闪失，比在花园更为谨慎。他们像酗酒晚归心里有鬼的丈夫那样，轻手轻脚地在一间间摆满实验器材和盆栽的黑屋子间潜行，蹿向通往三层侧廊的狭窄石梯。

绅士盗贼们对萨尔瓦拉家的布局了如指掌：堂和堂娜的卧室在三楼，跟堂的书房只隔一条走廊；二层是日光室，夫妇俩不需要招待朋友时，这间宴会厅兼接待厅很少有人使用；一层则是厨房、几间客厅，以及仆人区。除了孔戴以外，萨尔瓦拉家还有一对中年管家，一个厨子，和一个负责送信帮厨的小男孩。这些人都应该睡在一层。而且他们所能造成的威胁，还不如孔戴的一根小指头大。

整个计划中完全无法预先安排的部分就在此处，他们在跟堂·萨尔瓦拉进行预想之中的谈话前，必须先找到这名老战士，把他料理掉。

脚步声从这一层的某个地方传来。打头阵的洛克矮下身，从左手边的拐角处探头张望。结果他看到的正是将三层分成两半的狭长走廊。堂·萨尔瓦拉离开书房，并未关门，径直走进卧室。这一次，他把门紧紧关上，金属锁扣的撞击声在走廊中回荡。

“飞来横福啊，”洛克轻声说道，“我估计他要在里面忙上好一阵了。书房的灯还没关，说明他还要回来……咱们先去解决最困难的部分吧。”

洛克和卡罗溜进过道，虽然已经在冒汗，但他们走动时还是不敢让厚重的斗篷飘动起来。狭长的走廊装潢高雅，挂毯精美绚丽，浅壁灯上细小的照明玻璃发出的光亮也就跟闷烧的煤球相当。嬉笑声从卧房厚重的大门后传来。

走廊尽头的旋梯很宽，白色大理石阶梯上铺着马赛克拼成的卡莫尔城地图，一路盘旋向下，直通日光室。他们来到楼梯口时，卡罗揪了揪洛克的袖子，食指压在唇上，往后摆了摆头。

“听。”他压低声音说。

咯唧，咯唧……脚步声……咯唧，咯唧。

这一串声响重复了几次，变得越来越大。洛克冲卡罗露齿一笑，有人正在日光室中巡视，按部就班地检查着保护每扇窗户的锁头和铁栏杆。夜阑人静之时，宅院中只有一个人会做这种事。

卡罗来到楼梯口左侧，跪在扶栏旁。任何走上旋梯的人，都会从这个位置的正下方经过。他把手伸进斗篷，掏出一个叠好的皮囊，还有一根用黑丝织成的细绳。接着他以洛克都看不清的隐秘手法，将丝绳在袋口处串了一圈。洛克就跪在卡罗后面，监视着他们身后的长走廊。此刻堂·萨尔瓦拉出现的可能性不大，但据说恩主喜欢给粗枝大叶的盗贼们一些出人意料的教训。

孔戴又轻又稳的脚步声在下方旋梯回响。

如果公平较量，堂的保镖肯定可以用洛克和卡罗的鲜血在墙上作画。由此而知，这场战斗必须做到尽可能的不公平。孔戴的光头刚出现在他们身下，卡罗就从栏杆间伸出手去，将抓丁帽罩了下去。

对那些从未有机会被人绑架，进而卖到铁海沿岸某个城邦为奴的人来说，抓丁帽在袋口重物的作用下迅速飘落时，看起来有点像帐篷。在它罩向老兵的脑袋落到他肩膀上之前，袋口在空气作用下向外展开。卡罗猛地一扯黑丝绳，立刻将袋子束紧在老兵脖子上。孔戴惊得浑身一颤。

任何真正能做到处变不惊的人，都有可能在几秒钟内抬起手把这样一个袋子扯开。这也是抓丁帽内必然涂有大量甜味麻醉粉的原因，这种东西可以从黑药剂师那里买到。绅士盗贼们深知自己试图降服的人有多厉害，所以孔戴现在吸入的粉末，是洛克和卡罗花了将近三十克朗买来的。洛克衷心希望他会喜欢这东西。

在不透气的布袋中慌乱地吸上口气，就足以让普通人瘫倒在地。但洛克跃过扶栏去抓孔戴的身体，却发现老兵还站在原地，抓挠着袋子——几乎可以肯定是头昏眼花，全身乏力，但至少还保持清醒。这也没什么关系，只需在孔戴太阳穴上轻敲一拳就能解决问题，这会让他张开嘴巴，加速吸入迷药。洛克一迈步，伸手锁住孔戴露在抓丁帽外的颈项，准备发动攻击。但这招几乎让整出戏泡了汤。

孔戴猛地双臂一扬，在洛克施展出不像样的锁喉技前，就把他的双手挣开。老兵一探左臂，缠住洛克的右胳膊，然后冲他猛击——一拳、两拳、三拳。狠辣的攻击捣在他的肚子和太阳穴上。洛克只觉腹中一阵宇宙爆炸式的疼痛，不由自主地瘫向面前的对手，竭力想要恢复平衡。孔戴猛抬右膝，这招本该让洛克的牙齿从耳朵眼里高速飞出，但感谢诸神，迷药最终发挥了效用，抑制住了老兵的脾气。孔戴的膝盖僵僵从洛克的下巴擦过，但下面穿长靴的脚还是踢在了他的腹股沟。洛克仰面朝天，向后倒下，脑袋磕在坚硬的大理石楼梯上，幸亏兜帽的布料为他卸掉了几分力道。他躺在那里，呼吸艰难，身子笨拙地吊在老兵手上。

此时卡罗出现了，他扔掉束紧抓丁帽的丝绳，迅速冲下旋梯，一脚绊住孔戴愈发不稳的下盘，把他推倒在楼梯上，同时揪住他的上衣前襟，以防发出太大声响。孔戴刚刚大头朝下倒在地上，卡罗就毫不留情地揍向他双腿之间。先是一下，老兵双腿微微一抽；又是一下，这次再无任何反应。头罩最终起了作用。暂时处理掉孔戴后，卡罗转身扶住洛克，试图帮他坐起来，但洛克挥挥手，让他离开。

“你现在是什么状态?”卡罗轻声问道。

“就好像我怀了个孩子，这小杂种正要用斧头开条路钻出来。”洛克的胸膛起伏几次，他连忙把黑面罩从脸上扯下，以防吐在里面，搞出不可收拾的烂摊子。

洛克做着深呼吸，试图控制住颤抖的身体。卡罗蹲到孔戴身旁，扯下袋子，用力挥散皮囊中令人作呕的甜味，随即将袋子仔细叠好，放回斗篷，然后把孔戴往上拽了几步。

“卡罗，”洛克说着咳了几下，“我的伪装……被弄坏了吗？”

“反正我看不出来。只要你还能直起腰来走路，那这小子就没对你造成什么外在的破绽。跟这儿等会儿。”

卡罗溜到二层楼梯口，探头看了一眼黑沉沉的日光室。柔和的光亮从窗口遮板间渗入，微微照亮了一张长桌和墙上的几个玻璃柜——里面放着餐盘和一些难以辨认的小物件。屋里没有人影，一楼也没有任何响动。

卡罗回来时，洛克已经用双膝和双手撑起身体。孔戴还瘫在他身边，饱经风霜的面容上挂着滑稽的笑容。

“哦，等他醒过来，就没法保持这种表情了。”卡罗冲洛克扬扬两个加了皮垫的铜指环，然后动作优美地把手一挥，将它们塞回袖子，“我刚才捶他的时候，就带上了这对拦路贼的好伙计。”

“哦，就我个人来说，对他没有一丝同情可言。他那一脚，差点让我的蛋蛋变成肺里的永久居民。”洛克试图直起上身，但没成功。卡罗架住他的右臂，把他慢慢扶起来，直到洛克能不借助外力，哆哆嗦嗦地跪在地上。

“你至少喘上气来了。你还能走吗？”

“我估摸着能踉跄几步。我得先蹲会儿。再给我几分钟时间，估计就能装作安然无恙。至少坚持到咱们离开这里。”

卡罗扶着洛克回到三层，把他留在那里望风，然后蹑手蹑脚地把孔戴也拖上楼来。堂的保镖其实并不算沉。

洛克觉得无地自容，又急于想证明自己。于是从斗篷里取出两根粗绳，把孔戴的手脚捆好，又拿出一方手帕，叠了三折，当作塞口物。洛克把孔戴的匕首从刀鞘抽出，交给卡罗，后者将它们藏进自己的斗篷。

堂·萨尔瓦拉的书房还大门敞开，温暖的光线洒进走廊。而卧室的房门仍关得严严实实。

“我要替你们祈祷，尊贵的先生和夫人，愿诸神赐予你们超出以往的欲求和耐力。”卡罗低语道，“潜入您家中的盗贼们，在继续今晚的职责前，希望能稍事休息。”

卡罗抓住孔戴的腋窝，想独力把他拽走。尽管洛克疼得直不起腰，但还是站起来抓住老兵的双脚。经过一番单调乏味的潜行，他们按原路返回，将不省人事的保镖搬到走廊另一端的拐角后面，扔在通向四层实验室的楼梯旁。

几分钟后，两人走进堂的书房，只觉得这里简直是世上最令人愉快的地方。洛克瘫坐在靠左手墙边的皮质沙发椅上，卡罗则打起精神站在一旁，扮出保镖的模样。阵阵笑声从走廊上隐隐传来。

“咱们恐怕得多等一会儿了。”卡罗说。

“诸神慈悲。”洛克盯着一个高大的玻璃门酒柜，这比游船上那个还漂亮，“我很想给咱们倒上口酒，但也不知道合不合适。”

他们等了十分钟，十五分钟，二十分钟。洛克有规律地做着深呼吸，集中精神让自己忘掉似乎充满腹腔的抽痛。当两名盗贼听到走廊对面的门锁滑开时，洛克一下弹了起来，站得笔管条直，就好像自己的蛋蛋感觉并不像是从高处落在碎石路上的泥罐。他把黑面罩重新系好，强迫自己从体内唤出完美无瑕的傲慢气质。

锁链神父曾经说过，最好的伪装是出自内心，而非画在脸上。

卡罗透过面罩吻了吻左手手背，冲他挤挤眼。

堂·洛伦佐·萨尔瓦拉吹着口哨走进书房，衣衫单薄，没带武器。

“关上门。”洛克说道。他的声音沉着镇定，充满预料之中的威仪。“请坐吧，先生，别费事召唤您的保镖了。您的人似乎略染小恙。”

7

午夜刚过去一个小时，有两条人影经由祖灵拱离开了阿瑟葛兰提区。他们黑衣黑马，一人从容不迫地骑在马上，另一人则牵着自己的马，弓着腿一步步往前挪，样子很是奇怪。

“真他妈不可思议，”卡罗说，“真跟你预想的一模一样。只可惜这事没法跟别人吹。咱们迄今为止最大的一票，而且所要做的只是把咱们的骗局跟受害人一五一十讲清楚。”

“再被踢上两脚。”洛克嘟囔道。

“对，我对此深表遗憾。那家伙简直是个畜生，对吧？不过你放心，等他睁开眼后，也会有同样的感觉。”

“可真让我欣慰啊！如果安慰能缓解疼痛，就不会有人费劲去榨葡萄酿酒了。”

“诡诈看护人在上，我这辈子还未曾从一个富翁嘴里听到过这么自怨自艾的说辞。高兴点！比所有人更富有更聪明，对吧？”

“比所有人更富有更聪明，外加走起路来特别搞笑，没错。”

这两名盗贼一路南行，穿过双银绿地，前往第一个歇脚处。他们将在那里放弃马匹，脱掉黑衣。等两人最终朝神庙区折返时，打扮得就像个普通苦力。不时有黄号衣巡逻队昂首阔步地从雾中走过，灯盏在矛杆上飘来荡去，照亮眼前的道路。洛克和卡罗每次都冲他们友善地点点头，但卫兵们瞥都不瞥他们一眼。

一道黑影缀在两人身后，飞过大街小巷，动静比婴儿的呼吸声还轻。它的动作迅疾优美，从一个屋顶飞掠到下一个屋顶，执着地追踪着两名盗贼。等他们溜回神庙区后，它拍打翅膀，懒洋洋地盘旋上升，飞进黑暗夜空，最终穿透卡莫尔城雾气，在低沉的灰色薄云掩映下，消失得无影无踪。

插曲
致命失误

1

锁链没有想到，洛克跟塔尔维拉镜酒的初次接触，给男孩营养不良的身体造成了这么大影响。第二天的大部分时间，洛克都在帆布床上辗转反侧，脑袋里突突作响。除了最柔和的一点火星之外，他的双目无法忍受任何光亮。

“我发烧了。”洛克裹着汗津津的毯子说。

“这是宿醉。”锁链伸手捋了捋男孩的头发，拍拍他的后背，“我的错，真的。桑赞兄弟是天生的吸酒海绵。我不该在你到这儿来的头天晚上，就用他们的标准来衡量你。今天你不用干活。”

“喝酒会有这种后果？即便是在清醒之后？”

“残酷的玩笑，不是吗？诸神似乎给万事万物都贴上了价码牌。除非你喝的是奥斯特沙陵白兰地。”

“奥福特沙漏？”

“奥斯特沙陵。产自安伯兰。它的优点很多，其中就有不会导致宿醉这条。是因为葡萄园土壤中的某些炼金成分。昂贵的东西。”

经过数小时半睡半醒的休息后，洛克发现自己又能下地走路了。不过头颅中的脑子似乎还想在他脖子上打个洞跑出来。锁链说他们仍然要去见巴萨维大佬（“只有那些住在玻璃高塔中，把肖像印在钱币上的人，才敢放巴萨维的鸽子。而且就连他们也要掂量掂量。”），但他同意让洛克使用一种较为舒适的运输工具。

佩里兰多神庙后院居然有个小马厩，臭烘烘的小畜栏中住着一头柔化山羊。“他没名字，”锁链说着把洛克扶到牲畜背上，“我老是想不起来给他起名，反正它也不会有任何回应。”

大部分孩子都对柔化动物有着与生俱来的反感，但洛克从没产生过这种情绪。他这辈子见过太多丑恶，根本不在乎被一匹温顺动物用乳白色的眸子瞪视两眼。

有种东西叫幽魂石，是在某些遥远山脉发掘出的白垩色物质。这些材料并非自然产生，它们仅仅出现在可能是被祖灵遗弃的祖灵玻璃隧道中。正是这个令人不安的种族，在亘古之时建造了卡莫尔城。在固态下，幽魂石没有味道，也几乎没有气味，而且呈现惰性，必须加以燃烧才能激活它的特殊性能。

医师们早就开始鉴别毒物攻击人体时所采用的各种方法和不同途径。这种会让心脏停止，那种会稀释血液，还有一些会损害肠胃。幽魂石烟雾不会产生任何物理毒性，它的作用是烧尽生灵的个性——野心、执念、勇气、精神、动力——只要吸入几口神秘烟雾，这些东西就会荡然无存。偶然接触到少量幽魂烟，会令一个人连续几星期都无精打采。如果剂量再大一点，那就会产生永久性损伤。受害人身体健康，但不再关心任何东西。他们不会对自己的名字作出反应，不认识自己的朋友，甚至不在乎人身危险。他们只有在别人的驱使下，才会进食、排泄，或是搬运东西，但也仅此而已。他们的心灵和精神被虚空所占据，而那逐渐充满眼球的灰白色内障，正是这空茫的外在表现。

在瑟林君主期，曾用这种方法惩治罪犯。但早在数百年前，任何文明化的瑟林城邦都已禁止将幽魂石用于人类。即便是一个因为小偷小摸将孩童吊死，或是把罪犯喂给海怪的国度，也觉得幽魂石的效果实在令人不安，道德上难以承受。

因此柔化技术仅用于牲畜，而且多是用来制造民用驮兽。像卡莫尔这种城市，街市水道纵横交错杂乱无章，充满各种意外，正是运用柔化技术的理想场所。柔化小马不会把富人们的孩子摔下来，柔化驮马和骡子不会踢咬驯手，更不会将昂贵货物掉在运河中。只要把一小块白石和一根缓慢闷烧的火柴装进粗麻布袋，放在动物的鼻孔下面，驯手便可以退到新鲜空气中。用不了几分钟，这头牲畜的眼球就会变成新鲜牛奶的颜色，再也不会主动去做任何事。

但洛克的脑袋还在一阵阵抽痛，而且正在适应杀人犯外加玻璃仙境居民的身份，所以根本没注意山羊诡异呆板的动作。

“等我夜里晚些时候回来时，这座神庙一定要保持原样，不差分毫。”锁链神父穿戴好外出装束后说。盲眼祭司已不见踪影，取而代之的是一位身体强壮、四五十岁的中产阶级男子。他的胡须和头发沾上了某种棕色染料，淡黄色衬衣外面，松松垮垮地套着汗衫和廉价棉丝短斗篷，脖子上没打领带或是颈巾。

“保持原样，不差分毫。”一个桑赞男孩说。

“而且绝不会被烧光什么的。”另一个说。

“如果你们俩能烧光石头和祖灵玻璃，那说明诸神对你们有更高的期望，不会把你们塞到这儿来作我的学徒。老老实实待着，我带洛克去，嗯……”

锁链斜眼瞅了下拉莫瑞，随即做出个饮酒的动作，然后捂着下巴，装出痛苦万分的样子。

“哦……”卡罗和盖多异口同声地叫道。

“没错。”锁链在脑袋上扣了顶小皮帽，拉过山羊的缰绳，“等着我们。不管怎么说，这应该挺有意思的。”

2

锁链牵着山羊走上连接福利亚区和吻金路的一座玻璃小桥。洛克突然说道："这位巴萨维大佬，我记得盗贼导师曾跟我提到过他。"

"你说的一点没错。我估计是你把祖灵玻璃藤酒馆烧成平地的那次。"

"啊，这事儿你也知道。"

"哦，你过去的主子一跟我讲起你的故事，他就有点……闭不上嘴，一口气讲了好几个钟头。"

"我是你的誓卒，那你是巴萨维的誓卒吗?"

"没错，这简单明了的描述，足以说明我们之间的关系。所有正派人都是巴萨维的士兵，他的眼线，他的耳目，他的手下，他的臣仆，他的誓卒。巴萨维是个……很特别的朋友。我帮过他一点小忙，那还是在他得势之前。你可以说我们一同成长。我得到了特殊的关照，他得到了，嗯，整个卡莫尔城。"

"特殊的关照?"

今天晚上天气很好，是卡莫尔城入夏以来最适合散步的夜晚。不到一小时前刚下过场豪雨，新鲜的雾气像幽灵巨人的大手，将卷须缠绕在众多建筑物周围。就连这雾也比以往凉爽几分，而且还没被海盐、死鱼和人畜废物的芬芳浸透。伪光退去后，吻金路上行人很少，离他们距离又远，所以洛克和锁链说起话来相当自由。

"特殊的关照。我得到了宽待。也就是说……哦，卡莫尔有一百个帮派，洛克。一百多个。我当然不可能全都记住。有些帮派成立时间太短，或是过于不服管束，让巴萨维大佬难以信任，所以他会留心盯着他们——要求他们频繁汇报，在他们之中安插眼线，严格控制他们的行动。也有像咱们这种用不着经受严格盘查的帮派，"锁链指指自己，又指指洛克，"只要没有不轨的确凿证据，就会被默认为老老实实办事。咱们遵循他的律条，从收入中给他留出分成，所以大佬觉得多多少少可以信任咱们，相信咱们不会捣鬼。没有盘查，没有探子，没有烂事。‘宽待’，这是值得付钱的特权。”

锁链把手伸进斗篷里的一个口袋，里面传出一阵悦耳的钱币撞击声。“实际上，我兜里揣的就是对他的一点点敬意。这星期佩里兰多神庙香火罐收入的十分之四。”

“你刚才说，有一百多个帮派？”

“这城里的帮派比臭味还多，孩子。有的比阿瑟葛兰提的许多家族还要古老，有的比某些教会还要戒律严明。见鬼啊，过去城里曾有将近三十个大佬，每人手里都捏着四五个帮派。”

“三十个大佬？都像巴萨维大佬这样？”

“是也不是。是，他们都管理帮派，下达命令，发火时会把人一刀剖开，从鸡巴一直切到眼球。不是，除此以外，他们跟巴萨维没有一丝共同点。五年前，这里有我所说的三十个大佬。三十个小王国，全在街上拼杀、偷窃，彼此开膛破肚。全在跟黄号衣开战，那时卫队一周就要处死二十人。这还要说收成不好的时候。

“然后巴萨维大佬就从塔尔维拉来到此地。也许你不会相信，他过去是瑟林学院的一位学者，教授修辞法。他夺下了几个帮派，便开始动刀子。不是暗巷流氓那样，更像是个切除疖疮的医师。巴萨维干掉一个大佬后，会把他的帮派也抢过来，但如果不是情非得已，他不会依赖他们。巴萨维会给他们足够的地盘，让他们自己挑选帮主，然后拿走属于他的那份油水。

“就这样，五年前，有三十个；四年前，有十个；三年前，只剩一个，巴萨维大佬和他的上百个帮派。他把整座城市，所有正派人——包括本帮在内——都揣进了自己的腰包。该死的运河上再也没有公开战斗。再也没有一排排盗贼在耐心宫前被同时绞死——如今他们一次顶多处理两三个了。”

“因为秘密和约？我破坏的那个？”

“你破坏的那个，没错。你假定我知道这件事，干得不错。是的，我的孩子，这正是巴萨维盖世功业的关键环节。说到这件事，他是经由公爵的一名代理人，跟尼克凡提殿下达成了长期协议：卡莫尔城的帮派不会再碰贵族，无论船舶、马车，还是货箱，上面只要有实实在在的徽章印记，咱们就不会碰一个指头。作为交换条件，巴萨维成了卡莫尔几处诱人城区的真正主人：引火区、窄巷区、渣滓区、木废墟、陷阱区，以及部分码头。另外城市卫队在履行职责时，也比较……放松。”

“所以咱们可以抢任何不是贵族的人？”

“还有黄号衣，是的。咱们可以对商人和兑币商下手，还有进进出出的货物。孩子，流经卡莫尔城的钱财，比这条海岸线上的其他城邦都多。每周都有数以百计的船只，数以千计的水手和船长。咱们放过贵族，不会有任何问题。”

“这不会惹恼商人、兑币商和其他人吗？”

“如果他们知道实情就会。所以在‘和约’之前才会有‘秘密’这两个字。正是因为这个协议的存在，卡莫尔城才会变成如此美好、舒适、安全的地方。如果你本就没多少钱，那所要担心的也只是丢点小钱罢了。”

“哦，”洛克拨弄着挂在脖子上的小鲨鱼牙，“好的。但我在想……你说我过去的主子花钱买下了杀我的权利，又卖给了你，你不……杀我，不会惹巴萨维生气吗？”

锁链哈哈大笑。“如果这会让巴萨维生气，那我干吗还带你去见他，孩子？不，用不用死亡标记，全看我是否乐意。我买下了它。你不明白吗？大佬不在乎我们到底用不用，只要咱们承认生杀予夺的权力属于他就行。这就像是某种只有他能征收的赋税，明白吗？”

洛克骑在山羊上，沉默地思考了几分钟，吸收着这些话。抽痛的脑袋让这个概念变得更加难以理解。

“让我给你讲个故事。”过了一会儿，锁链神父说，“这个故事会让你明白，今晚你要去晋见并宣誓效忠的是个什么人。当年，巴萨维大佬对卡莫尔城的统治才刚刚建立，局面十分紧张。有伙帮主准备一有机会就把他除掉，而这已经是公开的秘密。他们时刻提防着巴萨维的反击，你明白吧。他们曾帮他夺取了这座城市，深知他的手段。

“所以这些人小心戒备，保证巴萨维没法把他们一网打尽。如果他割断几根喉管，那么这些帮派就会四散开去，警告彼此。那会是一团浸满鲜血的乱麻，一场漫长的战争。他明面上没有任何反应，而那些人谋逆的谣言愈演愈烈。

“巴萨维大佬通常在大厅中召见臣属，这地方现在仍在木废墟中。它过去是一艘废弃的大型维拉战舰，就是运输军队的那种宽底大帆船。它抛锚在木废墟，算是个简易宫殿。巴萨维把它称作浮坟。嗯，在浮坟里，他郑重其事地铺了张艾什米尔地毯。真是个好玩意，就连公爵也会把这种货色挂在墙上，以免搞脏。巴萨维对它视若珍宝，直到他周围的人都清楚这一点。

“结果他的手下只要通过观察地毯，就能知道他会如何对待客人。如果场面要见血，那地毯就会被卷起来，妥善保存好。从无例外。几个月过去了。地毯卷起，地毯铺下。地毯卷起，地毯铺下。有时候，他招来晋见的人一看到巴萨维脚下光秃秃的地面，就会扭头逃跑——而这无疑等于公开承认自己的罪行。

“好了。再说回他那些不老实的帮主。他们都不蠢，不会在没有帮众保护的情况下进入浮坟，更不会单独面对巴萨维。当时大佬的统治还太不稳固，不能为这点事大动肝火。所以他等待着……有天晚上他邀请了九个辣手的帮主来赴宴。当然不是所有不老实的头目，但却是最聪明、最强横、人马最多的。这些人的探子带回口信说，那张绣工精美的地毯，大佬最钟爱的珍宝，就铺在地上供所有人观赏。地毯上摆了张宴会桌，桌上的食物之多，恐怕诸神都未曾得见。

“所以那些愚蠢的杂种认为巴萨维是认真的，他真想谈谈。他们以为大佬害怕了，都期盼着真心诚意的谈判。他们没带自己的人马，也没制定后备方案。他们以为自己赢了。”

“你可以想象，”锁链说，“等他们坐进华美地毯上摆放的座椅时，心中是多么震惊。五十个巴萨维的人涌进房间，手里都拿着弩弓。这些可怜虫身上扎满弩箭，要是被发情的豪猪看见，肯定会抓一个回家去，狠狠干上一场。如果说有一滴鲜血没有落在地毯上，那肯定是飞上了天花板！你明白我的意思吗？”

“是的……那地毯给毁了？”

“不只是这个。我要说的是，巴萨维知道该如何营造期望值，洛克，他知道怎么用这种期望来误导跟他作对的人。他们以为大佬的嗜好，可以保证自己活命。结果呢？只要敌人够多，势力够强，他就会满不在乎地毁掉一块该死的地毯。”

锁链指着南方，也就是他们前进的方向。

“这就是在半里地外等着跟你谈话的男人。我强烈建议你管好自己的舌头。”

3

“致命失误”是把卡莫尔地下社会呈上台面的地方。一间毫不掩饰的罪犯酒馆，各色“正派人”可以在这里饮酒作乐，不受拘束地谈论他们的生意。可敬的普通市民在这儿就像托儿所里的毒蛇那么显眼，而且很快会被长相凶恶、胳膊粗壮、脑子不拐弯的大汉“护送”出门。

这里可供整帮人马一面喝酒，一面讨论如何下手；或者只是大吹大擂一番。他们喝醉时，会大声争论从后面勒死人的最佳手法，或是在酒水食物中用什么毒药效果最好。他们会公开嘲笑尼克凡提宫廷中的荒唐事，他的税收计划，或是跟铁海其他城邦签订的外交协议。他们会把骰子和碎鸡骨当作军队，重演整场战役，大声宣布在尼克凡提公爵向右推进时，他们会往左转；或是当疯伯爵叛军麾下五千黑铁矛从神门山上冲下来时，他们会如何站稳脚跟，守住阵地。

但无论在酒精、凝视药和怪异的杰里姆致幻粉中陷得多深，无论幻觉带来了多么辉煌的地位和能力，都没有人胆敢向韦加罗·巴萨维大佬提出任何建议——哪怕只是让他更换马甲上的一颗纽扣。

4

断塔是卡莫尔城的一个标志性建筑。它位于陷阱区最北端，高逾九十尺。陷阱区是一处破落拥挤的街区，从沿岸上百个码头来的水手们每晚都在此地流连，从酒吧到酒铺再到赌坊，如此循环往复。酒馆老板、妓女、强盗、赌棍、老千和其他下等骗子就像筛子一样过滤着他们的金钱，直到这些人兜里空空荡荡，脑袋昏昏沉沉，才会被扔回船上，熬过新一轮的宿醉和病痛。他们来如涨潮，去如退潮，只留下一堆铜和银（偶尔也会有血）的残渣，标志着自己的存在。

人类技艺不足以破坏祖灵玻璃。当人们刚刚来到卡莫尔城，靠在古老文明的废墟中拾荒为生时，断塔就已经是现在的模样。塔楼上面的数层祖灵玻璃和石料上有不少巨大缺口，这些断裂处如今已被木料、油漆和其他人类建材勉强覆盖。断塔的整体坚固性基本不成问题，但这些补丁可不美观，而且顶上六层房间是城里最不讨人喜欢的地方——因为只有通过环绕在塔身之外的一行行狭窄扭曲的楼梯，才能到达那里，单薄的木框架在强风中摇晃得令人心悸。大多数住客是各个帮派的年轻亡命徒，对他们来说，这等变态住所正是一种别样的荣誉勋章。

“致命失误”占据了断塔底层的宽阔空间。每晚伪光落下后，这里的酒客多半都在百人以上。锁链神父用胳膊肘推开挤在门口的人群，钻进酒馆，洛克紧紧抓住老者的短斗篷下摆。从酒馆里涌出的空气中充满洛克熟悉的味道：上百种酒水，喝这些酒的人呼出的臭气，新鲜和酸腐的汗味，再加上尿骚和呕吐物，放了辛香料的香囊和潮湿的羊毛，还有生姜油的辛辣味道和烟草呛人的雾气。

“咱们能信任给咱们看羊的那个小孩吗?”洛克高声喊道，试图压过周遭的嘈杂声。

“当然，当然。”锁链朝酒吧大厅中掰手腕的一伙男人比画了个复杂的手势，那些没在艰苦奋战的人冲他露出笑容，挥手致意。“第一，那是他的工作；第二，我给的钱不少；第三，只有疯子才会偷柔化山羊。”

从某种角度来说，“致命失误”算是一座纪念馆，陈列着人类工艺在关键时刻的各种失败。它的四壁上挂满了令人眼花缭乱的纪念品，每件都讲述着一段娓娓动听的传说，而且均以“差强人意”作为结尾判词。吧台上挂着一整套铠甲，左胸处被弩箭串了个方形孔洞。墙上满是断剑破盔，再加上船桨、桅杆、船柱和风帆的各式残片。这间酒馆最引以为傲的特色就是，保存着七十年来在卡莫尔海域沉没的每艘失事船只的纪念品。

锁链神父拽着洛克·拉莫瑞在拥挤的人群中穿行，就像艘大帆船后面拖着条小艇。酒馆南墙上有间高出地面的小屋，门洞被帘布盖住大半，不受外界干扰。门口有几个人站岗放哨，锐利的目光不时扫过大厅，双手从不远离公开地、甚至有些招摇地带在身上的武器：匕首、飞镖、铜棍和木棍、短剑、短斧，甚至弩弓，从精巧的窄巷刺客式到巨大的屠马式一应俱全。在洛克看来，那些大家伙足以在岩石上穿个洞。

一名卫兵上前阻住锁链神父，两人低声说了几句；另一名卫兵走进小屋报信，为首的那人则警惕地盯着锁链。没过多久，第二名卫兵再度出现，招呼他们进去。洛克就这样在锁链的带领下，头一次见到了卡莫尔大佬韦加罗·巴萨维。大佬坐在一张普通餐桌旁的普通椅子中。几个手下站在他身后的墙壁前，距离近到可以随时听候召唤，又远到听不见大佬的私下交谈。

巴萨维块头很大，跟锁链差不多壮，但明显年轻一点。涂了油的黑发紧紧扎在脖子后面，下巴上卷曲的胡须像是三条用毛发织成的鞭绳，一条压着一条，整整齐齐叠在一起。大佬转头时，这些胡须飘动起来，看上去相当厚重，如果碰到皮肤肯定扎得要命。

巴萨维身穿大衣、汗衫、长裤，足蹬皮靴。即便在洛克这种外行人的眼中，那古怪的深色皮革也是又厚又硬，没过多久，他就意识到靴子肯定是用鲨鱼皮制成。大小不一的白色纽扣点缀在马甲和袖口上，也将多层丝质红颈巾系好……这些纽扣都是人的牙齿。

有个跟洛克年纪相仿的小女孩坐在巴萨维大腿上，目不转睛地盯着他看。女孩留了一头杂乱的黑色短发，还有张可人的瓜子脸。她的装束奇怪至极：一条镶边白丝裙，配得上任何贵族名媛，但在裙边下摇晃的小靴子却是黑皮制成，金属包头，足尖和脚跟都装有尖锐的钢质踢马刺。

“就是这个孩子吗，”巴萨维说起话来低沉浑厚，略带鼻音，还稍有些好听的维拉腔，“这就是让咱们亲爱的盗贼导师头疼不已的勤奋儿童吗?”

“就是他，大人，如今正高高兴兴地让我和我那几个小崽子头疼。”锁链把手伸向背后，将洛克从大腿后面推了出来，“可否允许我为您介绍洛克·拉莫瑞，前阴影山孤儿，现在的佩里兰多侍僧?”

“或是别的什么神，对吧?”巴萨维笑了几声，从桌上拿起一个放在手边的小木匣，递给锁链，“看到你的视力奇迹般地复原，总让我心情愉快，锁链，抽一口，这是杰里姆黑根草，质量上乘，这星期刚卷好的。”

“这我实难拒绝，韦。”锁链拿过一根用红纸紧紧裹好的烟卷，两人弯腰凑近一支摇曳的蜡烛，把烟点着。锁链顺手将小钱袋放在桌上。正当此时，那个女孩似乎对洛克做出了某种判断。

“老爸，他可真是个难看的小娃娃，就像具骷髅。”

巴萨维大佬咳嗽两声，吐出头几口烟雾，嘴角微微翘起。“而你可真是个不替别人着想的丫头，我的小宝贝！”大佬又抽了口烟，吐出一缕笔直的半透明烟气。这东西醇香怡人，还带点燃烧香草的气味。“你得原谅我的女儿纳丝卡。我对她的任性真是一点办法也没有，而且她已经养成了海盗公主的脾气。特别是现在，我们都不敢靠近她那致命的新皮靴。”

“我永远不会赤手空拳。”小女孩说着磕了几下脚后跟，以此强调这个声明。

“可怜的洛克根本不丑，亲爱的。他那样子完全是阴影山的印迹。让锁链喂上一个月，他就会像颗弹子似的又圆又壮。”

“哼。”女孩又盯着他看了几秒，然后突然抬头看向自己的父亲，心不在焉地摆弄着他的一缕胡须：“你要把他收为誓卒吗，父亲？”

“没错，小甜心，锁链和我就是这么想的。”

“哼。那你举行仪式时，我要再喝杯白兰地。”

巴萨维大佬眉头一皱，冷峻的灰眼眸周围出现了不少因惯于猜忌而留下的深纹。“你已经喝过今晚的两杯白兰地了，亲爱的。要是我再让你喝一杯，你妈妈会宰了我。去让他们给你杯啤酒。”

“但我想要……”

“我的小暴君，你想要什么，跟我让你做什么是两码事。今天晚上你只能喝啤酒或是空气，你自己选吧。”

“哼。那我要啤酒。”巴萨维伸手想把纳丝卡抱下去，但女孩躲过他指头粗壮、长满老茧的双手，自己蹦下地，跑去找某个偏爱的下人要酒喝，脚后跟敲打在房间硬木地板上，发出嗒嗒嗒嗒的声响。

“要是我的人再被你踢了小腿，亲爱的，你就得穿一个月芦苇凉鞋，我发誓!”巴萨维冲女孩的背影喊了一句，接着又抽了口烟，扭头看向洛克和锁链：“这丫头就是桶火油。上星期她非要在枕头底下放根绞杀绳，要不就不肯睡觉。她说了，‘就像爹爹那些保镖’。恐怕她的哥哥们还没意识到，下一任巴萨维大佬会穿连衣裙，戴无边女帽。”

“我明白你为何会对盗贼导师口中这个男孩的故事感兴趣了。”锁链说着伸手握住洛克的双肩。

“是啊。自打这帮孩子在我膝头上长起来，我就很少会感到吃惊。但你到这来不是为了聊他们的事……你把这个小男子汉带来，是为了让他发下作为誓卒的最后一个誓言。似乎早了几年。过来，洛克。”

巴萨维大佬伸出右手，扶住洛克的下巴，把他的脑袋往上稍稍抬起，说话时紧盯着洛克的双眸。“你多大了，洛克·拉莫瑞？六岁？七岁？已经要为一次违反和约、一座被烧平的旅馆和六七条人命负责。”大佬得意地笑了笑，“我手下有些刺客岁数比你大五倍，他们都不会如此大胆。锁链给你讲过这里的规矩吧，有关我的城市和我的律条?”

洛克点点头。

“你知道一旦发了誓，我就不能再容你肆意妄为。不计后果的日子就此结束。如果锁链想要你死，他会下手；如果我让他要你死，他也会下手。”

洛克又点点头。纳丝卡跑回父亲身边，从一个皮质酒杯里抿着淡啤酒。她双手抓着酒具，从杯沿上方注视洛克。

巴萨维大佬打了个响指，后面那些手下中有个人快步走过一道布帘。“那我用不着拿更多的狠话来烦你了，洛克。今夜，你将成为一个男子汉。你会干男人的工作；如果冒犯了你的兄弟姐妹，那么也将承受男人的命运。你将成为我们的一员，正派人的一员。你会学到密语和暗号，会慎重地使用它们。锁链——你的帮主，效忠于我，因此你通过他也效忠于我。我是凌驾于所有帮主之上的帮主。我是你唯一认可的卡莫尔公爵。跪下。”

洛克跪在巴萨维面前。大佬伸出左手，掌心向下。他戴着一枚镶有黑珍珠的白铁戒指，珍珠里有一块红色斑点，显然是通过某种奥术放置进去的血滴。

“吻一下卡莫尔大佬的戒指。”

洛克听命行事，珍珠在他干燥的双唇下显得冰冷清凉。

“说出你要向谁宣誓效忠。”

“巴萨维大佬。”洛克轻声说道。此时此刻，大佬的部下已经回到小屋，将一个盛满深褐色酒液的水晶平底杯递给主人。

“现在，”巴萨维说，“和我所有的誓卒一样，你要喝下我敬的酒。”大佬从一个外衣口袋中取出一枚鲨鱼牙，这东西比洛克脖子上戴着的死亡印记略大几分。巴萨维将利齿扔进平底杯，晃了几下，然后把它递给洛克。“这是铜海运来的红糖朗姆酒。全都喝下去，包括那颗牙。但无论如何也别把牙咽了。把它含在嘴里，喝光酒后再拿出来。小心别割伤自己。”

烈酒的辛辣气息从平底杯中飘散出来。洛克只觉鼻子刺痒，肠胃抽搐，但还是咬紧牙关，低头盯着朗姆酒中略微变形的利齿。他在心中向恩主默祷，希望自己别出洋相，然后连酒带牙一口气全倒进嘴里。

吞咽没他想象的那么容易。洛克极为小心地用舌头将鲨鱼牙顶在上颚，感觉到它锋锐的尖齿在上牙床里侧挂蹭。朗姆酒灼热辛辣，他开始小口小口地咽，但很快就呛得闷声咳嗽起来。过了几秒钟，洛克颤抖着吸掉最后一口朗姆酒，他松了口气，因为利齿始终被他小心地固定在……

它突然在洛克嘴里扭动起来。实实在在地扭动，似乎被一只无形大手旋转，在他的左腮上留下了一道刺痛的伤痕。洛克惨叫一声，咳嗽几下，把牙齿吐出。它躺在洛克掌中，挂着唾液和鲜血。

“啊。”巴萨维大佬叹着取回利齿，也没抹去血迹口水，就直接塞进自己的外衣。“那么你也看到了……你被染血的誓言束缚，终生要为我效劳。我的牙尝过了你的生命，你的命属于我。咱们彼此再非陌路人，洛克·拉莫瑞。依照诡诈看护人的意志，让你我成为大佬和誓卒。”

大佬把手一挥，洛克随即跪倒。酒精迅速涌上脑袋，他在心中暗骂着这种已然熟悉的感觉。一整天的宿醉清空了洛克的肠胃，房间在他周围略显摇晃。洛克再次望向纳丝卡，他看到女孩正隔着酒杯冲自己微笑，那种屈尊俯就的表情，让他想起阴影山大孩子们对他和行街小伙伴们的态度。

洛克还没意识到自己在干些什么，就已经向纳丝卡倒身下跪。

“如果您是下一任巴萨维大佬，”他一口气说道，“我也应该向您效忠。我这样做了。夫人。纳丝卡夫人。我是说巴萨维夫人。”

女孩往后退了一步。“我已经有仆人了，小孩。我有杀手。我父亲有上百个帮派和两千利刃！”

“纳丝卡·贝龙娜·贾纳瓦·安洁莉莎·德·巴萨维！”他父亲厉声喝道，“看来你还只明白强横者作为仆人的价值。总有一天，你会懂得高尚之人的价值。你真让我丢脸。”

女孩一脸困惑，目光在洛克和父亲之间来回游移。她的脸颊渐渐变红，又嘬着嘴思忖片刻，这才动作僵硬地把啤酒杯递给洛克。

“你可以喝一口我的啤酒。”

洛克虔敬地接过杯子，就好像这是赐予他的最崇高的荣誉。洛克意识到在自己脑袋里开会的酒精，已经让他摆脱了平素待人接物时谨小慎微的习惯——特别是跟女孩之间。纳丝卡的啤酒是种苦涩黑沉的液体，稍有咸味。她喝酒的习惯像个维拉人。洛克得体地抿了两口，然后把它递还女孩，颔首致礼——不过脖子已经软得好像根面条。纳丝卡心情慌乱不知该说什么好，所以也只是点了点头。

“哈！好极了！”巴萨维大佬高兴地咬着自己的细雪茄，“你的头一个誓卒！当然，等你的兄弟们听说了这件事，肯定也会吵着要几个。”

5

对洛克来说，返家的路程是一团闷热迷蒙的混沌。他趴在柔化山羊脖子上，兀自咯咯笑个不停，任由锁链牵着他们，一路北行返回神庙区。

“哦，我的孩子，”他嘟囔道，“亲爱的迷人的醉醺醺的孩子。那全是鬼扯，你知道吧。”

“什么?”

“那鲨鱼牙。巴萨维大佬多年前在卡泰因找了个盟契法师给它施了点魔法。谁把它含在嘴里，都会伤到自己。从那以后他一直带着这东西。巴萨维曾对瑟林君主期的戏剧进行过多年研究，这让他对戏剧化场面有种根深蒂固的执念。”

“那它根本不是……比如，命运，或是诸神之类的东西了。”

“不，只是加了一点点魔法的鲨鱼牙。我必须承认，是个不错的把戏。”锁链沉浸在回忆中，怜爱地揉了揉自己的面颊，“不，洛克，你不属于巴萨维。他在大佬的位置上干得不错，是个应该拉到身边的好盟友，也是你必须时刻表示忠诚的对象。但你并非他的财产。说起来，你也不属于我。”

“所以我用不着……”

“遵守秘密和约？当个小小的好誓卒？只要装装样子就行，洛克。只要把狼群关在门外。除非这两天你的耳目都被牛皮线缝得严严实实，否则现在肯定已经意识到我对你、卡罗、盖多和萨贝莎所抱的期望，”锁链冲他露出野兽般的笑容，“无异于一支攻城弩炮，目标直指韦加罗宝贵的秘密和约。”

第二部　困境

我比蜥蜴更会变色，

我比普洛透斯①更会变形，

连那杀人不眨眼的阴谋家也要甘拜下风。

——莎士比亚，《亨利六世》，第三幕

①希腊神话中可以任意改变形状的海神。

第四章
巴萨维大佬的宫廷

1

“一万九千——”小虫儿说，“九百二十。就这些了。我现在能自杀去了吗？”

“什么？我还以为你巴不得帮我们清点战利品呢，小虫儿。”金·坦纳盘腿坐在佩里兰多神庙玻璃地窖的饭厅中央。桌椅早被移开，为数目巨大的金币腾出地方。这些黄澄澄的钱币摞成了闪亮的小堆，环绕在金和小虫儿身边，几乎像高墙一样把他们团团围住。

“你没告诉我会把这笔钱换成泰卢拖回家。”

“哦，白铁价格高昂，没人会用它支付五千克朗，也没人蠢到带着它满城溜达。梅拉乔的所有大额支出都是用金币。”

地窖入口处传来一阵喀嗒声，过不多时洛克就穿着卢卡斯·费尔怀特的行头从拐角转了出来。他抬手摘下假眼镜，扯松颈巾，抖掉毛绒外衣，毫不怜惜地任它落在地上。洛克脸色绯红，手里挥舞着一张仔细叠好，盖了蓝色蜡封的文书。

“又是七千五，孩子们！我跟他说咱们能找到四艘类似的大帆船，但目前现金流已经遇到问题——官员需要行贿，水手们需要召集回来整肃清醒，高级船员需要安抚，其他托运人需要驱逐。堂直接把钱交了出来，从始至终带着微笑。诸神啊，我两年前就该想到这把戏。咱们甚至不用费事安排假货船和伪造文件什么的，因为萨尔瓦拉知道费尔怀特是个幌子。咱们什么都不用干，只要舒舒服服等着数钱！”

“如果真这么轻松，你怎么不来数?”小虫儿蹦起来使劲伸了个懒腰，直到后背和颈骨发出几声轻微爆音。

“我很乐意那么做，小虫儿!”洛克从木橱柜里拿出一瓶红酒，给自己倒了半杯，又拿起铜水罐在杯中兑入清冷淡水，直到把酒调稀。“只要你明天来扮演卢卡斯·费尔怀特，我敢说堂·萨尔瓦拉绝对看不出任何区别。钱都在这儿了吗?”

“五千克朗换成了两万泰卢，”金说，“我花了八十，用来支付手续费和保镖费，还雇了辆出租马车把它从梅拉乔拉过来。”

绅士盗贼们用了招很简单的调包计，把大量财物运回佩里兰多神庙下方的藏身所：在一系列中转站，装满钱币的保险箱被放入标记成普通食物和饮水的木桶，在一辆辆货车间传递。倾颓残破的小神庙也需要稳定的基本物资补给，这是个好幌子。

“很好，”洛克说，“等我脱掉可怜的费尔怀特先生这身行头，就帮你们把它倒进金库。”

在地窖尽头那几间卧室后面，的确有三个金库。其中两个是由祖灵玻璃覆盖的中空立轴，顶上装有简易木门，仓体向下延伸大约十尺，真实用途无人能知。总体来看，它就像是沉入地下的微缩谷仓，各式各样的钱币堆了厚厚一层。

大量金银钱币被倒入立轴。库房四壁则摆放着许多窄格木架，方便使用的零钱被装在小包里，或是堆成小摞，码放在架子上。这里有装铜爵币的廉价布袋，有塞满银梭伦的高档皮夹，也有不少盛着散碎铜角子的小碗。所有货币全都陈列出来方便随时取用，以满足任何骗局所需，或是帮派可能遇到的其他问题。这里甚至有不少外国货币——七髓王国的马克，塔尔维拉的索拉里，等等等等。

锁链神父在世时，这些立轴和这个库房就从不上锁。不光是因为绅士盗贼们彼此信任（事实如此），或是因为外人根本不可能知道这里有个金壁辉煌的地窖（的确是这样），更主要的原因是出于一项实际考量——无论是卡罗、盖多、洛克、金·坦纳，还是小虫儿，都无法给他们稳步增长的贵金属存货找出任何令人信服的说辞，因此也就不能花销。

除了巴萨维大佬以外，他们肯定是卡莫尔城最富有的盗贼。等堂·萨尔瓦拉的第二张本票转化成冰冷的金币，放在一个木架上的羊皮纸小账册中将开列出超过四万三千克朗的数额。他们跟目前的诈骗对象一样富有，更强过萨尔瓦拉的大多数同侪，以及城中一些最著名的商人家族和联合会。

然而在外人眼中，绅士盗贼团不过是由一群不起眼的小蟊贼组成的平庸帮派，有能力也够谨慎，是收入稳定的实干家，可算不上璀璨明星。他们每年可以用十克朗过得舒舒服服，但如果开销高于此数，那无疑是在邀请卡莫尔城黑白两道的掌权者，对他们进行最令人头疼的详细审查。

在过去四年内，他们干了三票大买卖，目前正在为第四桩努力。在这四年内，绝大多数钱财只是被清点好，直接倒进黑洞洞的金库。

锁链的确对绅士盗贼们进行了出类拔萃的训练，让他们有能力帮助卡莫尔城贵族阶级减轻聚累财富造成的负担。但神父可能忘了向他们说明该如何运用上述钱财，除了对下一桩骗局进行投资外，绅士盗贼们完全不知道到底该拿它怎么办。

顺便一提，他们给巴萨维大佬的抽成是每周一克朗。

2

“万岁！”卡罗高叫着出现在门口时，洛克和金正在把餐桌往老地方挪，“桑赞兄弟回来了！”

“我在想，”金说，“有史以来真有人曾经把这两句话连在一起说吗？”

“仅在城中那些单身女士的闺房出现。”盖多说着把一个小麻袋放在桌上。洛克把袋子抖开，清点着里面的东西——几个嵌有廉价宝石的小匣子，一套做工尚可的银刀叉，一应俱全的各色戒指：从不值钱的凸纹铜戒到一枚镶有金线铂丝、点缀着黑曜石和小钻石的高档戒指。

“哦，很不错。”洛克说，“挺像样的。金，你能从狗屎箱里再拿点东西吗，顺便给我……二十梭伦，如何？”

“二十不多不少正合适。”

洛克招呼卡罗和盖多帮他把椅子放回餐桌旁边，金·坦纳朝储藏室走去。房间左侧的墙根底下放着个又高又窄的木箱，他把箱盖一掀，任由合页发出吱吱嘎嘎的响动，脸上露出一副若有所思的表情，开始翻找里面的东西。

狗屎箱里塞满了闪闪发亮的物件，堆了足有两尺深。这里有珠宝、小饰品、日常用具和廉价装饰物；有水晶雕像、象牙作框的镜子、项链和戒指、五种贵金属制成的烛台；甚至有几瓶裹在毡垫里，贴着小纸条标签的药品和炼金制剂。

绅士盗贼们显然不能把自己的真实工作告诉大佬，也没有时间和心情去溜门撬锁爬烟囱，所以狗屎箱就成了他们维持假相的重要支柱。他们每年都要到塔里沙玛或艾什米尔去一两次，在当地的典当行和市场中疯狂购物，将箱子填满。在这些城邦，绅士盗贼们可以大大方方地买到任何想要的东西。他们只用在卡莫尔城偷来的东西，慢慢对它进行些许补充，通常是桑赞兄弟一时兴起偷来的玩意，或是小虫儿在进行训练时扒到的物件。

金挑了一对银酒杯，一副装在精美皮匣中的金边眼镜，又抽出一个包着毡垫的瓶子。他用左手小心抓起这些东西，随后从架子上数出二十枚小银币，接着一脚踢上狗屎箱，快步走回餐厅。小虫儿也在这儿，正卖弄地耍着小把戏，让一枚银币在右手指关节间来回翻滚。桑赞兄弟可以左右手各耍一枚，让它们进行完全同步的反向运动，小虫儿通过几个月的认真观察，终于在几周前掌握了这个把戏的入门技巧。

"咱们就说，"金·坦纳说，"这周稍微有点懒散。这个季节夜里潮成这副德行，谁也不会期望上房钻窗的人大获丰收。要是咱们赚得太多，那可有点不大对劲。大佬肯定能够理解。"

"当然，"洛克说，"这个想法很合理。"他伸手把毡垫包裹的瓶子拿过来仔细检查。手写标签表明这是一瓶甜味鸦片乳，由风干的杰里姆罂粟提炼，是贵妇们的嗜好品之一。洛克把标签和毡垫扯掉，将带黄铜塞的多面玻璃瓶装进麻布袋。其他物件也鱼贯而入。

"好了！那么还有任何卢卡斯·费尔怀特的痕迹黏在我身上吗？任何化装和做派？"他伸开双臂转了几圈，金·坦纳和桑赞兄弟保证说，现在他从头到脚都是洛克·拉莫瑞。

"那么好吧，既然咱们都是货真价实的本尊了，那就去缴税吧。"洛克拿起那袋"偷来"的东西，随手扔给小虫儿。男孩惊叫一声，扔掉银币，接住麻布袋。袋子里传出一阵沉闷的金属撞击声。

"又对我的道德教育有好处，对吧？"

"不，"洛克说，"这次只是因为我想当个懒惰的老混球。至少你用不着撑船了。"

3

下午三点，他们分别经由几条逃生通道和隐蔽侧门离开了佩里兰多神庙。和暖的细雨从头顶洒落，天空仿佛被诸神用直尺和铁笔整整齐齐地分成两半：低矮黑云充斥在北方，而晴朗明亮的西南方则阳光普照。清新雨水浇在炎热的石板路上，涌出一股股怡人芬芳，暂时将城中惯有的废气洗去。绅士盗贼们在神庙区西南方的码头再次集合，叫了艘出租平底船。

这船又长又浅，而且饱经风霜，船首斜木上挂着个木质艾奥诺小雕像，再往下系着一只刚杀的老鼠。这东西被视作一等一的防护咒，可以预防翻船和其他霉运。船夫躺在船尾，身穿红橙条纹的棉上衣，活像只鹦鹉；雨水浇在宽边草帽上，顺着帽檐从他瘦削的肩头旁滴落。此人是与绅士盗贼们相熟的河工兼盗贼，灰脸帮的“壮汉”瓦伊塔尔·文托。

瓦伊塔尔支起一张发霉的皮伞，帮乘客们挡去部分细雨，然后撑开船竿，载着他们向东方缓缓驶去，穿行在神庙区高大的石岸和玛拉·卡莫尔拉赞区繁茂的植被之间。在瑟林君主期，玛拉曾是一位富有统治者的花园迷宫，如今它基本已被城市卫队遗弃，变成了盗匪横行的所在。如果有正经人冒险进入这片危机四伏的绿色走廊，那只可能出于一个原因：这里是连接其他八岛的步行桥系统中心。

金·坦纳坐在船中，从腰带里掏出一本很小的诗集；小虫儿继续练习着硬币戏法，只不过换成了更适合在公开场合使用的铜板；洛克和桑赞兄弟则用黑话跟瓦伊塔尔聊天。瓦伊塔尔的工作内容主要包括留意载货极多、防备极少的驳船，通知帮中伙伴。他有几次冲隐藏在岸边的瞭望哨打了打手势，绅士盗贼们出于礼貌，假装什么都没看见。

小船驶近阴影山，即便是在白天，那些陡峭的山坡也显得阴沉灰暗。雨势刚巧增大，这座古墓王国逐渐变得模糊，最终消隐在一团薄雾之中。瓦伊塔尔催动小舟往右一拐，向南驶去，没过多久，他就将船撑到了阴影山和窄巷区之间。运河在雨滴拍打下泛起片片涟漪，奔向大海的水流加快了小船的速度。

小舟一路向南驶去，河道上的行船逐渐稀少，乘员也愈发粗鄙。他们已经离开尼克凡提公爵的官方统治，进入巴萨维大佬的私人领地。往左看去，煤烟区的铸造厂吐出道道黑色烟柱，在雨水拍打下逐渐飘散。公爵风会把它们吹到落尘区，那是城中最丑陋的岛屿。在数百年前的繁荣时代，此地曾建起许多豪华别墅，如今这些饱受烟熏火燎的房舍成了黑道帮派和流浪汉们竞相争夺的阵地。

一艘北行小舟从他们左侧驶过，飘出陈腐粪便和新鲜死尸的气味。那船上似乎堆了整整一群死马，外加六个屠夫。有个人正用一臂长的锯齿刀切割马尸，其他人则忙手忙脚地铺开血迹斑斑的油布，以便遮挡雨水。

若是论起大锅区的景色和臭气，卡莫尔所有城区都无法与之匹敌。如果说渣滓区穷困潦倒，陷阱区声名狼藉，玛拉·卡莫尔拉赞区险恶异常，落尘区肮脏破落，那大锅区就是所有这些东西的总额，再加上挥之不去的绝望情绪作为复利。这里的气味就像是在盛夏时节，把一桶馊啤酒灌进丧葬业者的储藏室。大锅区的死者多半到不了乞丐坟上那些由服刑犯挖掘的叫花子坑，而是被扔进运河，或者直接烧掉。在秘密和约签订之前，黄号衣们凑不齐一队人马都不敢进入大锅区。没有一座神庙能在此处维持五十年以上。巴萨维手下最不知收敛、不懂谨慎的几个帮派，统治着大锅区的街巷，低档酒馆、凝视馆和巡回赌档一间挨着一间，外加勉强挤进鸽子笼的流民家庭。

众所周知，卡莫尔城三分之一正派人都挤在大锅区，数以千计的流浪汉和歹徒永无休止地相互争吵，相互威胁。什么都做不到，哪里也去不了。洛克来自引火区，金·坦纳来自舒适的北角区，卡罗和盖多进入阴影山前，是渣滓区孤儿。只有小虫儿生长在大锅区，虽说他加入绅士盗贼已有两年之久，但从未提起过这个地方。

男孩注视着大锅区，注视着倾颓破落的码头和层层叠叠的房屋，注视着飘摆在晾衣绳上、不断吸收水分的衣物。街巷间充斥着黏乎乎的炊烟，这些有害尘雾把一切都染成褐色。大锅区的防洪墙早已破碎，祖灵玻璃建筑几乎完全被污泥和废石堆埋葬。小虫儿指节间的硬币不再翻动，静静地停在左手手背上。

几分钟后，小船驶过大锅区心脏地带，洛克暗自松了口气。一排又高又薄的防浪板出现在前方，标志着木废墟的东部边界。跟被他们甩在身后的大锅区相比，这座卡莫尔城海上坟墓倒更显得舒适怡人。

木废墟是一处货真价实的墓场。隐蔽的宽阔海湾比流动集市面积还大，数以百计的舟船残骸随波逐流漂漂荡荡。这些废船上下起伏，有的牢牢锚定，有的随意漂浮。有些只是腐朽烂透，有些则是被撞击或被投石弹撕开。在失事船只间的水面上，漂着一层细碎木屑，就像凉汤上的泡沫，随潮汐起起落落。伪光退去后，坟场表面时而泛起波澜，那是从卡莫尔湾游来的生物留下的影踪。尽管卡莫尔城所有主要河道入口都装有巨大铁闸，防止危险生物闯入，但木废墟的南部入海口却门户大开。

在废墟中央有一艘少了桅杆的胖大船壳，六十码长，将近三十码宽。四条锁链钻入水中，将其牢牢固定，两条在船首，两条在船尾。卡莫尔城从未建造过如此巨大笨拙的船只，锁链多年前就曾告诉洛克，这东西出自遥远的塔尔维拉兵工厂，是其宏大野心的产物。宽阔的丝质凉篷遮在高大平坦的船艏楼甲板上，在这些遮阳篷下可以举办盛大聚会，规模足可媲美杰里姆城那些糜烂堕落的游乐营帐。但现在甲板上几乎空无一人，只有身着斗篷的武装人员，透过雨帘监视着周围动向。洛克至少看见了十几个人，三三两两站在一起，手里操着长弓和弩弓。

木废墟中到处都有人烟。某些损坏较轻的船只是流浪汉家庭的住宅，有的则被横眉立目的帮派分子用作公开瞭望哨。瓦伊塔尔撑着船，在大型沉船间逼仄的水道中穿行，每次经过岗哨时，他都会一丝不苟地打出手语，让所有人看清。

"灰王昨晚又做了一个，"他撑着船竿小声嘟囔道，"现在有不少神经紧张的兄弟正盯着咱们，手里全是杀人的家伙，这他妈是肯定的。"

"又一个？"卡罗皱了皱眉，"我们还没听说。谁中彩了？"

"高个泰索，克朗帮的。人们在废水发现了他，吊在一家老店里。被穿了个通透，割了蛋蛋，看上去似乎血都被放干了。"

洛克和金对视一眼，壮汉瓦伊塔尔哼了一声。

"你们认识他？"

"点头之交，"洛克说，"而且也是很久以前的事了。"

洛克陷入沉思。泰索是——曾是克朗帮帮主，巴萨维手下的得力干将，大佬的小儿子帕奇罗的莫逆之交。在卡莫尔城，按理说除了大佬和蜘蛛没人动得了他，但那行踪诡秘、自称灰王的死疯子，可算把他动到家了。

“算上他就是六个了，”金·坦纳说，“对吗？”

“七个，”洛克说，“自从你我五岁之后，还从没一口气死过这么多见鬼的帮主。”

“啊，”瓦伊塔尔说，“说来，我原先还嫉妒过你呢，拉莫瑞，尽管你只有这么个不起眼的小帮派。”

洛克盯着他，脑筋飞快转动，想把一块块拼图凑成完整画面，只可惜收效甚微。两个月里死了七位帮派老大，他们全是巴萨维的心腹，但除此以外很少有共同点。洛克在大佬驾前无足轻重，这一点素来让他倍感安心，但现在就连他心里也开始打鼓，自己是否会在灰王的黑名单上？他是否对巴萨维有些难以揣度的价值，使得灰王想用一支弩箭来帮他销账？在他和这支弩箭之间，还隔着多少人？

“该死，”金·坦纳说，“就好像眼下的时局还不够复杂似的。”

“也许咱们应该赶快结束……手头这桩买卖，”盖多靠在小舟的船舷上，一边说一边四下张望，“然后咱们也许应该消失一阵子，去塔尔维拉或者塔里沙玛玩玩……至少把你弄出去，洛克。”

“胡扯。”洛克顺着船舷往海湾里吐了口唾沫，“抱歉，盖多。我知道这话乍一听很明智，但你好好合计合计，如果咱们在这危急关头逃跑，就永远得不到大佬的原谅。他会收回宽待，找个最狼心狗肺的粗鄙混球把咱们捏在手心里。只要他不动地方，咱们就不能跑。见鬼，何况在别人反应过来之前，纳丝卡就会用棒槌敲碎我的膝盖骨。”

“我对此深表同情，伙计们。”瓦伊塔尔不断换手撑着船竿，以恰到好处的推力让小舟绕过一块大到无法忽视的残骸。“河上的活儿并不轻松，但至少没人出于什么特别的原因想要我的命。你们想让我把船停在浮坟还是码头?”

“我们要去找哈尔扎。”洛克说。

“哦，他今天心情肯定也很特别。”瓦伊塔尔用力撑了几下，将船驶向木废墟北部，那里有几处石质码头，后方竖着一排店铺和住宅。“那么，就是去码头了。”

4

“没戏”哈尔扎的当铺是巴萨维大佬领地中的一个重要地标。尽管有许多店铺比这里出价略高，绝大多数也没有这么暴躁乖戾的老板，但再没有一间铺面距离大佬的权力宝座如此之近，随便扔块石头都能到达。正派人们把自己巧取豪夺来的财物跟哈尔扎兑现，还能保证有人把自己的业绩报告给巴萨维。为自己勤奋负责的形象添砖加瓦，对任何盗贼来说都不是坏事。

金·坦纳推开由钢条和铁板加固的房门，让其他四位绅士盗贼鱼贯而入。“哦，怪不得呢。”老韦德兰人说，“我就估摸这种日子口，只有最不起眼的帮主才敢露面。进来吧，卡莫尔婊子生出的丑儿子们。把你们那油乎乎的瑟林人手指，往我可爱的商品上抹吧。把雨水滴在我美丽的地板上吧。”

无论晴天下雨，哈尔扎的店都会关得严严实实，活像口棺材。装有栏杆的狭窄窗户上遮着脏乎乎的帆布帘，银器上光剂、霉菌、劣质熏香和陈年汗味充斥其间。哈尔扎本人是个肤色雪白的老头，有双浅色大眼睛。他脸上的每条皱褶和纹路似乎都齐刷刷地垂向地面，仿佛塑造他的神祇略有些醉意，揉捏肉身时劲使得大了那么一点。“没戏”这个外号得自他估价和放贷时的吝啬方针。卡罗如此评论：如果哈尔扎脑袋上挨了一箭，他宁可乖乖坐好，等那支箭自己掉出来，也不愿意为一块纱布向医师付钱。

在当铺左手边的墙角里，坐着个身材魁梧面无表情的年轻人，十根手指上都戴着廉价铜戒指，油腻腻的卷发垂在眼前，一根铁头棍挂在腰带上。他时不时在木质高脚凳上挪挪身子，冲绅士盗贼们慢慢点头，脸上没有一点笑意，就好像他们蠢到无法理解他的职责。

“洛克·拉莫瑞，”哈尔扎说，“香水和女士内衣。餐具和酒杯。还有全是凹痕和刮痕的金属制品，我无论如何都卖不出去。你们这帮溜门撬锁上房钻窗的小毛孩，都以为自己挺聪明的。只要找到合适的袋子，你们就会从狗屁眼里偷大便，然后揣回家去。”

“你这话可真有意思，哈尔扎，因为这个袋子里，”洛克从小虫儿手中接过麻布袋，举了起来，“装的正好就是……”

“狗屎以外的东西。我听见它叮叮当当了。拿过来让我看看你们是不是凑巧搞了些值得买的玩意。”

哈尔扎打开麻袋，顺着柜台上的皮垫一拉，把里面的东西慢慢倒出。他的鼻翼激动地颤抖几下，为赃物估价似乎是唯一能够满足老人欲望的活动。他全神贯注地鉴别货品，弯曲的长指头来回拨弄。

“垃圾。”他举起卡罗和盖多扒来的三个小匣子，“见鬼的炼金玻璃和水玛瑙，狗都不吃。每个俩铜板。”

“太贱了。”洛克说。

“很公平。”哈尔扎说，“卖不卖?”

“三个一共七铜板。”

“二乘三是六，”哈尔扎说，“说卖，要不就去挤鲨鱼的蛋蛋，我才不在乎。”

“那我想还是说卖吧。”

“嗯，”哈尔扎仔细检查着金从狗屎箱里挑出来的那对银酒杯，“有凹痕，这都不用说了。你们这帮蠢货看见个漂亮银器，就想往他妈刮刮蹭蹭的袋里塞。我想我能把它们磨光，卖到上游去。每个一梭伦三铜板。”

“一梭伦四铜板。”洛克说。

“一共三梭伦一铜板。”

“成。”

“还有这个。”哈尔扎拿起鸦片乳的瓶子，把盖拧开，闻了闻，自顾自嘟囔两句，又把瓶子封好。“比你这条狗命都贵，但我拿它没什么辙。那帮挑剔的婊子喜欢自己调制，或是找个炼金师为她们效劳。她们绝不会从陌生人手里买调制好的货色。也许我能把它卖给某个厌烦了葡萄酒和凝视，想找点新玩意换换样的可怜虫。三梭伦三铜板。”

“四梭伦俩铜板。”

“诸神都不可能从我手里得到四银俩铜。如果莫甘蒂本人拿着炎剑，外加十个光溜溜的处女揪住我的裤腿，那没准能得到四银一铜。你只有三银四铜，这就顶天了。”

“好吧。只是因为我们赶时间。”

哈尔扎用一支鹅毛笔和一小张羊皮纸计算着总数。他用手指拨拉着卡罗和盖多搞来的那堆廉价戒指，不禁哈哈大笑。“你们肯定是开玩笑。这玩意也就跟一堆风干狗鞭差不多。”

“哦，得了吧……”

“我至少还能把狗鞭卖给屠马工。”哈尔扎将紫铜和黄铜戒指一枚枚扔向绅士盗贼们，“我说真的，别再拿这种垃圾来，我有一箱又一箱这种操蛋玩意，咽气前都卖不光。”

他拿起那枚镶有钻石和黑曜石的金丝铂线戒指。“嗯，至少这个还算不错。五梭伦整。黄金货真价实，但铂金是廉价的维拉狗屎，真得跟玻璃假眼似的。而且我每周都会拉出五六块比这还大的钻石。”

“七银三铜，”洛克说，“为了得到这东西，我受了不少罪。”

“因为你出生时把脑袋和屁股调换了位置，我就得多付钱？门也没有，我以前似乎听人这么说过。拿上你的五梭伦，算你小子走运了。”

“我敢向你保证，哈尔扎，到这家店来的人，都不会认为自己……”

讨价还价就这么进行下去——概略简洁的评估、来自双方的污言秽语、洛克勉为其难的应允，以及老人拿起每件东西放到柜台后面时，用仅剩的几颗牙齿发出的咬磨声。没过多久，哈尔扎就将最后几件不感兴趣的小玩意拨拉到麻袋中。“好了，小甜心们，看样子我一共欠你们十六梭伦五铜板。我估计这比拉粪车强，对吧?”

“对，也比开当铺强。”洛克说。

“这话真逗!”老人高叫着数出十六枚没了光泽的银币和五片小铜板，“我把卡莫尔城传说中失落的宝藏交给你们。拿上你们的东西赶快滚吧，下周再来，如果灰王没先找到你们的话。”

5

大雨已经变成毛毛细雨。他们走出哈尔扎的店铺，嘻嘻哈哈笑个不停。“锁链常说，没有什么自由，能比得上从始至终被人低估更自由。”洛克说。

“诸神啊，没错。”盖多翻了翻眼睛，又吐吐舌头，“如果咱们再自由个一星半点，就要飘到天上，像鸟儿那样飞翔了。”

在木废墟北端有一道木桥直通大佬四面环海的要塞，它又长又高，可供两人并肩而行。岸边有四人把守，他们都站在显眼的地方，各式武器在薄斗篷下清晰可见。洛克估计附近至少还有四个暗哨，都设在弩弓的有效范围之内。他领着四名帮众，朝桥头走去，同时打出当月暗号。其实他们都认识对方，但规矩不能通融，尤其是在这非常时期。

这个小队中最年长的卫兵身材瘦长结实，褪色的鲨鱼文身从脖子一路往上爬，通过脸颊直达鬓角。“嗨，拉莫瑞。”这老家伙把手伸向洛克，两人握住对方的左前臂，上下摇了摇，“听说泰索的事儿了吗？”

“嗯，你好啊，波内尔。我们在路上听一个灰脸帮的伙计说了。看来是真的喽？串起来，蛋蛋，所有这些？”

“蛋蛋，所有这些。你能想象老大是什么感觉。说到这个，纳丝卡传下命令，就在今天早上，让你过来的时候直接去见她。说是要跟你先说句话，然后才准你去缴税。你是来缴税的，对吧？”

洛克摇了摇手里的灰色小麻袋。金·坦纳的二十梭伦外加哈尔扎的十六银币和那几枚零钱都在里面。“当然了，来尽我们的公民义务。”

“很好。要是其他原因，还不一定能放你们过去。听着，我知道你得到了大佬的宽待，还是纳丝卡的朋友什么的，但今天你也许应该特别放轻松，对吗？附近有不少誓卒，明的暗的都有。跟往常一样密不透风。大佬正盘问几个克朗帮的兄弟，想搞清他们昨晚的行踪。”

“盘问？”

“按照华丽的老法子。所以留神你们的举止，别突然搞什么小动作，好吗？”

“明白，”洛克说，“多谢提醒。”

“不麻烦。弩箭是要花钱的。用在你们这种人身上，可太浪费了。”

波内尔挥手让他们过去，一行人走过一百多码长的木质走廊。它直通那艘纹丝不动的大船船尾，外壳木板被掏了个洞，换上两扇铁板加固的女巫木大门。又有两名卫兵站在门前，一男一女，黑眼圈十分明显。那女人看到他们过来，敲了四下门。几秒钟后，大门朝里打开。女卫兵用手捂住嘴，打了个哈欠，后背靠着外墙，把防水斗篷的兜帽往头上一拉。黑沉浓云从北方翻卷而来，太阳的热度逐渐消退。

浮坟中的接待大厅几乎是洛克身高的四倍，因为这艘老战舰那几道逼仄的水平甲板早就被打通，只留下上层甲板楼和中部甲板——如今权充天花板之用。地板和四壁都是咖啡色硬木，防水隔断上挂着黑红相间的织毯，边上用金银丝线绣着鲨鱼牙形花纹。

半打保镖面对绅士盗贼，手里都端着弩弓。这些男人和女人在丝质外套上套着皮护腕和紧身皮衣，上面还用薄钢带予以加固；脖子周围竖着硬皮领。一般上流人士的客厅，都会用明艳灯盏和锦簇花团作为装饰，但浮坟四壁则挂着柳条编成的弩箭桶和一列列刀剑。

“放松，”站在这群卫兵身后的一位年轻女子说，“我知道这些人可疑得要死，但我没在他们中间发现灰王。”

她穿着男式长裤，黑丝宽松上衣的袖口如浪涛翻滚，套在外面的棱纹战斗皮甲看起来可不光是用来装东西的。女子从卫兵之间走了过来，铁头靴（她从没丢掉这个爱好）踩在地板上发出咔嗒咔嗒的声音。她脸上挂着微笑，但眼中却无笑意，而是在普通的黑框眼镜后面紧张地游移。

“我要为这种款待向你们道歉，亲爱的伙计们。”纳丝卡·巴萨维冲全体绅士盗贼说出这话，又特意伸手搭在洛克的左肩上。她比拉莫瑞足足高出两寸。“我知道这地方窄得要命，但我只能让你们四个留下。只有帮主能进。爸爸心情不好。”

一阵沉闷的尖叫从通向浮坟内厅的大门后传了出来，紧跟着是模糊不清的问询声——叫喊，咒骂，接着又是一声尖叫。

纳丝卡揉了揉太阳穴，把几缕散乱黑发捋到后面，叹了口气。“他正集中精力处理一个问题……要求几个克朗帮的伙计彻底坦白。慈悲圣人跟他在一起。”

“十三诸神，”卡罗说，“我们很乐意在这儿等。”

“没错，”盖多把手伸进大衣，掏出一副略微浸水的纸牌，“我们在这肯定能给自己找点乐子。多长时间都没问题。”

一看到桑赞兄弟递上纸牌，屋里的所有卫兵都往后退了一步，有几个显然正在跟再一次抬起弩弓的冲动作斗争。

“哦，你们这些傻瓜不会也这样吧，”盖多说，“听着，那些谣言都是狗屎。牌桌上那些人只是当天晚上特别不走运……”

宽大厚实的房门背后，是一条短小通道，没有卫兵，空无一人。两人走进去后，纳丝卡将大厅的门关在身后，转身面对拉莫瑞。她伸出手来，将洛克湿漉漉的头发捋到后面，嘴角略微往下撇了撇。“嗨，暂卒，我看你又没怎么吃东西。”

“我一日三餐都很准时。”

“在进食的问题上，你应该试着增加数量，而不是仅仅保持频率。我相信我曾经说过，你看上去就像一具骷髅。”

“我相信在那之前，我也从没见过醉意醺醺又爱操心的七岁女孩。”

“哦。也许当时我是醉意醺醺又爱操心，但现在我只是在操心。爸爸情绪很糟，洛克。我想在你见他之前，先跟你说两句——他有些……事情想跟你谈。我要让你知道，无论他让你干什么，我都不希望你……看在我的面子上……哦，你就先应承下来。让他高兴高兴，你明白吗?”

“爱惜性命的帮主都会这么做。你以为我想在今天这种日子，走进去故意跟他作对？如果你父亲说‘学狗叫’，我会说‘哪种狗，陛下?’”

“我知道。请你原谅。但我的意思是说，他现在控制不了自己。他在害怕，洛克。真真切切完完全全的害怕。母亲去世时，他的脾气也很乖张，但是，见鬼，现在他……他睡觉时会惊叫出声。每天都要用酒和鸦片酊来控制自己的脾气。过去他只是不允许我离开浮坟，但现在他要求安杰斯和帕奇罗也留在这儿。随时都有五十名卫兵值班，公爵都没受到如此严密的保护。爸爸和我那两个哥哥为这事吵了一整夜。”

“哦，啊……听着，我很难过，但我在这个问题上似乎帮不了你什么忙。不过你觉得他到底想让我干什么?”

纳丝卡盯着他，双唇轻启，好像准备发话；但她似乎转念一想，又把嘴唇紧紧抿在一起。

“该死的，纳丝卡。只要你说一句话，我就会跳进海湾，痛打一条鲨鱼，真的。但你也得先告诉我那鱼有多大，又有多饿。对吧？”

“对，听着，我只是……这话由他亲口讲出来，会少些尴尬。你只要记住我刚才说的，听他的话，哄他高兴，咱们日后再想办法——如果咱们有日后可言。”

“‘如果咱们有日后可言？’纳丝卡，你真让我担心了。”

“就是这样，洛克。情况很糟。灰王终于唬住了爸爸。泰索有六十把刀，每时每刻都有十个人跟着他。爸爸很宠信泰索，用不了两年，就会给他安排些大计划。爸爸已经很久没遇到敌手了，我……我说不好他是否知道该如何处理眼下的局势。所以他只想把摊子全收拾起来，把我们藏进浮坟。这是精神上的围城。”

“唉，”洛克叹道，“我不能说他迄今为止的举动过于轻率，纳丝卡。他……”

“如果爸爸觉得他能把我们都藏进浮坟，永远锁在要塞之中，那他就是发了疯！他过去每周都要在‘致命失误’待上三四个晚上。要是兴头来了，还会到码头散步，到玛拉区和窄巷区散步。他喜欢向阴影山孤儿们的队伍扔铜板。卡莫尔公爵可以把自己锁在房间中，合理合法地统治城邦；但卡莫尔大佬不能。他需要让人们看见自己。”

“还要冒被灰王暗杀的风险。”

“洛克，我已经在这该死的木盆里困了两个月。而且我跟你说，我们在这里，并不比在大锅区最黑的院子中最脏的喷泉里光着身子洗澡更安全。”纳丝卡把双臂紧紧抱在胸脯下面，弄得胸甲吱嘎作响，“我们怎么可能安全？谁是灰王，他在哪里，谁是他的人？我们一点苗头都抓不到。可这个人不断出击，好整以暇地干掉我们的人。完全没有规律，全看他的心情。这事儿不对劲。他有些我们无法理解的手段。”

“他很聪明，他很走运。这两样都不会永远持续下去。相信我。”

“不光是聪明和幸运，洛克。我也知道这两样都有限度。所以说，他袖子里到底藏着什么东西？他知道些什么事？或是什么人？如果我们还没被背叛，那肯定就是处于明显劣势。而且我有理由相信，到目前为止还没被背叛。”

“到目前为止？”

“别跟我装傻了，洛克。爸爸和我困在这里，生意还勉强能够继续。但如果他不让安杰斯和帕奇罗出去管理城市，整个系统就会彻底垮台。帮主们可能认为部分巴萨维家的人留在船上是审慎之举，但我们全躲在这儿，会被当作懦弱。他们不会在我们背后说闲话，他们会行动起来抬出另一位大佬。没准是一批大佬，甚至就是灰王。”

“所以很显然，你那两位哥哥绝不会让大佬把他们关在这儿。”

“这取决于老头子到底有多疯狂，洛克。但就算他们能自由进出，也仅仅解决了次要问题，我们仍旧处于劣势。三千把刀任凭调遣，但那鬼魂还是掐着我们的死穴。”

“你在怀疑什么？魔法？”

“我在怀疑一切。人们说灰王只要轻轻一碰就能杀人。人们说刀剑伤不了他。我怀疑诸神本尊。所以哥哥们以为我疯了。

“他们观察眼前的局势，看到的是一场常规战争。他们认为坚持下去就是胜利，只要把老头子锁起来严加保护，直到我们搞清该如何反击。但我不这么看。我看到的是一只猫用脚掌按住老鼠尾巴。猫或许还没伸出利爪，但那跟老鼠的行动完全没有关系。你明白吗？”

“纳丝卡，我知道……听着，你很激动。我在听。我就是块石头。你想怎么冲我嚷嚷都行。但我能为你做点什么呢？我只是个盗贼，是你父亲手下最不起眼的盗贼。要是你能找出一个比绅士盗贼更小的帮派，我就敢在狼鲨嘴里打牌，我……”

“我需要你帮我安抚爸爸，洛克。我要他冷静下来，恢复平常心，这样我才能让他认真看待我的观点。所以我要你去见他，尽量哄他高兴。一定要哄他高兴。让他看到一位忠诚的帮主，他怎么说你就怎么做，而且是马上就做。等他重新开始为未来设想合理计划时，我就知道他又恢复了正常的精神状态，我能应付的精神状态。”

在短走廊尽头是另一扇厚重木门，几乎跟通向接待大厅的房门全无二致。但这两扇门上了闩，一套精密的维拉锁具连接在磨光铁质横闩上。大门正中的锁盒上有十几个钥匙孔。纳丝卡从一条项链上取下两枚钥匙，身子挡在洛克和房门之间，不让他看清自己选用的是哪些钥匙孔。门里传出一系列咔嗒声和机械转动声，隐藏的弩箭一根根泄了劲，锃光瓦亮的横闩也随之滑开。大门吱扭扭地从正中开启。

又是一声尖叫从前面的房间传来，这次再无房门阻隔，显得清晰嘹亮。

“实际情况比听起来还可怕。”纳丝卡说。

“我知道圣人是如何为你父亲效劳的，纳丝卡。”

“知道是一回事。圣人通常每次只动一两个人。但今天爸爸让那混蛋来了个大批发。”

6

“我已经说得很清楚了，我不喜欢这样，”巴萨维大佬说，“你们为何要逼我继续下去？”

黑发年轻人被捆在一个木架上。头下脚上，铁镣固定在腿上，双臂被拉伸到最大限度，拴在下方。大佬一记重拳捶在年轻人的腋窝下方，声音好像铁锤敲打生肉。年轻人惨叫起来，在镣铐束缚下竭力挣扎，汗珠四散飞溅。

“你为何要故意惹我生气，费德里科?”老人又是一拳打在同一部位，还刻意把食指和中指的关节向外突出，“为什么你甚至不能给我编个可信的谎话?”巴萨维大佬的掌缘抽在费德里科喉咙上，那人大口大口地喘气，发出呼哧呼哧的湿音，鲜血和唾液从嘴里喷出，汗水则往鼻子里倒流。

浮坟中央的四壁都保持着一定弧度，有点像个椭圆形大舞厅。银锁链上吊着玻璃灯球，散发出温暖的琥珀色光芒。几道楼梯通向架空走廊，又从那些走廊通往丝篷遮蔽的废船甲板。远端靠墙的位置有一小块凸起的平台，巴萨维通常就坐在平台上宽大的木椅中接见访客。房间装潢沉稳华贵，很有品位，但今天却弥漫着恐惧、汗腥和尿骚的臭气。

固定费德里科的木架从天花板伸展下来。相同的东西在顶篷上组成了一个完整的半圆，随时可以拉下使用。这东西有助于大佬按照标准化程序同时料理一批犯人。六具木架已经空了，上面留有斑斑血迹，只剩两具还绑着人。

洛克和纳丝卡走进房间时，大佬抬起头，冲他们微微颔首，示意让两人站在墙边等待片刻。老巴萨维依旧体壮如牛，但岁月的痕迹清晰可见。他的体型比过去圆胖，肌肉更加松弛，三条编好的灰胡须后面是三道摇摇晃晃的下巴。黑眼圈环绕着双目，脸颊呈现出不健康的红色，显然是好酒贪杯的结果。大佬因为激烈运动而脸色绯红，早已除去外衣，只穿了件丝质衬衫。

抱着胳膊站在他身边的两个人，是安杰斯和帕奇罗，纳丝卡的两位哥哥。安杰斯就像个微缩版的大佬，只是减去了三十年的岁数和两条胡须；帕奇罗则有点像纳丝卡，高高瘦瘦，一头卷发。他们俩都戴着眼镜，老巴萨维夫人的视力问题遗传给了在世的三个孩子。

两名女子靠在后墙上。她们并不苗条，赤裸黝黑的胳膊上，可以看出条条肌肉，而且布满伤痕。尽管她们周身上下都散发着近乎狂野的生命力，但早已不是十几岁的花季少女。史利莎·贝兰吉亚斯和雷莎·贝兰吉亚斯这对双胞胎，是卡莫尔城有史以来最优秀的利鲨角斗士。她们只作双人表演，已经在流动狂欢节上登场一百多次，对付过鲨鱼、恶魔鱼、死魂灯等铁海猎食动物。

她们担任巴萨维大佬的保镖和刽子手已近五年。两人烟黑色的浓密长发梳在脑袋后面，用银丝网包住，网子上的鲨鱼牙不时发出悦耳的叮当声。坊间传言说，每一颗牙都代表着贝兰吉亚斯姐妹为巴萨维杀掉的一个人。

这小圈子中最后一个，也最令人胆战心惊的，便是“慈悲圣人”，一个圆头圆脑、中等身材的中年男子。贴在头皮上的乳黄色短发，显出卡泰因和拉塞因西部城邦的某些瑟林家族的特征。他的双眸似乎永远充满热情，泛着潮气，但脸上的表情却从不改变。慈悲圣人可能是卡莫尔城脾气最好的人。他可以带着悠然自得漠不关心的表情，拔掉别人的指甲，就好像是在擦皮鞋。巴萨维大佬对拷问逼供很有一套，但当他发现自己力有未逮时，圣人从未令他失望。

巴萨维又揍了费德里科几拳。“他什么都不知道!”最后那名还没受刑的犯人，声嘶力竭地高叫道，“大佬，陛下，求您了，我们都一无所知!诸神啊！我们全都不记得!”

巴萨维在木地板上紧走几步，来到第二名犯人面前，使劲一捏他的气管，让他把嘴闭上。“我问你了吗？你就这么着急想受受刑吗？我把你那六位朋友送进水底时，你不是还挺安静的，轮到这人你怎么就憋不住了?”

巴萨维略微松了点劲，好让他能够说话。“求您了,”那人吸着气，抽噎着说，“求您了，这样做毫无意义。您必须相信我们，巴萨维大佬，求您了。只要是我们知道的，那您想听什么，我们都会说。但我们真不记得！我们就是不……”

大佬猛地扇了他一巴掌，让他安静下来。此时此刻，房间中只剩下两名犯人惊恐的抽泣声和喘息声。

“我必须相信你？我的字典里没有必须二字，朱利安。你给我上了盘狗屎，还跟我说那是热气腾腾的牛排？你们这么多人，却连个像样的故事都编不出来。一个正儿八经的谎言会把我激怒，但我能够理解。可你们只会嚷嚷说什么不记得。你们，克朗帮最强大的八个人，地位仅次于泰索。他的选民。他的朋友，他的保镖，他忠诚的誓卒。你们在我面前哭得像个小毛孩，只会说你们不记得昨晚在什么地方，而泰索正好在昨晚咽了气。”

“但事实如此，巴萨维大佬。求您了，就是……”

“我再问你一次，你们昨晚喝酒了吗?”

“没有，一点都没有!”

“你们吸了什么东西？你们所有人，同时吸过什么东西吗?”

“不，不是那么回事。绝对不是……不是同时。”

“那么是凝视？杰里姆变态炼金师们的小玩意？白面儿中得来的小小祝福?”

“泰索从不允许……”

“那好吧。”巴萨维几乎有些随意地挥出一拳，捶在朱利安的太阳穴上。那人痛苦地喘着粗气，巴萨维转过身，抬起双臂，作出戏剧化的喜悦表情。“既然对于你们玩忽职守的过失，咱们已经排除了所有尘世间的解释，那除非是巫术或神迹……哦，请原谅。你们不是被诸神迷惑了吧？他们倒是很少失手。”

朱利安在镣铐中扭动身体，红着脸拼命摇头：“求您了……求您了……”

“那就没有诸神什么事儿了。我也觉得不可能。我要说……哦，我要说你这小把戏已经让我厌烦透了。圣人。”

圆脸男子把头深深低下，下巴顶在胸前，双手摊开，掌心向上，仿佛准备接受一件礼物。

“给我来点新鲜的。如果费德里科不肯说，就给朱利安最后一次机会，希望他能找到自己的舌头。”

巴萨维还没把话说完，费德里科就扯着嗓子，发出凄厉哽咽、死不瞑目的叫声。洛克紧咬牙关，以防自己打起哆嗦。那么多次会面都以屠杀作为背景……诸神肯定是发了疯。

慈悲圣人走到屋子侧面的一张小桌前，上面放着一堆小瓶子，还有个袋口串了拉绳的厚布袋。圣人把几个瓶子扔进布袋，开始往桌面上敲。玻璃破碎的声音完全被费德里科狂野的嚎叫掩盖，但洛克总觉得能够隐隐听到。没过多久，圣人似乎觉得满意了，便缓缓走向费德里科。

“别，别，不，别，别这样，不不……”

圣人抬起一只手，扶住绝望的年轻人的脑袋，迅速将袋子罩在他头上，遮住面孔，一直拉到脖子，然后束紧绳索，把袋口系牢。费德里科的叫声再度升高，全然语无伦次，在袋子里闷声作响。圣人开始揉搓那口袋，起初动作和缓，几乎有些温柔。他用修长的手指把袋里锋利的碎屑揉在费德里科脸上。圣人熟练操纵着袋里的玻璃碴，就像雕塑师在将黏土塑形，红色血迹出现在袋子表面。就在这时，费德里科的嗓子终于没了声，在接下来的几分钟里，年轻人仅仅勉强挤出几声干涩的呻吟。洛克默默祈祷，希望费德里科已经从疼痛中逃脱，暂时躲进了“疯狂”这个避难所。

圣人不断揉搓布袋，动作越来越大。他捏弄着费德里科双目所在的位置，然后依次是鼻子、嘴巴和下颌。袋子越来越潮湿，越来越红，最终费德里科停止了抽搐。圣人慢慢把手从袋子上拿开，就好像刚才只是在榨番茄汁。他露出哀伤的苦笑，任由鲜红的双手在木地板上滴下点点血迹，随后走到朱利安面前，入神地盯着他，一句话也不说。

“不用说，”巴萨维大佬说，“经过这些场面，你肯定明白了我的决心有多大。你还不肯说吗?”

“求您了，巴萨维大佬，”朱利安喃喃说道，“求您了，这样做毫无意义。我什么都不知道。问我别的事吧，任何事都行。昨晚只剩一片空白。

我不记得。我会告诉您，求您了，诸神啊，求您相信我，我会告诉您一切。我们都是忠诚的誓卒，您手下最忠诚的誓卒。”

“我真希望不是这样。”巴萨维似乎作出了决定。他冲贝兰吉亚斯姐妹打了个手势，又指指朱利安。黑发姐妹安静而迅速地行动起来，解开把他绑在木架上的绳结和镣铐，但没有松开从脚踝一路绑到脖子的绳索。她们毫不费力地抱起不住颤抖的男人，一个抬肩膀，一个抬双脚。

“忠诚？咱们都是成年人了，朱利安。不肯告诉我昨晚的真相，这可算不上忠诚之举。你辜负了我，所以我只能投桃报李。”在大厅最左边有个成年人大小的孔洞，盖子已经滑到旁边。浮坟往下也就一码的距离，便是黑漆漆的水面。孔洞附近的地板全是血迹。“我也会辜负你。”

贝兰吉亚斯姐妹把朱利安大头朝下扔到海里，他发出最后一声尖叫，扑通落进水面，再也没浮上来。浮坟底部全都罩在由铁丝绳编成的大网中。巴萨维大佬有个习惯，就是随时在网子里准备些凶残的猛兽。

“圣人，你可以走了。孩子们，等我叫你们回来时，别忘了找几个人把这里打扫干净。但现在先到甲板上等一会儿。雷莎、史利莎，请跟他们一起出去。”

巴萨维大佬缓缓走向朴实无华但非常舒适的旧木椅，慢慢坐了上去。他呼吸粗重，绷着劲儿不想让别人看出自己在发抖，结果反而抖得更加厉害。座椅旁的小桌上放着个黄铜酒杯，容量跟大汤碗差不多。大佬猛地喝了一口，闭上眼睛，似乎在等酒气散去。他最终回过神，点手召唤洛克和纳丝卡走上前来。

“好了，我亲爱的拉莫瑞，这周你给我带来了多少钱？”

7

“三十六梭伦，外加五个铜板，阁下。”

“哦，这周似乎收成不好。”

“是的，万分抱歉，巴萨维大佬。这雨，哦……有时它会害死我们这种干房上营生的人。”

“嗯。”巴萨维将酒杯放下，把右手放在左手里，按摩着发红的关节，“当然，你曾给我带来更多的红利。有不少次。在好年景里。”

“啊……是的。”

“你知道，有些人跟你不一样。他们总给我相同的数目，一周又一周，一周又一周，直到我失去耐心，纠正他们的错误。你知道这种帮主过的是什么日子吗，洛克?”

“啊，一种……非常单调的生活。”

“哈！对，一点没错。他们的生活如此稳定，每周都有完全相同的收入，所以他们才会给我完全相同的数目作为分成。就好像我是个白痴，根本不会发觉。但也有些帮主跟你一样。我知道你带给我的税赋里没有水分，因为你可以大大方方地走到这儿来，为上周歉收向我道歉。”

“我，啊，希望当天平倾斜到另一侧时，不会被您认为数额有所欠缺……”

“完全不会。”巴萨维笑着往椅子上一靠。不祥的泼溅声和沉闷的敲击声在地板下方响起，距离朱利安沉下去的那块盖板不远。“要我说，你是效忠于我的最可靠最规矩的帮主，就像具维拉时钟。你亲自送来属于我的分成，按时缴付，从不用催。一周又一周，已有四年之久。自从锁链死后，从没出过岔子。你从没暗示过有任何事，会比你亲自拿着那个口袋前来见我更重要。”

巴萨维大佬指了指洛克左手拿着的小皮袋，冲纳丝卡挥挥手。她在巴萨维组织里的正式身份是记账人。她可以不假思索地背出城中任何帮派的缴款累计总额，再以周和年为单位开列细账，从来不出差错。洛克知道她随时在文书上更新账目，以供父亲私下使用，但大佬的臣民们全都知道，传说中的巴萨维宝库里的每一枚铜板，都清清楚楚地记在纳丝卡的脑袋里，储存在这双冰冷而可爱的眼眸之后。洛克把皮袋扔给她，纳丝卡抬手接住。

“你从来不会，”巴萨维大佬说，“派一个誓卒来干帮主的活儿。”

“嗯，啊，您真是太客气了，陛下。而且您今天让这件事非常容易办到，毕竟只有帮主才能走过那扇大门。”

“别装傻。你知道我在说什么。纳丝卡，亲爱的，洛克和我必须单独谈谈。”

纳丝卡朝父亲重重点了点头，又飞快地冲洛克略一颔首。她转回身，走向通往大厅的房门，铁鞋砸在木地板上，声音在屋子里回荡。

“我有很多帮主，”等她走后，巴萨维说，“都比你狠。有很多比你受欢迎，有很多比你有魅力，或是手里掌握着更大更有油水的帮派。但我还很少有你这样的帮主，永远不遗余力地保持谦恭谨慎、殷勤守矩。”

洛克没说话。

“我的年轻人，的确有很多事会冒犯到我。但你可以放心，恭顺殷勤绝对不在其中。得了，放松点，我又不想把你塞进绞索。”

“抱歉，大佬。只是……谁都知道您表达不满的方式特别……呃……”

“拐弯抹角？”

“锁链给我讲过不少瑟林学院那些学者的故事，”洛克说，“我早就知道他们讲话时的首要习惯就是，嗯，喜欢设套。”

“哈！没错。所有人都跟你说老习惯很难改变，洛克，但他们在撒谎——老习惯根本就不会改变。”巴萨维笑了几声，又抿了口酒，这才继续说：“如今的时局……令人不安，洛克。那该死的灰王终于刺到了我的肉里。泰索的死特别……哦，我本来为他准备了些计划，现在我被迫要把其他计划提前摆上台面了。告诉我，誓卒……你觉得安杰斯和帕奇罗怎么样？”

“啊。哈。嗯……要我说实话吗，阁下？”

“实话实说，全倒出来，暂卒。这是我的命令。”

“嗯。他们受人尊敬，对自己的工作特别在行。谁都不敢在他们背后开玩笑。金·坦纳说他俩知道在战斗中如何进退。桑赞兄弟跟他们玩牌时，就算没作弊也会紧张，这足以说明一些问题。”

“我要是想听这些话，随时都能从两打探子口中听到。这我都知道。你本人对我儿子有什么看法？”

“啊……”洛克咽了口唾沫，紧盯着巴萨维大佬的双眼，“是的，他们值得尊敬。他们对自己的工作很在行，精于战斗技巧，勤奋努力，足够聪明……但……阁下，请您原谅，他们总是嘲笑纳丝卡；其实他俩本该听从她的警告，听取她的建议。纳丝卡的耐心和精明是……是……”

“他们所不具备的？”

“您知道我要说些什么，不是吗？”

“我说过你是个谨慎小心、考虑周全的帮主，洛克。这是你最突出的特征，同时又暗示出了其他一些品质。自从你小时候捅了那几个大娄子之后，就一直是盗贼中谨慎的化身，严格控制着自己的贪欲。你肯定对其他人不够慎重的表现特别敏感。我的儿子们……打小生长在卡莫尔城，所有人都因为他们的姓氏惧怕他们。他们像贵族公子哥那样，惯于得到他人的尊重。他们不够谨慎，甚至有些莽撞。我需要作些安排，保证他们能在今后的漫长岁月中得到真心忠告——就算我解决了灰王，也不可能永生不死。”

巴萨维大佬说这话时，语气中充满笃定无疑的宿命感，让洛克只觉得后脖颈上寒毛倒竖。大佬坐在自己的要塞中，两个月没有出去。他舒舒服服地喝着红酒，空气中却泛着血腥臭气——来自他手下最强大最忠诚的帮派中的八名成员。

洛克是在跟一个有远见卓识的人谈话吗？抑或巴萨维终于崩溃，就像火堆里的窗玻璃那样四分五裂？

“我很希望，”大佬说，“能把你安排到一个重要位置，为安杰斯和帕奇罗提供他们所需的忠告。”

“啊……阁下，这真是……让我受宠若惊，但……我跟安杰斯和帕奇罗处得不错，可的确算不上至交密友。我们时不时打打牌，不过……实话实说吧，我并非特别重要的帮主。”

“我都说过了。即便有灰王在卡莫尔城里捣乱，我也有许多部属比你更狠辣，比你更勇猛，更受欢迎。我这么说不是想打击你，因为我已经提到过你的优点了。他们最需要的就是这些优点。不是狠辣、勇猛或者讨人喜欢，而是冷静和永不放松的警惕。审慎。你是我手下最审慎的帮主。你认为自己微不足道，只是因为你弄出来的动静最小。好了，跟我说说，你觉得纳丝卡怎么样？”

“纳丝卡？”洛克突然变得更加警惕，“她……聪明绝顶，天赋过人，阁下。她能背出我们十年前说的话，一个字都不差。特别是那些让我丢脸的话。您觉得我审慎？与纳丝卡相比，我鲁莽得就像一头捆在炼金师实验室里的狗熊。”

“对，”大佬说，“是的。等我不在了，她本该成为下一任巴萨维大佬，但这根本不可能。你知道，这跟她是个女人一点关系都没有，只是因为她那两位哥哥，不会容忍小妹妹在自己头上发号施令。我可不希望孩子们为我准备留给他们的那点遗产自相残杀，所以我没法替纳丝卡把他俩推到一边。

“我所能做的，也是我必须要做的，就是保证到时候，他们能听到一个冷静清醒的声音，而且此人必须处在他们无法忽视的地位。你和纳丝卡是老朋友了，对吧？我还记得你们第一次见面时的情景，已经是多年之前了……那时她喜欢坐在我的膝盖上，假装发号施令，把我的人支使得团团转。这些年来，你总会抽空看看她，总会安慰她，劝告她，对吗？你一直是她的好暂卒?”

“啊……我真心希望如此，阁下。”

“我知道你会的。”巴萨维拿起酒杯，喝了一大口，然后把它使劲放到一边，布满皱纹的圆脸庞上露出慷慨大方的微笑。“那么我现在允许你，开始追求我的女儿。”

咱们开始打哆嗦吧，如何? 洛克的膝盖说道，但这个提议遭遇了来自理智的反对，所以洛克只是傻乎乎地愣在那里，一动不动，就像个游泳的人忽然看到一条高大的黑背鳍冲自己直扑过来。“哦，”他最终说道，“我没……我没想到……”

“你当然没有。”巴萨维说，“但在这件事上，咱们的目的是一致的。我知道你和纳丝卡彼此都有感觉。你们的结合会把你纳入巴萨维家族。你会成为安杰斯和帕奇罗的责任……他们也会变成你的责任。你不明白吗?与他们手下最强大的帮主相比，一个妹夫的意见更让他们难以忽视。”巴萨维用左拳一捶右手，再次露出灿烂的微笑，就像一尊红脸神祇坐在天界宝座上，正在分派仁爱慈悲。

洛克深吸口气。他别无选择，眼下的局面需要百分之百的顺从，就好像大佬已经用弩弓对准了他的太阳穴。有些人因为拒绝大佬而死，他们所拒绝的东西远不如现在重要。拒绝大佬的亲生女儿，无异于用最痛苦的方式自杀。可能不在此地，可能不是现在，但如果洛克阻碍了大佬的计划，他肯定活不过今晚。

“我……我很荣幸，巴萨维大佬。荣幸之至。我希望不会令您失望。”

“令我失望? 绝对不会。哦，我知道有几个帮主早就盯上了纳丝卡。但如果他们中有谁能吸引她的目光，那应该早就成功了，对吧? 等他们听到这个消息，肯定会大吃一惊。他们绝对想不到!”

一群数目不明的备胎醋意大发，洛克心想，就是我的结婚礼物。

“那么，我该……我该如何开始，从何时开始，阁下?”

“哦，”巴萨维说，“我干吗不给你几天时间好好想想呢？在此期间，我会跟她把话挑明。当然，纳丝卡暂时不能离开浮坟。只要我解决了灰王……哦，到时候我希望你开始用更绚丽、更公开的方式追求她。”

“您是想告诉我，”洛克非常小心地说，“我到时候，应该偷得更多。”

“把这件事当作我对你的挑战，同时也是我对你的祝福。”巴萨维露齿一笑，“让咱们看看，你是否能在保持审慎的前提下提高产量。我觉得你能，而且我知道你不会让我失望，更不会让我女儿失望。”

“当然不会，阁下。我……我将尽我所能。”

巴萨维大佬让洛克走上前来，同时伸出左手，五指张开，掌心向下。洛克跪在巴萨维的座椅前，伸出双手捧住他的左手，吻了吻大佬印戒上那颗内藏血红斑点的黑珍珠。“巴萨维大佬。”他低头看着地板，沉声说道。大佬扶住洛克的双肩，将他拉了起来。

“我把祝福赐予你，洛克·拉莫瑞，这是一个为孩子们担心的老人的祝福。我这样做，等于把你放在很多危险人物之上。你肯定应该知道，我的儿子们将要继承的是一项高危工作。如果他们处理得不够小心，或是不够努力……哦，怪事年年有。也许有一天，这座城市将由拉莫瑞大佬统治。你有过这样的梦想吗？”

“说实话，”洛克轻声说道，“我从未奢望过大佬的权力，因为我从不想面对大佬的麻烦。”

“哦，又是我说过的审慎。”大佬微笑着冲大门挥挥手，示意洛克可以退下了，“大佬的问题非常现实。你已经帮我解决了其中一个。”

洛克迈步走向大门，脑筋飞速转动。巴萨维大佬仍旧坐在椅子里，一句话也不说，眼睛直勾勾地不知在看些什么。房间中只剩下洛克的脚步，以及鲜血从费德里科脑袋上罩着的猩红布袋上慢慢滴落的声音。

8

“哦，纳丝卡，就算我有一千岁，世间万象都见过至少六次，这见鬼的场面也会让我措手不及……”

纳丝卡在通往接待大厅的走廊中等着他。精巧的机关锁将他们身后的大门牢牢封死，纳丝卡略带歉意地冲他露出苦笑。

“但你也明白了吧？要是我提前解释清楚感觉会更诡异。”

“这团乱麻已经很难再变得更他妈诡异了，纳丝卡。听着，拜托了，别误会我的意思。我……”

“我不会误会你的意思，洛克……”

“你是个好朋友，而且……”

“我也有相同的感觉，但是……”

“这事儿很难说清……”

“对，很难。听着，”纳丝卡按住洛克的肩头，略微弯下腰，直视他的双眼，“你是个好朋友，洛克。可能是我最好的朋友，也是我忠诚的誓卒。我特别喜欢你，但不是……未来的丈夫那种好感。而且我知道你……”

“我……啊……”

“洛克，”纳丝卡说，“我知道打开你心房的钥匙，握在千里之外的那个女人手中。我知道你宁愿跟她受苦受难，也不愿跟别人在一起享福。”

“真的？”洛克说着握紧拳头，“看来这件事已经他妈的尽人皆知了，我打赌连公爵都会定期收到报告，似乎只有你父亲还不知道。”

“或是不在乎。”纳丝卡扬了扬眉，“洛克，这是大佬对誓卒的命令。与你的个人好恶没关系。他下命令，你就执行。通常来说，都是如此。”

“但这件事不同？我还以为你会高兴呢。至少他又开始为将来作打算了。”

“我刚才说的是‘合理的’打算。”纳丝卡笑了笑，这次是真心实意的微笑，“得了，暂卒。先跟他玩上几天。咱们可以给他演出戏，然后一块商量个主意出来。咱们指的可是你和我，对吧？老头子根本赢不了，他甚至都不知道自己输了。”

“好吧，既然你都这么说了。”

“对，我是这么说的。后天再来一趟。咱们可以制订些计划，把套索扯开。现在去照顾你的伙计们吧。另外要多加小心。”

洛克走出门廊，纳丝卡在他身后把大门关闭。洛克回头望向纳丝卡，黑漆漆的大门缓缓合拢，之间的缝隙逐渐变窄，随着锁头咔嗒一声轻响，两扇门最终合在一起，挡住了她的身形。洛克敢对天发誓，在厚重的大门关闭之前，纳丝卡冲他挤了挤眼。

“……这张是你挑的牌，尖顶六。”卡罗说着举起一张牌，展示给门廊前的卫兵们看。

“操他妈的，”其中一人说道，“这是巫术。”

“不，只是古老的桑赞之手。”卡罗用单手把牌洗好，递给洛克，“想试试看吗，老板？”

“不用了，卡罗。把东西收拾起来，伙计们。咱们今天的任务结束了，所以别再打扰这些拿弩弓的兄弟们了。”他同时用手语为这句话做了注脚：**大麻烦。换个地方再说。**

“该死，我饿了。”金·坦纳接过话头，开口说道，“咱们干吗不去‘致命失误’搞点东西，拿到房间里去吃？”

“对，”小虫儿说，“啤酒加杏仁馅饼。”

“这种组合还真令人作呕，我有种奇怪的冲动，想亲口尝试一下。”金使劲拍了一下最小的绅士盗贼的后脑勺，然后带头走向将浮坟和整个世界连在一起的那道狭窄木桥。

9

除了巴萨维大佬以外（他还以为虽然锁链进了坟墓，但洛克的小帮派每周仍会有几天时间呆坐在神庙门阶上），卡莫尔城里的正派人都不知道绅士盗贼们仍旧以佩里兰多神庙作为基地。卡罗、盖多和小虫儿在陷阱区及其周边的几个不同地点租了房子，每隔几月就换个地方。洛克和金维持着一起租房的假相，已有数年之久。凭借一次天大的运气（尽管到底是好是坏还很难判断），金设法给他们弄到了断塔七层的房间。

夜色黑沉，大雨如织，他们都不是特别希望再次走上设在断塔北面晃晃悠悠、吱嘎作响的外侧楼梯。滂沱雨水敲打着百叶窗，大风通过老塔楼上的裂缝和缺口，发出忽大忽小的怪异叹息。绅士盗贼们坐在地板垫上，借着纸灯光芒品着最后几口啤酒。大多数卡莫尔本地人喜欢喝苦涩的维拉黑啤，但他们更倾向于略微发甜的淡啤酒。空气滞涩憋闷，但至少还算干燥。

洛克在吃饭时，把整个故事给他们讲了一遍。

“哦，”盖多说，“这是最见鬼的见鬼事，咱们还没遇到过这么大的麻烦。”

“我再说一次，”金说，“咱们应该尽早结束堂·萨尔瓦拉的游戏，做好准备渡过这次难关。这场灰王的乱子越来越吓人了，如果洛克被卷进去，咱们没法集中精力干活。”

“咱们从哪儿抽身？”卡罗说。

“咱们现在就抽身，”金说，“现在，或是从堂手里再拿一张本票之后。不能再迟了。”

“唔，”洛克盯着锡质酒杯中的残渣，“咱们为这件事可费了不少劲。我敢说还能再挣五千到一万克朗，至少。也许到不了希望从萨尔瓦拉手里挤出来的两万五千，但足以让咱们感到骄傲了。你们知道，为了这笔钱，我都被人踢出屎来了，小虫儿还从房顶跳了下来。”

“还被关在一个见鬼的木桶里，滚了二里地！”

“哦，小虫儿，”盖多说，“又不是说有个凶狠的老木桶在巷子口伏击你，强迫你钻到里边去。另外，我同意金的意见。今天下午我就说过了，洛克，咱们能否提前作点准备，好让你能迅速隐蔽起来，甚至离开城市？哪怕你根本不打算跑。”

“我真是不敢相信，桑赞兄弟居然奉劝别人要谨慎，”洛克说着露齿一笑，“我还以为咱们比所有人更富有更聪明呢。”

“只要你还有可能被人割断喉咙，就会时常听到我们这些忠告，洛克。”卡罗接过兄弟的话头，“我已经改变了对灰王的看法，这是板上钉钉的事。也许这个疯子真能打败三千利刃。你可能是他的目标之一。如果巴萨维想让你进入他的内部小圈子，就等于为你招惹了更多的麻烦。”

“咱们能否把割断喉咙的问题暂且放到一边，就一小会儿？”洛克站起身，走到面向大海的百叶窗前。他把手背在身后，假装望着窗外的景色。“说到底，咱们是谁？我必须承认，大佬把这件事扔过来时，我几乎准备直接跳进见鬼的海湾。但我后来仔细想了想，终于理清头绪——咱们算是逮住这只老狐狸了。咱们已经把他攥在手心里。这可不是开玩笑，伙计们。咱们的活儿干得太漂亮了，他居然要求见鬼的卡莫尔荆刺娶他的女儿。不用说，这真是滑稽透顶。”

“尽管如此，”金·坦纳说，“但这是可能会打乱咱们全盘计划的大麻烦，而非值得吹嘘的成就。”

“咱们当然可以吹嘘。我现在就要吹嘘吹嘘。你们不明白吗？这跟咱们的日常工作完全一样，就是件普普通通的绅士盗贼式骗局——只不过我得拉上纳丝卡一起干，才能顺利脱身。咱们不可能失败。我一点都不想娶她，就好像我不想在明天上午被指定为尼克凡提公爵的继承人。”

“你有什么计划吗？”金·坦纳露出了好奇的目光，但又不失警惕。

“一点眉目都没有。我也不知道咱们接下来该怎么办，连一丁点线索都摸不到。我的最佳计划就像这样。”洛克把最后一口啤酒灌进喉咙，将锡酒杯摔在墙上，“我喝光了啤酒，吃光了杏仁馅饼。无论灰王还是巴萨维大佬，我只想说，见他们的鬼吧，谁也别想把咱们吓得抛弃堂·萨尔瓦拉骗局，谁也别想让我和纳丝卡违心地扭在一起。咱们就按老法子办——等待空子，抓住机会，赢他妈的痛快淋漓。”

“啊……好吧。”金叹了口气，“你能否允许我们多少准备点预防措施？你接下来能否多加小心？”

“当然了，金，当然了。你给咱们在合适的船上争取几个位置，需要什么开销就尽管花。只要不是杰里姆，那去哪儿都成。咱们可以随便找个地方隐藏几星期，等什么时候高兴了，再悄悄爬回来。卡罗、盖多，你俩明天到子爵门去，关照关照穿黄号衣的孩子们，好让咱们在紧要关头可以随时离开卡莫尔城。金银之物不用吝啬。”

“我干什么？”小虫儿问道。

“你可以替我们望风放哨。把眼睛睁大点，藏在神庙附近多加观察。给我找出所有行为鬼祟，或是老在附近闲晃的人。只要有人想监视咱们，我发誓，我保证，咱们就立刻转入地下，像流进大海的一泡尿那样消失得无影无踪。在此之前，你们要相信我。今后几天我会尽量以卢卡斯·费尔怀特的身份走动，当然，我也随时可以换上更不起眼的伪装。”

“我猜也只能这样了。”金·坦纳轻声说道。

“金，我可以做你的帮主，也可以只做个当所有人的钱包都神秘失踪时，付钱买啤酒和馅饼的朋友。”洛克挤出夸张的怒容，瞪着在场的众人，“我没法两样都占着，只能非此即彼。”

“我有点紧张，”金说，“因为咱们手头的情报实在太少，我不喜欢这样。纳丝卡的疑虑不是没有道理。灰王袖子里藏着某些东西，咱们无法理解的东西。咱们的骗局十分微妙，眼下的形势十分……不稳。”

“我知道。但我要遵从自己的勇气，我的勇气说咱们要带着微笑，正面迎上去。听着，”洛克说，“咱们干得越多，我就越能理解锁链训练咱们的真正目的。就是这样。他的那些训练不是为了让咱们在一个平静有序的世界中，任意选择何时该做个聪明人，何时不用。他的那些训练，是为了让咱们应付险象环生四面受敌的严酷局面。哦，咱们现在就遇到了，而且我要说咱们对付得了。我知道咱们的脑袋正扎在黑水里，这种事儿用不着你们提醒。我只希望你们记住，咱们是见鬼的鲨鱼。”

“太他妈对了，”小虫儿叫道，“我就知道我让你领导这个帮派是有道理的！”

“哦，我不想跟一个从神庙屋顶上跳下来的男孩那显而易见的大智慧争辩。但我相信你会把我的看法记在心上。”金说。

“记得很清楚，”洛克说，“收到了，认出了，用最严肃的态度仔细考虑过了。封好了，确认了，牢牢印在我的理智精神中了。”

“诸神啊，这事儿真勾起你的兴头了，对吗？你只有感觉整个世界阳光普照时，才会玩文字游戏。”金叹了口气，但却没能隐去拉扯唇角的那一丝微笑。

“但如果你真遇到了危险，洛克，”卡罗说，“你必须明白我们会无视帮主的命令，我们会用大头棒敲打好朋友坚硬的后脑勺，把他装进箱子里偷偷运出卡莫尔城。我正好有这么一根大头棒。”

“而我有个箱子，”盖多说，“这些年一直想找个借口用用看，我说真的。”

“这我也记住了，”洛克说，“并且万分感谢。但以诡诈看护人的神恩起誓，我选择相信咱们的能力。我选择相信锁链的判断力。我选择继续干咱们最擅长的工作。明天，费尔怀特有些事要办，后天我要再见纳丝卡一次。大佬正盼着我去呢，而且我敢说到时候她已经想出些点子了。”

洛克又想起最后看到纳丝卡的那一瞬间，还有当两扇黑木门在他俩中间关闭时，纳丝卡的那个眼神。她这辈子都在替父亲保管机密，如今也有了一个属于自己的秘密，要向大佬隐瞒的秘密。对她来说，这会是什么感觉?

插曲

吵着要尸体的男孩

1

从洛克向巴萨维宣誓效忠的第二天起，锁链就开始紧锣密鼓地对他进行教育。尽管红糖朗姆酒引发的头痛仍在敲打他的太阳穴，但洛克还是打起精神，开始学习佩里兰多教会和十三神教会的基本知识。其中包括手势和仪式颂辞，致敬的方法和僧袍纹饰隐藏的意义。从进入神庙后的第四天起，洛克便开始作为一名“佩里兰多侍僧”坐在石阶上，身披白袍，努力挤出合体的谦卑与凄惨。

时间一周周过去，锁链的教育范围逐渐扩大。洛克每天都要花两小时练习读写，他潦草的笔迹以拖拖拉拉的速度逐渐过渡到顺滑，桑赞兄弟最终声称他写起字来再也不像条“脑袋上插了支箭的狗”。他们的赞扬让洛克深受感动，并在双胞胎的睡榻上撒了红辣椒粉作为答谢。桑赞兄弟企图报复，但计划屡屡受挫，不禁气得发疯。洛克在阴影山墓场和引火区大瘟疫中养成的深度强迫症仍旧伴他左右，谁也别想蹑手蹑脚地偷袭他，或是趁他睡觉时下手。

“要论搞恶作剧，这两兄弟还从没遇到过对手。”在一个收成特别惨淡的日子里，锁链坐在石阶上对洛克说，“现在他们时刻提防着你。等他们开始向你寻求建议时，哦……你就知道他们已经服了。”

洛克只是笑了笑，没有说话。就在那天早上，卡罗提议帮他做算术题。交换条件是让洛克告诉他们，如何识破他俩每每设下的陷阱，并将其破除。

洛克抖露了几个宝贵的求生技巧，并且接受了桑赞兄弟对他的算术辅导。但洛克每解开一道算题，只会从锁链手中得到一个更难的问题作为奖赏。与此同时，他开始学习韦德兰语。锁链用北方话下达简单的命令，等到洛克逐渐适应了这种腔调后，神父便常常禁止三个男孩用其他语言交谈。每次练习都长达数小时之久，就算是他们在餐桌上闲聊，也要用这种粗糙刺耳不合逻辑的语言。洛克觉得，只要是用韦德兰语说话，任谁都会显得怒火冲天。

“正派人们很少用北方话聊天，但你会在码头和商人之间听到韦德兰语，这是毋庸置疑的。”锁链说，“如果你听到有人说这种话，那么除非万不得已，否则千万别让他们知道你能听懂。一提到家乡的语言，那帮北方人的自负劲会让你大吃一惊。只要装傻充愣就行，你永远也不知道他们会走漏什么风声。”

洛克还接受了烹饪艺术方面的指导。锁链每隔一天就要洛克在灶台旁干一次苦力，卡罗和盖多会齐心协力，冲他没完没了地唠叨。“这是 vicce alo apona，卡莫尔第五精美艺术，”锁链说，“行会大厨们要学习全部八种烹饪法，做起菜来比运用自己的命根子还熟练，但你现在学点基础就成。不过我要提醒你，咱们的基础会比其他人的杰作还强，只有卡泰因人和安伯兰人还懂点皮毛，大多数韦德兰人根本分不清什么是美食，什么是泡在灯油里的老鼠屎。好了，这是黄金椒粉，这是杰里什橄榄油，放在它们后面的是肉桂柠檬壳……”

洛克炖过章鱼，煮过马铃薯；切过梨子、苹果，还有某种冒着蜂蜜味汁液的炼金术杂交水果；他加香料，调味道；有时又气又急又专心，甚至会咬到自己的舌头。洛克通常会制作出一片可怕的烂摊子，只能扔到神庙后院喂山羊。但就和正在学习的所有技艺一样，他在灶台旁的手艺也有稳步提高。桑赞兄弟很快就不再嘲笑洛克，放心地让他帮忙烹饪精美菜肴。

洛克在佩里兰多神庙住了半年。有天晚上，他和桑赞兄弟正合力制作一道填料小鲨鱼。这是 vicce enta merre，海鲜烹饪法，第一精美艺术。卡罗把软皮小鲨鱼开膛破肚，塞入红辣椒和黄辣椒，洛克则在这些辣椒中塞入香肠和血奶酪。鲨鱼的两颗小死鱼眼被黑橄榄所取代；小尖牙被拔掉后，嘴里塞进了去皮萝卜和大米；尾巴和鱼鳍则早就切掉，用来炖汤。“啊！”等这道精美菜肴滑入四条满足的食道后，锁链说，“真是美妙绝伦，孩子们。在你们收拾餐桌清洗盘子时，我只想听你们说韦德兰语……”

日子就这样一天天过去。洛克进一步学习了布置餐桌和服侍上流人物的方法。他学会了如何替别人拉出椅子，如何倒茶和红酒。他和桑赞兄弟以医师剖开病人时的严谨态度，遵循着繁复的餐桌礼仪。此外还有着装课程：如何打颈巾，如何系鞋带，如何穿戴长统袜之类的昂贵服饰。实际上，锁链这令人眼花缭乱的教育体系，基本涵盖了人类世界的所有技艺，唯独没有盗术。

洛克进入神庙的一周年纪念日即将到来时，局面终于有所改变。

“我欠过几个人情，孩子们，”锁链对他们说，“如果某些人求我办事，那我很难推辞。”他们盘腿坐在光秃秃的屋顶花园中，锁链每次想把他们召集起来讨论些要紧事，就会选择这个地方。至少不下雨的时候向来如此。

“比方说大佬？”洛克问道。

“这次不是，”锁链深深吸了一口晚餐后必抽的烟草，“这次我欠的是黑炼金师的人情。你们知道这些人，对吗？”

卡罗和盖多点点头。洛克则摇了摇。

“哦，”锁链说，“城里有正经八百的炼金师行会，但他们在人员选择上非常挑剔，还会严格控制炼金师们的工作范围。行会之所以有如此严格的规章，部分原因就是黑炼金师。他们会在伪装的店面跟咱们这种人做生意，迷幻剂、毒药，随你想要什么。他们归大佬管辖，就像咱们归大佬管辖一样。但他们并没有真正的老板。他们是那种，呃，你不想得罪的人。

“杰赛莉娜·杜巴特可能是黑炼金师中的佼佼者。我，哦……我曾中过一次毒，她帮我解了。所以我欠她的。杰赛莉娜终于想要动用这份人情，她要一具尸体。”

“乞丐坟。”卡罗说。

“加一把铁锹。”盖多说。

“不，她要新鲜的尸体。仍旧跟活的一样温热多汁。你们看，炼金师和医师行会每年都会经由公爵授权，得到一定数目的新鲜尸体，直接从绞索上摘下来的。他们可以将其开膛破肚，胡乱戳弄，黑炼金师们没这福气。而杰赛莉娜眼下有些理论想要付诸试验，所以我决定让你们合作，完成第一桩真正的工作。我要你们找一具尸体，要比清晨刚出炉的面包还新鲜。把它弄到手，然后运回神庙，好让我交给杰赛莉娜。但要小心别引来不必要的注意。”

“偷一具尸体？一点都不好玩。”盖多说。

“把这件事当作对你们能力的宝贵测试。”锁链说。

“我们日后要偷很多尸体吗？”卡罗问。

“它测试的不是你们偷尸体的本领，你这没脸没皮的小白痴。”锁链和蔼地说，“我是想看看在比煮饭更重要的工作上，你们有没有通力合作的本事。我会考虑提供你们想要的任何东西，但我不会给你们提示。你们得靠自己把这件事解决。”

“任何我们想要的东西？”洛克说。

“只要合情合理，”锁链说，“另外我要强调一点，你们不可以亲手制造尸体，必须找个实实在在被别人干掉的家伙。”

锁链的语气非常强硬，桑赞兄弟警觉地盯着洛克看了片刻，接着又对视一眼，扬起了眉毛。

“这位夫人，”洛克说，“希望何时入手？”

“如果一两周内能够到手，她会十分高兴。”

洛克点了点头，低头注视着自己的双手。他沉默片刻，开口说道：“卡罗，盖多，你们明天能替我坐在门阶上吗？我得好好考虑一下。”

“行。”桑赞兄弟毫不犹豫地答道。锁链神父没有错过他们充满希望的语气。他会永远记住这一刻，就在今天晚上，桑赞兄弟承认了洛克才是行动中的智囊；就在今天晚上，他们放心大胆地让洛克成为行动中的智囊。

“死得实实在在，”洛克说，“不是被我们杀的，甚至还未僵硬。好吧。我知道咱们能办成这件事。没什么大不了的，我只是还不知道为什么，以及怎么办。”

“你的信心令我倍感振奋，”锁链说，“但我要事先提醒一句，你身上拴着一条很短的链条。如果有哪家酒馆不慎被烧成平地，或是有场骚乱在你周围爆发，那我就把铅锭挂在你脖子上，把你从这房顶推下去。”

卡罗和盖多又瞥了洛克一眼。

“短链子。好的。但是别担心，”洛克说，“我不像过去那么莽撞了。你知道，那时我年岁还小。”

2

第二天，洛克头一回独自走在神庙区的街道上。他身穿佩里兰多教派干净洁白的长袍，袖口镶着银丝，头上戴着兜帽，身量也就刚到周围行人的腰际。人们对这身装束表现出的敬意，令他感到十分惊奇（他也很清楚，在大多数情况下，这份敬意只有一小部分会转加给长袍里的可怜虫）。

大多数卡莫尔人对佩里兰多教派的态度，都混杂着轻蔑藐视和充满负疚感的同情。乞丐神和他的祭司们那种不加掩饰的慈悲善意，就是刺不进卡莫尔城的硬心肠。不过锁链神父绚烂多彩的虔诚轶事带来了一笔红利。乞丐神的白袍祭司们那些傻里傻气的举动，会被很多人拿来跟朋友们开玩笑，但这些人路过佩里兰多神庙时，还是免不了把头转开，往锁链的罐子里扔钱。而且事实证明，他们也会允许一名白袍小侍僧在街上无拘无束地走动。人潮如水流般在洛克面前分开，商人们经过时甚至会近乎礼貌地冲他点点头。

洛克头一次意识到，披上有效的伪装在公开场合抛头露面，是多么令人陶醉的感觉。

日上中天，路上人潮如织，喧嚣声在街市间回荡，让卡莫尔城显得生机勃勃。洛克径直踱向神庙区西南角，那里有道玻璃猫桥横在运河上，通往老城堡区。

在人类到来之前，统治卡莫尔城的祖灵留下了许多遗产，猫桥就是其中之一。这些狭窄的玻璃拱桥也就一人来宽，在大多数卡莫尔运河上成对出现，安杰文河沿岸也有几对。尽管它们看起来光滑如镜，但那些闪烁微光的桥面其实粗糙得好像鲨鱼皮。对具有一定灵活性和自信心的人来说，这些猫桥在许多地点提供了横穿运河的便利途径。每座猫桥总是保持单向通行，公爵法令明确规定，按正常方向行走在猫桥上的人，有权将逆行者推进河里。

洛克快步走过小桥，脑筋飞快转动。他回想起锁链教给他的一些历史课程，几百年前，老城堡区曾是卡莫尔公爵们的家，那时所有被瑟林人占据的城邦，还都臣服于皇城瑟林佩尔的大君主。卡莫尔城的贵族们，对于祖灵留下的完美无瑕的玻璃高塔怀有近乎迷信的畏惧，所以在南城中心地带修筑了一座巨大石质宫殿。

尼克凡提的一位曾曾祖（根据地方志的精确记录大概就是这样，但在洛克庞杂的知识库中，这些细枝末节早被划入漠不关心的迷雾地带），最终住进被称作凌鸦塔的银色祖灵玻璃塔，那座古老的家族城堡就变成了耐心宫——卡莫尔城邦司法系统的核心——不过是否能公平执法就是另一个问题了。黄号衣和他们的长官们以此作为总部，公爵司法会也设立在此。十二名男女法官身披红袍，头戴天鹅绒面具，在耐心宫中审查各种案件。

他们的真实身份从来没有向大众公开，每人都被冠以某一月份的名号——帕西斯法官、菲斯托法官、奥瑞姆法官，等等等等——但权力交接却是一年一次。

这里有地牢，有竖在通向宫殿大门的黑桥上的绞架，还有其他东西。因为秘密和约的存在，从黑桥上坠落的罪犯数目急剧减少（尼克凡提公爵也乐意在民众面前，将这种改变归因于自己的宽宏大量），所以公爵的仆人们发明出了其他刑罚——也许严格来说并不致命，但的确引人入胜，充满残忍的灵性。

耐心宫是由黑色和灰色麻石修建的方形建筑，高达十层。搭砌城墙的大砖块组成了简单的马赛克图案，但经过多年日晒雨淋，早已模糊不清。点缀在每层塔楼上的高大拱窗都装有彩色玻璃，以黑红图案为主。每天晚上，所有窗户后面都会亮起阴郁的灯光，如同黑暗中暗淡的红眼，盯视着所有方向。那些灯火永不熄灭，隐含的寓意不言自明。

四座露天圆塔楼从宫殿四角耸入天空，就像被吊在八层到十层之间。塔楼外侧挂着黑铁鸦笼，那些被挑选出来接受特别款待的犯人会被关进笼子，双脚耷拉悬空，连续关押十几个小时，甚至几天。但跟蜘蛛笼相比，鸦笼简直就是天堂里的座席。洛克走下猫桥，挤进老城堡区熙熙攘攘的人群，透过大人们肩膀和后背间的空隙，正好能看到这番奇景。

耐心宫的东北塔楼上，有六个被长铁链吊着的笼子在风中轻轻摇摆，如同挂在丝线上的蜘蛛。其中有两个正在移动，一个缓慢上升，另一个迅速下降。被定罪关进蜘蛛笼里的犯人不允许得到片刻安宁，所以其他被罚做苦工的犯人会拉动塔楼上的巨大滑轮，轮班转动绞盘，直到法官们认为笼子里的犯人足够疯狂或是悔悟。这些东摇西晃、吱嘎作响、四面透风的笼子，每时每刻都在上下运动。到了晚上，人们隔着一两个城区，都经常能听到这些犯人的哀告和尖叫。

老城堡区是个功能比较单一的城区。在耐心宫外是为黄号衣们准备的运河码头和马厩，为公爵的税官、抄写员和其他官员准备的办公室，还有雇佣律师和法律顾问们常待的破落小咖啡馆——这些人就在那里招徕顾客，从被扣押在宫中的犯人的亲朋好友手里赚取钱财。几家当铺和其他商铺顽固地坚守在岛屿北端，但总体上看，它们已被排挤在公爵严酷的行政领域之外。

老城堡区和玛拉·卡莫尔拉赞区之间有一条宽阔运河。这里的另一个主要地标就是横跨运河的黑桥。这座由石材修筑而成的高大黑拱桥上装饰着红色灯盏，还挂有葬礼黑纱，只需拉动一根绳索就可以放下来。绞刑会在从拱桥南侧探出的一块木质平台上执行，据说如果罪犯死在流水之上，那他们不安的魂魄就会被带入大海。还有人说它们将化作鲨鱼之形，这就解释了卡莫尔湾为何饱受狼鲨侵扰——这个说法很难被斥为谬谈。在大多数卡莫尔人看来，以牙还牙是理所应当的。

洛克盯着黑桥看了老半天，唤醒心中被锁链强行压制了一年之久的谋划能力。他年纪还太小，不会对自己做什么精神分析，但构思计划的过程让洛克产生了一种实实在在的快感，就像肚子里有个温暖酥麻的小球。他无法形容自己正在做的事，但在思维风暴的碰撞中，一个计划逐渐形成，他考虑得越多，心里就越发兴奋。幸亏白色兜帽挡住了大多数行人的视线，遮住洛克的面孔，不然所有人都会看到一名佩里兰多侍僧正全神贯注地盯着绞架，脸上露出野性的笑容。

3

第二天，洛克和锁链一起坐在神庙门前。“我需要之后一两周内所有死刑犯的名单。”洛克说。

“如果你有魄力，”锁链说，“就可以自己搞到名单，不用麻烦你老迈可怜的胖师傅。而且我知道你肯定是有的。”

“我能搞到，但我需要别人帮忙。如果我在绞刑之前跑到耐心宫附近游荡，那就泡汤了。”

“什么泡汤了？”

“计划。”

“啊哈！你这傲慢无礼的阴影山小扒手，以为可以把我蒙在鼓里。什么计划？”

“偷尸体的计划。”

“嗯哼。有关这个计划，你还有什么可以告诉我的吗？”

“它妙极了。”

一名过路人往罐子里扔了枚钱币。洛克深施一礼，盲眼祭司冲那人所在的大致方向挥了挥手，锁链发出叮叮当当的声音。他高声叫道：“赐予您和您的孩子们五十年的健康，还有贱民之主的祝福！”

“本该是一百年，”那人走过去后，锁链嘟囔道，“但听声音像是半个铜子儿。好吧，你的绝妙计划。我知道你有大胆的计划，但还不敢确定你是否有绝妙的。”

“这个就是了。我保证。但我需要那些名字。”

“既然如此，那就这么着吧。”锁链说着往后一靠，伸了个懒腰，后背发出噼啪声响。老人满足得哼了一声：“我今晚就可以把名单交给你。”

“我还需要点钱。”

“啊。好的，我料到了。想用多少就从金库里拿，然后把数目记在账册上。但如果你拿这钱出去乱花……”

“我知道。铅锭、惨叫、死亡。”

“差不多吧。你这身量小了点，但我估计杰赛莉娜也能用你的尸首做上一两项研究。”

4

悔罪日是卡莫尔城执行绞刑的传统日期。每周都有一批愁眉苦脸的犯人，在祭司和卫兵的包围下被赶出耐心宫。正午便是行刑之时。

到了上午八点，宫中庭院里的官员们推开木质百叶窗，各就其位，准备开始对所有人叫喊“以公爵的名义，快滚开”，以此度过漫漫长日。三名穿兜帽长袍的佩里兰多侍僧拉着一辆手推车来到庭院，其中个头最小的孩子挤到头一个空闲的办事员面前，他瘦巴巴的小脸蛋也就勉强比办事员格间的柜面高一点。

这位办事员是个中年妇女，体型像一袋马铃薯，但也许不如马铃薯那么温和善良。“哦，这可真怪，”她说，“我能帮你什么忙?”

“有个人要被吊死，”洛克说，“就在今天中午。”

“你要不提，我还以为这是国家机密呢。”

“他叫安特里姆。人们叫他独手安特里姆，他只有……”

“一只手。对，他今天上吊。纵火、偷盗、跟奴隶贩子勾结。真是个妙人。”

“我想说的是，安特里姆有位妻子，”洛克说，“她有点事要办。是关于他的。”

“你们看，上诉日期已经过了。萨里丝、菲斯托和塔瑟利思在死刑令上盖了章。独手安特里姆现在属于莫甘蒂，随后将交给艾赞·基拉。事到如今，就连乞丐神的小可爱们也帮不了他的忙了。”

“我知道，”洛克说，“我没想帮他求得宽恕。他妻子并不在乎他是否被吊死。我来这儿是为了尸体。他妻子知道他活该被吊死，但想给他争取一个更公平的机会。您知道，是在永寂女士面前。所以她花钱让我们把尸体拉回佩里兰多神庙。我们可以点燃香烛，以佩里兰多的名义替他祈祷三天三夜。然后我们会把他埋了。”

“哦，这个问题吗，”办事员说，“尸体通常都会在一小时后解下来，扔进乞丐坟的地洞。他们根本不配，但这样做还算令人满意。一般来说，不是谁想要一具尸体，我们就交出一具。”

“我知道。我的师傅看不见东西，也不能离开神庙，不然他会亲自来跟您解释。但他跟前只有我们了。我应该说，他知道这会给您添麻烦。”洛克的小手出现在柜面边上，等它们缩回去后，一个小皮袋留在了办事员的计算板上。

“他考虑得可真周到。我们都知道老锁链神父有多虔诚。”办事员把袋子扫到柜台后面，摇了一下，它发出一阵叮当声，女人哼了一声。“但还是有点问题。”

“无论您能帮我们什么忙，我师傅都会感激不尽的。”又一个小袋出现在柜台上，办事员这次终于露出笑容。

“也不是完全没有可能，”她说，“当然，总还有些不确定因素。”

洛克变出第三个皮袋，办事员点点头。“我会跟绳索大师们说一声的，小家伙。”

“我们甚至拉来了自己的手推车，”洛克说，“我们不想造成任何麻烦。”

“我相信你们不会。”她的表情一度变得和蔼了几分，“我刚才提到乞丐神的那些话，没有任何恶意，孩子。”

“我也没听出恶意，夫人。毕竟那就是我们的处世之道。”洛克向她露出自己最惹人怜爱的笑容，“您不是刚刚把我所乞讨的东西交给我了吗，完全出于您善良的本意，跟金钱没有任何关系。”

“哦，我当然这么做了。”办事员冲他挤了挤眼。

“愿您和您的孩子们拥有二十年健康，”洛克说着鞠了一躬，暂时消失在柜面底下，“贱民之主祝福您。”

5

这是一场干净利索的绞刑，毕竟公爵的绳索大师们最大的优点就是经验丰富。这不是洛克见识过的第一场死刑，也不会是最后一场。他和桑赞兄弟甚至抓住机会，以恰当的祈祷仪式，替罪人们在临死前乞求佩里兰多的祝福。

黑桥两侧的交通因为死刑而被阻断。正午过后，一小群卫兵、祭司和旁观者仍聚集在周围。桥下的尸体在微风中扭摆，绳子吱嘎作响。洛克和桑赞兄弟拉着小推车，谦恭地站在一边。

黄号衣们最终开始在几位艾赞·基拉祭司的注视下，把尸体一具具拉上桥来。这些尸体被小心放置在由两匹黑马拉的货车上，车身覆盖着死亡女神教派黑银相间的幕布。最后被拉上来的尸体是一名瘦高男子，剃光头留长须，左臂只剩一截红彤彤皱巴巴的断肢。四名黄号衣把他的尸体抬到孩子们身边的手推车上。一位艾赞·基拉祭司跟他们一块走了过来，那张难以捉摸的银丝面具缓缓迫近时，洛克只觉得一阵凉意从后背蹿起。

“佩里兰多的小兄弟，”女祭司说，“你们要为这个男人祈祷些什么呢?”她的声音听起来很年轻，也许不过十五六岁。但在洛克眼中，这更加深了阴森沉郁的感觉。他发现自己的喉咙突然变得很干。

“我们为他乞求诸神能够给予的任何慈悲。”卡罗说。

“十二神的意旨并非吾辈可以揣度。”盖多接口道。

女祭司略微歪了歪头。“我听说这人的遗孀请你们在佩里兰多神庙举行一次葬礼，然后再让他入土为安。”

“她显然觉得这人有此需要，还请见谅。”卡罗说。

“这不是没有先例。但一般来说，丧亲之人都会请吾辈在女士面前替死者祷告。”

“我们的师傅，”洛克努力辩解道，“向那位可怜的女人，呃，作出了神圣的承诺，保证我们会予以关照。当然，我们、我们无意冒犯您或是至美女神，但我们要遵守诺言。”

“当然。我并不是说你们做错了什么。女士最终会权衡他的一生，在棺椁入土之前的所言所行。”她打了个手势，黄号衣们把尸体放进小车。其中一人展开一张廉价裹尸布，把它裹在安特里姆身上，只露出了秃脑壳。“永寂女士祝福你们和你们师傅。”

洛克和桑赞兄弟齐刷刷地深施一礼。女祭司脖子上的银丝麻花线表明她的地位远比普通侍僧要高。“贱民之主祝福您，”洛克说，“还有您的兄弟姐妹。”

桑赞兄弟在前面一人拉住一根扶杆，洛克则在后面推车，同时保证重心平衡。他很快就后悔自己选择了这个位置，绞刑让这人把屎拉在了裤子里，臭味直往外冒。他咬着牙，高声叫道：“回佩里兰多神庙，以最高的敬意!”

桑赞兄弟迈着沉重的步伐，拉着小车从黑桥西侧离开，然后往北一转，前往通向流动集市东区的宽阔矮桥。这样回家有点绕远，但还算不上可疑。在避开所有看到他们离开绞刑架的人之前，三个白袍男孩始终保持着这个方向。随后他们略微加快步伐（同时享受着死者带给他们的额外敬意，当然洛克不在此列，他还在下风处，忍受着车上的可怜虫生命中最后一次微不足道的行为)，往左一拐，走向通往福利亚区的桥梁。

下了桥后，三人转向南方，进入维德扎区。这座相对宽敞整洁的岛屿，由黄号衣们严密巡查，治安良好。在维德扎中心，是一个商人工匠云集的贸易广场，有许多看不起流动集市那份混乱嘈杂的知名商贩就居住在此。他们在自家精美老宅的底层经营买卖，这些房舍通常都新近涂过灰泥，木质框架也用石灰水刷白。根据传统，这里的瓷瓦屋顶五光十色，闪烁着毫无规律的明亮色彩，蓝紫交织，红绿杂陈，在炎热耀眼的阳光下熠熠生辉，让人眼花缭乱。

刚来到广场的北部入口，卡罗就从小推车旁迅速跑开，消失在人群之中。洛克嘟囔了两句充满感激的祷词，从后面走上来接替他的位置。安排妥当后，他们把这怪异的货物拉向安布鲁丝娜·斯特罗的店铺。她是卡莫尔城最好的蜡烛匠，也是公爵本人的供货商。

“如果说卡莫尔城里有那么一丁点真挚的友爱，”锁链曾这样说，“如果说存在那么个小地方，人们在提起佩里兰多的名号时并不掺杂轻蔑和惋惜，那说的就是维德扎区。商人都是吝啬鬼，手艺人总有很多事要操心，然而那些通过他们喜欢的行业赚取大量财富的人，很可能心情还算不错。作为平民百姓，他们得到了世上最好的生活。当然，只要咱们这种人别给他们捣乱就行。”

他们把车拉到斯特罗夫人的四层小楼门前，人们对他和盖多的态度，让洛克印象深刻。在这里，尸体经过时，商人和顾客都会低下头，许多人甚至以十二神的名义作出祝福手势：首先用双手碰触眼睛，然后是嘴唇，最后是心脏。

“亲爱的孩子们，”斯特罗夫人说，“这真是莫大的荣幸。你们肯定在执行一次不同寻常的任务。”她年纪很大，但身材苗条，跟洛克上午打过交道的办事员形成鲜明对比。斯特罗总给人一种殷勤有礼的感觉。她的举止态度从容得体，就好像这两个脸蛋绯红、长袍下大汗淋漓的小侍僧，是属于某个大教派的高阶祭司。就算她闻到了安特里姆裤子上那股臭味，也出于礼貌没有提及。

斯特罗夫人坐在店铺临街的窗户旁，头顶上那块厚重的木质遮阳篷晚上可以拉下来，把窗户封得严严实实，以求万无一失。这窗子大概有十尺宽五尺高，斯特罗夫人身边摆放着许多蜡烛，层层叠叠堆在一起，就像是座神话般的蜡制城市的房舍和塔楼。炼金灯盏早就取代了绝大部分廉价蜡烛，成为贵族和平民们的首选，仅剩的几个蜡烛工匠通过往产品中混杂各种甜美香味维持生意。除此以外，卡莫尔神庙和信徒们的仪式需求也不容忽视，他们普遍认为冰冷的玻璃灯盏无法满足这种需要。

“我们要为此人举行葬礼，”洛克说，“在入土前祈祷三天三夜。我的师傅想为这次仪式买些新蜡烛。”

“你是说老锁链？可怜的老好人。让我看看……你需要清洁空气所需的薰衣草，祝福用的秋血花，还有为至美女神准备的硫黄玫瑰？”

“是的，谢谢您。”洛克掏出一个不起眼的小皮袋，里面传出银币撞击的声响，“再要点不带香味的供奉烛。四种各来半打。”

斯特罗夫人小心取来这几种蜡烛，包在上蜡的麻布中（洛克刚要开口拒绝，她就说道：“这是我送给神庙的礼物，每种蜡烛或许还有多的。”）。洛克假意推辞几句，但老妇人包裹货物时，刚巧有那么几秒钟耳背。

洛克从钱袋里取出三梭伦（同时确保老妇人看到了躺在袋子里的另外十几枚银币），随即退出店门，以贱民之主的名义祝愿她和她的孩子们拥有整整一百年的健康。他把蜡烛包搁在车上，塞到裹尸布下面，就放在安特里姆那双死不瞑目的呆滞双眼旁边。

洛克刚刚绕到车前，回到盖多身边，一个身量较高、穿着破烂肮脏的孩子就跟他撞了个满怀，害他仰面摔倒。

“哦！”那孩子正是卡罗・桑赞，“万分抱歉！我真是笨手笨脚。来，让我扶你起来……”

他抓住洛克伸来的小手，把男孩拽了起来。“十二神！一位侍僧。请原谅，请原谅。我没看见您站在这儿。”卡罗关切地唠叨个不停，同时把泥土从洛克的白袍上掸掉，“您还好吗？”

“还好，还好。”

“请原谅我的笨拙，我无意冒犯。”

“没关系。谢谢你扶我起来。”

听到这话，卡罗假意鞠了一躬，随即跑进人群，转瞬之间便消失得无影无踪。洛克假装掸去身上的尘土，同时心中慢慢默数了三十秒。时间一到，他便突然坐到手推车旁，脑袋埋进手里，开始抽泣。没过多久，变为放声大哭。听到这个暗号，盖多连忙跑过来跪在洛克身边，一只手扶住他肩头。

“孩子们，”安布鲁丝娜·斯特罗说，“孩子们！出了什么事？你受伤了吗？那个呆子撞坏了什么东西？”

盖多贴着洛克的耳朵，作势嘟囔了几句；洛克也低声冲他嘟囔了两声，盖多立刻摆出伤心的架势。他抬起手揪住兜帽，完美地表现出灰心丧气的模样，双眼瞪得老大。“不，斯特罗夫人，”他说，“比那还糟。”

“更糟？这话什么意思？到底出了什么事？”

“银币，”洛克抽噎着说，同时抬起头让老妇人看清他脸上流淌的泪水和噘起的双唇，“他偷了我的钱袋。掏了我的包。”

“那是报酬，”盖多说，“这个男人的妻子给的。不光是买蜡烛的钱，还有他的葬仪，我们的祝福和他的葬礼。我们本该把钱和……”

“和尸、尸体一道带给锁链神父，”洛克高声叫道，“我让他失望了！”

“十二神啊，”老妇人嘟囔道，“那天杀的小畜生！”她从店铺的柜台窗口探出头来，以不可思议的力道高声喊着：“小偷！站住，小偷！”洛克又把脸埋进手里，斯特罗夫人扭头朝楼上叫道：“鲁克兰奇亚！”

“我在这儿，奶奶，”回话声从上方一个敞开的窗口传出，“小偷是怎么回事？”

“把你的兄弟们叫上，孩子。让他们下楼来，别忘了带上棍子！”她又扭头对洛克和盖多说：“别哭，亲爱的孩子们。别哭。我们总会把这件事解决的。”

“小偷是怎么回事？”一名瘦高条的警官跑了过来，手里握着警棍，黄外套在身后飘摆，另外两名黄号衣就跟在他身后。

“你可真是个称职的警卫啊，韦德里克。任由这些大锅区的小扒手摸到这儿来，在我店铺门口抢我的客人！”

“什么？在这儿？他们？”警官看着两个痛哭流涕的孩子、暴跳如雷的老妇人和那具尸体，他的眉毛似乎很想从额头上往下跳。“啊，这个……我是说，这个人死了……”

“他当然死了，榆木脑袋。这些孩子正要把他带回佩里兰多神庙，进行祝福和葬礼仪式！钱袋却被那小偷抢走了，那位寡妇的报酬都在里面！”

“有人抢了佩里兰多的侍僧？这些帮助盲眼祭司的孩子们？”一个脸色红润的男人晃了过来，他肚子大得离谱，双下巴多出足足一大圈，左手拿着手杖，右手擎着把样子骇人的短斧。“真是厚颜无耻的混账小杂种！如此恶行！居然发生在维德扎区，还是光天化日之下！”

“抱歉，”洛克哭泣着说，“万分抱歉。我没注意……我应该握得更牢，我真没注意……他动作太快了……”

“胡说，孩子，这根本不是你的错。”斯特罗夫人说。那名警官开始吹哨，拿手杖的胖男人继续喝骂，两个年轻人从斯特罗家后面跑了出来，手里拿着包有黄铜的弯头短棒。他们连珠炮似的吐出一串喝骂，直到确认祖母毫发无伤才歇了口气。等他们搞清事情的来龙去脉，也叫嚷起各种恐吓、诅咒和报复的誓言。

“给，”斯特罗夫人说，“给，孩子们。蜡烛算我的礼物。这种事不该发生在维德扎区。我们绝对不能容忍。”她把洛克给她的三梭伦重新放到柜台上。“那袋里有多少钱？”

“在我们买蜡烛前是十五梭伦，”盖多说，“所以有十二枚被偷了。锁链会把我们扔出教会。”

围拢在她门口的人越聚越多。“别傻了。”斯特罗夫人说着又添了两枚银币。

“一点没错，”胖男人叫道，“我们不能让那小恶魔给我们抹黑！斯特罗夫人，你出了多少钱？我会出更多！”

“天杀的，你这头自私的老猪猡，这又不是在攀比炫耀……”

“我会给你们一篮橘子，”人群中有个女人说，“给你们和盲眼祭司。”

“我有枚梭伦可以给你们。”另一名商人从人群中挤出来，手里拿着银币。

“韦德里克！”斯特罗夫人不再跟那位富态的邻居争吵，转头对警官说，“韦德里克，这是你的错！往少了说，你也欠这些侍僧几枚铜板！”

“我的错？您听我说……”

“不，你听我说！以后人们提起维德扎区，就会说，‘啊，就是有人抢劫祭司的地方，对吧？就是有人袭击无依无靠的佩里兰多侍僧们的地方！’十二神在上！就像引火区！甚至更糟！”她说着啐了口唾沫，“你得拿出点东西作为补偿，不然我就告到你的长官那儿去，你就等着被扔去划粪船吧，直到你头发变白，牙齿连根掉落！”

那警官扮着苦相，掏出钱包，走上前来。但两个男孩周围已经聚了不少人。人们把他俩扶起来，轻轻拍打着洛克的后背以示安慰，次数多得数都数不清。他俩被钱币、水果和小礼物埋在当中，一位商人把大额硬币放进大衣口袋后，将钱包送给了他们。洛克和盖多装出真实可信的困惑和惊奇的表情。每当有礼物递过来时，他们都尽力推辞，至少在表面上做足了功夫。

6

午后四点，独手安特里姆的尸体终于安全放入佩里兰多神庙潮湿的圣堂。三名白袍男孩（卡罗在神庙区边界附近安然无恙地同他们会合）走下门阶，坐在神父身边。锁链就坐在老地方，一条粗壮的胳膊搭在铜钱罐的罐口上。

“那么，”他说，“孩子们。杰赛莉娜会因为救了我的命而后悔吗？”

“根本不会。”洛克说。

“这尸体棒极了。”卡罗说。

“就是有点臭。”盖多说。

“除此以外，”卡罗说，“这尸体美妙绝伦。”

“中午吊死的，”洛克说，“还很新鲜。”

“我很满意。特别特别满意。但我必须问一句，过去半小时内，那些男男女女拼命往我的罐子里扔钱，说什么他们‘为维德扎区发生的那件事表示遗憾’，这到底是怎么回事?”

“因为他们为维德扎区发生的那件事表示遗憾。”盖多说。

“没有被烧毁的酒馆，我以恩主的名义发誓。”洛克说。

“你们这些孩子，”锁链一字一顿道，就好像在跟犯了错的宠物说话，“把尸体放进神庙之前，到底拿它干了什么?”

“挣钱，”洛克把商人送他的钱袋扔进罐子，里面传出沉闷的声响，“准确地说，是二十三梭伦三铜板。”

“还有一篮橘子。”卡罗说。

“一包蜡烛，”盖多补充道，“两条黑胡椒面包，一蜡盒淡啤酒，外加几个灯球。”

锁链沉默片刻，接着低头看向罐子。他假装是在调整蒙眼布，但其实是把它往上拉了一点。卡罗和盖多咯咯笑个不停，开始向锁链讲述洛克在他们的帮助下计划并执行这个骗局的大致情况。

“干脆用他妈的钩竿把我捅死算了，”锁链听他们讲完后说道，“拉莫瑞，我可不记得跟你说过，你的链子长到可以玩见鬼的街头表演。”

“我们必须想法儿把钱挣回来，”洛克说，“为了从耐心宫搞来这具尸体，花了我们十五银币。现在都赚回来了，还外加蜡烛、啤酒和面包。”

“橘子。”卡罗说。

“还有灯球，”盖多说，“别忘了那些东西，挺漂亮的。”

“诡诈看护人啊，”锁链说，“今天早上我还有种幻觉，以为是我在教育你们。”

他们就这样气氛融洽地坐了半晌，谁都没有说话，直到太阳慢慢向西方下落，悠长的黑影开始爬上城市的面容。

“算了，见鬼去吧。”锁链晃了晃身上的镣铐，保证血液循环，“我会取回你们花掉的部分。至于剩下的，卡罗，你和盖多可以一人拿一梭伦，随你们怎么花。洛克，其余都归你，可以支付你的……债务。这钱是老老实实偷来的。”

就在这时，有个穿叶绿色外套、戴四角帽的男人走向神庙门阶。这位衣着考究的先生将一把钱扔进罐子，从那阵噼啪声判断，像是银币铜币兼而有之。那人冲三个男孩抬了抬帽子：“我是从维德扎区来的。我想让诸位知道，此事让我义愤填膺。”

“愿您和您的孩子们拥有一百年的健康，”洛克说，“贱民之主祝福您。”

第五章
灰　王

1

“卢卡斯，你似乎转眼间就把我们那一大笔钱快花光了。”堂娜·索菲娅·萨尔瓦拉说。

“咱们简直是有如神助，堂娜·索菲娅。”洛克微微笑道。这笑不露齿的表情，如果换成别人，多半会被当成疼痛导致的面部扭曲，但以费尔怀特的标准来说，却是极大的突破。“一切都以最令人满意的速度运行。船只、人手和货物都在筹办。用不了多久，我们就可以把您短途旅行用的衣服收拾好，准备上路了。”

“当然，当然。”她是不是有黑眼圈了？她的态度是否稍显戒备？她肯定有点紧张。洛克提醒自己别把堂娜逼得太狠太急。这就像一场优雅的舞蹈，他用设计好的台词和笑容与堂娜·索菲娅周旋——她知道洛克是个骗子，却不知道他知道她知道。

索菲娅不易察觉地叹了口气，把私人印章盖在面前那张文书底部尚未凝固的蓝色蜡团上，又拿起笔在蜡印下方龙飞凤舞地签上自己的名字。这几年来，在有文化的贵族圈子里，流行起了用弯弯扭扭的瑟林文签字的风尚。“如果您说今天需要额外的四千克朗，那就是四千。”

“我对此表示最诚挚的谢意，尊贵的夫人。”

“哦，您肯定很快就会作出补偿。”她说，“如果咱们的希望成真，那就是许多倍的补偿。”她说完这话不禁莞尔一笑，把新鲜出炉的本票递给洛克，眼角露出货真价实的笑纹。

啊哈，洛克心想，**好极了。肥羊越是自以为一切尽在掌握，就越容易被真正玩弄于股掌**。锁链神父的另一条座右铭，已经通过洛克的实践经验，得到了无数次证明。

“等您丈夫从城里办完事回来，请替我向他致以最诚挚的问候，夫人。”洛克说着接过蜡印文书，“那么，我现在恐怕必须去找几个人谈谈……某些不会出现在任何官方账册上的报酬问题。”

“当然。我可以理解。孔戴会带您出去。”

这位态度生硬饱经风霜的老兵脸色有几分苍白。另外，虽然并不明显，但洛克还是看出他走起路来的确有点蹒跚。没错……这可怜虫的身体显然有一定程度的瘀伤。回想起那天晚上的经历，洛克的肚子也不由自主地一阵翻腾。

“我说，孔戴，”他礼貌地说，“你感觉还好吗？你似乎……请原谅我这么说……这两天有点不太对劲。”

“我没有大碍，费尔怀特先生。”老兵双唇的线条稍有几分僵硬，“也许有点感冒。”

“不严重吧？”

“可能是轻度疟疾热。每年这个季节都有可能流行。”

“啊。卡莫尔城古怪气候的另一个小把戏。我倒还没得过这种病。”

“哦，”孔戴毫不动容，“那您要多加小心了，费尔怀特先生。卡莫尔是个暗藏杀机的城市，危险常常来自**出人意料**的地方。”

啊哈哈，洛克心想，他们也给孔戴透了口风。而且老兵的自尊心至少跟索菲娅旗鼓相当，甚至胆敢抛出恐吓的暗示。值得注意。

“我就是谨小慎微的代名词，亲爱的孔戴。”走到萨尔瓦拉大宅的正门时，洛克把本票塞进黑腰带，又正了正蓬松的颈巾。“我的房间总是保持照明良好，以驱避瘴气。而且伪光之后，我只戴铜首饰。至于您得的那种疟疾热，我敢打赌，只要在海上待一两天，就能彻底痊愈。”

“毫无疑问，”孔戴说，“旅程。我时刻盼望着……这段旅程。”

“那咱们就想到一块去了！”洛克等孔戴为自己打开铁框玻璃面大门，走入伪光下的潮湿空气中，他动作僵硬、但态度殷勤地点了点头，“我明天会为你的健康祈祷，我的好伙计。”

“您真是太客气了，费尔怀特先生！”老兵有意无意地把左手放在一柄短刃的刀柄上，“我肯定会念上几段跟您有关的祷告。”

2

洛克迈着轻松自在的步伐向南走去，经由杜罗纳岛，进入他和卡罗几天前曾到过的双银绿地。刽子手风比平时更强，城中熠熠生辉的祖灵玻璃播撒下淡色光芒。他走在公园中，树叶间传来簌簌飒飒的声音，仿佛周遭草木间隐藏着众多巨兽，正发出声声叹息。

半个星期搞到一万七千克朗，堂·萨尔瓦拉骗局比原计划顺利得多。他们本来预计需要两周时间，才能从初次接触过渡到最终抽身。洛克相信自己还能绝对安全地从堂手里再诈出一笔……把总额增加到两万二或两万三，然后立刻消失。全体销声匿迹，轻轻松松地躲上几周，随时保持警惕，等灰王这烂摊子自行了结。

与此同时，洛克还需要克服另一个难关，说服巴萨维大佬把他和纳丝卡拆开，而且还不能逆了老人家的龙鳞。洛克叹了口气。

伪光消散，真夜降临。这光芒从来不会渐渐暗淡，倒更像是大潮退去。它会从玻璃中迅速撤离，好似由一名吝啬的放债人收回贷款。黑影变宽、加深，整个公园最终都被它们一口吞没。点缀在树木间的祖母绿色灯盏闪烁几下，最终放亮，光芒柔和诡异，有种放松身心的奇特作用。它们提供了足够的光亮，让人能够看清在树木篱笆间蜿蜒穿行的碎石路。洛克感觉体内绷紧的弹簧也放松了很多。他倾听着脚步踩在砂砾上发出的微微轻响，突然惊奇地发现自己被某种近乎满足的危险情绪所裹挟。

他精力充沛，他富可敌国；他已经下定决心，面对威胁绅士盗贼团的麻烦，始终不会畏缩逃避。此时此刻，在八万八千人之中，在卡莫尔城的贸易体系、社会构架和嘈杂喧闹永不休止的噪声之中，只有他一个人站在双银绿地轻轻摇摆的林木之间。

独自一人。

洛克觉得后脖颈上寒毛倒竖。这种古老冰冷的恐惧，所有在街上长大的孤儿都无法摆脱的伴侣，突然在他体内复活了。这是个夏日夜晚，他站在城中最安全的公园双银绿地。这里随时都有两三队黄号衣，用长竿挑着夜灯在巡逻。常有豪商巨贾的公子小姐们在此散步，有时人数多到近乎可笑，他们会手牵着手，拍打着蚊虫，寻找树荫篱障之类隐秘所在。

洛克迅速环顾四周，观察着崎岖蜿蜒的小径。的确就他一个人。除了树叶的叹息和蚊虫的嗡鸣再无其他声响。他听不到任何话语和脚步声。洛克一抖左臂，把一柄黑刃小剑从袖子里甩出，剑柄朝下落入掌中。他把武器贴在胳膊上，以防任何人看到，随后快步走向公园南门。

一团雾气渐渐升起，仿佛周围的植物在向夜幕喷吐灰色蒸汽。尽管空气温暖闷湿，洛克还是打了个哆嗦。薄雾是很自然的东西，不是吗？卡莫尔城每三天中就得有两个晚上被这玩意笼罩，有时你连自己的鼻子尖都找不到。但为什么……

公园南门。他站在公园南门前，注视着一座浓雾弥漫的桥梁上空无人烟的碎石路。这座桥是祖灵拱桥，桥上的红色灯盏在雾气中放射出阴森柔光。

祖灵拱桥明明是通向北方的杜罗纳岛。

他不知为何绕了回来。这怎么可能？洛克的心跳无比狂乱，是……堂娜·索菲娅！那狡猾诡诈的臭婊子，她肯定做了什么手脚……在本票上撒了点危险的炼金药物。墨水？蜡印？是那种毒药吗，在发作前先令他感官混乱？还是其他旨在让他生病的药剂？这是可以暂时令她心满意足，又很容易撇清干系的小小报复吗？洛克想掏出本票，但手却没能伸进大衣内袋里去，他意识到自己的动作过于缓慢笨拙，眼下的混乱状态不全是幻觉。

树丛中突然闪出两道人影。

一个在左，一个在右……祖灵拱桥消失了。洛克重又站在崎岖小径中，凝视着那一片黑暗，只有些许祖母绿灯光点缀其间。他深吸口气，伏下身，举起短剑，只觉头晕目眩。那些人穿着斗篷，从两侧逼了过来。砂石路上响起一阵脚步声，但不是他的。弩弓的黑影，背光的人形……他的脑袋发晕。

"荆刺阁下，"一个男人的声音传来，沉闷而遥远，"我们想耽误您一个小时。"

"诡诈看护人啊。"洛克倒吸一口冷气，但此时就连树木暗淡的色彩也从视野间消失，夜幕归于纯粹的黑暗。

3

洛克醒来后，发现自己已然坐了起来。这是种奇怪的感觉。他过去也曾从伤势或药物造成的昏厥中醒来，但这次不一样。似乎有人把他的感官意识重新启动，就像学者打开了维拉水钟的龙头，让机械开始运转。

他身处一家旅店的大堂，坐在桌旁的椅子上。他能看到吧台、壁炉，以及其他桌椅，但这地方阴森湿冷，空无一人，泛着一股尘土和发霉的味道。跃动的橘色灯光从他身后洒来，那是一盏油灯。油腻腻的窗户被薄雾笼罩，将光线禁锢在房间中，洛克无法透过窗子看到外面的任何景象。

"你背后有张弩弓。"一个声音在他身后几米处响起，这声音优雅动听，显然受过良好教育。无疑是卡莫尔口音，但某些腔调略有偏差。一位旅居异乡的卡莫尔人？他从没听过这个声音。"荆刺阁下。"

洛克只觉根根冰柱在脊椎凝结。他疯狂梳理着自己的记忆，试图想起在公园里的最后几秒钟，是不是有个人也这么叫了他一声？洛克咽了口唾沫。“你为何这么叫我？我叫卢卡斯·费尔怀特。我是安伯兰公民，为贝尔·奥斯特家族工作。”

“我可以相信你，荆刺阁下。你的口音很有说服力，而你自愿忍受黑绒衣的忘我精神简直堪称英雄气概。堂·洛伦佐和堂娜·索菲娅完全相信卢卡斯·费尔怀特的存在，直到你亲自为他们打消了这个念头。”

不是巴萨维，洛克绝望地想到。不可能是他……如果巴萨维发现了实情，会亲自进行审讯。他会在浮坟中心审问洛克，给每个绅士盗贼分配一根柱子，让慈悲圣人把包里的每柄尖刀磨得闪闪发亮。

“我叫卢卡斯·费尔怀特，”洛克坚持说，“我不明白你想干什么，也不知道我怎么到了这儿。你把格劳曼怎么样了？他还好吗？”

“如你所知，”那人说，“金·坦纳完好无缺。你把那枚愚蠢的徽章塞在黑斗篷里，走进堂·萨尔瓦拉的书房时，我真想凑过去仔细瞧瞧。你完全摧毁了他对卢卡斯·费尔怀特的信心，就像一位父亲温柔地告诉孩子们说，世上根本没有仙灵这种东西！你是位艺术家，荆刺阁下。”

“我已经跟你说过了，我叫卢卡斯，卢卡斯·费尔怀特。而且……”

“如果你再跟我说一遍你叫卢卡斯·费尔怀特，我就要用弩箭在你的左臂上穿个洞。我无意杀你，只想在你的生活中添点小麻烦。一个漂亮的大洞，也许断根骨头什么的。毁了你这件漂亮衣服，也许会让那张可爱的本票沾满鲜血。梅拉乔银行的办事员们肯定想听听你对此作何解释，不是吗？本票如果沾上了血污，那可扎眼得很。”

洛克沉默不语。

“当然咱们没必要这样做，洛克。你肯定已经意识到我不是巴萨维的人。”

十三神，洛克心想，我到底是什么地方犯了错误？如果这人说的是实话，如果他不是为巴萨维大佬工作，那就只有一个可能。真正的蜘蛛。真正的午夜人。洛克使用伪造徽章的事已经被上报了吗？塔里沙玛的造假者决定赚点额外利润，所以向公爵的秘密警察部队吹了风？这是最有可能的解释。

“转过身。慢慢来。”

洛克从椅子上站起来，缓缓转身，同时轻轻咬住舌头，生怕自己会惊讶地叫出声来。

那人坐在他对面的桌子旁，看不出具体岁数，只能说是在三十到五十之间。他身材瘦削四肢修长，鬓角有些发灰，面目中卡莫尔人的特征十分明显，皮肤被阳光晒成了深深的橄榄色，高鬓角高颧骨高鼻梁。

此人身穿灰色丝质衬衣，外面套着灰色皮质大衣。斗篷和披风是灰的，吊在脑袋后面的兜帽也一样。他双手优雅地叠放在身前，戴着灰色剑客手套，饱经风霜的小山羊皮因为长期使用早已布满皱褶。此人有双猎人的眼睛，冰冷、沉稳，随时随地在审时度势。橘色火光在他黑色的瞳仁中闪烁，有一瞬间，洛克感觉自己看到的并非灯盏倒影，而是在那人双眸之后燃烧的黑色火光。他禁不住打了个哆嗦。

“是你。”洛克放弃了卢卡斯·费尔怀特的口音，轻声说道。

“还能有谁，”灰王说，“我讨厌这身虚矫作态的服装，但它还是有必要的。在所有卡莫尔人中，你肯定对此最为了解，荆刺阁下。”

“我不明白你为什么要这样叫我，”洛克尽可能不引人注意地移动着重心，察觉到另一侧袖子里第二柄短剑的分量，心里略感安慰，“我也没看到你所说的弩弓。”

“我说了是在你背后。”灰王露出令人迷惑的微笑，冲房间对面打了个手势。洛克小心翼翼地转过头去。

有个人站在对面墙根底下，就是洛克几秒钟前注视的地方。此人身披斗篷，头戴兜帽，肩膀宽阔。他懒洋洋地靠在墙上，臂弯里架着一柄上弦的弩弓，箭尖随随便便地指向洛克的胸膛。

“我……”洛克转回头，但灰王已经不在桌旁。他站在洛克左边无人使用的吧台后面，距离那张桌子十几步远。桌上的灯盏纹丝未动，洛克看到他脸上挂着微笑。“这不可能。”

“当然有可能了，荆刺阁下。仔细想想。可供选择的答案寥寥无几。”

灰王左手一挥，感觉就像是在擦窗户。洛克回头瞥了一眼，发现弩手再度消失。

“哦，他妈的，”洛克说，“你是个盟契法师。”

“不，”灰王说，“和你一样，我也没有这份本领。但我雇了一位盟契法师。”他指了指刚才所坐的桌子。

洛克的感官并未察觉到任何突如其来的变化，但有个显然不到三十岁的消瘦男子已坐在那里。他的下巴和面颊上长着些许绒毛，发际线已经迅速向后退去，目光中闪烁着饶有兴趣的神情。洛克立即从他身上看出那种从容不迫的威仪——大多数世袭蓝血贵族都会把这种姿态当成第二层皮肤穿在身上。

他穿着极其考究的灰色外衣，袖口处点缀着花哨的红丝线，左腕裸露的皮肤上有三道黑文身，右手戴着十分厚实的皮护具，上面停着一只老鹰。这是洛克平生所见的最凶猛的猎鹰，锐利的目光直勾勾地盯着他，就好像他不过是只自以为是、充满幻想的田鼠。猛禽金色的眼瞳中有些微小黑点，弯曲的鸟喙锋利如刀。棕色和灰色交杂的羽翼顺滑地叠在体侧，它的爪子——它的爪子是怎么回事？后爪又大又宽，形状有点怪异。

“我的伙伴，驯鹰人，”灰王说，“卡泰因的盟契法师。我的盟契法师。解决很多很多问题的关键。现在咱们就算彼此引见过了，来谈谈我希望你替我做的事吧。”

4

“你可千万别惹他们。”多年之前，锁链曾这样对他说。

“为什么？”洛克那时才十二三岁，正是这辈子最自负的时段，这足以说明一些问题。

“我发现你又没好好学你的历史课。我会多给你安排些书读。”锁链叹道，“卡泰因的盟契法师是大陆上仅有的巫师，因为他们不允许其他人学习这项技艺。”

“没人反抗吗？没人奋起反击，或是偷偷学习吗？”

“当然有了，到处都是。但只有两个、五个或是十个隐居的巫师，又如何能够对抗控制着一座城邦的四百名盟契法师呢？与他们对待外人或是变节者的方式相比……巴萨维大佬善良得就像个佩里兰多祭司。他们绝对狠毒，绝对残忍，绝对无可匹敌。他们已经取得了想要的垄断权。谁也不敢忤逆盟契法师，私藏其他巫师。谁也不敢。包括七髓的国王。”

“真奇怪，”洛克说，“那他们还自称是盟契法师。”

“这叫低调。我想这让他们觉得很好笑。盟契法师为他们的服务设定了荒唐的价格，已经不像是雇佣工作，更像是对顾客开了个残忍的玩笑。”

“荒唐的价格？”

“学徒是每天五百克朗。刚出师的要花掉你一千。他们用手腕上的文身表示阶级，你看到的黑环越多，就越要礼貌小心。”

“每天一千克朗？”

“你现在明白为何他们不是遍地开花了吧，盟契法师不会在每个有笔小钱可以挥霍的君王、贵族和小军阀驾前称臣。即便处于战争状态，或是其他紧要关头，他们也只提供短期服务。如果你遇到一位盟契法师，那就可以肯定委托人花这笔钱，是让他们完成重要使命。”

“他们是打哪儿来的?”

“卡泰因。”

“哈哈。我是说他们的行会。他们的垄断权。”

“这很简单。有天晚上，一名强大的巫师敲响了一名不那么强大的巫师的门。‘我要筹办一个垄断行会，’他说，‘立刻加入，不然我就当场把你从这双该死的靴子里轰飞。’所以按照常理，第二名巫师说……”

“你知道，我早就想加入一个行会了!”

“没错。这两人一起去找第三名巫师。‘加入行会，’他们说，‘或者跟我们两个人战斗，二对一。就在这儿，就现在。’如此反复，直到三四百名行会成员敲响了最后一位独立法师的家门。在此之前，所有说‘不’的人都死了。”

“他们肯定有弱点。”洛克说。

“他们当然有弱点，孩子。他们也是肉体凡胎，就跟你我一样。他们吃饭，他们拉屎，他们衰老，他们死亡。但他们就像见鬼的大黄蜂，你惹到其中一只，其他的就会出来把你扎成筛子。愿十三神怜悯所有杀过盟契法师的人，无论他们有意还是无意。”

“为什么?”

“这是他们行会中最古老的规则，绝无例外的规则。你杀死一名盟契法师，行会的所有成员都扔下手边的事情，向你扑来。他们会动用所需的一切手段把你找出来。他们杀死你的朋友，你的家人，你的同伴。他们烧了你的房子。他们毁掉你所建造的一切。在他们最终让你咽气之前，会保证你知道自己的血脉已经从大地上抹去，连根带叶。”

“所以谁也不能跟他们作对?”

“哦，你可以跟他们作对，这没关系。如果你跟一名盟契法师有了矛盾，那可以试着反抗，只要你觉得值得。但如果你走到了要杀他的地步，哦，那不值，自杀还更可取些——至少到时候他们不会杀光你爱过的、信任过的所有人。”

“哇。”

“没错，”锁链摇摇头，“巫术的确厉害，但却是他们这条该死的规矩，让盟契法师变得如此骇人。所以说，如果你发现自己正面对其中一位巫师，那就赶紧鞠躬，拍他的马屁，称呼里别忘了加上‘先生’或者‘女士’。”

5

“鸟不错啊，小杂种。”洛克说。

盟契法师冷冷地瞪着他，似乎有点摸不着头脑。

“这么说来，谁都找不到灰王，就是因为你了。所有克朗帮帮众都不记得高个儿泰索被钉在墙上时自己正做些什么，也是因为你了。”

猎鹰尖啸一声，洛克不禁浑身一缩。猛禽将满腔怒火表达得极为充分，这不仅是一只鸟激动的叫声……更有几分人类的感觉。洛克扬了扬眉。

“我的宠物不喜欢你说话的腔调，”驯鹰人说，“我知道她的判断从未有失。我会注意你的语气。”

“你的老板想让我替他办点事，”洛克说，“这就意味着我必须保持有用的状态，也就意味着我跟他那操蛋卡泰因仆人说话时用什么腔调都无关紧要。你杀死的帮主中，有几个人是我的朋友。我陷进了一桩见鬼的包办婚姻，也是因为你！所以吃大麻拉绳子去吧，盟契法师！”

猎鹰尖啸一声，从主人手上腾身而起。洛克扬起左臂挡住面门，那只鸟撞上来，利爪刺透洛克大衣袖口的丝绒。猛禽钳住洛克的胳膊，令他痛苦万分，同时扑打着翅膀保持身体平衡。洛克惨叫着扬起左拳，准备击打过去。

“这一拳下去，”驯鹰人说，“你就死定了。仔细看看我这只宠物的爪子。”

洛克咬着腮帮子抵御疼痛，朝鸟爪定睛观瞧。那生物的后爪根本就不是爪子，更像是个光滑的弯勾，最终收敛到针尖般锐利。它的小腿上有些奇怪的液囊，就算洛克对猎鹰的了解极为有限，也能看出这完全不对劲。

灰王说：“维斯崔思是一只蝎鹰。一只混种动物，由炼金术和魔法造就。盟契法师们曾制造过很多类似的东西来取乐。她不仅有爪子，还有刺。如果她对你失去耐心，那么在你倒地咽气之前，估计顶多能再走十步。”

洛克发出痛苦的呻吟，任由鲜血从胳膊上滴落。猎鹰用喙不断啄他，显然是乐在其中。

“好了，”灰王说，“咱们都已经是成年人和成年鸟了，不是吗？有用是个相对状态，洛克。我可不想被迫再次向你展示，它的相对性有多强。”

“我道歉，”洛克咬着牙说，“维斯崔思是只又漂亮又有说服力的小鸟。”

驯鹰人什么也没说，但维斯崔思松开了洛克的左臂，释放出新一轮的痛感。洛克抓住满是血污的绒料袖子，按摩着下面的伤口。维斯崔思飞回主人的手套上，仍旧盯着洛克。

“我刚才不是说过吗，驯鹰人？”灰王冲洛克露齿一笑，“咱们的荆刺知道该如何恢复平常心。两分钟前他还惊惧得无法思考，现在已经在讥讽咱们，而且肯定正琢磨着如何脱身。”

“我不明白，”洛克说，“你为何老是叫我荆刺。”

“你当然明白，”灰王说，“下面这番话我不想说第二遍，洛克。我知道你在佩里兰多神庙底下的小地窖。你的金库。你的财富。我知道你从来不干什么夜盗的勾当，这话你只能用来搪塞其他正派人。我知道你破坏了秘密和约，用精巧完美的计划诓骗那些不知轻重的贵族，而且我知道你很在行。我知道有关卡莫尔荆刺的可笑谣言不是你传出来的。但你我都很清楚，说到底它们指的就是你那些壮举。最重要的是，我很清楚如果把这些事捅给巴萨维大佬，那他会对你和所有绅士盗贼用些非常有趣的手段。”

“哦，得了吧，”洛克说，“你根本不可能有机会在他耳旁吹风，他更不会把你的话当真。”

“要在他耳旁吹风的人不是我，”灰王笑着说，“如果你把我交给你的任务搞砸了，自有跟他亲近的人替我吹风。我想我已经把话说得很清楚了。”

洛克瞪着灰王看了几秒钟，随即叹了口气，将椅子转过来，慢慢坐下身，把受伤的胳膊靠在椅背上。“我明白你的意思了。那么交换条件是什么?”

“交换条件如下：只要你完成我的任务，我就保证巴萨维大佬不会听到任何风声，不会知道你和你那些密友们经过周详设计的双重身份。”

“那么，”洛克缓缓说道，“只能如此了。”

“除了雇佣盟契法师以外，我可以说是个勤俭持家的人，洛克。”灰王抱着胳膊，从吧台后面走了出来，“你的报酬是性命，不是金钱。”

“任务是什么?”

“一次简单明了的骗局，”灰王说，“我要你变成我。”

“我，呃，不太明白。”

“结束这场影子游戏的时机已经到了。巴萨维和我需要面对面详谈。我很快就要跟大佬安排一次秘密谈判，一次会让他离开浮坟的谈判。”

“成功的机会还真大啊。”

“在这一点上，你必须相信我。他眼下的困境是我一手造成的。我向你保证，我知道该如何把他从那浸水的要塞里勾出来。但要和他谈判的人不是我，而是你，卡莫尔荆刺。这座城市有史以来最伟大的伶人。你扮装成我的样子，就一个晚上。一次精湛的演出。”

“一次御前演出。为什么要这样做?”

“那时我要去别的地方。这场谈判只是大计划的一部分。”

“巴萨维大佬和他的所有家人都认识我!”

“你已经让萨尔瓦拉夫妇相信你是截然不同的两个人，而且是在同一天。我会告诉你我想让你说些什么，还会给你提供一套合适的衣装。凭借你的技巧和我从未抛头露面的事实，谁都不会意识到你插手此事，更不知道你不是真的灰王。”

“有趣的计划。有种，这一点很吸引人。但你肯定意识到了，大佬会用十几支弩箭射入我的胸膛，作为会谈的开场，”洛克说，“到时候我会变得很难看。”

“不成问题。你会得到妥善保护，不受大佬这些惯常愚行的侵害。我会派驯鹰人跟你一起去。”

洛克扭头看了盟契法师一眼，那人故意装出宽宏大度的样子，冲他露出微笑。

“难道你真的以为，”灰王继续说，“如果你手中的任何武器能碰到我的身体，我还会让你把另一柄短剑留在袖子里吗？试着砍我一刀。如果你想要的话，借一两张弩弓也无妨。弩箭根本没用。等你跟大佬见面时，同样的保护措施会加持在你身上。”

“这么说是真的喽，”洛克说，“那些故事不只是故事。你的宠物法师给你的能力，不只是让我感觉脑袋晕得好像喝了一夜酒。”

“是的。而且这些故事是我的人传出去的，目的只有一个——我要让巴萨维大佬的手下一看见我就心惊肉跳，等到你跟大佬面谈时，他们才不敢靠近。毕竟我有能力靠碰触杀人，”灰王笑着说，“等你变成了我，你也会有这个能力。”

洛克皱起眉头。这个笑容，这张脸……灰王似乎有点眼熟。虽然没有任何明显的证据，但洛克一看到他就感觉似曾相识。洛克清了清嗓子。

“您真是太体贴了。等我办完这件差事，又该如何?”

“分道扬镳，”灰王说，“你做你的生意，我干我的买卖。”

“我觉得这话有点难以置信。”

“你会活着从巴萨维面前离开，洛克。不要担心之后的事。我向你保证没有你想象的那么糟。如果我只想暗杀他，那早就成功了，你说是吗?”

“你杀了他手下七名帮主，你让他把自己锁在浮坟里好几个月，没有我想象的那么糟？泰索死后，他杀了八个克朗帮的人。不见到你的鲜血，他是不会罢休的。”

“巴萨维的确把自己锁在了浮坟里，洛克。如我刚才所说，你必须相信我有解决这个问题的能力。大佬会被迫同意我向他提出的要求，我们会一劳永逸地解决卡莫尔城的问题，让所有人满意。”

“我早料到你很危险，”洛克说，“但没想到你居然发了疯。”

“你想怎么解释我的行为都行，洛克，只要你按我的要求办事就成。”

“事实证明，”洛克酸酸地说，“我别无选择。”

“这很正常。咱们就算说定了？你会替我完成这个任务?”

“你会告诉我想跟巴萨维大佬说些什么?”

“是的。”

“还有一个条件。”

“哦?”

“如果我替你办这件事，”洛克说，“就需要个能够随时与你联系的方法，或者至少能给你传个消息。没准会出现一些紧急事态，等不及你耀武扬威地凭空出现。”

“这不可能。”灰王说。

“这是必要条件。你想不想让我成功完成这个任务?”

“好吧，”灰王点点头，“驯鹰人。”

驯鹰人从椅子上站了起来，维斯崔思始终盯着洛克的双眼。盟契法师把右手伸进大衣，掏出一根蜡烛。这是根纤细的白色蜡烛，有条古怪的猩红色斑痕盘绕其上。“找个隐秘的地方，”法师说，“独自点燃它。你必须保证绝对是一个人。说出我的名字，我就会听到，并且立刻赶来。”

“多谢。”洛克用右手接过蜡烛，塞进自己的大衣，“驯鹰人，挺好记的。”

维斯崔思张开嘴，但没发出声音。它又猛地把嘴合上，冲他眨了眨眼。打呵欠？鸟类版的嘲笑？

“我会盯着你的，”盟契法师说，“维斯崔思能体察到我的感受，我也会看到她所见的一切。”

“这能解释不少问题。”洛克说。

“如果咱们说定了，”灰王说，“那这里的任务就算告一段落。我还有别的事要做，而且今晚必须完成。多谢你，荆刺阁下，为了可以预见的原因。”

“这话是拿弩弓的人说给拿钱袋的人听的。”洛克站起身把左手揣进大衣口袋，他的小臂还在阵阵抽痛，“那么这次面谈会安排在什么时候？”

“三天后的晚上，”灰王说，“我想应该不会干扰到你的堂·萨尔瓦拉游戏。”

“我不认为你会在乎这件事，但的确没有。”

“那么再好不过了。让我们把你送回去办自己的事吧。”

“你不会又要……”

为时已晚，驯鹰人已经用右手画出符记，同时开启双唇吐出咒语，但并没有发出声音。洛克只觉天旋地转，橘色灯光在黑暗的房间中变成了一道褪色的条纹，之后就只剩黑暗。

6

洛克清醒过来时，发现自己正站在陷阱区和吻金路之间的桥梁上。从他自己的感觉判断，似乎一秒钟都没流逝。但他抬起头时，发现浓云已经消散，星辰在黑色夜幕上旋绕，几轮月亮也落向了西方。

“狗娘养的，”他低声咒骂道，“肯定过了好几个小时！金估计要发疯了。”

他迅速梳理了一下思路。按照计划，卡罗和盖多今晚应该在陷阱区露面，还会把小虫儿带上。他们最后多半会到“致命失误”落脚，玩玩骰子，喝点小酒，争取别因为诈赌被扔出去。金·坦纳应该在断塔的房间里过夜，制造有人居住的假相，至少待到洛克回去之前。要想寻找他们，就该从这些地方下手。洛克突然想起来自己还穿着卢卡斯·费尔怀特的衣服，猛地拍了下脑门。

洛克脱掉大衣，解下颈巾，把假眼镜从鼻梁上摘下来，塞进口袋。他小心翼翼地碰了碰左臂的伤口，它们很深，还在抽痛，但血液已经凝成了厚痂，所以他至少不会把血滴得到处都是。*愿诸神诅咒那该死的灰王*，洛克心想，*也请诸神发发慈悲，给我个机会，把今天晚上的赤字从账本上削去*。

他把头发揉乱，解开马甲的扣子，拉出衬衫，然后弯下腰去，把可笑的缎带鞋舌叠起来藏好。他把颈巾和装饰腰带塞进大衣，再将大衣仔细叠好，两条袖子系在一起。在夜色之中，它跟普普通通的旧布袋极为相似。卢卡斯·费尔怀特的浮华外表一旦消失，他至少可以在短时间内不引起别人的注意。准备停当后，洛克转身朝拱桥南端快步走去，融入陷阱区永不平静的光芒与喧嚣。

他拐到断塔北面的街上，“致命失误”的大门正对着这条圆石路。

金·坦纳突然从一条小巷冒了出来："洛克！你整个晚上跑到什么鬼地方去了？你还好吗？"

"金，诸神啊，能见到你真是太高兴了。我不好，而且事实证明你们也有麻烦。其他人在哪儿？"

"我发现你没回来，"金·坦纳压低声音对洛克耳语道，"就去致命失误找到他们，让他们上楼回房间去了。小虫儿也是。我一直在这些巷子里来回溜达，努力不引人注意。今天晚上，我可不希望咱们几个分散在各处。我……我们担心……"

"我被劫持了，金。但后来又给放了。先上楼去吧。咱们有个新问题，才刚出炉，热得像地狱。"

7

他们这次没有关闭房间的窗户，只是拉上了一层半透明纱网遮蔽蚊虫。洛克把当晚的经历讲完时，天空已渐渐泛起鱼肚白，东面窗棂下隐隐渗出几丝红晕。绅士盗贼们疲惫的双眼下都有些发黑，但谁也没有显露半点睡意。

"至少现在咱们知道，"洛克总结道，"他不会像杀其他帮主那样把我宰了。"

"至少这三天不会。"盖多说。

"永远不要相信狗杂种。"小虫儿说。

"但眼下来看，"洛克说，"咱们必须听他的话。"

洛克已经换了衣服，现在穿着更适合底层平民的装束。金·坦纳坚持要在一块炼金灶石上把烈酒加热到接近沸点，然后用来清洗他的伤口。洛克此刻正用一块浸了白兰地的敷布按住胳膊，并把它放在一盏白色小灯旁边。卡莫尔城的医师们都知道，光线可以驱散瘴气，防止伤口感染。

“必须吗?”卡罗挠着满是胡楂的下巴，“你觉得要是咱们撒腿就跑，能溜多远?”

“从灰王眼前溜走，谁知道呢?”洛克叹道，“但从盟契法师眼前溜走，肯定远不了。”

“所以咱们就坐以待毙，”金说，“让他把你当作牵线木偶耍?”

“我宁愿如此，”洛克说，“也比他把咱们的双重身份捅给巴萨维大佬强。”

“这件事简直太疯狂了，”盖多说，“你说你看见驯鹰人手腕上有三个环?”

“对，在没架着该死的蝎鹰的那只手上。”

“三环。”金·坦纳嘟囔道，“太疯狂了。雇佣这么一个人……从灰王的故事登场至今肯定有两个月了。从第一个被暗杀的帮主算起……是谁来着？我又忘了。”

“开膛手吉尔，朗姆狗帮老大。”卡罗说。

“所需钱款总额简直……荒唐。这种档次的盟契法师，我怀疑连公爵都请不起两个月。这灰王是他妈什么人物，他如何负担得起?”

“这都无关紧要，”洛克说，“三天以后——现在太阳都出来了，只能说两天半以后——城里会有两个灰王，我是其中之一。”

“十三神啊。”金说。他把脑袋埋在手里，用手掌揉了揉眼睛。

“坏消息就是这些了。巴萨维大佬要我娶他的女儿，灰王要我假扮成他，跟巴萨维进行秘密会谈。”洛克露出一脸坏笑，“好消息是我没让那张四千克朗的本票沾上半点血迹。”

“我会杀了他，”小虫儿说，“给我找些毒箭和一张暗杀弓，我会射进他的眼珠里去。”

“小虫儿，”洛克说，“跟这个计划相比，从神庙屋顶上跳下来显得合理多了。”

“但是谁能料到呢?”小虫儿坐在房间东面的一个窗口下，转头朝窗外看了几眼，他似乎整个晚上都在不停张望着什么，“你们看；所有人都知道你们四个能杀他，但谁也不会想到我！绝对出其不意，一箭射在脸上，再也没有灰王了!”

“就算驯鹰人允许你把箭射在他的委托人身上，”洛克说，“可能也会立刻把咱们几个当场煮熟。另外，我可不认为那只该死的鸟会在断塔周围瞎扑腾，好让咱们一眼就能看见，随时可以避开，你就别找了。”

“你们不知道，”小虫儿说，“我想我以前见过它。就是咱们跟堂·萨尔瓦拉初次接触时。”

“我也看见了，这我敢打包票。”卡罗几乎是下意识地用左手耍着一枚银币，“就在我用绳子勒你的时候，洛克。有个东西从咱们头顶飞了过去。又大又快，不可能是燕雀或者麻雀。”

“如此说来，”金·坦纳说道，“他的确一直在监视咱们，也的确知道咱们的所有底细。暂时隐忍是明智之举，但咱们得准备点后手。”

“咱们现在应该放弃堂·萨尔瓦拉骗局吗?”小虫儿试探着说。

“什么?”洛克使劲摇了摇头，“目前来看，根本没这个必要。”

“你为何这么想?”盖多说。

“咱们原先打算提前结束游戏，是想避过风头，免得被灰王干掉。但现在咱们可以百分之百确信他不会下手，至少三天内不会。所以萨尔瓦拉游戏可以继续玩下去。”

“没错，可以玩三天。直到灰王再也用不着你。”金啐了口唾沫，“无论咱们的下一步计划是什么——这还得多谢你的合作——都有把不请自来的匕首顶在咱们背后。”

“有这个可能，”洛克说，“所以咱们接下来这么办。金，你先补点觉，然后赶紧去把那些船票什么的取消。如果咱们需要逃跑，那么等待海船出航会浪费太多时间。另外到子爵门多扔点金子。如果咱们要出城，肯定是从陆路走。我希望那道城门开得比妓院大门还快还宽。”

“卡罗、盖多，去找辆车。把它藏在神庙后面，装上油布和绳子，以备快速打包之用。准备好路上吃的食物和饮水。要简单的，经饿的。多备几件斗篷，朴素的衣服。你们知道该怎么办。如果你们干活时被正派人看见，就放点风出去，说咱们过几天要干趟大买卖。如果这话传到巴萨维耳朵里，他肯定会喜欢。

“小虫儿，明天你和我把金库收拾一遍。咱们要把所有钱币弄出来，裹在帆布包里便于运输。如果咱们必须逃跑，那我要在几分钟内把所有这些杂碎都扔上车。”

“有道理。”小虫儿说。

“好了，桑赞兄弟，你们待在一起。”洛克说，“小虫儿，你跟着我。任何人在任何时候都不能单独行动。除了金。你是最不可能遇到麻烦的，除非灰王在城里藏了一支军队。”

“哦，你们了解我。”金·坦纳把手伸到脖子后面，探入棉上衣外面套着的宽松皮马甲里。他抽出一对短斧，都是一尺半长，斧柄上裹着皮子，平直的黑刃窄得像手术刀，另一端有平衡重量的黑钢球，直径跟一枚银币差不多。这是“恶姐妹”——金的专用武器。“我从不单独行动。永远都是我们三个同行。”

“那就好。”洛克打了个呵欠，“如果咱们需要其他好主意，可以睡醒之后再想。在门后顶上点够分量的东西，关好窗户，开始打呼噜吧。”

绅士盗贼们刚晃晃悠悠地站起身，准备把这个合理计划付诸实施，金·坦纳就突然抬起一只手，让大家保持安静。北侧房门外边的楼梯上传来一阵吱吱嘎嘎的脚步声，来人不止一个。片刻之后，有人捶响了房门。

“拉莫瑞，”一个男人高喊道，“开门！大佬有令！”

金·坦纳把双斧交在一只手里藏到背后，然后靠在北墙上，跟房门拉开几步距离。卡罗和盖多从衬衣里掏出匕首，盖多还把小虫儿推到自己身后。洛克站在房间中央，这才想起自己那对短剑还裹在费尔怀特的衣服里。

“在流动集市上，”他喊道，“一条面包多少钱?”

“整整一铜板，但有点潮。”那人说道。洛克心里踏实了几分，这是本周的正确暗语，而且如果他们来找他，是为了什么见血的买卖，那就会直接把门踢开。洛克打了个手势让所有人保持冷静，他抽开门闩，将前门打开一条刚够张望的小缝。

门外的平台上站着四个人，他们身处“致命失误”上方七十米的高空，身后的夜幕宛若黑暗长河，仅有的几颗闪烁明星也在渐渐消失。这些人一个个相貌凶狠，站姿稳健松弛，一看就是受过训练的打手。他们身穿皮外衣，戴着皮项圈，黑皮帽下罩着红手帕。红手帮——巴萨维如果急需找人干些力气活儿，就会挑他们。

“抱歉，兄弟。”红手帮领头的人用一条胳膊顶住门上，“大老板要立刻召见洛克·拉莫瑞，不管他现在方不方便，这个命令不容拒绝。”

插曲
金·坦纳

1

在此后几年中，洛克慢慢长大，但个头总是赶不上他的期望。尽管谁也说不好洛克的准确年龄，但身材矮小绝对是不争的事实。

“你很小的时候肯定饿过几顿，”锁链对他说，“当然，你到这儿来了以后，长势还算不错，但恐怕永远只能是……中等身材了。”

“永远?”

“别太难过。”锁链用手捧住圆滚滚的肚皮，咯咯笑道，“有时候小家伙能摆脱的圈套，会让大块头在劫难逃。”

他们继续学习，永无止境地学习。更多算数，更多历史，更多地图，更多语言。洛克和桑赞兄弟们彻底掌握了韦德兰语会话后，锁链就开始让他们学习口音的技巧。他们每周都要花上几个小时，跟一名韦德兰老补帆匠聊天。老人会拿着那些又长又难看的针缝制一码又一码叠好的帆布，同时叱责他们讲北方话时嘴里总是“磕磕绊绊瞎咕噜”。他们会聊起老人随便想到的任何话题，而补帆匠会不遗余力地纠正他们每个发音太短的辅音和发音太长的元音。随着课程的进展，他的脸蛋也越来越红，脾气越来越冲，因为锁链给他的报酬是用酒水支付的。

他们经历了各种考验，有些微不足道，有些相当困难。锁链不断考验着他们，几乎有些冷酷无情，但当每道难题最终了结后，他总会把孩子们领到神庙屋顶，解释他这样做目的何在，这份辛劳又有何意义。事后的开诚布公，让这些游戏比较容易忍受；而且在这个过程中，洛克、卡罗和盖多逐渐团结一心，共同对抗起周遭的世界。锁链把螺丝拧得越紧，孩子们就越团结，越有协作精神，在行动中也越来越默契。

但金·坦纳的到来改变了这一切。

那是第七十七艾奥纳年的萨里丝月，一个异常干燥寒冷的秋季走到了终点。飓风在铁海上肆虐，但不知是出于狂风还是诸神的把戏，卡莫尔城居然安然无恙，那些冬日夜晚拥有洛克记事以来最好的天气。有一天，洛克和锁链神父坐在石阶上，他活动着十指，急切盼望伪光升起，却突然发现盗贼导师穿过广场，朝佩里兰多神庙走来。

两年的光阴稀释了洛克对盗贼导师的惧意。但毋庸置疑的是，这个骨瘦如柴的老家伙仍保持着那种怪诞奇诡的魅力。盗贼导师深施一礼，细长的手指伸展开来。他的目光落在洛克身上，眼神突然一亮。

“我亲爱的、折磨人的小宝贝。看到你在佩里兰多神庙过上了有益世人的生活，可真让我欣慰。”

“他的成功，当然要归结于你的早期教育，”锁链的笑容在蒙眼布下舒展开来，“正是在你的帮助下，他才成长为如今这个意志坚定、德行挺拔的年轻人。”

“挺拔？”盗贼导师眯起眼睛，假装聚精会神地看着洛克，“哈。我可说不好他有没有长高一寸。不说这个了。我把先前跟你提到的那个男孩带来了，就是从北角区来的那个。过来吧，金。你不可能藏在我身后，就好像你不可能藏在一枚铜板后面。”

确实有个男孩正站在盗贼导师身后。老人把他赶上前来，洛克发现他跟自己年纪差不多，大概十岁上下，但除此以外则截然相反。这孩子很胖，有张红彤彤的脸膛，脑袋上顶着一团油腻黑发，就像颗脏兮兮的鸭梨。他的眼睛很大，透着紧张；时而攥紧那柔软的双手，又慢慢放开。

“啊，”锁链说，“啊。我看不见他。但话说回来，贱民之主期望仆人们所能拥有的资质，是任何人都看不见的。你是否悔悟？你是否诚实？你是否像天主已然纳入怀抱的那些门徒一样德行挺拔？”

他说着拍了拍洛克的后背，镣铐和锁链叮当作响。洛克注视着新来的孩子，什么话也没说。

“我希望如此。”金细声细气地说道。

“哦，”盗贼导师说，“我们的生命全都构筑在希望之上，不是吗？善良的锁链神父现在是你的师傅了，孩子。我把你留给他照顾。”

“不是我，而是我所侍奉的至高神力。”锁链说，“哦，趁你还没走，我今天上午刚巧发现这个钱包掉在了神庙门阶上。”他举起一个圆滚滚的小皮袋，冲盗贼导师所在的大致方向晃了晃。皮袋里塞满了钱币。“这会不会碰巧是你的？”

“啊，正是我的！正是我的！”盗贼导师从锁链手中拿过钱包，塞进老旧破烂的大衣口袋里。“多么幸运的巧合啊！”他又鞠了个躬，转过身朝阴影山的方向走去，嘴里还吹着不成调的口哨。

锁链站起身，揉揉双腿，拍拍双手。“咱们今天的社会职责就尽到这儿吧。金，这是洛克·拉莫瑞，我的侍僧之一。请帮他把这罐子抬进圣堂。小心点，它很重。”

瘦孩子和胖孩子抬起钱罐，走上楼梯，进入潮湿的圣堂。盲眼祭司摸索着锁链，把松松垮垮的链条收拢在一起，揪着它们走到屋里。洛克启动墙内机关，关闭神庙大门，锁链一屁股坐在圣堂中间。

“把你留在这里的那位好心绅士，”锁链说，“告诉我你会听说读写三种语言。”

“是的，先生。”金·坦纳颤抖着环视四周，“瑟林语、韦德兰语和伊撒拉语。”

“很好。而且你会做复杂运算？会记账？”

“是的。”

“好极了。那你就能帮我清点今天的收入了。但是首先，到这儿来把手伸给我。就是这样。金·坦纳，咱们来看看你是否具备成为这座神庙侍僧的必要天赋。”

“我……我该怎么做?”

“只要把手放到我的蒙眼布上……不，放松点。闭上眼睛。集中精神。让你心中所有高洁思绪浮出表面……”

2

“我不喜欢他，”洛克说，“一点都不喜欢他。”

第二天一大早，他和锁链正在准备早餐。洛克用洋葱片和切成不规则棕色小块的牛肉炖汤，锁链正试图撬开一个蜂蜜罐上的封蜡。手指和指甲失败后，锁链掏出一柄短剑砍了起来，嘴里还自言自语地嘟嘟囔囔。

“一点都不喜欢他？这可真够傻的，”锁链不置可否地说，“他才来了不到一天。”

“他胖。他软弱。他不是咱们的一员。”

“他当然是。咱们领他参观了神庙和地窖；他发誓作我的誓卒。再过一两天，我就会带他去见大佬。”

“我不是说咱们，绅士盗贼们。我是说咱们的一员，咱们！他不是贼。他是个软弱的胖……”

“商人。他是商人的孩子。但他现在是个贼。”

“他没偷过东西！他不会扒也不会当托儿！他说他到山里才没几天，就被送到这儿来了。所以他不是咱们的一员。”

“洛克，”锁链放下手里的短剑，皱起眉毛低头瞪着他，“金·坦纳是个贼，因为我要教他成为一个盗贼。你应该记得，我在这儿训练的是一种非常特殊的盗贼。你没把这事儿给忘了吧?”

“但他……”

“他比你们所受的教育都多，字迹干净漂亮，懂得买卖、账本、货币兑换和其他很多东西。盗贼导师知道我会立刻把他买下。”

“他很胖。”

“我也是。而你很丑。卡罗和盖多的鼻子像是攻城车。我们上次见到萨贝莎时，她脸上出了不少疹子。你到底想说什么?”

“他吵得我们整夜睡不好。他老是哭，而且一哭就闭不上嘴。”

“对不起。”一个轻柔的声音从他们身后传来。洛克和锁链转过身（后者比前者动作要慢很多），金·坦纳就站在通往卧室的门口，眼圈通红。“我不是有意的。我忍不住。”

“哈!”锁链又开始用剑撬他的蜂蜜罐，“看来玻璃地窖里的孩子们，不应该大声议论住在隔壁的人。”

“好吧，别再哭了，金。”洛克说着从木质垫脚凳上蹦了下来，他现在还需要站在上面才能够着灶台。洛克走到一个香料柜前，开始翻腾那些罐子，寻找着某种调料。“闭上嘴，让我们好好睡一觉，卡罗、盖多和我就不哭闹。”

“对不起，”金好像又要哭起来了，“对不起。只是我……的母亲。我的父亲。我……我是个孤儿。”

“那又怎样?”洛克取下一个小玻璃瓶，里面装着萝卜泡菜，就像炼金药水一样用石塞封口，“我也是孤儿。我们这儿都是孤儿。把嘴闭上，让我们睡觉。哭哭啼啼的，他们也不会活过来。”

洛克转身朝灶台走了两步，所以没有看到金一下蹿了过来，但他的确感到金的胳膊从后面缠住了自己的脖子。这条胳膊可能很软，但对一个十岁的孩子来说，却沉得要命。金·坦纳全靠蛮力把他拎了起来，绕着圈，高高举起。

洛克的脚离开地面的那一瞬间，萝卜罐失手掉在地上。天旋地转的一秒钟过后，洛克的后脑勺撞上了厚实的女巫木餐桌。他随即摔倒在地，骨瘦如柴的后背在地上撞得生疼。

“你把嘴闭上！”金·坦纳的语气中再无柔顺之感。他在嘶吼，脸涨得通红，泪水止不住往外流。“把嘴闭上！把你那张臭嘴闭上！不许你再说我的爸爸妈妈！”

洛克试图把手撑在地上站起来。金的一只拳头在他的视野中迅速变大，最终仿佛占据了半个世界。这一拳把所有光亮敲出他的双眼，让洛克像张椒盐卷饼似的弯下了腰。等他恢复了些许知觉后，发现自己正抱着根桌子腿，整个房间在周围跳起小步舞。

“我靠！”洛克感觉嘴里充满咸味和疼痛。

“好了，金。”锁链说着把体格魁梧的男孩从洛克身边拉开，“我想你的口信已经传达得相当清楚。”

“啊。疼死了。”洛克说。

“这很公平。”锁链放开金，胖男孩还攥着拳头，冲洛克怒目而视，浑身微微颤抖，“你活该。”

“啊……什么?”

“我们这儿的确都是孤儿。你们还没出生时，我的双亲就早已死去。你的父母死了好几年。卡罗、盖多和萨贝莎也一样。但金，”锁链说，“五天前才失去他们。”

“哦，”洛克呻吟着坐起身，“我不……不知道。”

“哦，那好吧。”锁链终于成功撬开了蜂蜜罐，蜡封啪的一声裂开了口子，“如果你还没搞清应该搞清的所有情况，那最好还是闭上那张见鬼的噪声制造器，规规矩矩做人。”

“是一场火灾。”金深吸几口气，仍旧瞪着洛克，“他们烧死了。整个店铺。一切都没了。”他转过身，低着头走向卧室，用双手揉着眼睛。

锁链转身背对洛克，开始搅拌蜂蜜，打散凝结在一起的固体结晶。

一阵咯唧咯唧的响动从上方神庙传来，那是密门开启的声音。片刻过后，卡罗和盖多就出现在厨房，这对双胞胎都穿着侍僧白袍，每人头上顶着一条长长的软面包。

“我们回来了。”卡罗说。

“带着面包!”

“这是废话!”

“不，你才废话!”

双胞胎看见洛克正从桌边爬起来，不由得愣了一下。拉莫瑞嘴唇肿胀，鲜血从嘴角直往下滴。

“我们错过了什么?”盖多问道。

“孩子们，”锁链说，“我昨晚把金介绍给你们，并带他四处参观的时候，可能忘了告诉你们一件事。你们在阴影山的老主子警告我，虽然这孩子说话总是柔声细语，脾气却暴躁得像地狱。”

锁链摇着头走到洛克身边，把他扶了起来。“等到世界不再旋转，”他说，“别忘了你得把碎玻璃和萝卜泡菜清理干净。”

3

那天晚上，洛克和金在餐桌上始终保持着一定距离。卡罗和盖多大概每分钟都要交换几百次绝望的眼神，但他们一句话也没说。晚餐的准备在一片寂静中进行，锁链很高兴帮这群闷闷不乐的小朋友们的忙。

洛克和金·坦纳刚在桌边坐好，锁链就拿出两个象牙雕刻的小盒子，放在他们面前。这些盒子大约一尺长，一尺宽，盒盖由合页连接。洛克一眼就认出这是个判定盒，由发条装置驱动的精巧设备，塔尔维拉所生产，受过训练的使用者可以利用其中的滑块和木制旋钮快速进行某些数学运算。他学过这种工具的基本操作法，但已经好几个月没摸过了。

“洛克、金，”锁链神父说，“请你们帮忙计算一下。我有九百九十五卡莫尔梭伦，我坐船来到塔尔维拉，抵达后很想把它们兑换成索拉里，索拉里目前汇率是，嗯，五分之四卡莫尔克朗。在兑币商扣除手续费之前，他们应该拿出多少索拉里给我?”

金·坦纳迅速掀开盒盖开始计算，摆弄旋钮，拨拉滑块，来回拉动几个小木杆。洛克也手忙脚乱地拨弄起算筹来，但他紧张的动作根本不够看，因为金很快就宣布道：“三十一索拉里，还有大概十分之一索拉里的零头。”他咬着舌尖，又算了几秒钟，“四银沃拉尼，两铜币。”

“了不起，”锁链说，“金，你今晚可以吃饭。洛克，恐怕你不太走运。不过还是感谢你作出了尝试。如果你愿意的话，晚餐时间可以留在自己的房间里。”

“什么?”洛克只觉得血往上涌，脸颊绯红，“但以前不是这样的！你总是给我们不同的问题！而且我没用过这盒子来……”

“那么你想换一道题吗?”

“对!”

“很好。金，您能否给我个面子，也来试试？好了……一艘杰里什帆船在铁海航行，船长是个很虔诚的家伙。他每小时都让水手往海里扔一块船上小甜点，作为对艾奥诺的供奉。每块点心重十四盎司。这位船长还特别爱整洁，他把点心都放在桶里，每桶四分之一吨。这次航程整整一周。他要开几桶？肆虐波涛之主又会得到多少小甜点?”

孩子们又开始拨弄算筹，金抬起头时，洛克还在拼命计算，小额头上的细密汗珠清晰可见。“他只需要打开一桶，”金说，“一共用去一百四十七磅点心。”

锁链神父轻轻鼓掌。“干得漂亮，金。你今晚还是留下跟我们吃饭。至于你，洛克，哦……需要收拾餐桌时我会叫你的。”

“这不公平，”洛克气鼓鼓地说，“他用判定盒比我强！你设计好了故意让我输！”

“不公平，是吗？你的屁股最近都撅到天上去了，亲爱的小家伙。到了你现在这种年纪，大部分孩子或多或少都会把他们的良好判断力叠起来，放到一边存放几年。见鬼。萨贝莎也犯过这种毛病。我把她送到如今所在的地方，也有这方面的考虑。总而言之，我觉得对于脖子上挂着死亡印记的人来说，你的鼻子尖翘得有点太高了。”

洛克脸色更红了。金偷偷摸摸地瞥了他一眼。卡罗和盖多早就听说过鲨鱼牙的故事，此时正目不转睛地盯着面前空荡荡的杯盘。

“这个世界充满艰难险阻，处处都是对你们的严峻考验。你觉得自己总能撞上最能发挥长处的问题吗？如果我想派个孩子假扮兑币商学徒，而且只能在你和金之间选择，那我会把这个任务交给谁？这根本不需要选择。”

“我……我猜也是。”

“你猜得太多了。你嘲笑新来的兄弟，只因为他的腰围跟我这尊贵的身材相仿。”锁链揉了揉肚子，咧嘴一笑，“你就不曾想到过，正因如此，他也许在某些场合比你更管用？金看起来就像商人的儿子、营养充足的贵族，或是个胖乎乎的小学者。你的外表是你的财富，而他也一样。”

“我以为……”

“你还需要我再演示一下他能做而你做不到的事吗？哦，我干吗不让他再把你揍出屎来？”

洛克情不自禁地想找条地缝钻进去，或是消失得无影无踪。他当然没能成功，所以只是把头低下。

“抱歉，”金说，“希望我没把你伤得太重。”

“你不需要抱歉，”洛克嘟囔道，“我真是自找的。”

“饿肚子的威胁很容易点燃智慧的火花，”锁链坏笑着说，“艰难险阻是个独断专行的家伙，洛克。你永远也不可能知道，你或是同伴们身上的哪些特点，有助于克服当前的困难。咱们举个例子，刚巧姓桑赞的人把手举起来。”

卡罗和盖多略显犹豫地举起手来。

“所有姓桑赞的人，”锁链说，“今天晚上可以跟咱们的新兄弟金·坦纳一起用餐。”

“我就爱当例子！”盖多说。

“所有姓拉莫瑞的，”锁链说，“可以吃饭，但首先要把饭菜都端上来，还要替金·坦纳服务。”

洛克立刻动了起来，脸上交织着尴尬和宽慰的表情。这一餐有塞了大蒜和洋葱的烤公鸡，旁边配上滚烫的红酒沙司烧葡萄和无花果。锁链神父念过例行的祝酒辞后，将最后一杯敬给金·坦纳：“他刚刚失去一个家庭，但很快又得到了一个。”

听到这话，金的眼眶又开始发红，美食带给他的好心情早已荡然无存。卡罗和盖多注意到这个变化，赶紧行动起来，拯救他的情绪。

“你用那盒子的本领，真是太绝了。”卡罗说。

“我俩都算不了那么快！”盖多说。

“而且我们可是算术高手！”

“至少，”盖多说，“在遇到你之前，我觉得自己算个高手。”

“这没什么大不了的，”金说，“我能算得更快。我……我是想说……”

他紧张地看了锁链神父一眼，才继续说下去。

“我需要眼镜。读书镜，好看清近处的东西。没有它，我什么东西都看不清楚。我，嗯，有了眼镜还能用盒子算得更快。但是……我把自己那副弄丢了。有个阴影山的孩子……”

“你会得到新眼镜的，”锁链说，“明天或是后天。别在外面戴，它可能跟咱们的贫苦风格有点不搭。但你当然可以在这儿戴。”

“你打败我的时候，”洛克问，“甚至看不清东西?”

“我能看见一点，”金说，“但总是一片模糊。所以我才使劲往后靠。”

“一个数学天才，”锁链神父思忖道，“外加一个能干的小打手。看看咱们年轻的坦纳阁下，恩主赐给绅士盗贼们一个多么有趣的组合啊。而且他是一名绅士盗贼，对吗，洛克?”

“是的，”洛克试图把那点闷闷不乐的腔调剔除，“我想他是。”

4

第二天晚上空气干燥，万里无云。所有月亮都探出头来，在夜幕下熠熠生辉，如至高无上的君王，而璀璨群星就是它们的廷臣。金·坦纳坐在神庙屋顶上的一堵胸墙下面，伸直了胳膊举着一本书看。两盏置于玻璃匣中的油灯就放在他旁边，用柔和的黄色光芒勾勒出他的身形。

“我不想打扰你。”洛克说道。

金抬起头来，吓了一跳：“十二神！你可真安静!”

“也不总是这样，”洛克走到大块头男孩跟前，“我犯傻的时候，就会很吵闹。”

“我……呃……”

“我能坐下吗?”

金点点头，洛克扑通一下坐在他身边。男孩蜷起腿，用胳膊抱住膝盖。

“我很抱歉，”洛克说，“有时候我真是一坨狗屎。”

“我也很抱歉。我不是有意的……我打你的时候，只是……我一生气，就管不住自己。”

“你做得对。我不知道你爸爸妈妈的事。对不起。我应该……我不应该胡乱猜测。你知道，我用了很长时间……才逐渐适应。”

两个孩子静静坐了一会儿，什么话也没说。金·坦纳合上书本，仰望星空。

“你知道吗，我可能根本不算孤儿。我是说，真正的孤儿。”洛克说。

“为什么?”

“哦，我……我妈妈死了。我亲眼所见，记得很清楚。但父亲……他，呃，我很小的时候他就走了。我不记得他，从来没见过。”

“我很遗憾。”金说。

“咱们都挺可怜的，不是吗？我想他可能是个水手什么的。也许是个雇佣兵，你知道吗？妈妈从来不愿提他的事。我不知道。我可能搞错了。”

“我父亲是个好人，”金·坦纳说，“他是……他们在北角区有家店。他们贩运皮革、丝绸和一些珠宝。足迹遍布铁海，有时还会深入内陆。我会帮他们的忙。当然不是跑船，而是记账算账。我还要照顾家里的猫。我们有九只猫。妈妈常说……她常说我是她唯一一个没长四条腿的孩子。”

金·坦纳抽了抽鼻子，用手揉揉眼睛。

“我似乎已经用光了眼泪，”他说，“我不知道对眼下的境遇又该有什么感觉。我父母教我要为人诚实，还说法律和诸神都禁止偷窃。但我现在发现有个专管偷窃的十三神。而且我要不就舒舒服服待在这里，要不就饿死在街上。”

“其实也没那么糟，”洛克说，“自打我记事起，就没干过别的。等你跟我们一样看待问题时，就会发现偷窃是一个诚实本分的职业。有时候咱们需要格外勤奋才行。”洛克把手伸进外衣，掏出一个软布袋。“给。”他说着把袋子交给金。

“这……这是什么?”

“你说你需要眼镜，”洛克笑着说，“维德扎区有个制镜商，年岁比诸神还老。他对自己的店铺窗户不太上心。我替你拿了几副。”

金·坦纳把袋子打开，发现里面放着三副眼镜。有两副是圆形镀金铁框，另一副是半月形的银框。

“我……谢谢你，洛克!”他把每副镜片都举在眼前轮流看看，稍稍皱起眉头。“我不……太清楚……哦，我很感激你，真的很感激，但这些都不管用。”他指着自己的眼睛，腼腆地笑了笑，“镜片必须根据佩戴者的问题单独磨制。有些眼镜是给看不清远处东西的人准备的，我想这些就是。但我是个人们所说的老花眼，而非近视眼。”

“哦，见鬼。”洛克挠了挠后脖颈，不好意思地笑了笑，“我没戴过，不懂这些。我真是个傻瓜。”

“没有的事。我可以把镜框留下，也许能派上用场。我可以把合适的镜片安在上面。镜框容易断裂，这些能作备用品。还是要谢谢你。”

两人又沉默片刻，不过这次气氛十分融洽。金·坦纳靠在墙上，闭上双眼。洛克盯着月亮，想要看清上面蓝色和绿色的斑点，锁链曾对他说那是诸神的森林。金最终清了清嗓子。

“你特别擅长……偷东西?”

“我肯定得擅长点什么。反正不是格斗，也不是算术。”

“你，呃……锁链神父跟我说过，如果一个人向恩主祈祷，那么他可以做一件事，神父称之为死亡献祭。你听说过吗?”

“哦，”洛克说，“十三诸神在上，我再清楚不过了，这是真的，我敢对天发誓，用性命担保。”

“我想这样做。为我的妈妈和爸爸。但我……我从没偷过东西。你能帮我吗?”

“教你怎么偷东西，好让你完成献祭?”

“对，”金·坦纳叹了口气，“既然诸神把我安排到这儿来，那我应该入乡随俗。”

“你能教我怎么用判定盒，好让我下次显得不那么傻吗?”

“没问题。”金说。

“那就说定了！”洛克跳起来，张开双臂，“明天，让卡罗和盖多把他们的屁股种在神庙门阶上吧。你和我出去大干一场！”

“听起来好像很危险。”金说。

“对其他人也许危险，但对绅士盗贼们来说，哦，咱们就是干这行的。”

“咱们？”

“咱们。”

第六章
弱　点

1

红手帮众领着洛克走过长长跳板进入浮坟时，火红的太阳从落尘区建筑物黑乎乎的侧影中钻了出来。整个木废墟都被阳光染成血色，洛克眨眨眼挤掉亮斑，就算闭上眼睛，那黑暗中也溢满红光。

洛克努力保持头脑清醒，但紧张的兴奋感和彻夜未眠的疲惫，让他走起路来感觉就像双脚没有沾地，而是飘浮在一两寸高的空中。码头有卫兵，门口有卫兵，大厅也有卫兵……数量比以往还多，所有人都冷着脸，沉默肃穆。红手帮众带着洛克走进大佬的浮动要塞，机关内门没有关闭。

巴萨维大佬站在宽敞的觐见室正中，背对洛克，低着头，双手背在身后。东侧船壳上的大玻璃窗没有拉上帘布，阳光的红色手指落在巴萨维和他的两个儿子身上，也落在一口大木桶和一个放在移动棺架上的长方形物体上。

“父亲，”安杰斯说，“拉莫瑞来了。”

巴萨维大佬闷哼一声，转过身来。他盯着洛克看了几秒，眼神迷离朦胧，显得毫无光彩。大佬挥挥左手。“你们退下，”他说，“让我俩单独谈谈。”

安杰斯和帕奇罗低着头快步走出房间，把红手帮众也带了出去。片刻之后，走廊中回响起大门关闭、机关锁咬合就位的声音。

“阁下，”洛克说，“出了什么事？”

“他把她杀了。那个狗娘养的把她杀了，洛克。”

“什么?”

“他杀了纳丝卡。昨晚。把……尸体留给了我们，就在几小时前。”

洛克愣愣地看着巴萨维，只觉一头雾水。过了好半天，才意识到自己的嘴巴张得老大。

“但……但她一直在浮坟里，不是吗?”

“她出去了。”巴萨维有节奏地捏着拳头，“据我们推测，她是溜出去的。大概凌晨两三点钟。四点半时，她……她被送了回来。”

“送回来？谁？到底怎么回事?”

“过来，自己看。”

韦加罗·巴萨维把棺架上的蒙布掀开，纳丝卡就躺在上面。她肤色苍白，双眼紧闭，头发潮湿，脖子左侧的光滑皮肤上有两道青紫色瘀伤。洛克觉得双眼发酸，又发现自己正使劲咬着右手食指的第一个关节。

“看看那杂种都干了什么，”巴萨维柔声说道，“她长得跟妈妈一个样。我唯一的女儿。我宁愿死也不想看到这一幕。”泪水从老人的面颊滑落。“她已经被……清洗过了。”

“清洗？这话什么意思?”

“她被送回来时，”大佬说，“装在那里面。”他指了指放在棺架几尺外的木桶。

“在桶里?”

“你去看看。”

洛克把桶盖打开，桶里的东西飘出一股恶臭，让他忍不住倒退一步。

里面全是尿。马尿，颜色深沉，浑浊不堪。

洛克猛然转身，背对着木桶，双手捂在嘴上，只觉一阵阵反胃。

“不光是被杀，”巴萨维说，“而且是被淹死的。淹死在马尿里。”

洛克呻吟一声，忍住夺眶而出的泪水。“我不相信，”他说，“我就是无法相信。这他妈的根本讲不通。”

他走到棺架旁边，又看了一眼纳丝卡的脖子。青紫瘀伤略微隆起，再往上可以看到几条红色抓痕。洛克凝神观望，回想起鹰爪挠在皮肤上的感觉。小臂上的伤口仍然火辣辣的疼。

“阁下，”他说，“也许她……是被装在那里面送回来的。但我敢肯定，她不是淹死在桶里。”

“此话怎讲?”

“她脖子上的伤口，还有伤口旁的细小挠痕。”洛克临时编着谎话，努力保持语气平缓，面不改色。*怎么说才像是真的*？“我几年前在塔里沙玛见过类似的伤。我见过一个人被蝎鹰蜇死。您听说过这种东西吗?”

“是的，”大佬说，“非自然的杂交物种，卡泰因法师们空想出来的生物。她脖子上的……痕迹就是？你敢肯定?”

“她是被蝎鹰蜇死的，”洛克说，“伤口旁的爪痕很明显。她应该是瞬间就死去了。”

“所以说，他只是……只是在纳丝卡死后，把她泡了起来。”巴萨维轻声说道，“为了加深侮辱。为了伤我更深。”

“我很抱歉，”洛克说，“我知道这……这算不上什么安慰。”

“如果你猜得没错，那她就算是速死了。”巴萨维把蒙布拉过纳丝卡的头顶，在完全盖住前，最后又用手指梳理了一下她的头发。“如果这是我能为我的小女儿祈求到的仅有安慰，那我就会为此而祈祷。那个灰杂种……轮到他时可没这份福气。”

“他为何要这样做?”洛克用双手捋了捋头发，激动地瞪大眼睛，“这根本不合情理。为什么是她，为什么是现在?”

“他可以亲口告诉你。”巴萨维说。

“什么？我不明白。”

巴萨维大佬把手伸进马甲，掏出一张叠好的羊皮纸，递给洛克。洛克展开信件，看到上面用清晰工整的笔迹写道：

巴萨维：

我们要为此前种种必要手段向你道歉，但这样做都是为了让你理解我们的力量，进而提供合作。我们热切期望同你进行一次会谈，礼貌坦诚的会谈，好一劳永逸地解决我们之间有关卡莫尔城的所有问题。我们将在回音洞碰头，时间是公爵日，也就是三天之后的晚上，午夜十一点。我们会独身前往，不带武器；但你想带多少顾问都可以，如果想带武器也没问题。我们会开诚布公地讨论眼下这一局势。若诸神垂青，也许你可以避免丧失更多忠诚臣属，或是更多亲生骨肉。

“我不相信，”洛克说，“在发生了这一切之后，还要开诚布公地谈判？”

“他不可能是卡莫尔人，”巴萨维说，“我在这儿住了这么多年，已经变成卡莫尔人。我在卡莫尔度过的岁月，比很多本地人都长。但这个人？”巴萨维使劲摇了摇头。“这个灰杂种肯定不明白他为了‘吸引我的注意力’所做的一切，是多么不可饶恕的罪行；不明白如果我和我的儿子们同他谈判，那要忍受多大的耻辱。他这封信是在浪费时间。看看，那冠冕堂皇的‘我们’。如此虚伪！”

“阁下……但如果他明白自己在做什么呢？”

“这种可能性微乎其微，洛克。”大佬露出苦笑，“不然他根本不会这么做。”

“也许在回音洞的会面是一次埋伏。他想把你骗出浮坟，引到某处设下可怕陷阱的地方。”

“你的审慎又来了，”巴萨维苦笑着说，“这我也想过，洛克。但我不相信……我觉得他真以为只要能把我吓住，我就会跟他开诚布公地谈判。我的确要去回音洞。我们将在那里会面。至于我的顾问吗，我会带上两个儿子，贝兰吉亚斯姐妹，外加一百个最强悍最凶狠的手下。我还会带上你和你的朋友金。”

洛克的心脏又开始在胸膛中乱撞，就像只中了埋伏的小鸟。他想尖叫。

“当然，”他说，“当然！您怎么说，金和我就怎么做。我……很感激您给我这次机会。”

“很好。因为我们唯一想谈的，就是弩箭、利刃和拳头。如果那堆灰狗屎以为能用纳丝卡的尸体跟我谈条件，那就等着看我为他准备的惊喜吧。”

洛克紧咬牙关。*我知道该如何把他从那浸水的要塞里引出来*，灰王曾这样说道。

“巴萨维大佬，”洛克说，“您是否想过……哦，人们传说中灰王的那些本事，他能靠碰触杀人，他能穿墙而过，他不会被刀刃和弓箭所伤。”

“都是酒后胡言。他现在的手段，跟我当年夺取这个城市时没什么两样。他把自己藏得很深，明智地选择目标。”大佬叹了口气，“我承认他干得不错，也许跟我过去一样好。但他不是鬼魂。”

“还有另一种可能。”洛克说着舔了舔嘴唇。在这里说出的话，会有多少传进灰王的耳朵？他已经彻底揭开绅士盗贼团的神秘面纱，*让他见鬼去吧*。“可能会是……盟契法师。”

“在帮助灰王？”

“对。”

“他折磨我的城市已经有好几个月了，洛克。这也许可以解释一些问题，对，但那价格……那价格。就连我都支付不起一位盟契法师几个月的报酬。”

“蝎鹰，”洛克说，“不仅只有盟契法师能够制造，就我所知，也只有盟契法师们能够饲养。试问普通的……驯鹰人能够驯养一只随时可能把他蜇死的猛禽吗？”要扯得好，扯得妙，他心想，扯得呱呱叫。“灰王不需要从始至终雇请法师。如果他是刚到的呢？如果他请来盟契法师，只是为今后几天的任务做准备，只是为完成灰王计划中的关键环节呢？有关灰王力量的谣言……也许是为了最后这一幕精心准备的障眼法。”

“捕风捉影，”巴萨维说，“但也有几分道理。”

“这可以解释为何灰王愿意赤手空拳单身赴会……有盟契法师保护，自然可以高枕无忧。”

“那我的回答也不会改变。”巴萨维用左手握住右拳，“如果一个盟契法师就能胜过一百把刀，胜过你和我、我的儿子，贝兰吉亚斯姐妹，你的朋友金·坦纳和那对短斧……那灰王选的武器就比我强。但依我之见，这是不可能的。”

“您会把这种可能性记在心里吗？”洛克坚持说。

“是的，我会。”巴萨维抬起一只手，扶在洛克肩头，“你一定要原谅我，孩子。为了这一切。”

“没什么需要原谅的，阁下。”如果大佬改变话题，洛克心想，那这话题就结束了。“这一切……都不是您的错。”

“这是我的战争。灰王真正的目标是我。”

“我欠您的太多了，大佬。”洛克舔了舔变干的嘴唇，“只要能帮您杀了那个杂种，我赴汤蹈火在所不辞。”

“咱们会杀了他。公爵日夜里九点咱们就开始集合。安杰斯会到‘致命失误’找你和坦纳。”

“桑赞兄弟呢？他们也是用刀的好手。”

“还是玩牌的好手，至少我听人这么说过。我很喜欢他们，洛克，但他们是活宝，是开心果。我需要正经人处理正经的任务。”

“您说的是。”

“好了。”巴萨维从马甲口袋里掏出一方丝质手帕，慢慢抹了抹额头和脸颊，“你退下吧。明晚再来，作为一名祭司。我会把恩主的所有祭司都找来。咱们会给她……一场得体的葬仪。”

洛克打心底里觉得受宠若惊。大佬知道锁链神父手下所有孩子都是恩主的侍僧，洛克更是名祭司，但他以前从没请洛克在正式场合进行祝福。

“当然。”洛克轻声说道。

他说完这话就退了出去，三天中第二次将大佬独自一人留在要塞核心，留在那血色黎明之中，身旁只有一具尸体陪伴。

2

“绅士们！”洛克走进七楼房间，把门关上，气冲冲地说，“咱们这周抛头露面的任务已经结束了。接下来到神庙集合，等待进一步通知。”

金·坦纳坐在椅子中，面冲房门，双斧放在大腿上，手里拿着那本破烂老旧的《克里什罗曼史》。小虫儿正躺在睡榻上打呼噜，这种四仰八叉不管不顾的睡姿，会让人立刻患上关节炎——除非他是个特别年轻特别愚蠢的小孩。桑赞兄弟坐在最里面，玩着乱七八糟的纸牌。洛克走进门时，他们抬起头来。

“咱们摆脱了一个困境，”洛克说，“又迎头撞进另外一桩，而且这个还长了牙。”

“有什么消息？”金·坦纳说。

“最坏的消息。”洛克跌坐在一张椅子上，猛地把头一仰，闭上双眼，“纳丝卡死了。”

“什么？”卡罗蹿了起来，盖多紧随其后，“这是怎么回事？”

“灰王干的。肯定就是我在他那儿作客时，这杂种所说的‘另有要事’。他把尸体装进一桶马尿送还大佬。”

“诸神啊，”金说，“我很难过，洛克。”

“而且现在，”洛克继续说，“大佬想让你我同他一道参加三天后的‘低调会谈’，并为纳丝卡复仇。顺便说一句，是在回音洞。大佬所说的‘低调’是指一百把匕首扑上去，把灰王砍成肉酱。”

“你是说，把你砍成肉酱。”盖多说。

“我很清楚到时候是谁穿着灰王的衣服在那里大摇大摆地闲晃，不过还是多谢提醒。我只是在想要不要跟脖子上挂面箭靶。哦，还在琢磨如何在公爵日之前学会分身术。”

“眼下的情况简直疯狂。”金·坦纳赌气地使劲把书合上。

“之前那是疯狂，现在已经变成了险恶。”

“灰王为何要杀纳丝卡？”

“为了引起大佬的注意，”洛克叹道，“不是想吓住他，就是想把他气到无以复加的地步。前者未能如愿，后者的确做到了。”

“走到这个地步，永远不可能有什么和解。大佬会跟灰王拼个鱼死网破，”卡罗狂躁地来回踱步，“灰王肯定意识到了这一点。他并不想促成和谈。他想毁掉这种可能性，而且是一劳永逸。”

“我也曾想过，”洛克说，“灰王的那些计划，可能没跟咱们交底。”

“那就快从子爵门出城。”盖多说，“咱们今天下午可以准备好运输工具和货物。咱们可以把财产打包装好，拍拍屁股走人。妈的，有四万多克朗在手，要是咱们还找不到个地方改头换面重新做人，那就不配活下去。咱们可以在拉塞因买到爵位，让小虫儿当伯爵，咱们做他的家臣。”

“或者让咱们当公爵，”卡罗说，“小虫儿做咱们的家臣。把他呼来喝去。这对他的道德教育有好处。”

“不可能，”洛克说，“咱们必须假设灰王可以追踪咱们到天涯海角，或者更准确地说，是他的盟契法师可以。只要驯鹰人还为他效力，咱们就不能跑。至少不是首要选择。”

“那当个后备选择如何?”金问道。

“在我看来，这还不好说。咱们就按之前的计划来办，把东西都准备好，如果咱们确定一定以及肯定要跑路，那没问题，如果有必要的话咱们可以给自己绑上缰绳，拉着马走。”

“那么就只有一个问题了，”金·坦纳说，“回音洞集会那天晚上，你到底该出现在哪一边。”

“这不是问题，”洛克说，“灰王已经把咱们攥在手心里了，而巴萨维是可以愚弄的。我会扮演灰王，然后想个法子在不掉脑袋的前提下，让咱俩摆脱对巴萨维的承诺。”

“那得是个好法子才行。”金说。

“也许没这个必要?”卡罗指着他的兄弟说，“我俩也能扮成灰王，这样你和金就可以按照巴萨维的要求，站在他身边了。”

“对，”盖多说，“这是个好主意。”

“不。”洛克说，“首先，我改头换面的本事比你们都强，这你们心知肚明。你俩的特征有点太明显了。这个险冒不得。其次，在我扮演灰王时，所有人都会把你俩忘得一干二净，你们可以随意活动。我宁愿让你们打点好行装和运输工具，在咱们的某个碰头处等待，以防事态恶化需要逃命。”

“那小虫儿呢?”

“小虫儿，”小虫儿说，“过去几分钟里一直假装打鼾。我熟悉回音洞。在我进入阴影山前，有时就躲在那里。我会藏在地下，躲到瀑布旁边，给你们望风。”

“小虫儿，”洛克说，“你要……”

“如果你不喜欢这个点子，那就得把我锁进箱子。你需要个望风的人，而且灰王可没说不让你留几个朋友藏在附近。这就是我要做的，藏起来。

干这种事你们都不如我，因为你们又大又笨，骨头嘎嘎作响，而且……”

“诸神啊，”洛克说，“我当帮主的日子屈指可数了。小虫儿公爵正在向他的臣仆们训话。那好吧，阁下。我会给你个任务，省得你到处乱跑——但我让你藏在哪儿，你就得藏在哪儿，明白吗?”

“没问题!”

“那就这样吧。”洛克说，“如果你们都没有迫切需求，想让我继续扮演伟人，或是他们想宰掉的一位熟人，那我可以睡上一会儿。”

“纳丝卡的事儿真是太他妈糟糕了。”盖多说，“那个婊子养的。”

“嗯，”洛克说，“实际上，今天晚上我要跟他谈谈这个问题。跟灰王或是他的宠物法师，不管来的是谁。”

“那根蜡烛。”金说。

“对。等你我办完差事之后，等伪光落下。你们可以在‘致命失误’等着。我就坐在这儿，点起蜡烛，等他们出现。”洛克坏笑着说，“让那些杂种享受一下咱们的楼梯吧。”

3

这天白日清凉怡人，夜晚更有着卡莫尔城最清新的空气。洛克坐在七层的房间中，窗户大开，挂有纱帘。紫色天空中涂着一道道逐渐升起的幽魅光芒。

洛克的小餐桌上放着残羹剩饭和半瓶红酒，驯鹰人的蜡烛就在旁边冒着青烟。金·坦纳到“致命失误”去之前，坚持用干净绷带裹住了他的小臂。洛克面冲房门，按摩伤口，另外半瓶酒正在他肚子里微微发热。

“诡诈看护人啊，”洛克对着空气说，“如果我不知怎的惹您生了气，那您也不需要用如此精妙的手段惩罚我。如果我没惹您生气，哦，那我希望您仍觉得我还算有趣。”他屈伸了两下伤臂的手指，疼得咧咧嘴，接着又拿起酒杯和那个瓶子。

“一杯倒在空中，敬给一位缺席的朋友。”他说着将深红的酒液倒进杯子。这是货真价实的纳库扎松香葡萄酒，产自堂·萨尔瓦拉的上游葡萄园。卢卡斯·费尔怀特离开堂的游船时得到了这件礼物，那还是许久以前……也许没那么久，但感觉却像是一辈子。

“我们已然在想念纳丝卡·巴萨维，我们愿她一切安好。她是个优秀的帮主，她曾试图帮自己的誓卒摆脱一个对两人来说都难以承受的局面。她不该遭此横祸。想发火就冲我来吧，但请您为她赐福。我以仆人的身份祈求您。”

“如果你想衡量一个人到底有多虔诚，”驯鹰人说，“那就在他以为独自进餐时观察。”

正门在盟契法师身后徐徐关闭，但洛克既没看到它被打开，也没听到开门声。说起来，这门可是上了闩的。驯鹰人没带鸟，身上穿的还是洛克昨晚见到的那件银扣红袖口的灰色宽边大衣，头上歪戴着灰天鹅绒帽，还用一枚银针钉着根羽毛，显然跟维斯崔思身上的一模一样。

“但说起我来，可从不是个特别虔诚敬神的人。”他继续说，“对楼梯也没什么特别的好感。”

“你的苦难让我心中充满悲伤。”洛克说，“你的老鹰呢?”

“在上空盘旋。”

敞开的窗口刚才还让洛克感觉舒适，但转瞬间已变成一种折磨。如果维斯崔思激动起来，纱窗可挡不住蝎鹰。

“我本以为你的主子也许会跟你一起来。”

“我的**委托人**，”盟契法师说，“还有别的事要办。我是他的代表，也会把你的话传给他——假如你有什么话值得一听。”

“我总有话要说。”洛克说，“比如‘彻底发了疯’这种话，还有‘他妈的傻瓜’。你和你的委托人可曾想过，如果有什么方法可以确保一个卡莫尔人决不会真心诚意地跟你们和谈，那就是杀掉他的亲骨肉?”

“天哪，”驯鹰人说，“这可真是个坏消息。灰王原本非常肯定，巴萨维会将女儿的死视作一种友善姿态。”法师说着扬了扬眉。“你是想亲口告诉他呢？还是让我立刻飞奔回去，把这个大发现传达给他?”

“真逗啊，你这只值半个铜子儿的小变童。尽管我在被胁迫的情况下，同意打扮成你主子的模样大摇大摆地闲逛，但你必须承认把他唯一的女儿装进马尿桶送回去，会给我这见鬼的工作添不少麻烦。”

“真遗憾，”盟契法师说，“但任务不变，胁迫亦然。”

“巴萨维要我跟他一起参加这次会谈，驯鹰人。他今天早上跟我说的。也许在此之前我还能抽出身来，但现在？纳丝卡的死就像个见鬼的牢笼。”

“你是卡莫尔荆刺，如果你找不到克服这个困难的方法，那从我个人来说，会非常失望。巴萨维的召唤是一项要求；我委托人的召唤则是命令。”

“你的委托人没把该告诉我的一切都告诉我。”

“你大可放心，他比你更了解自己的计划。”驯鹰人懒洋洋地用右手五指来回编织一根细线，线上闪烁着异样银光。

“操他妈的，”洛克恶狠狠地说，“也许我不在乎大佬会怎样，但纳丝卡是我的朋友。胁迫我可以忍，但幸灾乐祸地下毒手可不成。你们这些王八蛋根本不需要对她下手。”

驯鹰人张开五指，闪闪发光的丝线编成了某种翻绳图案。他开始慢慢移动手指，收紧某些线绳，又放松另一些，动作就像桑赞兄弟在手背上转硬币那样灵巧。

法师说道：“发现有可能失去您宝贵的认同，对我的良心是一项莫大负担，简直无法用语言表达。”

驯鹰人紧接着吐出一个词，它只有一个音节，来自洛克无法理解的语言。这种声音扭曲变态，令人作呕。它在房间中回荡，却又仿佛来自远方。

洛克身后的木质百叶窗砰然关闭，惊得他从椅子上跳了起来。

其他窗户也一扇扇撞上，小搭扣相继锁好，仿佛有一只隐形的大手在暗中操纵。驯鹰人又动了下手指，光芒从掌间丝网绽放。洛克倒吸一口冷气，他的膝盖疼得钻心，就好像被人从侧面狠狠踢了两脚。

“你这已经是第二次跟我耍嘴皮子，”盟契法师说，“但我不觉得有趣，所以我会再强调一下灰王的指示——我会抽出时间做这件事。”

腿上的痛感继续加强，抽动着向四周扩散。洛克紧咬牙关，不请自来的泪水夺眶而出。他感觉有一股冰冷火焰在膝盖里面跃动燃烧，双腿再也无法支撑身体的重量。他向前踉跄两步，一只手毫无助益地捏住大腿，另一只手试图撑住桌子，不让自己倒下。他瞪着盟契法师，试图开口说话，但却发现这样做会导致颈部肌肉阵阵痉挛。

“你只是一件道具，拉莫瑞。你属于灰王。他不在乎纳丝卡·巴萨维是不是你的朋友。诸神赐予她这样的父亲，只能算她倒霉。”

痉挛顺着洛克的脊椎一路下探，通过手臂，到达大腿，跟已经在那里作祟的冰冷蜇人的疼痛汇聚成可怕的熔炉。他躺倒在地，大口大口地抽气，浑身颤抖不止，面目扭曲龇牙咧嘴，双手举在头顶，十指弯曲得像是爪子。

“你看起来就像只被扔进火堆的虫子。而这对我来说，只是雕虫小技。如果我绣出你的真名，或者把它写在羊皮纸上，那种手段……‘拉莫瑞’显然不是你的姓，在瑟林君主期，这个词是‘影子’的意思。但你的名字……要是我想玩点游戏，这就足够了。”

驯鹰人的手指前后摇动，不断拉伸扭转着银丝。洛克只觉得眼花缭乱，他体内痛苦的强弱变化跟这流光溢彩的绳戏动作完全一致。他用脚踵敲打着地板，牙齿止不住打颤，感觉有人想用冰柱把他的骨头从大腿里挖出来。洛克不断尝试吸入足够的空气，好发出尖叫，但他的肺叶就是不肯合作，喉咙里塞满了荆刺，整个世界从边缘开始不断变黑变红……

痛苦的消失也是一种震慑。洛克躺在地上，瘫作一团，仍旧感觉疼痛的幽魂在体内抽动。温湿的泪水顺着脸颊流下。

“你算不上特别聪明，拉莫瑞。聪明人绝不会故意浪费我的时间。聪明人可以捉住事态的细微差别，不需要我……反复重申。”

洛克用余光看到那团银丝又是一阵模糊，疼痛再度从胸中迸发，如一团火焰在心脏周围盛开。他能感觉到自己的生命内核正被烧灼，似乎都能闻见肌肤被烤焦的气味，能感到肺中的空气逐渐变暖，最终热得像一个面包烤炉。洛克不住呻吟，在地上扭动翻滚，最终猛一仰头，惨叫出来。

“我需要你，”驯鹰人说，“但我要让你对我的容忍表示恭顺和感激。至于你的朋友们，就是另一回事了。我应该让小虫儿尝尝这个吗，你可以在旁边看着？我该对桑赞兄弟下手吗？”

“不……求你了，不要！”洛克高声叫道。他痛苦地蜷缩着，双手按住左胸，发现自己的泪水已经把外衣打湿，疯狂得像头受伤的动物。“不要碰他们！”

“为什么？他们对我的委托人来说毫无意义。他们可有可无。”

烧灼的痛苦旋即减弱，洛克再度被它的消失所震慑。他侧卧着缩成一团，呼吸狂乱，不敢相信如此炽烈的热度可以这么快消失。

“再说一句粗口，”盟契法师说，“再耍一次嘴皮子，再提出一个要求，再有除了彻底卑躬屈膝以外的任何举动，他们就会为你的傲慢付出代价。”驯鹰人从桌上拿起那杯红酒，抿了一口。他随即用另一只手打了个响指，杯中的酒液瞬间蒸发得无影无踪，但却没有出现一点火星儿。“咱们现在已经扫清所有误解了吧？”

“对，”洛克说，“一点没错。是的。请不要伤害他们。我会做我该做的事。”

“你当然会做。我把你要在回音洞穿的各种服饰带来了，你会在门口找到的。它们夸张得恰如其分。我想我用不着告诉你该如何准备这次演出。那天夜里十点半，我会藏在回音洞对面。我会在那里指导你，告诉你该怎么说。”

“巴萨维，”洛克猛地咳嗽了两下，“巴萨维……肯定会下手杀我。”

“你是否怀疑我能继续给你施压，直到你疼得发疯为止，而且不费吹灰之力？”

“不……不怀疑。”

“那就不要怀疑我有能力保护你，也不用担心大佬准备使用的那些小孩把戏。”

“你怎么……告诉我该怎么说？”

我不需要通过空气，盟契法师的声音以令人震撼的力道在洛克头脑中回荡，*来传达我的指示。你与巴萨维会面时，如果需要什么提示，我就会告诉你。如果你必须提出一项要求，或是接受一项要求，我会告诉你该怎么说。听明白了吗？*

“是的……是的。非常明白。谢谢。”

“你应该感谢我的委托人和我为你所做的一切。有很多人经年累月地等待一个巴结巴萨维大佬的机会，我们把这个机会直接摆在你桌前，就像一顿丰盛筵席。难道我们不慷慨吗？”

“当然……没得说。”

“正是如此。我建议你找个法子，让自己摆脱巴萨维大佬要求你担负的责任，这样你就可以集中精神完成我们的任务。我们可不想让你在关键时刻分心走神，那无疑会为你招致不幸。”

4

“致命失误”空了一半，这种事洛克以前还从未见过。人们交谈时都压低声音，眼神冰冷严峻。有很多帮派全员缺席，感觉很是扎眼。所有人都穿着并不适合这个季节的厚重衣袍：短斗篷、长大衣和多层马甲随处可见。这样做更容易隐藏武器。

“你到底是撞了什么鬼？”

金·坦纳站起来扶住洛克，帮他坐好。他为两人选了个位于酒馆侧面凹室的小桌，可以把几处房门尽收眼底。洛克坐进椅子，驯鹰人制造的疼痛幻影还留有一丝残像，在他的各处关节和颈部肌肉间游窜。

“驯鹰人，”洛克低声说道，“想要表述几个观点；而我显然没有自己想象中那么有魅力。”他下意识地拨弄着身上被撕破的衬衣，长叹一声。“先上啤酒，再谈杂种。”

金·坦纳推过一陶杯温热的卡莫尔淡啤酒，洛克两口喝下一大半。“哦，”他抹了抹嘴说，“但我说了那番话，受这份罪也算值了。我估计盟契法师们肯定不喜欢这种侮辱。”

“你这次可有什么成果？”

“没有，”洛克喝光剩下的半杯啤酒，把杯子倒转过来放在桌上，“屁都没有。我受了这份活罪，可连坨屎都没见到，从某种角度来看，那好歹也算个信息。”

“狗娘养的，”金说着攥起了拳头，“我也能原样奉还，都不用杀了他。我巴不得试上一试。”

“留给灰王吧。”洛克嘟囔道，“我的看法是，只要咱们能活过即将到来的公爵日深夜会谈，那他不可能把驯鹰人永远留在身边。等盟契法师走了……”

“咱们就再跟灰王谈谈。用刀。”

“太对了。有必要的话，咱们可以咬住他不放。咱们不是一直想把那笔钱派个用场吗……哦，这就是了。不管这杂种有什么计划，等他再也雇不起宠物法师，咱们就让他知道知道，绅士盗贼们有多喜欢被人像个球似的踢来打去。就算要跟他进入铁海，绕过奈丝克角，一路追到铜海上的巴厘内尔，咱们也奉陪到底。”

“那就这么定了。今天晚上你准备干什么?”

“今晚?”洛克哼了一声，“我要接受卡罗的建议。我要溜达到“行会百合”去，把自己的脑子操出来。他们明天早上把我扔出门时，可以再塞回去。我知道这需要额外收费，但我付得起。”

“我肯定是发疯了，”金·坦纳说，“已经过去三年了，而这三年你一直……”

“我现在灰心丧气，我需要喘口气。她在千里之外。真见鬼，我猜自己到底是个凡人。你就别等我了。”

“我要送你过去。”金说，“在这样的夜晚，独自外出是不明智的。纳丝卡的消息已经传开了，整个卡莫尔城都心情紧张。”

“不明智?”洛克放声大笑，“我是城里最安全的人，金。我很清楚，目前各方都不想动的人，就只有我了。至少在他们榨干我的利用价值之前不会。”

5

时间过去了还不到两个小时。

“这不管用，”洛克说道，“我很抱歉，这不是……你的错。”

这个房间温暖昏暗，极为舒适。一片木质扇叶绕着隐藏的轮轴不断摆动，发出嗖嗖嗖的声音，让室内保持通风。装潢华丽的“行会百合”位于陷阱区南端，众多水车在屋外缓缓旋转，驱动着皮带和锁链提供各种快感。

洛克身下是一张宽大卧榻，床上铺着丝质床单，再往上是一面丝篷。他四仰八叉地躺着，一盏雾化炼金灯球把光芒洒在他赤裸的身躯上，这柔和红光比深红色的月光略显浓郁。一个女人正用双手抚摸他的大腿内侧，洛克欣赏着对方柔美的曲线。她闻起来像是加热的苹果酒混上肉桂清香。

但拉莫瑞没有任何兴起的反应。

“菲丽思，算了吧。”他说，“这不是个好主意。”

“你太紧张了。”菲丽思轻声细语地说，“你显然有些心事，而胳膊上的伤口，更是毫无助益。让我再试几个法子。我总是勇于面对……严峻挑战。”

“我可无法想象，有什么能帮上忙的。”

“嗯。”尽管她的面容在红色柔光下仅能现出模糊轮廓，但洛克还是从这种腔调中听出她正绷着脸生气。“你知道，有种酒。炼金术的产物，来自塔尔维拉。壮阳剂。不便宜，但的确管用。”她按摩着洛克的肚子，拨弄从中央散开去的纤细体毛，“它们能创造奇迹。”

“我不需要酒。”洛克心不在焉地说着，把菲丽思的手从身上拿开，“诸神啊，我不知道自己需要什么。”

“那就请允许我提个建议吧。”她往上蹭了两步，跪坐在洛克胸口旁，干净利索地把他翻了个身（那些优美曲线下隐藏着货真价实的肌肉），开始按摩他颈部和背部的肌肉，时而轻轻抚弄，时而重重挤压。

“这建议……哦……我接受了……”

菲丽思换掉那种娇喘连连的“只要您高兴怎么都行”的柔媚声音，那本是她这行里最惹人遐思的手段。她语调平平地道：“你知道休息室里的服务员在给我们分配工作时，也会把每个客人的要求如实转告我们吧?”

“这我的确听说过。”

“嗯，我知道你特别要求找个红发的。”

“所……哦，请往下点……所以说……?”

“在百合中只有两个红发，”她说，“我们时不时会遇到这种要求。但问题在于，有些人要的是普遍意义上的红发女郎，但有些人想要独一无二的那位红发姑娘。”

“哦……”

“那些想找普通红发女郎的人，会玩得开开心心，然后拍拍屁股走人。但你……你想要那独一无二的姑娘。而我又不是她。”

“对不起……我说过这不是你的错。”

“我知道。你总是那么彬彬有礼。”

“但我很乐意付钱。”

“这话说得也很甜。”她咯咯笑了起来，“但如果你不付，就得面对满屋拿棍子的壮汉，而不仅是担心伤害我可怜的感情这么简单。”

“知道吗，”洛克说，“我想我更喜欢你刚才那种‘该为您做点什么，主人’之类的蠢话。”

“有些人喜欢实话实说的妓女。有些人只想听你说他们有多棒。”菲丽思用手掌下缘揉弄着他的颈部肌肉，“这都是生意。但就像我所说的那样，你的心在某个人身上。而且现在你已经镇定下来了。”

“抱歉。”

“没必要跟我道歉。眼看着心上人跑到半个大陆之外的人是你。”

“诸神啊，”洛克呻吟道，“给我在卡莫尔城里找个还不知道这件事的人，我就给你一百克朗，我发誓。”

“我只是听某个桑赞兄弟提起过。”

“某个桑赞兄弟？哪个？”

“不知道。在黑暗中他俩很难分辨。”

“我要把他们那挨千刀的舌头割下来。”

“啧啧，”菲丽思揉了揉他的头发，“别这样。至少我们这些姑娘还用得上那些东西呢。”

“哦哦哦。”

“你这个可怜又可人的小傻瓜。你真为她受了不少罪。哦，我该说什么呢，洛克？你被干惨了，”菲丽思柔声笑道，“可惜不是被我。”

插曲
极品小鬼

1

金·坦纳加入绅士盗贼团之后的那个夏季，有天晚上吃过饭后，锁链神父把他和洛克领到神庙屋顶。阳光沉入地平线下，被城里祖灵玻璃建筑中升起的烈焰光华所取代。锁链点起一支用杰里姆烟草卷成的纸烟。

那天晚上，他想谈的是割喉破肚的究极必要性。

“我去年跟卡罗、盖多和萨贝莎谈过这个问题。”他开口道，“你们这些孩子是一笔投资，时间和财富两方面的投资。”他吐出几团七扭八歪的苍白月牙，它们跟往常一样没能形成完美的烟圈。“大投资。也许是我一生的作品。极品小鬼。所以我要让你们记住，你们不可能总用微笑来逃避战斗。如果有人冲你们拔出刀子，我希望你们能活下来。这有时意味着以牙还牙，有时意味着扭头便跑，就像屁股上着了团火。而它永远意味着要懂得什么才是正确选择——所以我们要谈谈你们各自的倾向。”

锁链盯着洛克，意味绵长地深深抽了口烟，就像是一个人在黑沉沉的水中跋涉，准备潜入水下时努力吸入的最后一口气。

“咱们都知道你有不少才能，洛克，在很多方面天赋过人。所以我要跟你实话实说——如果是跟真正的敌人短兵相接，那你比一条尿湿的裤子和一摊血迹也强不了多少。当然，诸神在上，你能杀人，这千真万确；但你就不是面对面战斗的料。你很清楚这一点，对吗？”

洛克红着脸，一句话也不说，这本身就是答案。他突然觉得无法正视锁链神父的目光，便试图假装自己的双脚是前所未见的迷人物体。

“洛克，洛克。不是任何人手里只要拿把刀，就能变成疯狗，也没必要为此难过，所以别再让我们看见你的嘴唇抖得像树叶，好吗？你会学习兵刃，你会学习绳索，你会学习弩弓。但你要学的是偷袭法。从背后，从侧面，从头顶，在黑暗之中。”锁链做出从后面抓住敌人的动作，左手勒住咽喉，把右手那半支烟卷充作匕首，往假想敌的肾部一捅。“你要学会所有手法，因为明智地战斗可以保证你不被别人切成肉渣。”

锁链假装从“匕首”上抹去血迹，然后又抽了一口。“就是这样了。洛克，好好记住这一点，时刻莫忘。咱们应该直面自己的缺点。正派人中有句老话——‘谎言行千里，实话放家中’。”他从鼻孔中呼出两缕青烟，看到灰雾环绕在自己的脑袋周围，不禁面露喜色，“别再低着头了，好吗？就好像你鞋上有个该死的裸女似的。”

听到这话，洛克终于露出腼腆的笑容，仰起脑袋，点了点头。

“至于你，”锁链说着转头面对金，“咱们都知道你那狗脾气，一旦失去控制就能破颅而出。咱们已经有一个正儿八经的邪恶头脑，就在洛克这儿，他是个绝妙的谎言大师。卡罗和盖多在所有方面都是行家，但没有一项可称大师。萨贝莎天生就是创世以来所有骗子的女王。但咱们缺个实实在在的打手，我想你可以充当这个角色，作个永不屈服的怒汉，帮助朋友们摆脱麻烦。手里攥着兵刃，当条货真价实的疯狗。愿意试试吗？”

金的双眼立时垂了下去，欣赏起自己脚上的引人胜景。“呃，好的，如果您觉得这样比较好，我可以试……”

“金，我见识过你的怒火。”

“我体会过你的怒火。”洛克露齿一笑。

“好歹我的年纪是你的四倍，金，多少信我几分吧。你从不面露狰狞，你从不恐吓威胁；你只是突然爆发，一口气把事情解决。有些人是为险恶局势准备的。”他又抽了口烟，把白色灰烬弹在脚下的石板上，“我想你懂得把脑子敲出头颅的诀窍。这本身没有善恶之分，却是咱们用得着的东西。”

金·坦纳似乎想了一会儿，但洛克和锁链都能从他的目光中，看出抉择早已做出。黑色乱发下的那双眼眸透出坚定而饥渴的目光。胖男孩点了点头，算正式应承下来。

“好的，好的！我就知道你喜欢这主意，所以擅自做了点安排。”锁链从宽松大衣的口袋中掏出一个黑皮夹，递给金，“明天午后半点，你要去玻璃玫瑰屋。”

洛克和金都瞪大了眼睛。锁链说的是卡莫尔城最知名也最难进入的格斗学校。金·坦纳把皮夹翻开，里面放了个普普通通的证章：磨砂玻璃下面是一朵艺术化的玫瑰，直接熔刻在皮夹的内表面上。有了这东西，金·坦纳就可以北上经过安杰文河，通过阿瑟葛兰提山坡下的岗哨。这徽章将他置于玻璃玫瑰屋的主人——堂·汤姆萨·玛兰杰拉的直接保护之下。

“这朵玫瑰可以让你通过安杰文河，进入那些大人物的地盘。但你到了那边后，不要到处瞎闯。他怎么说，你就怎么做。直接去，直接回来。从现在开始，你每周去四次。另外为了大家着想，整理整理你脑瓜顶上的那堆乱麻。有必要的话，就用火和战斧。”锁链从迅速消失的纸卷中，吸了最后一口常青树味的烟，随即将烟头从屋顶胸墙上弹了出去。他吐出的最后一口烟雾径直飘到两个孩子头上，形成一个飘飘摇摇，但相当完美的烟圈。

“操！一个预兆！”锁链朝那浮动的圆环伸出手去，就好像能把它揪回来检查。“看来要么是这个计划势必有效，要么是诸神很欣赏我对你所做的命运安排，金·坦纳。我喜欢双赢的提议。好了，你们俩没活儿要干了吗？”

2

在玻璃玫瑰屋中，有座饥渴的花园。

这里是卡莫尔城的缩影，一件被祖灵像玩具一样抛弃的危险遗产，让人类百思不得其解。跟五塔及散落在城中诸岛上的十几栋奇妙建筑相同，祖灵玻璃将块块砖石砌合黏结成一体，让这间房舍足以抵御人类的任何破坏。住在那些地方的男男女女都是身份显赫的借住者，而玻璃玫瑰屋更是阿瑟葛兰提山坡上最显赫最危险的所在。堂·玛兰杰拉能够居住此地，显然得到了公爵长久不衰的恩宠。

第二天临近正午时分，金·坦纳出现在堂·玛兰杰拉家塔楼门前。这五座由灰色石料和银色玻璃筑成的圆形楼宇，仿佛笨重粗陋的要塞；周围那些可爱的高档别墅与其相比，就像是一位建筑师的比例模型。空中万里无云，白炽热浪滚滚而来。经过太阳长时间暴晒，空中水气蒸腾，产生了一种醺醺然的感觉。一扇磨砂玻璃窗就安在塔楼巨大的漆面橡树门旁，可以看到窗子后面隐约有张人脸。已经有人注意到金的到来。

他是经由一座玻璃猫桥渡过安杰文河的。这座桥不比他的屁股宽出多少，金·坦纳在六百尺的路程中，始终用汗津津的双手使劲攥着扶绳。赞塔拉岛是阿瑟葛兰提群岛中最靠东方的第二座岛屿，它的南岸没有架设跨河大桥，而摆渡费是半个铜子儿。对那些穷到没钱付账的人来说，惊险刺激的猫桥是他们的唯一选择。金·坦纳以前还从没走过这种桥，看到经验丰富的男女老少不用绳索，快步走过窄桥，他只觉得五脏六腑都变成了冰水。当他踏上对岸时，脚下那坚实道路不啻于一种神赐的解脱。

在赞塔拉岛岗亭执勤的黄号衣们一个个汗透重衣。他们放金通行的速度之快，实在出人意料。而且金发现他们认出小黑皮夹里的徽章后，圆脸庞上的笑容立刻消失得无影无踪，指点路径的话语也显得简明扼要。这些人口气中透出的到底是怜悯，还是畏惧？

“我们会等着你的，孩子！”金·坦纳走到干净的白石路上时，其中一人突然喊道，“如果你还能从那山上回来的话！”

看起来是怜悯和畏惧兼而有之。这次冒险还像昨天晚上那样令金·坦纳满心欢喜吗？

随着配重物的嘎吱响声，金·坦纳面前的两扇大门之间露出一道黢黑缝隙。片刻之后，门扉在两个身穿血红马甲，系血红腰带的大汉推动下，以庄严持重的姿态徐徐敞开。金·坦纳看到两扇房门都是用半尺厚的实木做成，还以铁条加固。一股气味扑面而来：潮湿的石板和经年的汗水，烧烤的鲜肉和肉桂香料。这是兴盛和安全的味道，是高墙之后的生命气息。

金·坦纳举起皮夹，给开门的大汉们看，其中一人不耐烦地把手一挥：“大人正等着你呢，进来吧。你是堂·玛兰杰拉的客人，请尊重他的家宅，就像你尊重自己的家。”

在富丽堂皇的客厅左墙前，两道黑铁楼梯盘旋向上。金·坦纳跟着那人走过一连串狭窄步梯，有意控制着自己的汗水和喘息。塔楼正门在他们身后轰然关闭，余音久久不息。

两人走过三层用流光溢彩的祖灵玻璃和古老石壁建成的塔楼，地上铺着厚实的红毯，墙上挂着无数沾染污渍的织锦，金·坦纳认出这些都是战旗。堂·玛兰杰拉担任公爵的剑术长和黑号衣指挥官长达二十五年。这些染血的碎布是无数敌军连队的遗骸，他们被命运摆在了尼克凡提公爵和堂·玛兰杰拉的对立面。那些战斗如今已经成了脍炙人口的传说：铁海之战、疯伯爵叛乱、塔尔维拉千日战争。

旋梯最终把他们领到一处狭小昏暗的屋子，空间比壁橱大不了多少，靠一盏纸提灯透出的暗淡红光照明。那人把手放在黄铜门把上，转回头看着金。

“这里就是无香花园，”他说，“如果你爱惜性命，就小心脚下，什么也别碰。”他说完便推开通向楼顶的大门，那耀眼夺目摄人魂魄的景象令金·坦纳猛地往后一仰。

玻璃玫瑰屋的宽度是高度的两倍，所以屋顶直径至少有一百尺，周围全由墙壁环绕。在那可怖的瞬间里，金·坦纳感觉自己面对着百色杂陈、炽热灼烧的炼金火焰。种种故事和传说都无法帮他做好心理准备，面对夏日艳阳下的无香花园。仿佛有液态钻石在数百万精细的脉络中奔涌，数百万切面和棱角同时绽放光芒。这里是一整座玫瑰花园，有一丛丛无瑕的花瓣、茎干和荆刺。这片祖灵玻璃花圃无声无息无香无嗅，在熠熠光华中显得栩栩如生。那千百万花朵上，就连最细小的荆刺也完美逼真。金只觉头晕眼花，他身子向前倒去，下意识地抬起手来保持平衡。当他强迫自己闭上眼睛时，残像在黑暗中跃动，犹如一道道闪电破空。

堂·玛兰杰拉的卫兵抓住他的肩膀，动作轻柔有力。

“刚开始可能有点晕，但你的眼睛很快就能调整过来。不过一定要牢记我的话，看在诸神的分上，什么东西也别碰。”

等双眼从最初的震撼中恢复过来后，金·坦纳观赏起这片令人目眩的光芒。每丛玫瑰都完全透明，离他最近的不过两步之遥，而且它们跟传说中一样完美无瑕。似乎在花团锦簇、繁茂无双的盛夏时节，祖灵们忽然冻住了每朵鲜花和每丛灌木。但在这些雕刻之间，星罗棋布地点缀着些许实实在在的色彩。这些螺旋状的红褐色半透明物质，就像被冻入冰山的锈色烟云。

人血构成的烟云。

每个花瓣、叶片和荆刺都比世上任何剃刀还要锋利，只需轻轻碰触，就能像切割纸张一样划破肌肤。而且正如故事中所说的那样，这些玫瑰会饮血，会通过虹吸作用把鲜血深深吸入玻璃枝干和藤蔓组成的脉络之中。由此可见，如果把足够的生命喂给这座花园，每朵玫瑰和每片花丛总有一天会完全变成丰厚血色。有些流言说花园只会吸收溅上去的血水，但另一些则声称这些玫瑰会从伤口中吮吸血液，不管切口有多小，都能把一个人吸到浑身惨白。

在这些花园小径中行走，需要精神高度集中。它们多半只有两三步宽，稍稍分心都可能致命。据说堂·玛兰杰拉把这座花园当成教授年轻人战斗技能的理想场所。金·坦纳头一次对那些千年前就从卡莫尔城消失的祖灵，产生了一种又敬又怕的感觉，他们到底留下多少奇异惊喜，等待人们陷落其中？又是什么东西，能把创造出如许功业的强大民族驱逐？答案几乎不可想象。

玛兰杰拉的卫兵松开金的肩头，重新走入楼梯顶端的昏暗房间。男孩现在可以看清，那房间从塔楼围墙上探了出去，就像个园丁小屋。“堂就在花园中心等你。”卫兵说道。

那人随即把房门关在身后，金·坦纳仿佛独自一人置身屋顶花园，陪伴他的只有上空赤裸裸的艳阳，和身前那一丛丛饥渴的玻璃花朵。

但他其实并不孤单，各种声响从玻璃花园中央传来，金铁交击发出的嘶嘶锐响，战士发力时的低沉吼叫，间或还有几句言简意赅的命令，声音沉厚，充满威严。也就在几分钟前，金·坦纳还会发誓说穿越猫桥是平生最恐怖的经历，但如今面对无香花园，他宁愿回到距离安杰文河五十尺高的狭窄拱桥中央，松开扶绳，跳起欢快的舞蹈。

然而牢牢抓在右手中的黑皮夹，让金·坦纳想起了一个事实：锁链神父认为他足以应对在这座花园中等待他的东西。尽管玻璃玫瑰炫人眼目、暗藏杀机，但它们毕竟不会动，更不会思考。如果他害怕在这座花园中行走，那又如何能够拥有杀手的胆识？羞愧感驱使他拖着脚，一步步向前走去。金·坦纳打起精神，万分谨慎地穿行在蜿蜒小径之间，汗珠从脸上淌落，刺痛了他的双眼。

“我是绅士盗贼。”他喃喃自语道。

在这些冰冷静默的玫瑰花丛间，金·坦纳走过了短暂生命中最为遥远的三十尺路程。

他没让玻璃花朵尝到一口鲜血的味道。

在花园中心，是一处直径大约三十尺的圆形空地，有两个跟金年龄相仿的男孩正面对面绕着圈子，刺剑在他们之间往来翻飞。另外六个男孩紧张地观察战局，还有位高个中年男子站在旁边。此人满面风霜，皮肤仿佛沙色皮革，留着及肩长发和一副胡须，颜色犹如冷掉的营火灰烬。他穿了件绅士上装，火红的颜色跟楼下侍从们的制服相同，但下身却套着饱经日晒雨淋的军人长裤，和一双破破烂烂的战斗靴。

再来看上课的这些孩子，随便哪个人的衣着装扮都能让老师相形见绌。这些孩子出身高贵，穿着锦缎上衣和剪裁考究的长裤，外加丝绒衬衫和擦光发亮的仿造军靴。每人还穿了件白色软皮大衣，佩戴材质相同的银钉护腕——正是用来防备训练武器戳刺的那种护具。金·坦纳踏进空地的那一瞬间，觉得自己仿佛赤身裸体，只是因为身后有玻璃玫瑰的威胁，才让他压抑住了跳回角落的冲动。

其中一名对决者看到金从花园中走出来，不觉吃了一惊。他的对手抓住这稍纵即逝的机会，熟练地一挥刺剑，穿透皮质护腕，扎进对方大臂。被刺伤的男孩发出一声不合体的号叫，扔掉了手中的兵刃。

“玛兰杰拉先生!”旁观的男孩中有一人高声叫道。他油腔滑调的声音，感觉比涂了油准备放进贮藏室的刀剑还腻。“洛伦佐显然被刚从花园里出来的这个男孩分散了注意力！这招算不上正大光明。”

空地中所有男孩都扭头看向金·坦纳。很难说他们那不加掩饰的轻蔑态度，到底是由哪个细节最先引起：金的贫民衣着？梨状身材？还是手无寸铁，身无片甲？只有长衫袖口被鲜血迅速洇湿的男孩没有用厌恶的目光瞪视金，他显然有其他问题需要操心。灰发男子清了清嗓子，用金·坦纳之前听到过的醇厚声音开始发言。他似乎觉得这事儿挺逗。

“将注意力从对手身上移开是愚蠢的行为，洛伦佐，所以从某种角度来说，你活该挨这一下。但话说回来，一切都应公平无欺，年轻绅士不该利用外界影响来占便宜。你们下次都要再努把力。”他看都没看金一眼，直接抬手指了指他，话语中的和蔼暖意也消失无踪，“而你，孩子，回到花园里去，等我们这儿下了课再出来。在这些年轻绅士离开前，我不想再见到你。”

金断定自己脸上泛起的红光要比太阳还耀眼夺目。他三步并作两步跑回花园，过了几秒钟才惊恐地意识到，自己居然毫不迟疑地冲进了这片由玻璃雕刻品组成的迷宫。金离开空地，一口气拐了几个弯，忧虑恐惧和自怨自艾的情绪在心中纠缠。他努力让自己保持坚强，任由暑热将大股大股的汗水从身上蒸掉。

幸运的是，他没有等候太久。兵器撞击声很快便停止了，堂·玛兰杰拉让学生们解散回家。这些小少爷从金·坦纳身旁鱼贯而过，大衣都已脱去，短上衣也敞开了怀。他们在这片透明花朵组成的致命迷宫中，似乎都从容自若，心无挂碍。谁也没跟金说一句话，因为这里是堂·玛兰杰拉的宅邸，在他家中叱责一名平民，会被视作专横无礼的行为。这些孩子的丝质衬衣被汗水浸透得几乎透明，有几人脸色绯红，走路摇摇晃晃，似乎有点中暑，但这都无法改善金·坦纳抑郁的心情。

“孩子！”等年轻绅士们离开花园，朝楼下走去，堂高声叫道，“过来见我。”

金缩起晃晃荡荡的肚皮，再度走入圆形庭院。他努力鼓起自信和自尊，但又知道这大半是纯粹的臆想。堂·玛兰杰拉没有正眼看他。堂拿着那柄刚刚刺入男孩二头肌的小号训练用刺剑，在他手中，这玩意像个玩具，但在剑尖上闪闪发光的血迹却是货真价实。

“我，哦，我很抱歉，先生，玛兰杰拉先生。我肯定是来早了。我，呃，无意打扰您的学生……”

堂以脚跟为轴扭身一转，上身所有肌肉都纹丝不动，动作干净利索得仿佛塔尔维拉时钟。他低下头眯起眼睛，打量着金·坦纳。黑眼眸中透出的冰冷目光，让男孩在这个午后第三次感到恐惧。

金突然意识到，此刻在屋顶花园中，只剩下两个人——他和这位从血泊中冲杀出来，获得如今这等地位的老战士。

“你觉得有意思吗，贱种？”堂用阴狠的语气轻声说道，“在别人说话前抢先开口，在这样的地方，对我这种人？对我这样的堂？”

金带着哭腔的道歉被怯懦的哽咽堵死在喉咙里。如果你打破一个蛤贝的壳，把它从裂缝中挤出来，就会听到这种湿漉漉的闷响。

“如果你只是粗心大意，那我可以把这坏习惯从你那全是肥肉的胖屁股里揍出来，都用不了一眨眼的工夫。”堂大步走到最近的玻璃玫瑰丛前，谨慎地将染血剑尖放在一支花蕊上。金又惊又怕又是入迷地看着眼前景象，剑刃上的血污迅速消失，被吸入玻璃丛中，旋即散成一片迷雾般的粉红卷须，钻入雕刻内部。堂把干净的刺剑扔在地上。“我说得对吗？你就是个被送来假装学习战技的蠢胖子吧？你是来自大锅区的脏兮兮的小流氓，这毫无疑问。某个妓女留下的狗杂种。”

起初，金·坦纳舌头上的麻痹感还不肯消失，但他随即听到血液在耳里轰鸣，仿佛惊涛骇浪撞击着沙滩。拳头也不由自主地攥了起来。

“我是在北角区出生的！”他厉声叫道，“我的父母都是商人！”

这番话刚一出口，他的心脏似乎就停止了跳动。金只觉无地自容，他把双臂背在身后，埋着头往后退了一步。

片刻压抑的沉默过后，玛兰杰拉突然放声大笑，同时捏了捏双手，让关节发出松木燃烧时的噼啪声。

“请原谅，金，”他说，“但我想看看锁链跟我说的是不是真话。诸神在上，你果然有种。而且脾气不小。”

“您……”金·坦纳盯着堂，终于理出些头绪，“您故意要我生气，先生。”

“我知道你决不允许别人侮辱你的父母，孩子。锁链跟我说了很多你的故事。”堂走到男孩面前，单膝跪下，用一只手扶住金的肩头，与他四目相对。

“锁链不瞎，”金说，“我不是侍僧。而您也不是……不是……”

“一个下作的老杂种？”

金忍不住咯咯笑了起来。“我，哦……我在想今后还能不能遇到表里如一的人了，先生。”

“当然会。这种人几分钟前刚刚走出我的花园。而且我就是个下作的老杂种，金。在这个夏季结束之前，你就会把我恨入骨髓。你每时每刻都会诅咒我，无论是在伪光还是黎明。”

“哦，”金说，“但……这只是公事公办。”

“对极了。”堂·玛兰杰拉说，“我能给你透露点秘密吗，金？我并非生来就住在此地，这是多年拼死效命换来的礼物。不要以为我不在乎它……但我的父母甚至并非来自北角区。我出生在一个农庄。”

“哇哦！”金说。

“是的，”堂说，“在这座花园里，你的父母是谁并不重要。我会逼你不断练习，直到你汗中带血，乞求怜悯。我下手决不留情，你多半会为了祷告乞怜，发明出新的神明。这座花园唯一敬重的品质是专注。你在这里能每时每刻保持专注吗？你能凝炼自己的注意力，把它逼入最小的焦点吗？你能摒除所有杂念，只关心眼前的目标吗？”

“我……我会努力的，先生。我已经在花园中走过一次，我可以再次尝试。”

“你会的。你会走上一千次。你会在我的玫瑰丛中奔跑。你会在它们之间睡觉。你会学习专注。我警告你，有些人就是做不到。”

堂站起来，一挥右手，在身前画了个半圆。

“你可以找到他们留下的东西，到处都是。在祖灵玻璃中。”

金·坦纳紧张地咽口唾沫，点了点头。

“好了，你刚才因为来早了而向我道歉，其实你没来早。我把上一堂课拖长了一点，好让那些想让彼此见点血的无耻小崽子们如愿以偿。从今往后，你就等一点的钟声敲响后再来，以确保他们早已离开。不能让他们看到我在教导你。”

金·坦纳曾有一个殷实家庭，他曾和刚才在屋顶上见到的这些孩子一样衣着华贵考究。他告诫自己，此刻心中的痛苦只是过往生活留下的旧伤，他不应该为头发、衣服，或是下垂的肚皮之类蠢事产生丝毫羞愧。这种高傲尊贵的想法，勉强能让他保持面色平静，双目干燥。

“我明白，先生。我……不想再给您抹黑。”

“给我抹黑？金，你误会了。”玛兰杰拉满不在乎地把玩具刺剑踢开，它沿着屋顶瓷砖叮叮当当滚到一边。“那些耀武扬威的小屁孩到我这儿来，是想学华丽多姿的绅士剑术。其中有无数竞技限制，而且严格禁止不名誉的手段。”

“你则全然不同，”他说着转过身，点了一下男孩的额头，动作坚定有力，但又充满慈祥，“你要学的是如何用剑杀人。”

第七章
窗　外

1

洛克在紧张而漫长的午餐时间中，勾勒出了计划的大致轮廓。

公爵日正午刚过，绅士盗贼们就坐到玻璃地窖中的大餐桌旁。在室外，烈烈骄阳喷吐着常见的午后酷刑，但这里却凉爽怡人，甚至以地窖的标准来看，都有些不同寻常。锁链经常推测说，祖灵玻璃不只会对光线起作用。

他们准备的这席盛宴，更像是在庆祝什么节日，而非简简单单的午餐。桌上摆着加了洋葱和生姜的炖羊肉，用香料酒调味的鳗鱼，外加金·坦纳烤制的绿苹果馅饼（他还奢侈地在水果上倒了相当分量的奥斯特沙陵白兰地）。“我打赌，就算是公爵的厨师，这样做菜也会被生吞活剥。”金说道，“根据我的估算，每块馅饼都价值两到三克朗。”

“等它们被吃下肚，”小虫儿说，“再从另一边钻出来后，又能值多少呢?”

“欢迎你来对此进行测量，”卡罗说，“找个天平。”

“再拿把铲子。”盖多补充道。

桑赞兄弟始终小口小口地吃着撒了碎羊肾的调味煎蛋，这道菜本是所有人的最爱。尽管他们都同意这是几周来最完美的一餐，甚至盖过萨尔瓦拉骗局初战告捷的庆功宴，但今天几位绅士盗贼的胃口似乎急剧萎缩。只有小虫儿还在大快朵颐，而且心思似乎完全放在金·坦纳那盘馅饼上。

“看看我，”他含着满嘴的食物，咕咕哝哝地说，“我每咬一口，就多值几块钱。”

这番哗众取宠仅仅赢来几个勉勉强强的微笑。小虫儿烦躁地闷哼一声，双拳往桌子上一捶。“好吧，如果你们都不想吃，”他说，“那咱们何不开始计划该如何躲避今晚的利斧？”

“说得好。”金说。

“太对了。”卡罗接口道。

“对，”盖多说，“说说你是如何计划的，咱们又该怎么玩？”

“好吧。”洛克把盘子推开，将餐巾揉成一团，扔到桌子中央，“首先，咱们要再用一次那该死的断塔房间。看起来那些楼梯还不准备放咱们走。”

金点点头：“咱们用那房间干什么？”

“你和我就在那儿等着，直到安杰斯九点来接咱们。咱们就待在那儿，直到他完全相信咱俩有个绝对正当的理由，不能跟他一起走。”

“到底是什么理由？”卡罗问道。

“一个特别华丽的理由，”洛克说，“我需要你和盖多今天下午拜访一下杰赛莉娜·杜巴特。在这件事情上，我需要黑炼金师的帮忙。你就跟她说……”

2

杰赛莉娜·杜巴特和女儿简莱恩开的违法药剂店，坐落在环境良好的泉水湾区一家抄写员铺面的二楼。下午两点刚过，卡罗和盖多便踏入店面。十几个男男女女弯腰驼背地趴在宽大木桌上，用羽毛笔、干盐、炭条和干燥海绵不断书写，就像是一群机器人。一系列设计精巧的镜子和天窗，让自然光照亮了他们的作品。在卡莫尔城的生意人中，很少有人像文书抄写员这么锱铢必较。

底楼的尽头有道旋梯。一位样貌凶悍的年轻女子守在楼梯口，表面上似乎倦怠无聊，但手指却从没离开过藏在织锦棕大衣下的武器。桑赞兄弟用正确手语和掉进女人大衣口袋里的铜板表示出自己的诚意，那人拉了下吊在楼梯旁的铃绳，挥挥手让他们上去。

二楼有一间接待室，没有窗户，木板拼成的墙壁和地面似乎是用金色硬木制成，上面还留有淡淡的松漆芬芳。一个高大柜台将房间一分两半，买家这一侧没有椅子，卖家那边也没陈列出任何商品，只有一扇上锁的房门。

杰赛莉娜站在柜台后面。这位五十多岁的妇人相貌不俗，蓬松的炭色长发披散而下，机警的黑眼睛居于笑纹中央。简莱恩的年龄只有杰赛莉娜的一半，她站在母亲右侧，手里端着一张弩弓，箭尖所指的方向仅比卡罗和盖多的脑袋高出一点。这是件室内武器，分量轻杀伤力小，所以几乎可以肯定箭上涂了某种可怖的毒药。但两兄弟并不特别担心，跟黑炼金师做生意时这种阵仗再正常不过。

“杜巴特夫人，杜巴特小姐，”卡罗说着深施一礼，“您的仆人在此致意。”

“不消说，”盖多补充道，“我们仍旧孑然一身。”

“桑赞先生和桑赞先生，”年长的杜巴特说道，“很高兴见到你们。”

“尽管我们，”简莱恩说，“仍旧决无此意。”

“但也许你们想买点东西？”杰赛莉娜双手交叉放在柜台上，扬起一条眉毛。

“说来也巧，我们有个朋友需要点特别的东西。”卡罗从马甲里掏出一个钱袋，举在面前，但没有打开。

“特别的？”

“也可能不像特效药那么特别。他想找点不舒服。特别不舒服。”

“把生意推出门去可不是我的作风，先生们。”年长的杜巴特说，“但三四瓶朗姆酒就可以起到这个作用，跟我可以给你们的东西相比，价格只是九牛一毛。”

“啊，并非那种不舒服。”盖多说，“他想染上重病，就好像在拍打死亡女神的卧室房门，询问可否进去。过段时间，等他装过病后，又需要迅速恢复体力。某种虚假的病痛，如果您肯帮忙的话。”

“哦，”简莱恩说，“我不知道我们这儿有没有类似的药物可以起到这种作用，至少手头没有。”

“你们的朋友，”杰赛莉娜说，“想什么时候拿到这种药？”

“我们希望离开这里时，能够把它带走。”卡罗说。

“跟人们的想象不同，”杰赛莉娜在柜面上敲打着手指，“我们这儿不会酿造奇迹，亲爱的先生们。我们真诚希望你们能记住这个原则。把某人的五脏六腑搅翻，让其发病，然后在几小时后重新恢复健康……哦，这很棘手。”

“我们不是盟契法师。”简莱恩补充道。

“赞美诸神。”盖多说，“但事态紧急。”

“好吧，”杰赛莉娜叹道，“也许我们可以兑些东西出来，有些粗糙，但应该能起作用。”

“盗墓花。”她女儿说。

“对，”杰赛莉娜接口说，“然后再用萨默内松。”

“我想店里都有，”简莱恩说，“需要我去查看一下吗？”

“去吧，把弩弓递给我，到后面找找看。”

简莱恩把弩弓递给母亲，打开后门钻了进去，随即又将门锁在身后。杰赛莉娜把武器轻轻放在柜台上，但五指修长的右手始终没有离开加了衬垫的握柄。

“您伤了我们的心，夫人，”卡罗说，“我们就像小猫咪一样无害。”

“更无害，”盖多说，“猫咪还有爪子，而且不分青红皂白地往家具上撒尿。”

“孩子们，这跟你们无关。是这座城。纳丝卡被谋杀后，所有地方都炸开了锅。老巴萨维肯定在谋划什么报复行动。天知道灰王是谁，他想要干什么。我一天比一天担心，不知会有什么东西走上我的楼梯。”

“眼下的局面，的确乱成了一锅粥。”卡罗说。

简莱恩回到接待室，手里拿着两个小袋。她给门上了锁，将袋子递给妈妈，又端起那张弩弓。

“好了，”年长的杜巴特说，“那么就是这些了。让你们的朋友吃这个，红袋子。这是盗墓花，一种紫色粉末。要记住，是在红袋子里。把它放入水中。这是催吐剂，不知你们听了这个词有何感想。”

“不是什么愉快的感觉。”盖多说。

“等他喝下去五分钟，肚子就会疼起来。十分钟后，膝盖发软。十五分钟后，他会把之前一个礼拜吃进去的所有东西都吐出来。场面可不好看。要记得提前把桶准备好。”

“看起来绝对真实吗?”卡罗说。

“看起来？小甜心，要多真实有多真实。你见过有人假装呕吐吗?”

“是的。”桑赞兄弟齐声答道。

“他用嚼过的橘子装成呕吐物。”盖多补充道。

“好吧，他这回用不着装了。卡莫尔城里的所有医师都会对天发誓，这是货真价实的自然病征。你甚至不会在呕吐物里看见盗墓花，它溶解得很快。”

“那么，”卡罗说，“另一袋是什么?”

“那是萨默内松树皮。碾碎泡进茶里。它是盗墓花的绝佳反作用剂，可以完全抵消紫色花朵的作用。但到那时，盗墓花已经完成了它的功效，这点一定要记住。树皮不会把食物塞回你们朋友的肚皮，也无法弥补他把五脏六腑都吐出来时所丧失的精力。他会感到浑身乏力、肌肉酸痛，至少过一两个晚上才会没事。”

“听起来妙极了，”卡罗说，“当然是我们特别定义下的‘妙极了’。我们欠您多少钱?”

“三克朗二十梭伦，”杰赛莉娜说，“我给你们这个优惠价，是因为你们是老锁链的孩子。炼金术本身并不费事，只需要精炼提纯。但这些原料可不好搞。”

卡罗从钱袋里数出二十枚泰卢，在柜台上叠成一摞。“这是五克朗。您一定明白，这个小插曲最好被所有相关人等忘记。”

“桑赞，”杰赛莉娜·杜巴特冷冷地说，“对外面的世界来说，所有从我手里卖出的货物都会被忘记。”

“那么这些货，”卡罗又往上加了四枚金币，“需要被额外忘记。”

“好吧。如果你真想强调这一点……”她从柜台下面取出一个木铲，把钱币扫了过去。从声音判断，应该是落入一个皮袋。杰赛莉娜向来不用手碰触钱币。黑炼金师们都有强烈的妄想症，不会轻易碰触、品尝或是嗅闻任何东西，不然很难活到老杜巴特这种年纪。

“我们对此感激不尽，”盖多说，“我们的朋友也是。”

“哦，这我们就不指望了。”杰赛莉娜·杜巴特笑着说，“先给他红袋，然后再看看他还能剩下多少感激之情吧。”

3

“给我拿杯水，金。”洛克从七楼朝向河道的窗子望了出去，卡莫尔南城众多建筑物投下的黑影，逐渐向东方延伸，“我该吃药了。现在大概是差二十分钟九点。”

“已经配好了。”金·坦纳说着推过来一个马口铁杯子，混浊的淡紫色残渣在水中旋转，“桑赞兄弟说的没错，这东西一眨眼就融化了。”

“好吧，”他说，“敬疏于防范的财富。敬真正的炼金师，坚忍的胃口，笨拙的灰王和诡诈看护人的幸运。”

“愿我们能平安度过今晚。”金·坦纳说着模仿出碰杯的声音。

“嗯。”洛克迟疑地抿了一口，然后把杯子一扬，将药水灌进喉咙，几口吞下肚。“喝着还不坏。有点薄荷味，特别提神。”

“很合适的墓志铭。”金说着把杯子拿开。

洛克又瞪着窗外看了一会儿，强劲的公爵风仍旧从海面吹来，蚊虫还不会咬人，所以纱窗没有挂上。在维阿·卡莫尔拉赞河对面，兵工厂区几乎毫无动静，悄无声息。如今铁海诸城邦处于相对和平期，所有锯木场、仓库和湿船坞都少有生意。如果有需要的话，它们可以同时建造或整备二十多艘船只，但洛克此刻看到船厂中只有一艘孤零零的龙骨外壳。

再往远看，海浪撞在防波堤底部，泛起阵阵白色碎波。这段四分之三英里长的堤坝，是由祖灵玻璃黏合的石块筑成，被称作南部针林。在它的最南端，一座人造瞭望塔矗立在渐渐黑沉的海面前方。更远处，在空中片片流云的红色卷须之下，可以看到模模糊糊的点点白帆。

“哦，”他说，“我确实有点感觉了。”

“坐下来，”金说，“按说你很快就会双腿发软。”

“已经开始了。实际上……诸神啊，我想我要……”

盗墓花奏效了。一股强烈呕感涌上洛克的喉头，紧随其后的是过去一天吃进去的所有东西。在这漫长的几分钟里，洛克跪在地上，抱着一个木桶，虔诚得就像所有跪在神坛前请求诸神赐福的信徒。

“金，”他趁呕吐发作的短暂间隙，有气无力地说，“下次我再想出这种计划，你就往我脑袋上种把斧子。”

“很难奏效，”金·坦纳用一个空桶换掉已经满了的木桶，友善地拍拍洛克的后背，“你这么厚的脑壳，会让我的利刃变钝……”

他把窗户一扇扇关牢。伪光已经渐渐升起。“尽管难以忍受，”他说，“但咱们需要这股味道，等安杰斯进来时，好给他来个惊喜。”

洛克的肠胃已被彻底清空，但干呕还在继续。他按着自己的肚子，战栗不止，呻吟不休。金拉过一条睡毯，把病人完全盖住，他低头看着洛克，目光中透露出真真切切的忧虑。“你面色惨白，浑身湿冷，”金·坦纳喃喃说道，“挺不错。很真实。”

“漂亮极了，不是吗？诸神啊，”洛克轻声说道，“还要等多久？”

“这很难说，”金说，“安杰斯现在应该已经到楼下了。让他们再多等几分钟，应该就会直接冲上门来。”

在这几分钟里，洛克对“刹那永恒”这个概念有了深刻的理解。最终，楼梯上传来一阵嘎吱声，房门被用力捶响。

“拉莫瑞！”安杰斯·巴萨维喝道，“坦纳！开门，不然我就一脚踹开这该死的破门！”

“诸神慈悲。”洛克哑着嗓子嘟囔了一声。金站起来把门闩拉开。

“我们在‘致命失误’门口等了老半天！你们到底来不来……诸神啊，这儿到底是怎么回事？”

安杰斯一脚踏进套间的恶臭之中，忙不迭抬起胳膊捂住口鼻。金指了指躺在床上来回翻滚、不住呻吟的洛克。尽管夜晚潮湿闷热，他还是在身上半裹了张毯子。

“大概半小时前，他突然觉得不舒服，”金说，“把这鬼地方吐了个遍。我不知道到底是怎么搞的。”

“诸神啊，他脸都绿了。”安杰斯几步走到洛克身边，无比同情地看着他。安杰斯穿了一身战斗服饰，硬皮胸甲，没系扣的皮领子，肌肉虬结的小臂上戴了对镶钉皮护腕。有几个人跟他上了楼梯，但似乎都无意走进屋来。

“我午饭吃了阉鸡，”金说，“他吃了鱼肉卷。那是我们最后吃下的东西，我一点事儿没有。”

“艾奥诺的尿啊。鱼肉卷。肯定比他想要的还新鲜，我敢打保票。”

“安杰斯，”洛克哑声说道，同时颤颤巍巍地抬起一只手，伸向小巴萨维，“别……别丢下我。我还能去。我还能打。”

“诸神啊，算了吧。”安杰斯使劲摇了摇头，“你病得很重，拉莫瑞。我想你最好看看医师。你叫医师来了吗，坦纳?”

“我还没找到机会。我拿来了桶，打一开始就忙着照顾他。”

“哦，继续吧。你们俩都留下。不，别生气，金，你显然不能把他一个人丢在这儿。你留下照顾他吧。抽空找个医师来。”

安杰斯轻轻拍了拍洛克露在毯子外面的肩膀。

“我们今晚会搞定那个杂种的，洛克。别担心。我们会把他彻底解决。等这些事处理完了，我就派个人来看你。我会跟爸爸讲清楚，他能理解。”

“拜托……拜托。金能扶我站起来。我还能……”

“别啰唆了。你他妈站不起来。你病得像条泡在酒瓶里的鱼。”安杰斯退到门口，在他矮身出去之前，又冲洛克深表同情地挥了挥手。“如果我能亲手抓住那个杂种，就替你揍他一拳，洛克。好好歇着吧。”

房门应声关闭，屋里又只剩下洛克和金两个人。

4

漫长的几分钟终于过去。金打开朝向运河的窗子，借着闪烁伪光向下望去。他看到安杰斯和手下人从人群中挤了出去，快步走过维阿·卡莫尔拉赞河上的猫桥，进入兵工厂区。安杰斯连头都没回一次，他的身影很快就被黑暗和距离所吞没。

“走远了。要我帮你……”金说着转回头。洛克已经从床上挣扎起来，把水泼在炼金灶石上。他看起来足足老了十岁，瘦了二十磅。这很让人担心，因为洛克没有二十磅多余的体重。

“好了。今晚最不复杂最不重要的工作已经结束。加油，绅士盗贼团。”洛克说道。他把一个玻璃水壶放在灶上，石头反射的光芒照亮了他的面容。老了十年？更像是二十年。“现在该喝茶了，诸神慈悲，它最好跟紫粉末一样管用。”

金·坦纳扮个苦相，抓起两个盛满呕吐物的木桶走到窗边。伪光正渐渐衰落，闷热的刽子手风越吹越劲，随之而来的黑云像一片低矮的天篷，从五塔后方飘过。今晚所有月亮都会被这些浓云吞没，至少有几个小时暗淡无光。星星点点的火光在城中闪亮，就好像有一位不知名的珠宝匠把他的货品码放在黑布柜面上。

“杰赛莉娜的小药末似乎把我过去五年吃掉的每顿饭都勾出来了。”洛克说，“我现在能吐的就只有赤裸裸的灵魂。你把那两桶倒掉前，帮我看一眼它是不是漂在上面，好吗?”洛克用颤抖的双手把干燥的萨默内松树皮碾碎，放入水壶。他已经没力气鼓捣正经茶水了。

“我想我看见它了，”金说，“也是个污秽扭曲的小东西。把它倒进海里，对你有好处。”

金朝窗外飞快地瞟了一眼，确保在这批恶臭大礼包的落点上没有舟船驶过，然后直接把这两个桶扔出窗外。它们砸在七十多码下的灰色河面上，发出响亮的泼溅声，但金·坦纳相信没人注意，更没人在乎。卡莫尔人经常把恶心玩意扔进维阿·卡莫尔拉赞河。

金看到木桶沉入河底，随即打开一个暗橱，拿出他们的伪装道具——廉价的行者斗篷，两顶不知用什么皮子制成的塔尔维拉宽边帽，还泛着腊肠肠衣似的油光。他把一件褐色斗篷披在洛克肩上。洛克感激不尽地抓着它继续发抖。

“你眼神里又透出那种母性光芒了，金。我看起来肯定像坨被捶烂的狗屎。”

“实际上，你看起来像是在上周被处决了。我不想这么问，但你确定自己还能干得了吗?”

“不管我是什么德行，也得撑着。”洛克把斗篷一角裹在右手上，拿起那壶半沸的茶水。他知道这玩意的最佳居留地应该是自己空荡荡的肠胃，便抿了两口，然后连药渣带水都吞下肚去。“呃，这东西尝起来就像有人在我肚子上踹了一脚。我最近又惹杰赛莉娜生气了吗?”

他的表情非常别致，好像面皮试图自行卷起，从骨头上脱离。但他继续把药水灌进嘴里，强忍着将湿腻粗粝的树皮粉末吐出来的冲动。金·坦纳用双手扶住他的肩膀，帮他稳住身形，暗自担心洛克如果再吐一次，恐怕整个人都要垮了。

几分钟后，洛克把空壶放下，深深叹了口气。

“我现在就盼着等这摊烂事结束后，跟灰王好好谈谈。”他轻声说道，“我有几个问题想要问他。都是哲学问题。比方说，‘被一根绳子系住蛋蛋，再挂到窗外的感觉如何呢，狗杂种?’”

“听起来更像是医学而非哲学。何况你也说过，咱们必须等驯鹰人离开再动手。”金·坦纳的语气沉稳镇定，不带任何感情。每当讨论起游荡在审慎和理智边缘的计划时，他就会用这种语气。“可惜咱们不能在黑巷里伏击他。”

“不能给他一秒钟的思考时间，不然咱们就输定了。”

“只要在二十码之内，”金思忖道，“这一斧子扔过去，连半秒钟都用不了。”

“但你我都知道，”洛克一字一顿地说，“咱们不能杀盟契法师，否则谁都活不过这一周。卡泰因会拿咱俩杀鸡儆猴，再加上卡罗、盖多和小虫儿。这条出路可一点也不高明。相当于慢性自杀。”

洛克盯着温度渐渐褪去的灶石，不断摩擦双手。

“我想知道，金。我特别想知道。别人被咱们骗倒后，心里是个什么感觉？在咱们拿到战利品，脱身跑路后，他们也是这样束手无策。”

等灶石上的光亮又暗淡了几度，金才开口。

“我想咱们早就达成共识了，洛克，那些人都是罪有应得。仅此而已。现在开始纠缠这种事，真是蠢到家了。”

“纠缠?”洛克就像刚睡醒似的眨了眨眼，“不，别误会我的意思。只是这种被人攥在手心里的感觉很别扭。‘无路可逃’是给别人准备的，而不是绅士盗贼团。我不喜欢落入陷阱。”

洛克猛地打个手势，金·坦纳把他拉了起来。金不知道起作用的是药茶还是斗篷，反正洛克已经不再发抖。

“没错，”洛克说起话来又有了底气，“一点没错，绅士盗贼团可不一样。赶快把这件烂事搞定。等我跳完那段小步舞，咱们就可以好好想想，该拿咱们最喜爱的灰衣兔崽子和他的宠物法师怎么办。”

金露齿一笑，把拳头捏得嘎巴作响，接着又将左手伸向背后。这个习惯动作是在确认恶姐妹们是否为今晚的节目做好了准备。

他问洛克：“你肯定自己可以走藤蔓大道吗?”

“再肯定不过了，金。见鬼，我现在比刚喝下药时又轻了不少。对我来说，往下爬是今天晚上最容易的任务。”

5

断塔西侧从头到脚全是棚架，正下方是一条狭窄小巷。木头格子环绕在每扇窗户周围，上面挂满坚韧老藤。尽管爬起来有点困难，但这条路可以彻底避开每天晚上都会出现在“致命失误”中的数十张熟面孔，所以绅士盗贼们经常走这条藤蔓大道。

断塔顶楼朝向小路的窗子突然打开。洛克和金·坦纳那间套房里的灯火早已熄灭。一个庞大的黑影钻出窗户，爬上藤蔓格架，一条较为矮小的人影紧随其后。洛克强忍住胃部的阵阵恶心，用右手使劲攥住木格，另一只手轻轻关好头顶的百叶窗，随即向下爬去。刽子手风从咸湿黑暗的铁海吹来，带着沼泽和农田的气息，用无形的手指拨弄他的帽子和斗篷。

两人一步一步向下爬去，时刻确保手脚扒牢。金·坦纳始终跟洛克保持着两三尺的距离。六层的几扇窗子关得严严实实，屋内漆黑一片。

五层的百叶窗周围透出丝丝琥珀色光线。两人没有多话，同时放慢速度，尽量蹑手蹑脚地继续往下爬，让自己变成漆黑夜色中不起眼的一片灰斑。

金刚爬到五楼窗子左边，那扇窗户突然向外敞开。

一扇折叶窗板撞在他背上，金吓得几乎松了手。他使劲攥住木条和藤蔓，扭头朝右望去。洛克起初没有察觉，一脚踩在他头上，但很快就把自己拉了回去。

“我就知道没别的路可走，你这没人要的臭婊子!”一个男人压低声音说。

随着砰的一声巨响，棚架猛地震动起来。有人钻出窗户，摸索着爬到他们侧下方的藤蔓上。一个黑发女子把头探出窗户，本想回骂两句，但她透过百叶窗的缝隙，看到了金的身影，不禁倒吸一口冷气。这又引起了下面那人的注意，他的块头比金还壮。

“这他妈是怎么回事?”那人惊呼道，“你们在窗户外面干什么呢?”

“取悦诸神，老粪球。”金踹了两脚，想把新来的往下捅捅，但没成功，“能劳驾你再往下点吗?”

“你们在这扇窗户外面干什么，啊?你们想要偷看?你们还是偷看我的拳头吧，舔鸡巴的玩意!”

那人闷哼一声，往回爬了两步，揪住金的双腿。金把他一脚踢开，只觉得整个世界都在周围旋转，连忙抓住棚架，保持平衡。黑色的墙壁，黑色的天空，还有五十尺下湿漉漉的黑色碎石地。要是就这么掉下去，谁都会像鸡蛋一样摔个粉碎。

“你们所有人，从这该死的窗口滚开。马上!费伦茨，看在莫甘蒂的分上，别管他们，赶快下去!”那女人大声叫道。

“妈的。”洛克嘟囔道。他还在窗口左上方几尺远的位置，那条如簧巧舌刚才暂时被惊得举旗投降，现在终于恢复正常。“夫人，您给我们今晚的行动添了不少麻烦，所以在我们进屋去给您添麻烦之前，请劳驾塞好您那见鬼的瓶子，关上这该死的窗户!”

女人惊骇地抬头看去：“有两个？你们所有人，下去，下去，下去!”

“关上你的窗户，关上你的窗户，关上你他妈的窗户!”

“我要把你们这些吃屎的家伙全宰了!”费伦茨怒气冲冲地喝道，“把你们从这该死的地方扔下……”

一阵寒彻骨髓的断裂声陡然响起，木棚架在吊在上面的三个人身下抖动起来。

“啊，”洛克说，“啊，这就对了。真是感激不尽啊，费伦茨。”

绚烂多彩的粗口风暴从四张嘴里喷薄而出，到底谁说了什么话已是永不可解的谜团。两个谨小慎微的人显然是这片棚架的极限，在三个毛手毛脚的莽汉重压下，它开始从石墙上断开，发出一阵噼噼啪啪的声响。

费伦茨屈服于重力和常识，以最快速度向下滑去，手心蹭得发烫，上方的棚架也随之剥落。在他距离地面二十尺时，架子终于支撑不住，翻倒下来将他砸入黑黢黢的暗巷。那人很快就被藤蔓和木框埋了个严严实实。在下降的过程中，他扯掉了至少三十尺棚架，断口就从金·坦纳悬在半空的双脚下方开始。

洛克毫不迟疑，直接往右一荡，落在五楼窗台上，用鞋尖捅开号叫的女人。金·坦纳慌手慌脚地向上爬了两步。因为百叶窗挡住了通向窗口的最短路径，而且身下的棚架也逐渐从墙上剥离，金只能动作笨拙地荡过窗叶，摔进屋里，把洛克也带下去。

他们最终落在硬木地板上，斗篷和衣服缠作一团。

“从那该死的窗子滚出去，马上!”女人尖叫连连，而且每说一个字就朝金的后背和肋腹踢上一脚。幸亏她没穿鞋。

“那就太傻了。”洛克的声音从大块头朋友身下传来。

“嗨！嗨！嗨！”金说着抓住女子的脚往后一推，她跌在了吊床上。这种通常被称作“摇摆床”的东西，是用劣质丝线编成，质量很轻又坚固耐用，四角的绳子钉在天花板上。女人仰面朝天摔进吊床，洛克和金突然发现，除了贴身内衣之外，她什么都没穿。而在夏天，卡莫尔女子的内衣通常小得可怜。

“出去，王八蛋！出去，出去！我……”

洛克和金刚从地上爬起来，窗子对面的房门就轰然打开，一个虎背熊腰的男人冲了进来。看那肌肉发达的样子，很像是搬运工或者铁匠。他目光中闪烁着复仇的快感，身上散发着劣酒的臭气，就算相隔十步，也熏得两人难以承受。

洛克花了半秒钟时间琢磨费伦茨为何那么着急下楼，又花了另外半秒钟认出站在门口的不是费伦茨。

他情不自禁地咯咯笑了两声。

夜风将他身后的百叶窗狠狠摔上。

那女人从嗓子眼里挤出一声怪叫，很像是一只猫落入又深又黑的古井时发出的声音。

“你这臭婊子，”那人说起话来一字一顿，声音浑厚嘶哑，“不要脸的臭婊子。我就知道。我就知道你不是一个人。”他狠狠说着，又冲洛克和金·坦纳摇了摇头：“还一次两个。妈的。不奇怪。想取代我估计就得这么多人。”

“希望你们跟别人的女人玩得愉快。”他说着从左靴中抽出一柄九寸长的黑钢短剑，“因为我现在要把你们变成女人。”

金稳住下盘，左手探进斗篷，准备抽出恶姐妹，同时用右手将洛克往后推了一步。

“别冲动！”洛克挥舞着双手，大声说道，“啊！我知道这场面看起来不像样，但你的确搞错了，我的朋友。”他指着靠在吊床上一脸惊惧的女人说：“她来得比我们早！”

“加塞斯，”女人哑着嗓子说，“加塞斯，这两个人打了我！干掉他们！救救我！”

加塞斯暴喝一声，冲向金·坦纳。他把匕首立在身前，看架势像是个有经验的战士，但他毕竟醉得厉害，而且气得发疯。洛克往后一闪。金抓住加塞斯的手腕，欹身过去，脚下飞快地一扫，把他撂倒在地。

随着啪的一声锐响，匕首从加塞斯手中掉落。金·坦纳仍旧牢牢抓着他的腕子，借摔倒时的惯性，把那人的胳膊扭到背后。这突如其来的变故让加塞斯直犯迷糊，甚至没有叫出声来。但疼痛随即刺穿了他迟钝的感官，男人发出惨叫。

金·坦纳猛地一扯加塞斯的罩衫前襟，把他从地上拎起来，接着用尽全力将他摔向窗口左边的石墙。大块头的脑袋撞上坚硬墙壁，身子往前倾倒。金的右拳化作一道弧线，啪的一声击中对方的下巴，猛然抵消了前冲的动量。男人像个生面口袋似的重重摔在地上。

“好了！好了，”女人叫道，“好了！把他从窗户扔出去！”

“看在诸神慈悲的分上，夫人！”洛克插口喝道，“您就不能从卧室里的男人中选上一个，快快乐乐地长相厮守吗？”

“如果他的尸体出现在你窗外的小巷里，”金说，“我就回来送你上路。”

“如果你告诉任何人我们从这儿经过，”洛克补充道，“那你最好希望我这位朋友会回来送你上路。”

“加塞斯会记得的，”她尖叫道，“他肯定会记得！”

“像他这样的大块头？算了吧。”金整理好自己的斗篷，重新戴上帽子，“他会说是八条怒汉，而且手里全拿着棍子。”

洛克和金·坦纳从加塞斯进来的房门快步离去，来到断塔北侧的五层楼梯平台。棚架已经被毁，现在他们只能尽快下楼，同时向十三神祷告，希望别被熟人撞见。洛克把房门带上，那摸不着头脑的女人仍旧躺在吊床上，而失去意识的加塞斯还蜷缩在她的窗口下方。

“诸神的运气肯定与我们同在，”他们快步走下吱嘎作响的楼梯时，洛克说道，“至少咱们没把这该死的傻帽子弄丢。”

一个黑黢黢的东西从两人身边掠过。它拍打着翅膀，盘旋在他们和城市灯火之间，投下流线型的身影。

“哦，”洛克说，“无论好坏，反正从现在起咱们都在驯鹰人的羽翼庇佑之下。”

插曲
到上游去

1

金·坦纳去玻璃玫瑰屋上课的那天下午，洛克发现自己要被送到安杰文河上游的一户农庄过上几个月。

闲人日的卡莫尔城大雨滂沱，锁链把洛克、卡罗和盖多领到餐厅，教他们如何玩“富翁、乞丐、战士、公爵”。这个纸牌游戏的要点在于，努力骗光邻座手里的最后一枚铜板。跟往常一样，孩子们学得很快。

“尖顶二、三和五，”卡罗说，“再加上印记十二。”

“惨叫吧，大白痴，”盖多说，“我有一手圣杯顺子，外加太阳印记。”

“那也没用，小白痴。把你的钱交出来吧。”

“实际上，”锁链神父说，“顺子印记大过单张印记，卡罗。盖多能赢你。除非……”

“谁都不想知道我手里有什么牌吗?”洛克问道。

“不太想，”锁链说，“因为在这个游戏中，最大的就是一手完整的公爵牌。”他把自己的牌摊在桌上，得意洋洋地将手指捏得噼啪响。

“这是作弊，”洛克说，“你连赢了六盘，而且两次凑成公爵牌。”

“我当然在作弊。”锁链说，“不作弊的话，游戏还有何乐趣。等你们猜透我是如何作弊时，我就知道你们开始进步了。”

“你真不该跟我们讲这种话。”卡罗说。

“我们会夜以继日地练习。”盖多说。

“等到下一个闲人日，”洛克说，“我们会把你抢个精光。”

“我可不这么想。”锁链笑着说，“因为我要在悔罪日把你送走，当三个月的学徒工。”

“你要干吗?”

“还记得去年吗，我把卡罗送到拉塞因去，冒充甘朵罗教会的一名侍僧？还把盖多送到艾什米尔，加入森多瓦尼教会？如今轮到你了。你要到上游去当几个月农民。”

“农民?”

“对，你可能听说过他们。”锁链把桌面上的纸牌拢成一堆，重新洗牌，“他们是咱们的衣食父母。”

“当然，但……我完全不懂怎么干农活。”

“当然了。我把你买下时，你也不懂如何做饭、上菜，不懂如何打扮成绅士，更不会说韦德兰语。现在你该去学点新鲜玩意了。”

“在哪儿?”

“安杰文河上游，也就七八里地。一个叫森吉奥诺村的小地方。那里都是佃农，主要为公爵和某些阿瑟葛兰提区的小贵族工作。我会打扮成达玛·艾莉莎的祭司，你是我的侍僧，被派去伺候大地，以此敬拜雨水与收获女神。那些祭司就是这么干的。”

“但我一点都不了解达玛·艾莉莎教会。”

“你不需要了解。跟你住在一起的那个人，知道你是我的小杂种。这个故事是讲给其他人听的。”

“那么，”卡罗说，“这段时间我们该干什么呢?”

“你们打理好神庙。我只去两天。盲眼祭司会生一场病，待在自己的卧室里。我离开后不要坐在门阶上。锁链神父消失几天总能引起人们的同情，如果我回来后干咳个没完，效果就更好了。你们俩和金·坦纳想怎么玩就怎么玩吧，只要别把这地方搞成一团糟就成。”

“但等我回来时，”洛克说，“会变成神庙里最臭的牌手。”

“没错。祝你一路顺风，洛克。”卡罗说。

“好好享受下乡村的空气，”盖多说，“尽量多待两天。”

2

五塔如伸向天空的巨手，笼罩在卡莫尔城上空。五座直插云霄的祖灵玻璃圆柱形状各异，塔身上布满角楼、尖顶和步道，这些古怪的布局，足以说明当年设计它们的生物审美情趣又跟现在居住其中的人类共同点不多。

最东边的迎晨塔有四百尺高，泛着银红色微光，就像倒映在宁静水面上的黄昏天空。在它后面是略高些的黑矛塔，黑曜石色的玻璃塔身反射出霓虹光彩，好似一汪黑油。在最远端——如果将迎晨塔置于视野正中，向五塔方向望去，就会得出这种结论——是西卫塔，从上到下都闪着柔和紫色，间或有几道雪白纹理。在它旁边是富丽堂皇的琥珀晶塔，每有轻风吹过，塔身上的精细沟槽就会发出奇异乐音。在正中间，是最为高大恢宏的凌鸦塔，尼克凡提公爵的宫殿。放射融银光芒的塔身顶端是著名的空中花园，垂在高空的悬藤距离地面最少也有六百尺上下。

玻璃缆索（几世纪前，人们就在卡莫尔城下方的地道中发现了这种长度惊人的祖灵玻璃细线）组成的网络，将五塔的屋顶和尖顶平台连在一起。吊篮在这些缆索上往来奔忙，仆人们转动着吱吱嘎嘎的绞盘为其提供动力。这些吊篮既运货也载人。尽管很多卡莫尔平民认为他们都发了疯，但五大家族的王亲贵胄们，将这段跨越深沟巨壑的起伏跌宕之旅，视作对荣誉和勇气的考验。

五塔上有许多凸起的平台，大型货笼由此升降。洛克此前还从没见过这等奇景，他自始至终仰着头，目不转睛地注视上空。这些东西让他想起了耐心宫前的蜘蛛笼。

他和锁链坐在一辆两轮大车后面的窄小车斗中，前方座席上放着几包货物，用张旧油毡盖好。锁链身穿带有绿色和银色纹饰的宽松棕袍，这是雨水与收获之母达玛·艾莉莎教会祭司的服色。洛克身着简简单单的长衫马裤，脚下没穿鞋。

锁链催动两匹马驹（未经柔化的马驹，因为锁链不想在城外用那种白眼牲畜），缓缓跑在崎岖蜿蜒的七轮街碎石路上，这里也是落雾区中心地带。实际上，在安杰文河的白色水沫中旋转的远不止七个水轮。它们数量众多，洛克都数不过来。

五塔建造于一处高地之上，超出下城区大约六十尺。阿瑟葛兰提群岛逐渐向上拱起，与高地底部相连。安杰文河就从这个高度，于五塔东方涌入卡莫尔城，进而在将近两百码的河道中，形成六段声势壮观的水瀑。在众多木质磨坊上方，是一道由玻璃和石块组成的长桥，那些水车就建在桥上，由瀑布顶端的湍流驱动。

瀑布下方也有水车从两岸探入河道，利用浊白波涛的冲力进行各种工作，比如带动磨盘或是为酿酒锅下的火堆鼓风。这片城区挤满了生意人和劳工，不时也会有贵族坐着镏金马车，在随从拱卫下到他们的各处作坊督察检视，或是下达命令。

他俩在落雾区边缘转向东方，穿过一条宽阔矮小的桥梁进入桑扎门区，大多数北行的陆路商旅都由此离开卡莫尔城。此地可说纷乱如麻，由一队黄号衣勉强控制局面。一列列大篷车队缓缓驶入城市，接受税务和报关代理人的管辖。这些头戴黑色无檐高帽的官员（私底下）通常被称作“害虫”。

小商贩们在路边摆下各色货品，从温啤酒到煮胡萝卜不一而足。乞丐们拿出无数匪夷所思的借口为他们的贫苦正名，甚至声称在战争中落下难以愈合的旧伤——但那些战争明明在他们出生前就早已结束。黄号衣们不断用黑漆木棍驱赶着最为执着和腥臭的乞丐。

此时还不到上午十点。

“你应该等正午时分再来看看这地方，”锁链说，“特别是收获季节。要是再下点雨。诸神啊，简直绝了。”

凭借锁链的祭司法衣和握手时递过去的一枚银币，卫兵只说了句“日安，尊贵的圣人”，便放他们出城。桑扎门有十五码宽，巨大的硬木城门高度也与此相仿。城墙上的警卫室里不光有城市卫队，还有卡莫尔正规军——黑号衣。洛克可以看到他们在足有二十尺厚的城墙上来回巡逻。

在卡莫尔城北方，结构单薄的石质或木质建筑组成了一片片居民区，它们围出的庭院和广场比城中诸岛上的此类建筑更显敞亮。一片沼泽沿着河岸朝远方延伸，北方和东方都是梯田丘陵，界石码成的白线纵横交错，将各家各户在此耕种的田产区分出来。不断变化的轻风带来了迥然不同的气息。上一分钟还是海盐和炊烟，到了下一分钟可能就变成肥料和橄榄林的味道。

“很多生活在大城市之外的人，”锁链说，“还是会把高墙以外的这片区域看作城市。这些零零散散的树林和石块，可能在你看来什么都不是，但就像你从没见过真正的乡村一样，他们大多数人也从没见过真正的城市。所以睁大你的眼睛，闭上你的嘴巴，多留心细枝末节的差别，等过几天慢慢适应了再说。”

“锁链，说真的，这趟旅行到底有什么意义？”

“你可能有时需要装扮成地位卑微的人，洛克。如果你学会做农夫的要领，差不多也就懂得如何扮作牧民、船夫、村镇铁匠、兽医，甚至是乡下强盗。”

从卡莫尔城向北延伸的道路是一条瑟林君主期的老路，略微上升的石质路面两旁是浅浅沟壑。路上盖着一层碎石子和铁屑，都是来自煤烟区铸造厂的废料。不时落下的雨水让砂砾层凝合生锈，融成一片红色灰泥。车轮碾在这道坑坑洼洼的坚硬路面上，发出咔嗒咔嗒的声响。

“很多黑号衣，”锁链缓缓说道，“都来自卡莫尔城北部的农场和村庄。卡莫尔历任公爵如果需要人马，特别是比随便征召上来的贱民更有经验的士兵，首先会打这儿的主意。薪饷不赖，而且只要服役满二十五年，就会得到一片土地。当然，这是在没被敌人杀死的情况下。他们从北方来，又回北方去。”

“所以黑号衣跟黄号衣总是合不来?”

“哈，”锁链眼光一亮，“猜得不错，的确有这方面的原因。大多数黄号衣都是城里崽子，他们想继续做城里崽子。但更重要的是，军人有可能是你见过的最阴狠最排外的家伙——当然这不包括藏在贵妇人衣橱里的绅士们。士兵会为任何事打架，他们会为自己帽子的颜色和靴子的形状争吵。相信我，这我很清楚。”

“你曾经扮成士兵?”

“十三诸神啊，不，我曾经当过兵。”

“黑号衣?”

“是的。”锁链叹了口气，身子往后一仰，靠在马车的硬木座席上，“都过去三十年了。哦，不止三十年。我曾是老尼克凡提公爵麾下的一名枪兵。我们村里年纪相仿的人都参了军，当时战事正酣。公爵需要炮灰，我们需要食物和金钱。”

“哪个村子?”

锁链冲他露出一丝坏笑：“森吉奥诺村。”

“哦。”

“诸神啊，我们去了一大帮人。”马匹和大车在路上晃悠了很久，锁链这才继续说道：“回来的只有三个。或者说活下来的只有三个。”

“只有三个?”

“我只知道三个，”锁链挠了挠胡须，“今天我要把你交给其中一人。范德鲁斯。是个好人。没有识文断字的脑子，但家里田头都是一把好手。

他服满二十五年兵役，公爵给了他一块地作为长期租佃。”

“租佃？”

“大多数城外平民都没有自己的土地，就好像城里的住客也没有自己的房屋。退伍老兵可以得到一块位置不错的土地耕种，直到死去为止。这是公爵许下的某种津贴，”锁链呵呵笑了两声，“用来交换一个人的青春和健康。”

“你没干到二十五年，我估计。”

“没有。”锁链又揉了揉胡须，这是他紧张时的习惯动作，“该死，我真想抽支烟。记住，在达玛教会，抽烟是特别令人侧目的行为。不，我在一场战斗后生了病，比普通的跑肚拉稀、腰酸脚痛更糟糕。是很严重的热病。我无法行军，可能就要死了，所以他们把我留在后方……还有其他很多人，交给一些游方的佩里兰多祭司照顾。”

“但你没死。”

锁链说：“单靠跟我生活了三年之久这种蛛丝马迹，你就能得出以上结论，太有才了。”

“后来发生了什么？”

“很多很多事，”锁链说，“但你知道结局。我坐在这辆马车里，一边逗你玩，一边向南行进。”

“哦，你们村子里的第三个人怎么样了？”

“他？哦，”锁链说，“他总能选对方向。我被热病击倒后不久，他就做了方旗队长。奈丝克之役，当老尼克凡提公爵眉心中箭后，他帮小尼克凡提稳住阵线。他活了下来，得到晋升，在接下来的几场战斗中继续为尼克凡提效力，屡屡克敌制胜。”

“他现在在哪儿？”

“此时此刻？我怎么知道？但是，”锁链说，“今天下午晚些时候，他会在玻璃玫瑰屋给金·坦纳上例行的兵刃格斗课。”

“哦。”洛克说。

“世界真奇妙，”锁链说，“三个农夫变成了三个战士；三个战士变成了一个农夫，一个男爵和一个盗贼祭司。”

“如今轮到我当一阵子农夫了。”

“对。这是有用的训练。但不仅如此。”

“还有什么？”

“另一个考验，我的孩子。只是另一个考验。”

“什么考验？”

“这些年来，我一直照看着你。你有卡罗、盖多和金，时不时还能得到萨贝莎的帮助。你已经习惯把神庙当成家。但岁月如河，洛克，我们经常被冲到意想不到的地方。”他低头看着洛克，露出真挚笑容，“我不能永远看护你，孩子。现在我们要看看，你单枪匹马身处异乡时，能干些什么。”

第八章
葬礼桶

1

伴着丧鼓舒缓单调的节拍，送葬队列从浮坟出发，迈开沉重步伐向北走去。火炬在他们手中闷烧，两行血红光河在低矮黑暗的阴云下渐渐延伸。

卡莫尔大佬韦加罗·巴萨维站在队伍的正中央，两个儿子分列左右。在他前面，是一具上罩金布黑绸的棺椁，每边有六名抬棺人，一个个身披黑斗篷，头戴黑面具，代表着十二位瑟林神祇。在巴萨维身后，另有六人拉着辆大车，车上放了一口大木桶。身着黑丧服的无名十三神女祭司紧随其后。

鼓声在石墙、石路和桥梁、运河间回荡。一支支火炬在沿途每扇窗户和祖灵玻璃表面上投下红光。所有敢于正视他们的旁观者，都面色凝重满心忧虑。送葬队伍经过时，不少人关门闭户，将百叶窗也牢牢掩上。在卡莫尔城，如果有权贵富豪不幸谢世，葬礼就会按如下传统进行：缓慢哀伤的队伍一路走到私语山，下葬、仪式，接着便是泪水横飞的狂热庆典。这是以逝者的名义献给诸神的礼拜，为那些还没被永寂女士、死亡女神艾赞·基拉裁断的人举行的苦乐参半的狂欢。为这一传统推波助澜的便是装满酒水的葬礼桶。

夜里十点，送葬队伍离开木废墟，进入大锅区。无论是劣童还是醉鬼都不敢挡他们的道。杀手和凝视鬼组成的众多帮派，一声不响地看着巴萨维大佬和他的臣随们缓缓经过。

他们经过煤烟区，继而向南进入恬静区。泛着银色光泽的薄雾从河道中升起，温暖黏稠的触须笼罩在人们周围。没有一个黄号衣上来阻拦，甚至没有一名警官朝送葬队伍这边张望。因为大佬早已做好安排，让他们今晚在别处奔忙，将他们的注意力牢牢吸引在卡莫尔城西方。东方属于巴萨维大佬和他长长的火炬队伍，他们越往北走，就有越多更为淳朴老实的家庭插上门闩，熄灭灯火，向众神祈祷，希望这队人马的目的地离他们越远越好。

如果有足够多关注的目光，也许就会注意到这支送葬队已经偏离通向私语山的路径。它继续往北，进而绕过锈水区西缘。被称作回音洞的大型废弃建筑就在此地的黑暗和雾气中若隐若现。

如果有一名好奇的旁观者存在，也许会对送葬队的人数之多感到奇怪，而且这一百多名男男女女的装束打扮也让人摸不着头脑：只有抬棺人身披葬礼丧服，手持火把的送葬队伍都穿着战斗服装，硬皮甲上嵌有黑钉，项圈、头盔、护腕和手套一应俱全，腰带上则挂着匕首、棍棒、斧头和小圆盾。他们是巴萨维麾下诸多帮派里的精英，是最彪悍的正派人。这些目光冷冽的男男女女，名字前面都有杀手的称号。他们来自大佬控制的所有城区和所有帮派——红手帮和朗姆狗帮，灰脸帮和武库男孩帮，运河水贼帮和黑旋帮，引火区男爵帮和其他十几个帮派。

但这个送葬队最有趣的特点，所有旁观者都无从知晓。

事实上，纳丝卡·巴萨维的尸体还躺在浮坟中，放在她过去的卧室里，用丝绸裹好，同时注入炼金药水，以免腐烂的步伐走得太快。昨天夜里，洛克·拉莫瑞和其他十几个无名十三神的祭司已经为她祈祷祝福，将她放到一圈圣烛之中，让纳丝卡躺在那里，等她父亲结束今晚的任务。这任务跟私语山没有一点关系，此时笼罩在葬礼黑绸下的棺椁内空空如也。

2

“我是灰王，”洛克·拉莫瑞说，“我是灰王，诸神诅咒他的双眼，我是灰王。”

“有点低沉，”金·坦纳正在跟洛克大衣上的一块灰袖口作斗争，“还有点沙哑。你可以加上少许塔尔维拉腔。你说过他有口音。”

“我是灰王，”洛克说，“等绅士盗贼团把我整垮时，我的微笑会从后脑勺掉出去。”

“哦，这就对了。”卡罗正将一种泛着恶臭的炼金粘膏涂在洛克的头发上，这东西会逐渐变成深灰色。“我喜欢这个腔调。口音刚好浓到会被察觉。”

洛克一动不动地站在原地，就像裁缝店里的人体模型。卡罗、盖多和金·坦纳围在他身边，手里拿着各种衣服、整形道具和针线，忙着给他化装改扮。小虫儿靠在小屋的墙上，竖起耳朵注意周围的动静，以防有人闯入。

绅士盗贼团藏身在浓雾缭绕的锈水区一处废弃店铺中。此地就在回音洞北面，只隔几个街区。锈水是一座荒岛，这里名声不佳，很少有人居住。尽管人们早已抛弃对祖灵建筑物所保持的固有偏见，但仍将锈水区视作恐怖不祥之地。据说在锈水废湖中出没的黑影，远不像食人鲨那么讨人喜欢，而是某些更可怕更古老的东西。且不管这些流言到底有几分真实成分，反正对巴萨维和灰王来说，这片被遗弃的土地正好能让他们上演那出怪异的会谈。洛克曾暗自猜测，在灰王初次登场的那天夜里，自己很可能是被带到了锈水区的某个地方。

绅士盗贼们拿出全部化装技艺，把洛克装扮成灰王的样子。他的头发已然变成灰色，衣服也是灰的，填入厚厚衬垫的靴子帮他增加了两寸身高，而且嘴唇上还牢牢黏着一部下垂的灰胡须。

“看起来不错。”小虫儿赞许地说。

“这身行头太做作了，但小虫儿说得对。”金·坦纳说，“好了，我已经把这件傻乎乎的外套收紧到合身的尺码，你看起来相当惹眼。”

“可惜这不是咱们自己的游戏，”盖多说，“要是那样可就有意思了。洛克，往前探下身，我好弄点皱纹出来。”

盖多谨慎小心地把一种温热蜡状物体涂在他脸上。洛克只觉得皮肤被其拉扯，几秒钟后这东西干燥收紧，片刻之后，他脸上出现了一整套鱼尾纹、笑纹和额头的皱纹，看上去往少了说也有四十来岁。就算是青天白日，这套伪装也能骗过大部分人，换作夜里简直无懈可击。

“总的来说，”金说道，“简直是艺术杰作。毕竟咱们是在材料如此短缺、条件如此苛刻的情况下把这东西鼓捣出来的。”

洛克将兜帽甩到头上，又戴好灰色皮手套。“我是灰王。”他的声音低沉有力，模仿着灰王的怪腔怪调。

“向天发誓，我绝对会相信。”小虫儿说。

“哦，那就继续处理其他问题吧。”洛克上上下下地动了动下巴，体会假皱纹被来回牵引的感觉，“盖多，把我的短剑递过来好吗？我想往靴子里藏一柄，袖子里再放一柄。”

拉莫瑞。冰冷的低语声突然响起，这是驯鹰人的声音。洛克浑身一紧，随即才意识到声音不是从空中传来。

“怎么了？”金问道。

“是驯鹰人，”洛克说，“他……他在做那该死的事……”

巴萨维很快就要到回音洞来了。你和你的朋友们必须马上就位。

“我们遇上个没耐心的盟契法师，”洛克说，“都抓紧点。小虫儿，你知道计划，也知道该把自己藏在哪儿，对吗？”

“我全记熟了，”小虫儿咧开嘴笑着说，“这次甚至不必从神庙屋顶跳下来，所以你们用不着担心。”

“金，你那地方还舒服吗?”

“不怎么样，但也没更好的位置了。”金把手指捏得嘎巴作响，“我会在小虫儿的视线范围内，就躲在地板下面。如果这件事撞了鬼，你记得把自己扔下那该死的瀑布就行。我会替你打掩护，用刀刀见血的方式。”

“卡罗，盖多，”洛克转头面对双胞胎，他们正匆匆忙忙地收拾着用来给洛克化装改扮的各式工具和药品，“你们在神庙的工作准备好了吗?”

“只要交给我们办，那事儿顺滑得就像一朵行会百合的后背。”盖多说，“一笔甜蜜的巨款已经装进袋子，两辆马拉大车，还有足以支持长途旅行的给养。”

“而且子爵门的伙计会立刻放咱出去，就好像咱们打一开始就未曾踏足卡莫尔城。”卡罗补充道。

“不错。很好。操蛋。”洛克隔着手套揉搓双手，“我看也就这样了。我想不出什么词藻华丽的说辞。咱们就赶紧说完祝词，祈祷今晚的生意别出岔子吧。”

小虫儿向前一步，清了清嗓子。

“我这样做，”他说，“只是因为我喜欢在阴森恐怖的夜晚，藏在闹鬼的祖灵废楼里。”

“你是个骗子。”金缓缓说道，“我这样做只是因为，我一直想看到小虫儿被祖灵鬼魂吃掉。”

“骗子。”卡罗说，“我这样做只是因为，我他妈就喜欢把半吨天杀的金币拖出地窖，全都打包放到大车上。”

“骗子!”盖多咯咯笑道，“我这样做只是因为，等你们全都跑出去忙活时，我可以把地窖里的所有家具都典当给‘没戏’哈尔扎。”

“你们都是骗子。”所有人都用期待的目光注视着他，洛克开口说道，“我这样做只是因为，卡莫尔城里没有别人牛到能把这件事搞定，也没有别人蠢到会陷入此等困境。”

“盗贼!”他们齐声高喊，暂时忘记了周围的一切。

我能听见你们嚷嚷，驯鹰人鬼魅般的声音再度响起，**你们都彻底发疯了吗?**

洛克叹了口气。

“叔叔不喜欢咱们疯疯癫癫地害他等一晚上，”他说，“赶紧开工吧，以诡诈看护人的慈悲之名起誓，等这桩烂事结束之后，咱们就到神庙碰头。”

3

回音洞是个用灰色石块建成的立方体，其间以某种昏暗的祖灵玻璃黏合。它从不在伪光时分闪亮。实际上，回音洞从不反射从其表面掠过的任何光线。它大概每边都有一百尺长，入口宏伟威严。成人大小的门洞位于一道宽阔楼梯顶端，距离街面大约二十尺高。

一条孤零零的水渠从安杰文河上游引来，途经落雾区，继而转向南方进入锈水区。它在这里将河水洒在回音洞的一角。跟石块立方体本身一样，这条水渠据说也沾染了某些古老的咒怨，从没有人把它派上用场。一道小瀑布钻进地板上的一个孔洞，坠入回音洞之下的地穴。人们可以听到黑水在下面冲刷而过。这片地下水路有些会注入锈水区西南方的运河，还有一些通向无人可知的所在。

洛克·拉莫瑞站在黑暗的回音洞中央，透过地板上的裂缝，倾听水流奔涌的声音，同时全神贯注地看着眼前的灰斑，那正是通向大街的门洞。他唯一慰藉就是金·坦纳和小虫儿。这两名绅士盗贼正潜伏在地板下方湿漉漉的黑暗中，也许比他更忧虑。至少在大戏开场前是这样。

快了，驯鹰人的声音响起，**马上就到。做好准备。**

洛克还没看见大佬的队伍，就已然听到他们的声音。丧鼓的节拍从通向街道的大门口传来，但被瀑布水声压过，几乎难以听清。它逐渐变得越来越响，大门外似乎燃起一片红光，洛克借着光亮看到灰雾愈加浓稠。火炬轻轻摇动，这情景仿佛来自水下。红色光晕渐渐增强，房间四壁光秃秃的轮廓罩在淡红色的光芒中，变得依稀可见。鼓声停止，洛克又只能听到瀑布坠落的声音。他猛地抬起头，把一只手藏在背后，盯住眼前大门，血液在耳中轰鸣。

两点红光出现在门口，仿佛从金·坦纳那些故事书中钻出来的巨龙眼眸。两道黑影紧随其后，等洛克的眼睛适应了深红色的流光后，他看到两个男人，都是身材高大，穿着斗篷和皮甲。借着火把的亮度，洛克可以从他们的面容和姿态中看出两人见到他时几乎吓了一跳。他们迟疑片刻，继续向前走来，一人向左一人朝右。而洛克则站稳脚跟，一丝肌肉都没有牵动。

另外两支火把跟了进来，接着又是两支。巴萨维正把手下人一对对派上楼来，没过多久，洛克面前就出现了一个松散的半圆形阵势，他们手里的火把将回音洞内壁变成一副红色浮雕。墙上布满怪异的古老符号，人类从未解读出这些祖灵文字。

一打人马，两打人马。披甲持锐的人越聚越多，洛克看到了不少熟面孔。这帮家伙杀人放火，割喉断腿，无恶不作。都是狠辣的角色。他和大佬在浮坟中看着纳丝卡的尸首时，巴萨维曾向他承诺过这个阵容。

时间一分一秒过去。洛克仍旧不发一语。男男女女仍旧鱼贯而入。贝兰吉亚斯姐妹也走了进来，尽管光线暗淡，洛克仍能认出她们昂首阔步的架势。这对姐妹站到聚拢的人群中央，一言不发，双臂抱在胸前，眼眸反射着火光。巴萨维的人马都没绕到洛克身后，似乎是遵循着某种无言的命令。洛克依旧独自站在房间中央，正派人的浩荡大军容依旧在他面前铺展。

这群亡命徒最终朝左右一分。洛克听到人们的喘息声、低语声和皮革摩擦发出的吱嘎声，它们跟瀑布声混做一团，在四壁间往来回荡。有些站在外围的人用湿皮囊熄灭了火把，青烟的气味渐渐渗入空中，满屋红光也暗淡下去。到了最后，大佬的手下中大概只有五分之一的人还举着点燃的火把。

但屋里还是有足够光亮，可以看清巴萨维大佬从拐角处出现，迈步踏过大门。他一头灰发扎在脑后，梳得油光水滑，三条胡须显然刚刚洗过；身穿鲨鱼皮大衣，金丝绣边的黑天鹅绒大氅甩在一侧肩膀后面。大佬向前走来，右边跟着安杰斯，左边则是帕奇罗。在他们反射火光的双眸中，洛克只能看到死亡。

他们只是虚张声势，驯鹰人的声音传来，*放心站好*。

巴萨维走出人群，停下脚步。在很长时间里，他只是盯着洛克，盯着面前这个传说中的幽魂，盯着兜帽遮掩下那双冰冷的橙色双眸，盯着灰色斗篷、披风、大衣和手套。

"灰王。"他最终说道。

"大佬。"洛克说。他强令自己从体内掘出傲慢自负的气势，将它无中生有地召唤出来。灰王这种人会站在上百名杀手跟前，脸上还挂着淡淡微笑。这种人会用一连串尸首邀请韦加罗·巴萨维，而最后一具正是他唯一的女儿。洛克要变成这个人，不是纳丝卡的朋友，而是凶手；不是大佬调皮的臣属，而是与他平等，在他之上。

洛克露出残忍的笑容，随即将斗篷往左肩后面一甩，抬起左手召唤大佬上前。这是个逗弄手势，就像恃强凌弱的恶棍在小巷中向对手挑衅，让对方走上前来抢先出招。

"帮他个忙。"大佬说道。十几个亡命徒举起弩弓。

诡诈看护人，洛克心想，*赐予我力量吧*。他紧咬牙关等待冲击，几乎可以听到下颌肌肉收紧的声音。

弩弓激发的噼啪声和破空声在大厅回荡。十几根拉紧的弓弦啪啪作响。飞箭速度之快肉眼难辨，空中只留下模糊的深色残像。紧接着……十几条细长黑影撞在洛克面前不知什么东西上面，噼里啪啦掉了一地，像群死鸟散落在他脚边，形成一个半圆。

洛克放声大笑，听来嘹亮真切，宽慰满足。就在这刹那之间，如果驯鹰人站在他面前，那洛克八成会吻盟契法师的脚。

“算了吧，”他说，“我还以为你听过那些故事。”

“只是为了确认你的真心实意，”巴萨维大佬说，“陛下。”最后这个词充满讥讽的意味。洛克本以为在弩箭攻势受挫后，大佬至少会谨慎几分，但巴萨维径直走上前来，脸上毫无惧色。

“我很高兴你能接受我的召唤。”洛克说道。

“召唤我来的，只是我女儿的鲜血。”巴萨维说。

“你想耽于旧事，那就请便吧。”洛克一边即兴发挥，一边默默祈祷。**纳丝卡，诸神啊，请原谅我。**“二十二年前，你夺下这座城市时，手段难道比我温和?”

“你就是这么看待自己的所作所为吗?”巴萨维停下脚步，凝视着他，两人之间只有四十尺距离，“把我的城市从我手中夺走?”

“我请你来是为了讨论卡莫尔城的问题，”洛克说，“为了让事态安定下来，让我们双方都能满意。”驯鹰人还没有插嘴，洛克估计自己表现得不错。

“我们双方，”巴萨维说，“不可能都满意。”他扬起左手，有个人从队列中走了出来。

洛克定睛观瞧，那人似乎是个老家伙，瘦小枯干，没长头发，身上也没穿任何防具。真奇怪。他似乎还在发抖。

“按咱们说好的办，艾蒙，”大佬说，“我会严格遵守自己的承诺，甚于过去的所有誓言。”

没穿盔甲的老人向前走来，步履缓慢，动作迟疑。他盯着洛克，眼神中流露出掩饰不住的恐惧。但他仍在前进，径直走向洛克，而那一百名全副武装的亡命徒就站在他身后袖手旁观。

“我希望，”洛克用嘲讽的语气说，“这人不是要干我所想的那件事。”

“咱们很快就会看到他要干什么。”大佬说。

“我不会被割伤或是刺穿。”洛克说，“而且他碰到我就会死去。”

“话是这么说没错。”大佬答道。艾蒙继续向前走来，距离洛克只有三十尺，然后是二十尺。

“艾蒙，”洛克说，“你被利用了。立刻站住。”

诸神啊，他心想，*别干我认为你要干的那种事。别让驯鹰人把你杀了*。

艾蒙晃晃悠悠继续朝前走，脸颊不住颤抖，呼吸短促而急剧。他抬起双手，哆哆嗦嗦地探在身前，像是要把手伸进火堆。

诡诈看护人，洛克心想，*求你了，把他吓住。让他停止。驯鹰人，驯鹰人，拜托了，把恐惧塞进他心里，随便做点什么，就是别把他杀了*。一道汗水沿着他的脊背往下流。洛克略一转头，紧盯着艾蒙。那人离他仅有十尺之遥。

“艾蒙，”他竭力表现着满不在乎的口吻，但效果并不太好，“我已经警告过你。你现在有生命危险。”

“哦，是的。”那人操着颤颤巍巍的声音说，“是的，这我知道。”他又往前走了两步，伸出双手抓向洛克的右臂……

操，尽管深知驯鹰人要杀的是这老头而非自己，但洛克还是忍不住在心中暗叫……

他往后一缩，躲开艾蒙的双手。

艾蒙眼神一亮。他深吸口气，往前猛蹿，用两只手抓住洛克的胳膊，就像只食腐鸟扑向一顿等待已久的晚餐，着实把洛克吓得不轻。“哈啊啊啊啊啊!”艾蒙大叫起来。起初洛克还以为他正承受着某种可怕的痛苦。

但事实并非如此。艾蒙还活着，而且双手抓得很牢。

“操他姥姥。”洛克低声嘟囔一句，抬起左拳想把这可怜虫揍开，但却失去了平衡。艾蒙趁洛克身形不稳，把他使劲往后猛推，又是一声大叫：“哈啊啊啊啊啊!”这是胜利的吼声。洛克仰面朝天倒在地上，还在琢磨这到底是怎么回事。

一阵靴子敲打石板的声音在艾蒙身后响起，数条黑影冲到洛克周围，把他牢牢按住。借着二十多支火把舞动的光芒，洛克发现自己又被人拉了起来，许多有力的大手死死抓住他的胳膊、双肩和脖子。

巴萨维大佬推开激动的人群，又轻轻把艾蒙拉到一边，面对面瞪视洛克，圆胖的红脸庞闪烁着希冀的光芒。

“哦，灰王陛下，”他说，“我打赌你这狗娘养的现在完全摸不着头脑。”

大佬的手下全都放声狂笑，欢呼喝彩起来。巴萨维硕大的拳头猛地擂在洛克肚子上。空气从他肺部涌出，令人眼前发黑的痛苦在胸口爆发。洛克只知道自己被整惨了。

4

“是的，我打赌你现在肯定好奇得要命。”巴萨维一边说，一边在洛克面前来回踱步，得意之情溢于言表。洛克仍被六条大汉牢牢按住，每个人的块头都比他大上一半。“我也是。把他的兜帽摘下来吧，孩子们。”

几只粗粝大手扯下洛克的兜帽和斗篷。大佬用冰冷的目光凝视着他，抬起右手一遍遍捋着胡须。“灰的，灰的，灰的。你就像个登台献艺的戏子。”他哈哈大笑起来，“还是个如此瘦小枯干的家伙。咱们今晚捉到的猎物真是又弱又小。灰王——迷雾、暗影和其他小玩意的君王。”

大佬狞笑着反手给了他一巴掌。等他从另一侧扇了洛克第二掌后，钻心的疼痛才冒出头来。洛克脑袋一歪，但有人从后面抓住他的头发，强迫他正视大佬的眼睛。洛克脑筋急速转动。大佬的人找到驯鹰人了吗？他们分散了法师的注意力？还是大佬彻底疯了，居然杀掉一个盟契法师？他真有这个机会吗？

"哦，我们知道你不会被割伤，"巴萨维继续说，"我们也知道你不会被刺透。这真可惜。但拳脚呢？盟契法师的魔法有个很奇怪的特点，那就是它们的限定范围总得特别明确，不是吗？"

他又是一拳捶在洛克的肚子上，人群中响起一阵幸灾乐祸的低语声。洛克的双膝再也支撑不住，但身后那些大汉又把他拽了起来，让他直起身站好。疼痛的箭矢从腹部向周围蔓延。

"你的一个手下，"巴萨维说，"就在今天早上走进了我的浮坟。"

一股寒意沿着洛克的脊柱直往下钻。

"看来在你把纳丝卡用那种方式给我送回来时，不止惹怒了我一个人。"巴萨维斜眼瞪着他说，"似乎你的手下中有些人并不赞同此等天怒人怨的亵渎行径，所以你的人和我好好谈了谈。我们定了一个价码，然后他把你那些异能中所有引人入胜的故事都告诉我了。至于你可以靠碰触杀人的故事？哦，他跟我说那都是鬼扯。"

完蛋了。一个细小的声音在洛克头脑深处响起，几乎可以肯定它不属于驯鹰人。完蛋了，完蛋了。驯鹰人没有被分心，更不会被巴萨维的手下干掉。这骗局干净利索得就像一场该死的绞刑。

"但我还不能彻底相信这家伙，"巴萨维说，"我跟艾蒙达成协议，我想你肯定不认识他。艾蒙快要死了。他得了伤寒肺病，胃部和背部长了瘤子。这种病没有医师能治。他可能还有两个月好活，也许更少。"大佬骄傲地拍了拍艾蒙的后背，就好像这皮包骨头的男人是他的亲生骨肉。

"所以我说，你干吗不上去抓住那个恶心的小杂种呢，艾蒙？如果他真能靠碰触杀人，哦，你会死得又快又轻松。如果他不能……”巴萨维咧嘴一笑，红彤彤的面颊上显出滑稽可笑的皱纹，“那么好吧。”

“一千克朗。”艾蒙傻笑着说。

“这只是头款，”巴萨维补充道，“我会遵守这个许诺。我会增加这份报酬。我跟艾蒙说过，他会死在自己的别墅里，身边堆满珠宝首饰、绫罗绸缎，再加上半打他亲自从行会百合选出来的美女。我会替他发明出前所未有的乐子。他会死得像个见鬼的公爵，因为今晚我要将他称作卡莫尔最勇敢的人。”

喝彩声轰然响起，人们使劲鼓掌，用拳头捶打盔甲和盾牌。

“与此相反，”巴萨维轻声说，“那个鬼鬼祟祟懦弱卑鄙的人。那个杀死我唯一女儿的人。那个甚至不敢亲自下手，而是让某些该死的佣兵对她施以邪恶魔法的人。那个下毒者。”巴萨维一口唾沫啐在洛克脸上，温热的唾液从他脸上流下。“当然，你的人已经告诉我了，盟契法师布置好他的法术后，昨晚就离开了卡莫尔城。你是如此自信，甚至不愿继续付钱请他留下。哦，从我个人来讲，真要为你的勤俭节约喝彩。”

巴萨维冲安杰斯和帕奇罗打了个手势。两人板着脸走上前来。他们不约而同地摘掉眼镜，放进马甲口袋，显然来者不善。洛克张开嘴想说点什么，但突然意识到自己被操得有多彻底，心底陡生寒意。

他可以亮出自己的真实身份，将来龙去脉和盘托出——只须让大佬把他的假胡子扯下，再揉掉脸上的皱纹就行。但这样做能有什么好处？谁都不会相信他的说法。所有人都看到他有盟契法师护体。如果他现在承认自己是洛克·拉莫瑞，那这一百名打手就会去追捕金、小虫儿和桑赞兄弟。所有绅士盗贼都将在街巷间被人扑杀，他们都会没命。

如果洛克想救他们，那就必须继续装成灰王，直到大佬把他折磨够了为止。接下来，他只希望能死得轻松利落。今晚就让洛克·拉莫瑞暂且消失吧，让他的朋友们得以逃出生天，奔向等待他们的命运——无论是什么命运都比他强。洛克眨眨眼，强忍住滚烫的泪水，在脸上挤出一丝冷笑，盯着巴萨维的两个儿子说："有什么招儿都使出来吧，你们这些小杂种。让我看看你俩能不能比你爹更强。"

安杰斯和帕奇罗知道如何置人于死地，但此时此刻他们无意于此。他们痛揍洛克的肋腹，故意突出指节捶打他的胳膊，狠踢他的大腿，把他的脑袋扇来扇去，又猛劈他的颈项，以至于每次呼吸对洛克来说都是一种折磨。到了最后，安杰斯把他揪起来，伸手捏住下巴，好让两人能够四目相对。

"顺便说一句，"安杰斯说，"这是替洛克·拉莫瑞打的。"

大汉以一根手指稳住洛克的下巴，另一只手狠狠捣了上来。白炽化的剧痛窜过洛克的脖子，他在周围泛着红光的黑暗中，看到了点点金星。洛克啐出一口血沫，咳嗽两声，舔了舔红肿疼痛的双唇。

"现在，"巴萨维说，"我要尽父亲的责任，为纳丝卡的死讨个公道。"

他说完击掌三次。

一阵咒骂从他身后传来，紧接着是沉重的脚步落在石阶上的声音。又有六名大汉从门口走了进来，手里抬着一个很大的木桶，跟灰王把纳丝卡·巴萨维送回浮坟时用的那桶尺寸相当。

葬礼桶。

巴萨维身后众人和他的两个儿子迫不及待地退到两边，让抬桶人过去。他们把桶放在大佬身边的地板上，洛克听到里面传出液体泼溅的声音。

哦，十三诸神啊。

"不能被割伤，不能被刺穿，"大佬仿佛是在自言自语，"但你显然可以被胖揍一顿。而且你显然需要喘气。"

两名大佬的手下把木桶盖子掀开，洛克被一把揪了过去。马尿令人流泪的臭气在空中弥漫，洛克恶心得咳嗽起来。

“来看看灰王哭喊，”巴萨维低语道，“看看灰王抽泣。这场面我会永远珍藏在心中，直到临终前的最后一秒。”他突然提高音量：“你把纳丝卡置于死地时，她可曾抽泣？她可曾哭喊？不知为什么，我想她肯定不会!”

此刻大佬已然是在喊叫：“看他最后一眼吧！他痛如纳丝卡之痛，死如纳丝卡之死。但他是死在我手上!”

巴萨维揪住洛克的头发，把他的脸按向木桶。在这个疯狂混乱的瞬间，洛克为自己腹中再没东西可吐而大感快慰。但干呕让他饱受折磨的胃部肌肉阵阵抽痛。

“只要轻推一把，”大佬硬生生把哭腔咽了下去，“只要轻推一把，你这狗娘养的。你不会被毒死。在我把你塞进去之前，不会让你死个痛快。你得好好尝尝，在你淹死的过程中好好尝尝。”

他闷哼一声，揪住洛克的斗篷，把他拎了起来。周围有几个人也上来帮忙，他们一起把洛克掀过桶沿，大头朝下扔了进去。浓稠冰冷的混汤湮没了周遭世界的声音。这份黑暗烧灼着他的双眼和伤口，把他一口吞掉。

巴萨维的人将盖子猛地罩在桶上，有几个人用棒槌和斧子钝头将它砸实。大佬一拳捶在桶盖上，露出狰狞笑容，泪珠顺着面颊肆意流淌。

“不知为什么，我觉得这条可怜虫在这次谈判中的表现，没他预料之中的那么好。”

周围的男女帮众吼叫着，喝彩着，一条条胳膊高扬空中，火炬来回摇摆，在四壁投下狂乱阴影。

“把这狗杂种抬过去扔进海里。”大佬指了指瀑布说道。

十几双迫不及待的手抓住木桶。一群人放声高呼，开着玩笑，把桶举起来，抬到回音洞的西南角。水流从天花板上倾泻而落，消失在此处大约八尺宽的黑暗缝隙中。“一，”领头的人数着号子，“二……”

“三”的声音刚说出口，人们就把桶扔了下去。它砸在下方水面上，发出很大声响。人们举起胳膊，再度欢呼起来。

“今晚,”巴萨维喊道,“尼克凡提公爵藏在自己的玻璃塔中,舒舒服服睡在床上!今晚,灰王睡在尿里,睡在我为他建造的墓穴中!今晚是我的夜晚!统治卡莫尔的是谁?”

“巴萨维!”回音洞里的所有喉咙都吐出了相同的字眼,这声音在异族修筑的石头建筑中往来回响。大佬完全被喊声、笑声和掌声的海洋所环绕。

“今晚,”他叫道,“信使将被派往我地盘上的每个角落!把信使派到‘致命失误’去!派到引火区!叫醒大锅区、窄巷区、渣滓区和整个陷阱区!今晚,我要敞开大门!卡莫尔城的正派人都可以到浮坟中做客!今晚,我们要纵情狂欢,让善良百姓关窗闭户,让黄号衣们缩进兵营,让诸神低头看着卡莫尔城呼喊,‘到底出了什么乱子?’”

“巴萨维!巴萨维!巴萨维!”他的人齐声高呼。

“今晚,”他最后说道,“我们要举行庆典。今晚,卡莫尔城见证了诸王的末日。”

插曲
半克朗之战

1

时光流转，洛克和其他绅士盗贼偶尔会得到允许，在空闲时打扮成普通人出去逛逛。洛克和金·坦纳就快十二岁了，而桑赞兄弟显然更年长些。当他们不用枯坐门阶，或是出外完成锁链安排的“学徒”任务时，已经很难永远窝在佩里兰多神庙下面。

锁链以缓慢而稳定的频率，将孩子们派到其余十一个瑟林教会修习。老人总会找出能够调动的关系网，或是能够塞钱的手掌，为某个孩子换上假身份，送进某座神庙。一旦到了那里，年轻的绅士盗贼总能以他们的优美书法、神学知识、严明纪律和虔诚心灵，博取高阶教士的欢心。他们会以最快速度得到晋升。用不了多久，新来的侍僧就会得到被称作“内部仪式”的训练，那些颂辞和仪礼知识从来只在祭司和他们的侍僧间分享。

这些东西其实也算不上高度机密。因为任何瑟林教会的祭司都难以想象，居然有人胆大妄为到不惜冒犯天颜，假装侍僧盗取教会入门知识。就连那些听说过十三神这种异端邪说的人，就连真正信奉他的少数派分子，也很难相信有人会做出锁链和他的孩子们所做的事。

经过几个月的卓越表现后，这些模范侍僧都会死于突发事故。卡罗喜欢“淹死”，因为他能屏气很长时间，而且喜欢在水下游泳。盖多倾向于直接消失，通常是在一场暴风雨或是其他戏剧化的场面中。洛克会花几星期时间精心准备些小骗局。有一次，他离开纳拉（瘟疫女士，无所不在的疾病女神）神庙时，将扯破的侍僧袍扔在神庙后的一条小巷里，在上面撒了兔子血，袍子里还包着他抄写的书页和几封信。

经过这番学习后，孩子们会回到佩里兰多神庙，将自己的见闻和知识教给其他人。“这样做，”锁链说，“不是要让你们成为十二神大主教团的候选人，而是让你们在必要时，能穿上随便什么僧袍和面具，在短时间内扮作祭司，不要露出马脚。如果你们是一名祭司，那其他人只会注意袍色，而不是袍子里的人。”

但眼下这段时间他们都没去教会修习。金·坦纳正在玻璃玫瑰屋接受训练，其他孩子待在流动集市南边的一条短巷口，坐在一处废弃石码头上等他回来。时值春季，天气温暖舒适，轻风和煦，空气清新。灰白色的云朵越聚越多，它们从西北方飘来，塞满了半个天空，预示着暴风雨即将到来。

洛克、卡罗和盖多正在观赏一场闹剧。一艘鸡贩子的小舟和一个运猫人的驳船撞在一起。两艘小船碰撞时，有几个笼子敞开了口。此刻激动的商贩们正在家禽和猫咪的战场中小心翼翼地前后移动。几只小鸡不慎逃进水中，正徒劳无益地扑扇着翅膀，在河里打转，发出啾啾哀鸣。因为大自然赐予它们的游泳能力，比飞翔能力更糟。

“嗨，”一个声音从他们身后传来，“瞧一瞧看一看。这些小混混似乎很合适。”

洛克和桑赞兄弟不约而同地回头看去，六个跟他们年龄相仿的孩子就在后面的巷子里一字排开，其中有男有女。他们穿着打扮跟绅士盗贼们差不多，都是些不起眼的衣服，样子普普通通。有个孩子显然是这些家伙的头儿。此人留着一头浓密的黑卷发，梳在脑袋后面，用一根黑丝带扎好，这对街头劣童来说，是地位显赫的象征。

“你们可是朋友的朋友，伙计们？你们可是正经人？”这帮孩子的头儿叉着腰站在巷子口。在他身后，一个身材矮小的女孩打了几个通用手势，证明他们是巴萨维大佬的臣仆。

“我们是朋友的朋友。”洛克说。

“最正经的那种人。”盖多补充道，同时打出合适的回应手语。

“好伙计，我们是克朗帮的后备军，地盘在窄巷区。自称半克朗。你们向谁效忠？”

“绅士盗贼，”洛克说，“神庙区。”

“你们是谁的后备军？”

“谁也不是，”盖多说，“我们就是绅士盗贼团，所有人都是。”

“明白了。”半克朗帮领头的人露出友善的微笑，“我是泰索·沃兰蒂。这些是我的人。我们来这儿是为了抢钱。除非你们愿意下跪，让我们拔头筹。”

洛克皱起眉头。在正派人的行话里，“拔头筹”意味着绅士盗贼团承认半克朗是更优秀更强悍的帮派，从此以后要在街上给他们让路，还要忍受半克朗帮觉得可以施加到他们头上的所有虐待。

“我是洛克·拉莫瑞，”洛克说着慢慢站起身，“除了大佬以外，绅士盗贼不会向任何人屈膝。”

“真的？”泰索装出震惊的样子，“哪怕是我们六对三？如果你的回答是‘不’，那就来说两句软话吧。”

“你肯定是没听清楚。”卡罗说道，他和盖多同时站了起来，“他刚才说，只要你从我们拉的屎里捡出豆子，当作晚餐嘬干净，那我们就心甘情愿地让你拔头筹。”

“这话说得可不地道，”泰索说，“看来我得用你们的脑壳弄点响动出来才行了。”

这句话还没说完，半克朗帮的孩子们已经朝前走来。哪怕算上女孩们，洛克也是这些人里个头最小的。等他挥起小拳头加入战局，打到的多半只是空气，而且很快就被踢倒。一个年长的女孩坐在他背上，另一个把小巷中的砂子往他脸上踢。

抢先扑向卡罗的男孩，小肚子上挨了一记铁膝盖，躺在地上不住哀号。泰索紧跟着蹿了上来，用凶狠的右拳把卡罗打翻在地。盖多大喝一声，抱住泰索的腰。他们摔在地上，扭打成一团。“软话”意味着不能使用武器，也不能用足以令对手死亡或是残废的狠招，除此以外的一切手段都是允许的。桑赞兄弟打架很有一套，但就算洛克能缠住自己的对手，他们也在人数上处于劣势。经过几分钟的厮打、咒骂和踢蹬，三位绅士盗贼最终全都倒在小巷中央，身上沾满泥土，被揍得鼻青脸肿。

“好了，伙计们。头筹，好吗？赶紧说吧。”

“你最好打个对折，”洛克说，“舔自己的屁眼去吧。”

“哦，这是错误的答案，白痴。”泰索说。

一个男孩按住洛克的胳膊，半克朗帮的头儿把他从头到脚拍了一遍，寻找钱币。“哦。一个子儿都没有。那么好吧，小甜点，我们明天再来找你们。还有后天。大后天。在你们下跪之前，我们会时刻盯着你们，会让你们过得苦不堪言。记住我的话，洛克·拉莫瑞。”

半克朗的孩子们大笑着向远处走去。有几个人还在揉搓身上的瘀青和扭伤，但谁都不如三个绅士盗贼伤得厉害。桑赞兄弟呻吟着站起身，然后帮洛克爬了起来。他们提防着周围的风吹草动，一瘸一拐地走回佩里兰多神庙，从一处装有暗门的排水管道钻进玻璃地窖。

“你肯定不会相信我们今天的遭遇。”他们三人走进饭厅时，洛克说道。锁链坐在女巫木餐桌旁，专注地审视一堆羊皮纸卷，用一杆削得很细的鹅毛笔，小心翼翼地在上面写字。伪造通关证件是锁链的爱好，他就像别人种植花园或是培育猎犬那样对此投入大量精力。锁链有个皮包，里面塞满了这种东西。偶尔卖出两张，还能赚到不少银钱。

“哦，”锁链说，“你们被一帮半克朗的孩子狠狠踢了屁股。”

“你怎么知道的？”

“我昨晚去了一趟致命失误，听克朗帮的人说的。据说他们的后备军可能要扫荡周边街区，找其他小流氓干架。”

“你干吗不告诉我们?”

“我觉得如果你们足够小心，就永远不会被他们占到便宜。看来你的心思是放到别的地方去了。”

“他们说要拔我们的头筹。”

“对，”锁链说，“这是小流氓的游戏。大多数后备军都得不到真正的工作，所以他们靠跟其他后备军干架来积累经验，训练自己。你们应该感到骄傲，终于有人注意到你们了。如今你们拉开了一场小小战争的序幕，肯定会持续到其中一方告饶为止。提醒你一句，只能说软话。”

“那么，”洛克缓缓说道，“我们该怎么办?”

锁链伸手抓住洛克的拳头，然后引他做出挥拳击打卡罗下巴的姿势。“一直重复这个动作，”锁链说，“直到你们遇见的麻烦满地找牙。”

“我们试过了。他们是趁金不在的时候蹿出来的。你知道我不擅长这种事。”

“我当然知道。所以下次要保证待在金身边。另外多动动你那曲里拐弯的小脑袋。”锁链说着开始在小蜡烛上烤化一管封蜡，“但我不希望看到过于精巧的场面，洛克。不要把守卫牵扯进来，或是祭司，或是公爵的军队，或是其他任何人。试着让你们看上去就像一群普普通通的小蟊贼——我跟其他人就是这么说的。”

“哦，棒极了。”洛克抱着胳膊说，此时卡罗和盖多正用湿布替对方清洗受伤的面门，“原来这又是一项该死的考验。”

“多聪明的孩子啊。”锁链嘟囔一句，把融化的蜡油倒在一个细小的银质容器中，“一点都没错。如果在仲夏之前，那帮小王八蛋还没哭着喊着要让你们拔头筹，那我会非常失望的。”

2

转过天去，洛克和桑赞兄弟又在下午同一时刻坐在同一处码头上。流动集市里的商人们正忙着扯下防水油布，卷起遮阳篷——因为在城中喷洒了整个晚上外加半个上午的雨水刚刚停歇。

“我肯定是看花了眼，”泰索·沃兰蒂的声音传了过来，“我真不敢想象，你们这些脑袋进屎的家伙，居然还坐在昨天被我们揍得屁滚尿流的地方。”

“有什么奇怪的？”洛克说，“这儿距离我们的地盘比你们更近，而且两分钟后你就要用自己的蛋蛋当小舌头了。”

三名绅士盗贼站起身来，站在他们面前的还是那六个半克朗，脸上都挂着急不可耐的笑容。

“我看你们的算术水平，还跟昨天被我们扔下时一样糟糕。”泰索一边说，一边捏着拳头。

“你这话说得可真逗，”洛克说，“因为总数已经不同了。”他伸手往半克朗帮众身后指了指。泰索警觉地扭头朝背后看去，当他看到金·坦纳站在后方巷子中时，不禁哈哈大笑。

“不得不说，还是我们占上风。”他溜溜达达朝金·坦纳走去，胖男孩自始至终盯着他，圆脸庞上挂着温和微笑。“而且这是什么玩意？一个红脸肥仔。马甲口袋里还装着副眼镜。你想干什么，小肥猪？”

“我叫金·坦纳，我是伏兵。”

尽管在堂·玛兰杰拉学院接受了几个月训练，但金·坦纳看上去跟当初几乎没什么两样。不过洛克和桑赞兄弟都知道，在他柔软的外表下发生了怎样的变化。泰索微笑着踏入金的攻击范围。胖男孩双臂一探，动作迅疾有力，好似维拉水压机里的黄铜活塞。

泰索脚下打个趔趄，双臂双腿都不住抖动，好似一具牵线木偶的四肢被强风吹拂。他把头一低，直接瘫倒在地，翻起了白眼。

一副具体而微的地狱图景在小巷中展开。三个半克朗帮男孩冲向洛克和桑赞兄弟；两个女孩小心谨慎地靠近坦纳，其中一人试图往他脸上扔砂石。金斜跨一步，抓住她的胳膊，轻而易举地将她扔在小巷石墙上。这是堂·玛兰杰拉的课程之一——在空手格斗时，要让墙壁和街道替你出招。当她不受控制地反弹回来时，金用一记快速右钩拳击中了她的身体。女孩扑倒在砂石路上。

“打女孩是不礼貌的。”她的同伴一边说，一边绕着金打转。

“打我朋友就更不礼貌了。”金说。

她没再说话，而是以左踝为轴，右脚猛地踢向金的咽喉。他认出这是被称作柴桑的武功，一种从塔尔维拉传入卡莫尔城的踢击术。金用右掌挡住这一脚。女孩再度旋转，利用第一脚的惯性催动左腿向上划过一道弧线。但金在她发动攻击前就欹身而入，躲过女孩的左脚，用肋部接住她的大腿，随即用左臂将其一把抱住。趁对方挥舞双臂保持平衡的当口，金狠狠给了她一记肾击，紧接着轻轻一勾她站在地上的右腿，把对手仰面撂倒。女孩疼得来回打滚。

“女士们，”金·坦纳说，“请接受我最诚挚的歉意。”

洛克和往常一样在肉搏战中屡屡受挫。金跑过来抓住他对手的肩膀，硬生生转了过来。他用粗大双臂抱住男孩腰际，在对方心窝上来了一记头锤。这半克朗帮的小子疼得倒吸一口冷气，金又直起身用后脑勺猛地撞击他的下巴。男孩头昏眼花地倒在地上。到此为止，战局已定。卡罗和盖多跟他们的对手打得不分上下。金突然出现在他们面前时（洛克跟在他身边，努力作出凶狠表情），半克朗帮众便手忙脚乱地退后几步，同时把双手举在空中。

几分钟后卷发男孩站了起来，浑身颤颤巍巍，鲜血还在从鼻孔往外淌。“哦，泰索，”洛克说，“你现在愿意献出头筹了吗？还是要我让金再揍你几下?”

“我承认你们干得漂亮,”泰索说道，那几个孩子一瘸一拐地走到他身后，围成半圆形，“但我要说咱们现在是一比一平手。咱们很快还会再见。”

3

战争就这样延续下去，白昼逐渐拉长，春季也让位给夏日。每天过了午后一点，锁链就免除他们坐在门阶上的义务。绅士盗贼们开始在卡莫尔城北部游荡，不遗余力地搜捕半克朗帮众。

泰索也不甘示弱，他把帮中所有人马全都发动起来。克朗帮是卡莫尔城最大的帮派，他们的后备军也有着与此相当的数量，有些人还是从阴影山刚刚招募来的。但就算他们人多势众，金·坦纳的威力仍旧无人能敌，所以战争的形式开始转变。

半克朗帮分成若干小队，试图在绅士盗贼们分散时予以伏击，将他们分而歼之。在大多数情况下，洛克都会把自己人集中起来，但有几次不得不单独行动时，洛克被揍得相当惨。一天下午，他揉着开裂的嘴唇和两条青紫的小腿，走到金·坦纳面前。

“听着,”他说，“咱们已经好几天没碰到泰索一根寒毛了。所以咱们要这样做。我明天就潜伏在市场南端，装出好像在办什么差事的样子。你藏在远处，两三百码应该差不多了。找个他们不可能发现你的地方。”

“那我绝对没法及时赶到你身边。”金说。

“关键不是要在我挨揍之前赶来,”洛克说，“关键在于，明天等你赶来时，就把他打得哭爹喊娘。你要狠狠揍他一顿，让塔里沙玛人都能听见他的惨叫。你就用前所未有的狠招，把他捶个稀巴烂。”

“我很乐意,”金说，“但这不可能。他们一看见我过来，就会掉头逃跑。向来如此。有件事我实在无能为力，那就是跟他们比脚程。”

“这你交给我吧，”洛克说，“拿上你的针线包，我有点事要你帮忙。”

第二天是个阴天，洛克·拉莫瑞潜伏在一条小巷中，此地与他们和半克朗帮初开战端的码头相去不远。流动集市中人声鼎沸，生意兴隆，所有人都试图在天降大雨之前，把需要的东西全部买好。金·坦纳坐在一条小划艇里观察洛克周围的动静，在喧闹的集市中显得很不起眼。

洛克刚招摇地潜伏了半个钟头，泰索就找上门来。

“拉莫瑞，”他说，“我还以为你已经学乖了呢。怎么没在附近看见你的朋友们?”

“泰索，嗨。”洛克打了个呵欠，“我想今天你也该让我拔拔头筹了吧。”

“少做他妈的白日梦了。”大孩子说，“我现在只想先胖揍你一顿，然后把你的衣服扒下来扔进河里。肯定特有意思。哈，你越不愿意弯下膝盖，我就越能从你身上找到更多乐子。”

泰索志得意满地走了过来，他深知洛克永远不是自己的对手。小男孩也不示弱，直接迎上前去，动作怪怪地甩着左侧衣袖。这条袖子经过金·坦纳的细心改造，比原先长出五尺。泰索接近时，洛克很聪明地将它叠好摁在体侧，没让对方看出破绽。

尽管洛克没有作为战士的资质，但身法动作却快得惊人。这条不同寻常的袖子前头缝着一小块铅锭，以便能够轻松挥舞起来。洛克把它往前一抡，正好闪过泰索的双臂，缠在他胸口上。袖子在铅锭带动下绕了回来，猛然绷紧，洛克用左手一把抄住。

“你，”泰索怒气冲冲地说，“到底想干什么?”他一拳擂在洛克右眼上方。男孩浑身一缩，但疼痛并未令他退却。洛克把加长的袖子塞进上衣左侧口袋外的一个布圈里，迅速对折叠好，又扯动下面的另一根细线。金缝在他衣服衬里的多节绳索陡然箍紧，两个男孩胸口对着胸口贴在一起。

洛克张开双臂抱住泰索肋腹，作为额外固定措施，又将细长的双腿盘在泰索腿上，勾住大男孩膝盖上方。泰索冲着洛克又推又扇，竭力想把两人分开。他发现这样很难奏效后，又开始击打洛克的嘴巴和天灵盖，一记记重拳让小男孩只觉得眼冒金星。

“你到底搞什么鬼，洛克?”泰索现在必须支撑洛克的额外重量，说起话来也有些气喘吁吁。最终，正如洛克所期望和预料的那样，泰索猛地往前一扑。洛克后背着地落在砂石路上，泰索就势压在他身上。空气从洛克肺中迸出，整个世界似乎都在颤抖。“这太可笑了。你打不过我。现在你又跑不了！认输吧，拉莫瑞!”

洛克将一口血沫啐在泰索脸上。“我不需要跟你打，我也不需要跑。”他咧开嘴笑着说，“我只要把你缠住……直到金赶来。”

泰索倒吸一口冷气，转头向四下张望。在流动集市上，有一艘小划艇正朝这边径直驶来。金·坦纳的胖大身形清晰可辨，他正奋力划着船桨。

“哦，该死。你这小杂种。放开我，放开我，放开我!”

泰索一刻不停地挥拳乱打。洛克的双眼、鼻子和脑袋上都挨了不少下，鲜血很快就从他的鼻孔、嘴唇、耳朵和头发下面某个地方流了出来。泰索下手很重，但洛克仍旧发疯似的紧紧贴住对手。苦楚的痛觉和胜利的快感水乳交融，在他脑袋里直打转。洛克放声大笑，这笑声高亢嘹亮、欢欣鼓舞，也许还有那么点疯狂。

“我不需要打，也不需要跑，”他咯咯笑着说，“我改变了游戏的规则。我只要把你困在这儿……狗娘养的。困在这儿……直到……金赶来。”

“活见鬼!”泰索嘶声叫道。他下手越来越狠，又是捶打又是撕咬，还吐起口水，在弱小的小男孩脸颊和头顶施加着可怕的摧残。

“接着打吧，”洛克结结巴巴地说，“你就接着打吧。我能撑一整天。你就接着……打我吧……直到……金赶来!”

第三部　揭密

世界永远不会欺骗我们，从来都是我们在欺骗自己。

——让－雅克·卢梭，《爱弥儿或论教育》

第九章
琥珀晶女伯爵的离奇传说

1

公爵日当晚十点过半，低沉黑云笼罩在卡莫尔城上空，遮蔽了满天星月。堂娜·索菲娅·萨尔瓦拉正升上天空，去往一座祖灵玻璃塔顶端，准备拜访寡居的琥珀晶女伯爵堂娜·安洁维丝塔·沃岑莎，跟她共进晚茶。

随着吱吱嘎嘎的声响，乘客笼摇摇晃晃向上攀升。索菲娅抓住黑铁栏杆支撑身体，举目向南方眺望。潮乎乎的刽子手风拍打着她的兜帽大衣。整个城市都在下方铺展，放眼望去尽是灰黑一片，其间散播着火焰和炼金术的光芒。索菲娅每次从五塔上俯瞰卡莫尔城，心中都会兴起一种沉稳宁静的骄傲感。祖灵建造出的玻璃奇观，都被人类据为己有。工程师们在祖灵废墟中兴建起石头和木质建筑，将诸多城邦纳入自己的世界；盟契法师们假装拥有祖灵们必曾一度掌握的伟力，但却是炼金术这种比天然火更清洁更安全的光源，驱散了每个夜晚的黑暗。是炼金术点亮了最平凡的房舍和最高大的玻璃塔，是她的技艺驯服了夜晚。

漫长的爬升过程终于结束，笼子咔嗒一声停在升降平台旁边，此处大约位于琥珀晶塔五分之四的高度。夜风穿过塔顶结构奇异的凹槽圆拱，发出哀伤的叹息。两名男仆身穿奶白色马甲和长裤，戴着一尘不染的白手套，侍立在笼门两侧。他们扶着索菲娅离开乘客笼，就好像帮她从马车中走下来一样。她的双脚刚踏上平台，两名男仆就弯腰鞠躬。

“尊敬的萨尔瓦拉夫人，”左手边那人说道，“女主人欢迎您来到琥珀晶塔。”

“倍感荣幸。”堂娜·索菲娅说。

“如果您不介意的话，请到露台稍候片刻，夫人很快就会过去找您。”

这位男仆头前领路，从另外六名身着相同制服的仆人身边走过。这些人气喘吁吁地站在一组精心设计的齿轮、杠杆和锁链旁边，他们正是通过这套机械控制笼子的升降。索菲娅经过时，这些人连忙鞠躬行礼。堂娜冲他们微微一笑，还挥了下手以示答谢。对负责这项艰苦工作的仆人们友善些总没害处。

堂娜·沃岑莎的露台从高塔北侧探入空中，是一处宽大的半圆形透明祖灵玻璃平台，周围由黄铜扶栏环绕。堂娜·索菲娅朝下方看去。别人总是警告她不要这样做，但她却总是情不自禁。她和这名男仆仿佛走在稀薄的空气中，距离塔基处的庭院和仓库足有四十层楼，炼金术灯盏只剩星星点点光亮，马车不过是个比她指甲盖还小的黑方块。

在她左侧，是一连串高大拱窗，窗台高度差不多与她腰际持平。透过这些窗户，可以看到塔楼内光线昏暗的房间和客厅。堂娜·沃岑莎在世的亲属很少，更没有子嗣。她是这一度权势无边的家系的最后血脉。毫无疑问（至少阿瑟葛兰提山坡上那些充满贪欲和野心的贵族们是这样想的），等她死后琥珀晶塔会交给某个新兴家族。这座高塔大部分区域都笼罩在黑暗和寂静之中，财富也多半存放在橱柜和箱子里。

但这位老妇人还知道如何主持晚茶会。透明露台的西北角，一面遮阳篷在刽子手风中飘摆扇动，此处正好可以俯瞰城市北方灯火阑珊的乡野。高大的炼金灯盏被装入镀金铜笼，挂在遮阳篷的四角，温暖的光芒照亮了下方的小桌和两把高背靠椅。

男仆在右手边的椅子上放了张黑色薄垫，为她拉出来摆好。随着一阵裙裾飘摆，索菲娅俯身坐下，又冲那人点头致谢。男仆鞠躬行礼，随即退到旁边，礼貌地站在一处不远不近的地方，既不会听到这里的谈话，又能随时听候差遣。

女主人没让索菲娅等待太长时间。她就座后才过了几分钟，堂娜·沃岑莎便从塔楼北墙上的一扇木门间走了出来。

对于那些能活到感受岁月重压的人来说，光阴会凸现他们的体貌特征。圆胖的会长得更胖，苗条的会日渐消瘦。安洁维丝塔·沃岑莎属于后者。时间让她枯瘦得几乎要垮了。这幅会走路的夸张漫画，就像一具细长木偶，完全由意志力驱动。七十岁对她来说已是渐渐淡忘的回忆，但沃岑莎走起路来用不着仆人或是手杖搀扶。她身穿不合潮流的黑天鹅绒双排扣礼服，袖口和领子缝有软毛。她那个时代的贵妇们钟爱瀑布般的长裙，但沃岑莎却截然相反地穿着黑色男式马裤和银色便鞋。一头白发被梳在脑后，用漆簪固定好；半月形镜片后面的乌黑眼眸显得炯炯有神。

“索菲娅，”她脚步轻快地走到遮阳篷下，开口说道，“你能再次光临，真是让我喜出望外！已经有好几个月了，我的孩子，好几个月。不，你坐着。把自己的椅子拉出来，对我来说还算不上噩梦。啊，跟我说说，洛伦佐怎么样了？当然，咱们待会肯定要谈谈你的花园。”

“如果只考虑我们自己的话，那洛伦佐和我都很好。花园也长势茂盛，堂娜·沃岑莎。多谢您还挂念。”

“只考虑你们自己的话？这么说还有其他问题吗？某些，恕我冒昧一问，外部问题？”

晚茶会是卡莫尔城的一项传统女性社交惯例。一方会利用这个机会寻求另一方的建议，或者只是想借用一双富有同情心的耳朵，来倾诉自己的悔恨和抱怨——通常来说这都跟男人有关。

“您当然可以问，堂娜·沃岑莎，这一点也不冒昧。没错，没错，‘外部’是个非常合适的形容词。”

“但不是洛伦佐的问题吗？”

“哦，不。洛伦佐在各方面都令人满意。”索菲娅叹了口气，看着双脚和椅子下面那片虚空幻景，“其实……我们俩可能都需要建议。”

“建议，”堂娜·沃岑莎笑道，“建议。年龄也会玩炼金术小把戏，能把恼人的唠叨转化成某种令人肃然起敬的东西。在四十岁时提建议，你是讨人嫌。到了七十岁再说，你就是贤哲了。”

“堂娜·沃岑莎，”索菲娅说，“您以前曾帮过我大忙。我想不出……哦，从目前来说，我还能把这件事放心地讲给谁听。”

“真的？好吧，我的孩子，我很乐意提供任何帮助。但咱们的茶点到了——过来，让咱们先舒舒服服喝口茶吧。”

堂娜·沃岑莎的一名白衣仆人推来一辆罩着银色圆盖的小车。此人走到她们跟前，将车靠在小桌旁，把盖子揭开。索菲娅发现车上放着一套闪闪发亮的银茶具，还有件巧夺天工的艺术品。这块糕点是琥珀晶塔的完美复制品，高度不过九寸，众多角塔上还点缀着微小的炼金灯。这些小灯球比葡萄干也大不了多少。

“你能看出可怜的大厨在我这儿得不到什么像样的工作。”堂娜·沃岑莎咯咯笑着说，“我那平凡而单调的口味让他倍受折磨，所以他就用这些惊喜向我复仇。我要是点个半熟的煮鸡蛋，他会找只跳舞的小鸡把蛋直接下在我的盘子里。告诉我，吉尔斯，这座高塔真能吃吗？”

“我敢保证，沃岑莎夫人，除了那些小灯。高塔本身是香料蛋糕，角楼和露台是果酱水果，塔楼底下的建筑物和马车大都是巧克力，塔身里面是一块苹果白兰地奶酪，至于这些窗户……”

“谢谢，吉尔斯，建筑材料就讲到这里吧。不过你是说，吃的时候要把灯吐出来？”

“在您二位食用前先让我把这些东西除去吧，夫人。”这体型圆胖，面容精致，留一头及肩黑卷发的男仆说，“这样更体面些……”

“体面？吉尔斯，你要剥夺我们像小女孩那样把它们从露台边上吐下去的乐趣吗？还是请你别碰它们的好。茶呢？”

“按您的吩咐，堂娜·沃岑莎，”仆人平静地说，“光之茶。”他举起一个银茶壶，将浅棕色水柱倒进茶杯。堂娜·沃岑莎经过蚀刻处理的茶杯，形如带银底座的大朵郁金香。茶水注入容器中后，开始微微发亮，放射出讨人喜欢的橙色辉光。

“哦，真漂亮，”堂娜·索菲娅说，“我听说过这种茶……维拉产的，对吗?”

“拉塞因。”堂娜·沃岑莎从吉尔斯手中接过杯子，用双手捧住，“是最新品种。他们那些茶师具有疯狂的竞争意识。明年这个时节，咱们可能会见到更奇怪的东西，都是他们攀比争风的结果。但是请原谅，亲爱的。我希望你在花园中进行炼金术试验的同时，不会反对饮用这种技术的产物吧?”

“一点也不。”索菲娅说道。男仆弯腰施礼，把杯子递了过来。索菲娅用双手接过杯子，深吸口气。茶水泛着香草和橙花的芬芳。索菲娅抿了一口，美味暖融融地流过舌头，香气钻入鼻孔。女士们开始饮茶后，吉尔斯退入塔楼。在这几分钟里，她们默默品味着手中的光茶；在这几分钟里，索菲娅几乎感到满足。

“咱们回头可以看看，”堂娜·沃岑莎把空了一半的杯子放在面前，“等它从另一端流出来时，还会不会发光。”

堂娜·索菲娅情不自禁地笑了两声，女主人也露出微笑，瘦脸上的皱褶凑成笑纹。“你想问我什么问题呢，亲爱的?”

“堂娜·沃岑莎，”索菲娅略显迟疑地说，“人所共知……您有某些，嗯，途径，可以跟……公爵的秘密警队取得联系。”

“公爵有一支秘密警队?”堂娜·沃岑莎把一只手扶在胸前，脸上露出适度的怀疑表情。

“我是说午夜人，堂娜·沃岑莎。午夜人和他们的首领……”

“公爵的蜘蛛。是的，是的。请原谅，我的孩子。我知道你在说什么。但你这个念头……你是说‘人所共知’。很多事都可以说人所共知，但也许人们知道的不是那么准确。”

“有件事非常奇怪，”索菲娅·萨尔瓦拉说，“当堂娜们带着问题找到您时，她们的问题不止一次……传进了蜘蛛的耳朵。至少感觉上是这样。而且接下来……公爵的人会帮她们解决这些问题。”

“哦，我亲爱的索菲娅。当闲话传到这里时，我会把它们装进包裹，扎成小捆。我会在合适的耳朵里放一两句话。更何况流言是活的，它们早晚会传到能采取行动的人耳朵里。”

“堂娜·沃岑莎，”索菲娅说，“我不想冒犯您，但我觉得您是在装糊涂。”

“我也不想让你失望，亲爱的孩子。但你是在虚无缥缈的基础上，得出了这个结论。”

“堂娜·沃岑莎，”索菲娅用力抓着她这一侧的桌沿，几处指关节甚至发出爆音，“洛伦佐和我被人抢了。”

“被抢？此话怎讲?”

“而且这件事还涉及到午夜人。他们……提出了最为特别的主张，还对我们有所要求。但问题是……堂娜·沃岑莎，您肯定有什么办法能确认他们到底是不是真的午夜人。”

“你是说午夜人抢了你们的钱?”

“不，”索菲娅说着咬了咬上唇说，“不，不是午夜人本身。他们……是在监控这一局面，等待行动的机会。但有些事肯定不对劲。要不然就是他们没把该告诉我们的情况都说出来。”

“亲爱的索菲娅，”堂娜·沃岑莎说，“麻烦缠身的可怜姑娘，你一定要把这件事一五一十跟我讲清楚，不要遗漏半点细节。”

“这……很难，堂娜·沃岑莎。这件事相当……令人难堪。而且十分复杂。”

“在这座露台上只有你我两个人，亲爱的。你能到这儿来见我，就已经克服了最困难的部分。现在你把一切都告诉我——一切。然后我会看看要不要把这很特别的闲话，加速传到合适的耳朵中去。”

索菲娅又抿了口茶，清清嗓子，身子略向前倾，与堂娜·沃岑莎四目相对。

“您肯定，”她开口道，“听说过奥斯特沙陵白兰地吧，堂娜·沃岑莎？”

“何止是听过，亲爱的。我的酒柜里就存了几瓶呢。”

“那您知道它是如何酿造的吗？还有围绕在它周围的那些秘密？”

“哦，我想我听说过奥斯特沙陵秘制法的传说。那些身穿浮华黑袍的安伯兰酒商，从这些在酒坛边打转的故事中得了不少好处。”

“那您一定会理解，堂娜·沃岑莎。当下面这个机会似乎被诸神扔到洛伦佐和我头上时，我们为什么会这样做……”

2

乘客笼载着堂娜·索菲娅吱吱嘎嘎落向地面，变得越来越小，逐渐隐入下方庭院的灰色背景。仆人们拉动绞盘上的机械装置，堂娜·沃岑莎就站在升降平台的黄铜扶栏旁，注视着黑沉夜色，许久未发一语。吉尔斯推着银餐车从她身后走过，上面的茶壶几乎空了，琥珀晶塔也被吃掉一半。堂娜突然转过身。

“不，”她说，“把蛋糕送到日光室去。我们要在那儿见面。”

“谁，夫人？”

“雷纳特。”堂娜说着已经朝通向露台内侧房间的大门走去，脚下的便鞋在地板上发出啪嗒啪嗒的回声。“去找雷纳特。我不在乎他在干什么。把他找到，让他来见我。等你把蛋糕处理好就去。”

她走进套房，穿过一扇上锁的大门，踏上一道旋梯……堂娜·沃岑莎低声咒骂着她的膝盖，她的双脚，她的足踝。“该死的神明，”她嘟囔道，“我要为这风湿病的恩赐诅咒你们。”她觉得呼吸急促，便解开毛领大衣的前排扣子，继续迈开脚步朝楼上走去。

在高塔内部最高点，有一扇厚实的橡木大门，以铁质板条和折角加固。堂娜掏出挂在腰间一根丝绳上的钥匙，把它插进银锁盒上方的水晶门把，同时小心翼翼地按住旁边墙壁灯台上的一块装饰用铜板。墙内响起一连串滴滴答答的声音，大门朝里豁然打开。

忘记黄铜面板会是件蠢事。如果那样，她会多此一举地引发自己三十多年前安装的弩箭陷阱。

这里就是日光室，距离露台又有八层楼的高度。这个房间占据了塔顶的全部空间，直径足有五十尺。室内铺着厚厚地毯，房间北边有一条装有黄铜扶栏的弧形长廊，两侧都有楼梯。长廊上放着一排高大的女巫木架子，上面分出了数以千计的文件架和杂物橱。半圆形透明穹顶外是片片低矮黑云，就像一片冒着泡的烟雾池塘。堂娜·沃岑莎走上楼梯进入廊道，随手敲打着沿路的炼金术灯球，把它们点亮。

她全神贯注地投入工作，细长的手指在一个个杂物橱间游移，全然忘记了时间。她拿出几叠羊皮纸卷放到一边，又大概看下其他文件，随即放了回去，同时低声嘟囔着心中的记忆和推测。直到日光室的房门再度打开，她才如梦方醒，从神游状态中解脱出来。

走进来的男人身材高大，肩膀宽阔，有张棱角分明的韦德兰式面容，淡黄色头发用一根缎带扎成辫子。他身着棱纹紧身皮上衣，黑色袖子上开了长缝，下身则是黑马裤和高统黑靴。领子上别着的银针，说明他在公爵的御林军夜琉璃部队，也就是黑号衣中拥有校官阶级。一柄带有直护手的刺剑就挂在右侧腰际。

“斯蒂芬，”堂娜·沃岑莎开门见山地说，“你手下的孩子们最近有没有拜访过住在杜罗纳岛的萨尔瓦拉夫妇?”

“萨尔瓦拉夫妇？没有，肯定没有，夫人。”

“你确定？百分之百确定？”堂娜手里握着卷宗，扬起眉毛，从楼梯上急匆匆地走了下来，差点没能保持平衡，“我现在就要你说出事实，这一点非常重要。”

“我认识萨尔瓦拉夫妇，大人。我在去年的换季日晚宴上见过他们。我跟他们坐在同一个笼子里上到了空中花园。”

“你没派任何午夜人去拜访过他们吗？”

“十二诸神啊，没有。一次都没有。根本没必要啊。”

“那就是有人在滥用咱们的好名声，斯蒂芬。而且我觉得咱们可能终于抓住卡莫尔荆刺了。”

雷纳特盯着她，继而露齿一笑。“您在开玩笑。是不是？掐我一下，我肯定是在做梦。到底怎么回事？”

“别着急。我知道你那口该死的小牙尝到甜头时，脑子转得最快。看看小型升降机里有什么。我得先坐下来歇会儿。”

“哦，我的天呐。”雷纳特往容纳小型升降机的锁链传动舱里看了一眼，“看起来似乎已经有人用这块可怜的香料蛋糕寻过开心了。我要帮它结束这悲惨的命运。这里还有酒和杯子……似乎是您那种甜味白酒。”

“诸神赐福吉尔斯。我刚才急着查看文件档案，都忘了要他斟酒。当个恭顺本分的好下属，给咱们倒上一杯吧。”

“‘恭顺本分的好下属’，没问题。为了这块蛋糕，我愿意为您擦便鞋。”

“我会把这个承诺留到你下次惹我生气的时候，斯蒂芬。哦，倒满，我又不是十三岁的小姑娘。好了，坐下来听我说。如果一切如我所推想的那样，那卡莫尔荆刺就是在进行一场骗局过程中，被人送进了咱们的手心。”

“此话怎讲？”

“我要用一个问题来回答你的问题，斯蒂芬。”她喝了一大口白葡萄酒，重又靠在椅背上，“告诉我，你对围绕在奥斯特沙陵白兰地周围的传说知道多少？”

3

“装成我们的一员，”堂娜讲完这个故事后，雷纳特思忖道，“这个恬不知耻的小杂种。但您怎么敢肯定这就是荆刺？”

“如果不是，那咱们就只能假设有另一个与他同样能力超群、胆大妄为的盗贼，正试图掏空贵族们的衣袋。我觉得这种假设有点太过分了，就算是在卡莫尔这种挤满幽魂鬼魅的城市也一样。”

“会不会是灰王？根据所有报告显示，他也有这么狡猾。”

“哦。不，灰王在不断屠杀巴萨维的人。荆刺的行为模式只是单纯的骗局。据我所知，到目前为止还不曾流过一滴真的鲜血。而且我不认为这是巧合。”

雷纳特将空餐碟放到一旁，从自己的酒杯里抿了一口。“如此说来，假如咱们相信堂娜·萨尔瓦拉的故事，那么所面对的就是一个至少由四人组成的团伙。荆刺本人……为了方便讨论，就先称他为卢卡斯·费尔怀特吧。他的仆人格劳曼。还有那两个闯入萨尔瓦拉宅院的人。”

“这是个不错的推理，斯蒂芬。但我要说这个帮派更有可能是五到六个人。”

“您怎么知道的？”

“假午夜人对堂·萨尔瓦拉说福水神庙旁那次抢劫是事先安排好的，我相信这是真话。对于这么复杂的计划来说，本就应当如此。所以咱们又多了两个帮凶——蒙面强盗们。”

“也许他们只是被雇来干这个活儿的。”

“我对此表示怀疑。考虑到咱们此前统共才挖到那么点情报……没从任何人、任何地方听到过一个线报、一次吹嘘、哪怕是一句私语。没有半点信息指出有人声称同荆刺合作。但你也知道，无论在什么光景，盗贼们都会没日没夜地大声吹嘘谁尿得最远。咱们遇到的这种情况可非同寻常。”

“哦，”雷纳特说，“如果你等雇来的人干完活，就割断他的喉咙，那连钱都不用付了。”

“但咱们要对付的是荆刺，而且我坚持认为这种做法不符合他的行为模式。”

“那么他的帮派是在经营一家私店，这就说得通了。但也可能不是六个人。那两个出现在巷子里的强盗，没准会装成午夜人进入萨尔瓦拉府。”

“哦，亲爱的斯蒂芬。真是个有趣的推测。咱们就先把初步推理定为最少四个最多六个吧，不然整个夜晚都要浪费在给对方画图表上了。我认为数目再多，就很难像他们这样藏得滴水不漏了。”

“那就这样，”雷纳特沉思片刻，“我现在可以马上给你十五六柄利剑。因为咱们接到了有关纳丝卡·巴萨维葬礼的消息，所以我手下一些小伙子们已经化装改扮，潜伏到大锅区和陷阱区。我匆忙间无法把他们召回。但只要等到凌晨时分，我就可以把所有人都召集起来，穿戴齐全，随时准备干架。咱们还有夜琉璃作后备，甚至不用调遣黄号衣插手此事——反正他们也只会碍手碍脚。”

“如果我想立刻把他们捉拿归案，斯蒂芬，那这样安排就够了。但我不……我想咱们至少还有几天时间，可以在此人周围把网收紧。索菲娅说他们讲好的初步投资额是二万五千克朗，我估计荆刺会等着收取他应得的另外七八千块。”

“那至少让我调集一个小队随时待命。我会把他们留在耐心宫，藏在黄号衣的队伍里。他们可以在五分钟内迅速作出反应。”

“持重之举，就这么办吧。至于说咱们如何对付荆刺本人，明天派个孩子到梅拉乔去，找你最精明的人。看看费尔怀特在那里有没有账户，又是何时开户的。”

“卡尔韦洛。我会派玛拉莉萨·卡尔韦洛。”

“绝妙的人选。就我个人意见，所有被这位费尔怀特先生介绍给萨尔瓦拉夫妇的人都值得怀疑。堂娜·萨尔瓦拉说她丈夫在撞见神庙旁的假抢劫后不久，遇到了一位跟费尔怀特相熟的法律顾问。让卡尔韦洛去查查此人。”

“埃克加瑞，对吗？艾文蒂·埃克加瑞？”

“对。另外我要你去检查一下福水神庙。”

“我？夫人，所有人都知道我对韦德兰宗教毫无兴趣，只是继承了这张脸而已。”

“但你可以装出有信仰的样子，而且我需要的就是这张脸。它能让你不会显得过于碍眼。把那地方查清楚，找出所有可疑人等，寻找潜藏的帮派或是异常事态。虽然几率不大，但神庙中有人参与那次假抢劫的可能性还是存在的。就算根本没这回事，咱们也需要排除这种假设。”

“这些事交给我就行了。还有他们所住的旅店呢？”

“舷斜旅店，是的。派个人去，而且只能派一个。我在那里的店员中有两个老线人。有个以为自己在向黄号衣汇报，另一个以为她是为大佬工作。我会把那几个名字传过去。目前我只想知道他们是否还住在那里，也就是船首桅套房。如果他们没走，那你可以布置几个人打扮成店员的样子。暂时不要动手，给我盯住就行。”

“没问题。”雷纳特说着从椅子上站起来，掸掉裤子上的碎屑，“至于套索呢？假设一切都进展顺利，那么您准备在何时何地将它收紧？”

“缉拿荆刺一直就像徒手捉鱼。”堂娜答道，“我要让他陷在某个地方，某个彻底无路可逃的地方。将他和他的朋友们完全隔绝，被咱们的人团团围住。”

“被咱们的人？这怎么可能……哦，凌鸦塔！”

“是的。一点不错，斯蒂芬。换季日距离现在不过十天时间。公爵举办的晚宴。悬在五百尺高空，被众多卡莫尔贵族和一百名卫兵围在中间。我会让堂娜·索菲娅邀请这位卢卡斯·费尔怀特，作为萨尔瓦拉家的客人跟公爵共进晚餐。”

“只要他不怀疑这是个陷阱……”

“我想这正是他乐意接受的邀请。我想咱们这位神秘朋友的过人胆识，将最终促成咱们与他相见。我会让索菲娅假装遇到财政危机。她可以跟费尔怀特说，最后几千克朗必须等到节日过后才能到账。这是个双重诱饵，他的贪婪再加上他的自负。我敢说这种诱惑会让他胃口大开。”

“要我把所有人都调集来吗？”

“当然。”堂娜·沃岑莎抿了口酒，缓缓露出微笑，“我要一名午夜人替他拿大衣。我要午夜人在饭前为他服务。如果他去用夜壶，我要一名午夜人在他用过后盖盖子。咱们在凌鸦塔把他拿下，然后看看街面上有谁在逃，又逃向何方。”

“还有别的吗？”

“没了。去办吧，斯蒂芬。然后立刻回来，我要在几小时后听你的汇报。我不会睡觉——等巴萨维的送葬队回去后，我希望立刻接到浮坟发来的情报。与此同时，我会给老尼克凡提写个字条，把咱们的猜测告诉他。”

“如您所愿，夫人。”雷纳特略一鞠躬，转身离开日光室，健步如飞。

在厚实大门轰然关闭之前，堂娜·沃岑莎已经站起身，走向塞在大门左侧一个凹室里的小书桌。她取出半张羊皮纸，奋笔疾书写了几行，随即把它折好，又从一个纸管里倒出一小块蓝色封蜡，把字条粘住。这东西是由炼金术制成，暴露在空气中后几分钟内就会硬化。因为几十年来精心收集归档的资料都存放在此处，所以堂娜不允许这个房间中出现任何明火。

桌子里还放着一枚印戒，堂娜·沃岑莎从没戴着它离开过日光室，戒指上的印记也从未出现在沃岑莎家族的徽章中。她把戒指按在逐渐硬化的蓝色封蜡上，随即立刻抬起，发出一声轻响。

堂娜用小型升降机把字条送到下面，一名值夜班的仆人马上会带着它跑到琥珀晶塔东北方的铁笼平台，坐上缆索车前往凌鸦塔。到了那边后，他会把字条当面交到老公爵手中，哪怕尼克凡提已经在卧室就寝也一样。

用蓝蜡封住的每张字条都会得到这种待遇，封蜡上那个漂亮的蜘蛛印记就是它的证明状。

插曲
玫瑰导师

“不，这是我的心脏。攻击。攻击。这里。攻击。”

冰冷灰水劈头盖脸浇在玻璃玫瑰屋上。卡莫尔的冬雨已经在金·坦纳和堂·玛兰杰拉脚下积了一寸深。雨水汇成小溪，从花园中的每朵玫瑰上流落；雨水同样汇成小河，淌进金·坦纳的双眼。堂举着一根木棍，前头绑了个塞实的皮靶子，体积也就比一名壮汉的拳头略大几分。金·坦纳手持刺剑，不断对其发动攻击。

“扎这儿。还有这儿。不，太低了。那是肝。要让我立时毙命，而不是等到一分钟后。我可能手里还留了个杀招。往上！攻击心脏，在肋骨下面。好点了。”

灰白色闪电在上空漩涡状的云朵中爆炸，仿佛透过烟雾映来的火光。雷声随后赶来，如同诸神勃然大怒弄出的响动，振聋发聩，往来回荡。五塔已经变成几个模糊的灰柱，在堂·玛兰杰拉右肩后方的天空中若隐若现。金很难想象这些塔顶上现在是个什么样子。

“够了，金，够了。你这本事拿去杀猪是足够了。我要你熟悉刺剑的用法，以备不时之需，但现在也该看看你在哪种兵刃上最有天赋了。”堂·玛兰杰拉身上裹了件相当破烂的棕色油布斗篷，他趟着水走向一个很大的木箱。“干你们这行的，不可能在腰上挂把长剑四处闲晃。给我把假人拿来。”

金快步走过崎岖蜿蜒的玻璃迷宫，前往通向塔楼内部的那间小屋。他仍旧重视这些玫瑰，只有傻子才会放松懈怠，但他如今已经完全适应了它们的存在。金不再感觉这些花朵要扑面而来，更不觉得它们会放射出饥渴的光芒。它们只是一些不能碰触的障碍物罢了。

假人就存放在楼梯顶端那个干燥的小房间里，是一个用填充皮革制成的傀儡，竖在一根铁棍上，做出了脑袋、身躯和胳膊的形状。金笨手笨脚地将它扛在右肩上，重又走入滂沱大雨，回到无香花园的中央庭院。假人在玻璃花丛间挂蹭了几次，但这些玫瑰对皮制血肉没什么胃口。

堂·玛兰杰拉打开木箱，正在里面胡乱翻找。男孩把假人放在空地中央，金属棍滑入石板地上的一处孔洞，挤出小股水泉，扭转一下牢牢锁死。

“这儿有个难看的东西，”堂说着像个孩子似的抡起一根包在上等皮革中的四尺铁链，“它被称作法警之鞭。用皮革包裹，以免叮当乱响。如果你仔细观察，就会发现两端都有小钩子，所以你可以把它像皮带一样系在腰上，很容易藏在厚重的衣物下面……不过你可能需要把它加长一点，好配合你的腰围。”堂上前一步，将皮套鞭子的一头甩向假人脑袋。它弹在皮革上，发出一声响亮潮湿的闷响。

金·坦纳开开心心地玩了几分钟，不断用铁链抽打着假人；堂·玛兰杰拉站在旁边仔细观察。长者自言自语地嘟囔几句，随即把皮套锁链拿走，递给金一对弯刀。它们长约一尺，单侧带刃，刀口宽大弯曲。刀柄上装有厚实的护手盘，上面还钉满黄铜小刺。

“这是对可怕的小杂种，通常被称作贼牙。没什么精妙之处。你可以用来戳刺、砍杀，或是直接给对手穿洞。那些小铜钉可以把对方的脸刮下来，而这对护手盘可以阻挡大多数攻击，除非你遇见一头冲锋的公牛。试试看。”

金·坦纳耍起弯刀来感觉比用锁链趁手得多。玛兰杰拉赞许地拍了拍手。“这就对了，往上剖开肚子，往下切断肋骨。在这儿来上一刀，把他的心脏挑出来，你就算把对手说服了，孩子。”

当他把这对弯刀从金手中拿走时，突然笑了笑：“用这玩意上牙齿课怎么样，嗯，孩子？嗯?”

金·坦纳看着他，只觉得一头雾水。

“你还没听说过这个词吗？你们的巴萨维大佬不是卡莫尔本地人，他曾在瑟林学院任教。所以，如果他把某人叫去臭骂一顿，那就是‘礼节课’。如果他把某些人绑起来，逼他们说话，那就是‘歌唱课’。如果他切断某人的喉咙，把他扔进海湾喂鲨鱼……”

“哦，”男孩说，“我猜这就是‘牙齿课’。我明白了。”

“对。你记住，这可不是我瞎编的。这是正派人的黑话。我敢打赌巴萨维早就知道，但谁也不敢当着他的面说这话。这种事向来如此，无论亡命徒还是士兵都一样。那么……下一件可爱的玩具……”

玛兰杰拉递给金一对木柄短斧。斧头一侧是弯曲的金属利刃，另一侧是圆形配重物。

“这对开膛破肚的东西没有好听的名字。我想你肯定见过短斧。你可以选择用刃还是球，用铁球攻击也许可以避免置人于死地，但如果力道够猛，那它也跟斧刃一样厉害。所以当你的对手不是假人时，要事先考虑清楚。”

金·坦纳刚把它们抄在手里，就立刻发现自己喜欢这对短斧的手感。它们有足够的长度，比短兵刃更有效率——比方说大部分正派人习惯随身携带的短刀和铅头短棍。但它们又够小，能够灵活运动，可以用于狭窄空间。而且在他看来，这两件兵刃很容易藏在外衣或是马甲下面。

男孩略一矮身。这种刀客的蹲伏动作，似乎跟短斧相得益彰。他向前一跃，同时从两侧砍向假人肋部，将斧刃楔入傀儡体侧，随即正手猛削假人右臂，让这皮靶子整个颤抖起来。紧接着反手攻上头部，这次用的是铁球而非利刃。在此后几分钟里，金冲着假人又削又砍，双臂不停挥舞，脸上慢慢露出一丝微笑。

“哦，不赖，”堂·玛兰杰拉说，“对一个新手来说可真不赖。我敢打包票，这对斧子你用起来似乎相当趁手。”

男孩突发奇想，转身跑到空场一侧，跟假人拉开了十五尺距离。滂沱大雨伸出灰色触手，挡在他和靶子之间，所以金·坦纳集中起全部精神，仔细瞄准，使劲猛掷，用上了臀部、腰身和手臂的所有力道，将一柄战斧甩了出去。那东西正中假人脑袋，扎进几层皮革，晃都没晃一下。

“哦，我的天。”堂·玛兰杰拉说道。闪电再次划破天穹，雷声在空中回荡。“我的天，很好。咱们现在算是有块坚实地基了。”

第十章
牙齿课

1

回音洞下漆黑一片，只有上方火把投来的红色光晕，隐隐照亮了黑水浊流。还没等木桶落入水面，金·坦纳已经开始移动。

在这古老的方形石质建筑底下，是一片由悬吊木椽组成的网络。它们均由黑色女巫木制成，用祖灵玻璃丝线拴住。这些椽子经过岁月打磨光滑无比，上面还爬满叫不出名字的苔草。但它们仍和上方石块一样牢固结实，还保持着自身韧性。

水瀑从上方倾泻而落，注入木椽下众多漩流水道中的一条。这里可以说是真正的水道迷宫，有些水面如玻璃般平静光滑，另一些则湍急狂躁如白浪激流。几个水轮和更奇怪的机械在木椽阵下方的阴暗角落中缓缓转动，金·坦纳在藏身于此之前，曾借着一个炼金小灯球的光芒，打量过它们几眼。小虫儿就蹲在左侧二十尺远的一根木椽上，他不想离开金·坦纳太过遥远，这也情有可原。

回音洞的石地板上有些小孔洞，大约两寸见方，七零八落，到底有何作用也很难推断。金把自己藏在两个孔洞中间，但他深知很难透过不绝于耳的水瀑轰鸣，听清上方传来的任何声音。

他虽然不清楚具体情况，但随着时间一分一秒过去，红光渐渐放亮，巴萨维大佬和洛克开始对话，金的不安加深到恐惧的程度。随即传来的是喊叫声、咒骂声、皮靴踩踏地板的响动……还有欢呼声。洛克被捉住了。那挨千刀的盟契法师在哪儿?

金在木椽上快步奔走，寻找穿过水瀑的最佳途径。木椽阵距离水流落下的那个石缝足有五六尺距离，但只要别被瀑布浇到，他就能爬上去。这是从洞底进入回音洞的最快途径，也是唯一方法。借着从地板小洞透下来的暗淡红光，他给小虫儿打了个暗号，让他待在原地别动。

上头突然又爆发出一阵欢呼，大佬响亮清晰的话语从一个洞口传了下来："把这狗杂种抬过去扔进海里。"

扔进海里？金的心脏怦怦直跳，大佬已经割断洛克的喉咙了吗？他想到接下来也许会看见一具全身灰衣的瘫软躯体被湍急白瀑冲下裂缝，只觉得双目酸胀。

接着木桶落了下来，这沉重的黑色物体在瀑布底端落入幽暗水道，发出一声巨响，溅起一片水花。金眨了眨眼，这才意识到自己看见的是什么东西。"哦，诸神啊，"他嘟囔道，"以牙还牙！巴萨维还真他妈充满诗意。"

头顶传来更多欢呼声、跺脚声。巴萨维喊了句什么话，其他人也高喊着作出回答。暗淡红光随即开始闪烁摇曳，一道道黑影从亮光前经过，逐渐退往临街大门的方向。巴萨维要走了，金·坦纳决定冒一次险，去找那个木桶。

又是一记落水声突然响起，将将压过瀑布的嘶吼轰鸣。这又是什么鬼东西？金把手伸进马甲，掏出光球晃了两下，一点白色星光在黑暗中绽放。他用一只手牢牢抓住潮湿木椽，将光球扔向木桶掉落的方向，也就是右侧四十尺远的一条水道。灯球落入水中，旋即漂上表面，提供了足够的光亮，让他得以观察局势。

这条小水道大概有八尺宽，两边由石块垒起，木桶在水中笨拙地起起伏伏，大约有四分之三沉在水下。

小虫儿正在水道中玩命游泳，金只能看到露在上面的两条胳膊。那颗光球就落在他脑袋右侧三尺远的地方。小虫儿显然是主动跳进水里的。

该死，这孩子似乎天生没法老老实实待在高处，时间长一点都不行。

金·坦纳狂躁地环顾四周。如果想要跃入正确的河道，又不希望被某块石质分水墙磕断腿骨，那他必须先走到合适的位置，这需要一定时间。

“小虫儿，”金料想上方的喧闹可以盖住自己的声音，便大喊道，“小虫儿！你的灯！把它拿出来，快！洛克在那个桶里！”

小虫儿在外衣中摸索片刻，掏出一个灯球，把它晃亮。在这陡然增强的白光照耀下，金可以清楚看到黑桶起伏不定的轮廓。他判断着自己和木桶之间的距离，立刻作出决定，用空出来的右手抽出一柄短斧。

“小虫儿，”他叫道，“不要试图凿穿桶壁。直接砍平整的桶盖或是桶底。”

“怎么砍?”

“待在那儿别动。”金往右一探身，以左臂勾住椽子，用右手扬起短斧，轻声对恩主说了句“求您保佑”，然后用力甩出。短斧击中目标，在黑木桶上直打颤。小虫儿先是往后一闪，随即拼命朝那件武器游去。

金·坦纳沿着木椽移动自己的胖大身躯，几条黑影突然在余光中闪过，引起他的注意。金低头瞅了一眼出现在左侧的黑影，有个东西正在另一条排水沟中快速移动。不对，是有些东西。大小像狗，行动迅疾。它们在黢黑水面下滑动，硬邦邦的腿脚分得很开，接着又猛然收回，将身体向前向上快速推进，动作轻松自如得就像……

“活见鬼，”金嘟囔道，“活见鬼。这不可能。”

盐恶魔，尽管它们拥有可怕的体型和外貌，但却是种怯懦的生物。这些大蜘蛛藏身于卡莫尔城西南方岩石海岸上的裂缝中，以鱼类和海鸥为食。如果它们冒险离开岸边太远，也可能变成鲨鱼和恶魔鱼的猎物。水手们出于迷信，会用石块和箭支把它们射死。

只有傻瓜才会接近这种生物。它们的尖牙有成年人的手指那么长，而且毒性不小。尽管不会置人于死地，但却能让受害者巴不得一死了之。幸好盐恶魔更倾向于从人类面前逃开，而且它们是擅长伏击的猎手，习惯独居，绝对无法容忍同类靠近。金·坦纳早年间曾读到过学者和自然学家们关于这种生物的观察报告，把自己吓得不轻。

但下面有好几只这种该死的玩意，像猎犬似的肩并肩奔跑，迅速爬过石板和水面，朝小虫和木桶逼近。

“小虫儿，”金大声喊道，“小虫儿！”

2

楼上发生的情况，小虫儿听得还不如金真切。但当木桶落进黢黑水面，发出扑通一声巨响时，他立刻意识到这东西不是随随便便扔下来的。他的位置就在瀑布坠入的那条水道正上方。小虫儿二话没说，纵身跃入十五尺下的湍急水流。

他蜷起双腿，屁股朝下，像一颗弹射器石块似的落进水里。由于下坠的冲力，身体完全没入河道，但小虫儿很快发现自己的双脚可以踩在河底。这条水道大约只有四尺深。

金·坦纳的灯球从水面下透出的光亮已经足够照明，所以小虫儿把自己那颗光球放在水渠旁的石质走廊上，随即抄起金的短斧，玩命劈砍木桶盖子。

“小虫儿，”大汉突然提高音量高声叫喊，这说明情况有异，“小虫儿！”

男孩把头往右一扭，瞥见从远处黑影中向他奔来的东西。强烈的厌恶感引发了一阵战栗，沿着他的脊背上下窜动。小虫儿狂躁地四下张望，想看清其他方向有没有新的威胁。

“小虫儿，从水里爬出来！到石板路上去！”

“洛克怎么办？”

“他在木桶里多待几秒也没关系，”金·坦纳吼道，“相信我！”

小虫儿慌手忙脚地从被炼金灯照亮的潺潺水流中爬出，木桶再度沉浮摇摆，向建筑南端漂去，天知道水道最终会通向哪里。金绝望得完全顾不上个人安危，他沿着横梁朝瀑布方向奔去，双臂像风车似的迅速摆动以保持平衡，经年累月的腐土淤泥让他脚下直打滑。几秒钟后，大汉用双臂揽住一根竖梁，抵消了前冲的势头，脚下又是一滑，他赶忙紧紧抱住那根木头。经过这段疯狂的冲刺，金·坦纳已经来到瀑布旁边，他高高跃起，慎重地将双腿蜷在胸前，扑通一下落入水中，随即撞在河道底部。跟先前的木桶一样，掀起硕大一片水花。

金·坦纳猛地钻出水面，第二柄短斧已然抄在手中。小虫儿蹲在河道旁的石沿上，冲蛛群挥舞着手中的炼金灯球。坦纳看到四只盐恶魔就在对岸，距离男孩只有十五尺左右，尽管行动得有些迟疑，但仍在慢慢逼近。它们甲壳上覆盖着黑灰斑纹，复眼黑如深邃夜色，小虫儿手中的灯球在它们眼中映出幽异亮点。这些怪物在身前挥舞多毛的须脚，尖利黑牙不住抽动。

这些鬼东西一共有四只。金扯动胖大身躯，爬到小虫儿所在的那段石板路上，从嘴里啐出污水。他有种奇怪的感觉，似乎看到几颗非人的黑眼珠转过来望向了自己。

“金，”小虫儿呻吟道，“金，这些家伙似乎被惹毛了。”

“这不正常。”金·坦纳说着跑到小虫儿身边，男孩将另一柄短斧扔了过来。蛛群已经逼近到十尺之内，就站在对面岸边。三十二颗一眨不眨的黑眼珠和三十二条长满黑毛不住抽动的长腿，似乎将他和小虫儿团团围住。“完全不正常。盐恶魔不该这样行动。”

“哦，好啊。”小虫儿举着炼金灯球，伸直胳膊，就好像能把自己完全藏在球体后面，“你去跟它们理论吧。”

“我敢说我们还是可以交流的。我的短斧语说得很流利。”

金·坦纳这话刚一出口，蛛群就不约而同地跃入水中，动作协调一致，让人觉得不可思议。木桶正漂在金和小虫儿右侧几米远的地方，有个蜘蛛从它正下方游过。数条黑腿自水中探出，不住挥舞。小虫儿惊叫一声，混杂着厌恶和恐惧。大汉跃前一步，两柄短斧同时向下砍去。令人作呕的碎裂声响过，两条蜘蛛腿应声而断，喷出深蓝色的血水。金纵身往后一跳。

没过几秒，另外两只完好无损的蜘蛛，紧跟在受伤的兄弟们之后跃出水面，冲向金·坦纳。它们带刺毛的长腿踩踏着潮湿的石块，噼里啪啦一阵乱响。金知道如果自己同时攻击这两只怪物，就要面对丧失平衡的危险，他选择了一个更恶心的行动计划。

金挥出右手的恶姐妹，划过一道弧线，砍在右侧那只盐恶魔对称的两排黑复眼之间，把脑袋劈成两半。它的长腿不受控制地抽搐痉挛，小虫儿惊得向后急跃，炼金灯球都失手掉在地上。金利用右手挥击的惯性，将左腿高高抬起。左手边的蜘蛛獠牙大张，拔地而起，就在这时，大汉用脚后跟使劲踩在他感觉应该是蜘蛛脸的地方。怪物的眼球像果冻般碎裂。金·坦纳使尽全身力道猛往下碾，感觉就像踏在一团湿皮革上。

他把脚抬起来时，温热的血水已然浸透了皮靴。此时受伤的两只盐恶魔迅速爬到丧命的同类身后，怒气冲冲地发出嘶叫。其中一只挤上前来，冲向金·坦纳。它八足大张，仰起脑袋露出弯曲利齿。金·坦纳掉转斧头，铁球朝前，用两姐妹同时往下一敲，把盐恶魔的脑袋砸在潮湿地板上，阻止了它的行动。一时间汁液横流，溅上金的脖子和额头，他尽量不去理会。

只剩一个该死的怪物了。被迫在它们身上花费太多时间，让金·坦纳怒火中烧。他大喝一声，跃入空中，张开双臂保持平衡，两脚同时落在最后那只怪物的甲壳中央。它在金·坦纳脚下爆裂开来，血水飞溅，挥舞的长腿弯成了不自然的角度。金咆哮着，用脚跟疯狂碾压，那几条腿催起生命最后的脉动，抽搐几下再不动弹。

“噢!”小虫儿叫道。他被本来在盐恶魔体内循环的蓝色液体浇了个透。金·坦纳不敢怠慢，把一柄沾满脓血的恶姐妹扔给男孩，同时再度跃入水中。木桶已然往南又漂了十尺。大汉趟着水，奋力向它走去，探出左手一把抓牢。紧接着他玩命挥动右臂，用短斧猛砍桶底木板。

“小虫儿!”他喊道，“劳烦你看看周围还有没有类似的玩意正往咱们这边爬!”

金听到身后传来落水声，显然小虫儿跳回了水道。几秒钟后，男孩跑到桶边，用细瘦的双臂把它稳住。“反正我没看见，金。加速。”

“我在，”——啪、啪、啪——“他妈的加速。”短斧利刃最终咬穿木板，马尿涌入水中，害得小虫儿干呕了两声。金·坦纳发疯似的继续削砍，把孔洞扩大，最终将整个桶底掀了下来。一股腥臭的黄色液体从他胸口冲刷而过，大汉想都没想就把短斧扔到一边，伸手将洛克·拉莫瑞瘫软的身躯拉了出来。

他疯狂地检查着洛克的身体，寻找刀口、鞭痕或是隆起的青紫瘀伤。至少他的脖子完好无损。

金不管不顾地把洛克推上步道，就放在那几只某些部位还在抽动的死蜘蛛旁边。随后他也爬出水面，蹲在洛克跟前，撕开他的罩衣和披风。小虫儿刚好赶了过来，把这些衣物扯掉，扔进水里。金又揪开洛克的灰马甲，开始按压他的胸膛。

“小虫儿，”他气喘吁吁地说，“到这儿来，帮我推他的腿。他的血液都快凉透了。按节奏推压，也许咱们还能把他重新点燃。诸神啊，如果他活过来，我发誓我会看十本医书，记住里面的每个字眼儿。”

小虫儿从水里爬出来，开始推拉洛克的双腿，有节奏地一上一下。金的急救手法则在按肚子、捶胸口和扇脸蛋之间来回变换。“快醒醒，活见鬼，”他嘟囔道，“坚强点，你这皮包骨头的小……”

洛克的后背突然抽筋似的一拱，闷湿刺耳的咳嗽声从喉咙里爆发，双手虚弱无力地在石头上扒拉两下，身子往左一滚。金·坦纳坐起身，长出口气，毫不在乎身下那一汪蜘蛛蓝血。

洛克往水道中吐了一阵，打着哆嗦干呕两声，随后又吐了起来。小虫儿跪在他身边，扶住他的肩膀。洛克在地上躺了几分钟，身子不住颤抖，呼吸异常沉重，还发出阵阵湿咳。

“哦，诸神啊，”洛克最终用干涩的嗓音小声说道，“哦，诸神啊。我的眼睛。我几乎看不见东西。那是水吗?”

“对，流水。”金·坦纳弯下腰，抓住洛克的一条胳膊。

“那就把我扔进去。十三诸神啊，把这股臭味从我身上弄掉。”

还没等金和小虫儿上来帮忙，洛克就翻身滚进河道。他几次将头扎进黑色水流，随即开始撕扯身上剩余的衣物，最后只剩一件白背心和那条灰马裤。

“好点了吗?”小虫儿问。

“我想肯定是好些了，”洛克又干呕起来，“我的眼睛刺痛，鼻子和喉咙像着了火，胸口很疼。我脑袋里那一抽一抽的疼痛，估计跟瑟林佩尔城差不多大。我被巴萨维那一家子扇得滴溜乱转，我身上都是马尿。而且现在看来，灰王拿咱们当炮灰，干了点很漂亮的勾当。”他把脑袋靠在石板路上，又咳嗽几声。等他再次抬起头来，终于注意到蜘蛛的尸体，不禁往后一闪。“啊。诸神。看来我又错过了好戏。”

“盐恶魔，”金说，“整整一群，摽着膀子往上冲。它们似乎巴不得干上一架，哪怕是自取灭亡。”

“这完全不合常理。”洛克说。

“有个东西可以解释这一切。”金·坦纳答道。

“诸神的阴谋。”洛克低声说，“哦，巫术!”

“是的，就是那见鬼的盟契法师。如果他能驯服一只蝎鹰，自然可以……”

“但也许只是因为这鬼地方?”小虫儿插嘴说，“你们也听过那些故事。”

洛克说：“既然有个活蹦乱跳的法师能用这招对付咱们，那就别扯什么鬼故事了。金说得对。我被装进木桶，不是因为大佬对我的演技不满；那些咬人的小杂种也不是到这儿度假的。你们本来也会死在这儿，就算死不了……”

“也会被吓跑，”金·坦纳说，“分心。这样你就死定了。”

“似乎有道理。”洛克又揉了揉酸痛的双眼，“每次我自以为对这件事已经忍无可忍时，就会遇到更可恶的新状况。卡罗和盖多……咱们得赶紧去找他们。”

“他们可能也烂事缠身了。”金·坦纳附和道。

“他们已经是烂事缠身了，但咱们集合起来，就能更好地面对它。”

洛克试图爬出水面，但没成功。金·坦纳伸手揪住他的短衫，把他拉了出来。洛克点头示谢，慢慢站起身，整个人不住颤抖。“恐怕我的力量已经逃走了。我很抱歉，金。”

“用不着。你今晚已经被折磨得不成人形，幸亏能及时把你从那鬼东西里救出来。”

“我欠你们俩太多了，相信我。那真……本可能……”洛克摇摇头，“这真是太他妈糟糕了。”

“我可以想象。”金·坦纳说，“咱们是不是该走了?”

“能走多快走多快。从你们俩进来的地方原路返回，别弄出响动。巴萨维的人可能还在附近。另外你们睁大眼睛，注意，呃，飞禽。”

“一点没错。我们是从一条通道钻进来的，在西侧运河。”金·坦纳突然使劲拍了一下脑门，扭头四下张望，“该死的。我把姐妹们弄丢了。”

“别担心。”小虫儿说着把那对短斧递了过来，“我就知道你想把它们拿回去，所以多留了个心眼。”

“万分感谢，小虫儿！”金说，“在日头升起之前，我很想把它们用在某些人身上。”

3

三人蹑手蹑脚从小通道钻出，爬上回音洞西侧的运河堤岸。锈水区死寂如常。巴萨维的队伍早就消失得无影无踪，但三名绅士盗贼还是伏下身，在阴霾的天空中搜寻猎鹰盘旋的影踪。但他们什么都没发现。

“先往煤烟区走吧。”洛克说，“穿过乞丐坟，咱们可以偷艘船，从水管溜回家去。”神庙区南侧的排水管就在佩里兰多神庙下方，盖住管口的栅栏由一组隐蔽的滑动机械控制。绅士盗贼们能够随时打开栅门，悄无声息地进出。

“好主意。”金·坦纳说，“我如今走在桥梁街道上，总觉得不太舒服。”

他们向北潜去，很庆幸有温暖阴霾的浓雾笼罩身边。金·坦纳手持短斧在前头领路，不断扭头左右张望，就像只猫走在摇摇晃晃的晾衣绳上那么警觉。他带着两人越过一座小桥，来到恬静区东北岸。洛克不时踉跄一下，或是落在后面。乞丐坟黑黢黢的山坡在他们左方雾霭中时隐时现，坟冢潮热的臭气弥漫在空中。

“没有一个卫兵，”洛克低声说道，“没有一个阴影山孤儿。没有一条人影。就算在乞丐坟附近也太不正常了。”

“今晚有什么情况能算正常？”金·坦纳尽量加快脚步，没过多久他们就穿越另一座桥，向南进入了煤烟区。洛克费力地跟在大汉身后，用手捂住抽痛的肚子和肋部。负责断后的小虫儿时不时回头张望两眼。

在煤烟区东北角有一溜破败的船坞、倾颓的阶梯和残损的码头。所有较大较好的小艇和游船都被锁好，上了链条；但有几艘小划艇在水面起起伏伏，除了绑根绳子以外，什么保险措施都没有。在一座到处都是这种小船的城市中，精神正常的盗贼都不会偷这东西——当然，那是平时。

他们爬进第一艘碰巧有桨的小船。洛克瘫坐在船尾，小虫儿抄起木桨，金·坦纳扔掉了缆绳。

“谢谢，小虫儿。”金把自己塞进小木船潮湿的舱底，三个人把这里挤得满满当当，“我过会儿就跟你换位置。”

“哦？这不会给我的道德教育留下瑕疵吗？”

小虫儿把船驶向河道中央。码头渐渐远去，金·坦纳抬头望着满天繁星：“你的道德教育结束了。现在你得学学如何打仗。”

4

无人察觉，无人打扰。金·坦纳静悄悄地把船划向运河北岸，此地就在佩里兰多神庙南端。神庙矗立在他们头顶浓郁的雾气中，灯火全无，只剩一片黑色阴影。

“稳着点，稳着点。”大块头一边自言自语，一边把船停在排水管旁边。排水管距离水面大约一码，是个直径五尺的孔洞，几乎直通一条密道，就在从神庙去往地窖的那条木梯后方。小虫儿把手探过管道出口上的铁栅栏，扳开隐藏的锁头机扣，随即从上衣里掏出一柄短剑，准备爬进去。

“我先进。”他说。但话音未落，金就一把揪住他的衣领。

“我反对。恶姐妹先进。你坐好，让船保持平稳。”

小虫儿气鼓鼓地板着脸坐下，洛克微微一笑。金·坦纳身躯一耸，钻进管道，向黑暗中爬去。

“你可以得到第二个进的荣誉，小虫儿。”洛克说，“可能需要有人上去拉我一把。”

等他们三人都安全钻进管道后，洛克转过身，用脚把小船捅到运河中央。水流会把它冲到维阿·卡莫尔拉赞河，隐藏在浓雾之中，直到被某艘大船发现，当作飞来横财据为己有。洛克顺手关上铁栅栏，重新锁好。绅士盗贼们时不时会给铰链合页上油，以便进出时尽量做到悄无声息。

他们爬进黑暗管道，呼吸声和轻柔的衣物刮蹭声在四周形成细小回响，将他们团团包围。咔嗒一声响过，金·坦纳打开了通往地窖的暗门，一道苍白银光洒在他们身上。

大汉钻出通道，进入昏暗走廊，踏足于木地板上。在他右侧，正是那条通向神庙的楼梯，入口就在当初锁链神父的卧榻下方。虽然金·坦纳尽量放轻脚步，但地板还是发出轻轻的吱嘎声响。洛克紧随其后溜出管道，心脏怦怦直跳。

这里的光线昏暗得有些异样。自打洛克头一次见到这个地方起，四壁从来都是金碧辉煌。

金·坦纳蹑手蹑脚地往前走去，那对短斧在他手中上下起伏。到了走廊尽头，他伏下身，猛地转过拐角……随即直起腰，吼了一句：“妈的！”

厨房被砸了个稀巴烂。

香料柜翻倒在地。碎玻璃烂瓦片到处都是。碗橱柜门大开，里面空空如也。水罐掉在地板瓷砖上。几张镏金座椅也被扯碎，扔在墙角，摊成一堆。自从他们住进玻璃地窖时起，就挂在屋顶的华美大灯台也全毁了，只剩几根金属丝还吊在天花板上，行星和满天星辰都被砸碎，环形轨道弯曲得无法修复。正中央的太阳也被烧坏，破损得像颗鸡蛋。原本在内部产生光亮的炼金灯油渗进了桌子。

洛克和金站在通道入口处，看着眼前这一幕，惊得不知所措。小虫儿转过拐角，心里还在想着就要跟未知的敌人动手，不禁激动万分。

他挤到两人中间。

“我……诸神啊。神啊!”

“卡罗?”洛克把悄悄潜入的想法抛在脑后，“盖多！卡罗！你们在吗?”

金·坦纳走到通往衣帽间的门前，将厚重门帘掀到一边。他一句话没说，一声都没出，只是恶姐妹从手中掉在地上，叮叮当当一阵乱响。

衣帽间也被洗劫一空。所有精良服装和化妆衣物，所有帽子、颈巾、马裤和长统袜，所有马甲、汗衫和价值数千克朗的各种饰品——全都没了。几面镜子被砸得粉碎，化妆盒被打翻，里面的东西散落一地，大都破损断裂。

卡罗和盖多躺在箱子旁边，在昏黄的光线中瞪着双眼。他们的脖子被人划开，从左耳一直到右耳，形成一对光滑的裂口——双胞胎般的伤痕。

5

金·坦纳向前倒去，跪在地上。

小虫儿试图从洛克身边挤过，拉莫瑞聚起仅存的微薄力量，想把男孩推回厨房，嘴里还说着:“不，小虫儿，不……”但为时已晚。男孩扑通一下坐在地上，靠着女巫木桌开始抽泣。

诸神啊，洛克踉踉跄跄地从金·坦纳身边走过，进入衣帽间，心里只有一个念头，*诸神啊，我是个傻瓜。我们本应该卷起铺盖逃跑*。

“洛克……”金低声叫道，随即身子一歪，扑倒在地，十指颤抖着、摇动着、抓挠着，仿佛是某种痉挛发作。

“金！诸神啊，这又是……”洛克蹲在大块头身边，一只手按住他圆胖肥厚的下巴。金·坦纳的脉搏跳得飞快……他抬起头，瞪大眼睛看着洛克，嘴巴一张一阖，但却吐不出半个字来。

洛克脑筋急速转动。毒药？某种陷阱？留在这个房间里的炼金术把戏？为什么他没受影响，难道说他的感觉已经太过难受，目前的症状还难以引起注意吗？洛克疯狂地环顾四周，视线最终被躺在桑赞兄弟之间的一个黑色物体所吸引。

那是一只手，风干的人手，色泽灰白，干枯萎缩，呈现革质。它躺在地上，掌心朝向天花板，手指向内弯曲，绷得很紧。一条黑线在手掌死皮上缝了个名字，字迹粗陋，但相当清晰，周围还笼着一圈淡淡的苍白蓝光。

金·坦纳

如果我绣出你的真名。驯鹰人这番话不由自主地跃入他的脑海。金·坦纳又呻吟一声，疼得拱起后背。洛克俯身去拿那只风干的手，十几个计划在脑海中打转——用短斧把它剁碎，在炼金灶石上烤焦，扔进河里……他对实用魔法知之甚少，但无论怎么做都强过袖手旁观。

一阵脚步碾压碎玻璃的声音从厨房传来。

“别动，孩子。我想你的胖朋友现在帮不了你。就是这样，坐在那儿别动。”

洛克从地上捡起一柄金的短斧，抄在左手，大步走出衣帽间。

一个男人站在通往走廊的大门口，洛克从没见过这个人。他身穿棕红色油布斗篷，兜帽垂在脑后，露出一头细丝般的黑色长发和一把黑须。他右手拿着弩弓，近乎随意地指向小虫儿。洛克出现在衣帽间门口时，他瞪大了眼睛。

“这不对头，”他说，“你不该出现在这儿。”

“你是灰王的那个手下。”洛克说。他左手扶住门旁的墙壁后面，像是在支撑身体的重量，其实只为把短斧藏住。

“灰王的一个手下。他有好些。”

“你开价吧，随便多少钱都行。”洛克说，“只要告诉我他在哪儿，在干什么，还有我如何才能避过盟契法师。”

“你避不过。这个答案我免费赠送。随便我开价？你没这实力。”

“我有四万五千克朗。”

“你过去有，”弩手的语气相当和蔼，“现在已经没了。”

“一支箭，”洛克说，“两个人。”金·坦纳的呻吟声又在他身后的地板上响起，“这个局势值得好好考虑一下。”

“你看起来不太舒坦，那孩子看起来更是不灵。我说了别动，孩子。”

“一支箭是不够的，”小虫儿眼中透出的冰冽怒火，洛克此前从未得见，“你根本不知道自己在招惹谁。”

“一支箭，”洛克重复道，“是为小虫儿准备的，对吗？如果我不在这儿，你早就把他射穿了。然后再料理金。这计划的确不错。但现在这儿有两个人，你还是只有一支箭。”

“放松，先生们。”灰王的手下说，“我想你俩都不急着在脸上添个洞吧。”

“你根本不知道自己面对的是什么人。不知道我们做过什么。”小虫儿腕子微微一抖，有什么东西从袖子里落在手中。洛克勉强看到他的动作——那是什么东西？孤儿卷？哦，诸神啊……这对一支弩箭可没半点用处……

“小虫儿……”他低声说道。

“告诉他，洛克。告诉他，他不知道自己在招惹谁。告诉他，他不知道自己会有什么下场！咱们能干掉他。”

“你们谁先动一下，我就放箭。”弩手往后退了一大步，用左臂撑稳武器，箭尖在洛克和小虫儿之间来回移动。

“小虫儿，别……”

“咱们能干掉他，洛克。你和我。他没法阻止咱们两个人。妈的，我打赌他连一个都阻止不了。”

“小虫儿，听……”

“听你朋友的话，孩子。”拿着弩弓的入侵者已经开始冒汗。

“我是一名绅士盗贼。”小虫儿一字一顿、咬牙切齿地说，“谁也别想招惹我们。谁也别想击败我们。你要付出代价!”

小虫儿向前扑去，扬起拿着孤儿卷的那只手，瘦小的脸庞上显出毅然决然的炽热信念。弩弓爆响，得以释放的弓弦发出啪的一声，在厨房的玻璃四壁间回荡，响得不可思议。

本要射向小虫儿眉心的弩箭扎进了他的脖子。

男孩猛往后仰，仿佛一只被刺穿的昆虫。他刚跃起一半，膝盖就已无法支撑，身子向后倒去，无用的孤儿卷脱手而出，从空中划过。

灰王的手下扔掉弩弓，把手伸向插在腰带上的刀。但洛克抢先一步冲出门口，扬起藏在墙后的短斧，聚敛满腔怒火用力掷出。金・坦纳可以用斧刃把这人的脑袋一劈两半，洛克只能用短斧背后的铁球敲裂他的颅骨。但这就够了，铁球敲在那人右眼下方。他浑身一颤，疼得惨叫连连。

洛克捡起硬弩，吼叫着冲向入侵者。他抡起武器，将手柄砸在那人脸上。鼻梁被打折了，喷出一片血沫。对方仰面倒下，脑袋磕在走廊的祖灵玻璃墙上。他身子往下滑去，同时把双手举在面前，想挡住洛克的下一次攻击。洛克抡起弩弓朝他的手指猛砸。两个人的尖叫声混成一团，在密不透风的地窖中回荡。

洛克最终用弩臂砸中那人的太阳穴，结束了这场殴斗。灰王的人脑袋一歪，鲜血溅在玻璃墙上，瘫在走廊角落中，再也不动了。

洛克扔掉弩弓，猛地转过身，跑到小虫儿身边。

弩箭刺进了男孩的脖子，就在气管右侧，只剩圆头尾羽露在外面。暗红色的鲜血不住滴落。洛克跪下身，双手捧住小虫儿的脑袋，摸了摸从男孩脖子后面探出的箭尖。滑腻温热的血水浇了他一手，洛克能感到随着男孩每一次粗重的呼吸，鲜血都会喷涌而出。小虫儿的眼睛睁得老大，目不转睛地看着他。

“原谅我，”洛克泪眼婆娑地呢喃道，“我真该死。小虫儿，这是我的错。咱们可以跑的。咱们应该跑。我的骄傲……你和卡罗、盖多。这支箭应该扎在我身上。”

“你的骄傲，”男孩轻声说，“得到了证明。绅士……盗贼。”

洛克用手指按住小虫儿的伤口，妄想堵住血流，但男孩惨叫一声，洛克赶忙撤开自己颤抖的手指。

“得到了证明，”小虫儿勉力说道，鲜血从他嘴角涌出，“我还是……后备军吗？是学徒吗？是不是……真正的绅士盗贼？”

“你从来不是后备军，小虫儿。你从来不是学徒。”洛克抽噎着说，他试图把男孩的头发捋到后面，却被自己留在小虫儿苍白额头上的血指印吓了一跳，“你这勇敢的小傻瓜。你这勇敢又愚蠢的小杂种。都是我的错，小虫儿，求你了……求你说这都是我的错。”

“不，”小虫儿低声说，“哦，诸神啊……疼……疼死了……”

男孩再也没有呼吸。洛克把他抱在怀里，说不出一个字来。

洛克抬头盯着天花板。在他眼中，这面多年来始终投下温暖光芒的祖灵玻璃天花板，似乎心照不宣地为他展示出一片暗红，那是地板的倒影。洛克坐在地上，小虫儿一动不动的身躯躺在他怀中，鲜血仍不断涌出。

如果不是金·坦纳响亮的呻吟声从隔壁传来，他可能会一直沉浸在悲伤的幻想中，整晚坐在这儿发愣。

洛克回过神来，猛地打了个哆嗦，随即将小虫儿的脑袋尽可能轻柔地放在地上。他笨手笨脚地爬起身，又从地上捡起金的短斧，朝衣帽间走去，一路上动作迟钝缓慢，脚下摇摇晃晃。走进去后，洛克把短斧举过头顶，使尽全身的力道猛地一挥，砍向放在卡罗和盖多中间的巫蛊干手。

斧刃咬进干瘪肌肤，微微蓝火逐渐暗淡下去。金·坦纳在他身后大口大口地喘着粗气，这对洛克来说不啻于一种鼓励。他恶狠狠地把那只手砍成更小的碎块，切断革化皮肤和脆弱的骨骼，直到拼出金·坦纳名字的黑线被斩断，蓝光彻底消失。

他站在原地，低头看着桑赞兄弟，直到听见身后响起的移动声。

“哦，小虫儿，哦，活见鬼。”大块头踉跄着站起身，呻吟道，“原谅我，洛克。我就是……就是动不了。”

“没什么需要原谅的。”洛克有气无力地说，就好像自己的声音也会为他带来痛苦，“这是个陷阱。那上面有你的名字，是盟契法师留给咱们的。他们猜到了你会回来。”

“一……一只风干的手？一只人手，上面缝着我的名字？”

“对。”

“吊男之爪。”金·坦纳看着干手的碎片，又看了看桑赞兄弟的尸体，“我……小的时候，读到过这些传说。看来它们真管用。”

“让你彻底无力反抗，”洛克冷言道，“然后藏在上面的那个刺客就能走过来，杀了小虫儿，最后结果了你。”

“就一个？”

“就一个。”洛克叹了口气，“金，到上面的神庙去一趟。咱们的灯油……请帮我拿下来。”

“灯油？”

“全拿下来，”洛克说，“赶快。”

金·坦纳走进厨房，愣了一下，随即单膝跪下，用左手阖上小虫儿的双眼。接着他站起来，抹掉眼中泪水，快步走出房间，去完成洛克的要求。

洛克用双手拖住卡罗·桑赞的尸体，一步一步走回厨房。他把尸身放在桌旁，将其双臂叠放在胸前，随即跪下吻了吻卡罗的额头。

墙角那人呻吟一声，动了动脑袋。洛克站起来，一脚踢在他脸上，然后转身到衣帽间去搬盖多的尸首。没过多久，桑赞兄弟便肩并肩躺在一片狼藉的厨房中央，小虫儿就在他们身边。洛克无法承受双胞胎呆滞的双眼，便从一个被砸坏的柜橱里取出丝绸桌布，把他们的身体盖住。

“兄弟们，我发誓要为你们奉上死亡献祭。”一切就绪后，洛克轻声说道，“我发誓，这份献祭会令诸神侧目。这份献祭会让卡莫尔所有公爵和大佬的魂魄震惊，会让他们感觉自己就像叫花子。这份献祭会由鲜血、黄金和烈火组成。以接纳我们的艾赞·基拉之名，以庇护我们的佩里兰多之名，以操纵天平最终为吾辈灵魂称重的诡诈看护人之名，我在此起誓。我也要向锁链起誓，他曾保护我们安枕无忧，而我却没能做到，只求他能原谅。”

洛克强迫自己站起身，继续打点行装。

有几件旧衣服被扔在衣帽间的角落里。洛克把它们收拾起来，又从翻倒的化妆盒里取出几件道具：一把假唇须，一点假胡子，还有些化装用的粘胶。他把这些东西扔在通往神庙的入口走廊，又到金库看了一眼。跟他猜想的一样，这里空空如也。无论是地窖中还是架子上都没有一枚钱币。早先装上车的那些麻袋肯定也被抢走了。

他从地窖最里面的卧室中找来几张床单和毯子，然后是文件、书籍和卷宗。他把这些东西放在餐桌上，摞成一堆。洛克的双手和衣服上沾满鲜血。他最终走到灰王的刺客跟前，等待金·坦纳从神庙回来。

6

“醒醒，”洛克说，“我知道你能听见我说话。”

灰王的刺客眨眨眼，啐出一口鲜血，双脚蹬了两下，试图往墙角里缩。

洛克低头瞪着他，这是一幅全然倒错的诡异画面。刺客肌肉发达，比洛克高出一头，而且经过今晚的种种事端，洛克几乎有点不成人形。但所有骇人的精髓都集中在洛克眼眸，这双瞳仁凝视刺客，正透出令人毛骨悚然的冰冷恨意。

金·坦纳站在他身后几步远的地方，肩上背着个包袱，恶姐妹插在腰带里。

“你想活下去吗?”洛克问道。

刺客什么话也没说。

“这是个很简单的问题，我不想重复。你想活下去吗?”

“我……是的。”那人轻声说道。

“那我将很荣幸地打破你这个幻想。”洛克跪在他身边，把手伸到自己衬衣下面，拿出一个吊在脖子上的小皮袋。

“想当年，”洛克说，“我刚能理解自己的所作所为时，便为自己是个杀人犯而倍感羞耻。即便我赎清了罪责，也没有把它摘下，这些年来，时刻用它提醒自己。”

洛克扯断细绳，把袋子揪了下来。他打开袋口，取出一颗小小的鲨鱼白牙。洛克拎起刺客的右手，把袋子和鱼牙放在他掌中，又按住他的断指，让他用力攥住小袋。刺客失声惨叫，不住扭动身体。洛克给了他一拳。

“但现在，”他说，“现在我又是个杀人犯了。我会强令自己大开杀戒，直到灰王的最后一个手下从世间消失。你听见了吗，狗娘养的?我会做掉盟契法师，我会做掉灰王。就算卡莫尔、卡泰因和地狱的全部兵马与我为敌也是徒劳，只不过是在我和你的主子之间多添几具尸体。”

“你疯了，”刺客轻声说道，“你永远无法打败灰王。”

“我不光要打败他。无论他有什么计划，我都会将其破坏。无论他有什么愿望，我都会将其毁灭。无论你跑到这儿来屠杀我的朋友是想达到什么目的，它们都将烟消云散。灰王的每个手下都会死得一钱不值，就从你开始。”

金·坦纳上前一步，单手抓住刺客，把他揪起来跪在地上，然后拖着他走向厨房，完全不在乎那人的哀告乞怜。刺客被扔到桌旁，摔在三具蒙着床单的尸体和那堆布匹纸张附近。他立刻闻到一股令人反胃的灯油味。

金·坦纳二话不说，用一柄短斧上的铁球猛击刺客的右膝。那人狂吼一声。又是疾如闪电的一锤，击碎了他的左膝。刺客就地一滚，试图保护自己，遮挡接下来的攻击——但短斧再未落下。

“等你见到诡诈看护人，”洛克一边说，一边捻着手里的什么东西，“告诉他，洛克·拉莫瑞学得很慢，但记得很牢。等你见到我的朋友们，告诉他们还有很多你的同伴正在路上。”

他张开双手，让一个东西落在地上。那是一段打结的绳子，通体深灰，白色细丝从一端探出。这是炼金扭线火柴，白色细丝暴露在空气中后，很快就会冒出火花，点燃燃烧时间较长的外层灰绳。

绳子掉在一摊灯油边缘。

洛克和金·坦纳经过隐蔽出口，进入古老石庙。楼梯盖砰的一声在身后关闭。

在他们脚下的玻璃地窖中，火焰开始升起。

先是火焰，然后是尖叫。

插曲
老手球员们的传说

手球是一项瑟林体育运动，深受南部城邦人民喜爱，但却被北方的韦德兰人嗤之以鼻（不过住在南国的韦德兰人似乎也对手球乐此不疲）。有人说这项运动起源于瑟林君主期，疯帝萨提拉纳会用死刑犯的风干头颅当球扔，以此自娱自乐。学者们对这种说法不屑一顾。但他们并未马上予以否认，因为在没有板上钉钉的证据之前，低估瑟林君主期的残虐野蛮是极不明智的选择。

手球是供下等人玩乐的粗野游戏，球手们分成两队，在任何可以找到的相对平坦的地面上进行比赛。球是用树脂和皮革制成的橡胶圆团，直径大约六寸。场地长度通常在二十码到三十码之间，（一般是用粉笔）在两端画出直线作为标志。双方要尽力把球移过对方的得分线，球员跑过、踏过或是扑过得分线时，必须双手持球。

手球可以在队友间自由传递，但不能碰到腰部以下的任何部分，也不允许接触地面，否则就要交换进攻权。一名被称作法官的中立裁判，要在比赛中保证双方遵守规则，当然他们并非总能如愿。

参赛队伍通常会代表卡莫尔的某个城区或岛屿。与赛事有关的酗酒、赌博和斗殴活动，通常会从比赛前几天一直延续到球赛只剩下依稀记忆。实际上，在卡莫尔城这片混乱海洋中，手球比赛反倒是一座相对平静祥和的孤岛。

话说在第一任安德拉卡纳公爵统治时期，大锅区和引火区之间曾举行过一场比赛。一位名叫马科斯的年轻渔夫被视作大锅区最棒的手球员，而他的挚友热尔万则是城里最优秀最公正的手球法官。这次比赛的裁判任务自然被交给了热尔万。

比赛在落尘区一处尘土飞扬的废弃广场举行。上千名观众挤在周遭的房舍残骸和巷道中，把空地围了个水泄不通，尖叫声不绝于耳。这是场艰苦卓绝的比赛，两队在各方面都势均力敌。比赛临近结束，大锅区落后一分，最后一撮细沙正从计时用的沙漏中落下。

马科斯狂吼一声，双手抱着球冲向引火区整条后卫线。他脸上带着黑眼圈，双手瘀青发紫，鲜血从手肘和膝盖流出。比赛时间进入最后一秒，他不顾一切飞身跃起，扑向得分线。

马科斯趴在石板地上，双臂伸得笔直，球体接触到了粉笔线，但没有完全超越。热尔万推开挤作一团的球员，盯着马科斯看了几秒钟，然后说道："没过线。不得分。"

随后爆发的骚动和狂欢实在很难区分。有人说黄号衣们在平息骚乱时杀了十几个人，也有人说数目接近一百。在因赖账而引发的一场小规模战争中，至少死了三位大佬。马科斯发誓从此不再跟热尔万说话，他俩可是从小就在同一艘船上打鱼的交情。大锅区向热尔万的所有家人发出警告，如果他们再敢踏足这个城区，那条狗命就还不如肠衣值钱。

二十年过去了，三十年过去了，三十五年过去了。老安德拉卡纳已死，第一任尼克凡提公爵坐上卡莫尔城的头把交椅。从那时起，马科斯和热尔万再没见过彼此。热尔万到杰里什住了很多年，靠撑船和猎捕恶魔鱼为生。最终，思乡病让他回到卡莫尔城。他在码头惊讶地看到一个男人从小渔船上走了下来，那人跟他一样饱经风霜，灰发长须，但毫无疑问就是他的老朋友马科斯。

"马科斯，"他叫道，"马科斯，大锅区的马科斯！马科斯！诸神慈悲！你肯定还记得我吧？"

马科斯转过身，打量着面前这名旅人。他看了几秒，随即毫无征兆地从腰间抽出一柄渔夫长刀，插进热尔万的肚子，只剩刀柄露在外面。热尔万不敢置信地低头看着刀子，马科斯把他往旁边推了一把。当年的手球法官落入卡莫尔海湾，再也没有浮出水面。

“没过线，王八蛋。”马科斯啐道。

维拉人、卡泰因人和拉塞因人听到这个故事，都会心照不宣地点点头。他们认为这故事纯属虚构，但又足以佐证他们心照不宣的一个真理——卡莫尔人都他妈是疯子。

而另一方面，卡莫尔人将其视为宝贵的警告，说明复仇大计不容拖延。当然如果有人不能立刻得偿所愿，那就要长个好记性。

第十一章 瑞沙大佬的宫廷

1

由于洛克挥霍无度地扔掉了第一艘船，他们只得再偷一艘。要是换作平时，他肯定会为此捧腹大笑。

他心中暗想：*小虫儿、卡罗和盖多肯定也会笑得满地打滚。*

洛克与金沿窄巷区和玛拉·卡莫尔拉赞区之间的河道向南驶去，他们披着从衣帽间地板上捡来的旧斗篷，身子蜷成一团，与迷雾中的城市全然隔绝。对洛克来说，远方的摇曳柔光和呢喃话语，好似早就遗弃的另一种人生中残留下来的赝品，并不属于这座他居住生活了一辈子的城市。

“我真是个傻瓜。”洛克嘟囔道。他躺在舱底，靠着船舷，脑袋昏昏沉沉，干呕的感觉似乎又从饱受折磨的胃部往上返。

“如果你再说一遍这句话，”金·坦纳说，“我就把你扔进河里，再驾船从你脑袋上碾过去。”

“我应该让咱们逃跑。”

“也许吧。”金·坦纳说，“但也许发生在咱们身上的惨剧，并非都跟你的选择息息相关，兄弟。也许不管咱们怎么做，都会被厄运席卷。也许咱们逃跑的话，盟契法师会在路上把咱们扑杀，将尸骨撒在从这儿到塔里沙玛之间的某个地方。”

“但是……”

“咱们还活着，”金斩钉截铁地说，“咱们还活着，就可以为他们复仇。你在地窖里干掉灰王手下时，思路完全正确。现在的问题是为什么，以及接下来该怎么办？别再跟刚吸过幽魂烟似的。我需要你的智慧，洛克。我需要卡莫尔荆刺。”

“等你找到他后，别忘了跟我说一声。他只是个见鬼的童话。”

“他就坐在这艘船里，跟我在一起。如果你现在不是他，那就赶紧变成他。荆刺才是能击败灰王的人。这事儿我一个人干不来，这我很清楚。为何灰王要这样对付咱们？这对他有什么好处？赶快想，该死的！”

“这问题太大，无从猜起。”洛克陷入沉思，说话间多了几分活力，“但……把问题简化一下。咱们先想想手法。咱们在神庙底下见到了他的一个手下，我头一回被劫持时见到了另一个人，所以咱们知道至少有两个人为他工作，这还不算盟契法师。”

“你觉得他像个粗心大意的人吗？”

“不。”洛克揉搓着双手说，“不，在我看来，他所做的一切都像维拉时钟一样精确。”

“但他只派了一个人到地窖去。”

“对……桑赞兄弟已经死了。我本来也是死人一个，你会走进盟契法师设下的另一个陷阱，那支弩箭是为小虫儿准备的。滴水不漏，又快又狠。”

“但为何不派两个人？为何不是三个？为何不彻底保证这件事不出差错？”金·坦纳轻轻划了几下水，把小船稳在河中，“我不相信他突然变懒了，就在计划的最后一个环节。”

“也许，”洛克说，“也许……他需要其他人到别的地方去，非常需要。也许他只能派一个人。”洛克倒吸一口冷气，右拳猛地捶在摊开的左掌里，“也许咱们根本不是他计划中的最后一个环节。”

“那到底什么才是？”

“不是什么，而是谁。这几个月来他一直在攻击谁？金，巴萨维相信灰王已死。他今晚会干什么？”

“他……他会举行狂欢。就像他在每年换季日所做的那样。他会欢庆胜利。”

“在浮坟里，”洛克说，“他会敞开大门，运进酒桶——诸神啊，这次是真的酒桶。他会召唤所有臣仆。所有正派人，在木废墟的堤道和码头上喝得酩酊大醉，就像过去的好日子。”

“就是说灰王用假死来诱使巴萨维举行狂欢?”

“关键不在狂欢，”洛克说，“而是人。所有正派人。就是这个，诸神啊，就是这个！巴萨维已经几个月没有露面，今晚他会首次出现在臣民们面前。你明白了吗？所有帮派，所有帮主都将目睹发生在那儿的一切。”

“这对灰王来说有何意义?”

“那狗杂种对戏剧性场面很有一套。我敢说巴萨维一脚踩进狗屎堆了。快划，金。快把我送到大锅区。我可以自己去木废墟。我必须赶去浮坟，越快越好。”

“你犯了失心疯吗？如果灰王的人还在附近逡巡，他们肯定会杀了你。而且也不能让巴萨维看见你，他以为你食物中毒，病得只剩一口气！你的确也只剩一口气了，可能更糟!”

“他们不会见到洛克·拉莫瑞。”洛克说着掏出几件从化装箱抢救出来的东西。他把一副假胡须按在下巴上，露齿一笑，疼痛顺着下巴向四周蔓延。“咱们说话这当口，褪色膏正在燃烧，所以我的头发还要灰上好几天。我会涂点煤灰，戴上兜帽，变成个骨瘦如柴的流浪汉，被人揍得鼻青脸肿，到那儿去只为找大佬讨几杯不要钱的酒喝。”

“你应该休息。你这条小命几乎都被揍出了壳。你如今就是坨屎。我可不觉得你现在就能到处乱跑。”

“我的确浑身都疼，有些地方我过去甚至都没意识到它们存在。”洛克一边说，一边用手指将粘胶涂在下巴上，“但这是没办法的事。咱们只剩下这些化装道具。咱们没钱，没行头，没有神庙，也没有朋友。而且你必须在灰王的手下意识到他们少了个人之前，给咱们找个藏身之处。我估计你顶多只有几小时。”

“但是……”

“我只有你一半大，金。此时此刻，你不能再娇惯我了。我可以不声不响地溜进去，而你就像一轮朝阳。我建议你到落尘区找个小屋，赶走老鼠，在附近留下咱们的暗号。往墙上涂点煤灰就行。我办完事儿就去找你。”

“但……”

“金，你想找卡莫尔荆刺。你已经找到他了。”洛克把假胡子贴在下巴上，使劲按住，直到粘胶不再引发刺痛感，也就是说已经干透。“把我送到大锅区，让我下船。浮坟里肯定会唱出大戏，我必须看看到底是什么。那狗杂种对咱们所做的一切，都是为了接下来的几个小时——如果那场戏现在还没上演的话。”

2

韦加罗·巴萨维在报了杀女之仇后举行的盛大庆典，在很多现实层面上都可以说是他前所未有的壮举。

浮坟大门敞开。卫兵们还在坚守岗位，但难免有些纪律松懈。一艘艘大型帆船靠岸锚定，上甲板丝质遮阳篷下吊挂着巨大的炼金灯盏。它们如座座灯塔刺透迷雾，将黑暗夜空下的木废墟照得亮如白昼。

传令兵被派到“致命失误”，要来食物和美酒。这家客栈很快就倒空了所有能吃的东西，大部分酒桶和每一位酒客。他们无论是醉是醒，都在好奇和期待的驱使下，结伴去往木废墟。

码头卫兵看着人们蜂拥而入，几乎毫不阻拦。但凡没把武器带在明面上的人，只需经过简单搜身就可进入。大佬在胜利的冲动下，决定在各方面表现出宽宏大度。这倒方便了洛克，他戴着兜帽，留着胡子，满面尘灰，夹杂在一大帮吵吵嚷嚷的大锅区亡命徒中间，走过跳板进入巴萨维的帆船。船上灯火通明，就像某些浪漫传说中铜海君王乘坐的游船。

浮坟人满为患，巴萨维大佬坐在高高的交椅上，身边环绕着众多亲信：脸色绯红大喊大叫的两个儿子，幸存下来的势力最强的几位帮主，还有默不作声时刻警惕的贝兰吉亚斯双胞胎。洛克又推又挤又是咒骂，费尽九牛二虎之力才进入要塞中心。他来到通往大厅的正门旁，找了个角落缩在那里凝神观望。他浑身酸痛，很不舒服，但还是庆幸自己能找到这么个有利位置。

几处望台被众多帮派分子挤得水泄不通，吵嚷声每分每秒都在加剧。这里热得不可思议，气味也不堪忍受。洛克感觉被臭气的重量死死压在墙上——湿羊毛和浸透汗水的棉布，红酒和人们喷吐的酒气，还有发油和皮革。

凌晨一点刚过，巴萨维突然从椅子上站起来，抬起一只手。

静寂如一股波涛向周围散去。正派人们纷纷用胳膊肘捅捅身旁的人，指指大佬，示意保持安静。还不到一分钟时间，庆典的混乱噪音就衰减成一片轻柔呢喃。巴萨维满意地点了点头。

“我想你们耍得还开心吧?”

欢呼声、鼓掌声和跺脚声响彻船舱。洛克暗自揣测在这样一艘船里，如此肆意妄为是否明智，但他还是谨慎地随旁人一道鼓起掌来。

“云开雾散，感觉畅快无比，不是吗?”

又是一阵欢呼。洛克的假胡子早被汗水浸湿，此刻开始发痒。他的肚子突然疼得钻心，位置就在巴萨维兄弟用拳头给他特别关照的地方。屋里的热度和气味勾得他喉咙深处阵阵恶心，瘙痒难耐。洛克觉得后半辈子可能都要跟这种感觉作伴了。他烦躁地用手捂住嘴巴，咳了两下，又暗自向诸神祈祷，希望得到多撑几个小时的力量。

贝兰吉亚斯姐妹中有个人走到大佬身边，对他耳语了几句。鲨鱼牙项链在众多灯台映照下熠熠生辉。大佬倾听片刻，随即露出微笑。

“史利莎，”他喊道，“请我允许她和雷莎给咱们来场表演。你们说怎么样?”

喝彩声空前响亮（在洛克听来也空前真诚），四壁木墙都为之震颤。洛克不禁打了个哆嗦。

“那就来场利齿秀!”

接下来的几分钟里，船内一片混乱。十几个巴萨维的人把狂欢者往后推，在大厅中央清出一块十码见方的空地。狂欢者们挤着楼梯，四周看台都被他们的体重压得吱嘎作响。观察孔被曲柄拧开，好让上层甲板的人能看到表演进程。洛克被挤进角落，堵得更加严实。

拿钩竿的人扯开地板上的木条，露出卡莫尔湾黑乎乎的海水。一想到可能在下方游弋的东西，夹杂着期待和惊慌的兴奋感便在人群中蔓延开来。洛克心想，*下面起码有八个克朗帮帮众躁动的灵魂*。

开口处最后一片木条被移去后，几乎在场的所有人都能看到下方的一块块支撑台，每块平台长度仅比成人掌展多出不到一寸，之间相隔大约五尺。这是巴萨维为利齿秀准备的私人竞技场，对所有利鲨角斗士来说都是严峻考验，就连贝兰吉亚斯姐妹这种经验丰富的斗士也不例外。

史利莎和雷莎都是调动观众情绪的老手，她们好整以暇地把皮质紧身上衣、护臂和颈圈一件件除去。大佬的臣仆们推杯换盏，为她们欢呼呐喊，有些人甚至嚷出了不合时宜的求欢之词。

安杰斯快步上前，手里拿着一小包炼金药粉。他把这东西倒进水里，随即谨慎地退后一步。这是“召唤”，一种强效混合物质，可以激怒鲨鱼，药力足能保持到演出结束。水中的鲜血可以吸引鲨鱼，刺激狂性；但“召唤”会让它们脑子里只有进攻欲望，眼中只剩在小平台间来回跃动的女角斗士，心中只想着如何跳跃、抽打和碾压。

贝兰吉亚斯姐妹走到人造池塘边缘，手里拿着传统武器：鹤嘴锄斧和短矛。安杰斯和帕奇罗就在她们左后方，大佬仍站在座椅前，不断鼓掌，笑容满面。

一道黑背鳍划破池塘水面，一条鱼尾劈开波浪，人群中的紧张感愈发强烈。洛克可以感到它扑面而来——欲望与恐惧盘根错节，形成一股强大到近乎兽性的情绪。观众们从池子边上退开了大约两码，但部分站在前排的人还是非常紧张，有几个甚至不顾嘲讽，试图钻过兴奋的人群挤到后面去。

实际上，这条鲨鱼也就五六尺长。有些在流动狂欢节上出现的猛兽，长度是它的两倍，那些大家伙可没法在巴萨维的私人池塘中游动。但体型较小的鲨鱼很容易跳起来致残对手，而且只要它能把角斗士拖进水下，那么在这实力悬殊的竞赛中，身量长短又有什么关系。

贝兰吉亚斯姐妹扬起双臂，同时转向大佬。右侧那人（雷莎？史利莎？洛克始终没法把她们区分开来。这让他想起了桑赞兄弟，不觉心头一痛）冲巴萨维招了招手。大佬也是掌控人心的行家，他摊开双手，环顾周围的臣民。正派人们欢声雷动，巴萨维走下宝座，来到双胞胎之间，接受她们在自己面颊上的亲吻。

池水在他们三人面前搅起波澜，一道流线型黑影从池塘边闪过，随即扎进无光永暗的深渊。洛克可以感到五百颗心都略一沉滞，五百人的口鼻都屏住呼吸。他的集中力似乎到达了顶峰，可以看清眼前每个细节——从巴萨维红脸膛上饥渴的笑容到灯台洒在水面上的波光倒影，仿佛时间凝固在了此时此刻。

“卡莫尔!”站在大佬右侧的贝兰吉亚斯姐妹高声喊道。人群中的嘈杂声再次停歇，就好像一根巨大的气管被硬生生切断。五百双眼睛全盯在大佬和他的两名保镖身上。

“我将这死亡，”她继续说道，“献给我们的领主和恩主韦加罗·巴萨维大佬!”

“这是他应得的!”另一人接口道。

鲨鱼突然从水中跃出。这条黑鲨体态顺滑，狠如魔鬼，无睑的眼眸黑若乌木，嶙峋的利齿白似骸骨。它带起十尺高的水泉，在空中翻了半个筋斗，向前落下，直扑……

巴萨维大佬。

巴萨维扬起双臂挡在身前。鲨鱼飞速下落，嘴巴大张咬住一条胳膊。肌肉发达的沉重身躯狠狠砸在木地板上，将巴萨维也顺势拽倒。鲨口死咬不放，大佬惨叫一声，鲜血从右肩下方喷出，瞬间涌过地板，也从鲨鱼的口鼻上往下流。

巴萨维的两个儿子冲上来帮忙。站在右侧的贝兰吉亚斯姐妹低头看了看鲨鱼，随即移动重心，迅速进入战斗姿态。她高举熠熠生辉的战斧，运起上身全部力道猛地挥了出去。

斧刃咬进帕奇罗·巴萨维的脑袋，从左耳上方切入。高个男子的眼镜飞了出去，颅骨深陷，身子向前一歪，双膝还没碰到甲板，就已经命丧黄泉。

周围的正派人们惊声尖叫，相互推挤。洛克向恩主祈祷，希望自己能坚持住，直到搞清接下来所发生的一切。

安杰斯目瞪口呆地看着挣扎的父亲和跌落的兄长。他还没来得及吐出半个字眼，另一名贝兰吉亚斯就从后面欹身上来，用矛杆勒住安杰斯的脖子，将斧头上的尖钉刺入他的后脑。安杰斯吐出一口鲜血，扑倒在地，不再动弹。

鲨鱼翻腾扭动，撕扯着大佬的右臂。巴萨维放声大叫，不断用左手锤打鱼嘴，直到被这生物粗粝的外皮磨得鲜血淋漓。随着最后一次令人胆寒的扭动，鲨鱼把这条胳膊彻底咬断，重又滑入水中，在木甲板上留下一道显眼的血痕。巴萨维在地上打着滚，鲜血从断臂处喷溅。他盯着儿子们的尸体，脸上写满迷惑和恐惧的表情，挣扎着试图站起身。

一个贝兰吉亚斯重又将他踹倒。

倒下的大佬身后出现一阵骚动。几名红手帮众冲上前来，手持武器，语无伦次地叫嚷着扑向贝兰吉亚斯姐妹。在洛克眼中，接下来的场面是一片爆裂模糊的谜团。但衣不遮体的贝兰吉亚斯姐妹对付这六个披甲执锐的男人可说不费吹灰之力，其凶残程度会令鲨鱼艳羡不已。短矛飞舞，利斧盘旋，喉咙断裂，鲜血喷溅。他们冲上来后可能还不到五秒钟，最后一名红手帮众就瘫软在甲板上，面目如一片参差嶙峋的血红废墟。

看台上也有战斗发生。洛克看到有些人推推搡搡地挤出人群，他们身穿厚实的灰色油布斗篷，手里拿着弩弓和长刀。有些巴萨维的卫兵退后几步袖手旁观，有些试图逃跑，其他人都被穿斗篷的入侵者从身后干掉，立时毙命。弩弦鸣响，箭矢飞翔。洛克左方传来轰隆一声，大门仿佛出于自身意志轰然关闭，内部机构装置嗖嗖哒哒一阵乱响。很多人徒劳地锤打着大门。

有个巴萨维的手下从恐慌的人群中挤了出来，推开身旁的正派人，冲贝兰吉亚斯姐妹举起弩弓。她们就站在受伤的大佬跟前，仿佛两头守护猎物的母狮。一道黑影从屋顶的阴暗角落飞来，径直落在他身上，随之响起的惨叫几乎不像人声，箭矢差之千里，从姐妹们头顶飞过，扎进对面木墙。那名卫兵疯狂地拍打着一团棕色物体，那东西展开弯曲长翼，飞回空中。卫兵忽然用一只手捂住脖子，身子晃了两下，直挺挺倒在地上。

“待在原地别动，”一个威仪的声音赫然出现，“所有人待在原地，留心听我说。”

这句话比洛克料想中的还要有效。他甚至感到自己心中的恐惧正在消失，逃跑的冲动也荡然无存。人群中的哀号惨叫渐渐平息，两分钟前巴萨维大佬的厅堂上人声鼎沸欢腾雀跃，此刻却迅速被异样的静寂笼罩。

洛克觉得脖子后面寒毛倒竖，人群的变化并不正常。他刚才可能没有察觉，但以前就体验过这种影响——空气中有股魔法的味道。洛克情不自禁地打起哆嗦。诸神啊，我希望到这儿来是个明智选择。

灰王突然出现在人们面前。

他站在大佬的宝座旁，就好像从凭空出现的一道房门走出。他还穿着那身灰外套和灰罩衫，一步步走过红手帮众的尸体，动作如猎手般镇定自若。驯鹰人跟在他旁边，带了护套的手举在身前。维斯崔思落在上面，收起翅膀，发出胜利的鸣叫。人群中响起一片惊呼和低语。

“你们不会受到伤害，”灰王说，“我今晚想要伤害的人都已倒下。”他走到贝兰吉亚斯姐妹中间，低头看着甲板上不住扭动呻吟的巴萨维大佬。

“你好，韦加罗。诸神啊，你脸色实在不好。”

灰王把兜帽往后一甩，洛克又看到那双目光炽烈的眼眸，那张线条刚硬的脸庞，那头带着灰丝的黑发，还有那粗糙瘦削的面容。洛克倒吸一口冷气，因为他终于发现第一次见到灰王时，那种隐隐察觉到的古怪熟悉感是怎么回事。

这张拼图的所有碎片已经摆在他面前。灰王站在贝兰吉亚斯姐妹之间，洛克立刻看出他们是一奶同胞——很可能就是三胞胎。

3

“巴萨维家族，”灰王吼道，“对卡莫尔的统治就此结束！”

灰王的手下牢牢控制住人群。他们大概有二十多人，外加贝兰吉亚斯姐妹和驯鹰人。法师左手的五指一曲一伸不住扭动，目光扫视全场，嘴里不断小声嘀咕着。不管他施展的到底是什么魔法，肯定已经起到安抚人群的作用。当然他裸露的手腕上那三道显眼的黑环，同样吸引了狂欢者们的注意。

“实际上，”灰王说，“巴萨维家族也就此结束了。你的儿女都不在了，韦加罗。我要你在临死之前，看着我把你留下的孽种从这个世界抹去。”

“在过去，”他高声叫道，“你们称我为灰王。哦，现在我从暗影中走了出来，谁都不许再提这个名字。从今往后，你们可以称我为……瑞沙大佬。”

瑞沙，洛克心想，**瑟林君主期的古语，意思是“复仇”。真够直白的。**

但实际上，灰王并没有从他的惨痛经历中学得什么教训。

巴萨维因失血过多而虚弱不堪，在地上呜咽呻吟。自称瑞沙大佬的男人弯下腰，伸手从巴萨维仅剩的那只苍白大手上取下大佬印戒。他将其高高举起，供众人观瞧，接着把它戴在左手无名指上。

“韦加罗，”瑞沙大佬说，“这些年来，我一直想看你落到如此地步。现在你的孩子死了，你的地位传给了我，还有你的要塞和财富。你想留给族人的所有遗产都在我手上。我已经把你从历史中抹去。这符合你的设想吗，学者？你就像不小心画在石板上的一条粉笔道，被我擦得干干净净。

“你还记得你妻子的死是多么痛苦漫长吗？她是多么信任贝兰吉亚斯姐妹？她们是如何把饭菜带给她的？她并非死于胃部肿瘤，而是黑炼金术。在为你筹备葬礼的漫长岁月中，我只想要这么点东西来开胃。”瑞沙大佬的笑容中洋溢着阴损的快感，“苟延残喘了很久，不是吗？我听说那非常痛苦。哦，这可不是诸神的手笔，韦加罗。就和你所爱的每个人一样，她死在我手里。”

“为什么？”巴萨维的声音微弱而低沉。

瑞沙大佬跪在他身边，近乎温柔地揽住他的脑袋，冲他耳语了几句。时间过得异常缓慢。瑞沙说完后，大佬瞪着他，嘴巴张得老大，难以置信地瞪圆双眼。瑞沙慢慢点了点头。

他揪住巴萨维的胡须，猛力向上扯去。一柄短剑从袖中落入他的另一只手，瑞沙拿着短剑，从韦加罗·巴萨维暴露在外的下颌底部捅了进去，只有剑柄还留在外面。巴萨维有气无力地蹬了一下腿，再无动静。

瑞沙大佬站起身，抽出短剑。贝兰吉亚斯姐妹抓住巴萨维的领子，把他扔进海湾的黑暗水面。在巴萨维漫长的统治期内，这片海洋曾接收过他的很多牺牲品和敌人，如今也将他欣然接纳。

“卡莫尔城的大佬只有一位，”瑞沙说，“如今轮到我了。轮到我了！”他把染血的短剑举过头顶，环顾全场，似乎在等待抗议。

见无人应声，他继续说道：“我不光想要除掉巴萨维，还要取代他。我的理由与你们无关。但现在有桩交易摆在我和你们所有人之间。卡莫尔的正派人们。”他环顾四周，双臂叠放在胸前，下巴翘得就像尊古老青铜雕像，主题则是征服世界的将军。

“你们必须仔细听我说完，然后作出决定。”

4

“你们所获得的一切都不会被夺走，”他继续说道，“你们为之辛勤劳作，为之受苦受累的一切都不会被废除。我敬佩巴萨维所做的安排，就像我痛恨做出这些安排的人。所以我要说的是……”

“一切保持原样。所有帮主和他们的帮派将控制原来的地盘。他们要缴纳的税贡跟过去一样，时间也和过去一样，每周一次。秘密和约会保留下来。在巴萨维统治下，破坏和约的代价是死亡，在我的统治下，也是死亡。

“巴萨维的权力和职责都归我所有。他应得的一切归我所有。为了公平起见，他的债务和责任也归我所有。如果有人能证明巴萨维欠他的债，那这份债现在就转加在瑞沙大佬身上。他们中的头一个人就是艾蒙·丹泽尔……上前来，艾蒙。”

瑞沙大佬右方的人群中传出一阵低语，泛起一片波澜。几秒钟后，在回音洞里给洛克留下深刻印象的瘦小男子被推到前面，他显然已经被吓傻了，枯瘦的膝盖不断发软。

“艾蒙，别紧张。”瑞沙伸出左手，掌心向下，五指摊开，就跟巴萨维过去对每个人所做的那样，“跪在我面前，称我为你的大佬。”

艾蒙哆哆嗦嗦地单膝跪倒，握住瑞沙的手，吻了吻那枚戒指。他的嘴唇立时沾上巴萨维的鲜血。“瑞沙大佬。”他用近乎哀求的声音说。

“你在回音洞表现得非常勇敢，艾蒙。如果异地处之，很少有人能做到和你一样。巴萨维为此向你许下重赏，这样做一点没错。我会替他履行这个诺言。你会得到一千克朗和一套别墅，以及无尽的奢华享乐。那些还有很多年好活的人，都会向诸神哭告，希望能与你交换身份。”

“我……我……”泪水从艾蒙眼中夺眶而出，“我没想到您会……谢谢，瑞沙大佬。谢谢。”

“我祝你得偿所愿，以报答你为我所作的贡献。”

“恕我冒昧，这么说……那不是……不是您，在回音洞里？瑞沙大佬？”

“哦，不，艾蒙。”瑞沙放声大笑，声音低沉，充满快意，“不，那不过是个幻影。”

在浮坟大厅的另一端，瑞沙口中的幻影正怒火中烧，一次又一次握着拳头。

“今晚你们已经见我双手染上鲜血，”瑞沙大声说道，“也见到我张开双臂，希望你们将其视作宽宏大度的姿态。我不是个难以相处的人，我希望咱们能一道蒸蒸日上。只要像侍奉巴萨维那样侍奉我，这个目标就一定可以达到。我问你们，诸位帮主，谁愿意屈膝跪倒，吻我的印戒，尊我为大佬？”

“朗姆狗帮！”大厅前排一个矮小瘦削的女人喊道。

“伪光割喉者，”另一个人叫道，“伪光割喉者愿意！”

这他妈的真是莫明其妙，洛克心想，灰王杀了他们过去的帮主。他们是在跟他耍什么花招吗？

“睿智杂种帮！”

“引火男爵帮！”

“黑眼帮！”

“克朗帮，”另一个声音响起，随后又是一阵齐声附和，“克朗帮支持瑞沙大佬！”

洛克突然想要放声大笑。他把一只拳头塞进嘴里，硬把笑声变成滞涩的咳嗽。谜团豁然开朗——灰王不光除掉了巴萨维手下最忠诚的帮主，肯定还提前跟他们的下属达成了交易。诸神啊，这屋里不穿号衣的灰王手下比穿号衣的还多……都在等待着今晚真正的大戏开场。

六名男女上前几步，跪到站在水池旁的瑞沙面前。自从那条鲨鱼硬生生咬掉巴萨维的胳膊后，水面上再没显出一条背鳍。那该死的盟契法师对付动物还真有一套。洛克怀着愤怒和嫉妒的心情想道。他发现每次面对驯鹰人花样翻新的技艺时，总感觉自己特别渺小。

这些帮主一个接一个地跪在地上，向大佬宣誓效忠，亲吻他的印戒，真心实意地称他为“瑞沙大佬”。紧接着又有五个人上前跪倒，显然是决定顺应大势所趋。洛克迅速做了计算，单从他刚刚接受的这些誓言来看，瑞沙已经把三四百正派人据为己有。他台面上的武装力量得以迅速扩充。

“那么咱们就算相互引见过了，”瑞沙对所有人说，“也都相互认识了，而且你们知道我的意图。现在你们可以回去干自己的事了。”

驯鹰人用空着的手打了几个手势。大门内的机关装置咯喇喇地反向滑动，随即徐徐开放。

“我给没拿定主意的人三天时间！”瑞沙大佬吼道，“之后的三个晚上，你们随时可以到这儿来跪倒发誓，就像你们曾对巴萨维所做的那样。我真心希望能够慈悲为怀——但我也警告你们，现在最好不要惹我。你们已经见识过我的手段。你们知道我有巴萨维所欠缺的资源。你们知道我心情不悦时，会变得冷酷无情。如果你们不愿在我手下做事，如果你们觉得反对我才更明智更刺激，那我要提一个建议：打点行装，带好你们的财产，从陆路城门离开卡莫尔。如果你们想要上路，我的人绝对不会阻拦。在这三天时间里，我允许你们离去，这是我的承诺。”

“在那以后，”他沉声说道，“在那以后，我会立些该立的‘榜样’。走吧，告诉你们的誓卒。告诉你们的朋友，告诉其他帮主。告诉他们我说过的话，告诉他们我等着接受他们的效忠。”

有些人开始向大门口散去。其他人——也许是比较聪明的人——则在瑞沙大佬面前排起长龙。灰王在一堆尸首间接受了每个人的效忠。那些红手帮众和巴萨维兄弟还躺在各自毙命的地方，鲜血兀自从身上涌出。

洛克又待了几分钟，等到屋内压力渐轻，闷热腥臭的密实人潮疏减成几股人流，他也向入口处走去。洛克感觉双脚就像头颅一样沉重，疲倦似乎正迅速将他侵蚀。

地板上到处都是尸体——巴萨维的卫兵，还有那些忠诚的誓卒。人群逐渐稀疏，洛克能够清清楚楚地看到这些死人。就在通向走廊的巨门旁，躺着波内尔的尸体，他一生都在为巴萨维大佬服务，如今年事已高，却惨遭横祸。他就躺在自己的血泊中，喉咙被人割断，战斗刀还在鞘中，显然还没来得及拔出。

洛克叹了口气。他在门口逗留片刻，回头看着瑞沙大佬和驯鹰人。盟契法师似乎朝他看了一眼，在这稍纵即逝的瞬间里，洛克的心脏怦怦乱跳。但法师什么也没说，什么也没做。他只是站在那儿，看着瑞沙大佬的新臣仆亲吻他的戒指。维斯崔思打了个呵欠，张了下鸟喙，似乎这些没翅膀的家伙把她搞得很无聊。洛克匆匆忙忙向外走去。

狂欢者们离开帆船，排着队从跳板走上码头。监视他们的卫兵都是瑞沙的人，他们甚至没有移开躺在脚底下的尸体。有些人只是冷眼观瞧，有些人倒是友善地冲人们点头，洛克认出了其中好几个。

“三天三夜，女士们先生们，三天三夜。”有个人说道，“告诉你们的朋友，你们现在是瑞沙大佬的人了。不用惊慌，照常行事就好。”

我们终于看到了部分谜底，洛克心想，*请再次原谅我，纳丝卡。我就算有勇气尝试，也什么都做不到*。

他捂住疼痛的肚子，哈着腰向前蹒跚而行。卫兵们谁也没朝这骨瘦如柴、满脸胡须、肮脏不堪的老乞丐瞥上一眼。在卡莫尔城有上千个像他这样的人，上千个毫无价值的失败者，无依无靠无钱无势，处于地下社会悲惨处境的最底层。

现在需要的是，潜藏和谋划。

“就用你今晚偷到的东西好好乐一乐吧，狗娘养的。”洛克走过最后一名瑞沙的卫兵，压低声音自言自语道，“好好享受吧。如此一来，当我把匕首插进你的心脏时，就能更畅快地欣赏你的失落眼神。”

5

但独自酝酿复仇情绪并没有实际作用。洛克孤身一人慢悠悠地朝落尘区走去，路途还未过半，强烈的绞痛又在腹中出现。

他肚子里翻江倒海、隆隆作响、苦不堪言。周围夜色似乎更加深沉，洛克感觉自己好像喝醉了似的，眼中雾气弥漫的狭窄地平线都古怪地歪向一边。他双手抓着胸膛，身上大汗淋漓，喃喃自语，踉跄前行。

“该死的凝视鬼。”一个声音从黑暗中传来，“可能正在追逐巨龙、彩虹或是卡莫尔失落的宝藏呢。”笑声随之响起，洛克一步步往前挪，生怕变成恶作剧的受害者。他从未感觉如此疲惫，似乎生命力被烧得干干净净，体内只剩一片灰烬，每分每秒都变得更加衰微，更加冰冷，更加灰暗。

落尘区从来不是景色怡人的地方，此时在洛克逐渐模糊的视线中，这里更像是众多黑影凝成的一团地狱。他呼吸沉重，汗流成河，似乎有人不断往他眼球后面塞进越来越多的干棉花。洛克感觉脚下越来越沉，越来越重。他驱动双腿不断迈动，拖着脚一步步往前蹭，走入黑沉的街巷和倾颓房舍投下的斑驳暗影。肉眼难辨的东西在夜色中飞掠，肉眼难辨的观望者在他经过时窃窃私语。

洛克突然被一片塌陷的石墙绊倒，摔在尘灰密布的黑暗之中。他嘟囔了一句："这真……诸神啊，我……必须……金。"这地方有股石灰、灶火和马尿的气味。他找不到站起来的力量。

"金。"洛克最终吐出一声呼唤，随即往地上一趴，脑袋撞到地面之前就已经人事不省。

6

凌晨三点左右，渣滓区向南大约一里的海面上出现了几点亮光。一个颜色更深的黑点贴在水面上，缓慢而笨拙地抢风而行。它朝旧港驶来，缥缈白帆在风中扑扇。南部针林顶端有座三层高的瞭望塔，塔楼里无所事事的卫兵头一个发现了它。

"那艘船的水手也真够臭的。"年轻卫兵手里端着望远镜说。

"可能是维拉人。"年长的卫兵嘟囔道。他正有计划有步骤地用一把小刻刀折磨一块象牙，想用它再现自己昨天在艾奥诺神庙看到的一根浮雕廊柱。那东西灵动鲜活栩栩如生，充满想象力地表现了海难者被肆虐波涛之主带走的场面。但他手中的产物更接近一坨白色狗屎，连大小都一样。"找个没手的瞎醉鬼掌舵也比维拉人强。"

这艘船本也没有太多值得注意的地方，但亮光突然爆出，深黄色的辉芒在黑色海面上阵阵脉动。

“黄光，长官。”年轻的卫兵说，“黄光。”

“什么?”老卫兵放下手里的象牙，从年轻人手中抢过望远镜，盯着不断接近的帆船看了好一会儿，“妈的，真是黄光。”

“瘟疫船，”年轻人轻声说道，“我还从没见过。”

“如果不是瘟疫船，就是杰里姆来的某些烂醉鬼不知道正确的入港灯号。”他把望远镜合上，走到一根黄铜圆柱体旁。这东西就安装在哨塔西侧的胸墙边上，指向矗立在兵工厂区岸边的那些光芒昏暗的塔楼。“去敲钟，孩子。去敲那该死的钟。”

年轻的卫兵跑到小塔楼另一侧，抓住吊在那儿的一根绳子，开始敲响哨塔里沉重的黄铜大钟，两下两下地不断拉动，发出当当、当当的声音。

兵工厂区的一座塔楼突然亮起摇曳蓝光。年长的士官转动黄铜圆筒上的把手，将筒口遮门打开，露出里面亮度超凡的炼金灯球。他可以用灯语向兵工厂区哨塔传达一系列简短信息，而他们会转发给其他守候的双眼。运气好的话，消息在两分钟内就会传到耐心宫，甚至是凌鸦塔。

时间一分一秒过去，瘟疫船渐渐变大，轮廓也愈发清晰。

“快点，傻瓜们，”士官嘟囔道，“行动起来。别再敲那该死的钟了，孩子。我想他们已经听见了。”

隔离卫队的尖利哨音突然在浓雾弥漫的城中回荡，没过多久，鼓点声也随之响起，那是黄号衣们的夜间集合令。明亮白光在兵工厂区哨塔上陡然闪现，士官可以看到很多细小黑影沿着码头区奔忙。

“哦，现在咱们可以看看是怎么回事了。”他嘟囔道。更多光亮在东北方出现，那些是坐落在南部针林和渣滓区的小岗楼，它们正好可以俯瞰旧港，也就是卡莫尔城以法律和习俗规定的瘟疫船停泊地点。每个小岗楼上都有一架投石机，可以将五十磅重的石块或是火油扔过海面。瘟疫船停泊地在渣滓区向南一百五十码的地方，下面是六十寻深的海水，十几架投石机可以在几分钟内将任何浮在水面的东西轰沉或是烧毁。

兵工厂大门位于明亮的塔群之间，一艘军舰从中划出。这种高速小型巡逻艇两侧船桨滑动起来如羽翼扑扇，所以也被称作“海鸥”。每艘海鸥的两侧均有二十支桨，由八十名雇佣水手划动。它的甲板上载有四十剑士，四十弓手和一对叫做“毒蝎”的大型重弩。船上没有货舱，只有一根桅杆，船帆还被卷了起来。它只有一项功用，就是迅速靠近对卡莫尔城造成威胁的船只；如果警告没有奏效，便杀光船上的每个人。

又有几艘小艇在南部针林北端出现，船首挂着红色和白色的灯笼，船上载有领港员和黄号衣。

在绵长防波堤的另一端，海鸥正逐渐加速。一排排姿态优雅的船桨扎进黑色水面，划出道道白沫。战舰拖出一道泛起波纹的尾流，鼓点在海面回荡，其间还夹杂着呼喊喝令的声音。

“近了，近了，”警官嘟囔道，“马上就要靠近了。这艘可怜虫开得不太利索，可能需要在船头来上一石头才能让她慢下来。”

在瘟疫船翻腾鼓动的白帆上，可以看到几个小黑影正在移动——但似乎数目太少，很难正常操帆。但这艘船滑入旧港时，的确显露出减速的迹象。尽管动作拖沓笨拙，它的上桅帆还是被拉起，其余船帆也被扯紧，以卸掉风力。它们慢慢变得松弛，随着滑轮的吱嘎声和模糊的号令声，最终被拉向帆桁。

“哦，她的线条很漂亮，”警官思忖道，“线条真的很漂亮。”

“不是大型横帆船。”年轻的卫兵说。

“看起来像是安伯兰制造的那种平甲板船。我想人们称之为高速轻帆船。”

瘟疫船的黑暗并不单单源于夜色，这艘船通体涂着黑漆，从首到尾装饰女巫木雕刻，倒是没有见到任何武器。

“疯狂的北方佬，就连他们的船都得漆成黑色。但她看起来真棒，我打赌能跑得飞快。这次可真是倒了大霉啊，现在她至少要在隔离区困上几个星期，那些可怜虫能活下来就算走运了。”

海鸥绕过南部针林的顶点，船桨重重击打水面。借着船上照明灯的光芒，两名卫兵看到毒蝎已经装好弹药，人员也各就各位。弓手们站在高台上，长弓在手，有些躁动不安。

几分钟后，黑船漂到距离岸边四百码的位置，海鸥靠了上去。一名军官大步走到海鸥狭长的船首，拿起一个喇叭筒罩在嘴前。

“报上船名。”

“满足号，隶属安伯兰。”回话声说。

“上次靠港地？”

“杰里姆！”

“妙极了，”警官嘟囔道，“这些可怜虫什么病都可能有。”

“船上装了什么货物？”海鸥上的军官问。

“只有随船补给品。我们本来要去艾什米尔提货。”

“船上人员？”

“六十八人！已经死了二十个。”

“这么说，你们打起的瘟疫灯号是真的了？”

“是的，看在诸神慈悲的分上。我们不知道是什么……病人高烧不退。船长已经死了，医师昨天也死了。我们需要帮助。”

“你们可以在瘟疫停泊区下锚，”卡莫尔军官喊道，“你们不得进入离岸一百五十码的区域，不然会被击沉。你们放下的任何小艇也会被击沉或烧毁。所有试图游上岸的人都将被射杀——如果他能躲过鲨鱼的话。”

“求您了，给我们找个医师来。派些炼金师来，看在诸神慈悲的分上。”

“你们不得将尸体扔下海，”军官继续说，“你们必须把他们留在船上。任何从你们的船运上岸的包裹或物品，都会不加检查直接烧掉。任何企图运送物品的行为都将招致焚毁或击沉。你听明白了吗?”

“是的，但是，求您了，您就什么都做不了吗?”

“会有祭司在岸边替你们祈祷。我们会用绳索为你们提供清水和慈善物资——这些绳子将由船只从岸上送出，如有必要将在使用后切断。”

“还有别的吗?”

“你们不能靠近我们的海岸，否则将被视作入侵。但你们可以随时掉头离港。愿艾赞·基拉和艾奥诺在这危机时刻帮助你们。我以卡莫尔城尼克凡提公爵之名，愿你们能蒙诸神怜悯，也愿你们尽快得到解脱。”

几分钟后，体态修长的黑船停在瘟疫停泊区。她的船帆已被卷好，黄光在旧港水面上闪烁不休。满足号随着波涛轻柔摇摆，而银雾中的卡莫尔城还在睡梦之中。

插曲
永寂女士

1

洛克结束在纳拉教会的修习后过了大概半年，金·坦纳就被送去侍奉死亡女神。跟往常一样，他要尽可能学习教会知识，在五六个月后返回家中。他这次用了塔夫瑞·卡拉斯这个假名，离开卡莫尔城向南旅行了一个多星期，最终来到被称作启示堂的艾赞·基拉大神庙。

跟其余十一个（或是十二个）瑟林教派不同，艾赞·基拉的仆人们只能在一个地方进行他们的入会教育。塔里沙玛南部的沿海高地最终形成一列巨大陡峭的白色悬崖，距离铁海的惊涛骇浪足有三四百尺。启示厅就是在这样一座悬崖上蚀刻而成。它面朝大海，规模宏大足可媲美祖灵建筑，但却完全出自人类之手，建造过程便也极为缓慢艰苦，而且还在进行之中。

几条深邃的矩形通道直通悬崖内部，之间仅有外部走廊连接。所以在启示厅里，一个人无论想到什么地方去，都得冒险通过悬崖上刻出的走廊、楼梯和石阶，不管什么天气，也不管什么时候。安全护栏是不存在的。无论光明与黑暗，也无论雨雪阴晴，侍僧和祭司们都无一例外地在这些廊道上疾行。只有自信和好运挡在他们和万丈深渊之间。

启示厅西侧有十二根高大立柱，每根顶上都挂着一口铜钟。这些没有封盖的空心石头立柱大约宽六尺高七十尺，后墙上刻出了狭小的把手，以供攀爬。每天晨昏之际，侍僧们都要爬上柱子，保证每口大钟鸣响十二次，每一声敬献给众神殿里的一位神祇。这阵钟声通常显得有些杂乱无章，金·坦纳估计做点手脚也不会被人抓到，所以每次都会多敲一下。

金在神庙中住了一个月，有三名侍僧在执行仪式时坠入海底。考虑到神庙里有很多规矩明显是在鼓励艾赞·基拉的新仆人们永远投入死亡女神的怀抱（更不用说这座庙宇的建筑特色），金觉得这个数字实在低得惊人。

“我们这里提到的死亡分为两个方面——过渡死亡和永恒死亡。”他们的讲师说道，这位年长的女祭司身着黑袍，脖子上有三道辮形衣领，“永恒死亡是至善女神的疆域。对于身处女士幕布另一侧的我们来说，那是无从参悟和理解的密境。因此，如果我们想要加深对黑暗陛下的理解，那么过渡死亡就是唯一的途径。

“你们在启示厅的修习过程中，将有很多机会接近过渡死亡。当然，你们中的一些人在结束初步修习前，肯定会超越这一境界。有可能是出于疏忽、疲惫、厄运或者至善女神那难以揣度的意旨。作为女神的侍僧，你们余生都将受到过渡死亡及其余波的影响。你们必须适应这一点。身为血肉之躯，在死亡和死亡的念头面前退缩是人类的天性，你们必须靠自制力克服这一天性。”

2

对于大多数瑟林教派来说，学习初阶内部奥秘的侍僧主要是在进行书写、算术和辩术的训练，好让他们在进一步学习中不至于过多烦扰高阶祭司。金·坦纳凭借年龄和技能的优势，从所有新侍僧中脱颖而出，刚过了一个半月就获准学习二阶内部奥秘。

“从今往后，”主持晋级仪式的祭司说，“你要遮住自己的面孔。你不会再有性别、年龄的特征。至善女神的祭司们只有一张面孔，难以揣度的面孔。我们必须摆脱饮食男女的身份，摒弃个人特征。死亡女神仆人们的圣礼必须充满忧烦，才能让我们照管的亡者得以将灵魂与女神调和。”

痛苦假面是艾赞·基拉教会的银面具。侍僧们的假面还保持着人脸的大致轮廓，有鼻子的粗糙形状，以及留给眼睛和嘴的孔洞。而正式祭司的假面则是用上好银丝编成的卵形半球。金·坦纳戴上自己的痛苦假面，急于探询死亡教会更多的奥秘，却发现自己的职责跟学习初阶内部奥秘时没什么差别。他还是到处送信，抄写卷宗，拖地板，洗厨房；还是在十二铜钟危险的石梯中爬上爬下，任由狂风揪拽自己的长袍，险恶的海水在脚下几百尺处咆哮。

只是现在他做这些事时，必须戴上自己的银面具，挡住大部分余光。金·坦纳得到晋升后不久，两名学习二阶内部奥秘的侍僧就在过渡死亡中投入了女神的怀抱。

又过了一个月，金头一次被下了毒。

3

“靠近再靠近，”女祭司的声音显得遥远而朦胧，“靠近再靠近，靠近过渡死亡，靠近密境的边缘。感觉你们的四肢逐渐变冷。感觉你们的思绪慢慢放缓。感觉你们的心跳越来越迟滞。体内的暖流正在退潮，生命的火焰正在熄灭。”

之前她让侍僧们喝了一种绿色酒水，金·坦纳也辨别不出是什么毒药。结果在今天的早课中，所有学习二阶奥秘的侍僧都趴在地上，身体微微抽搐，银面具直勾勾地盯着一个方向——因为他们的脖子已经无法转动。

导师在把酒给他们喝之前，没有详细解释它的功用。金·坦纳估计，二阶侍僧们虽说应该主动在死亡边缘欣然起舞，但这种愿景多半还局限于理论而非实际。

好吧，看看谁了解的更多。他心中暗想，同时惊奇地发现双腿变得如此遥远，又瘙痒难耐。**诡诈看护人啊……这个教派太疯狂了。请赐予我活下去的力量，我会回到绅士盗贼中间……那里的生活更有意义。**

对，他住在一座破败神庙下的神秘祖灵玻璃地窖中，假装是佩里兰多的侍僧，却又跟公爵的私人剑术大师学习兵刃武艺。也许毒药引发的醉意在他身上起了作用，金·坦纳咯咯笑了起来。

这声音似乎在顶篷低矮的研习室中振荡反响。尽管痛苦假面盖住了导师的真实表情，尽管金的意识在药物作用下混沌不明，但他还是察觉到了祭司炽热的目光。

"有所领悟吗，塔夫瑞？"

他控制不住自己，又连声轻笑。毒药似乎正跟他到达神庙后就捏造出的心理防线寻欢作乐。"我曾看到父母被活活烧死，"他说，"我曾看到我的猫被活活烧死。你知道猫身上着火时，会发出什么叫声吗？"又是一阵见鬼的大笑，他几乎被自己的唾沫呛到。"我看着他们，但无能为力。你知道想让一个人立刻就死，一分钟后再死，或是一小时候再死，该分别捅哪些部位吗？我知道。"要不是因为无法移动四肢，他肯定会笑得满地打滚。但现在金·坦纳只能打着哆嗦，手指阵阵痉挛。"弥留不去的死？两三天的痛苦？这我也能制造。哈！过渡死亡？我们是老朋友了！"

女祭司的假面始终朝向金·坦纳。她又看了片刻，在药物作用下，这几秒钟显得无比漫长。金心想，**哦，这鬼东西真操蛋，这回我算是完蛋了。**

"塔夫瑞，"女祭司说，"等翡翠酒的效力消失后，留在这儿别动。高阶学监到时候会跟你谈谈。"

在余下的时间里，金·坦纳始终躺在地上，既困惑又恐惧。咯咯声仍在继续，间或还要昏昏沉沉地跟消极情绪较量一番。**这真是生命不能承受**

之重。我竟变成了这等假面者。

让金大感意外的是，那天晚上他得到了学习艾赞·基拉第三阶内部奥秘的资格。

“我就知道我们能指望你做出些成绩，卡拉斯。”高阶学监是个弯腰驼背的老头，痛苦假面后不时传出艰难的喘息声，“先是在世俗学习上表现出无人能及的勤奋，以及对入门仪式的迅速掌握。而现在，一次幻景……头一次痛苦体验中就看到了幻景。你是选民，选民！亲眼目睹父母之死的孤儿……你命中注定要侍奉至善女神。”

“那么，呃，作为三阶奥秘的侍僧，有什么额外职责？”

“还能有什么，痛苦体验。”高阶学监说，“一个月的痛苦体验，在过渡死亡中一个月的探险。你将再次喝下翡翠酒，还会通过其他方式接近女神的怀抱，体验那稍纵即逝的瞬间。你会用丝线上吊直到濒死。你会被放血。你会接触毒蛇，你会在夜幕下的海洋中游泳，那里居住着很多女神的奴仆。我嫉妒你，小兄弟。我嫉妒你，秘境中的赤子。”

金·坦纳当天晚上就逃离了启示厅。

他把自己的东西收进干瘪小包，又从厨房偷来食物。在进入启示厅前，金把一小包钱币埋在距离悬崖一里地的某个标志物下面，袋子里的钱足够让他回到卡莫尔城。这附近有个小村庄，叫做“超脱痛苦”，悬崖神庙的日常给养多半是从此地购买。

他草草写了个纸条，放在因为阶级晋升刚刚得到的私人房间的睡榻上。

我很荣幸能得到这些机会，但不能再等。命中注定要寻找永恒死亡的疆土，无法满足于过渡死亡这种粗浅的奥秘。

女神在召唤。

——塔夫瑞·卡拉斯

他最后一次走下岩石阶梯，聆听波涛在黑黢黢的山崖下方激荡。炼金防风灯的柔和红光指引他走向启示厅上方，进而到达悬崖顶端。金・坦纳自此消失在夜色之中。

4

“见鬼，”金讲完自己的故事后，盖多说，“幸亏我去的是森多瓦尼教会。”

金・坦纳回来的那天晚上，锁链神父仔细盘问过他在启示厅的体验后，就让孩子们拿着四陶杯温热的卡莫尔啤酒到楼顶去了。他们坐在满天星辰和散乱的银色云雾下，刻意装出满不在乎的态度，慢慢喝着啤酒。孩子们玩味着已经长大成人的幻觉，就好像是主动聚在一起，有整整一晚的时间可以随意支配。

“我不是胡扯，”卡罗说，“在甘朵罗教会，我们每隔一周就有顿馅饼啤酒，每个闲人日都有枚铜板，想怎么花就怎么花。你们知道，因为他是钱币和贸易之主。”

“我最喜欢咱们的十三神教派，”洛克说，“因为咱们的主要任务就是坐下来，假装恩主并不存在——当然是在咱们不偷东西的时候。”

“太对了，”盖多说，“只有白痴才会当死亡女神的祭司。”

“不过话说回来，”卡罗问道，“你有没有想过，他们可能是对的？”他抿了口酒，才继续说道，“你真的命中注定要侍奉至善女神？”

“在回卡莫尔的路上，我想了很长时间，”金・坦纳说，“我想他们说得对。只是跟他们所想的那种方式不同。”

“此话怎讲？”桑赞兄弟齐声问道。他们被货真价实的好奇心缠住时，经常会有这种反应。

金·坦纳什么也没说，只是把手伸到背后，从衬衣里抽出一柄短斧。这是堂·玛兰杰拉的礼物，样式简单，毫无装饰。但保养良好，平衡性极佳，正适合那些力量还没达到巅峰状态的孩子使用。金把它放在神庙屋顶的石板上，微微一笑。

“哦。”卡罗和盖多说道。

第四部　孤注一掷的即兴表演

我投起球来就像头发着了火。

——米奇·威廉姆斯[①]

①二十世纪九十年代费城人队超级救援投手。

第十二章
塔尔维拉来的胖祭司

1

洛克醒来时，发现自己躺在床上，注视着灰泥天花板上一幅肮脏褪色的壁画。这幅画描绘的是无忧无虑的人们穿着瑟林君主期的袍服，聚集在一桶美酒周围，手里捧着杯盏，玫瑰色的脸上挂着微笑。洛克呻吟一声，又把眼睛闭上。

“啊，他醒了。”一个陌生人说道，“正如我所说，如我所说。是膏药在他身上起了作用。这是治疗肉体通路衰竭的特效药，作用非比寻常。”

“你是什么东西?”洛克发现自己完全压不住火气，“我在哪儿?”

“你安全了，但我不敢贸然说出舒适这个词。”金·坦纳伸手扶住洛克的左肩，低下头冲他微微一笑。金通常很在意外表的整洁，但现在已经几天没刮胡子，脸上带着一道道污泥。“另外，著名的伊贝琉斯大师此前所救治的病人，可能对我所说的安全也有所异议。”

金·坦纳说着迅速打了几个手势：*我们安全了，说话不必顾忌。*

“哼，金，对我过去几天的辛勤工作来说，你的讽刺挖苦还真是上好的回报。”这陌生的声音，似乎出自一名形容枯瘦满身皱纹的男人之口。他的皮肤就像一张饱经风霜的棕色桌面，紧张的黑眸子在一副厚眼镜背后向外窥探，这玩意比洛克平生得见的所有镜片都厚。他身穿一件破破烂烂的棉布衬衣，上面沾染的污渍可能是干酱油也可能是血迹，外面罩着的深黄色束腰外套是二十年前的款式。卷曲灰发似乎直接从后脑勺冒出来，梳成了一条辫子。“我已经把你的朋友带回清醒的海滩。”

“哦，看在佩里兰多的分上，伊贝琉斯，他又不是脑袋里扎了支箭，只不过需要休息。”

“他体内湿热体液的水位退至警戒线，体内通道中已经彻底没了活力。他面色惨白，反应迟钝，浑身瘀伤，脱水严重，而且营养不良。”

“伊贝琉斯?”洛克挣扎着试图坐起身，但只成功了一半。金抓住他的肩头，最终帮他坐好。洛克只觉得天旋地转。“红水区的蚂蟥师伊贝琉斯?”

蚂蟥师相当于医学领域的黑炼金师。他们没有得到医师协会的证书或任命，主要替卡莫尔正派人们治疗伤情和疾病。如果在凌晨两点半带着斧伤去找真正的医师，那他可能会面露疑色，找来城市卫兵。但蚂蟥师不会提任何问题，只要提前拿到报酬就行。

当然，蚂蟥师们的问题在于，病人必须冒险相信他们的能力和资历。有些蚂蟥师是真正受过训练的医生，由于时运不济落到这步田地，或是因为偷坟掘墓之类的罪行被行会逐出。其他人则只是骗子，顶多通过照顾酒吧殴斗和持械抢劫的受害者，得来了多年实践经验。还有少数人干脆就是疯子，或是杀人成癖，或者——更神奇的是——二者兼而有之。

“我的同僚们是蚂蟥师，”伊贝琉斯不屑地说，“我是一名医师，受过学院专业训练。你能恢复过来就是最好的证明。”

洛克环顾四周。他躺在墙角里的一张睡席上，身上除了遮羞布外不着寸缕。这地方肯定是落尘区的某座废弃小屋，帆布帘挂在房间仅有的一扇大门上，两盏橙白色炼金灯在屋里洒满光亮。洛克的喉咙很干，身体仍旧疼痛，味道相当难闻，而且不仅仅是那种没洗澡的人产生的天然臭气。他的肚子和胸口上有一层奇怪的透明物质形成的干燥碎片，他用手指捅了捅。

“我胸口上，”洛克说，“是什么鬼东西?”

“膏药，先生，膏药。准确地说，是维拉各内尔立膏药，但我估计你肯定没听说过这个名字。我用它将你体内通道中衰微的能量集中起来，把温热体液的运动限制在你最需要的区域——比方说，你的腹部。我们不想让你的能量散失。”

“这是什么东西?”

“这种膏药是秘传混合物，但它的主要功用成分是园丁助手和松节油。”

“园丁助手?”

“蚯蚓，”金说，“他是说碾入松脂的蚯蚓。”

“你就让他把这玩意涂了我一身?”洛克呻吟一声，重又倒在睡榻上。

“只涂在你的肚子，先生，你那饱受折磨的肚子。”

“他是医师，”金·坦纳说，“我只擅长切碎别人，没本事把他们拼好。”

“我到底是怎么了?”

“虚弱——非常虚弱，我还从没见过这么彻底的虚弱。”伊贝琉斯说着抬起洛克的左腕，给他号脉，“金·坦纳对我说，你吃了催吐剂，就在公爵日那天夜里。”

“有这码事。”

“此后你什么都没吃，什么也没喝。然后你又被抓住，臭揍了一顿，几乎在一桶马尿中溺毙——真是厄运连连！我对此深表同情。而且你的左前臂上有一道很深的伤口，它已经彻底结痂，显然并非得自那天的折磨。另外，尽管伤痕累累虚弱无力，你还是整晚都在活动，不遗余力地执行自己的任务，马不停蹄。”

“听起来有点耳熟。”

“你只是虚脱了，先生。用外行人的话说，你的身体驳回了你的申请，禁止你继续蹂躏它。”伊贝琉斯呵呵笑了两声。

“我在这儿多久了?”

“两天两夜。”金说。

“什么？该死的。一直都处于昏迷？”

“没错，”金·坦纳说，“我眼看着你倒下的。我就在三十码外，藏在一个角落里。我花了好几分钟才想明白，这个满脸胡子的老乞丐为什么看起来那么眼熟。”

“我给你用了点镇定剂，”伊贝琉斯说，“都是为你好。”

“活见鬼！”

“我的判断显然是正确的，否则你肯定不会老老实实休息。而且这样做也便于用些相当难闻的膏药，治疗你脸上的浮肿和瘀伤。如果你清醒过来，绝对会抱怨那种味道。”

“呃，”洛克说，“千万别告诉我，你这儿什么喝的东西都没有。”

金·坦纳递给他一皮囊红酒。酒液温热发酸，显然搀了不少水，颜色都已经变成粉红。但洛克不顾体面地猛喝几口，一气灌下半囊。

“小心点，拉莫瑞先生，小心点。”伊贝琉斯说，“恐怕你根本不了解自身的极限。让他把汤喝掉，金。他需要恢复生命活力，不然体液还会再度衰竭。他太瘦了，实在不够健康，很容易产生贫血症状。”

洛克狼吞虎咽地吃掉那碗汤（用牛奶和土豆炖的鲨鱼肉，少盐寡味，已经变冷凝结，早就不算新鲜，但仍是他记忆中吃过的最美味最丰盛的一餐），然后伸了个懒腰。“两天了，诸神啊。我想咱们不会遇到飞来横福吧？瑞沙大佬有没有从什么楼梯上摔下来折断脖子？”

“恐怕没有，”金·坦纳说，“他还与我们同在。还有那个盟契法师。他们这两天特别忙。你可能很想知道绅士盗贼团被正式放逐了，而我是尚未落网的最后一名成员。不管是谁，只要把我带到浮坟去，就能得到五百克朗。不喘气的最好。”

“哦，”洛克说，“请恕我冒昧，伊贝琉斯大师。我们俩中的任何一人都可以换取瑞沙大佬的巨额赏金，你为何还要替我涂蚯蚓药膏呢？”

“这我可以解释，”金·坦纳说，“似乎还有一位伊贝琉斯在为巴萨维工作，担任浮坟卫兵。我应该说，是一名忠诚的卫兵。”

“哦，”洛克说，“请接受我的哀悼，伊贝琉斯大师。是你的兄弟？”

“我弟弟。可怜的笨蛋。我总是跟他说去找份别的工作。似乎咱们有不少共通的伤痛，都是瑞沙大佬的杰作。”

“是的。”洛克说，“是的，伊贝琉斯大师。我会把那杂种埋进泥里，埋入世界诞生以来所有死者都未曾达到的深度。”

“啊，”伊贝琉斯说，“金也这么说。所以我甚至没有收诊疗费。我不敢说对你们寄予厚望，但只要是瑞沙大佬的敌人，都会得到我最周到的照顾和治疗。”

“您真是太客气了。”洛克说，“如果我还需要在胸口上涂蚯蚓和松节油，肯定会非常乐于让您……处理这项事宜。”

“愿为您效劳，先生。”伊贝琉斯说。

“好了，金。”洛克说，“咱们似乎有个藏身之所，一名医师和咱们俩。还有其他什么资产吗？”

“十克朗，十五梭伦，五铜板。”金说，“你身下的这张小床。你吃了酒喝了汤。我当然还带着恶姐妹。几件斗篷，几双靴子，你的衣服。还有取之不尽用之不竭的烂灰泥和断石墙。”

“就这些？”

“是的，除了一件小东西，”金·坦纳举起一张艾赞·基拉祭司的银丝面具，“永寂女士的援手和慰藉。”

“活见鬼，你是怎么办到的？”

“我把你扔在大锅区边缘之后，”金说，“就决定把船划回神庙区，给自己找点事儿干。”

2

佩里兰多神庙中的火苗还没烧到外面，金·坦纳就衣衫不整地扑倒在艾赞·基拉神庙的后门前。此地位于佩里兰多神庙东北方，相隔两个街区。

祖灵玻璃和石头当然不会燃烧，但神庙内的东西就是另一回事了。由于祖灵玻璃可以反射和集中火焰的热量，地窖中的一切都将被烧成白灰，而不断升高的温度无疑会引燃上层神庙里的东西。黄号衣组成的救火队围在神庙四周，但除了等待别无他法，至少也要等到灼热热浪和可怖毒烟不再从神庙大门往外冒再说。

金·坦纳用拳头捶打着死亡女士神庙后方关闭的木门，同时暗自向诡诈看护人祈祷，希望最近几个月来疏于练习的维拉口音不至于走样。他跪在地上，好让自己显得更加可怜。

几分钟后，房门轻轻响了几声，朝两侧滑开，露出条小缝，一名侍僧低头看了看金。此人身穿朴实无华的黑色长袍，头戴银面具。这套装束在金看来是如此亲切。

“我叫塔夫瑞·卡拉斯，”金·坦纳说，“我需要你的帮助。”

“你快死了吗？”侍僧问道，“我们对身体健康的人帮不上什么忙。如果你需要食物和接济，我建议去找佩里兰多神庙，不过今天晚上他们似乎……遇到了点麻烦。”

“我不会死，而且我的确需要食物和接济。我是至善女神永远的奴仆，修习第五阶内部奥秘。”

他仔细权衡过这个谎言。艾赞·基拉教会的第四阶即为正式祭司。对那些得到委派，奔走在诸城邦间，执行重要使命的人来说，第五阶非常合适。如果再往高了说，他就必须面对理应听说过他的那些高阶祭司了。

“我正要从塔尔维拉前往杰里什，为死亡女神教会出差，但我的船在路上被杰里姆海盗劫持了。他们抢走了我的僧袍，我的圣职图章、文书和痛苦假面。”

“什么?”这名侍僧是个小女孩，她弯下腰想把金·坦纳扶起来，但由于体重只有大汉的四分之一，所以这个动作略显滑稽，“他们胆敢阻挠女士的使者?”

“杰里姆人不信十二神，小姐妹。”金·坦纳借机直起身，跪在地上，“他们以折磨信徒取乐。我被锁在一支桨上，度过了许多漫长的日子。昨天晚上，将我俘虏的那艘轻帆船在卡莫尔港下锚。高级船员都上岸寻欢作乐，而我则被派去倒夜壶。我在水里看到了黑兄弟们的背鳍，所以便向女士祈祷，抓住了这个机会。”

有件事艾赞·基拉教派的兄弟姐妹们很少向外人提起（在卡莫尔城尤是如此)，那就是他们相信鲨鱼得到了死亡女神的眷顾。这些生物来去无踪的习惯，再加上它们发动残忍攻击的突然性，正是至善女神本质特征的完美写照。对戴银丝面具的祭司们来说，鲨鱼是明显的预兆。当年那位高阶学监建议金入夜后在海里游泳，也并非玩笑之谈。据说只有信仰不纯的人，才会在启示厅下方的海洋中被鲨鱼攻击。

“黑兄弟,”那位侍僧兴奋起来，“他们帮你逃走了吗?”

“你绝不能视之为帮助,”金·坦纳说，“女神不会帮助，她只是允许。黑兄弟们也是这样。我跳入水中，感觉到他们就在身边。我感到他们在我脚下游动，看到他们的背鳍划破水面。那些杰里姆人叫嚣着说我疯了。他们看到黑兄弟时，以为我很快就要被吃掉，所以放声大笑。我也哈哈大笑，因为我爬上岸边时毫发无伤。”

“赞美女士吧，兄弟。”

“是的，我这样做了，今后依然会做。”金·坦纳说，“她将我从敌人手中放出，她给了我第二次机会，让我能够完成自己的使命。请带我去找神庙总管，让我见见你的圣父圣母。我只需要假面和僧袍，还有可以休息几天的房间，以便安排好我的事务。”

3

“那不是你当侍僧时用的假名吗?”洛克说，“在多年以前?”

“一点没错。”

“哦，那他们不会派人传讯吗？他们不会询问总堂，然后发现塔夫瑞·卡拉斯被神圣的求知欲所触动，已经自己跳下悬崖了吗?”

“他们当然会，”金·坦纳说，“但派人过去再带回答案需要好几星期……我并不想把这个伪装维持那么久。而且这对他们来说也有点意思。等他们最终发现卡拉斯本应死去，就会宣称遇到各种幻觉和奇迹。比方说，幽魂界显灵。”

“直接从一流骗子的屁眼里钻出来的幽魂。”洛克说，“干得好，金。”

“我想我只是知道该怎么跟死神祭司打交道。咱们每个人都有些小小的天赋。”

“我想说，”伊贝琉斯插嘴道，“这合适吗？这样……用死亡女神祭司们的僧袍招摇撞骗？把至善女神耍着玩?”伊贝琉斯说着用双手碰了碰眼睛、嘴唇，然后十指交叉放在心口上。

“如果至善女士会因我这般放肆而生气，”金·坦纳说，“那她有大把机会把我碾得比金叶还薄。”

“更何况，”洛克说，“金和我早就宣誓礼奉全能的恩主、必要托辞之父。你相信诡诈看护人吗，伊贝琉斯大师?”

“以我的经验来看，小心谨慎总没坏处。也许我没有点香烛献金币，但……我绝不会对恩主语带不敬。”

“哦，”洛克说，“我们的导师曾说过，恩主的侍僧们即便被迫冒充成其他教会的成员，也会免于受到神罚。”

“我必须说，这条规矩还挺方便的。”金·坦纳接口道，“而且在当前形势下，对我这种体型的人来说，痛苦假面是极其宝贵而实用的化装道具。”

“啊。我明白你的意思，金。”

“似乎死亡女神最近忙得很，”洛克说，“有那么多人需要料理，还顾不上咱们。我现在彻底醒了，金，而且非常舒适，伊贝琉斯大师。用不着起来……我很确定自己的动脉还老老实实待在腕子里。你还知道些什么，金？”

“局势紧张而血腥，但我必须承认瑞沙大佬赢了。外面传言说绅士盗贼们都死了，只有我活着，脑袋上还带着一大笔赏金。据说咱们不肯向瑞沙宣誓效忠，试图为巴萨维报仇，结果全被送上西天。其他帮主都已经宣誓。瑞沙没等三天就出手了，最顽固的伙计们今晚被割了喉咙，大概有五六个人。这事儿就发生在几小时前。”

“诸神啊，你是从哪儿听说的？”

“有些是听伊贝琉斯说的，他只要保持低调就可以四下走动；有些是在执行圣礼时听说的，突然有很多人需要往生祝福时，我刚巧就在木废墟。”

“这么说正派人已经揣进瑞沙兜里了。”

“就是这么回事。他们正逐渐适应这个局面。只要有根针掉在地上，或是被蚊子叮了一口，所有人都会拔出刀来。但瑞沙让他们改了主意。他在浮坟掌控全局，就跟巴萨维一样。他遵守了绝大多数承诺。你很难跟稳定的局势较劲。”

“那么咱们的……其他问题呢？”洛克打了个代表卡莫尔荆刺的手语，“听说过相关消息了吗？这方面可有任何，呃，裂痕？”

“没有，”金·坦纳轻声说道，“似乎瑞沙觉得把咱们当成普通盗贼杀掉就够了，所以没有别的举动。”

洛克放心地叹了口气。

“但还出了些怪事，”金说，“瑞沙昨晚挖出六七个人，还是从不同帮派、不同地区揪出来的。他公开认定这些人是蜘蛛的探子。”

“真的？你觉得这是真的，还是另一个见鬼的阴谋？”

“我觉得很可能是真的。”金·坦纳说，“伊贝琉斯跟我说了那些名字，我仔细想了很久，但仍旧无法把他们联系起来。至少我找不出来什么有意义的东西。瑞沙赦免了他们的死罪，改成流放。他们有一天时间安排好自己的事，永远离开卡莫尔。”

“有意思。我真想搞清其中奥妙。”

“也许这次没什么黑幕。”

“那当然再好不过。”

“还有那艘瘟疫船，拉莫瑞先生！”伊贝琉斯急不可耐地说，“一艘船！金到现在还没提过。”

“瘟疫船，金？”

“一艘安伯兰来的黑壳帆船，顺滑苗条的小东西。你也知道我几乎不清楚海船是什么部位沾水，但还是能看出它漂亮得无与伦比。”金·坦纳挠了挠满是胡楂的下巴继续说，“瑞沙大佬给巴萨维大佬上牙齿课的那天晚上，它开进了瘟疫停泊区。”

“这可……真是非常有趣的巧合。”

“对吧？诸神都喜欢玩预兆。据说船上已经死了二三十人。但最古怪的问题是：瑞沙大佬主动揽下了提供慈善物资的任务。”

“什么？”

“是的。他的人把货物护送到码头。他付钱给森多瓦尼教会，买来面包和肉食。哦，你知道，他们现在接替了佩里兰多教会的职责。”

“活见鬼，他的人为什么要护送食物和清水去码头？”

"我也觉得很奇怪,"金·坦纳说,"所以昨天晚上试着刺探了一下,当然,是以我的神职身份。他们送去的不光是食物和水。"

4

在瑞沙大佬登基的第二天,也就是王位日那天晚上,霏霏细雨从天而降,仿佛温暖的湿吻。一位体态特别粗壮的艾赞·基拉祭司站在岸边,注视着停在卡莫尔湾的瘟疫船,潮湿的长袍在轻风中飘摆。船上黄色的灯火照在他的面具上,反射出古铜色光芒。

从渣滓区探出的最长的码头旁,有一艘破旧小船正漂在平静水面上。这艘船系着根绳子,直通瘟疫船。满足号停在哨塔弩弓的射程边缘,船帆紧紧卷起,看起来有些瘦骨嶙峋的怪样。几条黑黢黢的人影正在甲板上移动。

码头上有一小群魁梧的搬运工正把一辆驴车上的东西装进小船。六个披斗篷的人监视着他们的工作,这些人有男有女,身上明显带了家伙。旧港周围所有哨塔都可以通过望远镜看到整个装卸过程。大多数哨塔均有人值守(而且在瘟疫船离开前不会撤岗),他们不在乎送上船的是什么,只要保证没有任何东西被送回来就行。

但另一方面,金·坦纳很想知道瑞沙大佬怎么会对这些可怜的安伯兰海员的命运突然产生兴趣。

"看着点,最好往右转,把你的屁股调……哦,真抱歉,圣人。"

金·坦纳走向港口尽头,花了点时间品味这群人脸上显而易见的焦躁不安。这些人似乎都是穷凶极恶的家伙,正儿八经的打手,惯于让别人受罪,也习惯承受痛苦。但金的痛苦假面刚一出现,他们就显得心虚气短,就好像是些偷偷靠近蜂蜜罐时被发现的孩子。

这些人他一个都不认识,也就是说几乎可以肯定他们来自瑞沙的直属集团。金·坦纳试图在匆匆一瞥间判断出他们的身份，寻找任何有可能泄漏来历的异常之处，但一点结果也没有。他们都戴了很多珠宝首饰，主要是耳环——有个年轻女子两只耳朵上各戴了七八个。这种风格更像是水手而非罪犯，但也不足以作为凭证。

“我只是来祈祷的，”金·坦纳说，“我要为水面上那些不幸的海员请求至善女神的怜悯。不用管我，继续干你们的活儿吧。”

金转身背对那些苦力，假装毫不在意。他眼睛看着瘟疫船，认真聆听身后传来的劳作声。搬起货物时的闷哼，重重的脚步，还有饱经风吹浪打的踏板发出的嘎吱怪响。驴车上装满了小麻袋，每包都跟一加仑的酒囊容积相仿。苦力们尽可能做到谨慎小心，但几分钟后……

“真他妈见鬼，玛茨克！”其中一个袋子落到码头上，发出叮叮当当哗哗啦啦的怪声。话音未落，这帮人中的工头立刻揉搓着双手，望向金·坦纳。“我，呃……请您原谅，圣人。我不是有意失礼，呃，我们发过誓……保证要把这些货物完完整整地送上瘟疫船。”

金·坦纳缓缓转过身来，让那人充分体会到被无面者打量的感觉。接着他很轻很浅地点了点头。“你所做的是虔敬之事。你的主人承担下佩里兰多教会的职责，可谓仁爱慈悲。”

“是的，啊……这真是太糟了。真是，呃，一场惨剧。”

“至善女神会按自己的意志照顾她的花园，”金·坦纳说，“采摘她的花朵。不要对你的人动怒。面对如此……不同寻常的东西，感觉心绪烦乱也是可以理解的。”

“哦，瘟疫船，”那人说，“对，它让我们毛骨悚然。”

“我就不打扰你们工作了。”金·坦纳说，“如果船上的人有用得着死神祭司的地方，就去艾赞·基拉神庙找我们。”

“啊……当然。非、非常感谢，圣人。”

金·坦纳沿着码头向岸边漫步。苦力们已经把货物全部装进小船，从泊位上解下了缆绳。

“拉走!”码头上的一个人大声喊道。

绳子缓缓收紧，满足号上的几条小黑影随即加快了动作频率，驳船加速滑过旧港水面，靠向瘟疫船，在黑水上留下一道摇曳银波。

金缓步向北，走进渣滓区，利用祭司式的尊贵步态，给自己足够时间反复思考一个问题。

在一艘装满死人和将死之人的船上，一袋袋金币有什么用呢?

5

“一袋袋金币？你绝对肯定吗?”

“正是那亮闪闪凉飕飕的流通金属，洛克。也许你还记得，咱们不久前有个储藏室，里面全是这玩意。我敢说咱们对钱币相互撞击的声音都有相当敏锐的听觉。”

“嗯嗯嗯。如此说来，除非在我昏迷期间公爵开始用克朗作面包，不然这批援助物资就跟我该死的心情一样慈悲了。”

“我会继续刺探，看看还能发现点什么，洛克。”

“你会的……很好，很好。现在咱们需要把我从这床上拉起来，找点活儿干。”

“拉莫瑞先生，”伊贝琉斯叫道，“你现在还不能离开床铺，按自己的意愿行动！正是你的意愿把你带到这儿来，虚弱成这个样子!”

“伊贝琉斯大师，绝没有不尊敬，但我现在清醒了。如果我必须手脚并用在城里爬行，才能给瑞沙大佬添点堵，那我会爬的。我的战争就从这里开始。”

他撑着身子离开睡榻，试图站起来，但只觉得脑袋发晕，膝盖发软，一下摔倒在地。

“从这儿?”金·坦纳说，“看起来可真够难受的。”

“伊贝琉斯，”洛克说，“这是不可容忍的。我必须能够走动才行。请把我的力量还给我。”

“亲爱的拉莫瑞先生。”伊贝琉斯弯下腰把洛克扶了起来，金·坦纳架住洛克的另一侧，两人很快将他搀回床上。“你应该已经逐渐理解，你的要求和你身体所能承受的极限是完全不同的两码事。这种话我听得太多了。‘伊贝琉斯，我抽杰里姆粉已经有二十年，现在喉咙开始流血，把我治好!’‘伊贝琉斯，我喝醉了，又打了一夜架，而且眼睛被人挖了出来!给我恢复视力，该死的!’如果每个说这种话的病人能给我一梭伦……哦，咱们不提梭伦，就说每抱怨一次给一铜板吧……那我也能到拉塞因去，像绅士一样安享晚年了!”

“我把脸扎在这么间破房子的污垢中，可很难对瑞沙大佬造成伤害。”洛克又开始冒火。

“那就好好休息，先生，休息。”伊贝琉斯接口道，他的脸色也开始泛红，“拿出点气度来，不要因为我无法在指尖上施展诸神的伟力，就把你的毒舌抽打在我身上！好好休息，慢慢恢复体力。明天，等外面可以安全走动的时候，我会多拿些食物来。有胃口吃饭是个好迹象。通过食物和休息，只需一两天时间，你的精力也许就能恢复到一定程度。两天前你才昏倒在大路上！你别以为傻笑两声，就能轻易摆脱体力衰竭的状况，好好休息吧。”

洛克叹了口气。“那么好吧。我只是……我恨不能立刻颠覆瑞沙大佬的统治。”

“我也盼着你这么做，拉莫瑞先生。”伊贝琉斯摘下眼镜，在衬衣上擦了擦，“如果我觉得你现在就能把他除掉——就靠你这点还不如快要溺死的小猫的体力，哦，我会把你装进筐子亲自送去。但事实并非如此，而且我的医书中也没有哪种膏药可以起到这种疗效。”

“听伊贝琉斯大师的话，洛克，别再生闷气了。”金·坦纳拍了拍他的肩膀，“就把现在看作锻炼思维能力的机会。我会尽力搜集进一步的情报，我会做你的打手。你就想个计划出来，绊倒那杂种，让他一跤摔进地狱。为了卡罗、盖多和小虫儿。”

6

第二天晚上，洛克恢复了足够的力量，可以独自在屋内散步。他感觉肌肉像是果冻，四肢移动起来好似远隔千山——而且神经信号在被转换成关节和肌肉的运动之前，大概是用象形文字进行传输。但至少他从睡榻上起来时，没有直接趴在地上。伊贝琉斯入夜前带来了食物，洛克吃了整整一磅烤肠，外加涂了大量蜂蜜的半条面包。

医师又在给他号脉，洛克觉得肯定已经号过一万三千次了。“伊贝琉斯大师，”洛克说，“你和我身材差不多。你会不会凑巧有几件做工考究的外衣？再加上与此相称的长裤、马甲和绅士们的小物件？”

“啊，”伊贝琉斯说，“这些东西，我勉强算是有吧。但恐怕……恐怕金没告诉你……”

“伊贝琉斯暂时跟我们一起住在这儿，”金·坦纳说，“在拐角处，这栋公寓的另一个房间。”

“我的屋子，也就是我开张营业的地方，哦……”伊贝琉斯脸上阴云密布，洛克仿佛看到那副眼镜后面显出一层细密薄雾，“被烧了，就在瑞沙登基后的那天早晨。我们这些跟巴萨维的死士有血缘关系的人……他不鼓励我们留在卡莫尔城，甚至于坚决反对。已经出了好几桩谋杀案。如果我谨慎小心，那还能四下走动，但……我失去了大部分财物，包括那些衣服。还有我的病人。还有我的书！我巴不得看到瑞沙霉运当头，也有这方面的原因。”

“真该死。”洛克说，“伊贝琉斯大师，能否允许我跟金单独说几句话？我们要谈的……哦，完全是私事，而且是有原因的。还请您务必原谅。”

“没必要，先生，根本没必要。”伊贝琉斯从椅子上站起来，掸掉落在衣服上的灰尘泥土，“我会到外面去，等你们需要我的时候再说。夜晚的空气可以增强毛细血管的活力，让我的平衡体液恢复到最佳状态。”

等医师走后，洛克用手捋着发灰的头发，发出一声叹息。“诸神啊，我真该洗个澡。现在我宁愿在雨中站上半个小时。金，咱们需要一些物资才能向瑞沙展开反击。那狗杂种从咱们手里抢走了四万五千克朗，而咱们只剩十枚。我需要把堂·萨尔瓦拉骗局踢回正轨，但我过去几天都没露面，它很可能已经黄了。”

“我想不会，”金·坦纳说，“在你苏醒的前一天，我花钱买了点信纸和墨水，以格劳曼的身份写了张字条，让人送给萨尔瓦拉夫妇。说你这几天要处理些非常微妙的生意，可能不会出现。”

“真的？”洛克瞪着金·坦纳，那表情就像是要上绞架台的人忽然在最后一刻得到赦免，还领到一袋金币作为补偿，“真的？诸神祝福你的心灵，金。我真想亲你一口，但你跟我一样满脸污泥。”

洛克狂躁地在屋里打转，或者说尽可能狂躁，毕竟他走起路来还磕磕绊绊的。藏在这见鬼的破屋，多年来习以为常的众多资源被突然夺走……没有地窖，没有装满钱币的金库，没有衣帽间，没有化装盒……没有绅士盗贼帮。瑞沙把一切都夺走了。

他们的金库里除了钱币还有一个油布包，里面放着文件和钥匙。这些文件都是梅拉乔银行的户头证明，卢卡斯·费尔怀特、艾文蒂·埃克加瑞和绅士盗贼们多年来种下的其他假身份。这些户头中存有成百上千克朗资金，但没有证书这些钱便遥不可及。那个包里还有舷斜旅馆船首桅套房的钥匙，卢卡斯·费尔怀特的备用服装整整齐齐地放在雪松木衬里的衣橱中。但就算洛克开锁的本事比现在高明十倍，也打不开门上那具锁盒。

“该死，”洛克说，“咱们什么都拿不到。咱们需要钱，这可以从萨尔瓦拉手中得到，但我不能穿成这个样子去找他们。我需要绅士服装、玫瑰油、小饰品……费尔怀特必须看起来像是费尔怀特。我没法靠十克朗把他变出来。”

没错，他扮作韦德兰商人时所穿的衣物和饰品（还不算那副华丽的假眼镜）随随便便就要四十克朗……不是能从街上轻易扒到的数目——而迎合这种高档品位的少数几家裁缝店都坐落在城中上流社区，跟要塞一样坚固。在那里巡逻的黄号衣也不是以班为单位，而是以营。

“狗娘养的，”洛克说，“我很不高兴。一切问题都归结于衣服。衣服。衣服。衣服。咱们居然会被如此荒唐的东西所限。”

“你可以把十克朗拿走，看它能做点什么，”金·坦纳说，“那些银币也够吃很久了。”

“好，”洛克说，“这算点资本。”他撑着身子坐回睡榻，双手捧住下巴，眉毛和嘴角都往下撇着。这副绞尽脑汁的专注表情，金·坦纳从小就经常看到。几分钟后，洛克长叹一声，抬起头看着大汉。

“如果身体没问题的话，那我明天就拿上七八克朗到城里去。”

“到城里去？你有计划了？”

“不，”洛克说，“还没一点头绪，就连半个最糟糕的主意都没有。但我那些好点子不都是这么冒出来的吗？我会设法找个空子……然后势如破竹。”

插曲

白铁魔法师

据说卡莫尔城的正当生意和非正当生意的区别在于，作正行的买卖人毁掉别人后，不会出于好心割断对方的喉咙，为这桩悲剧画上句号。

从某方面来讲，这句话是在诬蔑吻金路上的商人、投机家和放贷人。正是他们数百年来的努力，才使得瑟林诸城邦（所有城邦，不仅是卡莫尔城）从瑟林君主期的废墟中拔地而起，形成某种类似欣欣向荣的景象……当然，这是对瑟林人中某些幸运阶层而言。

吻金路的业务范围之广，会让大多数小店主头昏脑涨。一名商人在卡莫尔的一块计算板上移动两枚石子，盖了封蜡的文件就会被送往拉塞因。由三百船员驾驶的四艘大型帆船将扬帆远航，前往安伯兰最北端的港口，船上装载的货品之多非笔墨能及。每个早晨，每个白天，都会有数以百计的大棚车队由此出发，或是横跨整片大陆来到此地。为这些人承保、开账的男男女女都衣着考究，坐在千里之外的银行内室中，品着香茗，编织着金融贸易的大网。

但也有些强盗居然会在特定时间出现在特定地点，确保挂着某家商号旗帜的车队从人间蒸发。这里有不会出现在任何正式记录中的密谈，也有不会出现在任何正式账册中的金钱交易。这里有刺客和黑炼金师，有和众多帮派私下谈定的价码。这里有高利贷、欺诈和内线投机；这里有数百种金融操作，巧妙玄奥得甚至还没有通称。盟契法师们看到这些对钱币和文件的控制手法，也会因其繁复微妙之处而自叹弗如。

这些都是生意。而在卡莫尔城，如果有人提到任何公平或是肮脏的生意，如果有人提到规模最大的贸易活动，那么一个名字会跃众而出，凌驾于所有姓名之上——那就是梅拉乔。

詹卡纳·梅拉乔已是第七代后人。他的家族拥有并经营这家银行的历史长达两个半世纪。但从某种意义上讲，他的名字并不重要，人们总是称他为梅拉乔银行的梅拉乔。梅拉乔银行变成了一个头衔。

梅拉乔家的第一桶金，得自深受爱戴的卡莫尔城公爵斯特拉瓦利的突然死亡。他是在塔尔维拉进行国事访问时突发疟疾而死。尼克拉·梅拉乔是一艘快速双桅商船的船长，她抢在其他人带回公爵的死讯之前返回卡莫尔，花光了手里最后一个铜子儿，买下城中全部黑丧绸。随后她把这批货以高昂的价位卖出，好让国葬能够体面进行。此后，梅拉乔拿出部分利润，买下了运河旁大街上的一间小咖啡馆，经过梅拉乔家数代人的努力，这条街最终得到了吻金路的名字。

这栋建筑的尺寸面积始终在膨胀扩张，就好像是梅拉乔家野心的外在表现。每隔一段时间它就会突然扩大，吞掉附近的房舍，增加房间、楼层和走廊，外墙渐渐铺展，就像雏鸟慢慢将自己未孵化的对手从巢中推开。

早年间，梅拉乔家作为活跃的贸易商和投机商闻名于世。他们会大声宣告，自己能用投资者的钱攫取更多利润，所有竞争者都只能望其项背。第三位著名的梅拉乔——奥斯塔沃·梅拉乔，每天早上都会派出一艘装饰华美的小船，往卡莫尔湾的最深处扔进五十金泰卢。他一天不差地扔了整整一年，还曾吹嘘道：“我就算这么做，每天日落时得到的利润还是比所有同行都多。”

梅拉乔家后来将贸易重心从投资金钱转移到储蓄、清数、保护和借贷金钱上。他们首先发现了一个奥秘：成为贸易促进者比直接参与贸易活动更容易得到稳定收益。就这样，梅拉乔家成了大陆金融网络核心，而这张历史悠久的大网正迅速成为瑟林城邦的血液和肌肉。詹卡纳·梅拉乔在一张纸上的签名所产生的影响力，不亚于战场上的一支大军，或是海面上的一队战船。

所以人们有时会说卡莫尔城有两名公爵。玻璃公爵尼克凡提，和白铁公爵梅拉乔。

第十三章
兰花与刺客

1

第二天早上，梅拉乔银行大厅内巨大的维拉水钟刚刚敲响十下，洛克·拉莫瑞就出现在银行门阶前。天上正下着太阳雨，温热的雨滴从几乎是万里无云的蓝白天空落下。维阿·卡莫尔拉赞河上的水路交通高峰刚刚过去，一艘艘货船和客船争夺着水面空间，那种寸土不让的狂热劲儿通常只有在战场上才能看到。

洛克的头发还是灰色，假胡子还粘在脸上，只是修剪成了适度的山羊胡。一枚白铁币已经变成他身上还算干净的服装。尽管这身信使或是抄写员式样的衣物，不能把他变成有钱人，但扮成体面雇员却是有模有样。

梅拉乔银行楼高四层，是两百多年建筑风尚的混血儿。它有廊柱、拱窗、石面和漆面外墙，还有兼备装饰性和功能性的外部坐廊。这些游廊上覆盖着一张张丝质遮阳篷，颜色与卡莫尔钱币一致——赤褐的铜色，泛黄的金色，银灰色和奶白色。放眼望去，就连银行外边都有上百个卢卡斯·费尔怀特那样的人，上百个衣着奢华考究的生意人。随便哪个人的行头都顶得上普通劳工几年的收入。

如果洛克将一根不友善的手指搭上这样一件衣服的袖口，梅拉乔的私家警卫就会从门内涌出，仿佛从摇撼的蜂巢中飞出的蜜蜂。这些人将和在运河边巡逻的几个黄号衣中队展开一场短跑比赛——优胜者能够得到用警棍将洛克的脑子从耳朵眼敲出去的殊荣。

七枚白铁币，八枚金泰卢，外加几个银梭伦在洛克的钱袋中叮当作响。他身上没带任何武器。如果这个很不牢靠的主意出了岔子，他也不知道接下来该怎么办。

“诡诈看护人，”他轻声说道，“我要走进这间银行，出来时要拿到我想要的东西。我希望您能帮忙。如果您不肯伸出援手，那就见你的鬼去吧。我无论如何都要拿到想要的东西。”

洛克昂首挺胸，踏上银行门阶。

2

“给柯瑞德·普列文的私信。”他对站在大厅里的当班警卫表明身份，同时用手捋着头发挤掉其中水分。门口站着三个人，身穿栗色天鹅绒大衣，黑色长裤和黑色丝质衬衫。镀金扣子闪闪发光，但腰带上挂着的长刀和棍棒可都不是摆设。

“普列文，普列文……”有位警卫一边查看皮面名录，一边小声嘟囔着，“哦。公众厅，五十五号。这里没说他不接待未经预约的访客。你知道该往哪儿走吧?”

“以前来过。”洛克说。

“好的。”警卫放下名录，拿起一块铺着羊皮纸的石质书写板，又从小桌上的墨水池里抽出一杆羽毛笔，“名字和城区?”

“塔夫瑞·卡拉斯，”洛克说，“北角区。”

“会写吗?”

“不，先生。”

“那就在这儿画下你的标记。”

警卫把石板递过来，让洛克在“搭夫瑞·卡东斯”的字样旁画下一个大黑叉。这人的书法水平明显强过听力。

“那你就进去吧。”警卫说道。

梅拉乔银行的大厅，亦即公众厅里挤满桌子和柜台，摆成了八行八列。每张笨重的书桌后面都有一位商人、兑币商、法律顾问、办事员或是其他职能人士。大部分桌子对面都坐着客户，在认真讨论，耐心等待，或是激烈争论。这些坐在桌子后的男男女女，从梅拉乔银行手中租下柜台。有些人常年租赁，每个工作日都来办公；有些则只能跟别人合租，轮流来处理事务。阳光从洁净狭长的天窗倾泻进来，轻柔的雨滴声和嘈杂的话语声融合为一。

在大厅两侧，四层走廊直通天花板，每层都装有黄铜护栏。那些权势更大、财富更多、名望更响的生意人，慵懒地歇息在包厢舒适昏暗的空间中。他们被称作梅拉乔银行会员。但梅拉乔并未跟他们分享真正的权力，只是授予他们长长一列特权，将他们（在现实意义和象征意义上）置于在公众厅工作的生意人之上。

房间的每个角落都有警卫把守，一个个外松内紧，时刻警醒。四下里跑来跑去的，是身着黑上衣黑长裤和栗色围裙的服务生。梅拉乔银行后面有间很大的厨房，酒窖里的存货更能让任何酒馆艳羡不已。在银行中工作的男男女女，经常因为太过忙碌，不能浪费时间出去吃饭或是派人订餐。实际上，有些私人会员会常年待在此地，每天回家去只是睡觉换衣，而这也仅仅是因为梅拉乔银行在伪光升起后就要关门。

洛克拿出镇定自若的派头，七转八绕来到公众厅五十五号办公桌前。柯瑞德·普列文是一名法律顾问，几年前曾帮桑赞兄弟为艾文蒂·埃克加瑞设立过绝对合法的几个户头。洛克记得他跟自己体型相仿，心中暗自祈祷，希望他这几年没有对醇酒美食发展出特别的爱好。

“哦。”普列文还跟过去一样清瘦，让洛克颇为感激，“我能为您做点什么？”

洛克打量着对方剪裁宽大，前襟敞开的外衣。松木绿色的衣服配有俗艳的紫色袖口，再加上明黄镶边。此人对流行款式眼光独到，但在颜色搭配方面，显然跟黄铜雕像一样有眼无珠。

“普列文先生，”洛克说，“我叫塔夫瑞·卡拉斯。我遇到了一件非常特别的问题，您也许可以帮我解决。但我必须提前说好，这件事不在您的日常工作范围之内。”

“我是一名法律顾问，”普列文说，“我跟客户之间的谈话通常都要按时间收费。您有意成为我的客户吗?”

“我的提议，”洛克说，“将让你的口袋里至少增加五克朗，也许就在今天下午。”他把手按在普列文的桌子边上，像变戏法似的亮出一枚白铁币。他的手法可能有点生疏，但普列文扬起的眉毛，说明他显然没见过这种把戏。

“我明白了……您的确吸引了我的注意力，卡拉斯先生。”普列文说。

“很好，很好。我希望能尽快得到您的热心帮助。普列文先生，我是一家贸易联合会的代表，它的名字，以所有荣誉起誓，我不方便提及。尽管我是在卡莫尔出生，但却在塔里沙玛工作和生活。我今晚要跟几个重要客户共进晚餐，其中一人还是位堂。我们会一起讨论我这次到卡莫尔来要办的差事。我，啊……这真是太丢脸了，但我恐怕成了一桩大宗盗窃案的受害者。”

“盗窃案，卡拉斯先生？此话怎讲?”

“我的衣柜，”洛克说，“我睡觉的时候，所有衣服和财物都被盗了。旅馆老板，诅咒这个混蛋，声称他不会对这起犯罪负上任何责任，还坚持说我肯定没有锁门。”

“我可以推荐一名律师来处理这样的案件，”普列文打开书桌的一个抽屉，开始翻找放在里面的各种文件，“您可以把旅馆老板带到耐心宫的平民申诉厅去。如果您能找个卫队官员证明您的故事，没准只需花上五六天就能解决。我可以为您起草所有必要的文件……”

“普列文先生，请恕我冒昧。这是个明智的举措，如果异地处之，我很乐于听取这个建议，请您起草所需的各种文件。但我没有五六天时间，我恐怕只有几个小时。晚宴，先生，就在今天晚上，我已经说过了。”

“嗯嗯，”普列文说，“您不能把它改期吗？您的合伙人们会理解的，毕竟这是紧急事态，您实在太不走运了。”

“哦，如果能这么办就好了。但是，普列文先生，如果我连自己的衣橱都保管不好，那又有何面目请求他们拿出数万克朗的资金投入我的商会？我担心会丢掉这笔生意，让它从我指尖彻底溜走。我提到的那位堂，他……他的性情有些古怪。我恐怕他无法容忍我闹出这等纰漏。恐怕错过这次机会，他就不会再跟我见面。”

“有意思，卡拉斯先生。您的说法也许……很有道理。我相信您肯定对合伙人们的性格有着准确的判断。但我又能帮上什么忙呢？”

“咱们体型差不多，普列文先生，”洛克说，“咱们体型差不多，而且我很欣赏您对服装剪裁和颜色搭配的独到眼光——您的品位超凡脱俗。我的提议是暂借一套合适的服装，再加上必要的配件和饰品。我会给您五克朗作为抵押金，等我用完后，就立刻将它们返还，而您可以把抵押金留下。”

“您，啊……您是想让我把自己的衣服借给您？”

“是的，普列文先生，万分感谢您的体恤之情。这对我的帮助不可估量。我敢说，敝商号肯定会记住这份恩情。”

“嗯嗯。”普列文关上抽屉，双手合十，指尖顶住下巴，皱起了眉头，“要我借给您一身衣服，让您跟那位堂共进晚餐，这倒也无妨。但问题是，您提供的保证金仅仅相当于这套衣服价值的六分之一。最多六分之一。”

“我，啊，向您保证，普列文先生。除了这次不幸的盗窃案以外，我一向把自己看成是谨慎持重的代名词。我会保管好您的衣服，就好像它关系到我的生死——哦，事实也正是这样。如果这次会谈泡了汤，我很可能要丢掉工作。”

“这……这件事的确不同寻常，卡拉斯先生。真是很少见的请求。您为哪家商会工作?”

“我……我实在难以启齿，普列文先生。恐怕我的窘境会让他们蒙羞。我只是想尽到自己的责任，您明白吗?”

“明白，明白。但我必须对您开诚布公地讲，任何给陌生人三十克朗的东西换取五克朗抵押金的人，都不能说是明智的。而您所能提供的也只有……最最真诚的保证。请您原谅，但我只能这么做。”

“那么好吧，”洛克说，“我为西铁海贸易联合会工作，商会注册地在塔尔维拉。”

“西铁海贸易……嗯嗯，”普列文打开另一个抽屉，翻阅起一叠小纸片，“我有今年，也就是第七十八艾赞・基拉年的梅拉乔银行目录。但是……塔尔维拉……这里没有西铁海贸易联合会的名字。”

“啊，该死的老问题，”洛克说，“我们是在今年二月组建的，时间太短还没被名录收入。相信我，这问题真是相当烦人。”

“卡拉斯先生，”普列文说，“我同情您的遭遇，这毫无疑问。但这件事——你必须原谅我，先生——这件事过于诡异，让我觉得难以安心。我恐怕帮不了您，但我祝您找到其他方法，来安抚您的生意伙伴。”

“普列文先生，我求您，拜托……”

“先生，这次会面就到此为止吧。”

“那我就厄运临头了，”洛克说，“我没有任何希望。我恳求您，先生，再考虑一下……”

“我是一名法律顾问，卡拉斯先生，不是衣帽商。这次会面结束了，我祝您好运，顺祝日安。”

“难道我没有任何办法能够让您回心转意……”

普列文拿起放在书桌边上的一枚小铜铃，摇了三下。几名警卫从邻近的人群中挤了出来。洛克伸手盖住桌面上的白铁币，长叹一声。

“请护送这位先生离开银行，”普列文说道，一名梅拉乔银行警卫把戴了护手的巨掌搭在洛克肩上，“千万不要失礼。”

“没问题，普列文先生。至于您，先生，这边请。”警卫说道。与此同时，至少三名壮汉把洛克从位子上扶了起来，非常热心地引导他走过公众厅的大走廊，径直离开大厅，回到门阶上。雨已经停了，水蒸气从热乎乎的石板路上升起，城市中充满刚被冲刷过的气息。

“最好不要让我们再见到你。”一名警卫说道。他们三个人站在门口低头盯着他。生意人们从他身边绕过，快步走上楼梯，完全无视他的存在。但不远处的几个黄号衣则与此相反，都睁大眼睛饶有兴趣地注视着他。

“该死。”洛克嘀咕一句，随即快步向西南方走去。他心中暗自盘算，自己应该通过桥梁进入维德扎区，在那儿找一位裁缝……

3

维拉水钟敲响十二下，洛克又回到梅拉乔银行的门阶前。“塔夫瑞·卡拉斯”的亮色服装消失不见，洛克身穿黑色棉质紧身上衣，廉价黑长裤和黑袜子。他的头发被一顶黑天鹅绒小帽盖住，原来那撮山羊胡（它被扯下来时相当痛苦——总有一天洛克会记住要养成随身携带融胶膏的习惯）换成了浓密的小胡子。他脸颊绯红，衣服上有几个地方已经被汗水浸透，手里攥着一张卷起来的空白羊皮纸。他进入大厅向警卫们打招呼时，还带了一点塔里沙玛口音。

“我要找一名法律顾问，”洛克说，“我没有预约，也没有固定合作人。我愿意等待第一个空位。”

“法律顾问，好的。”那名负责登记的警卫又看了眼手头的名录，“你可以试试丹妮拉·孟塔古，公众厅，十六号桌。或者……安娣雅·阿卡罗，三十六号桌。总之，屋里有一处加了围栏的等候区。”

“感激不尽。”洛克说。

“姓名和地区?”

“盖多·阿夫日莱内,”洛克说,“我来自塔里沙玛。”

“会写吗?”

“啊?当然了,”洛克说,“我就是诙谐的代名词。”

负责登记的警卫盯着他看了好一阵子,直到站在身后的某个警卫发出窃笑。恍然大悟的神情这才出现在登记警卫的脸上,但他似乎并不觉得可乐。“在这儿签字或者做个标记,阿夫日莱内先生。”

洛克接过对方递来的羽毛笔,在警卫写的“盖朵·阿夫日来纳”旁边用整洁漂亮的字体签下姓名,随即冲他友善地点点头,大步走进银行。

洛克装出略显不知所措的神色,再次快步进入公众厅。他没有停留在用黄铜栏杆标志出的等候区,而是径直走向二十二号桌。桌子后面坐着一位衣着考究的年轻人,正在纸上奋笔疾书,此刻桌前还没有客户。洛克坐到年轻人对面的椅子上,清了清喉咙。

那人抬起头来。他是个身材苗条的卡莫尔人,顺滑的褐色头发梳向后面,灵动的大眼睛前架着一副眼镜。他身穿淡黄色大衣,可以看到袖口里的暗紫色内衬,马甲和罩衫与内衬颜色匹配。他的褶饰丝质颈巾是由淡黄色和深紫色的丝绸层叠而成。这套服饰可能有些浮华俗艳,而且此人身高也比洛克多上几寸,但这些困难相对容易克服。

“我说,”洛克操起最清晰最有说服力的“我不是本地人”腔调说,“在今天下午结束之前,你想不想让口袋里多出五枚白铁币?”

“我……这……五……先生,您似乎打了个我措手不及。我能为您做点什么,另外您到底是谁呢?”

“我叫盖多·阿夫日莱内,”洛克说,“从塔里沙玛来。”

“真的吗?”那人说,“五克朗,您是说?我通常不会为自己的服务收取如此高昂的费用,但我很想听听您遇到了什么问题。”

“你的服务，”洛克说，“更确切地说，你的专业服务，并非我所需要的，这位……？”

“马格李斯，阿曼德·马格李斯，”那人说，“但您、您不知道我是谁，也不想让我……”

“我说的是白铁币。”洛克把他两小时前放在柯瑞德·普列文桌上的那枚钱币又变了出来，让它突然蹦到自己并拢的手指上，稳稳停在那里。他从未学会桑赞兄弟那招手背滚钱的把戏。“五枚白铁币换取一项微不足道的帮助，尽管有些不同寻常。”

“怎么不同寻常？”

“我最近真是厄运连连，马格李斯先生。”洛克说，“我是斯特罗父子商会的贸易代表。是塔里沙玛最重要的糕点商，提供精美甜品和糖果。我从塔里沙玛乘船而来，准备和卡莫尔城的几位潜在客户会面——都是有身份的客户，我向您保证。两位堂和他们的妻子，希望我的雇主能用新颖的味觉体验给他们的餐桌平添几分活力。”

“您想让我为可能的合作关系或是销售协议起草文件吗？”

“没那么普通，马格李斯先生，没那么普通。请您听我把自己的不幸讲完。我坐船来到卡莫尔城，随身携带了几个包裹，其中装有风味绝佳的棉花糖蜜饯，那些精美糕点就连你们闻名于世的卡莫尔大厨都从来不曾想到：中空糖果中加入炼金乳酪心……肉桂馅饼上用安伯兰的奥斯特沙陵白兰地上光……都是奇迹。我要跟潜在的客户们共进晚餐，亲眼看着我雇主制作出的艺术品让他们心悦诚服。光是这次宴会的陈设布置，就花费了，哦……总之这次约会非常非常重要。”

“我毫不怀疑，”马格李斯说，“听起来真是美妙绝伦。”

“本当如此，只是我遇到了一桩倒霉事，”洛克说，“我乘坐的那艘船，尽管跟原先说好的一样快，但却有严重鼠患。”

“哦，天哪……不会是您的……”

“对，”洛克说，“我的货品。我质量上乘的货品储存在轻型包裹中。我没有把它们放入货舱。不幸的是，这样做似乎为老鼠们提供了方便。它们趴在我的甜点上大快朵颐，我带来的东西全毁了。”

“您的遭遇让我痛彻心扉，”马格李斯说，“我能帮您什么忙呢？”

“我的货物，”洛克说，“是跟衣服存放在一起的。而这正是最令人困窘的问题。在利齿和——哦，请恕我口吐秽言——粪便的侵袭下，我的衣服也全被毁了。在旅程中，我穿的是粗衣陋服，现在就只有身上这套是完整的了。”

“十二诸神，这真是太糟糕了。您的雇主在梅拉乔银行有户头吗？您可有款项可以提取，以便购买衣物？”

“恐怕没有，”洛克说，“我们考虑过这个问题。我也为此争取了很久，但现在没有这样一个户头可以帮我渡过难关。今天的晚宴迫在眉睫，真的迫在眉睫。尽管我没法拿出甜点，至少也要出席致以歉意——我可不想冒犯他们。我的潜在客户中有个人，啊，是非常讲究和挑剔的贵族。非常讲究和挑剔。让他空等绝不明智。他无疑会在社交圈子里放出话去，说斯特罗父子商会不值得信赖。这不仅是给我们的货物抹黑，更会让我们的声誉蒙上污点，您明白。”

“是的，有些堂的确……非常重视他们的传统。然而我还是看不出来，我能在这件事里帮什么忙呢？”

“咱们的体型差不多，先生，这真是天赐之福。而且您的品位，哦，卓尔不群，马格李斯先生。咱们就像失散已久的兄弟，在服装剪裁和颜色搭配上的口味居然也如此一致。您略高一点，但我肯定可以忍耐几个小时。我想请您，先生，我想求你帮这个忙，借我一套合适的服装。我今晚必须跟这两位堂会面。请帮我保持得体大方，如此一来我的雇主还有可能从这次危机中挽回他们的声誉。”

“您想要……您想要借一套大衣和长裤，袜子和皮鞋，外加所有零碎饰物?”

“没错,”洛克说,“并且发誓会保护好每一处针脚,就像它们是世上最后的宝藏。除此以外,我还将留给你五枚白铁币作为抵押金。您拿着这笔钱,等我将衣物分毫不差地带回来,您就把钱留下。对于租金来说,肯定够一两个月的了。”

“这是,这是……这是非常丰厚的数目。但,”马格李斯似乎是在强忍一丝笑容,“这件事……我想您也知道,实在太古怪了。”

“我对此心知肚明,先生,心知肚明。我就不能让您产生些许怜悯吗?我还没骄傲到不肯乞求,马格李斯先生。眼下危如累卵的不仅是我的工作,更是我雇主的声誉。”

“的确如此,”马格李斯说,“的确如此。可惜老鼠们不会说瑟林语。我打赌它们能提供确凿无疑的证词。”

“六枚白铁币,”洛克说,“我只能从钱袋里掏出这么多了。我请求您,先生……”

“他们会说,”马格李斯说,“吱吱吱,吱吱吱。享受过这顿美食后,它们该是些多肥硕的小老鼠,多圆胖的小孽种啊。它们会作出证言,然后请求法庭把自己放回一艘来自塔里沙玛的海船,继续它们的飨宴。你的斯特罗父子商会将得到一批忠心耿耿的雇员,当然,个头是小了点。”

“马格李斯先生,这太……”

“你不是真的来自塔里沙玛,对吗?”

“马格李斯先生,求您了。”

“你是梅拉乔的一个小考验,不是吗?就像倒霉的薇拉上个月遇到的那次。”马格李斯再也无法压抑欢颜,他显然很满意自己的表现,“你可以告诉好心的梅拉乔先生,我的尊严并未因为几枚白铁币的出现就溜之大吉。我绝不会参与这种恶作剧,不会令他的公司蒙羞。当然,你会代我向他致以最高的敬意,对吗?”

洛克早跟挫折打过很多交道，所以没费多大劲就抑制住了跳过马格李斯的书桌，活活把他掐死的冲动。他在心中叹了口气，朝四周扫视一眼——有个人正站在二楼露台中，俯瞰一层大厅。此人正是梅拉乔。

詹卡纳·梅拉乔身上穿的双排扣常礼服是时下最流行的款式，剪裁宽大松弛，袖口花哨艳丽，还有不少装饰用抛光银扣。他的大衣、长裤和颈巾都是令人赏心悦目的深蓝色，就像伪光升起前的天空——这套衣服略有些肤浅卖弄，但质量上乘，富丽精巧的做工将不菲的价格表露无疑，但又不会令人厌恶。他肯定是梅拉乔，因为大衣左胸上别着一朵兰花——这是他唯一的癖好，每天要在衣服上装饰一朵刚摘下的兰花。

通过站在他身后的顾问和从员们判断，洛克估计梅拉乔跟自己的身高体型非常相似。

一个计划横空出世，就像强袭登舰队冲上敌人船只那样闯进他的脑海。就在这顷刻之间，洛克完全沉迷于这个计划，它就摆在拉莫瑞面前，简单得像走一条直线。他收起塔里沙玛口音，冲马格李斯微微一笑。

“哦，您比我聪明多了，马格李斯先生。实在太聪明了。我要向您表示祝贺，您拒绝这个要求是最正确的选择。不用担心，我会亲口向梅拉乔本人报告此事，马上就去。您的敏锐洞察力肯定会引起他的主意。那么，如果您不介意的话，我就告退……”

4

在梅拉乔银行后面有个员工入口，面朝一条宽阔巷道，各种货物都由此地进入储藏室和厨房。服务生们也会在这里稍事休息，刚来银行的新人只有少少几分钟空闲，而老资格的侍者在两班之间，有足足半个钟头可以闲晃，或是吃点东西。一名无所事事的警卫抱着胳膊靠在门边。洛克走近时，他来了精神。

“干什么的?”

“没什么要紧事,”洛克说,“我只想找几个侍者谈谈,厨房管事的人也行。”

“这儿又不是公园。哪儿凉快哪儿待着去。”

“帮帮忙。”洛克说。一枚银币出现在他手中,正好是警卫伸手可及的地方。“我想找份工作,没别的。我只想找些侍者或是伙食管理员谈谈,好吗?那些不当班的。我绝对不会碍到别人的事。”

“好吧,记着别惹事。”警卫将银币塞进自己的衣袋,“也别耽搁太久。”

走进大门没多远便是收纳室,毫无装潢、天棚低矮,泛着臭气。六七名侍者有的靠在墙边,有的来回踱步,所有人都保持安静。其中一两人正在喝茶,其余的似乎在享受无所事事的快乐时光。洛克迅速打量一番,找出跟自己身高体型最为接近的侍者,朝那人快步走去。

“我需要你帮忙,”洛克说,“这件差事值五克朗,而且花不了几分钟。”

“你是谁啊?”

洛克探手抓起侍者的一只手,将一枚白铁币拍了进去。那人猛地把手抽开,低头看了眼手掌里的东西,双眸就像要从眼眶里蹦出来似的。

“后巷,”洛克说,“咱们得谈谈。”

“诸神啊,咱们的确得谈谈。”侍者说道。此人大概三十多岁,脑瓜锃亮,脸长得好似牛头犬。

洛克领着他出了后门,进入巷道,又走开四十多尺,确保警卫不会听见只言片语。“我为公爵工作,”洛克说,“我需要把这封信送给梅拉乔,但不能被人看到穿成平常的样子走进银行。有些……很复杂的问题。”洛克说着冲侍者扬了扬紧紧卷成筒状的空白纸张。

“我,啊,我可以替你转交。”

“我接到命令，”洛克说，“要亲手交付，必须如此。我需要进入大厅，又不能引人注意。可能只用五六分钟。我刚才说过，这值五克朗。白花花的硬通货，就今天下午。我要打扮成侍者。”

“该死，”侍者说，“往常我们都有备用制服放在这儿……黑大衣和几条围裙。咱们可以用那些衣服把你打扮起来，但今天是换洗日，银行里一件都没了。”

“当然有，”洛克说，“你身上这套正合适。”

“哦，你先别忙，这根本就不可能……”

洛克又抓起侍者的手，把另外五枚白铁币塞了进去。

“你有生以来，手里拿到过这么多钱吗？”

“十二诸神啊，没有。”那人低声说道。他舔了舔嘴唇，盯着洛克看了两秒，随即略一点头。“我该怎么做？”

“跟我过来，”洛克说，“咱们可以把这事处理得干净利索。”

“我大概有二十分钟，”侍者说，“然后就得回到大厅去。”

“只要我能把信送去，”洛克说，“这些都无所谓。我会告诉梅拉乔你帮了我们的忙。你不会遇到麻烦的。”

“啊，那好吧。咱们去哪？”

“就从这儿拐过弯去，咱们需要找家旅店。”

春荫旅店距离梅拉乔银行只有一个街区。它还算干净，价格便宜，没有任何奢华之处。接待的都是信差、学者、抄写员、随从和小职员，上流社会的生意人们基本不会光顾。这家店是个两层的方盒子，中央有块空地，正符合瑟林君主期别墅风格。院落中央有一株高大橄榄树，在阳光下发出动听的沙沙声。

“一个房间，”洛克说，“要有窗户，就今天下午。”他把钱放在柜台上。旅馆老板手里拿着钥匙，从柜台后快步走出，把洛克和侍者领到二楼的 9 号房门前。

9号房间里只有两张折叠床，一扇油布窗，一个小壁橱，再没别的东西。老板鞠了一躬，退出房间，一句废话也没多说。跟大多数卡莫尔旅店老板一样，他就算对顾客们的身份和营生产生过任何猜疑，也会在银币落到柜台上时荡然无存。

“你叫什么名字？”洛克说着把门拉上，插好门闩。

“本杰瓦尔，”侍者说，“你，呃，确信……这件事会像你说的那样简单？”

洛克二话没说，直接掏出钱袋放进本杰瓦尔手中。“这里还有两克朗，比咱们说好的还多。外加一些铜板和银币。我的话像我的钱一样算数，你可以把这钱袋留下，作为抵押金，等我回来。”

“诸神啊，”本杰瓦尔说，“这实在……实在太古怪了。我不知道自己到底积了什么德，竟会得到这么一笔难以想象的财富？”

“大多数人什么也没做，就得到了诸神赐予的洪福。”洛克说，“咱们可以开始了吗？”

“当然，当然。”本杰瓦尔解开围裙扔给洛克，然后开始脱短上衣和长裤。洛克摘掉头上的天鹅绒小帽。

“灰头发。你看起来没这么大年纪——我是说，从脸上看。”

“我一向倍受青春的祝福，”洛克说，“这是为公爵服务的好处之一。我还需要你的鞋——我的鞋在这身华服下面，显得很不协调。”

两人七手八脚脱掉衣物。洛克很快换好服装，站在房间中央，栗色围裙系在腰上，从头到脚都像是一名梅拉乔银行侍者。本杰瓦尔穿着汗衫和短裤躺在一张床上，把叮当作响的钱袋抛来抛去。

“嗯？我看起来怎么样？”

“你看起来很像样，”本杰瓦尔说，“你肯定能混进去。”

“很好。而你呢，看起来很富有。就在这儿等着，把门锁上。我很快回来。我会不多不少敲五下门，明白吗？”

“没问题。”

洛克把门从身后带上，快步走下楼梯，穿过院落，回到街上。他故意绕远从另一条路回到梅拉乔银行，以便避开员工入口的警卫，由正门进入大厅。

“你不该从这个门走。”洛克面色潮红大汗淋漓地冲进大厅时，登记警卫冲他喊道。

“我知道，抱歉。”洛克冲那人挥挥手里的纸卷，“有位法律顾问派我去拿这个东西——我应该说，是一位私人会员。”

“哦，抱歉。别让我们误了你的事，赶快进去吧。”

洛克第三次进入梅拉乔银行一层。他快步走过大厅时几乎无人注意，心中不禁暗自庆幸。他灵巧地穿梭在衣着华贵的生意人间，敏捷地避开端银盘的侍者。与这些人擦肩而过时，洛克还不忘友善熟络地点点头。没过多久，他就发现了要找的东西——有两名警卫懒洋洋地靠在后墙上，脑袋歪在一起聊着什么。

“拿出点精神头来，先生们。”洛克三两步走到他们面前，这两名警卫至少都比他重六十斤，“你们谁认识一个叫本杰瓦尔的人？他是我的同事，一名侍者。”

“我知道有这么个人。”一个警卫说道。

“他现在麻烦大了，”洛克说，“他正在春荫旅店，刚搞砸了梅拉乔的一次考验。我正要去把他带回来，想找你们俩帮把手。”

“梅拉乔的一次考验？”

“你们知道，”洛克说，“就像薇拉遇到的那样。”

“哦，她啊。公共区那个办事员。你是说，本杰瓦尔？他干了什么？”

“把老板出卖了，梅拉乔很不高兴。咱们最好赶紧出发，越快越好。”

“哦……当然。当然。”

“这边走，从后门出去。”

洛克非常小心地调整好自己的位置。在别人看来，他似乎步履稳健地与警卫们并肩而行；但实际上，他是跟在两人后面，穿过厨房和员工通道，最终来到收纳室。洛克抢先一步，领着两名警卫走入巷道，还朝那懒散的门卫随意挥了挥手。那人完全没有认出他来。洛克已经在银行里见到好几十名侍者，一个陌生人可以轻易地混在其中很长时间不被发现，而他根本不需要这么久。

几分钟后，他来到春荫旅店9号房前，快速敲打五下。本杰瓦尔把门打开条小缝。洛克又拿出扮作午夜人对堂·萨尔瓦拉训话时的气度，一把将门推开。

“这是一次忠诚考验，本杰瓦尔。”洛克大步闯进房间，露出凛然目光。“一次忠诚考验。而你把它搞砸了。抓住他，伙计们，按住他。”

两名警卫走过去按住只穿了内衣的侍者。本杰瓦尔一脸震惊。“但……但我没有……但你说……”

“你的工作是为梅拉乔银行的顾客们提供服务，维护梅拉乔的信用。而我的工作是找出不值得梅拉乔信任的人，并将其解决。你把该死的制服卖给了我。”洛克把床上的白铁币和钱袋拢成一堆，将钱币扔进皮袋，“我可能是个盗贼。我可能是个刺客。而你可能让我带着完美的化装，直接走到梅拉乔先生面前。”

“但你……哦，诸神啊，你是在开玩笑。这不可能是真的！”

“这些人看起来像是在开玩笑吗？我很抱歉，本杰瓦尔。公事公办，你做了个非常糟糕的决定。”洛克说着把门推开，“好了，把他弄出去。带回梅拉乔银行，越快越好。”

本杰瓦尔又踢又扭，哀号连连：“不，不，你不能这么做！我一直忠心耿耿……”

洛克捏住本杰瓦尔的下巴，瞪着他的眼睛：“如果你敢反抗、踢腾、尖叫，或是引起见鬼的骚动，这件事就不会在梅拉乔银行解决了，你明白吗？我们会把城市卫队找来。我们会把你用锁链拖到耐心宫去。梅拉乔先生在耐心宫有很多朋友……你的案子可能会石沉大海，几个月没人搭理。你可能要坐在蜘蛛笼里忏悔自己的错误，一直等到冬雨落下。我把话说清楚了吗？”

“是的，”本杰瓦尔抽噎道，“哦，诸神啊。我很抱歉，我很抱歉……”

“你不需要向我道歉。好了，按我说的做，把他赶快带回银行去。梅拉乔先生肯定想跟他说句话。”

洛克头前领路，带着众人回到银行。本杰瓦尔不住抽泣，但态度相当温驯。洛克从目瞪口呆的后门警卫身边走过，闯进收纳室，大声吼道：“所有人都出去！马上！”

几个正在休息的侍者似乎有所疑问，但看到被两名警卫夹在中间，而且身上衣衫不整的本杰瓦尔，他们有理由相信现在的情况很不对头。所有人都匆忙离开房间，洛克转身面对两个警卫。

“把他关在这儿，我去找梅拉乔先生，用不了几分钟就会回来。在此之前，不要让闲杂人等进入这个房间，让侍者们到别处休息去。”

“嗨，这是怎么回事？”后门守卫把脑袋探进接纳室。

“如果你想保住工作，”洛克说，“就用眼睛盯住那条巷道，不要让任何人进来。梅拉乔很快就要到这儿来，而且心情肯定不好。最好不要引起他的注意。”

“我想他说得对，拉瓦。”抓住本杰瓦尔的一名警卫说道。

“啊……当然，当然。”后门守卫随即消失不见。

“至于你，”洛克走到本杰瓦尔跟前说，“我刚才说了，这是公事公办。我能给你点建议吗？别耍花招。别胡说八道。你骗不过梅拉乔。咱们就算福星高照，也糊弄不了大老板。把事情一五一十说清楚。彻底坦白交代。你明白吗？”

“是的，”本杰瓦尔抽着鼻子说，“是的，求你了。让我干什么都行……”

“你不需要做任何事。但如果你希望梅拉乔先生能慈悲为怀、宽大处理，那就从实招来，而且要快。别耍滑头，记得吗?”

“好……好的，没问题……任何……”

“我很快就回来。”洛克说完身子一转，快步走向大门。他离开收纳室时，脸上不禁露出一丝稍纵即逝的笑容。那两名警卫看起来几乎跟侍者一样怕他。单靠一点傲慢无礼的蠢话，就能无中生有迅速建立起自己的威信，这简直像天方夜谭。洛克经过员工通道和厨房，原路返回公共大厅。

“我说，”洛克对遇上的头一个警卫说，“梅拉乔先生在私人会员区吗?”他挥了挥手里的纸卷，仿佛这是什么急件。

“应该是，”警卫说，“我想他在三层，正听取报告。”

“感激不尽。”

洛克冲楼梯前的两名警卫点了点头，便走上通往二层回廊包间的宽大黑铁旋梯。洛克身上的制服似乎足以让他进入回廊，但他还是用双手抓住纸卷，亮在明处，作为额外保证。他检查了一遍二层回廊，没有发现自己的猎物，就继续向上爬去。

正如那名警卫所说，他在三层找到了詹卡纳·梅拉乔。银行家出神地凝视着下方公共区，正听身后的两名账务员念着蜡板上的一串数字。在洛克听来，这些数字毫无意义。梅拉乔似乎没有安排贴身保镖。显然在自己的金融帝国中，他觉得相当安全。这就更好了。洛克径直走到他身边，又拿出目中无人的气势，等待梅拉乔注意自己。

那两名账务员和附近几名私人会员开始窃窃私语。几秒钟后，梅拉乔转过身来，将防风灯般的灼人目光射在洛克身上。不过眨眼之间，他眼中的怒火就变成了疑虑。

“你，”梅拉乔说，“不是我的员工。”

“我带来了卡莫尔城瑞沙大佬的敬意，”洛克口吻平和，恭敬有礼，

"我有件非常重要的事情要向您通禀，梅拉乔先生。"

银行老板盯着他看了一会儿，随即摘下眼镜，塞进大衣口袋。"如此说来，这是真的了。我听说巴萨维已经离开这个世界……现在你的主子派了个马屁精来。他真是太客气了。瑞沙有什么事?"

"他的事基本就等于您的事，梅拉乔先生。我到这儿来，是为了救您的命。"

梅拉乔不屑地哼了一声。"哦，这位穿着古怪的朋友，我的性命没有任何危险。这是我的银行。只要我说两个字，这里随便哪名警卫都能把你的鸟蛋切下来。如果我是你，就会赶快解释清楚从哪搞来了这身制服。"

"我买来的，"洛克说，"从您的一位侍者手中，一个名叫本杰瓦尔的人。我知道他很容易上当，因为他已经参与了准备取您性命的计划。"

"本？活见鬼……你有什么证据?"

"我让您的几个警卫把他扣住了，就在员工入口处，看上去还有些不太体面。"

"什么叫你让几个我的警卫把他扣住了？你以为自己是什么东西?"

"瑞沙大佬命令我拯救您的生命，梅拉乔先生。我说的话没有半点虚假。至于我是什么东西，哦，我刚巧是您的*救星*。"

"我的警卫和我的侍者……"

"是靠不住的。"洛克压低声音狠狠地说，"您瞎了吗？我不是在什么二手成衣店买来的这套制服。我从您的员工出口大摇大摆走了进来，拍出几克朗小钱，您的本杰瓦尔就把制服脱光了。"洛克打了个响指，"而放我进来的后门警卫要价更是低廉——仅仅一梭伦。您的人不是石头做的，梅拉乔先生。对于他们的忠心，您未免估计过高。"

梅拉乔瞪着他，脸色渐渐变红，似乎很想揍洛克一顿。但与此相反，他只是咳嗽一声，抬起胳膊，把双手一摊。

"你到这儿来想跟我说什么，就直说好了，"梅拉乔说，"我会从中做出自己的判断。”

“您的账务员挤着我了。让他们走开，给咱们留点私人空间。”

“在我的银行里，不要告诉我该干什……”

“我会告诉你该干什么！活见鬼。”洛克厉声说道，“我他妈是你的保镖，梅拉乔先生。你身边危机四伏，时间所剩无几。你已经知道银行里有一个被买通的侍者，和一名懒散的警卫，你还想继续阻止我救你的命吗?”

“瑞沙大佬为何在乎我的死活?”

“您的个人安危对他来说一钱不值。”洛克说，“但梅拉乔的安危则意义重大。某些维拉商贸利益集团签订了一份暗杀契约，目标就是您。他们希望看到卡莫尔城走上末路。瑞沙登基不过四天；您的死将让整座城市化作齑粉。蜘蛛和城市卫队会把瑞沙的人撕碎，寻找可能的答案，因此他不能让您受到伤害。他必须保证这座城市局势稳定，就像公爵要做的那样。”

“你的主子怎么会知道这些事?”

“诸神赐下的礼物。”洛克说，“大佬的探子在追查一件与此无关的事务时，截获了几封信件。请把您的账务员遣开。”

梅拉乔思忖片刻，接着咕哝一声，恼火地抖抖手腕，让随从们躲开。那些人匆匆退去，一个个眼睛瞪得老大。

“有些很可怕的人物要对您下手，”洛克说，“用弩弓。刺客是拉塞因人。根据推测，他的武器曾由卡泰因盟契法师改造过。他滑得像条蛇，每次都能正中靶心。您应该感到荣幸，我们听说他的酬金是一万克朗。”

“这些话真的很难让人相信，呃，这位……”

“我的名字无关紧要。”洛克说，“跟我到厨房后面的收纳室去，您可以亲自跟本杰瓦尔谈谈。”

“厨房后面的收纳室?”梅拉乔眉头紧锁，“但我还没有理由相信你。也许你想把我引到那儿去，实则图谋不轨。”

“梅拉乔先生，”洛克说，“您穿的是丝绸和棉布，并非锁子甲。您在我的匕首攻击范围之内已经有好几分钟了。如果瑞沙大佬想让您死，那您的肠子此刻已然弄脏了地毯。您不用感谢我。您甚至可以讨厌我。但看在诸神慈悲的分上，请相信我接到了保护您的命令，而且谁都不会拒绝卡莫尔大佬的命令。"

"嗯。有些道理。这位瑞沙大佬，是像巴萨维那么令人生畏的人物吗?"

"巴萨维号哭着死在他脚下，"洛克说，"巴萨维和他的所有孩子。您自己判断吧。"

梅拉乔将眼镜重新戴在鼻梁上，正了正胸前的兰花，又将双手背在身后。

"那咱们就到收纳室去，"他说，"你带路吧。"

5

梅拉乔跟在洛克身后冲进房间时，本杰瓦尔和那两名卫兵都一脸惧意。他们对老板的情绪判断能力显然比洛克强，而他们从梅拉乔脸上看到的东西肯定相当难看。

"本杰瓦尔，"梅拉乔说，"本杰瓦尔，我真是不敢相信。在我替你做了那么多事之后。在我把你招进银行，又清理了你和你的老船长之间那堆烂事之后……我无话可说!"

"我很抱歉，梅拉乔先生，"侍者的脸颊比暴风雨中的屋顶还湿，"我非常非常抱歉。我没有任何恶意……"

"没有任何恶意？这个人告诉我的事都是真的吗?"

"哦，是的，诸神怜悯，梅拉乔先生，是真的！都是真的。我很抱歉，我非常非常抱歉……请相信我……"

"闭嘴，愿诸神诅咒你的双眼!"

梅拉乔目瞪口呆地站在原地，就好像刚被人狠狠扇了一巴掌。他环顾四周，仿佛头一次见到这间收纳室，而身着制服的警卫们都是异形。他似乎脚下不稳，随时可能仰面摔倒，但还是突然转身面对洛克，紧紧攥住双拳。

“把你知道的一切都告诉我!”他咆哮道，“我以诸神之名起誓，所有参与此事的人都要尝尝我的厉害。”

“先办正事儿，”洛克说，“您必须活着度过今天下午。你在四层回廊上有私人房间，对吗?”

“当然。”

“咱们赶快到那儿去。”洛克说，“先把这可怜虫扔进一间储藏室，你肯定有合适的屋子。等这件事结束后，您可以慢慢料理他。至于现在，时间并未站在咱们这一方。”

本杰瓦尔又开始大声抽泣。梅拉乔点点头，露出一脸厌恶：“把本杰瓦尔关进干货储藏室，插上门。你们俩负责站岗。至于你……”

后门警卫又在拐角处探头探脑，他的脸突然涨得通红。

“今天下午，如果你再放一个未经许可的人走进那扇门，哪怕只是个小孩子，我都会把你的卵蛋切下来，换上烧红的煤球。听明白了吗?”

“明、明白，梅、梅拉乔先生，明白。”

梅拉乔转身冲出房间，这次轮到洛克匆匆忙忙跟在后面。

6

詹卡纳·梅拉乔特别加固的私人房间跟他的服饰有点类似，喜欢在细微之处做华丽装潢。此人似乎有意让材质和工艺作为自己的主要饰品。

钢板加固的房门在他们身后关闭，维拉锁具发出一阵咔嗒声，金属咬齿滑入木框。梅拉乔和洛克独自站在房间中。梅拉乔的漆面书桌上放着一具典雅的微缩水钟，碗状容器中的水位刚刚达到午后一点的标志。

“好了，”洛克说，“梅拉乔先生，在咱们的刺客被解决之前，您不能回到大厅中去。这样不安全。我们估计攻击会发生在下午一点到四点之间。”

“这会带来麻烦，”梅拉乔说，“我有生意需要照看。我不在大厅会引起人们的注意。”

“这不成问题。”洛克说，“您没发现咱们有着极为相似的体型吗？如果我站在楼上回廊的阴影中，也许看起来会酷似于您？”

“你……你是要化装成我？”

“我们在截获的信件中，”洛克说，“发现了一条对咱们非常有利的信息。这名刺客并未接到对您外表的详细描述——事实上，他接到指示要把弩箭射入银行中在外衣胸口处别着大朵兰花的那个人。如果我穿成您的样子，待在回廊中您惯常所站的位置，在大衣上别一朵兰花，哦，那支箭就会冲我来，而不是您。”

“如果刺客真像你所说的那么危险，那我很难相信你有如此圣洁无私的心胸，情愿替我挨这一箭。”

“梅拉乔先生，”洛克说，“请您原谅，但我可能没把话说清楚。如果我不肯帮您这个忙，瑞沙大佬也会杀了我。更何况您可能想象不到，我是多么擅长闪避永寂女士的深情怀抱。而且如果我为这件事带来一个令人满意的结局，那么将会得到……哦，如果您站在我的位置上，也会乐于面对这支弩箭的。”

“那么在此期间，我又该做点什么？”

“在这些房间中散散心，”洛克说，“把门牢牢关好。自己放松几个小时，我想咱们用不着等待太久。”

“刺客射出弩箭后，会发生什么？”

“我耻于向您承认，”洛克说，“您的部分客户并不是客户，瑞沙大佬至少在您银行大厅中安排了六七个人。他们都是瑞沙大佬最狠辣、最强横的部下，行事向来干净利落。等咱们的刺客射出弩箭后，他们就会开始行动。有他们和您的众多警卫在场，刺客永远不会知道击中他的是什么东西。”

“如果你没有自己想象的那么快呢？如果那支弩箭正中靶心呢？”

“那我就会死，而你仍然活着，我的主子会感到满意。”洛克说，“我这种人都发过誓，要履行自己应尽的职责，梅拉乔先生。我甚至会以死效忠瑞沙大佬。那么您的决定是什么呢？”

7

下午一点半，洛克·拉莫瑞走出梅拉乔的房间，身上穿着有生以来最好的一套外衣、马甲和长裤。深蓝色面料，宛若伪光升起前的天空，他觉得这个颜色特别适合自己。白色丝绸衬衫贴在身上，如秋水般清凉。衣服是刚从梅拉乔的衣橱中取出来的，袜子、皮鞋、领巾和手套也一样。他的头发用玫瑰油梳得光可鉴人。一小瓶这种东西就放在衣袋中，跟他从梅拉乔衣柜抽屉里摸来的装有金币的钱包作伴。洛克左胸前别着梅拉乔的兰花，依旧散发清冽芬芳，令人愉快的气味好像新鲜黑莓。

梅拉乔的账务员和几名精挑细选的警卫品评了他的扮相。洛克走出房门，进入四层会员回廊时，他们都微微颔首。洛克随即把梅拉乔的眼镜戴上。这是个错误，整个世界变得一片模糊。洛克咒骂着自己的粗心大意，同时将眼镜放回外衣。他那副费尔怀特镜片是彻头彻尾的假货，但梅拉乔的眼镜显然是为他的眼睛特别设计。这是个应当牢记的教训。

洛克悠闲自得地踏上黑铁旋梯，一路向下走去，就好像这原本就是计划的一部分。从远处看，他的确很像梅拉乔，不会招致任何议论。他来到一层公共大厅后，便尽量加快脚步。只有寥寥几道古怪的目光望向他的背影。洛克走进厨房时，从胸前摘下兰花，塞进一个口袋。

他来到干货储藏室的门口，冲两名警卫挥了挥手，用大拇指往后一指："梅拉乔先生让你们俩看住后门，给拉瓦帮把手。他刚才也说过了，不许放任何人进来。违者受，呃，热煤球之刑。你们都听见老板的话了吧？我需要跟本杰瓦尔单独谈谈。"

警卫们对视一眼，连忙点头。洛克凌驾于他们之上的威仪早就确立无疑。他估计就算自己穿着女士内衣溜回来，也会得到同样的尊敬。梅拉乔可能请过几个特别调查员，将组织运作抽打成形，洛克现在无疑借助了他们留下的好名声。

洛克走进储藏室，把门关好。本杰瓦尔抬头看着他，脸上露出迷惑不解的神色。他的心情过于惊诧，以至于被洛克扔来的钱袋砸中眉心。本杰瓦尔尖叫一声，仰面倒在墙上，双手捂着面门。

"该死。"洛克说，"抱歉，你应该接住它的。"

"你现在又想搞什么鬼？"

"我是来道歉的。我没时间解释。很抱歉把你扯进来，但我有自己的原因，而且有些必须得到的东西。"

"抱歉把我扯进来？"本杰瓦尔说话的声音都变了，他抽了口气，大声喊道，"你他妈在说什么？到底怎么回事？梅拉乔先生以为我干了什么？"

"我没时间给你说故事。我在那袋里放了六克朗。有些是金币，方便你换成零钱。如果你留在卡莫尔城，这条命就还不如狗屎值钱。从陆路大门赶快离开，到春荫旅店去拿我的旧衣服。这是钥匙。"

本杰瓦尔这次接住了扔过来的东西。

"现在，"洛克说，"别再提什么见鬼的问题。我要揪着你的耳朵，把你拖到后巷去。你要装出吓得屁滚尿流的样子。等咱们拐过街角，找个别人看不见的地方，我就会把你放走。如果你还爱惜性命，就赶紧跑到春荫旅店去，穿上衣服，夹着尾巴离开卡莫尔城。到塔里沙玛或者艾什米尔去。这个袋子里的钱比你一年的薪水还多。你应该能用它干点什么。"

“我不……”

“咱们现在就走，”洛克说，“不然我就让你留在这儿等死。理解是件奢侈品，你不会得到它的。抱歉。”

片刻之后，洛克揪着侍者的耳垂走进收纳室。城里所有警卫和黄号衣都很熟悉这种令人痛彻心肺的擒拿手法。本杰瓦尔又哭又叫，哀号乞怜，装得像模像样。员工入口处的三名警卫看着洛克将侍者从眼前拖过，一点没有同情的意思。

“马上就回来，”洛克说，“梅拉乔先生让我跟这狗杂种私下里谈几句。”

“哦，诸神啊，”本杰瓦尔哀叫道，“别让他把我带走！他会伤害我……求求你们！”

警卫们听到这话，咯咯笑了起来。不过当初收了一梭伦的门卫，似乎没有另外两个那么开心。洛克把本杰瓦尔揪进后巷，拐了个弯。刚一走出三名警卫的视线范围，洛克就把侍者推开。“走，”他说，“逃命去吧。他们大概需要二十分钟才会发现自己陷进一摊狗屎堆，然后就会有成队的猛汉开始追你。别傻站在这儿，快他妈走。”

本杰瓦尔盯着他看了一眼，随即摇了摇头，踉踉跄跄地朝春荫旅店跑去。洛克手里捏弄着一缕假胡子，看着侍者越跑越远。接着他转过身，消失在人群中。太阳以惯常的烈度喷洒着光和热，洛克这套新衣服里早就大汗淋漓，但他还是允许一丝转瞬即逝的满足笑容爬上了唇角。

洛克往北走向双银绿地。在公园南门附近有家男士饰品店，邻近几个街区还有些不认识他的黑炼金师。他需要买点溶胶液除去假胡子，再搞些东西把头发恢复本来面目。等这些事办完后，卢卡斯·费尔怀特就可以再度登场，大大方方地去找萨尔瓦拉夫妇，帮他们解除另外几千克朗的负担。

第十四章
三份邀请

1

“哦，卢卡斯！”堂娜·索菲娅在萨尔瓦拉大宅门口见到他时，笑容跃然脸上。黄色灯光从他身旁经过，射入黑沉夜幕。此时刚过晚上十一点，洛克解决了梅拉乔银行的问题后，一直藏在屋里没有露面，只写了张字条，让信差带给堂和堂娜，告诉他们费尔怀特会在深夜造访。“好几天没见了！我们收到了格劳曼的便笺，但还是忍不住为咱们的生意担心——当然，也为你担心。你还好吗？”

“亲爱的萨尔瓦拉夫人，很高兴能再见到您。是的，是的，我很好，承蒙垂询。上周我见了几个声名狼藉的人物，但一切都在往好的方向发展。一艘船已经整装待发，货物也准备停当，咱们下周就可以乘坐它开始旅程。另一艘几乎已经到手了。”

“哦，别像个信差似的站在门阶上。赶快进来。孔戴！咱们先吃点点心。我想想……去拿些我的橘子来，新的那种。我们会到私人客厅去。”

“好的，夫人。”孔戴眯起眼睛看着洛克，勉强挤出一丝微笑，“费尔怀特先生，我希望夜晚能让您有个健康的身体。”

“很不错，孔戴。”

“那真是太好了。我去去就来。”

几乎所有卡莫尔宅院的门廊附近，都有两个客厅。一间被称作“公务客厅”，主人会在此跟陌生人会面，或是举行其他正式社交活动。这里的装潢会保持华丽、昂贵、严肃的风格，就连地毯都干净得可以吃下肚。而

“私人客厅”则与此相反，是为亲友和值得信赖的熟人准备的。那里的陈设布置完全出于舒适的考量，而且会反映出男主人和女主人的个性。

堂娜·索菲娅把洛克领到萨尔瓦拉家私人客厅。这里有四张加了厚皮垫的扶手椅，椅背极高，像是夸张的王座。大多数客厅会在座椅旁放置小茶几，但这里却只有四株盆栽，只比它们旁边的椅子略高一点。这些树闻起来像是豆蔻，屋里充满浓郁的芬芳。

洛克仔细打量着盆栽。他刚才一眼望去，还以为这些都是小树苗，但事实并非如此。它们是某种微缩植物，叶片只比他的拇指指甲大一点，树干的粗细与成人小臂相仿，枝条更是窄到只有手指宽。在每株小树弯弯曲曲的枝干间，都有一张小木搁板和一盏炼金吊灯。索菲娅拍了拍灯罩，把它们点亮，屋里立刻充满琥珀色光芒和绿意盈盈的叶影。树叶投在墙上营造出斑斓多姿的图案，令人心旷神怡。洛克用一根手指抚摸着旁边那株小树柔软纤细的叶片。

“您的手艺，堂娜·索菲娅？”他说，“就算是对我们这些熟识种植大师作品的人来说，也相当惊人……我们那些都是生意，都是泥土和葡萄地。而另一方面，您具有让植物繁茂生长的天赋。”

“承蒙夸奖，卢卡斯。请坐吧。以炼金术缩小大型植物的构造是一项古老技艺，但我正好特别喜欢这个课题，并且把它当成一种爱好。另外如您所见，也不是没有实用价值。不过它们根本算不上这个房间中最大的奇观——我发现您穿上了我们的卡莫尔服装。”

“这身？哦，有位卡莫尔成衣商似乎对我深表同情。他给出的折扣价，我只要头脑清醒就没法拒绝。这次是我在卡莫尔逗留时间最长的一回，我想也应该试着融入这个城市了。”

“妙极了！”

“是的，一点没错。”堂·萨尔瓦拉一边走进房间，一边扣紧大衣袖口上的扣子，“比你过去那套韦德兰黑囚服强多了。别误会我的意思，对于北方气候而言，它们是很好的服装，但在这儿，它们就像要勒死人了。好了，卢卡斯，咱们花掉的那些钱现在怎么样了？”

“一艘大型帆船肯定是咱们的了。”洛克说，“我找好了船员以及合适的货物，之后的几天中，我会亲自监督他们装船，下周就可以启航出发了。第二艘也有了喜人的进展，很可能在相同时限内做好准备。”

“喜人的进展，”堂娜·索菲娅说，“跟‘肯定是咱们的了’可不太一样，除非我完全会错了意。”

“您说得没错，堂娜·索菲娅。”洛克叹了口气，装出耻于再将此事摆上台面的样子，“确实遇到了一些问题……实际上，第二艘船的船长有意接下送一批特殊货物到巴厘内尔的工作，航程较长，但报酬也很丰厚。他到目前为止还没答应咱们的要求。”

“那么我估计，”堂·洛伦佐坐在妻子身边，“需要再往他脚下多扔几千克朗，好让他明白事理。”

“我很遗憾，亲爱的堂·萨尔瓦拉，恐怕就是这么回事。”

“嗯嗯。哦，这件事咱们回头再谈。孔戴来了。我很荣幸地向您介绍我夫人的最新成果。”

孔戴端上的铜盘里放有三个银碗。每只碗中都盛放着半个柑橘，已经用刀切开，方便他们用两尖小餐叉将一瓣瓣果肉挑出。孔戴将一只碗、一把餐叉和一块餐巾放在洛克右侧的树桌上。萨尔瓦拉夫妇没有碰自己的水果，只是用期待的目光看着他。

洛克努力掩饰住心中难以抑制的惊恐，一手端起碗来，用叉子挑出一片果肉。他把柑橘放在舌头上，惊奇地发现一股温热刺麻感在嘴里化开——果肉中充满了某种酒液。

“哎呀，这里面注入了酒水，”他说，“某种非常香醇的酒……柑橘白兰地？加了些柠檬？”

“不是注入的，卢卡斯，”堂·洛伦佐脸上孩子气的笑容显然发自内心，“这些柑橘没有经过任何人工处理。索菲娅的果树本身酿造出了酒精，并将其混入果实。”

“神圣的七髓河啊，”洛克说，“多么迷人的杂交品种！据我所知，这种技术还从未运用到柑橘……”

“我几个月前才找到了正确配方，”索菲娅说，“部分早期成果完全没法端上餐桌。但这批似乎长势良好，只要再通过几代的测试，我很有信心将它推向市场。”

“我想叫它索菲娅，”堂·洛伦佐说，“卡莫尔城的索菲娅柑橘，这项炼金术奇迹会让塔尔维拉的酒商们哭天喊地。”

“从我个人来讲，更想给它起个别的名字。”索菲娅说着戏谑地拍了下丈夫的手腕。

“种植大师们，”洛克说，“会发现您和您的柑橘一样令人叹服。我早就说过……咱们之间的合作机会可能比预想的还多。您，啊，才华横溢……似乎可以让身边所有绿色植物变得可塑性极强……我敢说到了下个世纪，贝尔·奥斯特的家族气质肯定会更多受到您的影响，而非我们的安伯兰老传统。”

“您真让我受宠若惊，费尔怀特先生。”堂娜说，“但俗话说得好，在货物出手之前，先别忙着数钱。”

“没错。”堂·洛伦佐说，“说到这里，我想回过头来谈谈咱们的生意……卢卡斯，我恐怕有些坏消息要告诉你。这真倒霉，更有些令人难堪。我最近几天遇到了……几个挫折。我在上游的一个债务人拒绝支付一张大额账单，另外有几个项目也被证明是过于乐观。简而言之，我们此刻的流动资金没有预想中那么充裕，恐怕很难再为咱们的合作计划多出几千克朗。”

“哦，”卢卡斯说，“这的确……这的确，如您所说，很倒霉。”

他又往嘴里塞了一片橘子，吮吸着甘甜的酒液，强令自己挑起唇角露出微笑，与面部肌肉的生理取向背道而驰。

2

在渣滓区的海岸边，一位艾赞·基拉祭司在阴影间悄然潜行，那舒缓耐心的优雅步态，跟他的体型完全不符。

今晚雾霭稀薄，仲夏夜的潮湿热气特别憋闷。在痛苦假面的银丝网后，汗水顺着金·坦纳的脸颊流淌。在卡莫尔城，夏至和换季日前的几周是一年中最热的时节。黄色瘟疫灯兀自在海港中闪烁，人们已经见怪不怪。号令声和泼溅声从水面传来，满足号上的船员又在拉扯那艘装满“救援物资”的小船。

金·坦纳估计自己很难摸清那些小船上的东西到底是怎么回事，除非做出更加惹眼的举动——比方说攻击一名装卸工——而这是不可能的。所以今晚他决定把注意力集中在距离港口一个街区远的仓库上。

渣滓区并不像落尘区破败得那么彻底，但也的确相去不远。建筑物朝各个方向倒塌或是倾颓，整个地区就好像沉入一片由腐烂木桩和散落砖块形成的沼泽。这里的潮气每年都会将砖石间的灰泥啃掉几分。所有合法生意都逃到了其他城区，渣滓堆中稍加遮掩的尸体越来越多，有的甚至根本不加遮掩。

金身着黑袍在附近逡巡时，注意到瑞沙的人连续几个晚上都在这座仓库附近活动。跟周围倒塌的房舍不同，这栋建筑物虽然早被遗弃，但显然还有人使用。金曾看到有光线在窗子后面闪烁，一直亮到黎明将至；也见到一队队苦力肩上扛着沉重的麻袋进进出出，甚至来过几辆马车。

但今晚不同。这座仓库曾像蜂巢一般繁忙，此时却完全被黑暗和寂静笼罩。今晚的仓库似乎是在故意勾引他的好奇心。所以当洛克去跟萨尔瓦拉夫妇品茶谈天时，金·坦纳决定继续刺探瑞沙大佬的生意。

想做这种事通常有几种方法，它们都需要耐心、机警和长时间的漫步。金·坦纳在仓库周围的巷道中转了好几圈，随时注意将自己隐藏在附近的黑暗中，避免在街上碰到行人。只要有足够的阴影，就连金这种体型的人也能做到蹑足潜踪，而且他敢肯定自己的脚步很轻。

绕了一圈又一圈后，他最终确认附近屋顶上没有隐藏的瞭望哨，街上也没看到任何眼线。**当然**，他把后背贴在仓库的南墙上，心中暗想，**他们有可能比我本事更高**。

“艾赞·基拉，听我一言。”他小声嘟囔着往仓库的一个门口蹭去，“如果您今晚不眷顾于我，我就没法把这套上好的长袍和面具还给您的仆人。只是恭谨地给您提个醒，没别的意思。”

房门没上锁，甚至还敞开了一条小缝。他打算把武器放在趁手的地方，又不希望过于明显，在这儿撞见某个仍旧敬畏这身行头的人，也不是没有可能。想到这里，金·坦纳把短斧交在右手，塞进长袍的袖口。

房门打开，发出吱溜溜的轻响。金钻进仓库，贴在门边的墙上，睁大眼睛，竖起耳朵。浓稠的黑暗被他的丝网面具分成许许多多小格。空气中弥漫着某种古怪的味道，盖住了意料之中的泥土和朽木气息。这气味像是灼烧的金属。

金·坦纳一动不动地站在原地，在漫长的几分钟时间里，捕捉周遭声响。在远处下锚的几艘海船发出嘎吱叹息，刽子手风吹向海面留下飒飒声响，除此以外，寂静无声。金·坦纳把左手伸进长袍，掏出一个炼金灯球，模样跟他在回音洞下用的那颗差不多。他迅速摇了几下，灯球绽放出白热光芒。

借着暗淡白光，金看到这间仓库就是个大空地。对面墙边有一堆残破腐朽的隔板，过去可能曾是一间办公室。地板上积了厚厚一层污泥。角落里和墙根底下放着一堆堆垃圾，有些还盖着油布。

金小心翼翼地调整好灯球位置，把它紧紧靠在身前，只露出一道向前的光弧，这样做可以减少被人发现的可能。他只想在这地方查看几分钟而已。

金·坦纳缓步走向仓库北端，突然察觉到另外一种气味，引起了他的怀疑。似乎有什么东西被人扔在这里，已经腐烂变质。可能是肉……但这气味甜得发腻，金在找到尸体之前心中已然隐隐猜到了答案。

一共有四具尸体，放在仓库东北角，盖着一张厚油布。三男一女。他们的身体都很强健，穿着贴身衬衣和长裤，外加厚靴和皮手套。这身打扮让金有些摸不着头脑，不过他很快发现这些人手臂上的刺青。卡莫尔城有个传统，出师的工匠们会把某些行业标志文在胳膊或手掌上。金·坦纳用嘴喘气，避免闻到臭味。他将尸体翻了过来，仔细查看那些文身。

看来被杀害的是两名玻璃工匠和两名金匠。三具尸体上有明显刺伤，而第四具，也就是那名女子……在她毫无血色的惨白面颊上，隆起了两道青紫色伤痕。

金·坦纳叹了口气，用油布把这些尸体重新盖好。正当此时，他在地板上瞥见一点反射的光亮。金跪下身，捡起一片玻璃，这东西形状像是被压扁的液滴，它应该是在液态时落在地上，冷却成了这个样子。大汉晃了一下光球，发现油布周围的泥地上还有数十片这样的小玻璃碎屑。

“艾赞·基拉，”他轻声说道，“这身长袍是我偷来的，但别因此责怪这些死者。如果他们只能得到我的安魂祷告，也请您不要为难他们，一切都看在他们逝去的苦楚和葬身于此腌臜之地的分上。诡诈看护人，如果您能多少帮点小忙，那我将感激不尽。”

仓库北墙上的房门忽然被人推开，发出吱吱嘎嘎的响动。金·坦纳正要往后跃起，但转念一想，干脆蹲着不动。他的灯光肯定已经被来人看到，最好还是继续扮演艾赞·基拉的高贵祭司。那对短斧也仍然留在右侧袖筒中。

金·坦纳完全没有料到，从仓库北门走进来的竟是贝兰吉亚斯姐妹。

史利莎和雷莎身披油布斗篷，但兜帽没有戴在头上。她们的鲨鱼牙项链在金的灯球光芒下熠熠生辉。两姐妹手里各自拿着一颗灯球。她们晃了两下，耀眼红光在仓库内出现，就好像她们都用双手捧着一团火焰。

“好奇的祭司先生，”一位贝兰吉亚斯说，“晚上好。”

“但这种地方，”另一人说，“贵教派的祭司通常不会未经邀请就钻进来乱翻。”

“我的教会关注所有死亡。无论任何形式，任何地方。”金·坦纳用光球朝油布的方向比画一下，“这里发生了一件龌龊勾当。我正在吟诵安魂祷告，所有灵魂在踏入永寂之地前，都有权得到这份祝福。”

“哦，一件龌龊勾当。咱们要不要让他把活儿干完，史利莎？”

“不，”史利莎说，“因为过去几个晚上，他的差事都很凑巧地跟咱们的差事有关，不是吗？”

“你说得对，史利莎。一两次闲逛，我们可以原谅。但这位祭司很执着，不是吗？”

“执着得异乎寻常。”贝兰吉亚斯姐妹慢慢向他靠近，脸上挂着残忍的微笑，就像两只猫逼近一只瘸腿老鼠，“执着得令人生厌。在咱们的码头，还有咱们的仓库。”

“你们难道是想说，”金·坦纳感觉心跳加速，“你们意图干涉永寂女士的使者？干涉死亡女神艾赞·基拉本尊？”

“很抱歉，恐怕干涉正是我们的老本行。”站在他右手边的女人说，“我们没有关门，就是觉得你可能想探头进来。”

“就是希望你无法抵御这种诱惑。”

“而且我们也了解至善女神的一两件事。”

“我们也侍奉于她，比你们还要直接。”

话音未落，红光射在裸露的钢刃上。两姐妹各自抽出一臂长的弯头刀——贼牙，玛兰杰拉多年前曾为他展示过这种武器。贝兰吉亚斯双胞胎保持着稳健步伐，继续向他靠近。

“哦，”金·坦纳说，“如果客套就到此为止的话，女士们，请允许我除去这身伪装。”他把灯球扔在地上，抬起手来撩起黑兜帽，又摘下银丝面具。

“坦纳!”右手边的女人叫道，“哦，活见鬼。这么说你根本就没从子爵门逃跑!”贝兰吉亚斯姐妹停住脚步，目不转睛地盯着他，两人随即向他左方绕去，拉开更大空间。动作矫健，协调一致。

“你真是厚颜无耻，”另一人说，“居然冒充艾赞·基拉的祭司。”

“你说什么？你们可是要杀掉一名艾赞·基拉的祭司。”

“对，好吧，你似乎帮我们摆脱了那渎神之罪，不是吗?”

“真是得来全不费工夫，”另一人说，“我做梦都没想到会这么容易。”

“不管你是怎么想的，”金·坦纳说，“我保证没那么容易。”

“你喜欢我们的手法吗，在玻璃小地窖里那件?”左侧的贝兰吉亚斯姐妹说道，“你那两个朋友，桑赞双胞胎。双胞胎死于双胞胎之手，喉咙上留下同样的伤痕，在地板上摆成同样的姿势，似乎恰到好处。”

“恰到好处?”金感觉有一股新生的怒火正在积聚，使劲压迫着他的后脑勺。他紧咬牙关：“记住我的话，臭婊子。我一直在想，当这一刻最终到来时，该是个什么感觉。现在我必须承认，我感觉真他妈太爽了。”

贝兰吉亚斯姐妹以几乎相同的动作抖落披风。当油布飘向地面时，她们把灯球也随手扔掉，抽出第二柄利刃。两姐妹，四把刀。她们站在红白混杂的光芒中，全神贯注地盯着金·坦纳，慢慢伏下身去。这个动作她们曾在流动狂欢节那数以千计的喧闹人群面前做过上百次，也曾在巴萨维大佬宫廷中苦苦乞怜的牺牲品面前做过上百次。

“恶姐妹，”金·坦纳说着把对斧从右侧袖筒甩进手中，“我想让你们见见另外一对恶姐妹。”

3

“但别太担心了，卢卡斯。”堂娜·索菲娅把已经掏空的橘子皮放回桌上，开口说道，“我们还有些补救措施。”

“咱们的必要资金短缺持续不了几天，”堂·洛伦佐说，“我还有些资源可以动用，也有些同侪很愿意借我几千克朗。我甚至有些老人情可以讨还。”

“那……那真是让我松了口气，萨尔瓦拉先生、萨尔瓦拉夫人，大大地松了口气。我很高兴听到您的……境况不会让咱们的计划破产。而且我也不会说什么令人难堪，根本不会——如果说有谁了解财政困境，哦，那肯定是贝尔·奥斯特家族。”

“等到下一个闲人日，我会找几个愿意贷款的渠道谈谈。也就是在……当然了，是在换季日。你过去参加过这个节日的正式庆典吗，卢卡斯？”

“我恐怕没这份荣幸，堂·洛伦佐。我以前从未在夏至时节到卡莫尔城来。”

“真的？”堂娜·索菲娅冲丈夫扬起眉毛，“咱们干吗不把卢卡斯带去参加公爵的庆祝晚宴呢？”

“真是个绝妙的提议！”堂·洛伦佐冲洛克露出灿烂的笑容，“卢卡斯，既然在我解决另外这几千克朗的问题之前，咱们也没法上路，那干吗不跟我们去呢？卡莫尔城的所有贵族都会到场，所有下城区的达观显贵……”

“至少，”堂娜·索菲娅说，“那些还得宠的人会去。”

“当然，”洛伦佐说，“来吧，跟我们一起去。宴会将在凌鸦塔举行，公爵每年只有在那一天开放他的高塔。”

“萨尔瓦拉先生和夫人，这真是……出人意料的殊荣。但我恐怕不得不拒绝你们的好意。我担心这会……可能会影响到我代表咱们着手处理的那件工作。”

“哦，算了吧，卢卡斯。”洛伦佐说，“还有五天时间呢。你说过，今后几天你要监督第一艘船的装货情况。就稍稍休息一下，享受享受这难得的机会吧。索菲娅会带你四处转转，而我将找些同侪挤出所需的贷款。等这笔钱到手后，咱们再过几天就能出发了，不是吗？你应该把所有难题都告诉我们了吧？”

“是的，萨尔瓦拉先生，第二艘船的情况是咱们所面对的唯一难题。当然，除了您的，嗯，流动资金短缺。而且不管怎么说，它要送往巴厘内尔的货物也要到下周才能运到卡莫尔来……福水和圣髓也许再度眷顾着咱们。”

“那就说定了？”堂娜·索菲娅牵着丈夫的手，冲他嫣然一笑，“你会作为我们的客人参加凌鸦塔宴会吧？”

“带一位与众不同的客人参加公爵庆典，”堂透了点口风，“被视作是一种殊荣。所以我们出于多种原因，都很想带你去。”

“只要你们高兴就好。”洛克说，“哦，我……我恐怕不太习惯庆典这种事，但我会把工作搁置一晚，前去参加。”

“你不会失望的，卢卡斯。”堂娜·索菲娅说，“我敢保证，等咱们开始旅行时，肯定会愉快地回忆起这次宴会。”

4

从很多角度来说，近距离格斗中最棘手的敌人数目就是两个。你几乎不可能引诱他们相互干扰，如果他们有丰富的合作经验，就更加难缠。如果说卡莫尔城中有人擅长联手战斗，那非贝兰吉亚斯姐妹莫属。

金·坦纳双手转着短斧，等待某个贝兰吉亚斯抢先行动；同时在心中清数着自己的优势：他曾在流动狂欢节和浮坟中看过她们十几次表演。这一点可能对他没有多大用处，毕竟他不是鲨鱼。但这好歹也算一点经验。

“我们听说你很有一手。”左侧那人开口说道。话音未落，右侧那人便虎跳过来，一把刀护在身前，另一把保持低位准备戳刺。金·坦纳侧跨一步，躲开扑击，左手斧挡住刺来的贼牙，右手斧抽向她的双眼。贝兰吉亚斯的第二把刀已经防备在那里，用镶钉护手盘把短斧弹开。正如金所担心的那样，她的动作快得不可思议。趁这当口儿，他一脚踢向对方左膝，这些年来金已经用这小花招踹断了十几块膝盖骨。

她不知是如何察觉到了这一脚的来势，急忙屈腿将其挡开。金的脚踢在她的小腿上，让贝兰吉亚斯丧失平衡，但并未造成任何伤害。金抽回双斧，砍向她下落的方位，但贝兰吉亚斯将侧身落势转化成了旋风踢。她扭动左臂，右腿抡成一道模糊的光弧，速度快得令金目力难及。这一脚砸在他的额头，就在双眼上方，整个世界一阵战栗。

柴桑。他早该对这种武术恨之入骨。

大汉向后一仰，久经锤炼的战斗本能让他躲过了贝兰吉亚斯的后续攻击，这一记直刺本会插进他的心窝，只剩刀柄露在外面。金·坦纳挥动双斧猛然落下，直斩要害——堂·玛兰杰拉曾把这招戏称为“螃蟹爪”。金用右手斧勾住她的刀刃，往旁边猛扯。这让对方吃惊不小。他抓住贝兰吉亚斯稍纵即逝的迟疑，将左手斧的柄头捣在她脖梗上。他没有时间发动真正的打击，但至少可以狠狠捅她一下。贝兰吉亚斯向后踉跄几步，不住咳嗽，金又赢得了几尺空间。他往后退了一码，贴近仓库墙壁。在不足几寸的近身肉搏中，贼牙比他的双斧要好使得多，他需要拉开距离挥动武器。

右侧的贝兰吉亚斯退去的同时，左手边那人冲了上来。金心中暗自咒骂。他背冲着墙壁，不会受到两侧夹击，但也没有后撤的可能。她们会轮流进攻，一人退下平复气息，另一个则继续消耗他的体力，等待他犯错。

一团怒火再度升起。金·坦纳吼叫着将双斧掷向新来的对手，这招打了她一个措手不及。她用和刚才那人不相上下的速度侧身一闪，对斧从两旁呼啸而过，其中一柄切到了她的头发。金张开双臂，冲向这个贝兰吉亚斯。在双方面贴面的情况下，赤手空拳反又胜过贼牙。他面前的对手再度岔开双刀，自以为能够一击毙敌，但如果没有仔细观察过金的动作，很容易低估他的速度。金·坦纳用双手钳住她的小臂，以体重和力量强迫她张开双臂。对方抬起一条腿，作势朝金踢来，但他早就料到了这招。

金·坦纳用十指死死钳住她的小臂肌肉，将贼牙牢牢撑在两侧，用尽全力往回一扯。贝兰吉亚斯向前飞来，鼻子撞在金的额头上，啪的一声脆响在仓库中回荡。热血喷洒而出，溅在金的长袍上，他暗自希望艾赞·基拉最终能原谅自己这小小失态。在对手缓过气之前，金·坦纳忽然撒手，用两手捂住她的面门，扭腰转臀用尽全力推了出去，就像瑟林君主期古代运动会中的铁饼运动员。她飞向自己的姐妹，那人恰恰正往回收着双刀，只为避免在姐妹身上戳出窟窿。贝兰吉亚斯双胞胎就这样同时倒在油布覆盖的尸堆上。

金·坦纳跑向仓库中央，找到躺在泥泞地面上的短斧。他捡起武器，抡了一圈，然后迅速解开领口下面的小搭扣，脱去裹在身上的长袍。等那对姐妹站起身时，金已经抖掉袍服，把它扔在地上。

贝兰吉亚斯姐妹拉开十尺距离，再度向他逼近，脸色显得狂躁愤懑。*诸神啊*，金·坦纳心想，*大多数男人都会把鼻梁骨折，当成玩命逃走的信号*。但两姐妹继续向他靠拢，黑眼眸中闪烁着恶毒的光芒。她们摆开双刀，准备再次交锋。古怪的红白亮光映在背后，似乎用妖异火焰勾勒出了她们的轮廓。

至少金现在有了机动空间。

贝兰吉亚斯姐妹没有多话，心照不宣地同时向他冲来，四柄利刃闪着寒光。这次是她们的战斗风格救了金·坦纳的命，他在对方动手前就看出谁是佯攻谁是杀招。在他左侧那人，也就是断了鼻子的，比他右侧那人快了一眨眼的工夫。金立起左手斧作为防护，同时一步迈到左侧角斗士的冲锋路线上。右侧的女子惊讶地瞪大了眼睛，从他刚刚闪开的位置冲了过去。金扬起右手斧，反手划过一道弧线，铁球朝前击中她的头颅。一记闷湿的断裂声响过，那名贝兰吉亚斯重重摔在地上，双刀从无力的指间掉落。

剩下的女子厉声尖叫。金犯的错误让他付出了代价。一次佯攻只要稍加变化，就会变成致命的杀招。金·坦纳再度扬起右手武器时，对方挥出了双刃。他用短斧挡开其中一柄，但另一把贼牙毫不留情地咬进他的肋部，划入右胸下方，将皮肤、脂肪和肌肉全部剖开。金·坦纳倒吸一口冷气，贝兰吉亚斯一脚踹在他的肚子上。金踉跄了一下，仰面摔在地上。

贝兰吉亚斯走到他跟前，血水从她的脸颊和脖子直往下淌，眼眸中充满炽热恨意。她正要猛扑上来，金就势双腿齐踹。空气从她肺中爆出，贝兰吉亚斯倒飞出去，但火辣辣的疼痛也从金的臀大肌传来，他的左股似乎爆出一条火线。妈的，她被踢走前，把贼牙插进了他的大腿，而且已经割出一条参差不齐的伤口——还是在他的帮助下！金忍不住呻吟一声。这场战斗必须速战速决，不然失血过多就会和贝兰吉亚斯的贼牙一样要了他的命。

女人已经站起身来。诸神啊，她动作好快。金撑起身体，让自己跪在地上，感觉撕心裂肺的疼痛窜过右肋。他能感到温热的液体从肚子和大腿喷涌而出，就像是迅速流逝的生命。她又向金冲了过来，利刃反射着红光。金使出最后的招数。他感觉右臂没有足够力量做出像样的投掷动作，所以用低手式，将右斧甩向贝兰吉亚斯，直取她的面门。飞斧的速度不足以伤到对方，更不用说杀死，但她还是退缩了一秒，这就足够了。金抡起左斧，从侧面斩向她的右膝。腿骨断裂时发出的声响，是金有生以来听过的最美妙的声音。贝兰吉亚斯身子晃了一下，金猛地抽出短斧，反手又是一抡，斧刃从她的左膝正面狠狠咬了进去。此时两把贼牙也砍向金·坦纳。他向旁边扑去，钢刃从他耳边划过，持刀者也随之摔倒——她的双腿再也支撑不住身体的重量。贝兰吉亚斯又是一声尖叫。

金·坦纳连续向右打了几个滚，这是明智的选择。他捂着右肋，跌跌撞撞站起身来，看到活着的贝兰吉亚斯正朝自己爬近，一柄贼牙还举得老高。

“你血流得很厉害，坦纳。你活不过今晚的，你这小蠢贼。”

“是绅士盗贼。”他说，“而且我有可能不会死。但你知道吗？卡罗和盖多·桑赞在笑话你，臭婊子。”

他扬起左臂，扔出手里短斧。这次是真正的杀招，他把所有力量和恨意都融入这一掷中。利斧不偏不倚地钉在贝兰吉亚斯的双眼中间，她脸上带着难以置信的惊讶表情向前倒去，像一个被撕碎的布娃娃那样趴在地上。

金·坦纳没有浪费时间回想刚才的战斗。他跪下身检查了一下首先被他击倒的女人。深红血水从她的双耳和鼻孔流出，说明金的攻击起了作用。他捡起两把短斧，披上姐妹俩刚才脱下的其中一件斗篷，戴上兜帽。金觉得头晕目眩，所有失血过多的症状都开始出现。他过去也曾交上霉运，体验过这种感觉。

金·坦纳没有理会两姐妹的尸体，任由她们倒在灯球光亮之中，步履蹒跚地径直走回黑沉夜幕。他会避开大锅区——那里肯定潜藏着各种麻烦——然后穿过木废墟北部。只要能撑到落尘区的窝棚就行。伊贝琉斯还在那里，他可能会有些疗伤的秘方。

但如果蚂蟥师想在他身上涂膏药，那金·坦纳很可能会捏断他的手指。

5

午夜时分，在琥珀晶塔的日光室中，堂娜·沃岑莎坐在自己最喜欢的靠背椅上，凝视着今晚送来的几张字条。灰王登上巴萨维的宝座后引发的一系列斗争结果都记载于这些报告中。又有不少盗贼躺在废弃的建筑物里，喉咙被人割开了口子。沃岑莎摇了摇头。如今荆刺案终于有了眉目，她最不想看到的就是这种乱子。瑞沙已经挖出她安排在帮派中的十几个眼线，并把他们统统驱逐出城。这件事本身也很令人头疼，这些人都不知道彼此的秘密身份，那么要不是这些探子都比她推想的还蠢笨……就是瑞沙观察力敏锐得超凡脱俗……或者她的保密系统有了漏洞，而且不是出在基层密探们身上。

真该死。瑞沙为什么要流放他们，而不是直接处死？他想避免跟蜘蛛正面对抗？这种愿望显然没有达成。沃岑莎认为现在也该向他发出一条极其隐讳的警告了……最好召唤瑞沙大佬跟斯蒂芬见一次面，外加四五十个黑号衣强调自己的观点。

日光室大门上的精密锁具突然咔嗒嗒作响，房门应声滑开。她没想到斯蒂芬今晚会到这儿来。真是个幸运的巧合，沃岑莎可以跟他谈谈自己对瑞沙的想法……

走进日光室的并非斯蒂芬·雷纳特。

此人面容粗犷，脸颊干瘦，眼眸乌黑，一头黑发在鬓角处染了几缕灰丝。他步履安闲地走进沃岑莎最隐秘的私室，就好像这是自己的地盘。他身穿灰大衣、灰长裤、灰袜子和灰皮靴，手套和马甲也是灰的。只有松松垮垮系在胸前的丝质围巾颜色如血殷红。

堂娜·沃岑莎的心脏怦怦直跳。她用右手捂在胸口，难以置信地盯着对方。闯入者不仅设法打开了房门，而且后背没被钉上一支弩箭。另外在他身后还有个人，年纪很轻，光头不戴帽，双目炯炯有神。他同样穿了一身灰，只有大衣亮红色的袖口跟前者有所区别。

“你到底是谁?”沃岑莎吼道。就在这一瞬间，被岁月削弱的声音重又恢复过去暴烈的力度。她从椅子上站起来，紧紧攥着拳头：“你是怎么上来的?”

“我们是您的仆人，尊敬的沃岑莎夫人。您的仆人终于来向您致以恰当的敬意了。还请您原谅我们此前的无礼。我的小王国这些天事情太多，实在难以抽身。”

“你说起话来，就好像我应该认得你是谁，先生。我刚才就在问你的名字。”

“我有好些名字，”年长的灰衣人说，“但现在我被称作瑞沙大佬。这是我的伙伴，他自称驯鹰人。至于我们是如何进入您这间无比可爱的日光室……”

他冲驯鹰人打了个手势。那人抬起左手，掌心向外冲着堂娜·沃岑莎。大衣袖管落了下来，显出手腕上的三道粗重黑线文身。

“诸神啊，”沃岑莎轻声说道，“盟契法师。”

“没错，”瑞沙大佬说，“还请您原谅我用这种手段。但只有他的技艺，能够保证让您的仆人把我们拉上塔楼；只有他的技艺，能让我们在不打扰您的情况下，进入这间日光室。”

“你们已经打扰我了，”沃岑莎斥道，“你们来这儿想干什么?”

“如今时机已到，”瑞沙说，“我和我的伙伴应该和公爵的蜘蛛谈谈了。”

“看在诸神分上，你在说些什么？这是我的高塔。除了仆人以外，这里根本没有别人。”

“的确没错，”瑞沙大佬说，“所以也没必要在我们面前维持您那小小的伪装了，尊敬的夫人。”

“你，”堂娜·沃岑莎平静而冷淡地说，“完全搞错了。”

“您身后那些文件，它们是什么东西？菜谱？您座椅旁那些字条又是什么东西？斯蒂芬·雷纳特每天都要向您汇报今年刚从港口运出来的新款裙服的样式和颜色吗？算了吧，尊敬的夫人。我收集情报的方法与众不同，而且我不是个傻瓜。如果您再装傻充愣，那我只能视作有意侮辱了。”

“你不请自来闯入此地，”堂娜·沃岑莎思忖片刻，开口说道，“在我看来也是一样。”

“我让您不高兴了，”瑞沙说，“请接受我的歉意。但您有什么办法以武力表达这份不满呢？您的仆人们都睡得很香。您的雷纳特和所有午夜人都在城里刺探我的秘密。这里只有你我三人，堂娜·沃岑莎，何不拿出点风度来？我希望能和您礼貌相处，亲切交谈。”

沃岑莎冷冰冰地瞪了他几眼，随后冲日光室里的一张扶手椅摆摆手。“请坐吧，复仇先生。但恐怕这里没有给你的伙伴准备舒适座椅……”

“哦，没关系，”驯鹰人说，“我很喜欢写字台。”他走到房门旁的小书桌前，坐了上去。瑞沙则穿过房间，坐在堂娜·沃岑莎对面。

“嗯嗯。复仇，没错。你完成这个心愿了吗？”

“完成了。”瑞沙大佬愉快地说，“我发现复仇的感觉特别好。”

“你跟巴萨维大佬有些过节？”

“哈！是的，有些过节。我在巴萨维面前杀死了他的两个儿子，又把他喂给他非常喜爱的鲨鱼。你可以说就是因为那些过节。”

“你们之间的陈年老账？”

“二十年来，我一直梦想看到韦加罗·巴萨维的末路。”瑞沙说，“如今我亲手实现了这个梦想，而且取代了他的地位。如果这件事对您来说有些……不便之处，那我深表歉意。但这是我唯一感到抱歉的地方。”

“巴萨维不是什么善男信女。”沃岑莎说，“他是个冷酷无情的罪犯。但他很有远见，明白许多大佬都不明白的事理。我跟他达成的协议，在两方面都结出了丰硕果实。”

“如果失去它，那真是莫大损失。”瑞沙说，“我很欣赏秘密和约，堂娜·沃岑莎。我对它的欣赏和我对巴萨维的仇恨，是截然不同的两码事。我希望看到这份协议继续保持下去。我登上巴萨维宝座的那天晚上，就下令要这样做了。”

“我的探子们也是这么告诉我的，”堂娜·沃岑莎说，“但我必须承认，我本希望在此之前就听你亲口说出。”

“我的延误实难避免，”瑞沙说，“但我们还是来了。此前礼数不周，这我乐意承认。还请允许我做些补偿。”

“怎么补偿？”

“如果能有机会参加公爵的换季日庆典，”瑞沙说，“那将是我莫大的荣幸。我的穿装打扮和行为举止，都有很高的水准。您可以说我是一位衣食无忧的绅士——我可以向您保证，凌鸦塔里不会有人认得我。我的童年是在卡莫尔城度过的，那时我就常常注视这些高塔。我很愿意向卡莫尔城的贵族们致以恰当敬意，哪怕一次也好。当然，不会空手去，有些相当奢华的点子正在我脑海中打转。”

“这个要求，”堂娜·沃岑莎缓缓说道，“可能有些太过分了。你的世界和我的世界，瑞沙大佬，是不能相交的。我就不会参加你的盗贼狂欢。”

“但您的探子们会。”瑞沙愉快地说。

“再也不会了。告诉我，你为何要下令把他们放逐？在正派人中，叛徒的惩罚是死亡。他们为何没有得到抹在脖子上的那柄尖刀？”

“您真想让他们死吗，堂娜·沃岑莎？”

“当然不是。”她回答道，“但我对你的动机更感好奇。”

“在我来看，这些答案显而易见。我需要保持一定程度的安全感，所以肯定不能让您的探子们留下来碍事，就像巴萨维所做的那样。当然，我也不想让您产生不必要的反感。所以我认为留下他们的性命，是一种友好姿态。”

“嗯嗯。”

“堂娜·沃岑莎，”瑞沙说，“我敢百分之百肯定，你会立即开始在我的人中间安插新的探子。我对此表示欢迎。更精明的一方，将在这场游戏中获胜。但咱们已经偏离了这次对话的主题。”

“瑞沙大佬，”堂娜说，“你不像那种需要用甜言蜜语来抚慰情感的人，所以咱们有话直说吧。保持秘密和约对整个卡莫尔城都有好处，所以你我之间的工作联系是必要的。在你接到正式邀请，并且有人护卫的情况下，我甚至可以在这间日光室和你见面。但我就是不能把你带到公爵跟前，我不能让他见到像你这样的人。”

“这太令人失望了。”瑞沙大佬说，“但他却可以邀请詹卡纳·梅拉乔作为自己的客人，不是吗？一个在很多场合与巴萨维大佬合作的人。还有其他众多航运船长和金融家，他们也从跟巴萨维的帮派达成的协议中获取了不少好处。秘密和约让卡莫尔城的所有达官显贵都获益匪浅。而我实际上是他们的仆人。是我的自制力保住了他们口袋里的钱。难道我就如此卑贱，甚至不能在餐台旁站一小会儿，只是充作背景人物，欣赏眼前的胜景？只是在空中花园里徜徉片刻，满足自己的好奇心？”

“瑞沙大佬，”堂娜·沃岑莎说，“你拨动的良知琴弦，没有发出任何声音。我不是公爵的蜘蛛，因为我是如此心软。我无意冒犯你，真的，但请允许我换个方式把话说清。你当卡莫尔大佬还不到一个星期，我对你的看法才刚刚开始形成。你只是个陌生人，先生。如果你从今天开始统治一年，并且在正派人中保持局面稳定，维持秘密和约，那么到时候……也许我们可以对你的提议进行一些考量。”

“事情只能是这样了吗？”

“目前只能是这样了。”

“天哪，”瑞沙大佬说，“这个拒绝对我的伤害远远超过您的想象。我有些礼物想要展示给卡莫尔城的贵族们看，而且没法等到明年。请接受十二万分的歉意，但我必须拒绝您的拒绝。”

“你到底想说什么?”

“驯鹰人……”

驯鹰人从堂娜·沃岑莎的书桌上站了起来。他拿起一支鹅毛笔，又抽出一张羊皮纸摆在面前。“堂娜·沃岑莎，”他边说边写下粗重的花体字迹，“安洁维丝塔·沃岑莎，对吗？多么美丽的名字……多么美丽，多么真实的名字……”

银丝在他左手中上下翻飞。随着手指的动作，羊皮纸上逐渐升起一道蓝白火光，勾勒出安洁维丝塔·沃岑莎的字样。在房间对面，堂娜用双手抓住脑袋，不住呻吟。

“我很抱歉要用这种不太友善的方式强调自己的观点，堂娜·沃岑莎。”瑞沙大佬说，“但您不觉得让我参加公爵的庆典，对他来说也极为有利吗？您肯定不想让尼克凡提公爵失去我以至高敬意向他献上的礼物。”

“我……我说不好……”

“是的，”驯鹰人说，“哦，是的。您会非常乐于接受这个想法。一定要保证瑞沙大佬接到最为诚挚友好的邀请，参加换季日晚宴。”

羊皮纸上的文字闪出更加明亮的光芒。

“瑞沙大佬，”堂娜·沃岑莎缓缓说道，“你必须……一定要……接收公爵的好意。”

“你不接受拒绝，”驯鹰人说，“瑞沙大佬必须答应你的邀请。你就是不能满足于否定答复。”

“你……绝对不能……拒绝。”

“我不会拒绝的，”瑞沙说，“您真是太客气了，堂娜·沃岑莎。太客气了。至于我的礼物？我有四尊精美绝伦的雕塑要献给公爵。我一点不想打扰他。我的人可以把它们随便放在宴会厅的什么地方，当然这需要您的协助。我们可以等公爵不那么忙的时候再拿给他欣赏。”

“多有趣啊，”驯鹰人说，“你很欣赏这个建议。”

“再没有……比这件事更让我开心的了……瑞沙大佬。你做得非常……得体。”

“是的。”瑞沙大佬说，“我做得非常得体。这只是我应该做的。”他笑了几声，从椅子上站起来，朝驯鹰人挥了挥手。

“堂娜·沃岑莎，”盟契法师说，“这次谈话让你非常满意。你很希望在换季日见到瑞沙大佬，而且会给予他一切帮助，保证把这几件重要礼物运进凌鸦塔。”他说着叠起纸张，塞进马甲口袋里，又用银丝打了几个手势。

堂娜·沃岑莎眨了眨眼，深吸口气。“瑞沙大佬，”她说，“您一定要走了吗？今晚跟您一席长谈，真是令人愉快的消遣。”

“而在我来看，您是最有魅力的女主人，尊贵的沃岑莎夫人。”他依照完美的宫廷礼节，右足向前踏出半步，深深鞠了一躬。“但咱们都琐事缠身，我必须去照看我的生意，也好让您处理您的事务。”

“那就这样吧，亲爱的孩子。”沃岑莎正要起身，瑞沙便作势让她坐着别动。

“不，不。您不用送我们了。我们自己能找到路离开这座美妙的塔楼。请继续处理在我来打扰之前，您正在做的事吧。”

“这根本不算打扰，”堂娜·沃岑莎说，“那么，我会在换季日见到你吧？你会接受我的邀请吗？”

“是的。”瑞沙大佬说。他走过日光室的大门时，转回身冲堂娜微微一笑：“我很乐意接受您的邀请。换季日再见吧，沃岑莎夫人。在凌鸦塔上。”

插曲

卡莫尔城的女儿

卡莫尔犯罪史上的第一次革命，发生在巴萨维大佬登场之前，比他的异军突起早了差不多五十年。实际上，这次革命完全是一个皮条客不知自重的结果。他叫做“蛮子”特雷弗·瓦格斯。

蛮子特雷弗有不少诨名，大半是他那帮妓女在私下交谈中使用，她们说他是放纵无度、残暴成性的疯子，会伤害到大多数放纵无度、残暴成性的疯子的感情。在很多情况下，对妓女们来说，他的危险性要比那些掏铜板和银币的嫖客大得多。他能为她们提供的保护，只有一双拳头。但要想得到这种保护，她们必须付出几乎所有收入，只能留下一丁点糊口钱。

蛮子特雷弗最喜欢在妓女嘴里找乐子，同时还会死死揪住对方的头发，直到她们疼得惊声尖叫。有天晚上，一位最受欺负的妓女发现自己再也不愿参加他的晚间消遣活动。她还没意识到自己在干什么，就已经掏出贴身匕首，一刀砍在特雷弗那话儿左边，又紧贴着大腿根使劲往右一划。一时间血如泉涌，更不用提那阵阵哀号。特雷弗起初试图反击，随后又想逃跑，但生命从两腿间流失的速度，极大地阻碍了这些意图。他（从前）的妓女把特雷弗揪倒在地，一屁股坐在他背上，防止他爬出房间。蛮子的体力逐渐衰弱，很快就一命呜呼，没有一个人为他难过。

第二天晚上，特雷弗的大佬派了个人来接替他的职责。特雷弗手下的妓女们用微笑欢迎他的到来，并提议让他免费享受她们的服务。在多数人长脑子的地方，此人只长了一小堆碎砖头。所以他同意了。等他彻底脱光衣服，完全除去武器后，几把刀从各个方向同时取了他的性命。特雷弗的大佬终于意识到问题的严重性，又过了一天，他派出五六个人，想把这场乱子解决。

但城里出了怪事：另外两三群妓女干掉了她们的皮条客。事态以此为核心，逐步扩大，她们最终占领了陷阱区北部的一家妓院，作为总部基地。大佬的人本以为要对付的是五六个吓坏的妓女，但他们发现对手是二十几名愤怒的女人，甚至还用能搜集到的所有金钱购买了武器。

弩弓是相当管用的利器，在近距离作战又有突袭优势时，更倍显威力。此后，再没有人见过这五六个打手。

真正的战斗开始了。那些损失了皮条客和妓女的大佬们试图扭转局势，但每过一天，就有更多妓女加入暴乱。她们雇了几个帮派来保护自己，又按自己的标准建了些销金窟。她们在设施完备的舒适房间中提供服务，质量比仍旧由男人掌控的妓院强上太多，客人们用手里的金币在两方女士间作出了判断。

卡莫尔城的妓女迅速团结成了一个行会。蛮子特雷弗死后还不到一年，最后几个负隅顽抗的皮条客终于被说服（通常是被说服到死），去找些别的营生，好让灵肉不至于分家。

在此期间发生了很多流血冲突。数十名妓女被残忍杀害，几家妓院也被烧成平地。但每有一位干夜晚营生的女士倒下，就会有些大佬的手下陪葬。女人们信奉以牙还牙的法则，狠辣程度不亚于卡莫尔历史上的任何大佬。最终，一次勉为其难的休战演变成了一项互惠互利的牢固协约。

城中的妓女们客客气气地组成两个集团，并划分了地盘。码头花占据卡莫尔西区，而东方则是行会百合的领地。在生意最多的陷阱区，双方保持和平共处。她们的买卖越办越火，最终不再从其他帮派租请亡命徒，而是雇佣了忠于自己的保镖打手。尽管她们的生活算不上特别愉快，但借助生意上的优势，至少她们现在牢牢掌控着自己的营生，而且可以强制要求顾客们遵守一定的礼仪规范。

她们建立并保持了两家垄断的局面。她们发誓不介入其他任何形式的犯罪，以此换来一项权力：可以毫不留情地碾碎在两个帮派之外拉皮条的任何企图。她们行使了这个权力。可想而知，有些男人不太在乎女人们制定的规则，他们把手下的妓女扇来打去，或是违反提成协议，或者不在乎女士们要求客人保持清洁和清醒的标准。他们接受了惨痛教训。很多男人都痛苦地发现，当一个愤怒的女人咬住你的命根子，另一个拿把短剑顶住你腰眼时，想再抖威风是不可能的。

后来韦加罗·巴萨维击败所有对手，君临卡莫尔城，成为唯一的大佬。但他也不敢打破建立在传统帮派和两个妓女行会之间的平衡。他非常客气地接见了码头花和行会百合派来的代表，同意让她们保持准自治地位；而她们则同意定期支付税款换取他的协助——巴萨维从她们的利润中抽取的固定份额，比卡莫尔城其他正派人付给大佬的分成低很多。

巴萨维明白的一个道理，城里很多男人要花不少时间才能学会。他在多年后将贝兰吉亚斯姐妹收为贴身保镖，再次强调了这个道理。巴萨维很聪明，知道低估卡莫尔城的女人，只会给自己的身心健康带来莫大伤害。

第十五章
蛛　吻

1

“你能不能向我保证，”伊贝琉斯说，“会好好照顾自己？不再像你和你的朋友上周所做的那样，糟践自己的身体?”

“伊贝琉斯大师，”洛克说，“你是我们的医师，不是我们的老妈子。而且我今天下午已经跟你说过十几次了，我从身体到精神，都已经完全做好参加凌鸦塔宴会的准备了。我就是谨慎的代名词。”

“哈，如果真是这么回事，我希望自己永远不要遇到莽撞的代名词。”

“伊贝琉斯，”金·坦纳呻吟道，“别再烦他了。你还没有跟他举行婚礼，就已经变成唠唠叨叨的管家婆了。”

金·坦纳坐在睡榻上，形容枯槁，身上很脏。脸上愈加浓密的胡须，更反衬出不自然的苍白肤色。他的伤势相当危险，一大卷布料缠在裸露的胸口上，右大臂和长裤下的大腿上也同样打着绷带。

“这些医师真是挺管用的。”洛克说着正了正他的（之前是梅拉乔的）大衣袖口，“但我想下次咱们应该多付点钱，找个不爱说话的。”

“那么你可以自己包裹伤口，先生，也请自己涂膏药。不过我敢说，对你们两个而言，更方便快捷的方法是挖好坟墓，老老实实躺进去，直到不可避免地进入更加安详的状态!”

“伊贝琉斯大师。”洛克抓住老人的双臂，对他说，“金·坦纳和我对您的感激之情，难以用言语表达。要不是您施以援手，恐怕我们都已经是死人了。您跟我们一起在这陋室中耽搁的时光，不会白白浪费。我估计很快就会有几千克朗的进项。其中有您的一份。您会赚得杯满钵满，在远离卡莫尔城的地方开始新生活，而剩下的钱将用来把瑞沙大佬埋入地下。打起精神来，看看金已经让他的两个妹妹去了什么地方。”

“这项功业我如今是没法再现了，”金·坦纳说，“照顾好自己，洛克。要是今晚的事出了岔子，我可没法跑去救你。”

“但我敢说他会试图那样做。”伊贝琉斯说。

“别担心，金。今晚没什么大不了的，只是在距离地面六百尺的玻璃高塔中，跟公爵和他该死的贵族们度过一个平凡的夜晚。还能出什么岔子？”

“这反话听起来可真假，”金·坦纳说，“你已经迫不及待了，不是吗？”

“当然了，金。锁链要是还活着，肯定会高兴得发疯。我要在该死的公爵面前扮演卢卡斯·费尔怀特，更不用说咱们相熟的其他贵族——德·马瑞、费鲁西亚、老贾瓦瑞兹……荣誉归于诡诈看护人，这将是一场令人叫绝的演出。只要我能完成这场游戏。然后……把钱揣进咱们的口袋。接着就是复仇。”

“你应该几点钟赶去萨尔瓦拉宅院？”

“下午三点，也就是说我没工夫在这儿磨蹭了。金，伊贝琉斯……我看起来怎么样？”

“我简直认不出你就是几天前被我们放在病床上的那个人。”伊贝琉斯说，“我必须承认，你的职业技能达到了出神入化的水准。我不敢想象世上会有你这样的化装术。”

“这是我们的优势，伊贝琉斯大师。”金·坦纳说，“所剩无几的优势。你看来已经为今晚做好了准备，费尔怀特先生。那么，你要绕远路到杜罗纳岛去，对吗？”

“诸神啊，是的。”洛克说，“我的疯狂是有限度的。我会北上通过墓园，然后进入恬静区。估计等我出了落尘区，就半个人影都不会撞见。”

尽管暑热难耐，但洛克说话的同时，还是给自己披上一件油布斗篷。也就是金打败了贝兰吉亚斯姐妹后穿回来的那件。在洛克到达私语山之前，可以用它遮住身上的华美衣装。锦衣夜行人很容易引起藏在落尘区阴暗角落里的盗匪注意。

“我这就去凌鸦塔了。”洛克说，“估计会待到很晚。金，好好休息。伊贝琉斯大师，用你慈母般的关怀宠爱金·坦纳吧。我希望能带回好消息。”

“只要你能活着回来，我就感激不尽了。”伊贝琉斯说。

2

夏至日、换季日，根据瑟林历法记录，是第七十八艾赞·基拉年帕西斯月十七日。在换季日那天，卡莫尔城陷入疯狂。

流动狂欢节占据了市场宽阔的圆形水面，与每月一次的正规狂欢节相比，这次规模较小，但气氛更加热烈。水面中央是一块由数艘平顶驳船链接而成的浮动手球赛场，所有队伍都从一个木桶中摸选颜色，然后随机配对。醉醺醺的球员们相互捶打，四周的平民观众欢声雷动。某方触地得分后，一艘中间捆着啤酒桶的小船就会靠在球场旁边，给队中所有人舀一杯酒喝。可想而知，比赛会发展得越来越狂野，越来越肮脏。不少球员被扔进水中，由勤劳的黄号衣打捞出来。城市卫队绝不敢以其他方式干涉比赛。

在换季日这天，卡莫尔下城区的街市完全由平民统治。他们举办游行野餐会，拖着啤酒桶和葡萄酒囊满城乱转。庆祝的人流会彼此交汇，推搡拥挤，合为一处，又再度分开。如果从诸神的视角看去，就会发现混乱的人潮在城市街道中循环往复，如同血液在一名醉汉的脉管中流动。

陷阱区生意兴隆，节日庆典就像个满满当当的潮水坑，将无数外国来的水手和游客吸入其中。经过卡莫尔人几小时热情好客的款待后，这些来访的狂欢者就再也分不清自己的屁股和耳朵。畅饮、豪赌和挥霍的潮汐在他们心中漫溢，这些人心甘情愿地沉溺于声色犬马。第二天鲜少有船只能驶离港口，它们大都没有足够人力拉起一面三角旗，更别提船帆了。

在大锅区、窄巷区和渣滓区，瑞沙大佬的臣民们赞美着新统治者的慷慨大方。根据他的指示，一打又一打桶装廉价红酒被推出酒窖，装进轻便马车。那些过于贫穷或是懒惰，不能到陷阱区这个邪恶大本营参加狂欢的帮派，就坐在自家门口一直喝到失去知觉。瑞沙的帮主们手里提着面包篮，在被他收归帐下的众多城区间穿行，任何人都可以得到他们送出的食物。人们很快发现每条面包里都烤进了一枚钱币，有的是铜子儿，有的是银币。这些秘密礼物（以几颗不幸断裂的牙齿为代价）被发现后，在神庙区以南的所有街面上，没有一条面包能够保证安全无恙。

瑞沙的浮坟向所有宾客开放，几位帮主和他们的帮众正在这里自娱自乐，牌戏发展到了宏大的规模。人数最多时，有四十五名男女坐在地板上豪赌畅饮，争执叫嚣。木废墟的黑水浊流在他们身下涌动，正是这海面吞噬了巴萨维大佬和他的所有家人。

这里没有瑞沙的踪影，他今晚要去卡莫尔城北部办事。当然，除了原先那些手下组成的小圈子以外，他没告诉任何人自己要去参加公爵的宴会，要站在凌鸦塔中俯瞰自己的王国。

在神庙区，人们会用较为克制的形式来庆祝换季日。每个教会的全体祭司和侍僧们都要到另一所神庙举行祭祀仪式，之后再换到下一所，形成永无休止的循环。艾赞·基拉的黑袍祭司们正在艾奥诺神庙门前举行庄严肃穆的仪式，而肆虐波涛之主的仆人们也在别的地方做着相同的事。达玛·艾莉莎和爱兹瑞，莫甘蒂和纳拉，甘朵罗和森多瓦尼，所有神祇在人间的代表都会在其他教会的祭坛前点燃香烛，面向天空吟唱圣歌，几分钟后再换到下一个位置。化作飞灰的佩里兰多神庙得到了一些额外祝福。一位老人身穿贱民之主的白袍，孤零零地站在残垣断壁前。他刚刚从艾什米尔赶来，正打量着交由自己负责的这片神庙废墟。他完全不知道该如何向佩里兰多首席圣者报告自己在一座祖灵玻璃地窖中发现的事故原因。他在启程之前，可没听说过这个地窖的存在。

在北角区和泉水湾区，家境殷实的年轻夫妇会赶往双银绿地。传说每到夏至前夜，在这座公园中做爱的人们会交上好运，如果在伪光降临前共同达到高潮，这对夫妇还会得到他们最想要的男孩或是女孩。如果此话当真，那也算不错的额外奖励，但大多数藏身在碎石小径和沙沙作响的树丛间的男男女女，此刻想要的只是彼此而已。

在旧港的水面上，满足号轻帆船仍在下锚处漂泊，桅杆上的黄旗迎风飘展，黄灯的光芒比白昼更加耀眼。十几条人影在甲板上来来去去，鬼祟而平静地为今晚的任务整备船只。一把把弩弓架在几根桅杆上，又用粗麻防水布盖住。反登舰网被拖出货舱，藏在上甲板的栏杆底下，随时可以迅速捆扎安装。他们还准备好了装满砂子的木桶，用来扑灭火焰。如果沿岸的投石机和强弩展开攻击，肯定有几具会使用炼金火球，到时候泼水只能帮倒忙。

在上甲板下方昏暗的船舱中，另外三十多人正在享用一顿大餐。在今晚的行动开始之前，他们要先填饱肚子。这里没有半个病人——至少没人得疟疾热这种重病。

凌鸦塔——卡莫尔公爵尼克凡提的住宅和宫殿，一百辆马车绕着高塔底座排成了一幅螺旋图案。四百名身穿制服的车夫和护卫在附近驻足，身穿公爵号衣的男女仆人往来奔忙，给他们带来点心和饮料。这些人会整夜在此等候，直到他们的主人和夫人从高塔下来。每年中只有换季日这天，卡莫尔城的所有贵族会齐聚一堂。阿瑟葛兰提群岛的所有小贵族们，再加上居住在高塔中的五大家族的每个成员，都会聚集在凌鸦塔中饱餐畅饮，密谋策划，相互交换恭维和侮辱。而公爵则用他那阴冷的眼神俯视这一切。每过一年，新生代的卡莫尔统治者们都会发现眼前的老公爵又衰老了一点；每过一年，他们的鞠躬礼和屈膝礼都会更夸张几分；每过一年，他们之间的窃窃私语都会愈发恶毒。尼克凡提的统治期可能已经太久了。

凌鸦塔上一共有六架锁链升降机。它们起起落落，升升降降。每当笼子到达高塔顶端，打开吱吱嘎嘎的大门，就会在升降台上吐出新一批人流。他们身穿五颜六色的外衣和精美雅致的裙服，迅速混入叽叽喳喳的人潮之中。贵族和谄媚者，政治掮客和觊觎权势之人，豪商、闲人、醉鬼和宫廷猎食者应有尽有。飞鸟聚成群落，在空中懒洋洋地盘旋。太阳将全部热量挥洒在这些人身上。卡莫尔城的权贵们似乎站在一道白色火柱顶端的融银湖泊中。

空气在热浪中泛起涟漪，承载洛克·拉莫瑞和萨尔瓦拉夫妇的铁笼晃晃悠悠、咔咔嗒嗒地滑入露台边缘的锁定装置中。

3

“圣髓河啊，”洛克说，“我从没见过这种景象。我从没到过这么高的空中。以波涛之下的手发誓，我从未身处如此高的地位！尊敬的萨尔瓦拉阁下和夫人，如果我像个快要溺死的人似的靠在你们身上，那还请原谅。”

“每年的这个时候，”洛伦佐说，“索菲娅和我就会到凌鸦塔来，从小到大一直如此。相信我，你只会在头十一二次时觉得头晕目眩。”

“我不能不相信您的话，先生！”

仆人们一个个身着黑白相间的制服，几排磨光银扣在阳光下熠熠生辉。他们打开笼门，洛克跟在萨尔瓦拉夫妇身后走上升降平台。一队黑号衣身披全套仪式军服从他们面前走过，刺剑挂在肩上的雕银剑鞘中，软毛黑高帽压得很低，帽子上别着刻有卡莫尔公国纹饰的徽章。这些人要在日光无情的鞭策下来回行军几个小时。洛克一想到他们的感觉，不禁做了个苦相。穿着这套衣服，他也出了身健康的汗水，但他和萨尔瓦拉夫妇至少可以在塔楼内走动。

“堂·洛伦佐和堂娜·索菲娅？萨尔瓦拉先生及夫人？”

一名男子离开人群，向他们走来。此人身量很高，肩膀宽阔，站起来比在场的大多数卡莫尔人足足高出一头，棱角分明的面容和那头罕见金发标志着最古老、最纯粹的韦德兰血统。此人的根扎在遥远的东北方，阿斯特拉丝或是温提拉地区，七髓王国的内陆腹地。很奇怪的是，他身上穿着夜琉璃部队的黑制服，戴着校官银领章，说起话来是地道的卡莫尔贵族口音，不带半点外邦腔调。

“哦，是的。”堂·洛伦佐说。

“愿为您效劳，尊敬的先生和夫人。我叫斯蒂芬·雷纳特。我相信堂娜·沃岑莎应该跟您们提起过我。”

“哦，当然！”堂娜·索菲娅说着伸出手来。雷纳特右脚踏上半步，深鞠一躬，握住她的手，在手背上方隔空做出亲吻动作。“很高兴终于能与您相见，雷纳特队长。亲爱的堂娜·沃岑莎今天下午在做什么？”

“她在编织，夫人。”雷纳特露齿一笑，仿佛在讲什么内部笑话，“她霸占了公爵的一间客厅。您知道她对吵吵闹闹的大型聚会素无好感。”

“哦，我得去找她。”索菲娅说，“我很想见她一面。”

“我相信她也一样，尊敬的夫人。可否容我冒昧猜测一下？我听说您会带一位安伯兰商人来，这就是费尔怀特先生吧？”雷纳特又行了个礼，不过这回只是略一颔首。他用口音很重的韦德兰语说：“愿髓河甘甜，大海平静，费尔怀特先生。”

洛克露出一脸惊讶的表情，立刻用非常流利的韦德兰语说道：“愿水波下的手为您带来好运。”随后出于礼貌又换回瑟林语说：“您是我的同胞，雷纳特队长？为卡莫尔公爵服务？真是太奇妙了！”

“我体内流淌的肯定是韦德兰血统。”雷纳特说，“但我还是个婴儿时，父母就在来卡莫尔城进行商贸活动时不幸谢世。堂娜·沃岑莎夫人收养了我，把我抚育成人。她是琥珀晶女伯爵，也就是那边亮金色高塔的主人。她膝下无儿无女。尽管我不能继承沃岑莎夫人的爵位和财产，但有幸加入了公爵的夜琉璃部队。”

“不可思议！恕我直言，您看起来强悍干练、令人生畏——跟七髓诸王一般无二。我敢打赌，能把您收归麾下，公爵肯定特别高兴。”

“我真心实意地希望您说的没错，费尔怀特先生。但是，哦，我肯定妨碍你们了。请原谅，萨尔瓦拉先生，萨尔瓦拉夫人。我根本算不上值得一谈的话题。如果可以的话，让我带几位进塔去吧。”

“荣幸之至。”索菲娅说。她靠近洛克的耳朵，轻声说道：“堂娜·沃岑莎是位亲切的老太婆，有点像所有阿瑟葛兰提女士们的祖母。你可以说，她是我们那些流言蜚语的仲裁者。她身体不算太好——每过一个月，都会衰弱几分——但她仍然跟我们很亲近。我希望你能有机会跟她认识一下。”

“我很期待见她一面，萨尔瓦拉夫人。”

雷纳特引领他们走入凌鸦塔内部。展现在洛克眼前的奇观胜景，让他不由自主地张大嘴巴，倒吸一口冷气。

凌鸦塔从外面看是不透光的银色，而从里面往外看，至少在他眼前的这几层，则近乎于透明。玻璃内部似乎有一层烟雾缭绕的薄纱，阻断了耀眼的日光，将太阳变成一轮挂在天空的苍白圆盘，用肉眼就可以直视。但除此以外，周遭的景色并未被这层雾霭所阻碍，就好像塔身根本不存在似的。山峦起伏的乡野和宽阔的安杰文河在北方绵延，而所有下城区的岛屿则像地图上的标志物一般在南方铺展。洛克聚精会神地目视前方，他甚至可以通过桅杆的纤细黑影，辨认出从城市南端驶过的海船。随着令人眩晕的战栗，洛克觉得胃里又是一阵翻腾。

空中花园就在他们头顶。据说这片屋顶承载着上百吨装进花盆的肥沃泥土和纵横交错的水槽。藤蔓从塔侧攀爬下来，受到精心照顾的灌木丛和尺寸正常的树木在塔顶蓬勃生长，那里是一片具体而微的圆形森林。在面冲南方铁海的一株大树的枝干间放着一张木台，它被视作正常人在卡莫尔城所能达到的至高点。空中花园里通常都有很多孩童，年幼的小贵族们在此地玩耍嬉闹，父母则在他们脚下的厅堂中讨论自己的生意。

他们脚下的地板并没有完全覆盖凌鸦塔宽逾百尺的直径。这个半圆形的大厅占据了北半部分塔身。洛克抓着最南侧的栏杆，低头向下望去。在他们下方，还有四个与此类似的楼层。彼此相隔二十尺左右，每层都挤满了人。眩晕感再次袭来，仿佛要将他吞没。洛克透过透明塔壁，瞪视着至少在八十尺以外的地面，令人头晕眼花的南方景色在他面前展开。他几乎觉得世界的轴心已经倾斜。堂·萨尔瓦拉用手扶住洛克的肩膀，把他带回了现实世界。

“你得了凌鸦塔综合征，卢卡斯。”堂大声笑道，“你抱着栏杆就好像抱着个情人。来吃点点心吧。你的双眼将慢慢适应这里的景色，以后你会觉得其实没什么大不了的。”

“哦，萨尔瓦拉先生，如果真是这样就好了。我很乐意到筵席台去转转。”

堂扶着他冲出丝绸、棉布、山羊绒和稀有毛皮的层层围堵，不时冲这边挥挥手，朝那边点点头。索菲娅已经消失，雷纳特也不知所踪。

筵席台从一头到另一头足有五十尺长（也许它只能称为开胃菜台，但在这种宴会上，小小一顿午后茶点也能跟其他筵席上的主菜媲美），上面铺着银丝镶边的亚麻桌布。那些精通卡莫尔城八项精美艺术的行会主厨，直挺挺地站在餐桌旁，他们身着淡黄色礼服长袍，头戴黑色学士帽，几缕金丝线垂在耳朵后面。每位主厨，无论是男是女，都在拇指以外的八根手指上刺有精致文身，每个图案代表着他们所掌握的一种美食菜式。

在筵席台的一端放着甜点（第五项精美艺术）：包在金叶壳中的樱桃奶酪蛋糕令人馋涎欲滴；肉桂馅饼上用蜂蜜面糊精心绘制出了帆船的图案，整整一支舰队，还装饰着杏仁蛋白软糖做的风帆和葡萄干摆成的船员；这里有被掏空的香梨，果核换成了水蜜瓜瓤或是白兰地奶酪做成的圆柱体；这里有削了皮的水蜜瓜，绿色表皮被部分刮去，露出内部的粉色瓜肉，每颗粉色果实上都有一幅卡莫尔纹章的浮雕，装入瓜心的炼金灯球让它们放射出动人的粉色光芒。

在筵席台的另一侧是肉菜，每个银盘上都放着一道“异兽碟”——由两种不同生物通过配料和烹饪手法组合而成的虚幻动物。洛克看到一头烤野猪顶着大麻哈鱼的脑袋，趴在一堆黑鱼子酱顶上。旁边是个猪头，嘴里满满当当地塞着一颗湿地苹果，而身体则是烤阉鸡，这道菜上浇了棕色焦糖沙司和无花果。洛克最终屈服于腹中的怨声载道，他让一位主厨给自己切了满满一份猪阉鸡，盛在银盘中，用一把小银叉吃掉。这道菜在他嘴里慢慢化开，带有黄油的质感，滋味更是让人头晕目眩。洛克已经有好几个星期没尝过如此美妙的食物了，而且他知道自己必须施展出浑身解数，再加上桑赞兄弟的鼎力相助，才能在往日的玻璃地窖中做出如此奇妙的菜肴。想到此处，他觉得口中的美食中陡然少了几分滋味，于是草草咽了下去。

阉牛头鱿鱼身的大菜，他倒是避之不及。

在筵席台中央摆放着至高无上的辉煌荣光（至少在食物层面上可以这么说）。那是一道巨大无朋的精致杰作，足有八尺高：一尊可以食用的卡莫尔城雕塑。所有岛屿都是在隆起的金属小平台上烤制的甜蛋糕，这些平台间的河道中流淌着某种蓝色液体，一名站在立体模型右侧的主厨正把它舀进杯中。城里的每座主要桥梁都用冰糖复制品表示；从南方断塔到玻璃玫瑰屋再到俯瞰万物的五塔，每个主要的祖灵玻璃地标也有对应的小模型。洛克定睛观瞧，在棕色补丁做成的木废墟上，甚至漂着一艘比杏仁略大几分的糖霜巧克力小帆船。

“你逛得怎么样，卢卡斯？”

堂·萨尔瓦拉手里拿着一杯葡萄酒，又出现在他身边。洛克转过身去跟堂说话，一名黑衣侍者机敏地顺势从他手中把空餐碟取走。

“我都看傻了。”洛克毫不夸张地说，“我不知道该怎么说。七髓在上，幸亏我没有先入为主的概念。七髓国王的宫廷肯定也跟这里一样。我想不出还有什么地方能与之媲美。”

“你太客气了，真让我们的城市倍添光彩。”洛伦佐说，“我很高兴你决定跟我们一起参加宴会。我刚跟几个同侪聊了聊。再过一个小时，我会跟其中一位仔细谈谈，我想他会同意贷出三千克朗。我不想这么说，但他耳根子很软，而且他还很喜欢我。”

“卢卡斯。”堂娜·索菲娅重又出现在他们面前，雷纳特就跟在她后面，“洛伦佐带你好好逛过了吗？”

“尊敬的萨尔瓦拉夫人，我被这场宴会奇观完全震撼了。我敢说就算您丈夫把我留在一个角落里，我也会叼着大拇指神魂颠倒地度过整整一晚。”

“我当然不会那么做了。”堂·萨尔瓦拉笑道，“我刚才只是去跟堂·贝拉利吉奥谈了谈，亲爱的。他把过去几个月资助艺术大师制作的那尊雕塑带来了，就是那名独眼的拉塞因雕塑师。”

四个身着制服的服务生从他们身边走过，手里抬着一个木质长匣，上面放有很沉的货物。那东西是由黄金和玻璃制成的雕塑品，闪闪发光的金字塔上刻了卡莫尔城纹章。雕塑中肯定装有炼金灯盏，因为玻璃表面透出一种美丽的橙色。就在洛克观看的当口，雕塑变成了绿色，接着又化作蓝色，然后是白色、黑色，最后变回橙色。

"哦，我的天哪，多漂亮啊！"堂娜·索菲娅显然醉心于所有炼金术产物，"变色光！哦，那些调节器肯定特别精准。我真想看看里面什么样！告诉我，能让堂·贝拉利吉奥的拉塞因人给我雕一个这种塑像吗？"

又有三队仆人抬着三座塑像从他们身边走过，每一尊都按照不同的规律变换着色彩。

"我不知道，"雷纳特说，"这些给公爵的礼物，来自我们的一位……不同寻常的客人。我的上级已经仔细检查过了。它们看起来的确很漂亮。"

洛克转身面向筵席台，突然发现詹卡纳·梅拉乔就站在六尺之外。他胸口别着一朵兰花，右手端着一盘水果，左手挽着一位艳丽脱俗的红衣女子。梅拉乔的目光从洛克身上滑过，旋即转了回来，那双明察秋毫的眼眸盯着他和他身上的衣服。这位大银行家张开嘴，似乎转念一想又没有说话，接着再度张开。

"先生，"梅拉乔用冷冰冰的语调说，"请您原谅，但……"

"啊，梅拉乔先生！"堂·萨尔瓦拉几步走到他身边。一位堂的出现，打断了梅拉乔的问话。他礼貌地鞠了一躬，但程度并不太深。

"堂·萨尔瓦拉，"梅拉乔说，"还有美丽的堂娜·索菲娅，见到你们真是我的荣幸！也请您接受我的敬意，雷纳特队长。"他说完这句话就转过头来，把高大的韦德兰人抛在脑后，重又望向洛克。

"梅拉乔先生，"洛克说，"哦，多么幸运的巧合！终于能和您相见，我真是三生有幸。我曾多次在您的银行中，寻找您的身影。但恐怕我还没有机会向您致以无上的敬意。"

"是吗？哦，我正想问一下……您是谁呢，先生？"

"梅拉乔先生，"堂·萨尔瓦拉说，"请允许我为您介绍卢卡斯·费尔怀特，安伯兰商人，贝尔·奥斯特家族雇员。他到卡莫尔来，是为了洽谈进口一批淡啤酒的事宜。我很想看看那些安伯兰啤酒跟咱们的特产佳酿相比孰优孰劣。卢卡斯，这位是尊敬的詹卡纳·梅拉乔，同名银行的主人。很多人称他为白铁公爵，这并非无稽之谈。所有商贸活动都环绕在他周围，犹如群星拱月一般。”

“愿为您效劳，先生。”洛克说。

“安伯兰商人？贝尔·奥斯特家的？”

“哦，是啊，”堂娜·索菲娅说，“他是作为我们的特殊客人来参加宴会的。”

“梅拉乔先生，”洛克说，“我希望自己不会太过冒昧，但您觉得我这身衣服的剪裁还合意吗？还有这个面料？”

“这是个奇特的问题，”梅拉乔说，“因为它看起来很眼熟。”

“那是当然了。”洛克说，“在萨尔瓦拉夫妇的建议下，我给自己买了一套你们卡莫尔式样的服装。我要求裁缝参考全城品位最高的人，以他最喜欢的式样为准。除了您，他还能说出谁的名字呢，先生。这身衣服完全是按着您的风格制成的！我发现它特别舒适贴身，希望您不要嫌我说话放肆。”

“哦，不。”梅拉乔似乎一头雾水，“哦，不。根本没这回事。承蒙夸奖，先生，承蒙夸奖。我，嗯……我感觉不是太好。太热了，您知道。我相信那缩微模型中的饮料会对我有些帮助。很高兴认识您，费尔怀特先生。请恕我告退，堂娜·索菲娅，堂·洛伦佐。”

梅拉乔转身离去，还扭回头来看了洛克一眼，然后摇了摇头。**哦，诡诈看护人**，洛克心想，**你真是个爱搞怪的狗杂种**。

“卢卡斯，”堂娜·索菲娅说，“你现在已经吃好了吧？”

“我已经相当饱了，萨尔瓦拉夫人。”

“好的！干吗不跟我去拜访堂娜·沃岑莎呢。她就藏在下面某层的一间客厅里，躲起来编织她的东西。如果她今天精神还好的话，你会爱上她的，我保证。”

“堂娜·沃岑莎，”雷纳特说，“西长廊最北边的房间中，从这里往下两层。您知道我说的地方吗?”

“哦，是的。”索菲娅说，“你觉得如何，卢卡斯? 咱们去跟她问声好吧。洛伦佐可以四处转转，继续疏通他应当完成的重要工作。”

“这件事我不会忘的，亲爱的。”堂·洛伦佐扮出夸张的恼怒表情，“费尔怀特先生，以我个人来说，只希望老堂娜今晚会说瑟林语，不然你会发现自己被介绍给了一尊石像。也可能只有当我在场的时候，她才会这样做吧。”

“我想我应该说这完全是一种假相，萨尔瓦拉先生。”雷纳特说，“我得在这儿多转一会儿，装出好像在认真执勤的样子。请代我向堂娜·沃岑莎致意，索菲娅夫人。”

“当然没问题，队长。你要来吗，卢卡斯?”

堂娜领着他走下一条宽大的祖灵玻璃楼梯，两侧安有漆木扶栏，装在华美罩盒中的炼金灯在楼梯底部散发着柔光，天黑后它们肯定十分漂亮。这一层的陈设布置跟上层一模一样。另一张五十尺长的筵席台上堆满了精致神奇的食物，一尊散发怪异美感的玻璃黄金雕刻品就摆在旁边。**真古怪**，洛克心想。

“尊敬的萨尔瓦拉夫人，”他指着金字塔，笑着说，“也许等咱们离开的时候，可以说服几个仆人帮您借一尊雕像回去，好让你看看里面的构造?”

“哦，卢卡斯，只要……但谁又能承担得起公爵的责任，异想天开地把凌鸦塔的装饰品借回去? 来吧，咱们还得往下走一层。卢卡斯? 卢卡斯，你怎么了?”

洛克呆立当场，直勾勾地盯着通向下层的楼梯。一个人刚刚冒出头来，他身材瘦削，打扮合体，穿着灰大衣、灰手套和灰长裤。马甲和四角帽黑如夜色，围巾则是艳丽的鲜红。左手皮手套外戴着一枚非常眼熟的戒指——巴萨维的戒指，卡莫尔大佬的黑珍珠戒。

洛克·拉莫瑞与瑞沙大佬四目相对，他的心跳仿佛战船擂鼓。卡莫尔地下世界的君王停住脚步，呆呆发愣。迷惑不解的表情从他脸上划过，洛克只觉心底升起一丝快意，转瞬间又化作仇恨。瑞沙咬着牙，脸部线条绷得很紧。他最终回过神来，转起一根黑漆女巫木金头手杖，夹在左臂下面，迈开轻松的步伐走到洛克和堂娜·索菲娅面前。

4

“我相信，”瑞沙大佬说，“您肯定是一位卡莫尔城的堂娜。我想自己未曾有幸见过您，高贵的夫人。”他把帽子一甩，右足前探，鞠了个角度完美的躬。

“我是杜罗纳岛的堂娜·索菲娅·萨尔瓦拉。”她说着伸出手去。瑞沙接过来，隔空亲了一下。

“愿为您效劳，尊敬的萨尔瓦拉夫人。我叫卢希亚诺·安纳多流斯。迷人啊，尊敬的女士，您非常迷人。这是您的伙伴？咱们此前见过面吗？”

“我想应该没有，先生。”洛克说，“您看起来有些面善，但我相信如果咱们见过的话，我一定会想起来的。”

“安纳多流斯先生，这是卢卡斯·费尔怀特，一位安伯兰商人，服务于贝尔·奥斯特家族。”索菲娅说，“我带来参加公爵宴会的私人宾客。”

“一位安伯兰商人？向您问好，先生。哦，您肯定**富可敌国**，才能跻身于如此高贵的社交圈子。”

“我尽力而为，先生，只是尽力而为。我在卡莫尔城有些不同寻常的好朋友，他们经常为我带来意想不到的好处。”

“我完全相信。您是说贝尔·奥斯特家族？那家著名的白兰地酒商？太棒了。我和所有人一样喜欢喝杯好酒。实际上，我通常整桶整桶地买。”

“真的，先生？”洛克微笑着说，“哦，这可是我们商号的强项。无数奇妙惊人的东西会从我们的桶里流出。总能满足顾客的愿望，是我们的骄傲——足额偿付收讫之物，保证等价交换——如果您明白我的意思。”

“我明白。”瑞沙脸上同样挂着冷峻的笑容，“一项为人称道的商业准则，跟我所秉承的相差无几。”

“哦，对了，”洛克说，“我想起来为什么看您这么眼熟了，安纳多流斯先生。您有姐妹吗？也许有两个？我似乎记得在什么场合见过她们——你们的相似之处显而易见。”

“不。”瑞沙大佬皱着眉头说，“恐怕您犯了个严重的错误。我没有姐妹。堂娜·索菲娅、费尔怀特先生，能认识你们令我倍感荣幸，可惜我还有要事在身。我祝你们在今晚的宴会上玩得愉快。”

洛克伸出手去，脸上挂出纯洁无瑕的友好笑容：“认识新朋友总是令人愉快，安纳多流斯先生。也许咱们还有机会再见？”

瑞沙大佬盯着洛克伸来的手愣了片刻，随即回过神来。如果他拒绝这种礼节，很可能引起一场大乱子。瑞沙有力的右手握住了洛克的小臂，洛克也以同样的动作予以回应。他左手的五指在微微抽动。如果不是因为短剑藏在靴筒里很难取出，他现在很可能会抛开所有理智。“您真是个有趣的人，费尔怀特先生。”瑞沙大佬不露声色地说，“但我不知道咱们是否还有机会再见。”

“如果说我对这座城市还算了解的话，安纳多流斯先生，”洛克说，“那我了解到的就是它充满意外。祝您今晚过得愉快。”

“您也是，”瑞沙说，“安伯兰的商人。”

大佬快步走向大厅中的人群，洛克目送他渐行渐远。瑞沙回了次头，他们的目光再度交会。接着大佬走向通往上层的楼梯，灰大衣在身后飘摆，转眼间消失不见。

“卢卡斯，”堂娜·索菲娅说，“我是不是错过了什么？”

“错过了什么?”洛克露出费尔怀特式的单纯笑容，“我想没有，尊敬的夫人。只是他跟我过去认识的某个人特别相像。”

“某个安伯兰的朋友?”

“哦，不。”洛克说，“不是朋友。而且我所说的那人已经死了——死得相当彻底。”洛克发觉自己就快把牙咬得咯咯响，连忙换回轻松的表情，“咱们该去找您那位堂娜·沃岑莎了吧，萨尔瓦拉夫人?”

“哦，当然，”索菲娅说，“是的，咱们这就去。请跟我来。”

她领着洛克走下瑞沙刚刚通过的楼梯，进入下一层大厅。这里同样挤满达官显贵——“蓝血贵族和金血豪商”——锁链神父应该会如此形容。这里没有筵席桌，取而代之的是一张吧台。四十尺长的抛光女巫木台面后方，站着两打身穿公爵制服的服务生。再往后，许许多多桌子和架子上摆放着成千上万瓶醇酒，旁边还布置了不少炼金灯，在大厅中洒下层层叠叠的彩光缎带。几座由红酒和啤酒杯摞成的大金字塔码放在吧台两侧，以丝绒绳索隔开来，否则稍有不慎，随便什么人都可能使价值数百克朗的精美水晶杯摔得粉碎。几个黑号衣在这些玻璃金字塔旁站得笔管条直，作为额外保护。说到金字塔，另一尊漂亮的金字塔雕塑就放在吧台右侧几尺远的地方，同样置于一条丝绒绳索之后。

堂娜·索菲娅领他走向西侧，通过吧台。一大溜贵族正等着领取各自喜爱的酒精饮品，其中有些人显然已经有点记不清直立行走这门古老技艺。大厅西墙上有一扇厚重的女巫木门，上面镶刻着尼克凡提公爵的私人徽章。堂娜·索菲娅把门推开，带领洛克进入一条弯曲回廊，炼金灯投下的柔和银光洋溢此间。走廊里有三扇门，堂娜·索菲娅引他走到尽头的门前。洛克估计这里接近凌鸦塔北墙。

“好了，”堂娜·索菲娅露出一丝坏笑，“里面可能是堂娜·沃岑莎，也可能是两个年轻人在做他们不该做的……”

她把门滑开，往里瞥了一眼，接着揪了揪洛克的袖子。“没问题了。”

她轻声说道，“她在这儿。”

洛克和索菲娅看到的是一间近乎正方形的屋子，只有外墙略微弯曲。跟那些大厅不同，此处的祖灵玻璃外壁并不透明。北墙上有一扇窗户，木质百叶窗已经打开，让午后的阳光和暖风透入房间。

屋里放着把高背木椅，上面坐着一位弯腰驼背的老妇人。她哈腰驼背，手里拿着两根闪闪发亮的编织针，注意力完全放在手中无从辨认的编织品上，这东西一直垂到她的大腿，几团黑毛线躺在她脚下。堂娜·沃岑莎反常地穿着男式黑大衣和深紫色马裤，很像是骑兵军官的传统服饰。脚下那双黑色便鞋两头向上翘起，仿佛童话故事里的东西。半月形镜片后面的双眼似乎清澈通明，但堂娜·索菲娅领洛克走到房间中央时，它们始终没有抬起。

“堂娜·沃岑莎。”索菲娅清了清嗓子，同时提高声调，“堂娜·沃岑莎？我是索菲娅，夫人……我带了个人来见您。”

啪嗒啪嗒、啪嗒啪嗒，堂娜·沃岑莎的编织针响个不停，啪嗒啪嗒、啪嗒啪嗒，但她的目光还是没有离开手里的东西。

“堂娜·安洁维丝塔·沃岑莎，”索菲娅对洛克说，“继承夫位的琥珀晶女伯爵。她，啊……她的情况时好时坏。”索菲娅叹了口气，“我可以请您在这里陪她待一小会儿吗？我要到吧台去。她通常喝白葡萄酒。也许一杯酒可以把她带回咱们身边。”

“当然，堂娜·索菲娅。”洛克愉快地说，“为女伯爵效劳是我莫大的荣幸。您觉得她需要什么东西，就去拿吧。”

“我能给你带点什么吗，卢卡斯？”

“不，哦，不用。您太客气了，尊敬的萨尔瓦拉夫人。我或许晚些时候再喝吧。”

索菲娅点点头，随即走了出去。房门在她身后关闭，发出咯的一声。洛克背着手在屋里走了几步。

啪嗒啪嗒、啪嗒啪嗒，编织针的声音毫不停歇，啪嗒啪嗒、啪嗒啪嗒。洛克扬起一侧眉毛，在这两根针之间形成的东西仍旧是个谜。也许它离完工还差得远。洛克叹了口气，又踱了几步，扭头望向窗外。

绿色和棕色的丘陵在城市北方起伏的地平线上绵延。洛克可以看到大路的线条，小房舍色彩斑驳的屋顶，还有蓝灰色的安杰文河。所有风景在热浪和距离的作用下，都显得模糊不清。太阳给世间万物洒上白炽光芒，天空中万里无云。

突然间，强烈的刺痛感从左脖梗传来。

洛克猛地转过身，抬起一只手捂住疼痛的地方，指间有些湿漉漉的感觉。琥珀晶女伯爵堂娜·安洁维丝塔·沃岑莎站在他面前，正将刚刚扎进洛克后脖颈的编织针慢慢收回。此刻半月形镜片后面的双眼灵动有神，一丝笑容在满是皱纹的瘦脸上绽放。

“呃呃呃呃呃呃啊啊啊啊啊啊啊!”洛克揉着后脖颈，非常困难地维持着自己的韦德兰口音，“这到底是怎么回事?”

“伤心柳，荆刺先生，”堂娜·沃岑莎说，“伤心柳树的毒素。我相信你肯定听说过。你还有几分钟好活……我很想用这点时间来跟你谈谈。”

5

“你……你……”

“扎了你的脖子。是的，没错，我必须承认这让我感觉好极了，亲爱的孩子。我还能说什么呢？你让我们进行了一场艰苦卓绝的追逐战。”

“但……但……堂娜·沃岑莎，我不明白。我是怎么冒犯您了?”

“你大可以放弃这韦德兰口音了。它很完美，但恐怕你这次没法面带微笑地骗出一条退路来，荆刺先生。”

洛克叹了口气，揉揉眼睛。“堂娜·沃岑莎，如果那根针的确下了毒，我干吗还要告诉你任何事呢?”

“这才算是个合理的问题。”堂娜把手伸进罩衫前襟，掏出个盖着银帽的小玻璃瓶，“只要你肯合作，我就把解药给你。你当然会老老实实地跟我相处吧？你身处几百米的高空，我手下所有午夜人都在这里，化装成了仆人。如果你从这条走廊跑出去哪怕十尺，就会受到相当不名誉的待遇。”

“你手下的……午夜人……你是说……你肯定是在开见鬼的玩笑。你是蜘蛛?”

“是的。”堂娜说，“看在诸神分上，终于能把这秘密告诉某个懂得欣赏的人，感觉可真好。”

“但是，”洛克说，“蜘蛛是……至少我以为蜘蛛是……”

“男人？你和城里所有人都这么认为，荆刺先生。我始终觉得他人的臆想是最好的伪装，你说呢?”

“嗯嗯。”洛克还真笑出了声。酸麻感在伤口周围蔓延，这显然不只是他的想象。“看来我被自己下的套捉住了，堂娜·沃岑莎。”

“你肯定聪颖过人，荆刺先生。”堂娜·沃岑莎说，“这我必须承认。只有这样，你才能完成那些骗局，才能让我的人这些年来始终摸不到头绪……诸神啊，我真希望不用把你扔进鸦笼。只要你有几年时间好好考虑考虑，也许咱们能够达成某种协议。最终踩进别人布下的陷阱，对你来说感觉肯定很古怪、很新鲜。”

“哦，不。”洛克叹了口气，双手捂着脸说，“哦，堂娜·沃岑莎，我很抱歉让您失望了。但不如我聪明的人的名单，似乎每分每秒都在缩短。”

“哦，”堂娜·沃岑莎说，“这的确不太愉快。但是别争了，你现在肯定感觉很不舒服。你肯定已经站不稳了。赶快说声‘好’吧。告诉我你偷走的钱藏在什么地方，也许你将在耐心宫度过的漫长岁月可以缩短几天。

把同伙的名字都告诉我，我相信可以给你找个舒适的房间。”

“堂娜·沃岑莎，”洛克勉力说道，“我没有同伙。就算我有，也不会告诉你他们是谁。”

“那个格劳曼呢?”

“格劳曼是雇来的。”洛克说，“他以为我真是安伯兰商人。”

“还有福水神庙后巷里那两个所谓的强盗?”

“雇来的，早就逃回塔里沙玛去了。”

“还有伪装的午夜人，造访萨尔瓦拉府邸的那两个?”

“矮精灵，”洛克说，“每到月圆时，就会从我屁眼里爬出来。这个问题已经困扰我好几年了。”

“哦，荆刺先生……伤心柳会让你永远把嘴闭上。你现在不用吐露自己的秘密，只要投降就好。我会把解药给你，咱们可以在更舒适的环境下继续这段谈话。”

洛克盯着堂娜·沃岑莎，过了短暂而漫长的几秒。他直视女伯爵苍老的眼眸，从中看出难以掩饰的满足。他的右手不由自主地攥成了拳头。也许堂娜·沃岑莎太习惯于高高在上的地位，甚至忘记了他们之间的年龄差距；也许她只是觉得外表如此文雅的人，哪怕是个罪犯，也不会做出洛克要做的事。

他一拳打在堂娜的嘴上。如果对手换成壮年男子，他这记右钩拳会显得相当滑稽。但堂娜·沃岑莎的脑袋猛地向后仰去，眼珠往上一翻，双腿瘫软。洛克在堂娜摔倒前拉住了她，同时小心翼翼地从她手中取走玻璃瓶。他把女伯爵放回靠背椅，然后打开瓶盖，把药水全都灌进嘴里。这温热的液体味道有点像柑橘。洛克把药咽下肚，将瓶子扔到一边，接着他以最快速度脱掉大衣，用它把堂娜·沃岑莎绑在椅子上，用两条袖管在她背后打了好几个结。

女伯爵脑袋往前一歪，喉间发出呻吟。洛克拍了拍她的肩膀，忽然突发奇想，迅速（而且尽可能礼貌地）探手搜了搜堂娜的马甲。他满意地闷哼一声，掏出个小丝袋来，钱币撞击的叮当声从中传出。“不是我想找的东西，”他说，“但咱们可以称之为合理补偿，毕竟我被见鬼的缝衣针狠狠扎了一下，对吧？”

洛克站起身，又来回踱了几步。最终他转回身，单膝跪在堂娜·沃岑莎面前，开口说：“尊敬的夫人，如此残忍地对待像您这样的人真让我痛彻心扉。实际上，我对您十分尊敬。换作其他场合，我很有兴趣听您说说我是怎么捅了娄子，走漏了风声。但您必须承认，除非我发了疯，才会跟您合作。而且耐心宫的确不适合我。感谢您让我度过这段非常有趣的午后时光，请代我向堂和堂娜·萨尔瓦拉致意。”

洛克说完这话，就把百叶窗推到最大限度，抬腿跨出窗户。

如果凑近观察，就会发现凌鸦塔外表面上并不光滑，众多凹槽和突起环绕在塔身上，可以说每层都是。洛克侧身站到一处六寸宽的狭窄壁架上，用肚子紧紧贴住塔身温热的玻璃。他等待太阳穴中的躁动血流慢慢平息，希望它别再发出好似壮汉重拳般的砰砰乱响。但这声音没有减弱的迹象，洛克叹了口气。

“我就是白痴王，”他嘟囔道，“天下所有白痴中的白痴。”

洛克一点点往右蹭去。暖风在他身后吹拂。片刻之后，壁架逐渐变宽。洛克还发现了一处可以放手的凹槽。他确认自己暂时没有坠落的危险后，扭头往下瞥了一眼，立刻觉得后悔。

玻璃高塔在观察者和景观之间增添了一个隔离层。在这里，似乎整个世界沿着一道巨大圆弧渐渐远去。洛克感觉不是在六百尺的空中，而是一千尺，一万尺，一百万尺——或是某个根本无法想象的高度，只有诸神才能理解。他紧紧把眼闭上，抓着玻璃墙壁，好像能把自己浇筑进去，就像灌进石块间的灰泥。洛克浑身颤抖。胃里的猪肉和阉鸡极力要求随着一股恶心的洪流涌上喉头。他的嗓子似乎随时都可能准许这项请求。

诸神啊，洛克心想，我会不会爬到塔身透明的部分？那看起来肯定特别搞笑。

一阵吱吱嘎嘎的响动从上方传来，洛克抬头望去，倒吸了一口冷气。

一台升降笼正在下落，而且正好跟他保持在一条线上，很快就将从距离他三尺远的地方经过。

笼子里没人。

“诡诈看护人，”洛克轻声说道，“我会干的。但我只求您一件事，就一件。等这件事结束后，你得让我忘个一干二净，把这段记忆从我脑海中偷走。而且只要我还喘气，就不会再爬上距离地面三尺远的位置。赞美您。”

笼子缓缓下降。距离他只有十尺、五尺，笼底进而跟他的双眼平行。洛克大口大口地喘着气，呼吸急促而惶恐。他站在台子上慢慢转过身，背靠玻璃墙。头上的天空和脚下的世界似乎大到无法逼视。诸神啊，他不想考虑这些。笼子从他眼前划过，铁栏杆就在三尺之外，但距离地面又有五十多层楼的高度。

洛克尖叫一声，把自己从高塔的玻璃墙上推了出去。当他撞上笼子的黑铁栏杆后，连忙手脚并用拼命扒在上面，就跟只吊在树上的猫咪一样。笼子前后摇摆了一阵，洛克尽量不去理会这阵晃动给天空和地平线带来的变化。笼门……他必须打开笼门。出于安全考虑，铁门关得很严，但上面并没安装精密锁具。

洛克的双手不住颤抖，就好像空气冷得快结成冰。但他还是拉开了笼子上的插销，将门一把拽开。他谨慎小心地爬进里面，在最后一阵骇人的晕眩爆发时伸出手去，把门猛然关在身后。他坐在笼子底部喘着粗气，在放松的快慰和毒药的后遗症共同作用下打起哆嗦。

“啊，”他嘟囔道，“好了。这他妈的也太可怕了。”

一台上升的笼子从他右侧二十尺处通过，里面挤满贵族宾客。这些人好奇地注视着他，洛克冲他们挥了挥手。

洛克很担心笼子会在到达地面前突然停下，重又开始上升。但他下定决心，如果情况真的这样发展，那他宁愿到耐心宫去碰碰运气。不过笼子始终在下降，沃岑莎肯定还被绑在椅子上，没有恢复意识。笼子落在地面上时，洛克便站起身来。仆人们打开铁门，目瞪口呆地盯着他。

“抱歉，”其中一人说，“但您是否……您可曾……这具笼子离开升降平台时您在里面吗？”

“当然了。”洛克说，“你看到了一道黑影，从高塔上蹿出来的？是鸟。你肯定没见过这么大的鸟。我跟你说，它差点把我吓得尿了裤子。对了，这些马车中有出租的吗？”

“请到最外边那行，”男仆说，“找那些挂着白旗和白灯的车。”

“万分感谢。”洛克把手伸进堂娜·沃岑莎的钱袋，迅速翻了翻。这里面装了不少金币和银币，数目令人十分满意。洛克走出笼子，给周围的仆人一人扔了一梭伦。“那是只鸟，对吧？”

“是的，先生。”另一名男仆扬起黑帽，行了个摘帽礼，“我们从没见过那么大的鸟。”

6

出租马车在私语山把他放下。洛克出手阔绰，正是“忘了你接过这趟活儿”的那种阔绰。他随后独自南行，穿过落尘区，大概到了晚上六点左右，终于回到他们藏身的陋室。他掀开门帘冲了进去，嘴里叫嚷着：“金，咱们有个见鬼的大麻烦……”

驯鹰人站在小房间正中央，双手抱在胸前，冲洛克露齿一笑。转眼之间，洛克便将这戏剧化的场面看得一清二楚：伊贝琉斯一动不动地跌坐在对面墙根底下，而金·坦纳则扑倒在盟契法师脚下，痛苦地扭动着身体。

维斯崔思站在主人肩头，用那双黑黄交杂的眼睛盯着洛克，张开喙发出胜利的嘶鸣。洛克浑身一颤。

“哦，没错，拉莫瑞先生，”驯鹰人说，“是的，我敢说你的确有个见鬼的大麻烦。”

插曲
灰烬中的王座

瑟林佩尔曾被称作祖灵的珠宝，它是失落的上古种族留下的众多城市中最宏伟最巨大的一座。在祖灵消失了很久以后，人们将这片疆土据为己有。

瑟林佩尔位于安杰文河源头，群山间流下的浊白湍流就在此处注入宽阔河道。它背靠雄浑壮丽的悬崖峭壁，其他方向则环绕着肥沃农田，骑快马也需要跑上两天。每到秋季，琥珀色谷物随风摇曳，田地仿佛一片海洋。这丰硕的赏赐正适合一座帝国都城，而瑟林佩尔就屹立于此。

南方所有城邦都臣服于瑟林王座。帝国的工程师们建造了成千上万里道路，将这些城邦连接在一起。帝国的将领们安排巡逻队在大路间剿灭盗匪，同时在小村寨和城镇维持驻军，保证商旅、信函可以从帝国一端到达另一端，从铁海到达铜海，一路上畅通无阻。

卡泰因和拉塞因，奈丝克和塔里沙玛，埃斯帕拉和艾什米尔，艾黎代因和卡莫尔，巴厘内尔和伊撒拉……统治这些强大城邦的公爵们，都要从皇帝手中接过银冠。如今尚存的几位公爵也许权势倾天，但他们都是自封为王。能够追溯到瑟林王朝的高贵血脉早已断绝。

韦德兰人在北方出现后，瑟林王朝进入了衰落期。这些以劫掠为生的海洋民族，夺取了大陆北方的瑟林王朝属国。他们将流入北海的七条大河命名为七大圣髓河，又击败了王朝派往北方的每一支军队，粉碎了瑟林人收回失地的愿望。实力受损后，瑟林王朝无法维持旺盛的攻势，所以不可避免地逐渐衰微——但始终没有瓦解。

瓦解它的是卡泰因盟契法师。

“盟契法师会”在卡泰因城建立后，逐渐将这独一无二的可怕行会推向其他城邦，而且断不接受瑟林佩尔皇帝的愤怒要求。皇帝坚持让他们停止这种行动，据说法师们给他送去一封简短信函作为回复，上面开列了尊贵的皇帝陛下可以雇请他们进行的各项服务。皇帝派出他的皇家法师会，这些人无一例外地死于非命。皇帝随即集合大军，开赴卡泰因城，发誓要屠灭每个拥有盟契法师头衔的巫师。

对新组建的公会来说，这次宣战正好是对他们决心的考验。盟契法师们已经公开发誓，任何人胆敢伤害公会成员，都要面对他们骇人听闻的报复。

在这次直指卡泰因的征程中，皇帝的军队勉强杀死了十几名巫师。

四百盟契法师在卡泰因城东方与皇帝的大军对垒，他们决定纡尊降贵地献上一场酣战。还不到两个小时，国王军就失去三分之一人马。诡异的雾气从地面冒出，误导了部队的行进方向。假象和幻觉折磨着他们。满天箭雨在半空停止，继而落到地上，或是飞向放箭的弓手。有些法术可以控制他人的行动，就像操纵牵线木偶，疯狂而迷惑的士兵们因此自相残杀。皇帝本人被他的亲卫队砍成肉酱，据说后来在火葬仪式上焚化的尸身，没有一片大过手指。皇帝驾崩后，幸存的将军们四散奔逃，剩下的部队也如丧家之犬跑回了瑟林佩尔。

但这件事并没有就此结束。盟契法师议会决定将他们的律条付诸实施，而且要选个让天地变色的方式。只要人类还有记忆，那么一想到忤逆他们的后果，整个世界都要为之颤抖。

他们将报复施加在瑟林佩尔城上。

巫师们召唤出的火焰风暴惊世骇俗，超乎自然之力。四百盟契法师同心协力，在王国都城中点起了滔天烈焰。历史学家们迄今为止还怯于描述，据说那团火焰像群星的内核一样白炽，甚至远在卡莫尔城东方的铁海深处，或是北方新兴的七髓王国首都温提拉，都能看到黑色烟柱直入云霄。

就连这恐怖法术都不能损伤祖灵玻璃，城里那些出自祖灵之手的建筑物毫发无伤。但除此以外，火焰过处寸草不留。木头、石料、金属、灰泥、纸张和生物都付之一炬。城里所有建筑、生物和没能赶在法师们动手前逃离的居民，都被烧成一片灰烬。一尺深的荒漠下是大地黑色的疮疤。

热风卷起灰烬，在法师们特意留存的一个人造物体脚下打转。那正是帝国的宝座。这把座椅迄今还留在杳无人烟的瑟林佩尔城，周围是被时间和雨水转化成黑色水泥的荒原。没有一株植物在瑟林佩尔生长，没有一个正常人会踏足于这块见证了卡泰因盟契法师决心的黑色纪念碑。

是他们用超自然的火焰粉碎了瑟林王朝。是他们让南部城邦陷入数百年战乱纷呈的局面，给了北方七髓王国迅速崛起的机会。

大多数人只要一冒出招惹盟契法师的念头，脑海中就会浮现出这样的画面——一把空荡荡的王座，孤零零地矗立在干涸荒原之上。

第十六章
正义是红色的

1

驯鹰人动了动手指，洛克·拉莫瑞扑通一下跪在地上。那种太过熟悉的痛感在骨骼中灼烧，他倒在陋室的地板上，就躺在金·坦纳身边。

“没想到你能逃过我们在回音洞设下的小小陷阱。”法师说，“真是让人喜出望外。尽管你的名头很响，但我还是吃了一惊。我以为你完全被我们骗倒了。而且就在今天下午，我还以为金·坦纳是我唯一的目标。但现在这样就更有趣了。”

“你，”洛克恶狠狠地说，“是个变态的杂种畜生。”

“不，”盟契法师说，“我只是遵守雇主的命令。而我接到的命令是，确保杀害我雇主妹妹们的凶手慢慢死去。”驯鹰人把指节捏得嘎嘎响，“对我来说，你是一笔飞来横财。”

洛克吼叫着把手伸向盟契法师，强令自己克服痛苦向前爬去。但驯鹰人低声嘟囔了几个字眼，那撕心裂肺拆筋断骨的感觉似乎增强了十倍。洛克弓着背试图呼吸，但肺部下方和后方的肌肉硬得好像石头。

等盟契法师解除施加在他身上的痛苦后，洛克猛地趴在地上，喘着粗气，只觉天旋地转。

“有时，见证成功的丰碑会变成导致失败的诱因。”驯鹰人说，“这很有意思。拿你来说，金·坦纳——你能干掉我雇主的两个妹妹，可见武艺超群；但你现在却因此而饱受折磨。而且是她们从死亡的国度向你复仇。我们法师只要能拿到一个人的身体残留物，就能施展很多占卜术。比方说指甲屑，或是发丝。还有刀刃上的鲜血。”

金·坦纳不住呻吟，但却说不出话来。

“哦，是的。”驯鹰人说，“当我发现那些血迹把我引向了什么人时，的确很惊讶。我要是你，早跟着头一批商队逃到大陆另一端去了。那样你也许还能安度晚年。”

“绅士盗贼团，”洛克用嘶哑的声音说，“不会放弃同伴，更不会放过仇敌。”

“一点没错，”盟契法师说，“所以他们会趴在这种臭烘烘的破窝棚里，死在我的脚下。”

维斯崔思扑打翅膀，从他肩头飞到房间角落的一个架子上。它用阴毒的目光看着洛克，激动地左右摆着脑袋。驯鹰人把手伸进大衣，掏出一张羊皮纸、一杆羽毛笔和一小瓶墨水。他拧开盖子，把墨水瓶放在睡榻上，用笔尖蘸了两下，低头看着洛克，脸上露出微笑。

“金·坦纳，”驯鹰人说，“多简单的名字啊。很容易写，甚至比缝在人手上更容易。”

羽毛笔在羊皮纸上滑动。驯鹰人笔走龙蛇，用一连串圆环写出金的名字，脸上的笑容愈发灿烂。他写完后，银丝自动探出绕上左手四指。法师移动手指，那种节奏韵律几乎可以将人催眠。一道苍白银光从他手中的纸卷升起，映照出他脸颊的轮廓。

“金·坦纳，”驯鹰人说，“起来，金·坦纳。起来。我要给你一项任务。”

金哆哆嗦嗦地撑起身体，跪在地上，然后爬了起来。他站在驯鹰人面前。而洛克还趴在地上，完全无法移动。

“金·坦纳，”盟契法师说，“拿出你的短斧。你此刻最想做的就是抽出那对短斧。”

金把手伸到睡榻底下，拿出恶姐妹。他两手各擎一柄短斧，嘴角露出淡淡微笑。

“你想用用它们，不是吗，金？”驯鹰人变换着手中丝线的形状，“你想体会它们切入肉体的感觉……你想看到鲜血飞溅。哦，是的……别担心。我有个任务，可以让你用到它们。”

驯鹰人抬起右手中的纸张，比了比趴在地上的洛克。

“杀掉洛克·拉莫瑞。”他说。

金·坦纳浑身一颤，朝洛克迈出一步，随即站定不动，眉头紧锁，双眼紧闭。

“我唤出你的姓名，金·坦纳。”盟契法师说，“我唤出你的姓名，至真之名，灵魂之名。我唤出你的姓名。杀掉洛克·拉莫瑞。”

金·坦纳迟疑地往前蹭了一步，似乎牙齿都快咬碎，两柄短斧慢慢抬起，一滴泪珠从他右眼滚出。大汉深吸口气，又迈了一步，抽噎着将恶姐妹举过肩头。

“不，”驯鹰人说，“哦，不。等等。退后。”

金·坦纳听话地从洛克身边退开足足一码。拉莫瑞忍不住默默祷告，既为暂时脱险而庆幸，又为接下来可能发生的变故担心。

“金的心肠很软，”驯鹰人说，“但你才是真正的弱者，不是吗？是你对我说，只要我不动你的朋友们，你就会做任何事。你被塞进木桶时，还紧闭双唇，本来只要出卖朋友，也许还能留条活路……哦，不。我知道该怎么办了。金·坦纳，把短斧扔掉。”

恶姐妹落在驯鹰人脚下，发出轰的一声闷响。片刻之后，盟契法师说出几个诡异的字眼，动了动左手的丝线。金·坦纳惨叫一声，摔在地上，无力地打着哆嗦。

“我想这样会更好些。”驯鹰人说，“应该让你杀死金，拉莫瑞先生。”

维斯崔思冲洛克发出嘶鸣，听起来仿佛暗含嘲讽的诡异笑声。

哦，妈的，洛克心想，**哦，诸神啊。**

“当然，”驯鹰人说，“咱们都知道你的姓氏是假的。但我并不需要全名，哪怕只是真名的片段也足够了。你会看到的，洛克。我发誓你会看到的。”话音未落，银丝消失不见。驯鹰人又拿起笔蘸了蘸墨水，在纸上写下几个字。

“好了，”他说，“好了，你又可以动了。”事实印证了他所说的话。麻痹感随即消失，洛克试探着动了动手指。盟契法师再次搅动银丝，洛克感觉有种陌生的东西在身体周围涌现，形成一股压力。羊皮纸上又闪出亮光。

“现在，”驯鹰人说，“我唤出你的名字，洛克。我唤出你的姓名，至真之名，灵魂之名。我唤出你的名字，洛克。”驯鹰人把恶姐妹从地板上踢给洛克。“站起来。站起来，捡起金・坦纳的短斧。站起来，杀死金・坦纳。”

洛克撑起上身，支着双臂歇息了片刻。

“杀死金・坦纳。”

洛克伸出颤抖的右手，握住一柄短斧，拉到自己跟前，攥着它往前爬去。他的呼吸急促而杂乱。金・坦纳倒在盟契法师身后三四尺远的地方，趴在小屋的尘灰中。

“杀死金・坦纳。”

洛克爬到驯鹰人脚下，慢慢扭过头去望向金。大块头睁着眼睛，一眨不眨，目光中透露出真切的恐惧。他的双唇微微抖动，似乎想说什么话。

洛克站起身，高举短斧，发出不成调的吼声。

他用尽全力挥动短斧，铁球朝前撞在驯鹰人的双腿之间。银丝和羊皮纸从盟契法师手中飘落，他捂住自己的腹股沟，倒吸一口冷气，摔在地上。

洛克向右一滚，准备抵挡蝎鹰的直接攻击。但出乎意料的是，那只鸟从搁板上掉了下来，瘫在地上不住抽搐，双翼徒劳地在空中扑打，嘴里发出一连串窒息的嘶叫。

洛克站起身，脸上露出有生以来最为残酷的笑容。

“原来是这么回事，对吧？”他缓缓举起短斧，铁球朝下，冲盟契法师恶狠狠地微笑，“你和她分享视野，你们也会分享彼此的感觉，对吗？”

这番话为他带来一阵几近狂喜的兴奋，但也几乎让他付出惨痛代价。驯鹰人设法集中精神，说出一个音节，手指弯成爪状。洛克抽了口气，往后踉跄几步，几乎拿捏不住短斧。这感觉就像一柄火热的匕首戳进他的两侧肾脏，烧灼的疼痛让他无法行动，甚至无法思考。

驯鹰人试图站起来，但金·坦纳突然滚到他身后，伸手揪住他的衣服翻领。大块头猛一用力，驯鹰人倒向地面，脑门撞在地板上。洛克腹中的疼痛随即消失，趴在他脚旁的维斯崔思又一次发出尖啸。

洛克没再浪费时间。他抡起短斧，向下砸去，敲断了维斯崔思的左翼，发出啪的一声脆响。

驯鹰人惨叫着扭动身体，甚至暂时挣脱了金·坦纳的双手。他抓着自己的左臂，嘴里不住哀号，眼睛睁得老大，透出震惊的目光。洛克飞起一脚，狠狠踢在他脸上。盟契法师在尘灰中翻来滚去，啐着突然从鼻孔流出的鲜血。

“只有一个问题，你这狗娘养的自大狂。”洛克说，“我承认拉莫瑞这部分很容易看出。实际上，我给自己取这个名字时还不知道它的含义如此恰当。我是从一个老腊肠商人那里借来的，他曾帮过我一次，那还是在引火区发生瘟疫之前。我只是喜欢它的发音。”

“但你他妈怎么会有他妈那么愚蠢的念头，”他缓缓说道，“以为洛克是我与生俱来的真名？”

他再次扬起短斧，转了个方向，让利刃朝向地面，然后用尽浑身气力猛然劈斩，把维斯崔思的脑袋从鸟身上剁了下来。

蝎鹰戛然而止的嘶叫在屋里回荡，跟驯鹰人的哀号混成一团。盟契法师抱着脑袋，双腿猛烈踢腾，叫声充满疯狂。它们最终停歇时，对洛克和金的耳朵来说，不啻于一种恩赐。法师呜咽两声，随即失去知觉。

2

卡泰因的驯鹰人醒来时，发现自己四仰八叉躺在陋室地板上。空中充满鲜血气息，那是维斯崔思的血。他闭上双眼，开始哭泣。

“已经把他捆牢了，拉莫瑞先生。”伊贝琉斯说。这位蚂蟥师从驯鹰人施加的法术中醒来后，就迫不及待地帮他们把卡泰因人捆了起来。他和金·坦纳不知从什么地方搜罗来几根铁桩，一一砸进地面，然后用长被单把盟契法师扎牢，将手腕脚踝死死拴住，又找来小布条捆在他的手指周围，让它们几乎无法移动。

“很好。”洛克说。

金·坦纳坐在睡榻上看着盟契法师，他眼窝深陷，目光有些呆滞。洛克站在一旁，同样低头看着驯鹰人，毫不掩饰憎恶的眼神。

盛有灯油的玻璃罐里点起一小堆火苗。伊贝琉斯蹲在旁边，慢慢加热一柄匕首。稀薄的棕烟在屋顶盘旋。

“如果你们想要杀我，”驯鹰人抽噎着说，“就是不折不扣的傻瓜。我的同胞们会为我报仇雪恨。想想后果吧。”

“我不想杀你，”洛克说，“我想跟你玩个小游戏。我还给它起了个名字，就叫‘在回答我该死的问题之前，疼得吱哇乱叫’。”

“那就下手吧，”驯鹰人说，“行会规章禁止我背叛雇主。”

“哦，你再也不会为雇主效劳了，狗杂种。”洛克说，“你再也不会为任何雇主效劳。”

“准备好了，拉莫瑞先生。”伊贝琉斯说。

盟契法师伸长脖子，望向伊贝琉斯。他吞了口唾沫，又舔了舔嘴唇，转着眼珠观察周围的房间。

“怎么回事?”洛克伸出手，小心翼翼地从蚂蟥师手中接过匕首。它的刀刃闪着红光。“怕火吗？怎么会是这样呢?”洛克皮笑肉不笑地说，“只有火焰才能防止你因失血过多而死。”

金·坦纳从睡榻上站起身，跪在驯鹰人的左臂上，用膝盖压住他的手腕。洛克一步一步走到盟契法师身边，左手擎着短斧，右手拿着发红的匕首。

“在理论上，我完全赞成这种做法，”伊贝琉斯说，“但进入实践阶段，我想我应该……暂且告退。”

“请自便吧，伊贝琉斯先生。”洛克说。

门帘一掀，蚂蟥师走了出去。

“好了，”洛克说，“我承认干掉你不是个好主意。但等我最终把你放回卡泰因时，你会变成活生生的教训。你会让那些心理扭曲、骄纵无度、自高自大的同胞们记得，如果跟卡莫尔人的朋友过不去，会有什么下场。”

金·坦纳的短斧破空而落，利刃切掉了盟契法师左手小指。驯鹰人放声大叫。

“这是为了纳丝卡，”洛克说，“记得纳丝卡吗?”

他再度挥动斧头。无名指滚落在污泥中，鲜血喷了出来。

“这是为了卡罗。”洛克说。

又是一挥，中指也消失了。驯鹰人扭动身躯，拉扯着绑绳，脑袋疼得来回扭摆。

“还有盖多。这些名字你听着耳熟吗，盟契法师先生？是不是你那操蛋契约中的小小注脚？对我来说，他们可非常真实。那么轮到这根手指了……这根是小虫儿的。按理说小虫儿也许应该得到你的小指，不过管它呢。”利斧再度落下，驯鹰人左手食指也带着血光，加入到兄弟们的放逐之旅。

“至于剩下的，”洛克说，“你剩下的指头和两个大拇指，都是我和金的。”

3

这是一项单调冗长的工作。他们不得不把匕首重新加热几次，才将所有斧伤烙好。等他们干完后，驯鹰人已经疼得快要发疯。他闭着眼睛，紧咬牙关。这间封闭的房舍中充满肉体烧灼和血液蒸腾的臭气。

“好了，”洛克坐在驯鹰人的胸口上，“咱们该谈谈了。”

“我不能，”盟契法师说，“我不能……泄漏雇主的秘密。”

“你再也没有什么雇主了，”洛克说，“你再也不能为瑞沙大佬服务。他雇的是盟契法师，不是把死鸟当密友的疯子，甚至连根指头都没有。我除去你的十指，也除去了你对瑞沙的义务——至少我是这么看的。”

“下地狱去吧。”驯鹰人啐道。

“哦，好吧。看来你已经决定来硬的。”洛克笑了笑，把匕首抛给金·坦纳。坐在火边的大块头又开始将其加热。“如果换成别的什么人，我接下来会威胁说要切掉他的卵蛋，然后讲上一大堆关于阉人的俏皮话。但我想你能忍受这一招。你不是大多数人。我想只有从你身上取走这件东西，能让你的灵魂都为之痛苦，那就是你的舌头。”

盟契法师瞪着他，嘴唇微微颤动。“求你了，”他最终低声说道，“发发慈悲，看在诸神分上，发发慈悲。我的行会旨在为他人服务——我只是在执行契约。”

“当这份契约涉及到我的朋友们时，”洛克说，“你就玩大了。”

“求你了。”驯鹰人低语道。

“不，”洛克说，“我会把它切掉。当你还在地上打滚时，我就把伤口烧好。我会把你变成个哑巴——估计没有手指你还能施展一些法术，但要是没舌头呢?”

“求你了!”

“快说,”洛克说,“把我想知道的都倒出来。”

“诸神啊,”驯鹰人抽泣道,“诸神慈悲。问吧。说出你的问题。”

“如果我发现你撒了谎,”洛克说,“那就先是卵蛋,然后是舌头。而且我的耐心已经所剩无几。为什么瑞沙大佬想把我们都弄死?”

“钱,”驯鹰人说,“金币。你们的金库。我对你们进行初步观察时发现了它。瑞沙本来只想用你转移巴萨维大佬的注意力,但当我们发现你已经偷了那么多钱后,瑞沙便想将其据为己有——用来支付我的佣金。几乎可以让我再服务整整一个月,好帮他彻底完成在卡莫尔的任务。”

“你他妈的杀了我的几个朋友,”洛克说,“还想杀死金和我,只是为了地窖里的金银?”

“你似乎是那种不肯合作的人,”驯鹰人低声说道,“很有趣,不是吗?我们觉得让你们都死透了会比较安全。”

“你们估计得没错,”洛克说,“那么瑞沙大佬,这个灰王,又是什么鬼东西?”

“安纳多流斯。”

“这是他的真名?卢希亚诺·安纳多流斯?”

“没错。你是怎么知道的?”

“去你妈的,驯鹰人,回答我的问题。安纳多流斯。他跟巴萨维到底有什么过节?”

“秘密和约,”盟契法师说,“秘密和约的建立克服了很多困难,也制造了大量流血事件。卡莫尔城曾有个实力很强的商人,他有足够的资源探查出巴萨维和公爵的蜘蛛达成的协议。由于没有贵族血统,他被排除在和约之外,因此很不开心。”

“巴萨维杀了他。”洛克说。

“是的。艾弗拉姆·安纳多流斯，泉水湾区的豪商。巴萨维杀了他和他的妻子，还有三个较小的孩子——拉文、阿莉亚娜和墨林。但三个年长的孩子在一名女仆的带领下逃走了。她保护他们，让他们装成自己的亲生子女，带着他们一路逃往塔里沙玛。”

“卢希亚诺、史利莎和雷莎。”

“对……安纳多流斯家的长子和双胞胎姐妹。他们心中充满复仇的火焰，拉莫瑞先生……与他们相比，你跟仇恨笨手笨脚的调情完全不值一提。他们花了二十二年，来准备过去两个月的计划。史利莎和雷莎八年前换上假名，回到卡莫尔城。她们作为利鲨角斗士赢得了无上声誉，最终成为巴萨维最忠诚的仆人。

“另一方面，卢希亚诺……卢希亚诺走向大海，磨炼自己的战技和指挥才能，并且积聚了一笔财富。一笔足以雇请盟契法师效劳的财富。”

“瑞沙大佬是个商船船长?”

“不，”驯鹰人说，“一名海盗。不是铜海里随处可见的粗豪傻瓜，而是从容不迫、效率极高的职业海盗。他出手不多，但收获颇丰。他从安伯兰的大帆船上劫掠高档货物，然后凿沉海船，不留半个活口，也就没人会提起他的名号。”

“活见鬼，”金说，“活见鬼。他就是满足号的船长。”

“对，那艘所谓的瘟疫船。”驯鹰人说，“如果你不想让别人靠近你的船，只需略施小计即可。多奇怪啊，不是吗?”

“他一直在把钱财充作‘慈善物资’运上船去，”金·坦纳说，“肯定包括从咱们手中偷走的所有钱，还有从巴萨维大佬那里抢来的一切。”

“没错，”盟契法师痛苦地说，“这笔钱属于我的行会，是我的工作酬劳。”

“咱们走着瞧。那么现在呢？几个小时前，我在凌鸦塔遇见了你的主子安纳多流斯。他接下来又想耍什么花招?”

“哦哦。”盟契法师沉默片刻。洛克用金的短斧捅了捅他的脖子，驯鹰人笑得相当诡异，“你想杀他吗，拉莫瑞？”

“Ila justicca vei cala.”洛克说。

“你的瑟林王朝语还说得过去，”盟契法师说，“不过发音实在太烂了。‘正义是红色的’，没错。所以说你想干掉他，这是你最大的愿望？你想听他在你刀下尖叫？”

“作为序曲，这也说得过去。”

驯鹰人忽然把头往后一仰，开始放声大笑。尖细高亢的笑声中，沾染着疯狂的味道。他笑得胸口直颤，泪水从眼中流出。

“怎么了？”洛克又用短斧捅了捅他，“别装疯卖傻，把该死的答案告诉我。”

“我会给你两个答案，”驯鹰人说，“还会给你一个选择，保证让你痛不欲生。现在是晚上几点了？”

“这关你他妈什么事？”

“我会把一切都告诉你。行行好，只要告诉我现在是几点就行。”

“我估计大约七点半。”金·坦纳说。盟契法师又是一阵大笑。笑容在他憔悴的脸上蔓延，对于刚失去了十根手指的人来说，他快活得不可思议。

“怎么回事？到底是他妈怎么回事？把真话倒出来，不然你又要丢点东西。”

“安纳多流斯，”驯鹰人说，“会留在浮坟。他会在废船后面藏一艘小舟，随时可以通过巴萨维的一个逃生舱门赶过去。在伪光时分，满足号将拉起锚链，扬帆出海。它会首先向东航行，继而穿越木废墟面朝大海的南部疆界。他在城中的手下早就潜回轻帆船，每次一两个人，坐在补给船上。就像老鼠逃出正在下沉的船只。巴萨维会留到最后一刻，这是他的风格——最后一个离开险地。他们会在木废墟南侧接他上船。”

“他在城里的手下，”洛克说，“你是指‘灰王的人’，那些一直在帮他的人？”

“对，”盟契法师说，“拿捏好进入浮坟的时机……你就可以在安纳多流斯登上小舟前，得到跟他单挑的机会，可能性还是挺大的。”

“这不会让我痛不欲生，”洛克说，“反倒令我欣喜若狂。”

“但还有第二个问题。满足号启程出海的同时，安纳多流斯计划中更宏大的部分也会上演。”

“更宏大的部分？”

“想想看，拉莫瑞。你不会真这么蠢吧。巴萨维杀了艾弗拉姆·安纳多流斯，但是谁允许这种事发生的？是谁跟他沆瀣一气？”

“沃岑莎，”洛克一字一顿地说，“堂娜·沃岑莎，公爵的蜘蛛。”

“对。”驯鹰人说，“但在她背后呢，是谁给了她做出这种决定的权力？”

“尼克凡提公爵。”

“哦，没错。”法师轻声说道，显然越来越热衷于这个话题，“哦，没错。但在他身后呢，是谁从和约中获得利益？是谁把这秘密隐藏起来，不惜牺牲艾弗拉姆·安纳多流斯这样的人？”

“贵族们。”

“是的。卡莫尔城的达官贵人。安纳多流斯的目标是他们。”

“‘他们’？‘他们’是指谁？”

“你傻了吗，当然是他们所有人，拉莫瑞先生。”

“这他妈怎么可能？”

“那些雕塑，拉莫瑞先生，那四尊作为礼物送给公爵的雕塑。此刻正摆在凌鸦塔的不同位置。”

“雕塑？我看见它们了，黄金和玻璃制成，里面还有变色炼金灯。你做的？”

“不是我做的，”驯鹰人说，“根本不是我擅长的领域。炼金灯只不过是个障眼法——我估计应该挺漂亮的。但那些雕塑中还有足够空间，安装真正的惊喜。”

“什么?”

“炼金引线，”驯鹰人说，“设定好了时间，准备点燃几个装满火油的陶锅。”

“但只靠这些也不可能。”

“哦，当然，拉莫瑞先生。”法师笑得越来越开心，“在雇我之前，安纳多流斯从他可观的财富中拨出了一笔钱，购买了相当数量的稀有物质。”

“别跟我耍滑头，驯鹰人。到底是什么鬼玩意?”

“幽魂石。”

洛克良久无语，他晃晃脑袋，似乎想让自己清醒一点。“你他妈肯定是在开玩笑。”

“数百磅幽魂石，”驯鹰人说，“分装在四尊雕塑中。等到伪光时分，卡莫尔城所有贵族都会挤在那些大厅中——公爵和他的蜘蛛，以及他们的所有亲朋好友，外加仆人和后裔。你了解幽魂石的烟雾吗，拉莫瑞先生?它比空气略微轻一些。它会逐渐上升，充满凌鸦塔的每个楼层。它会经过天花板通气孔，进入空中花园。咱们说话这当口，所有贵族子女都在那里嬉戏呢。那些站在升降平台上的人有可能逃过一劫，”他咯咯笑着说，“但我可不这么想。”

“伪光时分。”洛克小声说道。他的手不由自主地捂在嘴上。

“没错，”法师嘶哑地说，“伪光时分。所以现在你要作出选择，拉莫瑞先生。在伪光时分，这个世界上你最想杀掉的男人会独自留在浮坟中，机会稍纵即逝；而同时，凌鸦塔中有六百人要遭受比死亡更可怕的命运。你的朋友金·坦纳看起来身体状况很差，我想他没法帮你完成任何一项任务。所以选择全都落在你手中。我希望您能喜欢。”

洛克站起身，把短斧抛给金。“这根本没得选择，”他说，“愿诸神诅咒你，驯鹰人。这根本没得选择。”

“你要去凌鸦塔?”金说。

“我当然要去。”

“祝你过得愉快。”驯鹰人说，“你需要说服卫兵和诸多贵族，表明自己的赤诚之心。堂娜·沃岑莎本人坚信那些雕塑是完全无害的。”

“哦，”洛克苦笑着挠了挠后脑勺，“我最近在凌鸦塔挺受欢迎的。他们见到我应该很高兴。”

“你准备怎么脱身?”金问。

“我不知道，”洛克说，“我连一点头绪都他妈没有。不过根据过去的经验，这种状态是个好兆头。我得赶快走了。金，看在慈悲诸神的分上，如果你一定要去浮坟，就先在那附近找个地方躲好。但我不准你走进去，你的身体状况没法战斗。”洛克又转身对盟契法师说，“瑞沙大佬……他刀使得如何?”

“刀刀致命。”驯鹰人微笑着说。

“好吧，听着，金。我这就到凌鸦塔去，尽力把此事解决。然后我会设法赶去浮坟。如果我迟到了，那就是迟到了。咱们可以追踪瑞沙，咱们可以在其他地方找到他。但如果我没迟到……如果他还在那里……”

“洛克，你是在开玩笑。至少让我跟你一起去。只要瑞沙稍微懂点用刀的技巧，就能把你揍得屎尿横流。”

“别再争了，金。你伤得太重，派不上什么用场。我身体健康，我火冒三丈，而且我显然是疯了。任何事都有可能发生。但我现在必须走了。”洛克同金握了握手，两步走到门口，又转回身来，“把这狗杂种的舌头挖出来。”

“你发过誓，”驯鹰人吼道，“你发过誓!”

“我对你屁誓也没发过。但另一方面，我亲爱的朋友们——我的确对他们发过誓。”

洛克转过身，一掀门帘走了出去。在房间中，金·坦纳又将匕首放在火苗上加热。驯鹰人的尖叫声跟着洛克一路走过满是碎砖烂瓦的街道，渐渐消失在远方。洛克转头向北，迈开步子跑向私语山。

4

晚上八点刚过，洛克再次踏足于卡莫尔五塔之下的石板路。这段北上的路程麻烦不断。一群群毫无理性（和意识）的纵酒狂欢者，以及阿瑟葛兰提哨卡的卫兵（洛克设法让他们相信自己是一名法律顾问，正要北上面见一名刚刚离开公爵宴会的熟人，他还从藏在袖子里的备用物资中掏出几枚金币，塞给他们作为“仲夏夜礼物”），让洛克觉得自己能赶到这里，已经是天大的运气。再过一小时十五分钟，伪光就会升起。此时西方的天空正在变红，而东方还是深蓝色。

他穿过一行行排列紧密的马车。这些马匹不时跺跺脚，发出嘶鸣。其中有不少已经在卡莫尔城最大的庭院中释放了自己，排泄物就落在可爱的石板地上。男仆、卫兵和侍者们三五成群，分享着食物，仰头注视五塔。即将落下的太阳余晖，在它们的祖灵玻璃外墙涂抹上新颖奇异的色彩。

洛克忙于考虑该跟操控升降机的人说些什么，甚至没注意孔戴的出现。这名高大壮硕的老兵不知从哪儿冒了出来，一手捏住他的后脖颈，抽出一柄长刀顶在洛克背上。

“很好，很好。”他说，“费尔怀特先生，诸神果真慈悲。一个字儿都别说，跟我来就是。”

孔戴半拖半领地把他带到附近一辆马车旁，洛克认出这就是他跟索菲娅和洛伦佐一同赴宴时坐的那辆。车厢漆成了黑色，大门两侧各有一扇窗子，窗帘和遮阳板都关得严严实实。

洛克被扔在马车中的一张衬垫长凳上。孔戴走进来，把门闩插好，坐到洛克对面的椅子上，长刀依旧擎在手中。

“孔戴，求你了。”洛克已经懒得再换上费尔怀特的口音，“我必须到凌鸦塔里去。塔里所有人都危在旦夕。”

洛克过去不知道一个人坐在椅子上，还能出脚那么狠。孔戴用空出来的手扶住椅子，向洛克展示了这种可能性。保镖厚实的靴子把他一下踹到车厢的角落里。洛克狠狠咬到舌头，嘴里满是血味，脑袋也撞在木搁板上。

“钱在哪儿，你这小贱种?”

“已经不在我手里了。”

“别他妈扯淡。整整一万六千五百克朗!”

“不准确。你忘了流动狂欢节上的筵席和娱乐费……”

孔戴又飞起一脚，洛克猛地扑在车厢的另一个角落里。

“操他妈的，孔戴！我没有钱！我没有钱！它不在我手上！而且现在有比这更重要的事!”

“让我告诉你点事儿，卢卡斯·他妈的·费尔怀特先生。我参加过神门山战役，那时候我的年纪比你现在还小。”

“对你有好处，但我就不在……”洛克这句话又让他吃了一脚。

“我参加过神门山战役，”孔戴继续说，“那时候还太他妈年轻。在那场动乱中，我是尼克凡提公爵枪兵队里最㞞的新兵蛋子。当时情况很糟。我的小队被维拉人和疯伯爵的骑兵团团围住，可以说土埋半截了。我们的骑兵已经撤退，我的阵地被打垮了。卡莫尔贵族们早就后撤，保护自己的小命去了——只有一个该死的例外。”

“这是我听过的最不相干的话……”洛克说着向车门移动。孔戴竖起长刀，说服他坐回位子。

“艾兰德龙·萨尔瓦拉男爵，”孔戴说，“他战斗到座下的马匹死掉。

他战斗到身负四处重伤，被人揪住双腿从战场上拖下去。其他所有贵族都把我们当垃圾看待，但萨尔瓦拉为了救我们，几乎葬送自己的性命。我离开公爵的军队后，在城市卫队里干了几年。但他们屁都不是，所以我请求面见老堂·萨尔瓦拉。我对他说，我曾在神门山见过他一面。我对他说，是他救了我这条狗命，只要他肯收留，我愿意做牛做马，直到他过世为止。老男爵接纳了我。他辞世后，我决定留下来服侍洛伦佐。你再他妈的朝那扇门挪一步，我就给你放点血，让你冷静冷静。”

“至于洛伦佐，”孔戴毫不掩饰骄傲的语气，“跟父亲相比，他更像是个生意人。但他也是用相同材料打造出来的。他根本不知道你是谁，就手持刺剑冲进了那条小巷。他以为你真的遭到攻击，真有他妈的强盗想把你勒死。你是不是很骄傲啊，该死的狗杂种？完全骗倒了这个试图救你狗命的人，是不是让你特别自豪？”

“我干我该干的，孔戴，”洛克语气中的苦涩意味把他自己都吓了一跳，“我干我该干的。难道洛伦佐是佩里兰多的圣人吗？他是卡莫尔贵族，他从秘密和约中受益良多。他的曾曾祖父可能是靠割断别人喉咙挣来的这个爵位，洛伦佐每天都因此而受益。大锅区的人用灰烬和尿水泡茶，洛伦佐和索菲娅则有你为他们剥葡萄、擦下巴。别再唠叨我做过的那点事儿了，我必须进入凌鸦塔，就现在！”

“老老实实告诉我钱藏在什么地方，”孔戴说，“不然我就狠狠踢你的屁股，让你这辈子每拉一截屎，上面都会印着我见鬼的脚印。”

“孔戴，”洛克说，“凌鸦塔中的所有人都有危险。我需要回塔里去。”

“我不相信你，”孔戴说，“就算你对我说，我的名字叫孔戴，我他妈的也不会相信。就算你对我说，火是热的水是湿的，我也不信！不管你想干什么，都不可能实现！”

“孔戴，想想看，我不可能从那里逃跑。城里所有见鬼的午夜人都在凌鸦塔，蜘蛛在那里，夜琉璃部队也在那儿。三百名卡莫尔贵族都在凌鸦塔！而我手无寸铁。你可以亲自把我拖过去，但看在他妈的诸神慈悲的分上，把我弄进去。如果我在伪光前不能进去，一切都太迟了。”

“什么太迟了？”

“我没时间跟你解释，你待会儿听我跟沃岑莎唠叨一遍，就什么都明白了。”

“你究竟有什么事，”孔戴说，“要跟那个行将就木的老太婆面谈？”

“我的错，”洛克说，“这些情况的内幕我似乎比你了解得更多。听着，我没法在那儿耍花招。拜托，拜托，我求你了。我不是卢卡斯·费尔怀特。我是个见鬼的盗贼。把我的双手绑牢，把你的刀顶在我背上。我不在乎你还要提什么条件。求你把我拖回凌鸦塔，我不在乎用什么方法。你说怎么办就怎么办。”

“你的真名叫什么？”

“这有什么关系？”

“你把它吐出来，”孔戴说，“也许我会捆住你的手，然后多叫些卫兵来，试着把你弄到凌鸦塔去。”

“我的名字，”洛克自暴自弃地叹了口气，“叫塔夫瑞·卡拉斯。”

孔戴瞪着他看了好一会儿，然后闷哼一声。

“那么好吧，卡拉斯先生。把你的双手伸出来，不要动。我要把你牢牢捆住，而且我保证会疼得要命。然后咱们就走。”

5

绞索升降机平台附近有些夜琉璃士兵把守，他们早已接到关于洛克的容貌描述。看到他双手绑在身前，被孔戴拖了回来，这些士兵自然欣喜不已。他们再次坐上铁笼，孔戴和一名黑号衣站在他背后，一人抓住一条胳膊。

“请带我去见堂娜·沃岑莎，”洛克说，“如果你找不到她，就去找萨尔瓦拉夫妇。或是你们部队中的雷纳特校官。”

“你给我闭嘴，”黑号衣说，“你去你该去的地方。”

笼子最终滑入升降平台上的锁定装置。在附近乱转的贵族和宾客们纷纷转过头来。洛克举起双手放在脑后，被三名大汉夹在中间向前走去。他们跨过门槛，进入高塔内的一层大厅。雷纳特正好站在门边，手里端着一个小餐碟，上面盛有几艘糖果帆船。他睁大眼睛，最后咬了一口杏仁蛋白软糖船帆，擦了擦嘴，把碟子扔到一名路过的侍者手中。那人吓了一跳，差点没有接住。

“诸神在上，”他说，“你们在哪儿找到他的？”

“不是我们找到的，长官，”一个黑号衣说，“后面那人说他为萨尔瓦拉先生及夫人服务。”

“我是在停车区逮到他的。”孔戴说。

“妙极了，”雷纳特说，“把他带到下一层东翼的套房去。那里有间没窗户的空储藏室。搜他的身，把衣服扒掉，只留内裤，然后扔进去。随时要有两名卫兵把守。等过了午夜宴会开始散去时，咱们再把他拉出来。”

“雷纳特，你不能这么做。”洛克试图从两人手中挣脱出来，但是徒劳无功，“我是自愿回来的。自愿，你能听明白吗？我要跟沃岑莎谈谈！”

“我已经接受教训了。并且在涉及到你的问题时，发展出了选择性听力。”雷纳特冲黑号衣们一摆手，“储藏室，马上。”

“雷纳特，不要！那些雕像，雷纳特！看看那些该死的雕像！”

洛克大吵大嚷起来。宾客和贵族们对此产生了浓厚的兴趣，雷纳特用手捂住他的嘴巴。更多黑号衣从人群中挤了出来。

“你再大呼小叫的，”雷纳特说，“这些绅士和女士们可能就会看到血了。”他说完这话，把手放了下来。

“我知道她是谁，雷纳特！我知道沃岑莎是谁。我会喊得让这些大厅里的人都知道。我会又踢又叫，在你们把我扔进那个房间之前，所有人都会知道。看看那些该死的雕塑，拜托了！”

“那些雕塑怎么了？”

“雕像里有猫腻，活见鬼。这是场阴谋。它们是瑞沙大佬送来的。”

“它们是献给公爵的礼物，”雷纳特说，“我的上级们已经亲自检查过了。”

“你的上级们，”洛克说，“受到了外界的干扰。瑞沙大佬雇用了一名盟契法师。我见过他是如何影响别人的思想。”

“这太荒唐了，”雷纳特说，“我真不敢相信，居然容忍你又胡扯出一个童话。把他带下楼去，不过先让我把他的嘴堵上。”雷纳特从另一名侍者的银盘上抽出一块亚麻餐巾，迅速团成一卷。

“雷纳特，求你了，求你了，带我去见沃岑莎。如果不是紧急情况，我他妈干吗要回来？如果你把我扔进那个储藏室，这里所有人都他妈要完蛋。求你带我去见沃岑莎。”

斯蒂芬冷冷地瞪了他两眼，随即将餐巾放下。他伸出食指，指着洛克的脸说：“我会带你去见堂娜·沃岑莎。在我们把你带去见她的途中，如果你再嘟囔一个字，我就堵住你的嘴，把你打昏，然后扔进那个储藏室。听明白了吗？”

洛克急不可耐地点了点头。

雷纳特又招呼了几个黑号衣过来，洛克被押着穿过大厅，走下两段楼梯。六名士兵把他围在当中，孔戴沉着脸跟在他们身后。雷纳特把洛克领回他跟堂娜·沃岑莎初次相遇的同一道走廊同一个房间，老妇人还坐在椅子上，手里拿着一块湿巾捂住嘴唇，编织品就扔在脚下。堂娜·萨尔瓦拉跪在她身边，堂·萨尔瓦拉则把腿放在窗台上，观察着窗外的情况。他们三个人看到雷纳特把洛克推进房间，都惊讶得目瞪口呆。

“所有人都出去，”雷纳特对士兵们说，“抱歉，也包括您。”这话是对试图挤进房间的孔戴说的。

“让萨尔瓦拉的人进来吧，斯蒂芬。”堂娜·沃岑莎说，“他已经知道大部分内情，也该听听最后的真相。”

孔戴走进房间，冲沃岑莎鞠了一躬，随即抓住洛克的右臂。雷纳特走回去把房门锁上。萨尔瓦拉夫妇瞪着他，目光中流露出不加掩饰的憎恶。

“你好，索菲娅。嗨，洛伦佐。很高兴又见到你们。”洛克用真实的声音说。

堂娜·沃岑莎从椅子上站起来，两步走到洛克面前，直起胳膊一巴掌扇在洛克嘴上。他的脑袋向右一拧，痛觉的尖刺在颈项中穿梭。

“啊，”洛克说，“你这又是在搞什么鬼?”

“讨回你欠下的债，荆刺先生。”

“你把见鬼的毒针扎进了我的脖子!”

“你的所作所为应有此报。”堂娜·沃岑莎说。

“哦，我可不赞……”

雷纳特抓住洛克的左肩，把他扯得转过身来，一拳捶在洛克下巴上。对于沃岑莎这种年纪和体型的人来说，她的掌力相当惊人，但雷纳特手底下才算有真功夫。整个房间似乎渐渐消失，几秒钟后才重新归来。洛克侧躺在一个角落里。似乎有许许多多小铁匠正在捶打刚巧安放在他双眼上方的铁砧。洛克很想知道它们是怎么跑上去的。

“我告诉过你，堂娜·沃岑莎是我的养母。”雷纳特说。

“哦，天哪，”孔戴笑出声来，“这种私人聚会正合我的胃口。”

“难道你们就没有一个人觉得奇怪，”洛克挣扎着爬起身，“想问问我为什么在已经逃出生天的情况下，又屁颠屁颠地一路跑回凌鸦塔来?”

“你跳上了外面的壁架，”堂娜·沃岑莎说，“趁一架升降机下落的时候跳了上去，我说得对吗?”

“没错，事实正是如此。直接跳向地面对身体健康害处很大，我根本不予考虑。”

“你们听见了吧？我早就跟你说了，斯蒂芬。”

“也许我认为的确有这个可能，”韦德兰人说，“只是不愿去想真有人这么干了。”

“斯蒂芬不太喜欢高度。”沃岑莎说。

“那他真是太明智了。”洛克说，“但是求你了，求你听我把话说完。我跑回来是为了警告你那些雕塑有问题。就是瑞沙大佬给你们的四尊雕塑。因为它们的存在，这座塔楼里的所有人都处于极其危险的境地。”

“那些雕塑？”堂娜·沃岑莎狐疑地盯着他说，“有位绅士留下了四尊黄金玻璃雕塑，作为献给公爵的礼物。”她扭头望向斯蒂芬。“我确信公爵的保安人员已经检查过了，并且准许它们进入。具体情况我不太清楚，只是帮几个贵族朋友顺便问了两句。”

“我的上级们也是这么对我说的。”雷纳特说。

“哦，别装蒜了。”洛克说，“你是公爵的蜘蛛。我是卡莫尔荆刺。你见过瑞沙大佬了吗？你见过一名自称是驯鹰人的盟契法师吗？他们跟你说起过那些雕塑吗？”

索菲娅和洛伦佐睁大眼睛，看着堂娜·沃岑莎。老妇人咳嗽了两声，不知该说什么好。

“啊哈，”洛克说，“你还没跟索菲娅和洛伦佐说过，对吗？还在玩那套朋友的朋友的老把戏。抱歉。但我必须跟作为蜘蛛的你谈谈。当伪光降临时，凌鸦塔中的所有人都要完蛋。”

“我就知道，”索菲娅说，“我就知道！”她紧紧抓住丈夫的胳膊，害得洛伦佐直咧嘴。“我不是早跟你说了？”

“我还是不敢相信。”洛伦佐说。

“是的，”堂娜·沃岑莎叹道，“索菲娅看透了事情的真相。我是公爵的蜘蛛。就在这儿，我承认了。但如果这句话传到外人的耳朵里，有些人的脖子就保不住了。”

孔戴注视着老妇人，既感到惊讶莫名，又觉得理应如此。洛克晃晃悠悠地直起腰来。

“至于那些雕像的问题，”堂娜·沃岑莎说，“我亲自检查过一遍，它们是献给公爵的礼物。”

“它们是阴谋，”洛克说，“它们是陷阱。只要打开一尊就什么都明白了！瑞沙大佬想要毁掉这座塔里的每个男人、女人和孩童——后果比死还要可怕。”

“瑞沙大佬，”堂娜说，“是十足的绅士。他甚至太过矜持，连赏光今晚宴会的邀请都再三推辞。这又是你编造的一个谎言，意图为自己带来某些好处。”

“哦，太他妈对了。”洛克说，“我在逃跑之后，又故意溜达回来，让别人五花大绑，由整个见鬼的夜琉璃部队揪到这儿来。在凌鸦塔里，我真是把好处都他妈占全了。那些雕塑中装满了幽魂石，沃岑莎！幽魂石。”

“幽魂石！”堂娜·索菲娅惊惧地说，“你是怎么知道的？”

“他不知道，”堂娜·沃岑莎说，“他在撒谎。那些雕塑根本人畜无害。”

“只要打开一尊，”洛克说，“这场争论的解决方案十分简单。拜托了，伪光即将升起。只要打开一尊就行。它们会在伪光时分爆炸。”

“那些雕塑，”沃岑莎说，“是公爵的财产，价值数千克朗。我不会因为一个著名罪犯的疯狂念头，就把它们弄坏。”

“数千克朗，”洛克说，“对数百条性命。卡莫尔的所有贵族都会变成止不住流口水的白痴，你还不明白吗？你能想象花园中的孩子们一个个都瞪着好像柔化驮马似的白眼珠吗？咱们都会变成那样！”他高声吼道：“被柔化！那堆狗屎会吃光咱们该死的灵魂！”

“检查一下真的会有问题吗？”

洛克看着雷纳特，脸上写满感激之情：“不，不会的，雷纳特。拜托了。拜托你快动手。”

堂娜·沃岑莎按摩着自己的太阳穴。“这次谈话就到此为止了，”她说，“斯蒂芬，请把这个人扔进某个地方关好，等到宴会散去再说。找个没有窗户的房间，谢谢。”

“堂娜·沃岑莎，”洛克说，“艾弗拉姆·安纳多流斯这个名字对你意味着什么?”

堂娜目光一凛。“这些话我不能乱讲，”她说，“你觉得这个名字对我意味着什么?”

“二十二年前，巴萨维大佬杀害了艾弗拉姆·安纳多流斯，”洛克说，“而你知道这一切。你知道他对秘密和约是个威胁。”

“我看不出这件事同眼下的情况有任何关联，”堂娜·沃岑莎说，“你现在就把嘴闭上，不然我会找人帮你闭上。”

“安纳多流斯有个儿子，”斯蒂芬朝他逼近一步，洛克绝望地加快了语速，“一个幸存下来的儿子，堂娜·沃岑莎。卢希亚诺·安纳多流斯。卢希亚诺就是瑞沙大佬。他为父母和兄弟姐妹的死，向巴萨维大佬展开了报复。现在他也要向你们展开报复！你和卡莫尔所有贵族。”

“不，”堂娜·沃岑莎又按着脑袋说，“不，这不是真的。我跟瑞沙大佬相处融洽。我无法想象他会做这种事。”

“驯鹰人，”洛克说，“你记得驯鹰人吗?”

“瑞沙的同伴，”沃岑莎迷迷糊糊地说，“我……我跟他也处得很好。他是个安静而礼貌的年轻人。”

“他对你做了手脚，堂娜·沃岑莎。”洛克说，“我见他这么干过，就在我面前。他是不是说出了你的真名？他是不是在一张纸上写了什么东西?”

“我……我……不记……这些……”堂娜·沃岑莎畏畏缩缩地说。她脸上的皱纹挤成一团，似乎感觉万分痛苦。“我肯定邀请了瑞沙大佬……如果不邀请他参加宴会……是很不礼貌的……”她突然跌坐在靠背椅上，厉声尖叫起来。

洛伦佐和索菲娅冲到他身边。雷纳特一把揪住洛克的马甲前襟，把他拎起来，狠狠撞在墙上。洛克的双脚在离地一尺的空中摇晃。雷纳特咆哮道：“你对她做了什么？”

“什么也没做，”洛克气喘吁吁地说，“有个盟契法师在她身上施了道法术。好好想想，伙计——她对那些雕塑的态度正常吗？那狗杂种干扰了她的思想。”

“斯蒂芬，”堂娜·沃岑莎用干涩沙哑的声音说，“把荆刺先生放下。他说得对……瑞沙和驯鹰人……我感觉像就是把这些事忘记了。我并不打算接受瑞沙的要求……驯鹰人在书桌上不知干了什么，我就……我就……”

她在索菲娅的扶助下，又从椅子上站了起来。“你是说，卢希亚诺·安纳多流斯？瑞沙大佬是艾弗拉姆·安纳多流斯的儿子？你为什么会知道这些事？”

“因为大概在一两小时前，我把那个盟契法师拴在了地板上。”雷纳特放开洛克，他顺着墙壁滑到地上，开口说道，“我砍掉了他的十指，逼他开口。等他把我想知道的情报都倒干净后，我又割断了他见鬼的舌头，然后把残留部分烧灼收口。”

屋里所有人都目瞪口呆地盯着他。

“我还说他是狗娘养的贱货，”洛克说，“他不喜欢这个称呼。”

“杀死一名盟契法师，后果比死还可怕。”堂娜·沃岑莎说。

“他没有死。他只是比死还痛苦。”

堂娜·沃岑莎摇了摇头。“斯蒂芬，那些雕塑，这层就有一尊，对吧？在吧台旁边。”

“是的。”雷纳特说着走到门口，“雕塑的情况，你还知道些什么，荆刺?”

“雕塑里有炼金引线，”洛克说，“还有几陶罐火油。等到伪光时分，火油就将燃烧，整个凌鸦塔都要被幽魂石烟雾笼罩。安纳多流斯将扬帆出海，开心地把脑袋笑掉。”

“这个卢希亚诺·安纳多流斯，”索菲娅说，“就是咱们在楼梯上碰到的那个人?”

“只此一家，别无分号。”洛克说，“卢希亚诺·安纳多流斯，也被称作瑞沙大佬，亦被唤作灰王。”

“如果这些东西是炼金术产品，”索菲娅说，“那应该由我来检查它们。”

“如果这件事可能会有危险，那我也要去。”洛伦佐说。

“还有我。”孔戴说。

“太棒了！咱们可以一起去！肯定很有意思!”洛克冲房门挥了挥被绑住的双手，“但请加快速度，看在操蛋的分上。”

孔戴揪住他的胳膊，推着他走在队列末尾。雷纳特和沃岑莎头前带路，从那群目瞪口呆的黑号衣面前走过。雷纳特挥挥手让他们跟上。一行人离开走廊，回到这一层的大厅。

当这奇异的队列从大厅中经过时，面红耳赤的狂欢者们纷纷退到两旁。雷纳特大步走向闪闪发光的红酒杯金字塔，冲站在旁边的黑号衣们说：“酒吧这一侧暂时封锁。赶快去办。”他又扭头对其他士兵说：“在这个区域外十五到二十尺处布下警戒线。以公爵的名义，不要让任何人靠近。”

堂娜·索菲娅矮身钻过绒绳，蹲在金字塔雕塑旁。不断变幻的微光仍从塔身表面的玻璃窗内投射出来。金字塔底座每边长约两尺半，高度足有三尺。

“雷纳特队长，”她说，“我似乎记得你腰带上别着一双手套。可以借我用用吗？”

雷纳特将一双黑皮手套递给她，索菲娅迅速戴好。“这种情况下，粗疏大意极不明智。接触毒素是小儿科的把戏。”她心不在焉地说道，同时用手抚过雕塑表面，进行仔细观察。她换了几次位置，眉头越皱越紧。

“我在这东西上看不到任何开口，”索菲娅说着站起身来，“连条缝都没有，工艺绝对上乘。如果说这个装置旨在释放烟雾，那我实在无法想象烟雾如何泄漏出来。”她用戴手套的食指敲了敲其中一扇玻璃窗。

“除非……”她又敲了两下，“这种东西我们称之为装饰玻璃，单薄而脆弱。它很少用在雕塑中，而且我们在实验室也从来不用，因为它不耐热……”

堂娜猛地转头面向洛克，黄色发丝随之旋转，如同一圈光环。“你刚才说这东西里有火油罐？”

“我听说有，”洛克答道，“从一个特别不想丢掉舌头的人嘴里听来的。”

“那就有可能了，”索菲娅说，“火油会在金属密闭空间中产生极大热量，它将震碎玻璃……震碎玻璃，放出烟雾！队长，请抽出您的佩剑，我想借来用用。”

就算心中存有任何疑虑，雷纳特也没表现在脸上。他抽出刺剑，剑柄朝前，小心翼翼地递给索菲娅。堂娜检查过武器的银柄，点点头，用它砸向玻璃。一阵清脆的啪嚓声响过，窗子应声而碎。她掉转刺剑，用剑锋扫掉窗子边缘的尖锐碎片，然后把它交还雷纳特。围观的人群一阵骚动，交织着窃窃私语和声声惊呼。雷纳特手下那些面带歉意的黑号衣们组成一条稀疏圆弧，勉强把贵族们挡在外面。

“小心点，索菲娅。”堂·洛伦佐说。

“别教水手怎么在海里拉屎。”索菲娅嘟囔着往窗子里窥视。它底边宽约八寸，向上逐渐收窄。堂娜把戴了手套的右手伸进去，碰了碰变换色彩的炼金灯，随后腕子一转，把它拿了出来。

“没有连接在任何东西上。”她说着把灯放在脚下的地板上，又往窗子里看去，这次再无任何阻碍。“哦，诸神啊。”堂娜低声惊呼。她抬手捂在嘴上，晃晃悠悠地站了起来，浑身都在发抖。

堂娜·沃岑莎径直走到她身边：“怎么样?”

“是幽魂石。”堂娜·萨尔瓦拉惊惧地说，“雕塑里装满了这东西。我看见它就装在里面，我能闻到它的气味。”堂娜浑身颤抖，就好像某些人见到大蜘蛛从面前爬过时一样，“这样一尊雕像里的分量就足够充满整座凌鸦塔了。看来您的瑞沙大佬希望干得彻底些。”

堂娜·沃岑莎从玻璃窗望了出去，出神地注视着卡莫尔城北方的天空。同洛克被黑号衣们揪过吧台、第二次跟她见面时相比，天空明显变得黑沉昏暗。“索菲娅，”琥珀晶女伯爵说，“你能处理这些东西吗？你能阻止它们爆炸吗?”

“恐怕不行。”堂娜·萨尔瓦拉说，“我看不到炼金引线在哪儿，它们肯定被安放在幽魂石下面了。而且如果乱动它们，引发爆炸的可能性也很高。我在自己的实验室里就制造过功能类似的装置，试图拆卸这东西，可能跟直接让它爆炸一样麻烦。”

“咱们必须把它们从塔里弄出去。”雷纳特说。

“不，”索菲娅说，“幽魂烟会上升。它比咱们周围的空气质量轻。而且我不认为咱们在伪光降临前，能把它们弄到足够远的地方。如果这些雕像在凌鸦塔底部爆炸，咱们就会站在升腾的幽魂烟柱中。最好的办法就是把它们浸在水中，水化物可以令幽魂石丧失效力，只需要几分钟时间。火油仍然会燃烧，但烟雾不再出现，只要咱们能把这些雕像扔进安杰文河!”

“那是不可能的，”沃岑莎说，“但咱们可以把它们扔进空中花园的蓄水池里，那池子有十尺深，十五尺宽，够用吗?”

“当然！现在咱们只需要把雕像搬上去。”

“斯蒂芬……”堂娜·沃岑莎说，但雷纳特队长已经开始行动了。

“尊敬的女士们先生们!”雷纳特尽可能大声喊道，“以尼克凡提公爵之名，我急需你们的协助。夜琉璃，到我这儿集合。我需要清理出一条通向楼梯的道路，尊敬的女士们先生们，万分抱歉，对于任何挡路的人，我都不会太客气。”

“咱们得把这些该死的东西从大厅拿出来，搬到空中花园去。”雷纳特说着顺手抓住一个黑号衣的肩头，“跑到升降平台去，找雷泽林副队长，告诉他，以我的命令把空中花园清理出来。告诉他，从现在开始五分钟后，我要求所有儿童都离开花园。他知道该怎么做。先行动，后道歉。”

“把我的手解开。”洛克说，“那些东西很沉，我虽然不是壮硕如牛，但也帮得上忙。”

堂娜·沃岑莎好奇地看着他：“你为什么要回来警告我们，荆刺先生?你为何不干脆溜之大吉?”

“我是个盗贼，堂娜·沃岑莎，”他平静地说，“我是个盗贼，也许还是杀人犯，但瑞沙做得太绝了。另外，我跟他有不共戴天之仇。不管他想干什么，我都要阻挠。就是这么简单。”他伸出两只手来，女伯爵缓缓点了点头。

“你可以帮忙，但事后咱们必须谈谈。”

“好啊，咱们就谈谈，希望这次用不着编织针。”洛克说，“孔戴，做个好朋友，帮我弄掉这些绳子。”

高高瘦瘦的保镖抽出一柄长刀，割断了洛克的绑绳。“如果你试图捣鬼，”他恶狠狠地说，“我会把你扔进蓄水池，让他们将雕塑压在你身上。”

洛克、孔戴、雷纳特、堂·萨尔瓦拉和几个黑号衣跪下身，抬起金字塔雕像。索菲娅站在一旁看了两秒钟，继而皱皱眉头，挤到丈夫身边，加入了他们的行列。

“我会去找公爵，”沃岑莎说，“我会向他通报这里发生的一切。”她说完快步走过大厅。

“好了，咱们有八个人应该不是坏事。”雷纳特说，“但走起路来肯定会笨拙得要死。前面有不少楼梯要上。”

他们歪歪扭扭地共同前进，抬着雕像走上一层楼梯，有些黑号衣正在这层等待。“把所有这种雕塑都找出来，”雷纳特吼道，“每尊用八个人抬！找到它们，运到空中花园去！以公爵的名义，把任何挡路的人都狠狠推到一边！另外看在诸神分上，别把它们掉在地上！”

没过多久，几队嘟嘟囔囔、晃晃悠悠的士兵，就抬着雕像跟在雷纳特他们身后。洛克气喘吁吁、汗流浃背，他周围这些人也好不到哪儿去。

“要是这东西在咱们怀里爆炸会怎么样？”其中一个黑号衣低声说道。

“首先，我们的双手会被烧焦。”索菲娅因为用力过度而脸色绯红，“其次，我们走不出六步就会倒在地上不省人事。然后我们会被柔化。再然后我们会觉得特别傻，不是吗？”

他们上到顶楼，走过最后一处大厅，彻底离开了公爵的宴会。这支摇摇摆摆的队伍走过员工通道，卫兵和仆人们慌忙闪到两旁。在凌鸦塔的最顶上是一道宽阔的大理石楼梯，自烟气缭绕的外墙内侧盘旋而上，直通空中花园。他们沿着楼梯转了一圈又一圈，整个卡莫尔城都在周围旋转。太阳逐渐沉入弯曲的西方地平线，就像半枚苍白的徽章。有些奇怪的黑影从上空垂下，洛克仔细打量了好几秒钟，才意识到它们是从空中花园生长出来的藤蔓，正在室外的微风中轻轻摇摆。

几十名儿童吵闹着从他们身边跑了下去，黑号衣们在后面追撵，仆人们在后面叱责。这段楼梯直通屋顶花园，那里真是一座具体而微的小森林。橄榄树、橘子树和炼金杂交品种竞相生长，晴朗无云的紫色天空下吹拂着温暖煦风，翡翠般的叶片扑簌起舞。

“该死的蓄水池在哪儿？”洛克问，“我从没到这儿来过。”

“在花园最东边，”洛伦佐说，“我小时候常到这儿来玩。”

他们在一株垂柳随风摇摆的枝条下发现了蓄水池，跟堂娜·沃岑莎所说的一样，是个足有十尺深的圆形池塘。他们二话不说把雕塑扔进水中，随之溅起的莫大一片水花，把两名黑号衣浇了个透心凉。雕像很快沉了下去，在水中拖出一道奶白色云雾，最终砰的一声砸在蓄水池底部。

另外三尊塑像也一个接一个地被扔了进去。最终所有金字塔都浸没在乳白色水面之下，空中花园里挤满了黑号衣。

“现在怎么办?”洛克气喘吁吁地问。

“现在我们要把楼顶清空，”堂娜·索菲娅说，“这里仍然有大量幽魂石。即便它们在水下，我也不想让任何人靠近。至少等几个小时再说。”

站在屋顶上的所有人都迫不及待地接受了这个提议。

6

伪光即将升起时，堂娜·沃岑莎跟他们在凌鸦塔顶层大厅中再度相见。透过通往升降平台的高大房门，可以看到周围几座祖灵玻璃高塔上幻化出色彩妖异、闪闪发光的线条。大厅中人声鼎沸，黑号衣们来回奔忙，向不慎撞到的堂和堂娜们连声道歉。

“这相当于一场战争。”萨尔瓦拉夫妇、洛克、孔戴和雷纳特聚拢过来后，堂娜·沃岑莎说，“试图下这种黑手，甚至比大规模暗杀还可恨。诸神啊！尼克凡提出动了夜琉璃部队，斯蒂芬。你今晚可有得忙了。”

“午夜人呢?”雷纳特问道。

“让他们都离开这里，”沃岑莎说，“要迅速，也要安静。到耐心宫去集结，做好随时出击的准备。尼克凡提觉得哪里最需要他们，我就把他们扔到哪儿去。”

“荆刺先生，”她接着说，“对你所做的一切，我们感激不尽。这将为你赢得宽大处理的机会。但如今你在这件事中的任务已经结束了。我会让人把你带到琥珀晶塔看守起来。你是我的囚犯，但你赢得了一份舒适的环境。”

“胡扯，”洛克说，“你们欠我的不止这些。瑞沙是我的。”

“瑞沙，”堂娜·沃岑莎说，“现在霸占着卡莫尔城头号通缉犯的位置。公爵希望像碾臭虫一样把他碾死。他的地盘会被入侵，浮坟也要被翻个底朝天。”

“你们这些白痴！”洛克叫道，“瑞沙并没有操纵正派人，只是他妈的在利用他们！浮坟空无一人，咱们说话这当口，瑞沙正要逃亡。他根本不想做大佬，只是想利用这个地位向巴萨维复仇，进而抹去卡莫尔的每个贵族。”

“你怎么会对瑞沙的想法知道得这么清楚，荆刺先生？”

“在瑞沙还自称是灰王的时候，他强迫我帮他欺骗巴萨维大佬。我们谈好的价钱是，等这件事结束后他就放我走。但他把我出卖了。他杀了我的三个朋友，抢走了我的钱。”

“你的钱？”堂·洛伦佐的右手紧紧攥成拳头，冲他大声吼道，“我敢说你是指我们的钱！”

“是的，”洛克说，“还有我从堂娜·德·马瑞、堂·贾瓦瑞兹和费鲁西亚手里得到的每个铜板。超过四万五千克朗，一笔不小的财富。瑞沙从我手里偷走所有的钱。我刚才说钱不在我手里，并不是在撒谎。”

“那你就彻底没有筹码跟我讨价还价了。”堂娜·沃岑莎说。

“我说的是钱不在我手里，可没说我不知道它们在哪儿，”洛克说，“瑞沙把它们跟巴萨维的财宝放在一起，准备偷偷运出城去。他要用这笔钱支付盟契法师的酬劳。”

“那就告诉我们钱在哪儿。”堂娜·沃岑莎说。

“瑞沙是我的，”洛克说，“你们必须把我送下楼去，放我走。瑞沙杀了我的三位朋友，我要把他该死的心脏掏出来。我愿意用卡莫尔城中的所有白铁币，换取这样一个机会。”

“在这座城市中，很多人因为偷了几枚银币被吊死，”堂娜·沃岑莎说，“而你在偷了数万白铁币后，还要求我们放你走，我想这是不可能的。”

“该把话都摆在台面上了，堂娜·沃岑莎。”洛克说，“你想把这笔钱找回来吗？我可以告诉你它在哪儿，我可以告诉你该去哪里找，外加巴萨维的财宝，那笔钱数目也相当可观。作为交换，我只想要瑞沙。你们放我走，我去杀了那个想把你和你的所有同侪从大地上抹去的人。好好想想吧——现在你们都知道我的相貌和声音，我很难重操旧业，至少在卡莫尔城不行。”

“你的假设太多了。”

“瑞沙大佬塞下的幽魂石，足以柔化整座该死的城市。卡莫尔蜘蛛阻止他这么做了吗？没有，阻止他的是卡莫尔荆刺，万分感谢。这里的每个男人、女人和儿童还能平安无事，都是因为我的心肠软得可怜，而不是因为你履行了自己的职责。你欠我一个人情，沃岑莎。你欠我一个人情，以你的名誉担保。把瑞沙交给我，你就能得到那笔钱。”

堂娜·沃岑莎盯着他的眼神足以令流水结冰。“以我的荣誉担保，荆刺先生，”她最终说道，“因你对公爵和我的同侪们所做的一切，你可以走了。如果你在我们之前找到瑞沙，他就是你的。但如果你没能做到，我也不会道歉。另外，如果你重操旧业，下次相遇的时候我绝不会手软。”

“听起来很公平。我差点忘了，”洛克说，“我需要一柄剑。”

出人意料的是，雷纳特队长解开自己的刺剑剑带，把它扔给洛克。“让它沾点血，”他说，“代我向瑞沙问声好。”

洛克将剑带系在梅拉乔考究的蓝色长裤的裤腰上。“好了，”堂娜·沃岑莎说，“现在轮到钱了。它们在哪儿？”

“卡莫尔之牙北部，”洛克说，“那里的私人码头中有三艘粪船。你知道那些船，它们会把所有垃圾和粪便拉出城去，运往北方的农田。”

“当然知道。”堂娜·沃岑莎说。

“瑞沙已经把财宝藏在其中一艘船里了，”洛克说，“出于显而易见的原因，装进木箱子中，外面缠上层层油布。他的计划是溜出卡莫尔城，在北方跟粪船会合，将财宝装上大船。它们全都在那儿，埋在一堆堆粪便底下。”

“这太荒唐了。”堂娜·沃岑莎说。

“我可没说过我的答案会令人愉快。”洛克说，“仔细想想吧，谁会想到去粪船里寻找那一箱箱金币？”

“嗯嗯。是哪艘船？”

“我不知道，”洛克说，“我只知道是这三艘中的一艘。”

沃岑莎扭头看了雷纳特一眼。

“好吧，”这位队长说，“诸神发明出士兵这种东西，是有其原因的。”

“哦，该死，”洛克使劲咽了口唾沫。*把话说漂亮点*，他心想，*一定要特别漂亮*。“堂娜·沃岑莎，这件事还没有结束。”

“你是指什么事？”

“小舟、驳船、逃亡。我一直在思索。驯鹰人在我的刀下讲了很多奇怪的玩笑话。他一直在嘲弄我，显然手里还有张鬼牌。我一直没时间把这件事想明白，直到刚才。瘟疫船。满足号，你必须把它击沉。”

“我为什么要这样做？”

“这艘船属于安纳多流斯。”洛克说，“根据驯鹰人交代，安纳多流斯是白铁海上的一名海盗，并以此聚敛财富，雇佣了一名盟契法师，回到卡莫尔城进行复仇。满足号是他的船。但安纳多流斯并没有计划乘坐它逃跑——他要溜出卡莫尔城，沿安杰文河北上。”

“也就是说？”

“驯鹰人透了点口风，瑞沙似乎有个后备计划，”洛克说，“那艘瘟疫船就是后备计划。船上并没有装满尸体，堂娜·沃岑莎。它有一批特别选出的船员——一些感染了黑私语但得以幸存的人，就像公爵的拾尸鬼。一队特殊船员，以及满舱的动物：山羊、绵羊、驴子。我本以为驯鹰人只是想挖苦嘲讽……但仔细一想。”

“动物可以携带私语病。”雷纳特说。

“没错，”洛克说，“瘟疫不会害死它们，但它们绝对会把病传染给我们。击沉那该死的满足号，堂娜·沃岑莎。它是瑞沙的后招。如果他发现没能把所有贵族柔化，也许会试图向整个卡莫尔城复仇。这是他最后的机会。”

“太疯狂了。”堂娜·沃岑莎轻声说道，但她似乎尚未被彻底说服。

“安纳多流斯试图除掉卡莫尔城的每一个贵族，连儿童也不放过。他的确疯了，琥珀晶女伯爵。你觉得他面对挫折又会做出什么反应呢？他的人只需要将船靠在码头上，把那些动物都放出来。没准他们只要用投石机往城里扔几只绵羊。把这该死的船击沉。”

“荆刺先生，”堂娜·沃岑莎说，“作为胃口如此之大的盗贼，你的心肠软得令人惊奇。”

“我早已立誓，终身侍奉无名十三神、诡诈看护人、全能的恩主。”洛克说，“我是个祭司。我救出凌鸦塔中的贵族，可不是为了看到整个城市毁于一旦。出于正当的理由，堂娜·沃岑莎，出于正当的理由，击沉那艘见鬼的船。我求你了。”

女伯爵透过半月形镜片上缘盯着他看了一会儿，随后扭头对雷纳特缓缓说道：“到升降平台的灯站去，向兵工厂区和渣滓区发信号。”

她双手交叠放在腹前，随后长叹一声：“以尼克凡提公爵的名义，传我的命令，击沉满足号，射杀所有试图游上岸的幸存者。”

洛克长出口气，这才放下心来。“感激不尽，堂娜·沃岑莎。那么，我的升降笼呢?”

“你的升降笼，荆刺先生……以我的名誉担保，我会立刻为你准备一具。如果诸神在我们找到瑞沙之前，把他交到你的手中……愿他们也赐予你力量。”

“我会想念您的，堂娜·沃岑莎。”洛克说，“还有你们，尊敬的萨尔瓦拉先生和萨尔瓦拉夫人——不慎让你们的大部分财富埋在粪便下面，我为此表示歉意。我希望咱们仍旧是朋友。”

“如果你再踏进我们的宅院，”索菲娅说，“就会变成我实验室中的永久装饰物。”

7

蓝光从凌鸦塔的升降平台上向外放射，即便在伪光不断变化的耀芒中，设置在耐心宫顶部的中继站也能看清这显眼的信号。片刻之后，罩在信号灯前的遮光板开始快速开阖，信号从数以千计的狂欢者上空传过，到达了它的目的地——兵工厂区、南部针林和渣滓区。

“活见鬼。”驻守南部针林顶部瞭望塔的士官怀疑自己没数清闪光的次数。他挤了挤眼，想让自己看得更清楚些，同时怀着沉重的内疚感，把违禁带上塔楼的换季日酒囊塞到椅子底下。

“长官，”他那位年轻的同伴说，“那艘船动起来了，似乎有点古怪。”

在旧港的水面上，满足号缓缓转向左舷。他们可以看到一些水手爬上主桅和前桅的帆桁，似乎准备展开上桅帆。数十条小黑影正在甲板上移动，被伪光和瘟疫灯的黄光从两个方向照亮。

“她正在转向，长官。她准备出海了。那么多人是从哪儿冒出来的?”年轻的卫兵问道。

“我不知道，”士官说，“但刚才有信号传来。仁慈的诸神啊，他们要把这黄澄澄的臭婊子击沉。”

明亮的橙色光点开始在渣滓区周边出现。每座投石机塔上都有紧急油灯，当人员就位，做好发射准备后，就会把它点亮。鼓点声在兵工厂区响起，哨音从城市对面传来，压过了换季日狂欢者们的喧嚣。

岸边的一架投石机突然发射，碰撞声不住回荡。巨石在空中划出一道模糊的黑影，落在轻帆船右舷几码远的地方，溅起一片白色水花。

第二台投石机随即发射，橙白色火焰画出的弧线挂在空中，仿佛一面火光的旗帜。南部针林的卫兵们敬畏地看着它砸在满足号的甲板上，向四面八方爆出炽烈的触须。水手们疯狂逃窜，有些身上明显着了火，有个人跃过船舷，跳入海中，就像一段燃烧的炭棒被扔进水洼。

“诸神啊，那是火油。”年轻的卫兵说道，“就算那人跳进海里，它也不会停止燃烧。”

“哦，就连鲨鱼也喜欢烤好的熟肉。”士官呵呵笑着说，“这群可怜虫。”

一颗巨石击中轻帆船侧舷，砸断了木质围栏，碎片四下飞溅。水手们四散奔逃，惊叫声不绝于耳，很多人从甲板上落入水中。尽管水手们竭尽全力用沙土控制火势，但火舌还是舔上了船帆和缆索。又一枚火弹在后甲板爆炸，船舵附近的男男女女都被呼啸而过的白炽火团一口吞没，他们甚至没有时间发出尖叫。

飞石砸碎船壳，撕裂了几张尚自飘动的船帆。失去控制的火头在船首、船尾和中央蔓延。橙色、红色和白色的火苗在甲板上跃动，直冲云天，几种颜色的烟雾也随之升起。位于十几架投石机的攻击范围之内，这艘毫无武装，又几乎静止的轻帆船根本没有机会。五分钟后，消息通过信号灯传回凌鸦塔，满足号成了一片火葬堆——红白相间的火焰形成的山峰从水面向上延伸，旧港海面上泛起阵阵波澜，如同一块红色镜面，衬托在即将沉没的船壳下方。

弓箭手站在岸边，时刻准备着射杀任何试图游上岸的幸存者，但他们并未出现。有火焰、海水和潜藏在旧港深处的猛兽存在，根本就用不着弓箭。

8

灰王、卡莫尔大佬、整个家族最后的幸存者卢希亚诺·安纳多流斯，独自站在浮坟上甲板，头顶的丝质遮阳篷在刽子手风中飘摆，黑沉的天空反射着伪光的妖异萤火。瑞沙站在这里，看着满足号熊熊燃烧。

他望着西方，双眼眨都不眨一下，红色火光在瞳孔中跃动。他又看向北方光彩熠熠的凌鸦塔，蓝色和红色的闪光清晰可见，并没有奶白色的烟云升上天空。

大佬独自站在浮坟的甲板上，并没有哭泣。但此时此刻他心如死灰，真想痛哭一场。

他对自己说，史利莎和雷莎肯定不会哭，妈妈和爸爸肯定不会哭。当巴萨维的人在午夜时分踢开他家大门时，他们都没哭。他父亲到死都在抵抗，试图为他们争取足够的时间，让吉塞拉把他和小双胞胎从后门带走。

满足号在他眼前燃烧，但瑞沙的脑海中再次浮现出十三岁时的情景。他在黑暗的花园中奔跑，在熟悉的花径间跌跌撞撞，枝条抽打着他的面庞，热泪从眼中流淌。在他们身后的别墅里，利刃起起落落，一个小孩哭叫着要找妈妈——但叫声戛然而止。

“我们永远不会忘记。”他们搭船前往塔里沙玛，在那黑漆漆的船舱中，雷莎对他说，“我们永远不会忘记，对吗，卢希亚诺？”

她的小手在他掌中攥得很紧。史利莎睡在他的另一侧，不安地扭着身子，嘴里不住嘟囔，在睡梦中哭出声来。

“我们永远不会忘记。”他回答道，“我们会回来的。我向你保证，总有一天我们会回来。”

瑞沙大佬站在卡莫尔城的巴萨维要塞甲板上，看着满足号付出毁灭的代价，将旧港海面染成一片血红，但他却完全无能为力。

“瑞沙大佬?”

迟疑的声音从身后传来，一个人从通往下方大厅的廊道走了上来。是个朗姆狗帮的小子，刚才还在觐见室的大赌局中纵情豪赌。瑞沙缓缓转过身。

“瑞沙大佬，刚有人把这东西送了过来……一个伪光割喉者的伙计，陛下。他说有人在落尘区给了他一枚泰卢，让他把这东西立刻给您送来。”

男人递上一个粗麻布袋。上面潦草地写了“瑞沙”两个大字。墨水还没有干透。

卢希亚诺接过麻袋，挥挥手让那人退下。朗姆狗帮众跑向回廊，随即消失不见。主子眼中的神色令他不寒而栗。

卡莫尔大佬打开麻袋，发现里面装着一只蝎鹰——一具无头的蝎鹰尸体。他把袋子调转过来，将里面的东西倒向甲板。维斯崔思的脑袋和身体砰的一声落在木板地上。一张浸了血污、叠了几折的羊皮纸卷也随之飘落出来。瑞沙抓过纸卷，把它展开。

我们来了。

卢希亚诺盯着字条看了片刻。时间可能只有五秒，也可能足有五分钟。他用双手将字条揉成一团，扔在地上。纸卷在甲板上滚了两下，最终停在维斯崔思呆滞无神的双眼旁。

如果他们要来，就让他们来吧。等他把最后一笔个人债务清偿干净后，仍有足够的时间逃走。

他经由廊道，走入下方船舱，置身于狂热庆典的喧嚣和光亮之中。烟草和酒精的气味在空中弥漫，他快步走下楼梯，脚下的木板吱嘎作响。

他从玩纸牌和骰子的人群中走过，所有人都抬起头来。有些人冲他挥手致意，喊出问候和敬语，但他们没有得到任何回应。瑞沙大佬打开通往（之前曾属于巴萨维的）私人套房的大门，径直走了进去。

几分钟后，他再度出现时换上了灰王的服饰，身披过去那套烟灰色皮马甲和长裤，足蹬装有磨砂银带扣的灰色鲨鱼皮靴，两只剑客灰手套因为长期使用，关节处满是皱痕。当然还有他的灰罩衫和灰披风，兜帽也被拉起。他大步向前走来，斗篷在身后飘飞，出鞘的刺剑锋刃在浮坟的灯盏下闪烁寒光。

所有人立刻安静下来。

“滚出去。”瑞沙说，“滚出去不要回来。把所有大门敞开。撤走卫兵。在我还没改变主意前，都滚出去。”

纸牌飞旋而落，在甲板上掉了一地；骰子在木板上滚动，发出杂乱声响。人们纷纷跳起身来，拉上醉醺醺的同伴，匆忙向外跑去，瓶子滚落在地，洒出一摊摊酒水。还不到一分钟的时间，浮坟中央就只剩下灰王一人。

瑞沙缓步走到老帆船的右舷，那里有几条银丝线从天花板上垂下来。他拉动其中一条，灯台上的白光立即熄灭；他拉动另外一条，几扇大窗上的窗帘随即合拢，让夜色降临在觐见室中；拉动第三条银绳，装在墙上壁龛中的红色炼金灯球迸出光亮，木要塞的核心变成了溢满红光的洞窟。

他坐上宝座，将刺剑平放在腿上，兜帽遮蔽下的双眸在灯火中闪出两点红光。

瑞沙坐上宝座，等待最后的两名绅士盗贼找上门来。

9

夜里十点过半，洛克·拉莫瑞走入觐见室，站在大厅中央。他右手握住刺剑剑柄，凝视着静悄悄坐在三十码外的灰王。洛克呼吸沉重，当然不仅是因为这段南行的旅程。他偷了匹马，是一路跑过来的。

握着雷纳特的刺剑剑柄，一时间恐惧和狂喜的情绪在洛克心中交错。他知道自己在正面交锋中可能会处于劣势，但体内早已热血沸腾。洛克幻想着怒火、速度和希望会帮他撑过接下来的战斗。他清了清嗓子。

“灰王。”洛克说。

“卡莫尔荆刺。”

“我很欣慰，”洛克说，“我本以为你可能已经溜走了。但是很抱歉……你需要那艘轻帆船，不是吗？我请一位好朋友，也就是琥珀晶女伯爵把它送进了该死的旧港海底。”

“过不了几分钟，”灰王用疲惫的口吻说，“这件事就会变得索然无味，我向你保证。金·坦纳在哪儿?”

“还在路上，”洛克说，“还在路上。”

洛克·拉莫瑞慢慢向前走来，将他们之间的距离拉近了一半。

“我警告过驯鹰人，别把坦纳当作儿戏，”灰王说，“显然这个忠告他没听进去。你们不可思议的恢复力令我十分敬佩，但恐怕我要帮你个忙，在盟契法师们展开报复前送你们上路。”

“你认为驯鹰人已经死了，”洛克说，“但你错了。他还有口气在，只是，哦，只是没法再演奏任何乐器了。”

“有意思。我想知道你们是怎么做到这些事的？为何死亡女神不屑于像吹蜡烛一样把你吹灭？我真希望能问个明白。”

“让你的希望见鬼去吧。你为何要对绅士盗贼团下手，卢希亚诺？你为何不能试着同我们诚恳合作？这一点是有可能办到的。”

“‘可能’，”灰王说，“我的字典里没有‘可能’这两个字，拉莫瑞先生。只有我的需要。你有我需要的东西，等我把它抢到手后，再让你们活着就会变得过于危险——你的所作所为足以证明这一点。”

“但你为何不满足于把钱抢走?”洛克说，“我愿意交出所有钱，换取卡罗、盖多和小虫儿的性命。我愿意交出所有钱，只要你跟我把话讲清楚。”

“有哪个盗贼会把自己的财富拱手相让?”

“只要他有更重要的东西。”洛克说，“对我们来说，偷盗的意义比拥有更大。如果我们那么在乎所拥有的财富，早就找些见鬼的方法把它们花掉了。”

“事后放空话总是那么容易，”灰王叹道，“如果他们还活着，你就不会这么说了。”

“我们从贵族手中偷钱，你这狗杂种。我们只从他们手里偷钱。有那么多人可以欺骗……你试图把我们干掉，等于帮了贵族们的忙。你送了你最痛恨的人一个天大的礼物。”

“也就是说你在帮他们摆脱金钱的烦恼，拉莫瑞先生，在行动中还谨小慎微地不肯伤及性命……我应该为此鼓掌喝彩吗？我应该称你为并肩作战的兄弟吗？他们总有更多的钱可赚，光靠偷盗无法让他们尝到本该尝到的教训。”

“你怎么能这么做，卢希亚诺？像你这样失去了血亲的人，像你这样对巴萨维恨之入骨的人，怎么能对我做出同样的事?”

“同样?”灰王站了起来，手里擎着刺剑，“同样？为了保护一个谎言，你的父母就在睡榻上被人杀害了吗，拉莫瑞先生？尚在襁褓中的弟弟妹妹死于屠刀之下，永远不能长大成人向凶手报仇雪恨吗?”

“我有三个兄弟死在你的手中，”洛克说，“我差点失去四个。你不需要这样做。当你认为已经把我解决了之后，还试图残杀数百人。包括儿童，卢希亚诺，儿童——你父母被巴萨维杀害后很多年，他们才诞生在这个世界。自以为正义的感觉一定很棒。但从我的角度来看，这就像他妈的神经病。”

“他们得到了秘密和约的庇护，”灰王说，“他们是寄生虫，生来就罪责难逃。省省你的辩词吧，祭司。你以为在过去二十二年难以计数的夜晚中，我没有想到过这些论点？”

灰王往前迈了一步，剑尖缓缓抬起，指向洛克。

“如果我有足够的力量，”他说，“就会把这座城市夷为平地，将我家人的姓名写在灰烬中。”

“*Ila justicca vei cala.*”洛克低语道。他迈步向前走去，直到两人间的距离只有区区两码。他把雷纳特的刺剑从鞘中抽出，站定防守姿态。

“正义是红色的。”灰王面对洛克，双膝微弯，刺剑的锋刃冲着地面。这种架势被卡莫尔剑客们称为伺机之狼。“正是如此。”

灰王这句话还没讲完，洛克就扑了上去。一眨眼的工夫，突刺的钢刃在两人之间切出一道惨影。灰王挡住洛克的攻击，用靠近护手的剑身卸掉了剑尖的力道，随即以凌驾于洛克之上的速度还了一招。拉莫瑞笨拙地往后跳去，将将躲开这一刺。他落地后顺势一蹲，张开左臂保持平衡，避免在硬木甲板上摔个仰面朝天。

洛克借助惯性，谨慎地转了个身，勉强由蹲姿站了起来。一柄匕首好像变戏法似的出现在左手中，洛克拿着它转了几下。

“哦，”灰王说，“请别告诉我你想用维拉式格斗法。我觉得那个流派很无聊。”

“随你的便吧，”洛克挑衅地晃动着匕首，“我会努力不让你的斗篷沾上太多血渍。”

灰王戏剧化地叹了口气，从腰带上的两柄窄刃匕首中取出一把。他抬起双臂，将两把武器举在身前，摆出一张巨口，随即夸张地往前跳了两步。

洛克利用间不容发的机会瞥了一眼灰王的脚步，差点没能及时看出他的意图所在。拉莫瑞往右一闪，勉强用匕首做出格挡。灰王的刺击被他滑开，从他左肩旁一寸的位置擦了过去。洛克的反击撞上了灰王的匕首，似乎这招早被看透。这次交锋灰王仍然比他快得多。

在孤注一掷的几秒钟里，两人缠斗在一起。他们的剑刃在空中织出银色幽影，交错与分离、突刺与格挡、佯攻与伪装的佯攻。灰王的攻击幅度更大，也更加有力，洛克闪避得相当勉强；而灰王则以轻松准确的动作化解了洛克的每次扑击。他们最终向后跃开，站在原地喘着粗气，瞪视对方，眼中都充满斗犬那种难以平息的恨意。

“哦哦，”灰王说，“这次交手，真让我长了不少见识。”

他近乎随意地抖了下刺剑，洛克再度后跃，用剑尖无力地挡开剑尖，就好像刚开始接受训练的孩子。灰王眼神发亮。

“真是长见识。”又是随意的一刺，洛克继续后退，“你根本就不擅长剑术，对吗?”

“你这么想对我有好处，不是吗?”

听到这话，灰王不禁哈哈大笑。“哦，不。不，不，不。”他果断地把手一挥，将斗篷和罩衫甩在地上。狂野的微笑在灰王瘦削的面容上刻出深深皱纹，他的表情中写满期待。“虚张声势到此为止，游戏也到此结束。”

话音未落，他就冲了过来，步法快到化作一团残像，那凶猛的攻势洛克前所未见。在刀锋之后，是二十年的实战经验和二十年最强烈的仇恨。洛克心中有块微小而隔绝的部分，冷静地意识到自己实力明显不足。他拼命施展出一次又一次格挡，当灰王的钢刃刺透了他的衣物和血肉时，洛克的双眼和双手尚自追踪着突刺的幻影。

一次、两次、三次——喘息之间，灰王的刀刃呼啸而来，刺入洛克的左腕、小臂和二头肌。

惊诧感对洛克造成的震动，比剑锋留下的疼痛更强。温热血水流过他汗津津的皮肤，带来难以忍受的刺痒。一阵恶心的感觉从胃底往上返。短刃从他左手掉落在地，刀锋被他自己的鲜血染红。

“咱们终于走到了这一步，你再也没法靠伪装和欺骗脱身，拉莫瑞先生。”灰王一抖手，把洛克的血珠从剑尖甩掉，看着它落在木甲板上，四散飞溅，“永别了。”

他又动了起来，炼金灯球的酒色光芒在他的剑锋上涂了一层猩红。

“艾赞·基拉，”洛克轻声说道，“为我朋友们的死，请赐予我正义。为我兄弟们的死，请赐予我鲜血！”

他的声音越来越高，最终变成咆哮。洛克刺出一剑，失手后又是一剑，将心中所有仇恨和恐惧化作孤注一掷的力量注入每次攻击。他有生以来从没使出过这么快的剑招，但灰王还是挡住了他的攻势，将其轻易化解，还是从洛克的剑路中闪开，就像在戏耍一个孩子。

“拉莫瑞先生，看来你我之间决定性的差别在于，”灰王一边出招一边说道，“我留在浮坟等待与你决战时，很清楚自己在干什么。”

“不，”洛克气喘吁吁地说，“你我之间的差别在于，我会报仇雪恨。”

冰冷的痛感在洛克左肩爆发。他低下头，惊恐地看到灰王的长剑扎进他心脏上方，深入血肉三寸有余。瑞沙残忍地扭动手腕，抽出剑锋的同时刮蹭着洛克的骨骼。强烈的痛觉让洛克膝盖一软，跪向甲板。他本能地探出左手，想要稳住身子。

但此时本能也背叛了他。他的左手狠狠撞在硬木甲板上，掌心向上弯成了难看的直角，手腕在整条胳膊的重压下折断，发出啪的一声脆响。洛克惊讶得喊不出声来。片刻之后，灰王又是一脚猛踢在洛克头侧，他的世界变成痛苦的万花筒，翻来倒去变换不休。蜇人的泪水从眼眶溢出，雷纳特的刺剑当啷啷滚落在甲板上。

洛克意识到木甲板紧贴在后背上；意识到鲜血和泪水模糊了视线；也意识到炽烈灼烧的疼痛从断裂的手腕向四周扩散，还有肩头伤口处湿漉漉的痛苦。但此时最强烈的感觉还是他心中满溢的羞耻，对失败的恐惧，以及卡罗、盖多和小虫儿带来的重负。他们未得雪耻，也未得安息，这都是因为洛克·拉莫瑞失败了。

洛克猛地深吸口气，又在胸口和后背燃起一片疼痛的火花。但此刻它们汇成一种痛苦，一股血色疯狂，驱使他从地上站了起来。洛克大吼一声，再没半分理性。他双腿弯曲，向前疾冲，试图抱住灰王的腰，把对方绊倒。

刺向洛克心脏的杀招，击中了他的左臂。剑锋带着灰王的凶残，全数刺进洛克瘦弱的小臂，透过肌肉从另一侧穿了出来。洛克疼得狂性大发，向上扬起胳膊。与此同时，瑞沙也努力想要抽出刺剑。两人扭作一团，剑刃前后拉扯，在洛克的血肉中割出可怕的伤口，但仍旧留在他的肌肉间。

灰王的匕首逼近洛克的双眼，动物本能驱使他调动起唯一可用的武器。洛克的牙咬进灰王握住刀柄的前三根手指，他尝到血腥的滋味，牙尖撞上坚硬的骨骼。灰王惨叫一声，扔掉匕首，它碰到洛克的左肩，反弹后落在甲板上叮当乱响。瑞沙用力扯出左手，洛克把大佬的血肉啐在他身上。

“认输吧!”灰王号叫着一拳捶向洛克的天灵盖，随即砸过鼻梁。洛克探出没有受伤的右臂，抓向对手另一柄刀鞘中的匕首。灰王把他的手扇开，放声狂笑。

“你赢不了！你赢不了，拉莫瑞!”随着一声声怒吼，灰王雨点般的拳头砸在洛克身上。拉莫瑞不顾一切地抱着他，就像溺水之人抱着一块救命的浮木。瑞沙发出狂野笑声，不住捶打拉莫瑞的头颅、耳朵、前额和肩头，甚至碾向他不住渗血的伤口。“你……不可能……打败我!”

“我不需要打败你。”洛克有气无力地说了一句，冲灰王露出疯狂笑容。他脸上挂着一条条血污和泪痕，鼻梁断裂，嘴唇破损，视线阵阵模糊，眼前不住发黑。“我不需要打败你，狗娘养的。我只需要把你缠住……直到金……赶来!”

灰王愤怒地发出嘶吼，用力把洛克抖开，挣脱出足够的空间去拿刀鞘中的匕首。当他把左手从洛克的右手中挣出时，拉莫瑞从袖筒里甩出一枚金币，让它落在掌中。他孤注一掷地抖动手腕，金币飞向灰王身后的墙壁，反弹时发出很大回声。“他来了，狗娘养的！”洛克厉声叫道，鲜血喷在瑞沙的衬衣前襟上，“金！帮帮我！”

出于对金·坦纳的恐惧，灰王下意识地扭过身去，带着洛克转了半圈，这才意识到他肯定是在撒谎。这个动作只用了半秒钟，但洛克愿意为这半秒钟向任何肯听他祷告的神祇乞求，正是这半秒钟救了洛克的性命。

这转身的半秒钟，刚好能让洛克探出右臂，绕过灰王的腰，从挂在皮带上的刀鞘中抽出匕首。他在痛苦和狂喜中发出最后的吼声，把匕首插进灰王背心，正好刺入脊柱右侧。

灰王腰杆一弓，嘴巴张得老大，在震惊中不住抽着冷气。他抬起双臂，使劲推搡洛克的脑袋，似乎只要把拉莫瑞从身上扯开，就能让他的伤口愈合。但洛克抱着他不放，用异常平静的语调轻声说道：“卡罗·桑赞。我的兄弟和我的朋友。”

灰王后退两步，仰面倒下。洛克趁灰王撞上甲板之前，把匕首从他背后抽出，紧跟着摔在对方身上。他再次举起匕首，用力扎向灰王胸口中央，从胸腔下方刺进去。一时间鲜血飞溅，瑞沙四肢抽动，就像只被钉进标本盒的甲虫。洛克继续向下捅着匕首，又开口说道：“盖多·桑赞，我的兄弟和我的朋友！”

随着最后一阵痉挛式的抽搐，灰王把温湿的紫红色血水啐在洛克脸上，伸手抓住钉在胸前的匕首。洛克将绵软的左侧身躯向下压去，同时撞开灰王的双手。他抽噎着把匕首从瑞沙胸口拔出，将猛烈颤抖的右臂高高举起，砍向他的喉头。洛克用刀刃锯开气管，直到灰王的脖子断了一半，大股大股的血水在他们身下的甲板上流淌。瑞沙最后颤抖了一下，再也没有动静，惨白双眸瞪得浑圆，依旧盯着洛克的双眼。

“小虫儿，”洛克轻声说道，“他的真名是伯蒂里昂·盖德克。我的学徒。我的兄弟。我的朋友。”

他的力量终于枯竭，身子一软，滑倒在灰王的尸身上。

“我的朋友。”

但他身下的敌人未发一语，洛克明显感觉到，自己耳朵下面应当起伏的胸口，脖子底下应当跳动的心脏，全都没了动静。他开始哭泣——这疯狂的抽泣撕扯着他的身躯，从饱受蹂躏的神经和肌肉中带来新的苦楚。慰藉、狂喜、疼痛的红色雾霭，外加上百种他叫不出名字的感觉交织在一起，令他错乱疯狂。洛克躺在宿敌的尸体上，哭叫得像个婴儿，在覆盖灰王身躯的温热血液中添加了咸湿泪水。

他躺在寂静的大厅中，在红灯的光芒下颤抖不已，独自享受着胜利的快感，完全无法移动身体，静候失血而亡的结局。

10

刚过两分钟，金·坦纳就发现了他。大汉把洛克翻过来，从尸体上抱下。这个动作让他几乎失去意识的朋友发出一声毫不作伪的痛苦哀号。

“哦，诸神啊!”金·坦纳叫道，“哦，诸神啊，你这该死的白痴，你这可恶的狗杂种。”他用手按住洛克的胸口和脖子，好像能以此让鲜血流回他的身躯。“你为什么不等等？你为什么不等我?”

洛克昏昏沉沉地盯着金·坦纳，双唇微张，形成小小圆环，露出一脸关切神情。

“金，”洛克严肃地轻声说道，“你是……一路跑过来的。你的身体条件……不适合战斗。而且灰王……非常合作。我无法拒绝。”

金忍不住哼了一声。“见你的鬼，洛克·拉莫瑞。我给他送了封信。我想也许能把他多留一会儿。”

“祝福你的心灵。但是，我的确……杀了他。我杀了他，还烧了他的船。”

“原来是这么回事。”金柔声说道，“我看见了。我从木废墟另一侧看到了那团大火。我看见你走进浮坟，就好像这里是你的地盘。我尽可能加快速度赶到这儿来。但你根本不需要我。”

“哦，不。”洛克咽了口唾沫，尝到自己血水的味道，不禁做了个苦相，“我拿你的名声……派了很大用场。”

听到这话，金·坦纳一言未发。他眼中孤寂凄苦的目光让洛克感觉彻骨清寒。

“咱们的仇已经报了。”洛克喃喃说道。

“是的。”金低声说。

几秒钟后，又是一股泪水从洛克眼中涌出。他闭上双目，摇了摇头。“这可真是桩烂事儿。”

“是的。”

“你只能把我……留在这儿了。”

听到这话，金·坦纳猛地直起身来，就好像被扇了一巴掌。“什么?”

“把我留下，金。再过几分钟……我就要死了。他们不会从我这儿得到任何东西。你还能逃掉。求你了……把我留下。”

金脸色绯红，即便在炼金灯球的光芒之中，这种红色也清晰可见。他拧着眉毛，脸上每根肌肉都绷得很紧，甚至让昏昏欲睡的洛克感到慌张。金·坦纳紧咬牙关，牙齿磨得咯咯响，颧骨像高耸的山脊从脂肪中突出。

“你居然敢跟我说这种话，真他妈操蛋。”金最终用洛克听过的最平淡最沉闷的声音说道。

“我犯了个错误，金!”洛克绝望地嘶声说道，“我根本不是他的对手。他在我靠花招取胜前，就给了我致命打击。向我保证……向我保证，如果你找到萨贝莎，就……”

“你可以自己去找她，白痴，等咱们离开这见鬼的地方再说!”

“金!”洛克用没受伤的右手，无力地抓住金的衣领，“我很抱歉。我搞砸了。求你别在这儿磨蹭，免得被人抓住。黑号衣们很快就会赶来。要是你被逮住，我可受不了。请把我留在这儿。我走不动。”

“呆子，”金·坦纳说着用手抹去热泪，“你用不着走路。”

金动作笨拙，但速度很快。他拿起灰王的斗篷，系在脖子上，为自己的右臂做了个简易吊带，然后把胳膊探到洛克膝盖下面，使劲一扯，将小个子举了起来，抱在胸前。洛克呻吟了两声。

“别哭了，你这见鬼的大婴儿。”金·坦纳说着迈开大步，朝码头跑去，“你肯定把半瓶血流在了什么地方。”但洛克已经完全失去意识，金不知道这是因为疼痛还是失血过多，但拉莫瑞的皮肤惨白，看上去简直就像玻璃。他睁着眼睛，但目光呆滞，合不拢的嘴巴往外淌着血水和口涎。

金气喘吁吁，浑身发抖。他无视伤口传来的强烈疼痛，尽可能加快速度向外跑去。

灰王的尸体孤零零地躺在他们身后的甲板上，红光照耀着空荡荡的大厅。

插曲
小小预言

锁链神父坐在佩里兰多神庙的屋顶上，低头看着多年前从阴影山盗贼导师手里买来的孤儿。如今他已经长成十四岁的少年，骄傲得无以复加。

“总有一天，洛克·拉莫瑞，”他说，“总有一天，你会捅个天大的娄子。如此华丽恢宏，如此野心勃勃，如此势不可挡，天空会被照亮，明月会为之转向，诸神都要欢喜地屙出流星来。我只希望到时候还活在世上，亲眼看到这一幕。”

“哦，得了吧，”洛克说，“这根本不可能。”

尾声
伪光时分

1

第七十八艾赞·基拉年帕西斯月十八日，是典型的卡莫尔闷湿夏日。整个城市都像患上宿醉，连天空也是一样。

大雨滂沱而至，温热水滴四下飞溅，冒出缕缕青烟。雨丝染上伪光，像一层层不断变化的透明镜面，在空中形成稍纵即逝的瑰丽画面。但人们还是不住咒骂，因为这雨害他们脑袋湿漉漉的。

“警官！韦德里克警官！”

韦德里克的哨卡位于窄巷区南端，另一名卫兵正在他窗外叫喊。韦德里克把饱经风霜的瘦脸从小屋房门旁的窗口探了出去，雨水顺着他脑门直往下流。雷声在天空中轰鸣。“怎么了，孩子？”

一名卫兵从雨幕中向这边走来，是新来的康斯坦索，刚从北角区调岗过来的。他牵着一头柔化驮驴，驴子拉着一辆敞篷大车，另外两名黄衣卫兵跟在后面。他们把油布斗篷裹得很严，看上去相当可怜。这说明他们都是正常人。

“发现点东西，警长。”康斯坦索说，“特别操蛋的东西。”

从昨晚开始，一队队黄号衣和黑号衣就开始梳理卡莫尔南城。谣言四下流传，据说凌鸦塔出了桩暗杀未遂案件。天知道蜘蛛为什么要让他的孩子们掀开渣滓区和落尘区的每一块地砖，但韦德里克早就习惯不去理会什么原因和理由了。

“给‘特别操蛋’下个定义！”他叫嚷着披上自己的油布斗篷，随手戴上兜帽。韦德里克大步迈出哨卡，走向那辆驴车，向站在后面的两个伙计挥了挥手。其中有个人在上星期的骰子赌局中欠了他俩铜板。

“您看一眼吧。”康斯坦索扯开盖在车斗上的湿毯子。车里躺着个人，年纪轻轻，面色苍白，头顶光秃秃的，脸颊上倒有些毛茸茸的胡楂。他穿了一件红色袖口的灰大衣，做工相当考究。衣服上染了些血渍。

这人还活着。他躺在车里，没有指头的手掌按在脸颊两侧，注视韦德里克的双眼中透射出全然疯狂的火花。“呜呜呜呜呜，”他不住呻吟，任由雨水浇在头上，“呜呜啊啊啊啊啊啊啊!”

他的舌头被割掉了，嘴里的残根上有一块黑色的伤疤，还在往外冒血。

“呜啊啊啊啊啊啊啊啊啊啊啊!”

“他妈的佩里兰多在上，”韦德里克说，“告诉我他腕子上的东西，不是我想的那回事。”

“是个盟契法师，警长，”康斯坦索说，“是个法师，或者说曾经是。”

他把浸满雨水的毯子盖回那人脸上，将手伸进油布斗篷。“还有个东西，到屋里去给您看看?”

韦德里克领着康斯坦索走回小屋。两个人摘掉兜帽，但都没有脱去斗篷。康斯坦索拿出一张叠好的羊皮纸，递给警官。

“我们发现这家伙被拴在落尘区的一个废屋中，”他说，“古怪得要命。这张纸放在他胸口上。”

韦德里克接过纸条，展开读了一遍：

请公爵的蜘蛛帮忙

将此人送回卡泰因

“诸神啊，”他说，“一个货真价实的卡泰因盟契法师。看来他不会把卡莫尔城推荐给朋友们。”

“咱们该拿他怎么办，警长?”

韦德里克叹了口气，把纸条叠好还给康斯坦索。

“咱们把硬币交上去，小伙子。”他说，“咱们把该死的硬币沿指挥系统往上送，然后把事儿忘个一干二净。把他拉到耐心宫去，让别人伤脑筋吧。”

2

雨水打在伪光映照下的卡莫尔湾，泛起片片波澜。琥珀晶女伯爵堂娜·安洁维丝塔·沃岑莎站在码头上，身上裹着一件滚毛边的油布斗篷。一队士兵手持长竿，戳弄着下方积满雨水的粪船，那股气味引人侧目。

“很抱歉，尊敬的女士。”站在她左手边的警官说，“我们确定另外两艘船上什么也没有，这艘也已经翻了六个小时。我怀疑什么东西都找不到，但是我们当然会继续努力。”

堂娜·沃岑莎长叹一声，转头看了看停在她身后的马车。这辆车由四匹黑骏马驾辕，边框上装饰的流动炼金灯火，闪烁着沃岑莎家徽的颜色。车门大开，堂和堂娜·萨尔瓦拉坐在车厢里注视着她，雷纳特队长也同他们在一起。女伯爵朝三人招了招手。

雷纳特首先来到她身边。跟往常一样，他没穿油布斗篷，全靠坚忍的意志力承受倾盆豪雨。萨尔瓦拉夫妇很明智地穿上了防雨衣物，洛伦佐还撑起一张丝伞为妻子挡雨。

“让我猜猜，”雷纳特说，“船里只有粪便。”

“恐怕就是这样，”堂娜·沃岑莎说，“多谢你耗费时间执行这个任务，警官。你可以走了，也可以把你的人从船上撤出来。我想咱们再也不需要它们了。”

松了口气的黄号衣们小心翼翼地扛着木竿，排成一行离开码头。堂娜·

沃岑莎似乎浑身颤抖，气喘连连。她抬起双手捂在脸上，又弯下了腰。

“堂娜·沃岑莎！”索菲娅惊叫一声，跑过来扶她。三个人都弯着腰，围在她身旁。女伯爵突然挺直腰板，咯咯笑了起来，干涩的笑声偶尔停歇，容她喘两口气。沃岑莎笑得浑身颤抖，挥了两下拳头。

“哦，诸神啊，”她喘息着说，“哦，这可太过分了。”

“怎么了？堂娜·沃岑莎，到底是怎么回事？”雷纳特扶着她的胳膊，目不转睛地看着养母。

“那笔钱，斯蒂芬，”她笑着说，“那笔钱根本就没送到这边来。那小杂种让咱们掏粪船，只是为了寻开心。那笔钱在满足号上。”

“您是怎么知道的？”

“这不是很明显吗？我从很多角度同时想出了答案。马后炮真是让人又爱又恨。瑞沙大佬主动提供了运上瘟疫船的慈善物资，对吗？”

“一点没错。”

“那根本不是在履行什么慈善义务，只是因为他需要把财宝运上满足号的途径！”

“运上一艘瘟疫船？”堂娜·索菲娅说，“这对他一点好处也没有。”

“如果根本没有瘟疫，那好处可就大了。”堂娜·沃岑莎说，“这场瘟疫完全是个谎言。”

“但是，”堂·洛伦佐说，“卢卡斯为什么坚持要把那艘船击沉？难道只是为了泄愤？如果他拿不到钱，所有人都别想拿到。”

“他的真名是卡拉斯，亲爱的，塔夫瑞·卡拉斯。”

“他叫什么都无所谓，亲爱的。”洛伦佐说，“四万五千克朗，外加巴萨维聚积的财富，对任何人来说都是一笔莫大的财富，这是肯定的。”

“对，”堂娜·沃岑莎说，“而且他就站在咱们面前，说出了这样做的原因。我真是个彻头彻尾的傻瓜。”

“我恐怕要代表大家说上一句，”堂娜·索菲娅说，“这话我们没听明白。”

“荆刺说他是十三神的祭司，”女伯爵说，“信奉无名十三神、诡诈看护人、盗贼和罪犯之神的异端。‘出于正当的理由’，他说，‘出于正当的理由’。他是有意这么说的。”

女伯爵再度放声大笑，最后不得不咬住指节来控制自己。

“哦，诸神啊。安纳多流斯杀了他的三个朋友。所以你们还不明白吗？那艘船上根本没有陷阱。他想把船沉入海底也不是为了卡莫尔城。这是一场死亡献祭，斯蒂芬，死亡献祭。”

雷纳特一巴掌拍在额头上，水珠四处飞溅。

“没错，”堂娜·沃岑莎说，“一场死亡献祭。而且是我替他把船击破，沉入遍布鲨鱼的六十寻深海中，干净利索得无以复加。”

“这么说……”堂·洛伦佐说，“我们所有的钱都在旧港三百六十尺深的海底？”

“恐怕正是如此。”堂娜·沃岑莎说。

“啊……那我们现在该怎么办？”

堂娜·沃岑莎叹了口气，沉思片刻。“首先，”她说着回头望向萨尔瓦拉夫妇，“这件事背后的所有真相都将作为卡莫尔公国的国家机密封存，我要求你们从此对有关事宜保持缄默。卡莫尔荆刺是个谜，据说被他偷走的钱从来就不存在，公爵的蜘蛛也未对此事表示出任何兴趣。”

“但是，”堂娜·索菲娅说，“他们对洛伦佐说，这就是荆刺保护自身秘密的方法——就在他们假扮成午夜人，偷偷摸进我们家的时候！”

“是的，”她丈夫说，“一名假午夜人明确地告诉我，荆刺依赖受害者窘迫的心情，隐瞒他偷盗的秘密，不让其他潜在的受害者知道。我觉得这部分应该是实话。”

“我敢肯定这是实话。”堂娜·沃岑莎说，“但尽管如此，我们还是要这么做。总有一天，你们会明白像卡莫尔这样的公国，不能出于诚实的目的显露出自身的弱点。尼克凡提公爵让我保卫他的安全，而不是他的良心。”

萨尔瓦拉夫妇注视着她，一句话也没说。

“哦，别那么丧气。”女伯爵说，“你们不慎卷进这个烂摊子应当承受的真正惩罚尚未开始。跟我回琥珀晶塔去，咱们来谈谈惩罚的问题。”

“我们的惩罚！堂娜·沃岑莎，”洛伦佐激动地说，“我们的惩罚将近一万七千克朗！我们接受的惩罚还不够吗？”

“还差得远了。”堂娜·沃岑莎说，“我已经想好了，等我生命走到尽头时，该由谁继承琥珀晶女伯爵的头衔。”她顿了顿又继续说道，“也许我应该说是琥珀晶伯爵和女伯爵。”

“什么？”索菲娅像个八岁女孩似的尖声叫道，更准确地说是像特别热衷高声尖叫的八岁女孩那样。

“这不是什么祝福，”堂娜·沃岑莎说，“随之而来的还有一项工作。”

“您肯定是在开玩笑。”堂·洛伦佐说，“在阿瑟葛兰提有二十多个家族比我们的阶级更高，地位更重。公爵不可能越过他们，把琥珀晶爵位传给我们。”

“我相信我对尼克凡提的了解要比你深，年轻人。”堂娜·沃岑莎说，“而且我相信继承权要由我指定。”

“但……这工作，”堂娜·索菲娅说，“你说的不是……”

“当然是了，索菲娅。我不可能长生不死。每次像这种事落在手中时，我都会突然意识到自己并不想长生不死。让别人来扮演蜘蛛吧。这些年来我们欺骗了所有人，让他们以为这个职位由一个男人担任。如今不如再骗他们一次，把它交给两个人。”

堂娜·沃岑莎挽住雷纳特的胳膊，让他扶着自己走向马车。

“斯蒂芬会帮助你们，替你们执行实际行动。他会作为你们和午夜人间的纽带。你们的潜力和可塑性都很强，只需几年时间，我就可以把你们打磨得八九不离十。”

“然后呢?”堂娜·索菲娅说。

“然后，亲爱的，所有这些该死的危机就要由你们来应付了。”堂娜·沃岑莎叹了口气，“古老的罪孽永远不会埋得很深，它们总是在最意想不到的时候卷土重来。所以你们要为了卡莫尔城的利益，从良心的钱袋中掏出金币，年复一年地散发出去，直到袋子空空如也。”

3

“拉莫瑞先生!”伊贝琉斯喊道，“这是不可能的!”

伪光下的海面是一片涌动着的灰绿旷野，滚滚波涛在金链号大帆船周围翻卷拍打。今晚只有两艘船离开卡莫尔城，金链号就是其中之一。它将驶向塔里沙玛，进而去往塔尔维拉。海风在这艘老船的缆索和帆布间鬼哭狼嚎，身穿油布外衣的水手们往来奔忙，向肆虐波涛之主艾奥诺低声祈祷。

他们三人待在高高的船尾甲板上。洛克·拉莫瑞躺在一堆覆盖油毡的货箱上面，他裹着毯子，毯子外裹着防水斗篷，斗篷外又裹着油毡，里里外外活像个香肠卷。他全身上下盖得严严实实，只有异常苍白（而且瘀伤严重）的脸庞从层层叠叠的布卷中探了出来。金·坦纳坐在他身边，同样裹着防水斗篷，但还不至于无法活动。

“伊贝琉斯大师。”洛克的声音相当虚弱，因为断了鼻梁还有些发闷，“我每次离开卡莫尔城，都是从陆路出发。这次是个新鲜事……我想看看它，也是最后一眼。”

“你现在可以说命垂一线，拉莫瑞先生。”伊贝琉斯说，“在这种天气跑上甲板鬼混，是极其愚蠢的行为。”

“伊贝琉斯，”金·坦纳说，“如果洛克此刻算是鬼混，那尸体也能当杂技演员了。你就不能少操点心，让我们安静一会儿吗。”

“你是说我昨天劳心费力帮他延续生命都是瞎操心？随你们便吧，年轻的先生们……享受你们的海景，等着报应临头吧。”

伊贝琉斯大步走过摇摇晃晃的甲板，不时左右滑动，显然极不适应海上生活。

卡莫尔在他们身后逐渐缩小，慢慢消失在变换的雨帘之中。从下城区升起的伪光变成了波涛上的一片晕环，五塔在浓云滚滚的天空下放射出诡异的光芒。帆船的尾波似乎闪着粼光，好似一片翻卷不休的伪光。

他们坐在后甲板上，看着黑沉的地平线将城市吞没。

“我很抱歉，洛克。”金·坦纳说，“我很抱歉，没能在最后多帮你一把。”

“你在说什么鬼话？你杀了史利莎和雷莎，这件事我永远也做不到。你把我从浮坟救了出来。你拖着我找到伊贝琉斯，让他在我身上又涂了一层令人愉快的操蛋膏药。你要为什么事道歉，除了膏药以外？”

“我是个拖累，”金·坦纳说，“我的名字。我从小到大一直在用自己的真名，从没想过会因此惹来什么祸事。”

“你说什么，那个盟契法师？哦，诸神啊，金。等咱们找到落脚的地方，就随便取个假名。塔夫瑞·卡拉斯不错。让这家伙满世界冒冒头，艾赞·基拉教会就能拥有数不清的神迹了。”

“我差点杀了你，洛克。我很抱歉……我当时就是无能为力。”

“不是你差点杀我，金。是驯鹰人干的。你的确无能为力。诸神啊，手臂被割开、肩膀被刺穿、又让人涂了一层泥的人是我。到此为止吧！”

闷雷在上空的云层中轰鸣，海船前甲板上传来声声号令。

“金，”洛克说，“在遇到你之前，我从没想过能拥有这么好的朋友。我这条命是你给的，你救我的次数多到数也数不清。我宁可死也不愿失去你。这不仅是因为我只剩下你这个朋友。”

金·坦纳良久无语。他们眺望北方铁海，看着白色浪花相互碰撞，节奏愈加急促。

“抱歉。”过了几分钟后，金说，“我的嘴巴有点不听使唤。谢了，洛克。”

“好了，高兴点吧。至少你现在比躺在陆地上的蝌蚪更灵活。看看我这座油布小要塞。”

洛克叹了口气，他们现在一贫如洗。

“看来这就是胜利的感觉了。”他说。

“是啊。”金答道。

“见它的鬼去吧。”洛克说。

他们坐在寂静的雨幕中，几分钟没有说话。

“洛克。”金·坦纳最终犹犹豫豫地说。

“嗯?”

“如果你不介意的话，我想问问……你的真名叫什么?”

“哦，诸神啊，”洛克有气无力地笑了笑，“我就不能有任何秘密吗?”

“你知道我的名字。”

“对，但反正你也只有这么一个。”

“这么说可不公平。”

“哦，好吧，”洛克说，“到这儿来。”

金·坦纳跌跌撞撞地走到洛克所躺的那堆箱子旁，弯下腰来。洛克对着他的耳朵低声说了五个音节，金的眼睛瞪得溜圆。

“你知道，”他说，“依我之见，还是优先考虑用洛克这个名字。”

“这还用你说。”洛克答道。

大帆船在暴风来临前驶向南方，最后几分钟的伪光在他们身后慢慢消退。这光芒渐渐归于暗淡，最终消失得无影无踪，瓢泼大雨像一面墙壁砸在海面上。

鸣谢

当这本小说被发掘并即将出版的时候，天空飘来一片美景，正好停留在我的头上方。我非常感谢西蒙·斯潘顿、吉莉安·瑞德费恩、克里斯提娜·科文斯卡、汉娜·怀特卡、猎户星出版社的苏珊·欧威，以及班塔姆出版社的安妮·格厄尔，当然还要感谢狄安娜·浩克。

需要一整个村庄的人才能激发第一次做作家的创作灵感（可以的话，支票也行）。没有人能够像我的父母，吉尔和汤姆林奇一样，给我无尽的耐心和支持。如果没有盖比·邱娜德、马修·伍德林、凯奇·贝克、鲍勃·阿里尔、萨摩·布鲁克斯、M. 林·布克、克里斯·比尔莱特、盖比瑞尔·梅沙、阿历克斯·贝尔曼、克朗克、奈特·布鲁门菲尔德、伊利亚·波波夫、艾薇儿以及其他人，包括读者和角色扮演游戏《行动胜于空谈》，没有你们这些充满激情的学者，今天的一切都会不同。

也感谢各方好友，杰森·马克格雷、达伦·维兰德、克里欧·马克亚当斯、杰森·斯蒂芬斯、佩格·科尔、飞利浦·施尔、巴拉德弗特·沃克、J. H. 弗朗克、杰森·萨丁、阿布拉·圣达芬－威比、萨米和路易斯、麦克和贝基、布里吉特和乔、安妮和乔施恩、埃里克和阿曼、麦克和劳拉、保罗、阿德里安、本和杰妮·罗斯、阿伦、杰西、克里斯和仁、安迪·尼尔森，以及最后致谢的罗斯·米勒，虽然她还没长高到足以赶上这拨儿人，我们仍然让她赶上了。

于新里士满，威斯康星州

2005 年 09 月 16 日

独角兽书系

荣膺著名奇幻小说奖

“大卫•盖梅尔传奇奖” 2013年度桂冠

携光者

THE LIGHTBRINGER

卷一 光明王

【美】布伦特·维克斯 著

时雨 时青洲 译

能撷取光与色的能量，提炼出万用结晶“拉克辛”的魔法师，
被称作御光者。 这一天赋让他们在七郡王国备受推崇和敬畏。
而御光者中的绝对至尊，同时也拥有凌驾众生之上权力的领袖，
则被称之为——光明王。

十六年前，盖尔家族最有天赋的两兄弟为争夺光明王桂冠，带领御光者们掀起一场殃及七郡的惨烈内战。最终一人险胜，另一人彻底从人们的视线中消失；如今，北方小镇天降横祸。小胖子奇普痛失至亲，怀揣母亲最后的祈愿，踏上了未知的寻亲之旅。

旅途中，奇普偶遇光明王，得知对方竟然是抛弃自己多年的父亲。这对身份悬殊的父子为了避祸被迫同行，一路上摩擦矛盾不断，但亲情仍在彼此的心底慢慢滋生……

与此同时，一场针对光明王宝座而来的叛乱重燃战火，御光者们再次踏上不同的战场；而另一位被遗忘多年的继承人也在筹谋一次绝不可能的越狱行动，只为揭露他兄弟隐瞒了世人整整十六年的真相！